MAGIA das MARÉS

DEUSES AFOGADOS · VOL. 1

Magia das Marés

PASCALE LACELLE

TRADUÇÃO DE HELEN PANDOLFI

Copyright © 2023 by Pascale Lacelle
Copyright da tradução © 2024 by Editora Intrínseca Ltda.
Publicado mediante acordo com Margaret K. McElderry Books, um selo de Simon & Schuster Children's Publishing Division.

Todos os direitos reservados. Nenhuma parte desta obra pode ser apropriada e estocada em sistema de banco de dados ou processo similar, em qualquer forma ou meio, seja eletrônico, de fotocópia, gravação etc., sem a permissão dos detentores do copyright.

TÍTULO ORIGINAL
Curious Tides

REVISÃO
Carolina Vaz

PROJETO GRÁFICO ORIGINAL
Irene Metascatos

DIAGRAMAÇÃO E ADAPTAÇÃO DE PROJETO GRÁFICO
Ilustrarte Design e Produção Editorial

ARTE DE CAPA
© 2023 by Signum Noir, imagens adicionais cortesia de iStock

DESIGN DE CAPA
Greg Stadnyk © 2023 by Simon & Schuster, Inc.

ADAPTAÇÃO DE CAPA
Lázaro Mendes

MAPAS
Francesca Baerald

ADAPTAÇÃO DOS MAPAS
Henrique Diniz

CIP-BRASIL. CATALOGAÇÃO NA PUBLICAÇÃO
SINDICATO NACIONAL DOS EDITORES DE LIVROS, RJ

L133m

    Lacelle, Pascale
        Magia das marés / Pascale Lacelle ; tradução Helen Pandolfi. - 1. ed. - Rio de Janeiro : Intrínseca, 2024.
        480 p. ; 23 cm. (Deuses afogados ; 1)

        Tradução de: Curious tides
        ISBN 978-85-510-1046-4

    1. Ficção canadense. I. Pandolfi, Helen. II. Título. III. Série.

24-88604   CDD: 819.13
                   CDU: 82-3(71)

Gabriela Faray Ferreira Lopes - Bibliotecária - CRB-7/6643

[2024]
Todos os direitos desta edição reservados à
EDITORA INTRÍNSECA LTDA.
Av. das Américas, 500, bloco 12, sala 303
22640-904 – Barra da Tijuca
Rio de Janeiro – RJ
Tel./Fax: (21) 3206-7400
www.intrinseca.com.br

SE ME PERMITEM UM PEQUENO ATO
DE EGOÍSMO, ESTE AQUI É PARA MIM:

PARA O MEU EU ADOLESCENTE,
QUE OUSOU SONHAR.

PARA O MEU EU DE VINTE ANOS,
QUE PERDEU AS ESPERANÇAS.

PARA O MEU EU DE TRINTA ANOS,
QUE TENTOU OUTRA VEZ — E TRIUNFOU.

ALERTA DE GATILHO

Este livro contém cenas de morte, automutilação, uso de substâncias ilícitas e transtornos mentais.

ACADEMIA

CAVERNAS DE DOVERMERE

FAROL

PRAIA
na maré baixa

AUDITÓRIO

ESTUFAS

HALL CRESCENS

CLAUSTROS

DORMITÓRIO DA LUA CRESCENTE

HALL NOVILUNA

DORMITÓRIO DA LUA NOVA

COZINHA

DORMITÓRIOS COMPARTILHADOS

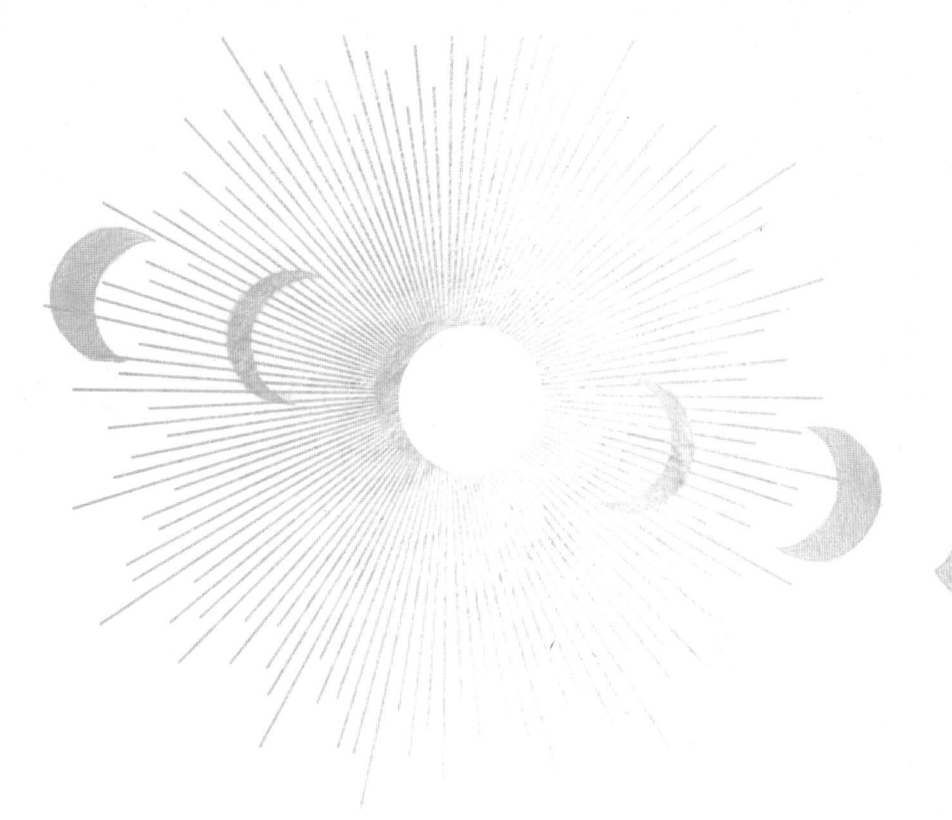

As Casas Lunares Sagradas
e seus alinhamentos com as marés

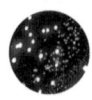

CASA LUA NOVA
Hall Noviluna

CURANDEIROS *(Maré enchente)*
Habilidade de curar a si mesmos e aos demais

ADIVINHOS *(Maré vazante)*
Dom da profecia e visões mediúnicas

MEDIADORES DO ALÉM *(Maré enchente)*
Habilidade de acessar o além, estar em comunhão com espíritos

PORTADORES DAS TREVAS *(Maré vazante)*
Domínio das trevas

CASA LUA CRESCENTE
Hall Crescens

SEMEADORES (*Maré enchente*)
Habilidade de cultivar e transmutar plantas
e outros pequenos organismos

ENCANTADORES (*Maré vazante*)
Coerção; carisma e influência sobre os demais

AVIVADORES (*Maré enchente*)
Habilidade de amplificar o alcance e a potência de outras magias

CRIADORES (*Maré vazante*)
Habilidade de materializar coisas

CASA LUA CHEIA
Hall Pleniluna

AURISTAS *(Maré enchente)*
Manipulação de emoções; empáticos, conseguem ver auras

PROTETORES *(Maré vazante)*
Magia de proteção

PURIFICADORES *(Maré enchente)*
Habilidade de efetuar limpezas e equilibrar energias

GUARDIÕES DA LUZ *(Maré vazante)*
Manipulação da luz

CASA LUA MINGUANTE
Hall Decrescens

SONHADORES (*Maré enchente*)
Manipulação onírica e acesso ao mundo dos sonhos; habilidade de induzir o sono

DESATADORES (*Maré vazante*)
Habilidade de desvendar segredos, decifrar enigmas e atravessar proteções e feitiços

MEMORISTAS (*Maré enchente*)
Habilidade de acessar e manipular lembranças

CEIFADORES (*Maré vazante*)
Habilidade de ceifar a vida; toque da morte

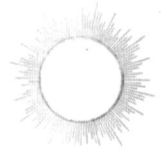

CASA ECLIPSE
Hall Obscura

—◆—

Eclipses lunares produzem
variações das magias lunares

Eclipses solares produzem dons raros
que vão além das magias lunares conhecidas

NA PRIMAVERA ANTERIOR

Ela estava se afogando em um mar de estrelas.

Emory soube que aquele seria seu fim, sufocada por uma estranha maré. E, por mais egoísta que fosse, a garota torceu para que o que quer que estivesse encostando nela fosse Romie. Não queria morrer sozinha.

Na escuridão em meio às estrelas, ela era confrontada por lembranças que desejava esquecer: a caverna que parecia um útero, os alunos lá dentro, os olhos arregalados de Romie quando o mar invadiu tudo, violento e implacável.

Viemos da lua e das marés, e para elas retornaremos.

Mas Emory não estava pronta para morrer.

Ela abraçou aquele pensamento como uma frágil tábua de salvação, suas mãos afundando na areia molhada até encontrarem algo sólido e úmido ao qual se agarrar.

Emory, Emory, sussurravam as águas, como se não quisessem deixá-la partir. Mas o mar a libertou aos poucos, conforme ela se arrastava em direção à praia. Quando as ondas recuaram sobre a areia, revelando o formato da âncora que ela carregava, Emory se afastou com um grito preso na garganta.

Era um corpo, com membros retorcidos e quebrados.

Três outros corpos jaziam ao redor, os lábios azuis entreabertos como se gritassem em silêncio. Olhando para aqueles rostos pálidos de olhos vidrados, Emory só conseguiu pensar que nenhum deles era Romie.

E que, se aquilo era a morte, era um castigo cruel que no fim de tudo estivessem separadas.

A culpa é sua, pareciam dizer as estrelas no céu.

Emory não teve forças para refutá-las.

CANÇÃO DOS DEUSES AFOGADOS

PARTE I:

O ERUDITO NA PRAIA

Há um erudito nestas praias que respira histórias. Ele inspira todo tipo de relato, guarda cada um deles dentro de sua alma e, quando seus pulmões se enchem de palavras, ele finalmente expira, dando o sopro da vida às narrativas. Assim ele se enche e se esvazia de palavras, que viajam para dentro e para fora e para dentro outra vez, em um ritmo compassado como o do mar.

Até que, um belo dia, ele encontra um livro peculiar, que faz até mesmo as marés se desviarem do curso predestinado.

Há um mundo no coração de todas as coisas onde deuses afogados reinam sobre um mar de cinzas, começa o livro. *Mas seu reino é involuntário, pois estão aprisionados nesse mundo sombrio, reduzidos a meras sombras da glória de outrora. Lá, aguardam a possível chegada de heróis que os libertem. Consegue ouvir o apelo dos deuses? Sua canção é carregada pelo vento, como cinzas que flutuam entre os véus dos mundos. Talvez um pedacinho dela esteja bem aqui, nesta página. Preste atenção. Aguce os ouvidos. O chamado dos deuses afogados ressoa. Você irá atendê-lo?*

A história contada pelo livro fascina o erudito de tal forma que, de repente, ele se vê sob um céu sem cor, sozinho na quietude de uma imensidão de cinzas. O livro continua em suas mãos, a única coisa tangível nesse mundo inexplicável. Antes que ele possa compreender seus arredores, é levado de volta à academia à beira-mar. O livro se transforma em pó, e a memória do universo contido ali dentro começa a se esvair. O erudito acreditaria que tudo não passara de um sonho se não fosse o gosto de cinzas em sua boca, a fina camada de fuligem em suas roupas e em seu cabelo e a convicção inabalável pulsando em suas veias.

Ele sempre encarou cada história como um marinheiro encara seu navio: um veículo para levar leitores a outras praias, outros mundos. Portais escondidos em páginas.

O homem acabou de encontrar um portal. Não em sentido figurado, nem um produto de sua imaginação, mas um portal de verdade. Ele vislumbrou um mundo além daquelas praias e agora ouve seu eco entre as estrelas. Uma sinfonia de deuses afogados que clamam: *Venha. Procure por nós assim como procuramos por você.*

O erudito atende ao chamado, e assim começa nossa história.

EMORY

Era o primeiro dia de lua nova e, às margens do Aldersea, a maré estava baixa.

Houve uma época em que isso não significaria nada para Emory Ainsleif, antes da noite em que sua vida dependera desse tipo de detalhe. Desde então, a lua não era apenas uma lua, a maré inspirava terror e, embora estivesse grata pelo sol que brilhava no céu de fim de verão, Emory sentia um embrulho no estômago.

Os edifícios cobertos de hera da Academia Aldryn de Magia Lunar se erguiam à frente, coroando a colina íngreme fincada no mar agitado. Emory cravou as unhas na palma da mão e sentiu o gosto de água salgada na boca, uma sensação-fantasma da qual ainda não conseguira se desvencilhar. Quando uma gota de sangue brotou sob a pressão das unhas, ela fechou os olhos, desfrutando a pontada de dor antes que a magia em suas veias a curasse. Aquela era uma dor banal, quase reconfortante, nada comparado à dor aguda provocada pelas cenas que invadiam sua mente ao ver Aldryn outra vez: uma coluna de rocha banhada em sangue, uma espiral prateada gravada em seu punho, quatro corpos estirados na areia. Essa dor específica ela não conseguia curar, não importava o quanto tentasse.

— Lua Nova, hein?

A garota levou um susto. O motorista a observava pelo retrovisor e apontou com a cabeça para o sigilo da casa lunar que reluzia na pele pálida de Emory. Era um círculo preto adornado com narcisos prateados.

Sentindo-se culpada pelo sangue fresco que o manchava, ela limpou a pele. Ainda assim, não conseguia enxergar nada além de morte naqueles traços delicados.

— Qual é o seu alinhamento de maré? — perguntou o homem.

— Cura — respondeu Emory.

O motorista soltou um assovio, impressionado. Não havia símbolo algum nas mãos que seguravam o volante. Todas as pessoas nasciam com uma gota de magia nas veias e, portanto, eram igualmente aptas a praticá-la. No entanto, apenas aquelas que se mostravam muito competentes ostentavam o sigilo de uma casa lunar e estudavam em instituições como Aldryn.

— Tenho um primo de segundo grau que também é da Lua Nova. Ele é um Mediador do Além e trabalha em um necrotério em Threnody — contou o motorista, reprimindo um arrepio e resmungando baixinho que as pessoas deviam deixar os mortos em paz.

Emory imaginou o comentário mordaz que Romie teria feito. *As pessoas sentem medo daquilo que não entendem*, teria dito a amiga, torcendo o nariz diante de uma mente tão fechada. *Também há beleza na morte.*

Ninguém se atreveria a criticar um Curandeiro cujo toque poderia ser mais eficaz do que qualquer medicamento, mas algumas magias — como a comunicação com espíritos dos Mediadores do Além ou o toque da morte dos Ceifadores — causavam inquietação na maioria das pessoas, especialmente nas com pouca ou nenhuma magia. *Ao contrário de nós, elas não compreendem que a morte faz parte do ciclo sagrado tanto quanto a vida*, teria dito a amiga.

Mas saber disso não tornava a perda de Romie menos dolorosa.

— Chegamos! — anunciou o motorista, assim que o táxi alcançou o topo da colina. — Academia Aldryn.

O corpo de Emory se contraiu quando os pesados portões de ferro se abriram em boas-vindas, rangendo e dividindo ao meio o lema prateado: *Post tenebras lux; iterum atque iterum.*

Depois da escuridão, a luz. Vez após vez.

O cascalho fazia barulho sob as rodas do táxi. Emory sentiu uma vontade súbita de pedir ao motorista que desse meia-volta, mas os portões se fecharam atrás deles com um estrondo decisivo. Seu nervosismo se misturou à náusea quando ela viu os familiares degraus de pedra que levavam a um pátio cercado por olmos altos e imponentes.

Assim que o carro parou, Emory deu algumas moedas ao motorista e pegou sua bolsa. Saiu do táxi desejando ter continuado lá dentro para sempre. Ansiava pelo anonimato daquele entrelugar, pela sensação de existir fora do tempo e do espaço, de não ser nada nem ninguém, enquanto percorria o trajeto entre a vida que deixara para trás naquela manhã e a vida que a aguardava em Aldryn... e a pessoa que teria que se tornar ali.

Com o coração martelando no peito, subiu os oito degraus representando as fases da lua: um degrau para a lua nova, três para a crescente, um para a lua cheia e três para a minguante.

Ela hesitou no topo da escada, exatamente como no ano anterior, embora seu nervosismo na época se devesse a entusiasmo, não a medo.

"É isso, finalmente a academia", dissera Romie no primeiro dia, deslumbrada com a vista do famoso campus. "Aqui vamos poder nos reinventar, ser quem quisermos." Emory não via a hora de se reinventar, mas não entendia por que Romie — tão fascinante e única, como ela própria sonhava em ser — gostaria de se tornar outra pessoa.

Para Emory, a academia era uma oportunidade de não ser mais vista como tinha sido vista a vida inteira: a garota que veio do meio do nada, que sempre ficava em segundo lugar, que morria de medo de não entrar em Aldryn porque sua magia não era tão especial quanto a da melhor amiga.

Seria um recomeço, a primeira página em branco de um caderno pronto para ser preenchido.

Ela deslizou o dedo pela cicatriz na parte interna do punho, a espiral prateada que começava na base do polegar e ia até as veias azuladas. Seu olhar recaiu sobre a fonte no centro do gramado, onde as Marés do Destino protegem os nomes dos afogados. *Tarde demais para apagar o que foi escrito em prata e sangue*, pensou ela.

Tarde demais até para ficar ali perdida em pensamentos, pois não havia ninguém no pátio a não ser alguns alunos que passavam apressados. Emory não tinha se dado conta de que seu trem se atrasara tanto. Então a voz da reitora soou vinda do auditório, começando o tradicional discurso de boas-vindas.

A garota soltou um palavrão. Por mais que quisesse ir direto para seu quarto no dormitório, se trancar lá dentro e evitar todo mundo pelo resto do ano letivo, ela tinha um plano. Voltara ao campus por um motivo. E tudo começaria ali.

Ela tentou entrar despercebida na sala escura revestida com painéis de madeira, mas a porta maciça escapou de suas mãos e bateu com um estrondo. Cabeças se viraram em sua direção. As bochechas de Emory coraram. Por uma fração de segundo, ela procurou no mar de rostos a única pessoa que poderia ter tornado aquele momento mais fácil. Ela conseguia imaginar Romie acenando e apontando para o lugar que guardara para Emory. A amiga sempre fora uma âncora em meio à tempestade, até que tudo mudara e a garota que Emory conhecia desde a infância começara a se perder, arrebatada por algo mais sinistro do que a maré que a levara.

Mas Romie não estava ali. Nem o irmão dela. O estômago de Emory se revirou em um misto de alívio e culpa ao notar a ausência dele. Mas, antes que tivesse tempo de analisar a sensação, encontrou uma cadeira vazia e se sentou. De queixo erguido, tentou adotar uma postura corajosa e irreverente, como Romie teria feito em seu lugar. Ainda assim, não conseguia ignorar os olhares furtivos lançados em sua direção nem os murmúrios crescentes.

Essa é a garota que voltou das cavernas.
É a aluna que sobreviveu à Besta.
A única que a maré não levou.

A reitora Fulton pediu silêncio, então prosseguiu:

— Volto a insistir para que os alunos mantenham distância das cavernas de Dovermere. Após os eventos trágicos da última primavera, é necessário reforçar: Dovermere não é segura, as marés são imprevisíveis e, portanto, a região permanece estritamente proibida.

Seus olhos escuros se voltaram para Emory.

— Pedimos que vocês se lembrem daqueles que nos deixaram. Lembrem-se de Quince Travers e Serena Velan, da Casa Lua Nova, e de Dania e Lia Azula, da Casa Lua Crescente. Lembrem-se de Daphné Dioré e Jordyn Briar Burke, da Casa Lua Cheia, e de Harlow Kerr e Romie Brysden, da Casa Lua Minguante. Lembrem-se de seus nomes. E vamos honrá-los garantindo que mais nenhum aluno tenha o mesmo destino. Não há nenhuma glória esperando por vocês naquelas cavernas. Ali, não há nada além de morte.

Quando os alunos voltaram a encará-la, Emory afundou as unhas na pele outra vez. Sentiu os olhos arderem com lágrimas, mas se recusou a chorar. Foram meses se preparando para aquele momento, torcendo para que a poeira tivesse baixado durante as férias, para que o choque da tragédia tivesse se atenuado e os alunos de Aldryn tivessem se esquecido do ocorrido, como ela tão desesperadamente vinha tentando fazer.

Oito colegas morreram, e Emory era a única que restava.

Ela tinha a impressão de que as imagens que ardiam em sua mente podiam ser vistas por todos no auditório: nove calouros em círculo ao redor de uma coluna de rocha, com os punhos ensanguentados e uma marca em espiral na pele, emitindo um brilho prateado no escuro. O som da maré subindo antes do que deveria, a morte ávida por tomar o que era seu. O mar, as estrelas e o nome dela sussurrado em seu ouvido.

Corpos na areia.

Emory tinha sido muito ingênua em acreditar que algo assim seria esquecido rapidamente.

A reitora continuou seu discurso, mas a garota não ouviu uma palavra sequer. Foi só quando os alunos pararam de encará-la que Emory soltou um suspiro, relaxando lentamente os punhos cerrados. Havia sangue sob suas unhas e na palma das mãos, mas as feridas já saravam sozinhas. Bastava um pensamento para que sua magia de cura respondesse à atração da lua nova que a governava. Ela se concentrou naquele pequeno alívio enquanto a pressão em suas veias diminuía. Emory sentira aquela pressão inexplicável durante as férias: era como uma coceira que se intensificava até se transformar em um pulsar doloroso, a menos que ela sangrasse.

Ela olhou para as janelas atrás da reitora, atenta à brisa que entrava pelos vidros abertos. Jurou ter ouvido um sussurro, um chamado do mar, querendo abraçá-la novamente e puxá-la para baixo, cada vez mais fundo em direção às Profundezas...

Foi então que Emory o viu em sua visão periférica. Estava sentado a algumas fileiras de distância, observando-a por cima do ombro, formando uma barreira entre ela e o mar além. A luz incidia sobre metade de seu rosto, escondendo a outra metade nas sombras. Aquele olhar fixo a despertou de seus devaneios e fez com que todo o auditório mergulhasse em silêncio. Emory o reconheceu imediatamente, com seus traços bonitos e seus cílios grossos: a primeira pessoa que ela tinha visto depois de acordar ao lado dos corpos machucados e inchados.

"Você está viva", Emory se lembrava de ouvi-lo dizer, a voz quase abafada pelas ondas. "Você está bem." Ela havia se agarrado àquelas palavras como se fossem um bote salva-vidas, a única coisa impedindo-a de afundar.

Keiran Dunhall Thornby era a personificação exata de sua casa lunar. Tinha a luz intensa de uma lua cheia, repleta de potencial, e sua mera presença afastara toda a escuridão. Ele a encarava com fervor, como se quisesse se certificar de que ela continuava viva. Todos ao redor pareciam ter desaparecido e, por um segundo, foi como se os dois estivessem de volta na praia, tremendo em meio aos horrores daquela noite sem lua.

Num piscar de olhos, ele se virou, e o momento se dissolveu como espuma na areia.

Emory tocou a espiral em seu punho, temendo que a marca começasse a emitir o mesmo brilho prateado de quando apareceu na sua pele, por meio da magia antiga e obscura que residia em Dovermere. Ela se lembrou de como Keiran agarrara seu braço naquela noite, franzindo o cenho para a espiral recém-gravada. Ele tinha uma marca idêntica na própria pele.

Aquilo a assombrara durante o verão. Era impossível que Keiran tivesse sido marcado com o mesmo símbolo porque ele não estivera nas cavernas naquela noite, não participara do ritual. No entanto, ele a encontrara na praia no meio da madrugada. Quase como se estivesse esperando por Emory ou por qualquer um que saísse vivo daquelas cavernas.

Ele sabia algo sobre o que acontecera em Dovermere, Emory tinha certeza disso. Aquela era a única razão pela qual a garota voltara a Aldryn, a única coisa que a tirou do oceano de tristeza em que se afogava. E ela não descansaria até encontrar respostas.

— ... e desejo a todos um semestre brilhante. Muito obrigada.

As palavras de encerramento da reitora trouxeram Emory de volta ao presente. Os alunos já se levantavam das cadeiras, conversando alegremente, trocando apertos de mão e tapinhas nas costas, compartilhando anedotas sobre as férias. Ela se sentia alheia a tudo aquilo.

Com o olhar fixo em Keiran, Emory se preparou para o que precisava fazer. Seus pensamentos corriam a mil por hora e seu coração martelava no peito enquanto ela listava mentalmente tudo o que queria perguntar a ele. *É só ir até lá,* disse a si mesma. *Simples assim.* Mas nada daquilo era simples. Sem Romie por perto, cabia a Emory ser corajosa, algo quase impensável para uma pessoa tão tímida.

Enquanto ela se aproximava, o olhar de Keiran encontrou o seu. A garota sentiu as mãos suando, mas manteve os passos firmes, cerrando os punhos na tentativa de controlar os nervos. De repente, um grupo de alunos se aproximou e roubou a atenção de Keiran. Emory parou onde estava.

Frustrada, ela viu Keiran receber um beijo na bochecha de uma garota bonita de cabelos ruivos e trocar apertos de mão entusiasmados com outros garotos, abrindo um sorriso que exibia suas covinhas. Ele era tão carismático e parecia tão à vontade que foi difícil conciliar aquela cena com a imagem do garoto ensopado que existia na mente de Emory.

Em meio ao burburinho, a garota teve a impressão de ouvir seu nome. Quando se virou, viu Penelope West acenando do outro lado do auditório. A garota era uma das poucas amigas de Emory na academia, uma colega da Lua Nova com quem tinha a maioria das aulas. Ela gostava de Penelope, mas, de repente, a ideia de interagir com a menina efusiva e tagarela — ou com qualquer um, na verdade — parecia insuportável.

A conversa com Keiran teria que esperar.

Antes que Penelope pudesse alcançá-la, Emory escapuliu do auditório para ir se refugiar no dormitório.

O sol do meio-dia brilhava no céu, e feixes de luz passavam por entre as colunas dos claustros e iluminavam o pátio. Emory cruzou o gramado e reduziu a velocidade ao se aproximar da fonte, onde as Marés do Destino — Bruma, Anima, Aestas e Quies — projetavam sombras compridas no chão. As quatro divindades que governavam as casas lunares se erguiam em um círculo, de costas umas para as outras, na ordem correta do ciclo que representavam: a jovem Bruma da Lua Nova, a belíssima Anima da Lua Crescente, a maternal Aestas da Lua Cheia e a sábia anciã Quies da Lua Minguante. De forma acertada, a luz do sol tocava apenas Anima e Aestas, enquanto as outras duas permaneciam nas sombras.

Cada Maré estava virada para um dos caminhos que levavam aos quatro halls acadêmicos. O Hall Noviluna tinha portas pintadas de preto, como o céu durante a lua nova, que concedia aos membros da casa de Emory seus poderes de cura e adivinhação. O Hall Crescens era sempre vibrante, e a ele pertenciam os alunos nascidos durante a lua crescente, cuja magia estava atrelada ao crescimento, amplificação e manifestação. O Hall Pleniluna, majestoso e imponente, era daqueles que tinham os poderes da lua cheia, atrelados à luz, proteção, pureza e diligência. O Hall Decrescens, da lua minguante, era tão misterioso e sombrio quanto seus alunos, que lidavam com segredos e sonhos, memórias e morte — e fora a casa de Romie quando ela ainda estava viva.

Havia um quinto hall, mas nenhuma Maré zelava pela Casa Eclipse e nenhum caminho levava até sua porta discreta, quase escondida.

Emory parou diante da fonte e tocou a água sagrada, que acreditava-se ter sido abençoada pelas próprias Marés. A água vinha das cavernas míticas de Dovermere, e aquele era um dos motivos que levaram os fundadores de Aldryn a construírem a academia bem ali. Os alunos eram expressamente proibidos de pegar água da fonte, sobretudo para usá-la em práticas de sangria (uma maneira de acessar sua magia fora da fase lunar dominante, quando seus poderes permaneciam adormecidos). Ainda assim, tocar aquela água deveria trazer uma sensação de fortalecimento.

Mas não trouxe.

Emory observou as flores delicadas flutuando na superfície, duas para cada casa lunar: narcisos pretos, malvas-rosa azuis, orquídeas brancas e papoulas arroxeadas. Oito flores, uma para cada nome que havia sido gravado nas plaquetas de prata aos pés das Marés, almas entregues a seus cuidados para que fossem veladas nas Profundezas.

Um nome e uma flor para cada aluno levado pelo mar.

De repente, as flores se transformaram em corpos encurralados em uma caverna cercada pelo mar cruel. Emory se afastou da fonte no exato momento em que a porta da Casa Eclipse se abriu.

A pessoa que apareceu a fez estremecer.

Basil Brysden era alto, com pernas e braços compridos. Seus cabelos desgrenhados caíam em cachos até a altura do queixo. Ele vestia uma camisa mal abotoada e segurava uma pilha de livros contra o peito. Mantinha a cabeça baixa, como se quisesse parecer menor, ou talvez se tornar invisível. Baz conseguira isso havia muito tempo: ele era um fantasma, um eremita, uma figura sobre a qual se sussurrava nos cantos mais secretos da academia.

O Cronomago.

A manipulação do tempo era uma magia extremamente rara, mesmo entre aqueles nascidos no eclipse.

Baz se virou e avistou Emory perto da fonte. Se não fosse pelos óculos de armação grossa, a garota poderia jurar que aqueles olhos castanhos eram de Romie. Os irmãos tinham a mesma pele pálida e sardenta, as mesmas orelhas salientes. Mas não existia em Baz o espírito travesso da irmã, nem o olhar sonhador e distante que sempre enfurecia os professores. Ele também não possuía a faísca de curiosidade que se transformara num incêndio incontrolável e consumira tudo o que Romie tinha sido e poderia ter se tornado um dia. Os olhos de Baz não eram desafiadores como os da irmã, apenas tímidos e incertos.

— Emory — cumprimentou Baz, sem jeito.

O garoto parecia prestes a sair correndo para evitar aquela conversa. Emory entenderia se ele o fizesse.

— Você perdeu o discurso de boas-vindas — comentou ela, apenas para preencher o silêncio.

Apenas para abafar a culpa sufocante, porque o rosto de Romie pairava em sua mente, mas não o rosto de quando a amiga estava viva, e sim a feição cadavérica e rígida nos momentos fatídicos antes de o mar levá-la, quando Emory a viu pela última vez.

A garota mal conseguia imaginar o ressentimento que Baz devia guardar por ela ter sobrevivido ao que matara sua irmã.

Ele olhou para o auditório. Risos vinham daquela direção conforme os alunos se espalhavam pelo pátio.

— É, acho que sim — concordou Baz.

Analisando a expressão do garoto, Emory não soube ao certo se ele se ausentara de propósito ou se tinha se esquecido completamente do evento. Ela notou a tensão em seu rosto e se perguntou quando tinha sido a última vez que Baz sorriu. Emory se lembrava do riso fácil dele quando criança, numa época tão distante que parecia ter sido outra vida. Quando ela, Romie e Baz estudavam juntos em um colégio interno e saíam escondidos para correr descalços nos campos de flores silvestres, tão livres e despreocupados quanto as gaivotas que perseguiam até a praia.

Baz ajustou os livros nos braços e perguntou:

— Como você está? Como andam as coisas?

— Tudo bem — respondeu Emory, engolindo o nó na garganta e forçando um sorriso.

Ela avistou Keiran e seu grupo de amigos passando pelo claustro mais próximo. A brisa carregou as palavras deles até Emory: conversavam sobre ir até a praia para aproveitar as fogueiras de início do semestre. Embora a atenção de Keiran estivesse voltada para os amigos, Emory teve a nítida impressão de que ele estivera olhando para ela apenas um momento antes.

— Sentimos sua falta no funeral.

Ela se voltou para Baz imediatamente. Não havia rancor nem reprovação em sua voz, o que deixava tudo ainda pior. Se ele soubesse a verdade, se soubesse o que realmente acontecera nas cavernas, Emory não teria sido bem-vinda no funeral.

Suas bochechas ficaram vermelhas, e ela tentou pensar em uma desculpa, mas a verdade era que não tinha nenhuma. Ela pretendia ir ao funeral, tinha dito isso a Baz quando ele a convidou logo antes de irem embora de Aldryn após o período letivo anterior. Mas encontrar a mãe de Romie, mentir para Baz sobre o que acontecera, se despedir de sua melhor amiga enquanto ela mesma continuaria a viver... Emory não conseguira fazer nada disso. E, naquele momento, não conseguia suportar o olhar compreensivo de Baz e a culpa que a devorava por dentro. Sabia que o garoto devia ter muitas perguntas, mas ela não podia responder nenhuma.

— Desculpa — murmurou Emory, desviando o olhar. — Eu... tenho que ir. A gente se vê por aí?

Baz abraçou os livros com mais força e baixou os ombros, em sinal de alívio ou talvez de decepção. Ela não soube dizer ao certo, porque saiu correndo.

Chegar ao antigo dormitório foi como atravessar o oceano. Os alojamentos dos alunos do primeiro e do segundo ano ficavam no canto do campus, em um prédio simples de pedra coberto por heras. Lá, alunos de todas as casas eram divididos em quartos, sem levar em conta o sigilo gravado em sua pele. Somente no terceiro ano em Aldryn eles se mudavam para os alojamentos de suas respectivas casas lunares.

Emory se atrapalhou algumas vezes com a chave, mas a fechadura do seu quarto enfim se abriu. Ela entrou depressa, recostando-se na porta. Então soltou um suspiro profundo, grata pelo silêncio.

Ao observar o quarto, sentiu uma pontada no peito.

De um lado, sua cama estreita de metal estava exatamente como ela a deixara antes de ir embora, os lençóis e cobertores escuros perfeitamente arrumados sobre o colchão. Havia o grande armário de mogno onde suas roupas ficaram esquecidas e uma pequena escrivaninha no canto, abarrotada de livros e canetas-tinteiro. Tudo permanecia intocado pelo tempo, como se os últimos quatro meses nunca tivessem acontecido. Como se Emory não tivesse ido embora e tudo ainda fosse como antes.

Mas não era, porque o outro lado do quarto, o lado de Romie, estava vazio.

A cama continuava lá, o armário e a escrivaninha também, mas os pertences da amiga — as decorações que não combinavam muito bem, os livros obscuros, as pilhas bagunçadas de roupas, as plantas raras e espinhosas, as xícaras de chá esquecidas e os pratos cheios de migalhas... Todas aquelas coisas haviam desaparecido, levadas como a maré levara a própria Romie.

Não restara vestígio algum, mas Emory pensou na amiga mesmo assim, lembrando-se da última vez que haviam estado juntas ali.

Naquele dia, Romie estava debruçada sobre a escrivaninha, iluminada por um raio de sol, seus cabelos na altura dos ombros brilhando como cobre. Quando Emory entrara no quarto, a amiga se sobressaltara e esbarrara em uma xícara, derrubando chá por toda a mesa.

"Pelas Marés, você quer me matar de susto?", perguntara Romie, irritada, endireitando a xícara.

O gato em seu colo tinha pulado para o chão com um miado enfezado e ido se empoleirar no parapeito da janela. Romie encontrara Penumbra nas dependências de Aldryn durante a primeira semana do ano letivo e o acolhera, apesar de animais de estimação serem proibidos nos dormitórios.

"Bom, é lua nova... Seria interessante testar minhas habilidades de cura em uma cobaia viva", brincara Emory, deixando os livros que trazia em cima de sua escrivaninha.

Romie não estava no clima para piadinhas. Aborrecida, ela tentara secar o chá derramado na mesa, posicionando-se na frente dos papéis bagunçados para bloquear a visão de Emory.

"Com o que você está tão ocupada a ponto de não aparecer para jantar comigo? Tive que ficar ouvindo Penelope falar sobre magia das trevas, parecia que nunca ia acabar", reclamara Emory, tentando manter um tom descontraído, mas sem conseguir esconder o ressentimento na voz.

Romie vinha agindo de forma estranha: vivia se esquecendo dos planos que as duas tinham juntas e estava retraída e reservada como nunca. Na verdade, Emory notara uma mudança nela desde o momento em que chegaram à Aldryn. Porém, no começo, não quisera acreditar, culpando a carga de estudos e os horários desencontrados pela fenda que se abria entre elas. As duas se conheciam desde os dez anos de idade e sempre compartilharam *tudo*, mas algo havia mudado. Emory tinha medo de descobrir o que estava acontecendo, medo de perder sua única amiga de verdade.

"Só estou fazendo umas pesquisas", respondera Romie, distraída, pegando os papéis sujos de chá e os enfiando dentro da mochila.

Emory dera uma olhada nas roupas amarrotadas da amiga e em sua cama bagunçada.

"Você dormiu a tarde toda?"

"Eu estava estudando. Sabe como é, coisa de Sonhadores."

Coisa de Sonhadores. Era o que Romie falava havia meses para explicar o tempo que passava no mundo dos sonhos, como se isso não a estivesse consumindo, exaurindo sua energia radiante.

"Não dá para continuar assim, Ro. Você está matando aula, passando tempo demais nos sonhos. Não é saudável."

"Eu estou ótima."

"Consigo ver suas olheiras."

"Você não entende."

Romie colocara a mochila nos ombros e se encaminhara para a porta. Emory tinha entrado em alerta ao ver a mão da amiga na maçaneta, como se soubesse que, caso Romie saísse do quarto naquele momento, a fenda entre elas se transformaria em um precipício intransponível.

"Ro, estou falando sério. Está tudo bem mesmo?"

Romie relaxara os ombros. Então, tinha se virado para Emory, os lábios curvados em um sorriso familiar, os olhos dourados sob a luz do sol. Emory chegara a pensar que talvez estivesse exagerando, que talvez tudo pudesse voltar a ser como antes.

"Está tudo bem, Em", prometera Romie.

Ela continuara parada ali por um momento e, embora seu sorriso não tivesse diminuído, uma sombra de hesitação havia escurecido seu semblante. Emory imaginara que a amiga estivesse prestes a falar a verdade, a finalmente revelar os segredos que a corroíam, mas Romie simplesmente abrira a porta e dissera:

"Nos falamos depois."

Assim que a porta se fechara, Emory tinha se voltado para a escrivaninha de Romie, curiosa e preocupada demais para deixar aquilo para lá. Esquecido sob um frasco de água salgada, havia um pedaço de papel manchado de chá, cuidadosamente queimado nas bordas, onde lia-se O.S. No verso, as palavras *Baía de Dovermere, 22h* estavam escritas em letras prateadas.

Ela colocara o bilhete de volta no lugar, tomada por uma onda de pavor que invadira sua boca com gosto de cinzas. Os alunos evitavam a baía devido à sombra escura que as infames cavernas lançavam sobre a região. A primeira coisa que os calouros ouviam ao chegar à Aldryn eram as histórias dos afogamentos ocorridos ali ao longo dos anos. É claro que sempre havia alunos inconsequentes que se aventuravam nas cavernas para impressionar os colegas, mas Emory não acreditava que Romie seria imprudente àquele ponto. No entanto, quando o relógio se aproximara das dez da noite e Romie ainda não tinha voltado para o quarto, Emory entrara em pânico. Ela analisara o bilhete outra vez, se perguntando o que era O.S. e se isso tinha algo a ver com o novo comportamento de Romie.

Quando o pressentimento se tornara impossível de ignorar, Emory havia guardado o bilhete no bolso e descido até a Baía de Dovermere a tempo de ver Romie e sete outros alunos entrarem nas cavernas onde encontrariam a morte.

Emory afastou as lembranças assombrosas daquela noite. O quarto de repente pareceu muito pequeno e abafado. Ela foi depressa para o vitral que ficava entre as camas e escancarou a janela, deixando a brisa entrar e acariciar seu rosto. Emory respirou fundo, enchendo os pulmões de ar, e o pânico foi diminuindo lentamente.

Com a testa pressionada no batente da janela, ela xingou baixinho.

Talvez o retorno para Aldryn tivesse sido um erro. Durante as férias, ela havia conseguido fingir que aquela noite terrível nas cavernas nunca acontecera. Ela havia conseguido olhar para o Aldersea sem sentir o peso esmagador da culpa sobre os ombros. Porque, embora seu lar e Aldryn fizessem fronteira com o mesmo mar, não compartilhavam a mesma costa nem as lembranças sofridas de escuridão e afogamento. Mas, ao olhar para a metade vazia do quarto que fora de sua melhor amiga, Emory só conseguia enxergar tudo que poderia ter feito diferente.

Se ela tivesse dito algo que impedisse Romie de sair por aquela porta... Se não tivesse ido atrás dela... Se não tivesse entrado nas cavernas... Se tivesse sido mais rápida, mais *poderosa* a ponto de salvar todos, de curá-los como ela havia curado a si mesma...

Se não tivesse voltado para Aldryn, ela não teria que se perguntar nada disso nem enfrentar aquela culpa sufocante. Poderia simplesmente se desligar de tudo.

Mas, durante as férias, Emory tentara ficar entocada no quarto, ignorando a tudo e a todos, até que a visão da marca em seu punho, os pesadelos com os acontecimentos daquela noite e a sensação de *incômodo* em seu sangue a tiraram de seu estupor e ela soube que não tinha escolha. Precisava retornar, descobrir por que aqueles alunos foram até as cavernas e garantir que ninguém mais tivesse o mesmo fim.

Era o que Romie teria feito se os papéis estivessem invertidos.

O leve indício de uma voz entrou pela janela, ou talvez fosse apenas a brisa. Lá embaixo, no pátio, Emory avistou Keiran perto da fonte. A sensação-fantasma de seu olhar intenso sobre ela permanecia, e a lembrança eriçou os pelos de sua nuca.

Você está viva. Você está bem.

Ela fechou a janela no mesmo instante, mergulhando o quarto em silêncio outra vez. Depois foi até o guarda-roupa.

Ela iria às fogueiras.

BAZ

Não era raro Baz Brysden perder a noção do tempo, o que era irônico, dada a natureza de sua magia. Bastava um livro fisgá-lo para se esquecer de comer, de dormir e de existir como um todo. Nada o deixava mais feliz do que bibliotecas, e a Academia Aldryn tinha muitas opções para satisfazê-lo. Quatro, mais precisamente: uma biblioteca para cada uma das quatro casas lunares. Havia também a pequena coleção de livros mantida no Hall Obscura, lar dos alunos da Casa Eclipse. No entanto, Baz tinha a convicção de que algumas prateleiras com calhamaços empoeirados dentro de uma sala de aula mal aproveitada não constituíam uma biblioteca, ainda que fosse um lugar bastante silencioso para se estudar. Mais silencioso recentemente, com a ausência de Kai.

E havia também a Cripta, o coração de todo o conhecimento, escondida no subterrâneo de Aldryn, bem na junção das quatro bibliotecas. Lá se encontravam alguns dos textos mais antigos e valiosos do mundo, protegidos contra ladrões, visitantes indesejados e a implacável passagem do tempo. Apenas alguns professores e alunos tinham acesso ao lugar, e somente com autorização prévia da reitora.

Baz estava em Aldryn havia três longos anos e ainda não colocara os pés na Cripta, apesar de auxiliar a professora Selandyn com pesquisas que frequentemente exigiam a leitura de textos que se encontravam lá dentro. Mas a professora era peculiar quando se tratava de seus livros e de seu trabalho. Ela era omnilinguista, uma faceta da magia desatadora que permitia que ela compreendesse e falasse qualquer idioma — uma habilidade benigna, o que era incomum na magia do eclipse, e que lhe rendia grande respeito e prestígio.

Ela confiava implicitamente em Baz ao tê-lo como seu assistente, mas nunca o deixava fazer mais do que resolver pendências e transcrever na máquina de escrever as anotações que ela tomava à mão. Era uma tarefa quase impossível, visto que a caligrafia dela era praticamente ilegível, mas o garoto aprendera a desempenhá-la.

No entanto, aquele dia foi diferente. A professora Selandyn precisava de um livro para sua pesquisa mais recente — sobre a mitologia acerca do desaparecimento das Marés — e mandara Baz buscá-lo na Cripta.

"É seu último ano de graduação", dissera ela para o assistente, que estava na sala dela pela manhã em vez de no auditório. "Está na hora de começar a ter mais responsabilidades se quer mesmo se tornar professor."

Baz ouviu o recado no silêncio que se seguiu e enxergou a verdade na tristeza que ela usava como um manto: com a ausência de Kai, e sendo ele próprio o único sob sua tutela, a professora Selandyn já não estava mais tão entusiasmada com o magistério. Ele provavelmente conduziria seus estudos por conta própria naquele ano, enquanto ela ficava no escritório com seus livros, suas pesquisas e quantidades abundantes de chá.

A recepcionista da Cripta era uma aluna vagamente familiar. A tatuagem prateada em sua mão, uma lua crescente entrelaçada com malvas-rosa azuis, contrastava com a pele marrom. Ela segurava um livro que Baz conhecia muito bem: uma das edições mais recentes de *Canção dos deuses afogados*. O garoto ficou animado. Ele não gostava de perder tempo com conversas triviais — ou com qualquer interação social, como Romie sempre reclamava, insistindo incansavelmente para que o irmão se interessasse por qualquer coisa além de livros —, mas já que ele seria *obrigado* a falar com alguém, que fosse sobre esse assunto.

— Já está na parte em que o erudito encontra outros mundos? — perguntou ele.

A moça sorriu e fechou o livro.

— Só o mar de cinzas, mas estou quase chegando no trecho em que ele encontra Wychwood.

— *A caixa torácica que protege o coração do mundo* — recitou Baz.

A garota levou a mão ao peito em um gesto teatral.

— Minha parte favorita — disse ela, com um sorriso melancólico.

Baz coçou a nuca, sem conseguir pensar em mais palavras para continuar a conversa. Atrás da recepção, embutida na parede de pedras rústicas, havia uma porta prateada e imponente, forjada com padrões intrincados de ondas espumosas e com as imagens das Marés do Destino. Elas eram as guardiãs perfeitas para o que estava ali dentro.

— Trouxe a autorização? — perguntou a garota.

Baz colocou sua pilha de livros no balcão e pegou o precioso papel na bolsa, sentindo os dedos formigarem de empolgação.

O olhar da recepcionista pousou sobre a mão estendida de Baz. Sua expressão amigável desapareceu assim que percebeu o sigilo gravado na pele dele.

Baz achava que a insígnia do eclipse era a mais marcante de todas: uma lua escura eclipsando um girassol dourado, com pétalas cuidadosamente detalhadas. No entanto, aquela imagem era enganosa, pois nada na Casa Eclipse era delicado ou particularmente bonito. Muito menos aos olhos dos outros alunos.

O sorriso da garota murchou ao reconhecer aquele símbolo.

Baz, por sua vez, se esforçou para continuar sorridente.

— A reitora Fulton assinou hoje de manhã — disse ele, ainda segurando o papel.

Cada segundo passado com o braço estendido parecia ser mais um golpe na armadura ao redor do seu coração. Ele já estava acostumado com o mal-estar que se espalhava quando as pessoas percebiam quem ele era. *O que* ele era. Mas nunca deixou de doer. E, depois de Emory agir como se tivesse medo de estar em sua presença ao encontrá-lo no pátio, a ferida estava mais aberta do que nunca.

Baz se lembrava da época em que Emory ficava encantada com tudo relacionado à Casa Eclipse, em que ela não o olhava da mesma forma que as outras pessoas, como se o garoto fosse uma bomba-relógio prestes a explodir. Ela fizera Baz acreditar que era muito mais do que sua magia. Pelas Marés, por causa de Emory, ele chegou até a *gostar* de sua magia. Mas agora aquele sentimento se tornara tão estranho para ele quanto o princípio de amizade que tivera com ela, ambos reduzidos a pó.

A garota por fim pegou a autorização e a leu com atenção. Em seguida, escreveu alguma coisa no livro de registros no balcão. O silêncio ecoava entre eles. Se não fosse tão cuidadoso, Baz poderia ter voltado no tempo, retrocedido poucos minutos até antes de mostrar a mão com aquele sigilo amaldiçoado que sempre fazia as pessoas o tratarem diferente. Mas o tempo avançou com lentidão, até que, para seu alívio, a garota vasculhou uma gaveta e entregou e ele um delicado bracelete de prata.

— É um protocolo especial para os alunos da Casa Eclipse — explicou ela, um pouco envergonhada. — Caso você... — Ela fez um gesto vago com a mão. — Você sabe.

Não era difícil adivinhar o que ela queria dizer: caso a magia dele saísse do controle e provocasse o Colapso, uma implosão horrível de si mesmo que acontecia quando os nascidos no eclipse não conseguiam conter a própria magia.

— Claro.

Baz pegou o objeto mágico, tentando reprimir o rubor que subia por seu pescoço.

O bracelete era mais simbólico do que útil, uma mera demonstração de boa vontade e cooperação, já que ele poderia tirá-lo facilmente. Baz não se incomodava de usá-lo — afinal, era um grande defensor e seguidor de regras. Mas, nas raras ocasiões em que era obrigado a fazê-lo, ficava pensando que aqueles braceletes eram *feitos* com a magia do eclipse: prata imbuída com o poder dos Nulificadores, um dos dons mais comuns entre os nascidos no eclipse. E aquela mesma magia era usada nas pessoas que entravam em Colapso — *marcada* na pele delas para selar permanentemente sua magia. A ironia o deixava com vontade de vomitar.

— Desculpa — murmurou a garota. — É uma precaução necessária.

Baz sentiu vontade de desaparecer para sempre.

Mas parte dele entendia. A magia do eclipse era instável, imprevisível. Em nada se comparava com a magia estruturada e limitada praticada pelas outras casas. E se ele sofresse o Colapso na presença de livros valiosos como aqueles...

De fato, era uma precaução necessária.

Baz apertou a trava em torno de seu punho enquanto a funcionária balbuciava mais um pedido de desculpas.

— Tudo bem — disse ele.

"Tudo bem", dissera Emory no pátio, embora parecesse longe de ser verdade. Exaustão e tristeza estavam estampadas em seu rosto pálido. Baz teve dificuldade para associar aquela garota à que habitava suas lembranças: com seus olhos azuis franzidos em riso, cabelos esvoaçantes como fios de ouro, enquanto ela corria à frente dele quando eram mais novos, ambos tentando alcançar a irmã. Era como se a parte mais radiante dela tivesse se afogado na primavera anterior e jazesse nas profundezas de Dovermere, junto com Romie.

A forma como ela minimizou a própria ausência no funeral de Romie, como se tivesse deixado de comparecer a algo corriqueiro, como um grupo de estudos ou um encontro para um café...

Baz tentou não se aborrecer com isso. Ele nem conseguia imaginar a severidade do trauma que ela estava enfrentando. Se estivesse no lugar de Emory, provavelmente também não teria tido forças para ir ao funeral. Ele próprio tinha ficado por um fio, já que havia sido responsável por organizar tudo enquanto a mãe se rendia ao luto.

Mas teria sido bom se Emory estivesse lá. Teria sido bom dividir o peso da dor com ela.

A recepcionista pigarreou, batendo com a caneta no livro de registros, e explicou:

— As regras são as seguintes: você tem direito a trinta minutos na Cripta. Durante esse tempo, você pode dar uma olhada no que quiser, mas não pode retirar nenhum livro além do que consta na sua autorização.

Ela olhou para o papel e ergueu uma sobrancelha ao ler o título no topo: *As Marés do Destino e a Sombra da Destruição: Um estudo teológico sobre a história da magia lunar,* de Hoyaken et al.

Baz resmungou que o livro era para fins de pesquisa, percebendo que o título fazia com que o assunto parecesse um saco. A mitologia das Marés e da Sombra estava integrada no mundo moderno, mas as pessoas tinham deixado de acreditar nela havia muito tempo. Não passava de uma fábula para crianças, uma história de origem para explicar a magia... e o motivo de grande parte do desprezo que se nutria pela Casa Eclipse.

— Seu livro está no corredor H. Tem outro funcionário lá dentro se você precisar de ajuda. E, por último, é estritamente proibido usar magia enquanto estiver na Cripta. — A recepcionista olhou para ele de soslaio. — Mas não acho que isso vai ser um problema.

O bracelete parecia queimar sua pele.

— Alguma pergunta? — acrescentou ela.

Baz olhou para o exemplar de *Canção dos deuses afogados* que a garota havia deixado sobre o balcão. Embora sua razão para entrar na

Cripta fosse a pesquisa da professora Selandyn, a única coisa que Baz desejava ver era o manuscrito original de seu livro favorito, talvez tocar as páginas em que o próprio Cornus Clover escrevera. Para fãs como Baz, já era um privilégio andar pelos corredores de Aldryn sabendo que Clover estudara ali muito tempo atrás, sentar-se nas mesmas salas de aula e frequentar as mesmas bibliotecas tarde da noite. Mas poucos tinham a oportunidade de ver o *manuscrito* de seu livro.

Baz queria ser uma dessas pessoas, mas sentiu-se pressionado pela postura impaciente da recepcionista e balançou a cabeça.

Se tivesse tempo, ele encontraria o manuscrito por conta própria.

Com uma chave de aspecto incomum, a recepcionista destrancou a porta prateada, que se moveu para a frente e depois deslizou para a esquerda, rangendo no chão de pedra. Uma luz difusa veio de dentro da Cripta. De repente, a garota se posicionou diante da passagem, bloqueando o caminho, e perguntou:

— Você é o irmão da Romie, não é? O Cronomago?

Baz ficou atônito diante da maneira familiar como ela dissera o nome da irmã e tentou não estremecer ao ouvir aquele maldito título, *Cronomago*, dito com um misto de terror e admiração.

Ele assentiu, sentindo um nó na garganta.

— Ela era uma Sonhadora e tanto — comentou a garota.

Como a recepcionista estava contra a luz, Baz não conseguiu ver a ternura em sua expressão, mas a ouviu com clareza em sua voz.

Isso não era surpresa. Romie tinha sido como um raio de sol e encantava as pessoas sem esforço. Baz admirava a espontaneidade e a desenvoltura com que a irmã se movia, falava e sonhava. Talvez até a invejasse.

Pelas Marés, como ele sentia saudade de Romie.

A recepcionista se afastou e Baz passou pela porta, atraído pela magia dos livros antigos.

— Ah, fica no corredor C — disse ela, se acomodando na cadeira atrás do balcão e pegando o exemplar de *Canção dos deuses afogados* para retomar a leitura. — O manuscrito fica no corredor C.

Então a porta prateada se fechou, como se tivesse vontade própria, e Baz se viu sozinho na Cripta.

Ele seguiu por um corredor estreito de pedra, ladeado por arandelas de bronze rebuscadas, todas acesas com luz mágica permanente, um invento secular dos Guardiões da Luz, da Casa Lua Cheia, que resistiu ao advento da eletricidade. O corredor parecia infinito até enfim desembocar em uma ampla sala circular, cujas paredes davam para corredores repletos de livros. Baz teve a impressão de estar no centro de um relógio, como se os corredores fossem as marcações que representavam os minutos. As prateleiras altas chegavam até o teto abobadado. No centro, havia uma abertura de onde caía uma cortina de água.

Baz se aproximou do guarda-corpo de mármore no meio da sala. Quase conseguia alcançar a delicada cachoeira, sentia a névoa fria em seu rosto. Ele sabia que a água vinha da Fonte do Destino, que devia estar logo acima. A água caía rumo à escuridão lá embaixo, profunda demais para que ele conseguisse enxergar o chão, se é que havia um.

O garoto finalmente se deu conta de que o tempo estava passando e se dirigiu para o corredor H, onde encontrou com facilidade o exemplar de *As Marés do Destino e a Sombra da Destruição*. Era um dos maiores livros que ele já tinha visto, e seus braços tremeram quando ele tirou o volume pesado da prateleira.

Baz não ousava questionar as pesquisas da professora Selandyn, por mais maçantes, inócuos ou ridículos que os temas pudessem parecer em um primeiro momento. Certa vez, ele a ajudara a compilar uma lista de pântanos pouco conhecidos ao redor do mundo e ficou impressionado com o artigo brilhante da professora sobre os efeitos variados da água salgada e da água doce nas práticas de sangria. E, no ano anterior, quando ela estudara a influência das luas de sangue sobre o acasalamento das geleias-do-pente-sangrento, Baz achou que ela tinha enlouquecido. O prêmio que ela recebeu por essa pesquisa provou que ele estava errado.

A mente de Beatrix Selandyn era elogiada em todos os círculos acadêmicos. Em Aldryn, ela não sofria antagonismo como os demais nascidos no eclipse e era extremamente respeitada. Baz sabia que tinha sorte de ser seu assistente. Ainda assim, não conseguia deixar de se perguntar por que ela decidira estudar um mito no qual a Casa Eclipse era a vilã.

Segundo a mitologia, antes de as Marés desaparecerem, a magia era acessível a todos, independentemente da fase da lua em que nasceram. As pessoas podiam prever o futuro, controlar o crescimento das plantas, produzir luz e trevas, entrar em sonhos e ceifar vidas, desde que fizessem oferendas às Marés. Porém, quando as divindades deixaram os litorais, elas fragmentaram a magia de acordo com as casas lunares e os alinhamentos das marés. Desde então, os que possuíam magia só podiam praticar a habilidade com a qual haviam nascido.

E, como se acreditava que as Marés tinham abandonado o mundo para destruir a Sombra da Destruição — uma figura sombria e profana associada à Casa Eclipse —, os nascidos no eclipse carregaram a culpa dessas restrições por séculos. As pessoas acreditavam que a magia do eclipse havia sido roubada das Marés e que, portanto, não deveria pertencer aos que a possuíam. Eles eram forasteiros entre os portadores de magia, uma exceção que não se encaixava direito no ciclo lunar sagrado em torno do qual o mundo girava.

Tudo neles era ao contrário.

Enquanto os demais tinham seus sigilos na mão direita, os nascidos no eclipse eram marcados na mão esquerda.

Enquanto as quatro casas lunares principais estavam associadas a uma das Marés, a deles estava ligada à Sombra, a portadora de maus presságios, o grande olho no céu que obscurecia o mundo e concedia a pessoas como Baz poderes estranhos.

E, enquanto a magia das outras casas era possível apenas durante a fase lunar dominante — ou seja, só por alguns dias a cada mês, a menos que fossem acessadas por meio de sangria —, a magia do eclipse podia ser acessada a qualquer momento, independentemente da fase da lua e sem necessidade de oferta de sangue.

Um poder tão perene despertava inveja em alguns, mas, na verdade, era um fardo. Uma maldição. Por isso Baz se dedicava aos livros e ao conhecimento, optando por aprimorar sua mente em vez de testar os limites da sua capacidade de controlar o tempo. Ele sabia que muitos matariam por aquele dom, ainda que pertencesse à Casa Eclipse. Era visto como um poder inigualável, capaz de rivalizar com os deuses e de desfazer a trama da vida. O próprio Baz já pensara em usar seu dom para alterar os acontecimentos que o assombravam — a morte da irmã, o Colapso do pai —, mas nunca teve coragem. O tempo era de natureza frágil e instável, e não seria prudente assumir riscos com a magia do eclipse. Por essa razão, Baz desejava se tornar professor em Aldryn e quis ser assistente da professora Selandyn. Ele vira muitos nascidos no eclipse serem consumidos pelo próprio poder e, como professor, talvez pudesse prevenir que mais pessoas sofressem o Colapso.

Carregando o livro pesado, Baz caminhou de volta para o centro da Cripta, olhando ao redor à procura do corredor mencionado pela garota. Estava apenas a algumas fileiras de distância. Não havia sinal do outro funcionário nem de qualquer pessoa.

Baz não resistiu e se dirigiu ao corredor C.

O manuscrito de *Canção dos deuses afogados* estava exposto em um cavalete delicado e trancado em uma caixa de vidro. Não passavam de páginas amareladas, mas a visão do título desbotado na capa surrada incendiou a alma de Baz. Ele ansiava por sentir o manuscrito em suas mãos, por ler as palavras de Clover como ele originalmente as concebera.

Baz espiou por cima dos ombros. Seria tão errado assim infringir as regras uma só vez? Talvez nunca houvesse outra oportunidade de entrar na Cripta...

Sem pensar muito, ele pousou o livro da professora ao lado da caixa de vidro e soltou o bracelete de prata que trazia no pulso. Seus poderes vibraram em resposta, correndo em suas veias. Antes que pudesse mudar de ideia, ele invocou sua magia cuidadosamente. Foi simples acessar os fios do tempo conectados ao cadeado e selecionar o fio que levava a um momento em que estivera destrancado.

Então, com um clique, a trava do cadeado se soltou. O painel de vidro se abriu com o toque de Baz, e lá estava *Canção dos deuses afogados*, à sua disposição.

O garoto se sentiu como o erudito da história, acessando um livro misterioso que poderia transportá-lo para outros mundos. Ele colocou luvas brancas de algodão próprias para o manuseio de volumes antigos e pegou o livro com reverência, folheando a primeira página.

— Há um mundo no coração de todas as coisas onde deuses afogados reinam sobre um mar de cinzas — leu Baz em voz alta.

Ele prendeu a respiração e aguardou ser transportado para o território sob o céu sem cor sobre o qual lera tantas vezes. Uma parte ingênua de Baz tinha esperança de que isso realmente pudesse acontecer.

Mas portais não existiam, por mais imersivo que um texto fosse. Baz riu de si mesmo.

Então abriu o livro na última página. Ele percebeu que parecia ter sido arrancada: tudo o que restava era uma nesga de papel preso à lombada. É claro que ele já tinha ouvido os boatos sobre um suposto epílogo, descartado antes que a história fosse impressa. Kai falava sobre isso o tempo todo, obcecado pelas teorias do que Clover poderia ter escrito.

"Vai ver o livro termina dizendo que tudo não passou de um sonho maluco", brincava ele. "Ou talvez o erudito tenha passado anos demais inalando poeira de livros velhos e mofados e a história toda seja apenas uma viagem psicodélica."

Baz revirava os olhos e rebatia:

"Até parece que Clover se prestaria a esse papel."

"Acho que nunca saberemos, não é?"

Baz continuou a folhear o livro com cuidado, ciente do tempo que passava. Ele pensou em usar sua magia para fazer os minutos durarem um pouco mais, mas quebrar as regras uma única vez já era suficiente. Ele estava prestes a colocar o manuscrito de volta na caixa de vidro quando um papel caiu do meio das páginas e aterrissou a seus pés. Por um momento delirante, Baz achou que podia ser o epílogo perdido, mas era apenas um bilhete. Um papel rasgado com tinta borrada e palavras rabiscadas às pressas. Mas aquela caligrafia...

Ele conhecia aquelas letras curvas, aquele ponto de interrogação exageradamente elaborado.

O *chamado entre as estrelas* = DOVERMERE?
ENCONTRAR EPÍLOGO

O chão pareceu ruir. Ele releu o bilhete várias vezes, sentindo um nó na garganta diante da impossibilidade que tinha em mãos, algo mais delicado e precioso do que o próprio manuscrito.

Baz não tinha dúvidas de que aquela era a letra de Romie.

Ela sublinhara DOVERMERE tantas vezes e com tanta força que era surpreendente a caneta não ter perfurado o papel. A mensagem era interrompida abruptamente, com a última letra de EPÍLOGO se transformando em um longo risco que revelou para Baz que a irmã tinha pressa.

Não fazia sentido. Romie deixara de ligar para aquele livro após a infância e vivia rindo de Baz por gostar tanto de um livro para crianças. Então por que o súbito interesse pelo manuscrito de Clover e pelo epílogo perdido? Como ela tinha conseguido autorização para entrar na Cripta?

Ele deslizou o dedo sobre as palavras de Romie, se perguntando se ela teria entrado ali *sem* autorização, se teria se assustado com alguma coisa ou sido pega no flagra enquanto escrevia aquele bilhete, e por isso o deixara entre as páginas do manuscrito.

Baz sentiu náusea ao se lembrar de uma conversa que tivera com Romie alguns meses antes do afogamento. Antes que as coisas desandassem entre eles.

Os dois tinham voltado para casa durante o Solstício de Inverno e Romie passara a semana inteira assoviando uma melodia de dar nos nervos. Quando Baz finalmente ficara de saco cheio e perguntara que música horrível era aquela, os olhos da irmã brilharam do jeito sonhador que era típico dela.

"É uma música que escuto nos meus sonhos às vezes", dissera ela, pegando o exemplar surrado de *Canção dos deuses afogados* das mãos de Baz e rindo de sua reação indignada. "Tipo a do seu livrinho."

Baz bufara.

"Então agora você ouve o divino?"

"Ou talvez seja o guardião tentando me enganar para me levar até o portão", sussurrara Romie, em um tom conspiratório.

"Não é assim que... O guardião não *engana* ninguém."

"Ele literalmente sabia sobre a armadilha dos deuses afogados e mesmo assim decidiu desenhar um mapa até a porta deles. Não é uma atitude muito honesta."

Ela não estava *totalmente* errada. Na história, o jovem guardião do quarto reino guiava os heróis até o portão do mar de cinzas para que libertassem os deuses afogados... e ficassem presos em seu lugar. Por mais que os deuses fossem os compositores daquela orquestra maligna, o guardião tinha sido o instrumento perfeito para executar aquela melodia. Ele se dispusera a fazer as vontades dos deuses porque achava que era mais esperto do que eles e que conseguiria escapar do destino sombrio que aguardava a ele e a seus companheiros. Mas era impossível derrotar os deuses e, no final, sua ingenuidade acabou por condenar o guardião e os demais heróis.

Romie tinha cantarolado novamente aquela melodia enlouquecedora, enquanto folheava as páginas ilustradas do livro, e perguntado:

"Dá vontade de segui-la, não dá?"

E se ela tivesse feito exatamente isso?

Um som metálico fez Baz dar um pulo. Ele ouviu passos e uma voz aguda ao longe. Sentiu um calafrio ao perceber que seu tempo estava acabando.

Ele não era mais bem-vindo ali.

Baz enfiou o bilhete no bolso antes de trancar o manuscrito, descartar as luvas brancas e prender o bracelete no pulso outra vez. Colocou o livro pesado debaixo do braço e voltou correndo para o centro da Cripta, onde viu uma silhueta desaparecendo pelo corredor H. Com certeza era o funcionário indo dizer a ele que seus trinta minutos já tinham acabado.

Sentindo o estômago se revirar, Baz se apressou até a saída da Cripta. De volta à recepção, a garota olhou para ele por cima do livro que estava lendo, alheia às batidas aceleradas do coração do garoto.

— Encontrou o que queria? — perguntou ela.

Baz assentiu distraidamente, entregando o bracelete e o calhamaço para que ela anotasse a data de retirada no cartão dentro da capa. Depois ele agradeceu e foi embora, carregando o peso do livro recém-obtido, dos livros que já estavam com ele e de todas as perguntas para as quais não tinha resposta.

"Ela era uma Sonhadora e tanto", dissera a recepcionista sobre Romie.

E ela era mesmo. Tinha sido. Não apenas no seu alinhamento de maré — uma Sonhadora da Casa Lua Minguante, capaz de entrar nos sonhos das pessoas com a mesma facilidade com que entrava em seus corações —, mas uma sonhadora em todos os sentidos da palavra: ousada, passional e mais brilhante do que qualquer estrela no céu.

Romie era a antítese da existência contida de Baz. Ela nunca conseguira entender o quanto ele gostava de simplesmente ficar em silêncio lendo um livro, nem por que ele queria continuar em Aldryn depois de terminar a graduação. Ela se rebelava contra pequenas aspirações e queria viver tudo que fosse possível em Aldryn antes de partir para explorar o mundo e encontrar seu lugar nele. Romie nunca o perdoara por não sonhar tão alto quanto ela.

"A vida real não acontece nos livros, Baz", criticava ela.

Mas os livros permitiam que Baz sonhasse sem medo de cair.

Porque este era o problema: os que sonhavam grande e voavam alto demais acabavam caindo. E se Romie tivesse ido atrás de algo que estava além de sua compreensão? E se suas ideias mirabolantes a tivessem levado para Dovermere e para a morte que a aguardava na caverna?

Havia uma pessoa que talvez soubesse as respostas. Alguém que conhecia Romie melhor do que Baz.

Talvez Emory estivesse sendo assombrada por algo maior do que o luto.

EMORY

O sol se punha no horizonte quando Emory atravessou a cidade em direção à praia. Cadence ficava próxima ao extremo norte da ilha Elegy, situada em meio ao Aldersea. A leste, havia a ilha Trevel, que era muito maior, e ao sul havia o extenso Arquipélago da Constelação. Tudo isso era cercado pelas vastas Terras Remotas. Se o mundo tivesse um formato espiral, Elegy seria o ponto central, e Cadence era, de longe, seu maior atrativo. Era menor do que a cidade portuária de Threnody, que ficava um pouco mais ao sul, porém muito mais charmosa, com paisagens que pareciam saídas de cartões-postais. Havia casas de pedra, jardins bem cuidados e salgueiros que dançavam ao sabor do vento. Aos olhos de Emory, a cidade perdera um pouco do charme, contaminada pela lembrança dos afogamentos, mas continuava popular como sempre entre os alunos.

Em duplas ou pequenos grupos, os estudantes perambulavam pelas ruas de paralelepípedos, ocupando cafés e tavernas e saindo das lojas de conveniência com sacolas de suprimentos que Emory deduziu serem para as fogueiras: bebidas alcoólicas de qualidade duvidosa, pacotes de batata chips, linguiças para assar, feixes de lenha e galões de gasolina. As fogueiras também eram usadas para queimar cadernos e objetos do ano anterior, uma tradição para abandonar o passado e começar um novo ciclo. Romie adorava essa parte.

Emory tirou os sapatos ao chegar à areia branca. A praia se estendia por toda a cidade e era contornada por grama alta e esvoaçante. O ar vibrava com conversas descontraídas e risadas alegres, e já havia algumas fogueiras acesas. Ela avançou escondida nas sombras, tentando se manter invisível, atenta à maré que se aproximava, tão bela e traiçoeira, devorando a praia uma pequena onda por vez. Mas as ondas continuaram suaves, o Aldersea permaneceu em silêncio e nenhuma voz chamou seu nome.

Quanto mais ela caminhava, mais deserta a praia se tornava, e mais esparsas eram as fogueiras e risadas. Emory se preparou para o que encontraria após a curva seguinte. Por um instante, pensou em voltar para a segurança de seu quarto, mas a ausência de Romie preenchia cada espaço vazio com uma sensação sufocante de culpa.

Emory precisava fazer isso. Por Romie.

A Baía de Dovermere saudou o seu retorno. Ondas escuras batiam nos penhascos grandiosos à beira-mar, ecoando como o trovão que retumbava em seu peito. No outro lado da baía, a entrada da caverna sorria perversamente para ela.

Havia mais alunos ali do que Emory imaginara. Eram os que gostavam de brincar com o perigo, os que queriam ficar perto da força obscura de Dovermere, sabe-se lá porquê. Alguns tomavam chá de lua, uma bebida potente usada para aguçar a percepção da lua e das marés como forma de honrar os mortos. Mas não havia solenidade alguma no gesto. Todos pareciam beber apenas por diversão, exagerando na dose como fariam com qualquer vinho barato.

A cena despertou uma onda de raiva em Emory. Será que eles sequer conheciam os alunos que tinham se afogado? Ela tinha certeza de que o luto daquelas pessoas não passava de algo abstrato, muito distante do monstro que a corroía por dentro todos os dias. A garota sentiu o impulso de arrancar as garrafas das mãos deles, arremessá-las na areia, pôr um fim nos sorrisos despreocupados.

Como se tivessem sido atraídos pela violência na mente de Emory, os olhos dele a encontraram através das labaredas de uma fogueira.

Era a segunda vez que Keiran Dunhall Thornby a encarava naquele dia, e Emory sentiu um arrepio. As chamas douradas dançavam na pele dele e iluminavam seu cabelo castanho, que estava penteado para trás, com alguns cachos caindo na testa. Keiran tinha erguido a barra da calça até os tornozelos, e seus pés descalços estavam próximos ao fogo. Esparramado na areia e encostado em um tronco de madeira, ele exalava tranquilidade, ao contrário da última vez que ela o vira ali.

Ao seu lado, um garoto de pele marrom-escura gargalhava com a cabeça jogada para trás e uma garota de cabelos tão vermelhos quanto o fogo levava uma garrafa de vinho aos lábios sorridentes pintados com batom. Emory sabia quem eram: Virgil Dade e Lizaveta Orlov. Os dois, assim como Keiran, eram considerados a elite de Aldryn; a maneira como se vestiam e se portavam indicava que tinham dinheiro e poder. Uma certa aura pairava sobre os três, como se existissem em um mundo à parte dos demais alunos.

Ao notar a presença de Emory, Virgil cutucou Lizaveta. Eles a reconheceram imediatamente. Outras pessoas na praia também se voltaram para ela.

— Olha, é a garota que sobreviveu à Besta — comentou alguém. — O que nas Profundezas ela está fazendo aqui?

Para aquelas pessoas, Emory não era nada além de uma curiosidade sem nome, a garota que sobrevivera e tinha sido tola o suficiente para voltar até Dovermere.

Ela sabia que, em seu lugar, Romie teria dado um jeito de virar a situação a seu favor. Com o queixo erguido, teria recusado o papel de vítima sobre a qual todos sussurravam e de quem sentiam pena, ido até Keiran e seus amigos e feito todos rirem com um comentário engraçadinho, dissipando a tensão.

Emory não era como Romie, mas teria que ser para conseguir as respostas que estava buscando.

Antes que sua coragem fingida evaporasse, Keiran chamou:

— Quer se juntar a nós, Ainsleif?

Emory sentiu um frio na barriga ao ouvir o próprio sobrenome saindo da boca dele, de forma ao mesmo tempo íntima e distante. O garoto sorria de maneira preguiçosa, como se a lembrança dos corpos inchados de água prostrados na areia já tivesse sido quase esquecida.

Ela não conseguia esquecer. As imagens e sensações daquela noite estavam gravadas em sua mente: os dentes batendo, o corpo inteiro estremecendo, o frio, o terror e o torpor no fundo da alma. Os membros de Serena Velan e Dania Azula retorcidos em ângulos bizarros, os olhos vidrados de Daphné Dioré, os lábios roxos de Harlow Kerr. A palma da mão de todos eles virada para cima, a espiral marcada no pulso não mais prateada, e sim preta — as linhas se unindo como tinta borrada em um papel.

Ela respirou fundo, tentando afastar aqueles pensamentos. Forçou um sorriso e remexeu a areia com o pé.

— Ah, não quero me intrometer — respondeu Emory.

— Nada disso, vem pra cá — convidou Virgil, recebendo um olhar incrédulo de Lizaveta. Ele pegou a garrafa da mão da amiga. — Temos bebida de sobra e adoraríamos sua companhia. Não é, Lizaveta?

Os dois trocaram um olhar silencioso, então a garota se virou para Emory com os lábios comprimidos.

— Se os meninos insistem — cedeu Lizaveta.

— Quanto mais gente, melhor — insistiu Virgil, sorrindo.

Keiran observava Emory com uma serenidade forçada e inquietante, como se aquilo fosse um teste. Como se ele estivesse esperando para ver se ela cometeria o erro de mencionar aquela noite, ou a marca que os dois tinham, na frente de seus amigos.

Mas Emory estava disposta a entrar naquele jogo. Se tivesse que beber e trocar sorrisos amarelos para conseguir as respostas que queria, tudo bem.

Ela se sentou ao lado de Keiran na areia, esfregando as mãos suadas na calça de veludo cotelê. A garrafa foi passada até ela, e Emory fechou os dedos em torno do gargalo, roçando a mão de Keiran. A tatuagem da Casa Lua Cheia dele refletiu a luz do fogo. Era um disco prateado com uma coroa de orquídeas brancas em volta, o oposto do sigilo escuro que ela tinha na pele. Emory tomou um gole, sentindo que ele a encarava, atenta à intensidade daquele olhar.

— Fiquei surpreso em ver você por aqui — comentou Keiran.

As palavras "Depois do que aconteceu ano passado" pairavam no ar.

— Eu, não — opinou Virgil, sorrindo e olhando Emory de cima a baixo. — Mortes e tragédias provocam fascínio. Não dá para negar. — Ele gesticulou para os alunos na praia, alguns dos quais ainda a observavam. — Simplesmente não conseguimos resistir.

Lizaveta revirou os olhos e retrucou:

— Acho que é o Ceifador em você falando, Virgil.

Emory observou a mão do garoto, onde um traço curvado brilhava em torno de uma papoula roxa. O sigilo da Casa Lua Minguante. Depois das magias da Casa Eclipse, a magia ceifadora era o alinhamento de maré mais monitorado. Mas, apesar de sua natureza sombria, aquele poder era mais bem visto do que qualquer magia do eclipse. Afinal, a morte fazia parte do ciclo sagrado da vida, portando devia ser respeitada e reverenciada. Já as magias do eclipse eram consideradas antinaturais, nascidas fora do ciclo perpétuo da lua e das marés.

Emory sabia que a magia ceifadora raramente tinha a ver com a morte, e sim com colocar um fim em algo. Talvez houvesse *mesmo* certa beleza naquilo. Ainda assim, ela não conseguiu reprimir um calafrio ao retribuir o olhar de Virgil do outro lado da fogueira.

— Emory é da cura — disse Virgil. — Ela entende o fascínio da morte. Aposto que foi por isso que veio até aqui, não foi?

Atrás dele, Dovermere se erguia como um agourento deus da morte. De certa forma, Virgil tinha razão: Emory precisava revisitar o cenário de seus piores pesadelos. Não era tão ameaçador quanto ela imaginava, com as ondas do Aldersea ressoando sob um céu silencioso e as faíscas das fogueiras rodopiando pelo ar, como estrelas querendo subir em direção ao firmamento.

Emory engoliu em seco, sentindo um nó na garganta.

— Eu ia ter que encarar este lugar mais cedo ou mais tarde — respondeu ela, com um sorriso melancólico.

Um vestígio de empatia passou pelo olhar de Keiran e desapareceu logo em seguida. Emory pensou que poderia usar isso a seu favor, deixar que ele a visse como uma coitadinha para fazê-lo desembuchar.

Ela tomou mais um gole e passou a garrafa para Lizaveta, reparando no símbolo da Lua Crescente com malvas-rosa no punho da outra. Emory não conseguia lembrar qual era o alinhamento de maré dela.

— A garota que derrotou Dovermere — disse Lizaveta, como se estivesse pensando em voz alta, lançando um olhar rancoroso para Emory. — Você deve ser uma Curandeira e tanto para ter sobrevivido à Besta.

Emory cravou as unhas na palma da mão. A caverna mais profunda de Dovermere, o ponto sem volta, era chamada de Garganta da Besta. Um nome apropriado, já que, como qualquer monstro faminto, a caverna tinha dentes afiados e engolia aqueles que ousavam chegar perto demais.

Virgil pegou a garrafa e a estendeu na direção de Emory com uma piscadinha.

— Ah, mas a morte não é nada para um Curandeiro — comentou ele.

— Curandeiros não são imunes à morte, Virgil — retrucou Lizaveta, com uma careta. — Ninguém é. Nem vocês, Ceifadores.

Ela tinha razão. E ninguém era imune aos perigos de Dovermere. Adentrar a Besta e sair antes que o mar subisse era um feito impressionante. As marés eram traiçoeiras e, dentro da escuridão úmida da caverna, as pessoas perdiam a noção do tempo. Os minutos poderiam se esgotar a qualquer momento e, quando a água chegava, não havia outra saída a não ser atravessá-la. Derrotar a Besta só era possível com magia e sorte.

Naquela noite, Emory contara com as duas coisas. Como a lua nova reinava no céu, sua magia estivera no auge, assim como a de Quince Travers e Serena Velan, os outros dois alunos da Casa Lua Nova lá dentro. Travis era um Curandeiro, e Serena era uma Portadora das Trevas. Os demais alunos teriam que recorrer à sangria para acessar as próprias habilidades, suas magias adormecidas até a chegada das respectivas fases da lua.

Mas a maré nem sequer permitira que tentassem. A morte os abocanhara tão depressa que nenhum deles tivera tempo de reagir. Emory não se lembrava de sequer ter usado sua magia de cura.

— Um dos alunos que se afogou também era Curandeiro. Quince Travers. — Lizaveta se virou para Emory com um olhar penetrante. — Vocês se conheciam?

Cabelos ruivos vibrantes, olhos arregalados a encarando enquanto a maré invadia a caverna.

Emory se remexeu, incomodada, e respondeu:

— Mais ou menos.

No período letivo anterior, ela e Quince fizeram quase todas as aulas juntos, já que ambos eram calouros da mesma casa lunar e tinham o mesmo alinhamento de maré. No entanto, eles nunca foram próximos. Quince era arrogante e preferia passar seu tempo sozinho ou com outros alunos igualmente elitistas.

— Ele era o melhor aluno da turma de vocês. Ouvi dizer que era brilhante — contou Lizaveta, inclinando a cabeça e encarando Emory como se fosse um gato examinando sua presa. — Mas você sobreviveu, e ele, não.

Um silêncio pesado pairou sobre o grupo. As fogueiras, as ondas e os burburinhos das outras conversas pareciam abafados e distantes.

— E daí? — indagou Emory.

— Só acho estranho que a maioria dos alunos que se afogaram estavam no topo das respectivas classes, eram os melhores em suas magias.

As gêmeas Azula faziam algumas disciplinas avançadas da Casa Lua Crescente comigo, embora estivessem no primeiro ano. Romie Brysden era considerada a Sonhadora mais talentosa de nossa geração. Porra, Dioré era Protetora; deveria ter sido capaz de salvar todos, mesmo que por meio de sangria. Enquanto isso, você é uma Curandeira decente, mas nada de especial, pelo que ouvi dizer. Mediana. Medíocre. E mesmo assim só você saiu viva de lá.

As bochechas de Emory ardiam.

Medíocre.

A palavra a feriu mais do que estava disposta a admitir. Emory passara a vida inteira se sentindo insuficiente no quesito magia. Ela *de fato* era medíocre. Nunca tinha sido uma das melhores Curandeiras, mas dera tudo de si para conquistar uma vaga em Aldryn. Não havia tirado a cara dos livros durante a escola preparatória. Já que estava condenada a ser medíocre no aspecto prático de sua magia, queria ao menos ter a vantagem de dominar a teoria por trás dela.

Romie tinha sido o oposto. Sua magia parecia inata, e Emory invejava tamanha facilidade. Na verdade, invejava muitas qualidades da amiga, o que poderia ser uma consequência dos anos passados em sua sombra, ofuscada pela ousadia e pelo magnetismo de Rosemarie Brysden. Enquanto Romie era o centro das atenções onde quer que estivesse, Emory costumava ficar calada e retraída em grupos maiores, intimidada pelas opiniões inteligentes, respostas sagazes e visões de mundo esclarecidas dos demais. Ela se sentia deslocada, como se não tivesse nada de importante para contribuir. A sós com a melhor amiga, no entanto, Emory era comunicativa, e Romie tentava trazer essa versão dela à tona quando estavam em grupo. Emory sentia falta do seu apoio.

Romie causava um efeito único nas pessoas; era como se fossem acometidas por um sonho. Ela era sempre a mais interessante, a mais engraçada, a mais animada e a mais chamativa. Sabia exatamente o que dizer e como agir. Tê-la como melhor amiga fazia Emory se sentir importante. Afinal, tinha acesso a um lado de Romie que ninguém mais conhecia, a seus segredos e pensamentos mais íntimos. Era com *ela* que Romie contava quando estava sendo impulsiva e precisava de uma dose de bom senso. Era com *ela* que Romie compartilhava seus medos mais profundos, embora o resto do mundo a considerasse destemida.

Ninguém jamais se atreveria a chamar Romie de medíocre.

Antes que Emory pudesse responder, Lizaveta prosseguiu com um gesto descontraído:

— Não me leve a mal. De toda forma, não consigo entender o que levaria uma pessoa a arriscar a própria vida entrando naquelas cavernas. Sério, por que alguém faria isso?

Virgil se engasgou com a bebida e tossiu, fazendo com que bolhas saíssem por seu nariz. Lizaveta pegou a garrafa das mãos dele com um sorrisinho inocente.

Por que alguém faria isso?

Era o que Emory se perguntava todos os dias desde a tragédia em Dovermere. Ela se atreveu a olhar para Keiran, na expectativa de encontrar alguma resposta em seu rosto. Porém, o garoto apenas sorria para os amigos.

Virgil se recompôs e respondeu:

— Não há um porquê, Liza. São só calouros bobinhos participando de iniciações bobinhas, como acontece todos os anos.

— Já tinham acontecido afogamentos antes, mas oito alunos de uma vez? Não pode ter sido coincidência — insistiu Lizaveta. Ela levou a garrafa aos lábios e olhou para Emory. — Como *você* foi parar naquelas cavernas?

Emory não sabia ao certo. Ela dizia a si mesma que tinha sido movida por preocupação, devido ao comportamento estranho da amiga. E por curiosidade também. Por que Romie teria sido chamada até Dovermere? Emory ainda não descobrira quem ou o que era O.S. nem por que Romie escondera tudo aquilo dela.

Talvez aquele fosse o motivo principal: o ressentimento ao perceber que sua melhor amiga estava guardando tantos segredos. A mágoa por não ter sido incluída. O ciúme, aquele monstro horrendo, cruel e vergonhoso que pesava sobre seus ombros.

Emory só sabia que tinha seguido Romie até Dovermere mesmo que todos os seus ossos tivessem protestado contra a insensatez daquela decisão.

Ela se lembrava da própria respiração ofegante e do coração disparado à medida que avançara pela caverna. Paralisada na entrada da Garganta da Besta, ela observara Romie e os demais alunos pisarem em uma plataforma no centro da gruta. Ali, uma estalactite e uma estalagmite gigantescas se projetavam uma em direção à outra, as pontas finas conectadas, como uma ampulheta que resistira às intempéries das marés desde o início dos tempos. Água escorria pelas rochas em filetes prateados. Na base da estalagmite, havia uma grande espiral esculpida na rocha, como uma concha ou uma onda. A água prateada fluía pela espiral, percorrendo suas curvas como se fossem as pinceladas cuidadosas de um deus afogado havia muito esquecido.

Lia Azula, uma aluna da Lua Crescente, se aproximara da espiral como se estivesse em transe.

"Não acredito que é verdade", murmurara ela, acariciando a pedra com reverência.

Dania, sua irmã gêmea, havia bufado.

"A existência da Ampulheta nunca esteve em dúvida. O que não sabemos é se ela faz o que deveria fazer."

"Vamos logo com isso", dissera Quince Travers, olhando impacientemente para o relógio, seu rosto pálido assumindo um tom esverdeado. "Vai saber quanto tempo nos resta?"

"Desencana, tem umas *seis horas* entre a maré baixa e a maré alta", retrucara Jordyn, rindo e cutucando as costas de Travers. "Estamos nos afogando em tempo, Quincinho."

"Daqui a pouco vamos nos afogar na maré que vai nos pegar de surpresa", respondera Travers. "A passagem do tempo é esquisita aqui. E não me chama de *Quincinho*, seu idiota."

"Idiota é você."

"*Meninos*", interviera Romie, colocando-se entre os dois de braços estendidos. "Lamento atrapalhar a briguinha de vocês, mas temos um ritual para fazer. Vocês podem continuar batendo boca depois que sairmos daqui, quando todo mundo estiver bêbado a ponto de aguentar essa chatice. Entendido?"

Seu tom de voz pegara Emory desprevenida. Aquela era a Romie de antes, a amiga que ela conhecia e amava, com sua atitude determinada e mandona. A que havia desaparecido à medida que se envolvera nos próprios segredos. Ainda assim, Emory a conhecia tão bem que percebera imediatamente a tensão em suas palavras e em sua mandíbula.

Romie estava *nervosa*, o que significava que algo muito assustador aconteceria ali.

Os oito alunos formaram um círculo ao redor da rocha seguindo a ordem das fases da lua: Travers e Serena, da Casa Lua Nova, Dania e Lia, da Casa Lua Crescente, Daphné e Jordyn, da Casa Lua Cheia e, por fim, Harlow e Romie, da Casa Lua Minguante. Cada um pegara uma faca e fizera um corte na palma da mão direita. Emory mordera o lábio com força, assistindo, impotente, o sangue escorrer pelas mãos dos colegas. Todos deram um passo à frente ao mesmo tempo e encostaram as mãos ensanguentadas na pedra, entoando o que parecia ser uma oração:

"Para Bruma, que emergiu da escuridão. Para Anima, cuja palavra deu origem ao mundo. Para Aestas, que nos protege com seu manto de calor e resplendor. Para Quies, que nos guia pela escuridão serena ao findar de todas as coisas."

Por um segundo, ou talvez um minuto, ou uma hora, nada acontecera.

De repente, ocorrera uma mudança tangível no ar, como se toda a umidade da gruta tivesse evaporado. Os tons metálicos que emanavam da rocha pulsaram com um brilho intenso, como o reflexo da lua no oceano. Gotas prateadas se desprenderam da superfície e pairaram no ar, congeladas no tempo.

Em meio ao silêncio, um leve sussurro pedira que Emory avançasse. A garota sentira um calafrio. Era como se a rocha a chamasse. Os outros alunos não notaram quando ela se juntara a eles na plataforma, pegara uma faca descartada e cortara a própria palma. Também não notaram quando ela se colocara entre Romie e Travers e pressionara a mão na rocha.

Um filete do líquido prateado havia se misturado ao sangue que brotava do corte e se enroscado no punho dela, prendendo-a à rocha. Emory tinha sido tomada pelo frio de mil estrelas e do ponto mais profundo do oceano, e por uma dor tão agonizante que seus olhos lacrimejaram e sua boca se abrira em um grito silencioso.

Algo entrara em contato com sua magia, e uma luz prateada ofuscara a Garganta da Besta.

Um grito rasgara o silêncio.

Emory tentara afastar a mão da rocha, mas estava presa a ela e ao líquido gelado que queimava sua pele.

De repente, a luz cessara. Emory erguera a mão trêmula e vira a nova marca em seu punho ensanguentado: uma espiral prateada, o mesmo símbolo esculpido na rocha, que ainda irradiava um brilho estranho.

Romie aparecera diante dela, aterrorizada e com uma espiral idêntica no pulso.

"Emory", começara a amiga, com a voz rouca. "O que você está fazendo aqui?"

Todos se voltaram para Emory e, por um instante, a caverna caíra em um silêncio mortal.

"Ela não deveria estar aqui!", exclamara Travers, assustado. "E se isso estragar o ritual?"

Um eco do sussurro anterior se fizera ouvir, o único aviso antes que outro som emergisse das profundezas: o rugido ensurdecedor da subida da maré.

Eles tinham perdido a noção do tempo, e a maré aproveitara a oportunidade. A histeria se apoderara do grupo antes mesmo de submergirem na água. Alguém praguejou, uma aluna caiu em prantos, outros tiveram a sensatez de procurar poças de água salgada, tentando usar sangria para evocar suas magias. Romie, por sua vez, apenas encarava Emory, a boca falando palavras inaudíveis sob o rugido da maré.

E de repente...

Escuridão. Um mar de estrelas rodopiando. O nome de Emory sussurrado no breu. Sangue preto escorrendo das espirais gravadas nos corpos na areia.

E Keiran, o primeiro a encontrá-la na praia naquela madrugada. Keiran, que tinha a mesma marca que eles haviam recebido nas cavernas. Keiran, que naquele momento a encarava com o cenho franzido, como se pudesse ler sua mente e assistir às lembranças do ocorrido. Ao lado dele, Virgil e Lizaveta também a observavam com atenção, esperando sua resposta.

Por que ela tinha ido até as cavernas? E como conseguira sobreviver quando os outros alunos, todos mais experientes em magia do que ela, não haviam tido a mesma sorte?

Ainda que Emory *conseguisse* explicar — ainda que ela se lembrasse do que acontecera depois que o mar os alcançara ou de como ela tinha ido parar na praia cercada por quatro corpos, enquanto mais quatro continuavam perdidos nas profundezas turbulentas de Dovermere —, não faria diferença. A única coisa que eles queriam era uma boa história. Era por isso que alunos a encaravam por onde ela passava: todos queriam acrescentar uma nova peça no quebra-cabeça dos mitos e mistérios de Dovermere.

Emory sabia o que Romie teria feito em seu lugar. Se as pessoas continuassem insistindo que havia algo de suspeito na história, ela daria corda à curiosidade alheia até ser transformada em uma lenda viva, em um enigma que todos queriam solucionar. Talvez Emory devesse fazer isso, deixar que os colegas acreditassem no que bem entendessem. A verdade permanecia um mistério até mesmo para ela, e a garota não tinha obrigação de oferecer os poucos cacos de informação que conseguira juntar. Eles eram sua única moeda de troca e só seriam usados quando fosse necessário.

Ela abriu um sorriso tímido e deu de ombros de maneira despreocupada.

— Sabe como são os calouros. Éramos todos bobinhos. — Ela olhou para Keiran e perguntou no tom mais inocente que conseguiu: — Você não fez nada parecido no seu primeiro ano?

Uma tensão crepitou no ar como as chamas da fogueira.

— Por que a pergunta? — questionou Keiran, com um olhar desafiador.

Mas Emory não precisou responder, porque bem naquele momento uma garota se sentou na areia ao lado de Virgil.

— Foi mal, nos atrasamos — disse ela. — Mas trouxemos presentes.

A recém-chegada passou uma garrafa de vinho para o Ceifador.

— Ife, você é uma criatura magnífica! — exclamou Virgil, beijando sua bochecha.

Ife o empurrou, rindo. Ela jogou as tranças longas por cima do ombro e fez algum comentário para a menina que havia se sentado ao seu lado. Emory a reconheceu no mesmo instante.

Quando seus olhares se cruzaram, ela sentiu que estava despencando de um precipício.

— Oi, Emory — cumprimentou Nisha Zenara, com um sorriso incerto, parecendo surpresa em vê-la. — Como vai?

— Vocês se conhecem? — perguntou Keiran, erguendo a sobrancelha.

Nisha parecia tão desconfortável quanto Emory.

— Nós fomos apresentadas por uma amiga em comum — disse Nisha.

Emory sentiu o sangue ferver. *Uma amiga em comum.* Na verdade, era *a amiga de Emory que Nisha roubara.*

Emory estava presente quando as duas se conheceram. Tinha sido na primeira semana delas em Aldryn. Romie arrastara Emory para cima e para baixo, empolgada para explorar tudo o que a nova vida acadêmica tinha a oferecer. Seu entusiasmo era contagiante e, quando encontraram Nisha nas estufas do Hall Crescens — onde os Semeadores praticavam suas habilidades botânicas —, Romie puxara conversa. As duas haviam se conectado devido ao amor compartilhado pelas plantas. Emory acompanhara tudo como um cachorrinho, sentindo-se deslocada. Nas semanas seguintes, Romie só soubera falar de Nisha. Assim tinha sido, até que Romie se tornara tão reservada e distante que mal falava com Emory.

E se Nisha era amiga de Keiran...

Será que ela também estava envolvida naquilo, no que quer que Romie tivesse se metido?

Emory sentiu um nó na garganta. Aquilo era demais para ela. Falar com Keiran era uma coisa, mas ela não queria encarar Nisha. De repente, a ida para as fogueiras pareceu uma péssima ideia. Seria melhor abordar Keiran quando ele estivesse sozinho.

— Acho que já vou — anunciou Emory, pegando os sapatos, se levantando e limpando a areia da roupa.

Ela percebeu a confusão de Keiran e o silêncio constrangedor que se instalara no grupo.

— Obrigada pelo vinho — agradeceu ela, sem jeito.

Que patética.

Emory seguiu em direção à água, sem olhar para trás. As ondas batiam em seu calcanhar e seus pés afundavam na areia molhada. Ela respirou fundo, brigando consigo mesma mentalmente por não ter conseguido cumprir seu plano.

— Ainsleif, espera aí! — chamou Keiran.

Talvez nem tudo estivesse perdido. Ele se aproximou no momento exato em que uma onda bateu nas canelas de Emory. Ela se desequilibrou e pisou em algo pontudo sob a água, soltando um grito de dor. Keiran estendeu um braço para impedi-la de cair.

— Está tudo bem? — perguntou ele.

— Eu... ah...

O pé de Emory sangrava. Ela tinha pisado em uma concha quebrada, que estava fincada na sua sola. Equilibrando-se num pé só e se apoiando em Keiran, que segurava seu cotovelo, ela fez menção de arrancar a concha, xingando baixinho e antecipando a dor que sentiria.

Keiran segurou a mão dela e ofereceu:

— Deixa que eu tiro.

Ele estava tão perto que Emory conseguia sentir o aroma fresco de sua loção pós-barba e ver os tons dourados e esverdeados de suas íris.

Quando ela assentiu, Keiran arrancou o pedaço de concha com um puxão. Emory fez uma careta, mas bastou um pensamento e o ferimento já havia sarado.

Uma Curandeira decente, mas nada de especial.

Keiran virou a mão de Emory e colocou o fragmento pontiagudo e ensanguentado em sua palma. A concha tinha uma forma espiral, parecida com a marca no punho de Emory. A mesma que Keiran trazia em sua pele.

Ela o encarou, determinada.

— De onde veio essa marca? — perguntou a garota.

Outra onda, mais forte do que a anterior, os atingiu em cheio. Eles se seguraram nos braços um do outro, e Emory deixou a concha cair na água.

O vento se intensificou, e ela podia jurar que uma voz vinha do mar, sombria, provocante e envolvente.

Emory, Emory.

Ela tentou se convencer de que era só uma lembrança. Não era real.

Venha nos encontrar, Emory.

Ela se arrepiou.

— Você ouviu isso? — perguntou a garota.

Keiran franziu a testa, ainda segurando os braços dela.

— Ouvi o quê?

Antes que pudesse responder, um grito estridente perfurou a noite. Emory se virou na direção do som. Um pouco adiante na praia, uma aluna apontava para uma coisa flutuando na água: um vulto escuro trazido pela maré.

Então Emory percebeu que não era uma coisa.

Era *alguém*.

O tempo parou.

Ninguém se mexia, e até o mar pareceu ficar imóvel por um instante. Emory continuou parada na beira da água, com a respiração acelerada e o coração martelando no peito.

Paralisada, ela viu Keiran mergulhar na água, seguido por outros alunos. Eles nadaram até o corpo e o arrastaram até a margem. Parecia ser um garoto e, embora Emory estivesse presente naquele momento, ela se lembrou subitamente da primavera anterior, quando puxara a si própria para fora do mar, agarrada ao corpo de outra pessoa.

— É Quince Travers! — gritou alguém.

Emory ficou sem reação. Aquelas palavras eram tão impossíveis que ela só podia estar delirando. Tinha que ser outra pessoa. Ou talvez aquilo fosse um sonho, um pesadelo.

Seus pés se moveram sem que ela se desse conta. De repente, Emory estava com os outros alunos, olhando por cima do ombro de Keiran para o corpo esparramado na areia.

Quando finalmente conseguiu enxergar seu rosto, ela recuou, cambaleando.

Era mesmo Quince Travers, com sua constelação de sardas, seu cabelo ruivo inconfundível e seu corpo magro. Ele vestia as roupas que usara na noite em que tinha sido engolido pelo mar, quatro meses antes.

Não havia ferimentos visíveis, apenas crustáceos e algas gosmentas presos em suas roupas e em seu cabelo. O corpo não estava inchado após ter ficado tanto tempo na água, nem mutilado por ter sido arremessado pelas ondas contra o penhasco. Suas bochechas estavam rosadas. Ele parecia *vivo*.

Keiran encostou a orelha no peito de Travers... e se afastou num pulo quando os olhos do garoto se abriram.

Travers não vomitou nem arfou. Ele simplesmente se sentou, seus olhos vazios analisando os arredores até que, inacreditavelmente, pousaram no rosto de Emory. Ele abriu a boca, mas suas palavras não passaram de um gorgolejo incompreensível. Água vertia por seus lábios.

Emory, Emory, sussurrava o mar.

Então, sem mais nem menos, Travers tombou no chão e começou a convulsionar, se debatendo e espumando pela boca, os olhos arregalados.

Keiran se virou para Emory, gritando para ela curá-lo. É claro. Ela era uma Curandeira da Casa Lua Nova e sua magia poderia salvar Travers, assim como a salvara naquela noite.

Mas Emory não conseguia tirar os olhos do garoto, não conseguia se mover nem se lembrar de como respirar. Aquilo não fazia sentido. Mesmo que apenas quatro corpos tivessem sido contabilizados naquela noite, os quatro restantes tinham se perdido no mar. Deveriam estar todos mortos. Era comum pessoas que se aventuravam em Dovermere ficarem presas lá dentro, sepultadas pela maré nos confins das cavernas, até seus ossos aparecerem na rede de algum pescador.

Mas Travers estava inteiro, *vivo*, embora talvez não por muito tempo, se ela não fizesse alguma coisa.

Em meio à convulsão, os olhos do garoto encontraram Emory outra vez, e a acusação neles era clara como a luz do dia.

A culpa é sua.

Emory olhou para o punho dele. Sangue preto escorria da espiral, como se a morte estivesse preparando seu golpe fatal.

Alguém se ajoelhou ao lado de Travers. Era outro Curandeiro, um veterano. Emory o reconheceu: era o assistente do professor em uma de suas aulas.

— Emory! — chamou Keiran, nervoso. — *Ajuda ele!*

A voz dele a arrancou de seus devaneios. Emory deixou o terror de lado e se ajoelhou de frente para o outro Curandeiro. O garoto, cujo nome ela acreditava ser Louis, estava ofegante e inseguro; seu hálito cheirava a álcool. Se ele estivesse embriagado demais para controlar sua magia de cura...

Com um suspiro trêmulo, Emory colocou a mão no peito de Travers e evocou a própria magia, que atendeu de bom grado com a lua nova no céu. A pressão nas veias dela diminuiu no mesmo instante.

A garota sentiu a magia começar a funcionar. Os movimentos convulsivos de Travers diminuíram, depois cessaram. Alguém atrás deles suspirou de alívio e agradeceu às Marés. Mas a pele de Travers se tornara terrivelmente pálida. O tom rosado de suas bochechas sumira, assim como o brilho de seus olhos, que pareciam leitosos, cercados por uma camada de pele enrugada. As bochechas dele começaram a afundar, sua tez cada vez mais pálida e esticada. Era como se ele estivesse envelhecendo e se deteriorando diante dos olhos de todos.

— O que está acontecendo com ele?! — gritou alguém.

Louis se afastou com uma expressão derrotada.

— Acho que minha magia não está ajudando — murmurou ele, antes de se virar e vomitar na areia.

— Você dá conta disso sozinha? — perguntou Keiran.

— Não sei — admitiu Emory, à beira das lágrimas. — Não consigo entender o que está acontecendo.

— Liza! — chamou Keiran. De repente, ele tinha um canivete em mãos e o entregou à garota ruiva. — Ajude Emory.

Confusa, Emory observou Lizaveta cortar a palma da própria mão e a mergulhar no mar, inclinando a cabeça para trás e movendo os lábios no que parecia ser uma oração ao céu noturno. Então se deu conta de que Lizaveta estava fazendo uma sangria para invocar a magia adormecida da lua crescente. Mas Emory não fazia ideia de como isso poderia ajudar a curar Travers.

Ela franziu a testa quando a garota se aproximou e pousou a mão molhada e ensanguentada em seu ombro.

— O que você está fazendo? — perguntou Emory.

Os olhos claros de Lizaveta eram firmes e seguros.

— Tente relaxar.

De repente, foi como se as portas da magia de Emory tivessem se escancarado. Tudo se tornou muito nítido e a pressão em suas veias voltou com tanta intensidade que ela teve que conter um grito. Emory conseguia sentir o sabor de sua magia e do poder evocado pelo toque de Lizaveta.

O toque de uma Avivadora.

— Tente curá-lo — instruiu Lizaveta. — *Depressa.*

Emory se voltou para o garoto, mas aquele já não era mais Travers, e sim seu invólucro definhando diante dela. Era como se ela pudesse enxergar o coração dentro da caixa torácica, batendo cada vez mais devagar.

Emory não podia deixar que ele morresse.

O poder em suas veias respondeu ao toque de Lizaveta. A magia de cura amplificada se espalhou pelo corpo de Travers, mas ainda não era suficiente. Ela não estava conseguindo conter a deterioração.

— Não está dando certo! — gritou Emory.

Ela precisava de mais. Sem aviso, Lizaveta intensificou a própria magia, cravando os dedos nos ombros de Emory. As gotas de magia amplificadora se transformaram em uma correnteza que arrastou Emory. Ela se encolheu sob aquela força, lutando para manter o controle enquanto ecos sombrios ressoavam em sua mente. *Medíocre, medíocre.* Ela mergulhou nas profundezas inexploradas de sua própria magia e, ao atingir o fundo do reservatório, encontrou algo perverso e maligno, algo que a atormentara durante todo o verão. A magia fluía em seu sangue, respondendo a uma maré que Emory não conseguia ver e não reconhecia. A pressão em suas veias aumentou até doer. Ela sentiu vontade de gritar. Os poderes de Lizaveta pareciam ter derrubado uma porta que Emory fizera de tudo para manter fechada.

A garota ofegou ao sentir um poder que não era seu inundá-la. Então, sem querer, o libertou.

Feixes de luz saíram da palma de sua mão, que ainda estava sobre o peito frágil de Travers. Feixes de escuridão se entrelaçaram aos de luz, envolvendo o corpo do garoto. As algas e crustáceos grudados em suas roupas começaram a pulsar, ganhando vida graças à magia inexplicável de Emory. A garota era incapaz de impedir o que acontecia; restava a ela apenas observar, boquiaberta. Havia a luz da lua cheia, a escuridão da lua nova e indícios da lua crescente, nenhum dos quais lhe pertencia. Nada daquilo era *possível*.

Ela era uma Curandeira da Casa Lua Nova, mas outras magias estavam correndo em suas veias, como se tivessem sido extraídas das pessoas ao redor. Dos Guardiões da Luz, dos Portadores das Trevas, dos Semeadores...

Dos Ceifadores.

Emory tentou se afastar, interromper a conexão com todas as magias que não eram dela, com os alinhamentos que ela nunca deveria ter sido capaz de acessar. Com *aquela* magia em particular, que ela não queria e não podia usar. Mas a magia ceifadora a inundou como se fosse sua, a antítese da magia de cura.

Era a escuridão da lua minguante no céu, o silêncio do sono, a paz do descanso eterno.

Impotente, Emory viu magia ceifadora emanar de suas mãos, pronta para silenciar o coração de Travers.

BAZ

As dependências da Casa Eclipse eram o segredo mais bem guardado de Aldryn.

A cada ano surgia um novo boato. No primeiro ano de Baz, disseram que ficava em um antigo calabouço sob a academia. Também já haviam especulado que os alunos da Casa Eclipse viviam nas cavernas frias de Dovermere, talvez na própria Garganta da Besta.

Uma coisa haviam acertado: o Hall Obscura tinha sido construído abaixo da academia. A única maneira de adentrá-lo era por um elevador caindo aos pedaços, que ainda funcionava por milagre. Nos períodos de trote estudantil, era comum que fizessem os calouros descerem até lá para tentar desvendar os mistérios do Hall Obscura, mas, quando as portas do elevador se abriam, os feitiços de proteção se manifestavam como diferentes tipos de barreira: um muro de tijolos, uma vegetação espinhosa impenetrável, um precipício sem fundo.

Como só os alunos da Casa Eclipse sabiam o que havia além dessas barreiras, os demais imaginavam ambientes terríveis. Todos os boatos indicavam que se tratava de um lugar gélido e aterrorizante, apropriado para as almas perversas que lá residiam.

A realidade era muito mais amigável: papel de parede desbotado com estampa de girassóis e tapetes antigos no chão de madeira clara. Poltronas e sofás aconchegantes em tons de vinho, cobre e o que um dia devia ter sido dourado. Aroma de café e água do mar. Luz âmbar que entrava pela janela aberta, além do som constante das ondas e das gaivotas.

De fato, os móveis estavam velhos — poltronas com os assentos afundados e cortinas transparentes esburacadas por conta das traças —, mas, para Baz, aquilo fazia parte do charme. Era um lugar com história. Havia objetos que pertenceram a ex-alunos em cada cantinho, iniciais de pessoas já esquecidas gravadas nas paredes e, na pequena estante ao lado da lareira, que estava a um calhamaço de desmoronar, livros empilhados cujos donos já tinham morrido havia tempos.

Para Baz, aquele era o lugar mais maravilhoso do mundo. Ele não se incomodava com coisas quebradas ou esquecidas. Mas, desde que Kai partira, se tornou um lugar solitário, e isso, sim, era terrível.

Houve uma época em que Baz teria feito de tudo para ficar ali sozinho, sem nenhum outro aluno da Casa Eclipse para perturbar sua paz. Durante seu primeiro ano em Aldryn, havia três residentes no Hall Obscura: ele e dois alunos no último ano da graduação. Um deles falava pelos cotovelos, a ponto de Baz nunca conseguir sair do quarto sem ser puxado para uma conversa demorada. A outra estava sempre tão imersa nos próprios estudos que quase não interagia com eles, a não ser para gritar que calassem a boca — embora Baz raramente falasse qualquer coisa. Assim, ele aguardara pelo segundo ano, quando os veteranos não estariam mais lá, e torcera para que não aparecesse nenhum novo aluno do eclipse.

Nada o preparara para Kai Salonga.

Desde o primeiro momento, ficara evidente que eles eram feito água e vinho. Baz era como a iluminação suave de uma biblioteca empoeirada e usava suéteres confortáveis em tons sóbrios que ficavam largos em seu corpo magro. Kai, por sua vez, era como uma estrela cintilante e chamava a atenção mesmo quando estava em silêncio, da mesma forma que o céu noturno capturava a imaginação de poetas e artistas. Ele prendia o cabelo preto e sedoso em um coque baixo, tinha um nariz largo e maçãs do rosto bem definidas. Com seus olhos angulados e expressão perspicaz, Kai era tão bonito que deixava Baz dolorosamente ciente de sua aparência desajeitada: orelhas salientes, cabelo desgrenhado, pele sardenta e rosada que denunciava quando ele estava nervoso.

Mais do que isso, Kai deixava Baz ciente da bolha em que vivia. Ele nunca viajara para longe e preferia explorar os livros em vez do mundo real. Enquanto isso, Kai já havia morado em vários lugares, desde Luagua — sua terra natal e a maior ilha do arquipélago da Constelação —

até Trevel, no leste. Ele falava vários idiomas que aprendera enquanto viajava com os pais, comerciantes ricos de metais preciosos, e frequentara uma das melhores escolas preparatórias de magia do mundo em Trevel. Lá, tinha sido considerado um pestinha irresponsável, porque desafiava os limites de todas as regras mágicas para se divertir.

Esta era a maior diferença entre os dois: Baz se abstinha de usar sua magia, sempre apreensivo por ter nascido no eclipse, mas Kai estava completamente à vontade com a própria identidade. Como se o sigilo em sua mão não bastasse, um delicado pingente de girassol e lua pendia de uma das correntes douradas que ele sempre usava no pescoço, complementando sua pele marrom-clara. Até mesmo as tatuagens em sua clavícula, que Kai dissera serem tradicionais na cultura de Luagua, faziam referência ao eclipse e à Sombra.

Ao contrário de Baz, Kai não evitava a própria magia.

Ele era um Tecelão de Pesadelos, uma variação sombria dos Sonhadores. Kai conseguia visitar os pesadelos das pessoas e conjurar seus piores medos em ilusões que *pareciam* reais. Certa vez, ele havia conjurado uma nuvem de abelhas raivosas diretamente do subconsciente de Baz enquanto o colega cochilava na sala de estar. Baz tivera que usar a própria magia para fazê-las desaparecer, regredindo o tempo para um instante em que as abelhas não existiam. Enquanto isso, Kai ria perversamente em um canto.

"Queria ver se fosse com você", murmurara Baz, carrancudo.

"O lado bom de lidar com medos e pesadelos é que me tornei imune a eles."

"Até parece. Todo mundo tem medo de alguma coisa", retrucara Baz.

Kai observara o voo de uma abelha perdida até ela pousar no parapeito da janela, então dissera:

"Isso nem chega aos pés do que você teme de verdade, Brysden. A maioria das pessoas reprime os piores medos. Lembranças ruins, traumas de infância... Enterram essas coisas tão fundo que é como se nem existissem." Seus olhos escuros se voltaram para Baz. "As mentes mais silenciosas escondem as maiores violências."

A maneira como Kai dissera aquilo — quase com afeto, em um tom suave como a brisa da meia-noite — fez com que Baz se remexesse na poltrona, desconfortável. Ele se lembrava da luz tênue que iluminara a lateral do rosto belo de Kai, dos fios lustrosos de cabelo preto que haviam se soltado do coque e emolduravam sua mandíbula. Baz torcera para que Kai não notasse a vermelhidão que subia por seu pescoço, mortificado ao imaginar que ele pudesse ver os horrores que viviam em sua mente. Não era a primeira vez que o Tecelão acessava os pesadelos de Baz; Kai explicara que a proximidade dos dois fazia com que a mente de Baz fosse mais receptiva do que a da maioria das pessoas. Aquela intimidade fazia Baz estremecer.

O perfume de Kai continuava na sala de estar, um aroma ao mesmo tempo melancólico e estranhamente reconfortante. Parecia que a qualquer momento ele entraria, se aconchegaria ao lado da lareira e abriria a tampa do frasco prateado que sempre carregava no bolso com seu característico sorriso sarcástico.

Era como se Kai tivesse estado ali no dia anterior, mas na verdade havia partido e nunca mais voltaria.

Baz sabia como ninguém que os membros de sua casa eram imprevisíveis e perigosos quando saíam de controle. Enquanto a magia das outras casas lunares permanecia adormecida no sangue e crescia lentamente até a respectiva fase da lua, a magia da Casa Eclipse não seguia esse ciclo. Ela fluía livremente nas veias o tempo todo, e seu poder parecia *ansiar* por ser utilizado, atingindo níveis críticos até ser liberto.

O perigo era deixar que isso os consumisse.

Para Kai, bastara um deslize. Um uso de magia que ultrapassara muito a linha tênue entre a magia trivial e a magia grandiosa.

Para Baz, a diferença era clara. A magia trivial era inócua, segura e passava despercebida pelo resto do mundo. Era desacelerar o tempo em segundos, transformando um minuto em um minuto e meio para que pudesse ler um pouco mais à noite. Era acelerar o tempo em frações de segundo para passar o café mais depressa e chegar à biblioteca do Hall Decrescens antes que todos acordassem. Era puxar um fio específico para destrancar um cadeado e poder segurar em suas mãos o manuscrito lendário de seu livro favorito.

Coisas pequenas para aliviar a tensão, arroubos inofensivos de magia, eram tudo o que Baz se permitia.

Já a magia grandiosa ele não ousava utilizar. Nem tinha certeza de que conseguiria utilizá-la, caso tentasse. Ao menos, sem consequências fatais, sem entrar em Colapso.

"Nós precisamos de magia para viver da mesma maneira que precisamos de ar", dissera seu pai, muito tempo antes. "Se ficarmos sem por um longo período, sufocamos. Se acumularmos demais em nossos pulmões, explodimos. A chave é respirar devagar e com cuidado."

Aquela lição ficara profundamente enraizada em Baz. Parecia fácil, mas até seu pai tinha cometido um erro. Baz se lembrava do rosto de Theodore Brysden estampado em todos os jornais e vitrines de Threnody depois de seu Colapso. As crianças da sua idade tinham parado de brincar com ele por causa disso, considerando a magia do eclipse perigosa, perversa. Maligna.

Os pecados da Sombra eram carregados pelos membros de sua casa.

Mas Baz não se ressentia da atitude das crianças nem do distanciamento de Romie. A irmã não era nascida no eclipse e, portanto, não precisava carregar o peso do que o pai havia feito, como parecia ser o destino de Baz. As outras crianças ainda queriam brincar com ela, desde que o irmão ficasse de fora. E ele entendia, de verdade. Ninguém ficara tão abalado quanto Baz com as mortes causadas pelo Colapso do pai. O garoto só conseguia pensar que, um dia, aquilo poderia acontecer com ele também. Assim, Baz se retraíra, tentando ao máximo não contrariar ninguém.

O mundo é desse jeito, pensava ele. *Quem sou eu para tentar enfrentá-lo?*

Kai Salonga pensava de outra forma. Ele era indomável e obstinado, tanto que arriscara a vida ao desafiar tudo o que se acreditava sobre os Colapsos e os nascidos no eclipse.

E que belo fim aquilo reservara a ele.

O Colapso de Kai acontecera logo após a morte de Romie, dois baques dolorosos que deixaram Baz sem chão. Ele retornara do funeral da irmã decidido a passar o verão em Aldryn; a ideia de ficar em casa sem ela era insuportável. Como de costume, Kai também permaneceria na academia durante as férias de verão. Ele dizia que não aguentava mais viajar com os pais como fizera durante toda a infância, indo de país para país, de internato para internato.

Baz não via a hora de as férias chegarem. Seria um verão com quase todo o campus e a cidade de Cadence só para eles. Os dois passariam noites tranquilas lendo e debatendo *Canção dos deuses afogados* pela enésima vez.

Em vez disso, quando Baz voltou do funeral, Kai já tinha sido levado para o Instituto, onde sua magia seria selada.

Com um suspiro, o garoto pegou uma xícara de chá de limão e gengibre que já havia esfriado. Ele precisava ir até o quarto de Kai e arrumar os pertences do amigo, como a professora Selandyn havia pedido. Ela queria que tudo estivesse pronto quando os pais de Kai chegassem. Eles estavam a caminho de Cadence para ver o filho no Instituto.

Mas Baz não conseguia fazer isso. Só conseguia pensar na última conversa que tivera com Kai e que, se não tivesse ido para casa, se tivesse levado o colega mais a sério, talvez o Tecelão de Pesadelos não estivesse apodrecendo no Instituto.

Em vez disso, Baz pegou o pesado livro *As Marés do Destino e a Sombra da Destruição*.

Logo no começo, havia as mesmas ilustrações que ele se lembrava de ter visto em diversas obras sobre as Marés. Quando criança, ele observava as representações detalhadas das divindades por horas a fio e às vezes as copiava num papel para presentear a mãe. Baz sempre gostara de desenhar e, na infância, adorava livros ilustrados. Mas, com o tempo, passou a se concentrar nas palavras. Isto era o que realmente o interessava: as histórias.

Ele se permitiu observar aquelas imagens, hipnotizado mais uma vez. De acordo com o mito mais antigo, as Marés já tinham sido uma única pessoa: uma garota nascida do mar que vivera uma vida inteira durante um ciclo lunar. Tudo começou com aquela que agora era conhecida como Bruma, retratada como uma criança nas margens congeladas de um mar em meio a uma tempestade de inverno. Acima, via-se um céu escuro cheio de estrelas, mas sem lua. Atrás da menina, narcisos pretos floresciam, brotando das rachaduras no gelo.

As Marés nasceram da escuridão, dizia o texto abaixo da imagem, *quando o mar ainda não era regido pela lua. Do caos de seus movimentos nasceu uma criança que tanto a vida quanto a morte reivindicaram como sua. Ela compreendia o mar e previa seus humores para que os marinheiros chegassem ao porto em segurança. A lua se maravilhou com a inteligência da criança.*

Depois, havia uma versão um pouco mais velha da garota, que era conhecida como Anima. Tinha bochechas rosadas e olhos de um índigo intenso, como as malvas-rosa ao seu redor, que se inclinavam em direção ao mar cintilante. Ela erguia as mãos para o céu, onde três luas brilhavam em meio às constelações: a crescente, a quarto crescente e a crescente gibosa.

Conforme a lua crescia e devorava a escuridão ao redor, a menina também cresceu e se transformou em uma jovem deslumbrante, tão cativante e risonha que o mar se abrandou a seus pés, um feito que nem mesmo a lua conseguira.

Aestas vinha a seguir, nua e com uma criança no ventre. Ondas gentis batiam em seus tornozelos. Seus olhos refletiam a luz da lua cheia e tinham o mesmo tom das orquídeas brancas que adornavam seus cabelos prateados e esvoaçantes.

Quando a lua ficou cheia, a jovem fez florescer uma nova vida em seu ventre. O mar suspirou em boas-vindas àquela bênção, contente em receber a luz da mãe.

Por fim, havia Quies, uma anciã tão bela quanto os resquícios de outono que se decompunham ao seu redor. Seus cabelos grisalhos caíam sobre ondas espumosas que pareciam prestes a arrastá-la para dentro do mar, onde a morte, o sono ou os sonhos esperavam para finalmente recebê-la. Ela segurava uma papoula nas mãos ossudas e admirava o céu com seus olhos violeta, onde três luas escuras reinavam em meio a uma abundância de estrelas: a lua minguante gibosa, a quarto minguante e a lua balsâmica.

Durante os últimos resquícios de luz antes da inevitável escuridão, a mãe-anciã contemplou o derradeiro sussurro da lua e compartilhou com ela todos os segredos do mar. "Agora estou pronta para ser levada pela morte", anunciou ela. Mas a lua não queria dizer adeus. "Eu cuidarei do mar por meio de suas habilidosas mãos, minhas marés", decretou a lua. Quando a escuridão se instalou e o ciclo teve início mais uma vez, a criança, a jovem, a mãe e a anciã se ergueram juntas e assim permaneceram, velando o mar que as gerara como uma só.

Baz passou a mão respeitosamente pelo céu estrelado acima de Quies.

"Ela é a minha favorita", dissera Romie, quando ainda eram crianças.

Eles haviam subido nos galhos do salgueiro que crescia no quintal da casa. Baz não conseguia se lembrar da idade que tinham, mas sabia que fora antes do Colapso do pai.

"Você só diz isso porque é da Casa Lua Minguante", acusara ele, rindo, um som que se tornara cada vez mais raro.

"E daí?", retrucara Romie, admirando a ilustração de Quies. "Parece com os meus sonhos. Tem tantas estrelas."

Sentindo um aperto no peito, Baz passou para a próxima ilustração.

A Sombra vinha em profundo contraste com o restante das figuras sagradas. A divindade patrona da Casa Eclipse era retratada como um homem de feições cruéis e imperiosas, com olhos escuros e insondáveis rodeados por anéis prateados e dourados. Acima dele, pairavam a lua e o sol em eclipse. Na escuridão que inundava a página, havia criaturas disformes feitas de sombra, osso e sangue estendendo as mãos esqueléticas para ele.

"Às vezes também vejo elas nos meus sonhos", contara Romie naquele dia. "Nos pesadelos."

As umbras eram monstros que habitavam o plano dos sonhos e pesadelos, que pessoas como Romie e Kai conseguiam acessar. As umbras se alimentavam de sonhos, transformando devaneios inofensivos em buracos negros de agonia, ainda piores do que pesadelos. Os Sonhadores eram treinados desde cedo para reconhecer os sinais. Caso percebessem estar em um sonho do qual as umbras estivessem se alimentando, era de extrema importância que voltassem ao mundo real antes de terem as próprias mentes devoradas. Do contrário, suas almas ficariam aprisionadas na esfera dos sonhos para sempre, deixando seus corpos para trás no mundo real, em estado de sono permanente.

Kai tinha poder sobre as umbras — algo que Sonhadores não tinham — porque, de certa forma, lidar com a magia dos pesadelos era saber dominar o medo. Ele conseguia afastar a escuridão dos sonhos, puxando-a para si e permitindo que ela se acumulasse ao redor de seu coração. Havia o risco de que, assim, as umbras o consumissem de uma forma diferente, mas Kai percebera que conjurar os pesadelos era de grande ajuda, como se, manifestados no mundo real, perdessem todo o seu poder.

Baz leu as duas linhas abaixo da imagem: *A Sombra nasceu do desequilíbrio entre sol e lua, inquietando o mar a tal ponto que as próprias Marés não encontraram forma de governá-lo. A Sombra era a destruição e, com suas artimanhas, levou a desgraça até as Marés.*

Aquelas palavras sempre incomodaram Baz. Segundo o mito, a Sombra roubara a magia sagrada das Marés para oferecê-la aos nascidos no eclipse, com quem as Marés se recusavam a compartilhar seus poderes. Então as Marés aprisionaram a Sombra com elas nas Profundezas, o reino da morte abaixo do mar. Desde o desaparecimento das Marés, seus adoradores, antes capazes de invocar todas elas, se viram limitados no uso da magia, um destino do qual os discípulos da Sombra escaparam.

As pessoas começaram a chamá-los, a contragosto, de Invocadores de Marés. Ou então de Ladrões de Marés. Não os consideravam dignos da magia roubada que corria em seu sangue. E os nascidos no eclipse atuais ainda carregavam uma versão dessa magia.

"Está vendo só? Por isso detesto essa versão do mito", dissera Kai certa vez. "É ridícula. Nas Ilhas da Constelação, a história é diferente. Nem as Marés nem a Sombra são malignas."

Baz passara a conhecer a outra versão do mito muito bem. Era uma história de amor e sacrifício. A Sombra, rejeitada pelo deus do sol, do qual se originara, se refugiou junto às Marés abençoadas pela lua. As Marés compartilharam o poder da amorosa deusa lunar com a Sombra, mas, quando o vingativo sol descobriu, o deus deturpou os poderes da Sombra, que se voltaram contra aquelas que ela passara a amar. A Sombra então suplicou para que as Marés a mandassem para as Profundezas, disposta a se sacrificar para manter tal poder sob controle. Mas as Marés decidiram partir com a Sombra, apaziguando os deuses da lua e do sol e salvando o mundo, todos juntos.

Kai adorava contar aquela história.

Baz sentiu algo em sua perna e olhou para baixo. Um gato malhado, preto e cinza, se roçava nele.

— Oi, Penumbra — cumprimentou Baz, acariciando o bicho atrás das orelhas.

O gato — que a irmã encontrara perdido no campus e adotara — passou a viver com Baz após a morte de Romie. Penumbra miou para ele e saltou até o parapeito, de onde se pôs a observá-lo com seus olhos verdes penetrantes. Baz foi se sentar perto da janela que dava para a baía, aproximando-se para coçar o queixo do gato. Lá fora, o crepúsculo pintava o céu com vários tons de roxo, que eram refletidos na superfície do Aldersea.

A sala de estar da Casa Eclipse tinha a melhor vista de Aldryn, pois era construída na encosta do penhasco em que a academia fora erguida. Quando a maré estava alta, e as ondas, violentas, Baz conseguia colocar a cabeça para fora da janela e sentir o borrifo de água salgada no rosto enquanto o mar se lançava ruidosamente contra a rocha lá embaixo. Pensando nisso, ele colocou a cabeça para fora e notou as fogueiras salpicando a areia e os alunos espalhados pela praia.

— Parece que hoje não vou poder ir até lá — resmungou para o gato.

Desde que Romie se afogara, ele criara o hábito de visitar a Baía de Dovermere em todo primeiro dia de lua nova. Era uma forma de refletir sobre o luto e seus arrependimentos.

Baz imaginava que Kai debocharia dele, dizendo: *Você gosta é de se torturar.* E provavelmente era verdade, mas visitar a baía era catártico, apesar de todos os horrores acontecidos ali.

Ele levou a mão ao bolso, pegou o bilhete escrito pela irmã e o releu pela milésima vez. Baz passara horas tentando decidir se deveria procurar por Emory, mostrar o bilhete a ela e fazê-la contar tudo o que sabia. Emory devia ter alguma informação e talvez por isso tivesse sido tão evasiva com ele mais cedo. Mas Baz não teve coragem de ir atrás dela. Sabia onde encontrá-la, é claro, já que ajudara Romie a se mudar para o dormitório no ano anterior e voltara lá no final da primavera, para empacotar os pertences da irmã que seriam levados para a mãe deles. Baz conhecia o caminho muito bem.

O que o impediu de procurar Emory foi seu próprio medo, um medo irracional e sufocante.

Ele também conhecia aquela sensação muito bem: ficava tão sobrecarregado diante de situações difíceis a ponto de travar, confinado na prisão de sua própria mente. Em momentos como aquele, o tempo escorria das mãos de Baz, como se zombasse: *Você tem a chave, idiota. É só usá-la.*

Em sua mente, a voz do tempo era muito parecida com a de Kai. Ambas serviam como gatilho para trazer Baz de volta a si mesmo. Mas Kai não estava ali para obrigá-lo a tomar uma atitude, e Baz não sabia como fazer isso sozinho. Passara o dia inteiro tentando sair daquela estagnação, sem sucesso. Por isso continuava ali, escondido nas dependências da Casa Eclipse em vez de procurar Emory no campus.

Lá embaixo, Dovermere estava repleta de pontinhos de luz. Baz se lembrava de que Romie gostara das fogueiras no ano anterior, quando fora com Emory, e de que a irmã o importunara por não ter ido também.

Ele teve a impressão de ouvir uma musiquinha obscena sendo cantada lá embaixo, e, de repente, as fogueiras o irritaram. Elas pareceram completamente inapropriadas, ainda mais em Dovermere, dados os óbitos recentes nas cavernas. Era como se os estudantes fossem atraídos pelo rastro de morte, como moscas atraídas por um cadáver.

Ele parou de coçar o queixo de Penumbra. Emory com certeza não teria voltado para Dovermere... ou será que teria? Pelas Marés, ela nem sequer tinha ido ao funeral de Romie. Mas aquela poderia ser sua forma estranha de lidar com o luto, de encarar os horrores daquela noite...

Que droga.

Baz guardou o bilhete de volta no bolso.

— Já volto — avisou ele ao gato, sem conseguir explicar a urgência que começara a atormentá-lo.

Ele não *queria* ir até as fogueiras quando havia tanta gente por lá. Provavelmente seria melhor esperar para falar com Emory no dia seguinte. Mas ele precisava saber o que tinha levado Romie a Dovermere, o que fez sua irmã marchar rumo à própria morte.

Baz pegou o caminho secreto para a praia, uma escadaria íngreme esculpida no penhasco rochoso, tão desgastada e coberta por vegetação que ninguém, exceto os alunos da Casa Eclipse — dos quais, naquele momento, restava apenas ele —, sabia de sua existência. Seus pés tocaram a areia, e ele emergiu silenciosamente do emaranhado de trepadeiras, musgo e grama. Baz estava longe o bastante das fogueiras para que ninguém o visse chegar, mas ainda assim preferiu dar a volta e se esgueirar pelo caminho principal, a fim de fazer parecer que vinha da cidade.

Estava escuro demais para que Baz conseguisse enxergar a entrada da caverna, mas ele sentia no ar a presença da estranha magia que havia lá dentro, como estática na sua pele.

Ele avistou o corpo uma fração de segundo antes de ouvir um grito.

O vulto flutuava próximo à margem e tinha o formato inconfundível de uma pessoa.

De repente, um nome foi dito e carregado pelo vento, acendendo uma faísca de luz no poço de desesperança que o coração de Baz havia se tornado. Seus ouvidos zuniam e todo o seu sangue subia para o cérebro enquanto ele se juntava aos alunos reunidos em volta do corpo de Quince Travers. Mas não era um cadáver. Ele estava vivo. Travers estava *vivo* e de repente não estava mais. Era como se toda a vida tivesse sido drenada de seu corpo, restando apenas pele e ossos.

Emory estava ao lado de Travers, aos prantos, tentando curá-lo. Baz sabia o que era sentir medo e reconheceu o sentimento imediatamente no rosto dela. Ele presenciou o momento exato em que Emory perdeu o controle sobre a própria magia. Sentiu tudo degringolar antes mesmo de identificar os sinais de que algo estava muito errado. Emory não emitia mais a magia de cura, e sim a escuridão da lua nova, o crescimento da lua crescente e a luz da lua cheia, tudo ao mesmo tempo. Era tão impossível que Baz chegou a se perguntar se tinha caído da escada e batido a cabeça, ou então se estava dentro de um pesadelo conjurado por Kai.

Mas o horror no semblante de Emory era real. Ela se afastou de Travers e do toque da Avivadora enquanto a morte emanava de suas mãos.

Magia ceifadora. Emory, uma *Curandeira*, estava usando magia *ceifadora*.

Baz agiu sem pensar.

Seu instinto entrou em ação e não deixou espaço para a sensatez. O tecido do tempo se alterou quando Baz acessou fios temporais específicos, da mesma forma que fizera mais cedo. Os feixes de luz e escuridão e a confusão de algas em volta do corpo inerte de Travers recuaram sob seu comando, fluindo de volta para Emory. Era como voltar os ponteiros de um relógio imaginário para o momento em que aqueles poderes inconcebíveis ainda não haviam se manifestado. A magia ceifadora era mais resistente do que as demais — a morte era uma coisa intangível que driblava e iludia o tempo —, mas Baz a enfrentou com todas as suas forças. Ele sabia que estava perto de ultrapassar o limite entre a magia trivial e a magia grandiosa, mais perto do que jamais se atrevera a chegar.

Ele pensou em seu pai e em Kai, em como temia ter o mesmo destino. Naquele momento, quase desistiu. Mas a engrenagem girou a seu favor, e, de repente, a morte se curvou perante a vontade do tempo, desaparecendo na inexistência antes que Emory a acessasse.

Baz imediatamente soltou os fios do tempo. Seu coração parecia prestes a sair pela boca, mas ninguém ao redor parecia ter notado o que Emory fizera. Seus estranhos poderes se manifestaram e desapareceram em um piscar de olhos, graças à magia de Baz.

No fim das contas, não fez muita diferença. Travers soltou seu último suspiro, com o rosto virado para o mar e os olhos vidrados. O processo degenerativo chegou ao fim.

Silêncio pairou sobre a praia como uma mortalha, quebrado apenas pelo rugido das ondas. O olhar arregalado de Emory encontrou o de Baz no meio da multidão. Ela baixou os braços, as mãos tremendo. O símbolo da Lua Nova gravado em sua pele parecia uma farsa.

A impossibilidade do que acontecera preenchia o espaço entre eles. Emory era uma *Curandeira*. Baz testemunhara seus poderes em primeira mão quando eram crianças, quando ela curava os próprios hematomas e arranhões como se nada fossem.

Ela também curara Baz uma vez. Emory o encontrara se escondendo em um canto depois de levar uma surra de alguns valentões, logo após o Colapso do pai. Ela havia curado o corte em sua testa, sem se importar em ser vista com ele, sem ter medo dele como os demais. Baz carregara aquele ato de bondade consigo desde então.

Mas uma Curandeira não conseguiria dobrar a luz e a escuridão nem fazer algas crescerem. Era impossível uma Curandeira ter a morte na ponta dos dedos. Um poder como aquele era impensável. Era algo saído dos mitos, remontava a uma época em que as pessoas podiam acessar todas as magias, independentemente de casas lunares ou alinhamentos de maré. Desde a Sombra e dos primeiros nascidos no eclipse, ninguém conseguia usar outras magias além daquela com a qual havia nascido, nem mesmo os integrantes da Casa Eclipse.

Era impossível. A menos que Emory fosse exatamente isso.

Não uma Curandeira, não um membro da Casa Lua Nova, mas algo tão raro que só era mencionado em livros. Algo sobre o qual Baz havia lido menos de uma hora antes.

Ela era uma Invocadora de Marés.

5

EMORY

Virgil estava certo ao dizer que a morte causava fascínio.
    Ninguém desviou o olhar quando as autoridades chegaram para examinar o corpo. Curandeiros e Mediadores do Além avaliaram os ferimentos e confirmaram a morte. Os alunos que presenciaram a tragédia recontavam a mesma história com um êxtase mórbido: Quince Travers apareceu na praia e voltou à vida por um instante, antes de sofrer uma morte sinistra e cruel que só podia ser atribuída à magia desconhecida das cavernas onde ele se afogara.

Só mencionavam Emory para dizer que ela havia tentado curá-lo. Ninguém falou que a garota revelou ser não apenas uma Curandeira, mas também uma Guardiã da Luz, uma Portadora das Trevas, uma Semeadora e uma Ceifadora.

Era impossível. Cada pessoa só podia usar a magia com a qual nascera e somente durante a fase da lua que a regia. Nem mesmo a sangria permitia acessar outras magias. E mesmo assim... Aquela noite nas cavernas...

O rito de sangue e a luz prateada, os sussurros, a passagem do tempo distorcida que fez com que a maré os pegasse desprevenidos. Escuridão repentina, sons abafados, um borrão. Um mundo terrível preso nos confins da Garganta da Besta.

E, em meio a tudo aquilo, *alguma coisa* entrara em contato com a sua magia. A pressão surgira em suas veias, como se algo quisesse se libertar.

Emory passara o verão inteiro ouvindo seu nome trazido pela brisa do mar e visitando Dovermere em seus sonhos. Ela atribuíra isso ao luto, às consequências de uma experiência traumática, mas já não tinha tanta certeza depois da sensação assoladora daquelas magias atravessando seu corpo. Do toque sombrio da morte desejando silenciar o coração frágil de Travers.

No fim das contas, a magia ceifadora não dera o golpe final em Travers, mas a morte o encontrara mesmo assim. Ninguém tinha visto o que acontecera, e Emory precisava agradecer a Baz Brysden por isso.

Tinha sido muito estranho. Em um momento, Emory sentira a morte irrompendo de seus dedos, entrelaçando-se aos filetes de luz e escuridão e às algas que se multiplicavam ao redor do corpo de Travers. Ela tentara se livrar do toque avivador de Lizaveta, tentara se afastar de Travers ao perceber que era incapaz de conter a magia inexplicável que corria em suas veias.

Então o tempo havia parado, e os ponteiros do relógio andaram para trás. Os poderes que ela inadvertidamente liberara a atingiram como uma maré que retorna ao oceano, uma onda revertendo seu trajeto e se integrando às águas calmas de onde surgiu.

Quando o tempo voltara ao normal, as pessoas na praia continuaram olhando para Travers como se nada daquilo tivesse acontecido, porque de fato não tinha. Graças a Baz. O garoto que ela não via usar cronomagia desde a escola preparatória.

Ele havia manipulado o tempo e salvado Emory de si mesma.

Desde então, Baz não desviava a atenção dela. Seu olhar acompanhava os movimentos de Emory como se ela fosse uma bomba-relógio prestes a causar a morte de todos na praia. A garota, por sua vez, evitava Baz, além de Keiran e seus amigos, que estavam calados e pareciam não ter ideia do que acontecera ali.

Os estudantes só começaram a ir embora quando o corpo de Travers foi retirado. Emory acabou olhando para o cadáver quando a maca passou por ela. A mão de Travers estava virada para cima, e a maldita espiral soltara sangue preto na sua pele pálida. As pálpebras dele estavam fechadas, mas a garota ainda se lembrava do olhar que Travers lhe lançara enquanto convulsionava na areia.

A culpa é sua.

Ela deu as costas para o cadáver. Suas bochechas ardiam com a lembrança da acusação e a sensação fantasma da magia ceifadora saindo da ponta de seus dedos. Emory pressionou o polegar sobre a própria marca em espiral. Uma conclusão horrível pairou em sua mente, mas era algo tão insuportável que ela afastou o pensamento, olhando em volta em busca de algo que pudesse distraí-la. Keiran observava o corpo de Travers sendo retirado com um franzir sutil do cenho. Nisha chorava, com a cabeça encostada no ombro de Ife. Lizaveta abraçava a si mesma, como se essa fosse a única coisa a impedindo de desmoronar.

E Virgil... não havia nem sinal de seu sorriso e de seu jeito brincalhão. Seu semblante exprimia uma tristeza profunda, como se tudo o que o garoto dissera sobre o fascínio da morte fosse uma mentira que ele contava a si mesmo e aos outros. Talvez todos os Ceifadores fizessem isso. Ele se virou para Emory, e algo em sua expressão a fez suspeitar de que talvez Virgil *tivesse* visto o que ela havia feito, ou quase feito.

Mas então Lizaveta tocou no braço dele, chamando a atenção do amigo.

— Vamos — disse ela, abatida. — Vamos embora daqui.

O grupo de amigos se afastou, mas Keiran ficou para trás, olhando intensamente para Emory.

— Você está bem? — perguntou ele.

Ela não estava, mas conseguiu reunir forças para responder:

— Vou ficar.

Emory acenou com a cabeça em direção aos amigos de Keiran e acrescentou:

— Pode ir. Estou bem, é sério.

O garoto voltou a atenção para algo atrás de Emory. Ela imaginou que Baz devia estar ali, encarando-a. Keiran hesitou como se quisesse dizer alguma coisa, ou ficar com ela, mas, por fim, ele se afastou, murmurando:

— Até logo, Ainsleif.

Emory enfim se virou para Baz, pois sabia que teria que falar com ele cedo ou tarde. Mas o garoto não estava mais lá. Ela franziu a testa, analisando os rostos que restavam na praia, até que o avistou caminhando mais à frente, os ombros curvados contra o vento, chutando furiosamente a areia.

Ela se moveu sem pensar.

— Baz, espere!

Ele acelerou o passo ao ouvir a voz de Emory.

— *Baz.*

Ela o alcançou, mas o garoto se recusou a olhar para ela e continuou andando com passos irritantemente longos.

Emory soltou um riso incrédulo e disparou:

— Então é isso? Você não vai nem me perguntar o que foi aquilo?

— Eu já sei o que aconteceu.

— Então me explica, por favor.

— Como se você não soubesse — retrucou ele, bufando.

— Eu não sei.

Emory tentou entrar na frente de Baz para fazê-lo parar de andar *e olhar para ela*, mas ele desviou como se o toque da garota ardesse. Magoada, irritada e prestes a explodir, ela insistiu:

— Será que você pode parar *por um seg...*

Baz freou bruscamente e se virou para ela. Os dois quase colidiram.

— Fala sério, Emory.

Ele a encarava como se não a conhecesse, como se todos aqueles anos apaixonado por ela na escola preparatória não passassem de um pesadelo do qual ele só agora começava a acordar.

— Você é uma Invocadora de Marés — concluiu Baz.

Ela recuou um passo.

— O quê?

— Não faz o menor sentido e foi completamente *idiota* da minha parte ter ajudado você a esconder isso, mas você é uma Invocadora de Marés.

Os ouvidos de Emory zumbiram. Aquela palavra mítica pairava no ar, a noite suspensa em volta deles. Porque os Invocadores de Marés eram seres míticos, os ditos primeiros seguidores da Sombra, os últimos a conseguirem invocar todas as magias das Marés.

Mas, se tudo não passava de um mito, por que ela sentiu um arrepio na nuca? Emory olhou em volta para se certificar de que ninguém tinha ouvido, mas os dois eram os únicos na praia.

— Invocadores de Marés não são reais, Baz — retrucou ela.

O garoto riu, um som amargo e exasperado.

— Eu sei. Mas de que outra forma você seria capaz de acessar todas aquelas magias? A magia *ceifadora*, Emory? E Invocadores de Marés só podem vir de uma casa. — As palavras seguintes a atingiram como se fossem uma marca, uma maldição: — Você nasceu no eclipse.

Emory balançou a cabeça.

— Não. Não, eu sou uma *Curandeira*.

— Só se tiver nascido mesmo em uma lua nova.

— O que você está insinuando?

— Talvez sua mãe tenha mentido sobre quando você nasceu.

Emory estremeceu. Mencionara a própria mãe para Baz apenas uma vez, logo após o Colapso do pai dele.

"Pelo menos seu pai ainda está aqui", dissera ela com um sorriso triste, enquanto sarava os machucados de Baz, causados por um veterano particularmente cruel. "Eu nem sequer conheci minha mãe."

Emory ficou surpresa por ele se lembrar disso. Embora o que Baz sugeria fosse impossível, a garota ficou em dúvida... Afinal, como poderia ter certeza sobre sua data de nascimento se a mulher que a trouxera ao mundo — a única pessoa que estivera presente naquele momento — a abandonara ainda bebê na porta de seu pai e desaparecera para sempre?

Tudo o que Emory sabia sobre a mãe era o pouco que seu pai contara: Luce Meraude era uma marinheira que chegara ao farol de Henry Ainsleif depois de seu barco quase naufragar em uma tempestade violenta. Ela ficou hospedada com ele enquanto reparava seu barco. Como o farol ficava em um lugar remoto e Henry era um homem gentil e solitário, os dois acabaram se aproximando.

Mas não durou muito. Luce retornou para o mar assim que terminou de consertar o barco. Quase um ano depois, no entanto, ela bateu de novo à porta de Henry, dessa vez para deixar um bebê aos seus cuidados: a filha deles, que Luce dizia ter nascido na lua nova. Ela levou a certidão de nascimento para provar.

Emory pertencia à Casa Lua Nova. Aquela era uma verdade incontestável.

E *mesmo* que sua certidão de nascimento tivesse sido falsificada, havia outras provas de que ela era uma Curandeira. Como toda criança, ela passara por exames de sangue e pelos Testes de Regulamentação para confirmar seu alinhamento de maré. Emory atendera aos critérios necessários para receber uma educação formal — um requisito para as pessoas magicamente talentosas acima de certo nível, uma maneira de garantir que não abusassem ou perdessem o controle dos próprios poderes. Ela recebera a tatuagem lunar ao se formar na escola preparatória, como todos os alunos que seguiram para a Academia Aldryn ou instituições semelhantes pelo mundo. Aquela marca representava o potencial de cada um, um lembrete da responsabilidade por seus poderes. Um símbolo cuja mensagem era: "Esta é a magia que eu tenho, e estas são as regras que a regem."

Emory sempre o considerou um distintivo de honra, mas naquele momento a tatuagem parecia queimar, como se exigisse que ela enxergasse além da mentira marcada em sua pele.

Nascida no eclipse.

Não podia ser verdade. Seu sangue teria sido identificado como tal e ela sem dúvidas *saberia*, teria percebido isso em algum momento durante o treinamento. Outros poderes teriam se manifestado. Ela jamais teria precisado recorrer à sangria para usar magia de cura fora da lua nova, porque os nascidos no eclipse podiam acessar a própria magia a qualquer momento.

Mas nada disso acontecera. Ela nunca havia tido o menor indício da existência dessas outras magias até…

Emory olhou para a silhueta escura de Dovermere ao longe e pressionou o polegar sobre a espiral em seu braço, o mesmo símbolo que ela vira sangrando em preto no cadáver de Travers. O mesmo que brilhava em prata na pele de Keiran.

Se o ritual havia feito algo com ela naquela noite, gravado o símbolo em sua pele… talvez fosse a origem de tudo aquilo?

— Foi isso que aconteceu nas cavernas? — perguntou Baz, como se tivesse lido seus pensamentos. — Romie… Todos os outros alunos que se afogaram… Foi você, não foi? A sua magia.

Você os matou.

Ele não disse as palavras em voz alta, mas sua expressão era acusatória. Os olhos de Emory se encheram de lágrimas. Ela não podia culpá-lo por pensar assim depois de testemunhar o que ela acabara de fazer — o que teria feito se Baz não tivesse agido depressa. Emory estava se perguntando a mesma coisa.

A culpa é sua, gritaram os olhos de Travers.

As mortes em Dovermere teriam sido culpa dela? Será que ela tinha acessado magia ceifadora nas cavernas?

Emory não conseguia suportar essa possibilidade. Ela já se sentia culpada o suficiente, se perguntando se tudo teria sido diferente se ela não tivesse ido até as cavernas.

— Foi a maré — respondeu Emory, suas palavras abafadas pelo som do Aldersea. — Só isso.

Talvez repetir aquela explicação a tornasse verdadeira.

Baz desviou o olhar, balançando a cabeça.

— Você precisa falar com a reitora Fulton sobre isso — disse ele.

Levou um segundo para Emory registrar as palavras de Baz, a ameaça por trás delas. A garota empalideceu e retrucou:

— Ela vai me mandar para os Reguladores.

— É melhor do que perder o controle.

Medo invadiu seu peito. Se a reitora descobrisse, se as autoridades soubessem que ela usara magia fora de sua casa lunar... e, mais do que isso, que talvez ela estivesse na casa lunar *errada*...

Ela seria marcada com o Selo Profano. Teria a própria magia — a força vital que corria em seu sangue — selada para sempre.

Em geral, aquele era um destino reservado aos nascidos no eclipse que entravam em Colapso, um preço alto a ser pago por perder o controle. Mas podia acontecer com pessoas de outras casas também. Ceifadores que usavam o toque da morte para assassinar inocentes, Encantadores que obrigavam pessoas a fazer coisas terríveis por meio de seus dons de manipulação. Ela já ouvira falar de Mediadores do Além cujas práticas necromânticas eram repulsivas demais para serem mencionadas, de Memoristas que apagavam a memória de pessoas até que elas não se lembrassem de mais nada, nem mesmo de seus nomes.

O Selo Profano era a punição máxima por uso indevido de magia, e mentir sobre o próprio alinhamento de maré estava entre as piores infrações.

Tempos antes, os nascidos no eclipse eram tão temidos que era comum pais falsificarem as certidões de nascimento de seus filhos para tentar protegê-los. Embora mentir sobre o alinhamento de maré tenha se tornado praticamente impossível desde então, com o surgimento de máquinas que realizavam exames de sangue para conferir essas informações, Emory tinha quase certeza de que *aquilo* não tinha precedentes. Ninguém jamais se *transformara* em um nascido no eclipse, muito menos em algo tão raro quanto um Invocador de Marés.

A garota cerrou os punhos. Só podia ser culpa da marca em espiral. Era a única explicação. Ela se recusava a acreditar que tivesse nascido no eclipse.

— Você não pode contar para ninguém — implorou ela. — Isso tem que ficar entre a gente.

Baz a encarou por um longo momento. O vento bagunçava seus cachos e quebrava o silêncio pesado entre eles. Baz era a única pessoa que sabia, e se não a apoiasse naquele momento...

Emory começou a se desesperar.

— Baz, por favor. Eu não queria nada disso. Esses poderes não... Eu ainda sou a mesma pessoa. — Hesitante, ela avançou um passo, mas Baz recuou como se Emory ainda tivesse o toque da morte. Ela odiou a forma como sua voz falhou ao pedir: — Você precisa acreditar em mim.

O garoto esfregou o rosto, parecendo exausto. Depois empurrou os óculos para cima, pressionou a ponte do nariz e soltou um suspiro irritado.

— Você não sabe o quanto a magia do eclipse pode ser perigosa? Não dá para manter isso em segredo. É uma magia instável e arriscada, mesmo para os que recebem o melhor treinamento. Precisa ser controlada, e, pelo que acabei de ver, você não sabe fazer isso. Você provavelmente teria entrado em Colapso se eu não tivesse interferido.

A ficha de Emory caiu. Baz tinha razão. Independentemente da origem daquelas magias — mesmo que fosse um efeito da marca, mesmo que ela tivesse se transformado em uma Invocadora de Marés após o ritual nas cavernas —, Emory não conseguia controlá-las e quase causara a morte de alguém.

Ela não podia permitir que isso acontecesse outra vez.

— E se você me treinasse? — sugeriu a garota, vacilante.

Baz deixou escapar um riso nervoso antes de perceber que Emory estava falando sério.

— De jeito nenhum.

— Você poderia me treinar — insistiu Emory, o coração disparando ao reparar que a solução para seus problemas estava bem na sua frente. — Você poderia me ensinar a controlar essa magia, a... *Volta aqui!* — gritou ela, vendo que Baz se afastava depressa.

— Você não ouviu nada do que eu acabei de dizer? — questionou o garoto.

Emory correu atrás dele.

— Eu entendi, é perigoso. Por isso estou pedindo para você me ensinar a controlar a magia, para que eu não machuque ninguém antes de entender o que está acontecendo.

— Sem chance. Não posso treinar você. Não sei absolutamente nada sobre a magia de invocação de marés.

— Você sabe mais do que eu sobre a magia do eclipse, pelo menos. Não sabe?

— Pois é. Por isso sei que, se você cometer um deslize, não vai ter *nada* que eu possa fazer.

— Hã, o que você fez agora há pouco prova o contrário. Você retrocedeu o tempo e impediu que minha magia saísse ainda mais do controle. Como você mesmo disse, isso me impediu de entrar em Colapso.

Ele acelerou o passo, mas Emory o alcançou outra vez e prosseguiu:

— Se a magia do eclipse é tão perigosa, então seria melhor você me treinar.

— Não seria, não. Seria uma decisão idiota e irresponsável. Eu não quero me envolver nisso.

— Por favor, Baz.

— Não conte comigo.

— Você sabe que vou ser punida se contar para a reitora! — gritou Emory, sentindo-se cada vez mais aflita. Baz continuava se afastando. — Ela vai me mandar direto para o Instituto e com certeza vão selar minha magia, porque quando foi a última vez que se ouviu falar de um maldito *Ladrão de Marés*?

Antes que pudesse pensar duas vezes, Emory disse a única coisa que sabia que poderia convencê-lo:

— Você tem tanta raiva de mim que deixaria selarem minha magia, como fizeram com seu pai?

Baz parou no mesmo instante, sua postura tensa. Emory enrubesceu enquanto o garoto se virava lentamente, desejando ter a cronomagia dele para poder engolir aquelas palavras. Ela sabia que o Colapso do pai de Baz era um assunto delicado. Tinha sido o momento que mudara a vida dele e arruinara o princípio de amizade entre os dois. Baz se tornara um recluso, e Emory permitira que ele se afastasse, achando mais fácil manter distância do que se tornar uma pária.

Ela não se orgulhava disso, nem de ter trazido o assunto à tona naquele momento, mas não podia desistir. Ela precisava de Baz, precisava de ajuda para controlar sua magia enquanto tentava descobrir por que e *como* a possuía.

— Não vou conseguir fazer isso sozinha — sussurrou Emory, em meio ao caos do vento e do mar, à beira das lágrimas ao se dar conta de que aquela era a terrível verdade.

Ela nunca estivera sozinha antes. Romie permanecera ao seu lado desde o primeiro dia na Escola Preparatória de Threnody para Crianças Superdotadas, uma presença constante com a qual ela sempre pudera contar. Só que Romie não estava mais ali, bem no momento em que Emory mais precisava de alguém.

E de quem era a culpa, afinal?

Baz comprimiu os lábios, olhando ao redor, preocupado.

— Não precisa decidir agora — sugeriu Emory, vendo que ele hesitava. — Podemos nos encontrar amanhã antes da aula. Mas eu... Por favor, não fale com a reitora antes disso. Não quero ser levada para o Instituto.

Baz a encarou e não desviou o olhar. Emory conseguia ver as engrenagens da sua mente girando e as emoções conflitantes em seu peito. Ela percebeu o momento exato em que Baz decidiu ajudá-la porque seus ombros caíram. Em seguida, ele deu um suspiro resignado.

— Tudo bem. Amanhã de manhã, às sete horas. Não vou contar para ninguém até lá.

Antes que ela pudesse dizer qualquer coisa, Baz deu um passo para trás, levantando a mão como se não quisesse que Emory se aproximasse.

— Mas agora preciso pensar. Só me deixe pensar um pouco.

— Claro. Muito obrigada, Baz — disse ela, aliviada.

As palavras pareciam insuficientes para agradecê-lo.

Emory observou a silhueta dele se afastar pelo caminho que levava à cidade. Ela estava sozinha, mas teve a impressão de que alguém a observava. Talvez fosse apenas a presença opressiva de Dovermere, ou a lembrança do olhar de Travers. A garota ergueu o rosto para o céu, admirando a vastidão escura e sem lua que antes despertara tanto carinho. Ela já não sentia conexão alguma. Restavam apenas perguntas e as estrelas frias e distantes, que a observavam com o mesmo olhar de acusação da primavera anterior. Emory ainda não conseguia refutá-las, com a lembrança tão fresca da morte na ponta de seus dedos.

※

Dovermere chama por ela em um sonho.

Ela entra em um mundo de escuridão onde a única marcação do tempo é um lento e misterioso gotejar de água. De resto, há apenas o silêncio absoluto e estranhamente vivo de Dovermere.

Ela os encontra em círculo ao redor de uma grande ampulheta prateada, areia preta caindo de um bulbo alongado para o outro. Emory observa todos encostarem as mãos no vidro. Flores desabrocham na areia do bulbo superior, narciso e malva-rosa, orquídea e papoula, movendo-se conforme a areia desce lentamente.

De repente, a superfície da ampulheta é manchada com sangue, pois oito mãos vermelhas a arranham, tentando quebrá-la. No entanto, o vidro não se estilhaça.

As flores caem no bulbo inferior e os corpos ao redor caem em resposta. O tempo deles acabou. Emory tenta se mexer, ajudá-los, falar alguma coisa, mas ela está ali e não está ao mesmo tempo. Tem a impressão de que nem sequer conseguem vê-la.

Até que um garoto de cabelos ruivos se vira para ela.

Emory, diz Travers, água escura jorrando de sua boca entreaberta, escorrendo como sangue. *Nos ajude.*

Narcisos pretos brotam de suas orelhas, sua boca e sua pele, como fungos em um cadáver, que é o que ele está se tornando: ossos e sombra, olhos sem vida, a morte personificada.

Isso é culpa sua, anuncia ele.

Travers se desintegra. Pequenos brotos nascem de seu cadáver e se espalham pela superfície rochosa coberta de algas. Eles se multiplicam e se alimentam das poças de água salgada até não sobrar nada além de vários narcisos nas profundezas.

Emory olha para o próprio pulso e vê que a tinta da sua tatuagem de lua nova escorre feito sangue escuro. De repente, um narciso de diamante surge em suas mãos, delicado, etéreo, amaldiçoado. Emory o deixa escorregar, e o narciso se estilhaça como vidro no chão da caverna. Um grito monstruoso ecoa, completamente deslocado no tempo e no espaço. Ela sente um calafrio. Há algo de errado nas sombras que se alongam na caverna e nos vultos presos na ampulheta, tentando quebrá-la de dentro para fora.

Então

o vidro

se estilhaça

e a areia escura e as flores mortas se transformam em cinzas e criaturas apavorantes vindas das Profundezas, como uma enorme onda de pesadelos...

Emory despertou com um sobressalto.

Suas roupas estavam molhadas de suor. Ela não se lembrava de ter cochilado, apenas de se deitar na cama e encarar o teto enquanto a imagem de Travers a atormentava. Durante todo o verão, ela tivera sonhos com Dovermere que talvez fossem lembranças. Eram fragmentos da realidade preservados em âmbar, embora nenhum deles tivesse sido tão nítido e assustador quanto aquele. Nenhum pesadelo parecera tão real.

Ela olhou para a cama vazia de Romie, desejando que a amiga estivesse ali para ajudá-la a entender tudo aquilo.

A culpa é sua.

Emory saiu da cama, sentou-se à escrivaninha e pegou a certidão de nascimento guardada em uma das gavetas. O documento indicava com todas as letras que ela nascera durante a lua nova, assim como seu local de nascimento: uma pequena cidade portuária na costa oeste de Trevel, onde o Aldersea encontrava o Trevelsea.

Ela tinha certeza de que era impossível ter nascido no eclipse, mas, para garantir, rabiscou algumas palavras apressadas em um pedaço de papel:

Alguma chance de Luce ter mentido sobre meu nascimento? Problemas com magia — preciso de respostas.

Quando terminou, colocou a breve carta dentro de um envelope e o endereçou ao pai. Não havia outra maneira de entrar em contato com ele na área remota onde morava — um farol na beira do mundo, como ele mesmo dizia. As linhas telefônicas que eram tão populares em Elegy e seus arredores ainda não tinham chegado à pequena Baía de Harebell. Por fim, Emory colou no envelope um selo em tom sépia com a ilustração de uma praia muito familiar. Ela ficou com o coração apertado ao ver as rochas lisas levando um banho da espuma das ondas. Tudo o que faltava para aquela imagem ser a reprodução perfeita do lugar que ela chamava de lar eram os campos de campânulas dançando ao sabor da brisa e o farol de tábuas brancas de seu pai, firme contra o vento.

Lá fora, o céu se acinzentava com a aproximação do amanhecer e uma névoa espessa pairava sobre o campus. Emory se vestiu, pegou emprestada uma das bicicletas disponibilizadas pela academia e pedalou até a agência dos correios do outro lado da cidade. Ela gostava de Cadence em dias como aquele, quando a cidade estava mergulhada em neblina e silêncio, a não ser por um sino tocando no porto e pelo som das gaivotas. Era como estar em casa.

Emory enfiou a carta na caixa fixada em frente à agência dos correios, um prédio quadrado de pedra, com paredes cobertas de hera e um telhado cheio de telhas quebradas. Só restava torcer para que seu pai tivesse as respostas de que precisava.

A maneira como Henry falava de Luce intrigara Emory durante a infância. Luce era uma Sonhadora que saíra de casa para conhecer o mundo. Para uma garota que crescera no meio do nada, ter uma mãe marinheira parecia algo fantástico. Emory sempre sonhara em ter os dois pais, ainda que um em alto-mar e o outro em terra firme. Ela imaginava a mãe voltando para buscá-la. As duas partiriam juntas para navegar em direção ao horizonte, sabendo que aquele farol sempre as guiaria de volta para casa.

Mesmo quando a admiração de criança deu lugar à raiva e ao ressentimento por ter sido abandonada, Emory continuou idealizando a mãe. Luce viajava o mundo sem ter que se preocupar com os conceitos de "lar" e "responsabilidade", era livre para trilhar seu próprio caminho e seguir para onde a correnteza a levasse. Talvez por essa razão Emory se sentira encantada por Romie quando a conhecera na Escola Preparatória de Threnody: era outra Sonhadora com ideias visionárias que não conseguia ficar parada por muito tempo e estava sempre em busca da próxima aventura.

Romie tinha muito interesse na mãe de Emory.

"Queria ser como ela", dissera a amiga certa vez.

O comentário deixara Emory estarrecida.

"Sério? Por quê?"

"Ninguém que eu conheço parece estar *vivendo* de verdade, sabe? Todo mundo está preso em rotinas sem graça, na mesma vida de sempre. Eu quero mais do que isso. Quero sair velejando por aí como a sua mãe, arranjar uma aventura diferente todos os dias, conhecer pessoas, me apaixonar, experimentar tudo o que o mundo tem a oferecer. Isso, sim, é viver."

Emory tentara se convencer de que também almejava àquilo, mas, na realidade, suas ambições eram muito mais práticas, como *Conseguir entrar na Academia Aldryn para não virar uma pária da magia*. Era fácil se deixar levar pelas aspirações grandiosas de Romie, por seu anseio por *algo maior*. Mas, assim como acontecera com Luce, esse desejo pareceu servir apenas para fazer com que a amiga guardasse segredos e abandonasse aqueles que amava sem deixar nada além de perguntas para trás.

Emory ouviu o som de uma campainha de bicicleta. De repente, do meio da névoa, um garoto apareceu pedalando. Ao passar por ela, arremessou uma pilha de jornais a seus pés.

A manchete a deixou com ânsia de vômito.

Corpo de estudante de Aldryn ressurge meses após afogamento em Dovermere.

Emory sentiu um arrepio e imaginou o corpo magro de Travers aparecendo em meio à névoa, com garras afiadas e membros longos, para tentar pegá-la.

A culpa é sua.

Ela acelerou as pedaladas no caminho de volta. A silhueta fantasmagórica de Aldryn erguia-se no topo da colina, quase completamente escondida na névoa. Tudo era silêncio. Emory desceu da bicicleta, mas, assim que passou pelos portões barulhentos, se deteve. Havia alguém ajoelhado ao lado do suporte de bicicletas. Ela reconheceu o cabelo e o perfil de Keiran. Ele usava as mesmas roupas da noite anterior, só que com as mangas da camisa enroladas até os cotovelos e a jaqueta pendurada no ombro. Aparentemente, tinha continuado a festa depois de ir embora das fogueiras.

Que bom, pensou Emory, determinada. Dessa forma, poderia pegá-lo desprevenido e finalmente descobrir o que queria.

Keiran pareceu não ouvir os passos de Emory nem o barulho suave das rodas de sua bicicleta no cascalho. A mão dele pairava sobre algo escuro no chão. Um corvo, percebeu a garota, com a asa quebrada em um ângulo estranho que lembrava os cadáveres que Emory vira na praia.

A ave se debatia. Keiran tocou sua asa preta-azulada. Atônita e confusa, Emory viu a asa se remendar por completo sob o toque do garoto. Depois de curado, o corvo grasnou e alçou voo com um vigoroso bater de asas.

Keiran se levantou no instante em que o relógio do campus bateu sete horas. Seu sorriso satisfeito desapareceu assim que avistou Emory. A impossibilidade do que ele acabara de fazer preenchia o espaço entre os dois. Keiran limpou as mãos na calça, adotando um ar de casualidade.

— Bom dia, Ainsleif.

— Como você fez isso?

— Fiz o quê?

Acima deles, um corvo grasnou.

— Você curou a asa daquele corvo. Usou a magia da lua nova.

Por um momento, Emory pensou que ele negaria, mas Keiran só abriu um sorriso envergonhado. Com cílios grossos e um olhar sonolento, ele parecia muito jovem.

— Ah. — Ele passou a mão pelo cabelo já bagunçado. — Você não devia ter visto isso.

— É por causa da marca em espiral, não é? — questionou Emory.

O sorriso de Keiran desapareceu. Ele não precisava dizer mais nada. A tensão da noite anterior atingiu Emory como uma onda se quebrando contra um penhasco. Baz estava enganado: ela não era *nascida* no eclipse. Seus poderes estranhos apareceram por causa da marca, assim como os de Keiran.

Ela não estava sozinha.

Emory ficou surpresa com o alívio que sentiu ao fazer aquela descoberta. Era um pouco irônico, já que ela passara a vida toda querendo ser diferente, única, como Romie sempre fora. Mas naquele momento isso significava ser da Casa Eclipse, e ainda por cima uma *Ladra de Marés*. Isso destruiria tudo o que ela sabia sobre si mesma, transformando-a em algo temido e odiado pelos demais.

Mas se Keiran fosse como ela... Se a magia deles pudesse ser atribuída àquela maldita marca...

Emory pensou nos outros alunos que vira nas cavernas. Nas marcas em espiral, que ficaram pretas quando eles morreram. Ela se perguntou se teria o mesmo destino, se aquela era a maneira de Dovermere se apoderar dos que haviam escapado.

Ela observou Keiran com atenção. Uma coisa ainda não fazia sentido.

— Você não estava lá na última primavera — observou Emory. — Nas cavernas.

— Não.

— Mas você já esteve lá antes, se tem a marca. Você sabe sobre a Ampulheta e o ritual. Foi por isso que os outros morreram, não foi?

Os alunos tinham se arriscado a ir até Dovermere para ter uma chance de acessar magias fora da própria casa lunar.

Era absurdo, mas ao mesmo tempo não era. Romie sempre fora apaixonada por todos os tipos de magia e ficara furiosa quando não permitiram que ela fizesse disciplinas eletivas de outras casas lunares.

"Só porque não consigo praticar outras magias não significa que eu não queira estudar a teoria por trás delas", queixara-se Romie. "Aldryn não deveria estimular o aprendizado?"

Aquela era a razão para Romie ter ido a Dovermere: adquirir conhecimento através da magia que Emory se tornara capaz de acessar. A mesma que Keiran acabara de usar.

Os olhos do garoto tinham um brilho de cumplicidade. Ele se aproximou e segurou o guidão da bicicleta dela, roçando distraidamente a mão de Emory.

— Como tem tanta certeza de que curei o corvo por causa da marca? — perguntou. O rosto dele estava a centímetros de distância, tão perto que ela conseguia ver os pontinhos dourados em suas íris. — *Você* consegue usar outras magias?

Era como se Keiran estivesse tentando enxergar a alma de Emory. As mãos dela começaram a suar.

— Talvez — respondeu a garota.

Não parecia arriscado admitir a mesma coisa que Keiran acabara de fazer. Se contar a verdade o incentivasse a revelar tudo que sabia, Emory estava disposta a aceitar as possíveis consequências.

— Não era para eu ter ido até as cavernas naquela noite. Encontrei um bilhete no meio das coisas de Romie, minha amiga, e soube que ela estava indo para Dovermere. Então eu a segui, e agora... não sei o que está acontecendo comigo. — Emory estreitou os olhos. — Mas você sabe.

Um sorriso torto, uma sobrancelha arqueada.

— Será que eu sei?

— Foi você que escreveu aquele bilhete para Romie. Você sabia que ela e os outros alunos estavam indo para Dovermere. Por isso você estava na praia, estava esperando por eles.

— Parece que eu não preciso dizer nada, afinal.

Ele sorria como se não estivesse nem aí. Era enfurecedor. Emory abriu a boca para reclamar, mas ouviu o som de passos se aproximando pela escadaria. Deviam ser alunos rumo a Cadence para seus estágios e empregos de meio período.

— Por mais que eu tenha me divertido nessa sessão de interrogatório, preciso ir para a aula — disse Keiran.

Ele gentilmente tirou o guidão das mãos de Emory e levou a bicicleta de volta para o suporte, depois piscou para ela. A garota ficou sem reação.

— Nos vemos por aí, Ainsleif.

— Não, de jeito nenhum. Você não vai embora sem me explicar tudo isso — exigiu Emory, subindo as escadas atrás dele.

— E o que seria *tudo isso*, exatamente?

— A magia ilícita, o ritual secreto, o significado de O.S. Não finja que não sabe do que estou falando.

— Eu não disse nada.

— Eu poderia muito bem contar para a reitora o que vi você fazer.

— Com todas as provas que você tem, com certeza ela me mandaria direto para o Instituto.

Eles chegaram à fonte no centro do pátio. Quando Keiran fez menção de seguir na direção do Hall Pleniluna, Emory estendeu o braço para impedi-lo.

— Por favor — pediu ela, sentindo raiva do desespero na própria voz. — Minha melhor amiga morreu, e eu preciso saber por quê.

O semblante de Keiran se suavizou. À luz do sol que penetrava a neblina, seus olhos estavam mais dourados do que castanhos. Emory sentiu o calor da pele de Keiran e percebeu que ainda segurava seu braço. Os dois estavam muito próximos. Suas lembranças a transportaram de volta à praia naquela noite, quando tinha agarrado Keiran com todas as forças enquanto o mar do qual ela escapara por pouco se quebrava contra a praia. Emory baixou a mão, e Keiran acompanhou seu movimento com o olhar. Ela teve a impressão de que o garoto também estava pensando naquela noite.

Ele abriu a boca, mas a resposta nunca veio. Keiran viu algo atrás de Emory e retesou a mandíbula, fechando a cara.

— Seu amigo quer falar com você — disse Keiran com firmeza.

— Espera...

Mas ele já estava indo embora. Emory olhou para trás e se deparou com Baz, que assistia à partida de Keiran como se tivesse visto um fantasma.

BAZ

Baz se levantou antes do nascer do sol.

Na verdade, não tinha pregado os olhos: seus pensamentos estavam agitados demais, populados por mares revoltos, corpos macilentos e fios temporais invisíveis presos a suas mãos. Quando cansou de tentar dormir, ele saiu da cama, desceu até a área comum da Casa Eclipse e passou um café forte, ansioso para sentir o aroma encorpado e deixar o líquido clarear sua mente.

Assim que tomou o primeiro gole, Baz sentiu a alma voltando ao corpo.

Lá fora, a maré baixava conforme o sol nascia, embora não conseguisse afastar a escuridão da noite.

Baz subiu a escada com a caneca de café. Ele tinha adiado a arrumação dos pertences de Kai por tempo demais e precisava de algo que o distraísse, então foi para o quarto no final do corredor, que estava fechado desde a partida do garoto. Baz abriu a porta, preparando-se para sentir o perfume do colega.

A cama estreita no canto ainda estava desarrumada, as cortinas fechadas. Uma luz fraca iluminava tudo o que restava de Kai com uma solenidade que parecia adequada. Havia vários souvenirs de suas viagens nas paredes: tapeçarias, penduricalhos e cartões-postais que atravessaram o mundo com ele. Baz também viu incensos, velas e relíquias douradas de Luagua organizadas sobre uma escrivaninha abarrotada de livros acadêmicos provavelmente intocados. No chão jazia um velho tabuleiro de xadrez, apenas com uma rainha branca e uma torre preta lascada. Lembranças tristes de alguém que já se fora.

Baz percebeu que nunca entrara ali antes. O espaço era muito parecido com seu próprio quarto, com a mesma tapeçaria desbotada e desgastada ao redor de vigas de madeira. Mas havia estrelas pintadas no teto. Douradas e prateadas, elas brilhavam lá no alto, formando uma constelação que Baz não conhecia. Em meio às estrelas, havia palavras grosseiramente entalhadas na madeira:

OUÇA O SANGUE, OUÇA OS OSSOS E OUÇA O BATER FURIOSO DO CORAÇÃO.

Ele sentiu um aperto no peito ao ler o trecho favorito de Kai de *Canção dos deuses afogados*. O interesse obsessivo pelo livro de Cornus Clover era a única coisa que tinham em comum, uma linguagem compartilhada que preenchia a lacuna entre dois opostos. Baz se lembrou da primeira vez em que tinha visto Kai lendo a obra e de como todo o seu nervosismo por ter que compartilhar a área comum com alguém novo simplesmente evaporara.

No banco perto da janela havia uma pilha de várias edições de *Canção dos deuses afogados*, cada uma em um dos idiomas que Kai sabia falar fluentemente. Baz pegou o exemplar no único idioma que conhecia, uma primeira edição ilustrada. Ele estava com a pulga atrás da orelha desde que vira o corpo de Quince Travers na noite anterior, um sentimento que não conseguira identificar até aquele momento. Folheando as páginas bem conservadas do livro, Baz chegou à parte que procurava: "O Guardião do Portão", a favorita de Kai. Era quando o erudito, a feiticeira e a guerreira iam para o quarto reino e encontravam o guardião, o último membro do grupo de heróis, a peça que faltava naquele grande quebra-cabeça.

O fascínio de Kai pelo guardião não era surpresa. Fazia sentido que ele defendesse com tanto afinco o personagem mais controverso.

No início, o guardião não passava de um garoto que queria ser herói e tinha o sonho grandioso de um dia cuidar do imponente portão que separava seu mundo do mar de cinzas. Porém, apenas aqueles que conseguiam domar os cavalos alados que governavam os céus tempestuosos daquele mundo podiam ascender ao posto de guardiões. Assim, o garoto foi até o portão no cume congelante da montanha mais alta, onde aguardava um guardião ancião, que era um deus por mérito próprio.

O velho guardião riu do jovem, convencido de que ele jamais conseguiria domar as feras lendárias. Afinal, tantos outros já haviam morrido tentando. Mas o garoto não se intimidou. Ele estava determinado e tinha algo a seu favor que os outros não tinham: sabia tocar a lira, um instrumento que, segundo alguns, era capaz de amansar os cavalos alados.

O guardião pediu que o jovem tocasse uma música para avaliar seu talento. Quando o garoto tocou, o ancião chorou e o próprio portão suspirou ao ouvir a melodia que ecoou pela montanha. E assim os cavalos alados desceram dos céus e abençoaram o garoto, transformando-o no novo guardião do portão.

Baz observou a ilustração da página. Nela, o garoto estava sentado ao lado do grande portão tocando sua lira. Seus cílios estavam congelados, e em sua testa havia a marca prateada com a qual os cavalos alados o abençoaram.

Aquele símbolo tinha vários nomes: Espiral Sagrada do Renascimento, Concha Lunar, Marca Selênica, Selo da Sombra. Estava sempre associado às Marés ou à Sombra de alguma forma e servia para representar a partida do mundo físico (o anel de fora da espiral) para as Profundezas (o centro). Baz nunca refletira sobre a presença de um símbolo tão arcaico em *Canção dos deuses afogados*. Clover era conhecido por incluir simbolismo religioso em suas histórias. Afinal, os deuses afogados eram uma metáfora para as Marés: acreditava-se que, muito tempo antes, elas haviam abandonado as costas e mergulhado até o fundo do oceano para reger as Profundezas, assim como os deuses afogados da história reinavam sobre um mar de cinzas.

Mas lá estava a marca, nitidamente estampada na testa do guardião. Um símbolo de conexão divina, embora com *qual* divindade fosse uma questão muito debatida. As respostas se dividiam entre as Marés ou a Sombra. Ou cavalos alados, no caso da história de Clover.

Baz pensou no bilhete de Romie e sentiu um frio na barriga. Após a ilustração, vinha uma pequena epígrafe. Elas precediam as seções do livro para dar ao leitor uma ideia do novo mundo no qual estava prestes a entrar. Baz correu o dedo pelo texto e logo encontrou as palavras que conhecia tão bem:

Com seu canto, ele constrói para si um papel na narrativa e roga que os acordes de sua lira tracem um mapa entre as estrelas. Então ele chama pelo erudito, pela feiticeira e pela guerreira, cujas almas são um eco de sua própria: "Venham. Procurem por mim assim como procuro por vocês."

Baz não conseguia entender por que Romie acreditara que aquela música — o chamado ouvido em todos os mundos, o grito de guerra para os heróis dispersos entre as estrelas — estava associada a Dovermere, nem por que a irmã ficara tão interessada na *Canção dos deuses afogados* de repente.

Porém, de uma coisa Baz tinha certeza: aquele era o mesmo símbolo que vira no pulso de Quince Travers, escuro como sangue seco, quando o corpo dele foi carregado da praia.

Talvez não fosse nada. Provavelmente não era. Ainda assim, Baz não conseguia afastar a suspeita de que tudo aquilo estava conectado.

Ele gostaria que Kai estivesse ali. O colega sempre fora obcecado pelo guardião e pelo epílogo perdido; talvez pudesse ajudá-lo a ligar os pontos. Mas Kai não estava ali, e Baz teria que se virar com a única pessoa que poderia ter respostas, ainda que sentisse vontade de se esconder no Hall Obscura para sempre só de pensar em ver Emory outra vez.

Uma Invocadora de Marés. Ele ainda não conseguia acreditar. Era como se tudo não passasse de um sonho delirante.

Na noite anterior, em meio aos uivos do vento e ao som das ondas quebrando, a súplica na voz de Emory e a imagem do corpo inerte de Travers tinham beirado o insuportável, um pesadelo inescapável como as malditas abelhas de Kai. Ele concordara em considerar ajudá-la porque havia sido tomado por um senso de responsabilidade e também por entender o medo que ela sentia do Selo Profano, mas o fizera contra o próprio bom senso. Quando voltara para a área comum da Casa Eclipse, estava decidido a recusar, mas então percebera que aquela poderia ser uma boa oportunidade. Se ele queria tanto se tornar professor em Aldryn e ajudar a evitar o Colapso de outros nascidos no eclipse, por que não começar com Emory?

Mas a garota não seria uma aluna qualquer. Ela acreditara ser uma Curandeira a vida inteira, então precisaria começar o treinamento do zero e aprender todos os pormenores daquela magia como qualquer criança nascida no eclipse, sem compreender de verdade a ameaça do Colapso. Por tal razão, Emory era um risco. Sua magia, sua *existência*, desafiava todas as regras. Baz nem sequer saberia por onde começar a treiná-la, já que temia até mesmo a própria magia. E como poderia ajudá-la se não entendia nada daqueles poderes, que nem sequer deveriam ser reais?

Não era isso que ele tinha em mente quando dizia que desejava se tornar professor. Depois de tudo o que acontecera com seu pai e com Kai, Baz queria ficar bem longe de qualquer magia do eclipse fora de controle. Emory era imprevisível e instável. O que ele a vira fazer na noite anterior — e, mais ainda, o que *ele* havia feito para impedir que ela fizesse algo ainda mais perigoso — o abalara profundamente.

Ela era uma Invocadora de Marés. Esse tipo de poder era ainda mais malquisto do que as demais magias do eclipse, graças ao mito que os culpava pela restrição das magias de outras casas lunares. Se ela entrasse em Colapso com um poder como aquele...

Não. Manter isso em segredo colocaria Emory e todo o corpo estudantil em risco, e Baz jamais conseguiria se perdoar se algo terrível acontecesse.

Mas...

O bilhete de Romie pesava feito pedra em seu bolso. Baz precisava de respostas. Talvez ele conseguisse fazer Emory contar tudo o que sabia sobre Romie, Travers e Dovermere antes de convencê-la a falar com a reitora. Ele explicaria para Emory que aquela era a única opção e, se ela discordasse... Baz estava disposto a contar à reitora por conta própria.

Ainda era muito cedo para o encontro com Emory, então o garoto deixou o livro de lado e começou a guardar os pertences de Kai. A quantidade de coisas que o colega tinha acumulado era impressionante, apesar da frequência com que ele se mudara durante a infância. No fim, Baz conseguiu guardar todas as roupas dele em uma mala e o restante dentro de uma caixa. Àquela altura, o sol nascente despontava na neblina densa da manhã. Seu café esfriara. Baz sentiu vontade de se servir de uma segunda xícara, mas, depois de uma rápida olhada no relógio, percebeu que infelizmente não daria tempo. Ele colocou a caixa debaixo do braço e passou a alça da mala no ombro. Pretendia deixá-las no escritório de Selandyn depois do encontro com Emory.

Enquanto esperava no pátio, uma parte dele torcia para que Emory não aparecesse, para que ela tivesse caído em si e decidido contar tudo à reitora. Conforme os minutos passaram, Baz começou a achar que isso tinha mesmo acontecido. O relógio do campus bateu sete horas, sete e quinze. Quando estava prestes a desistir e ir para o escritório da professora Selandyn, ele finalmente avistou Emory perto da Fonte do Destino.

Com Keiran Dunhall Thornby.

Baz sentiu o chão se desfazer sob seus pés. Em sua mente, ele ouviu o desdém de Kai:

"Esse engomadinho metido. Não suporto esse cara. Nós estudamos juntos na Escola Preparatória de Trevel. Eu namorei o melhor amigo dele."

"Namorou?", indagara Baz, sentindo o rosto esquentar ao pensar em Kai namorando alguém.

Ele *nunca* tinha namorado antes. A experiência mais próxima disso tinha sido uma breve quedinha por uma garota da escola preparatória quando os dois tinham treze anos. A garota o beijara do nada e Baz passara uma semana tentando criar coragem para falar com ela depois disso, romantizando a situação, até perceber que tudo era parte de um jogo idiota chamado Beije a Lua. A regra era simples: o jogador tirava uma carta com um alinhamento de maré e tinha que beijar alguém com o mesmo alinhamento da carta.

"Ele terminou comigo por causa dos amigos, porque pessoas como o Engomadinho desprezam tanto os nascidos no eclipse que não conseguem ver nada além do nosso alinhamento. Eles sempre vão preferir uns aos outros em vez de nós, Brysden", dissera Kai, com um olhar intenso. O estômago de Baz dera uma cambalhota. "E nós merecemos estar com alguém que não tenha lealdades tão questionáveis. Alguém que entenda o que é ser um de nós."

O tempo pareceu dar outra guinada e, de repente, a mente de Baz voltou para a última primavera, quando ele tinha visto Romie na companhia de Keiran, não Emory. Ele ainda se lembrava do choque de encontrá-los juntos na biblioteca do Hall Decrescens.

"O que nas Profundezas você estava fazendo com *ele*?", questionara Baz.

"A gente só estava estudando."

O garoto sabia que a irmã estava mentindo.

"Ele sabe quem você é? Quem...?"

"Sim, ele sabe. Está tudo bem", insistira Romie.

Mas como poderia estar tudo bem?

"Você sabe o que ele pensa sobre mim. Sobre todos os nascidos no eclipse."

Baz enxergara a culpa no semblante da irmã, mas ela havia balançado a cabeça e retrucado:

"Nem tudo tem a ver com você, Baz, e comigo ele não tem problema algum. Então, não se meta."

Baz recuara, magoado. A irmã nunca dissera algo tão cruel. Pensara que ela iria se desculpar em seguida, mas Romie havia simplesmente dado meia-volta e ido embora. Quando Baz se deu conta, ela tinha morrido. Afogada.

Então parado ali, vendo Keiran com Emory, ele sentiu náusea. Keiran era seu oposto: confiante enquanto Baz era tímido, respeitado e admirado enquanto Baz era temido, tinha um futuro promissor enquanto Baz estava estagnado. Os alunos olhavam para Keiran Dunhall Thornby com adoração, como se ele fosse perfeito. Era atraente, educado, bem relacionado, o melhor de sua turma e já tinha ofertas de vários programas de pós-graduação de elite. Estava inclusive desenvolvendo uma maneira de usar sua magia de Guardião da Luz para restaurar fotografias antigas antes praticamente irrecuperáveis, o que chamou a atenção de vários museus pelo mundo.

Keiran era uma história de sucesso: ele superara a tragédia e trilhava um caminho próspero, digno de inveja.

O olhar de Keiran se voltou para Baz. Por trás daquela máscara impecável, Baz conseguia sentir o ódio direcionado a ele. O garoto da Casa Eclipse continuou paralisado mesmo depois de Keiran ter ido embora.

Xingando baixinho, Emory caminhou até Baz com um semblante arrependido.

— Desculpe. Tive um imprevisto, não queria ter me atrasado.

As olheiras de Emory deixavam claro que ela dormira tão pouco quanto ele, embora o resto de sua aparência estivesse perfeitamente em ordem: cabelo castanho-claro preso em um rabo de cavalo sedoso e as mangas da camisa branca enroladas como se ela estivesse pronta para resolver qualquer problema em seu caminho.

— Não tem problema — respondeu Baz automaticamente, mas não era verdade. Ele viu Keiran desaparecer dentro do Hall Pleniluna e comentou: — Eu não sabia que vocês dois eram amigos.

— Ah, não, a gente... — Emory hesitou, claramente desconcertada, e ajustou a alça da mochila nos ombros. — A gente só se esbarrou.

"A gente só estava estudando", dissera Romie.

— Tome cuidado com ele — alertou Baz.

— Por quê?

— O que acha que aconteceria se alguém como ele, *se qualquer pessoa*, descobrisse o que você é? Todo mundo já tem medo da magia do eclipse. Se você cometer um deslize perto de alguém assim...

— Eu sei. Não vou fazer isso. — Então Emory olhou para ele com expectativa, mordendo o lábio. — Não se tiver ajuda, pelo menos.

Baz se esquivou da pergunta implícita e sentiu vontade de desaparecer quando viu a decepção no rosto dela. Os ombros de Emory caíram quando ela percebeu o que o silêncio significava.

— Tá — disse a garota, depois de um momento. — Você não vai me ajudar.

— Desculpa. Não sei onde eu estava com a cabeça ontem à noite. Manter isso em segredo é... perigoso demais.

— Então você acha melhor eu falar com a reitora.

Baz se mexeu, desconfortável, sob o peso do olhar de Emory e da caixa que segurava. Ele pensou em Romie, em Kai. Pensou que se tivesse feito alguma coisa, se tivesse interferido, talvez teria impedido as decisões imprudentes que resultaram no fim trágico dos dois. Ele não cometeria o mesmo erro daquela vez.

— É a coisa sensata a fazer — insistiu Baz.

Pelas Marés, ela estava chorando? O olhar de Emory era insuportável. Ela enxugou o rosto com um gesto irritado e retrucou:

— Não sei onde eu estava com a cabeça quando pedi sua ajuda. Até parece que Baz Brysden quebraria as regras.

Baz foi tomado por uma onda de raiva. Toda a tensão reprimida da noite anterior veio à tona.

— *Você quase matou uma pessoa* — acusou ele. — Até onde sei, Romie morreu por sua causa. Você sequer dá a mínima para o fato de ela estar morta?

Os dois foram pegos de surpresa por aquelas palavras.

Emory recuou um passo, mágoa florescendo em seus olhos.

Baz se arrependeu imediatamente.

— Eu não quis dizer isso — murmurou ele, suas orelhas ficando vermelhas. — É que... Você nem se deu ao trabalho de ir ao funeral, Emory. Sei que não somos exatamente amigos, mas achei que...

Ele engoliu as palavras e balançou a cabeça. Baz não tinha ilusões quanto à relação dos dois. Eles não eram próximos, talvez nunca tivessem sido. Eles se conheceram na Escola Preparatória de Threnody quando ela tinha dez anos, e ele, doze, e só interagiam quando Romie estava presente, como uma cola que unia as partes desiguais entre eles. Mesmo quando cresceram e Baz imaginara — *desejara* — que houvesse uma chance de Emory começar a retribuir os sentimentos que ele nutria por ela, o Colapso de seu pai acontecera e todos ao redor desapareceram, até Emory. Baz apenas aceitara, porque era mais fácil assim. Ele não machucaria ninguém se ficasse sozinho.

Mas o garoto imaginara que Emory ao menos iria ao funeral. Se não por ele, então por Romie. Mas isso não acontecera. Ele ficara sozinho com a mãe e alguns familiares que nem conheciam Romie, não como ele e Emory. Tinha sido insuportável.

— Ela ia querer você lá — comentou Baz.

O semblante de Emory era impassível.

— Bom, Romie queria muitas coisas, e olha só no que deu.

Quando um grupo de alunos passou por eles, Emory baixou a voz, segurando a alça da mochila com força, e disse:

— Agradeço o que você fez por mim ontem à noite. De verdade. Mas não vou falar com a reitora.

— Emory...

Ela saiu em disparada rumo ao Hall Noviluna.

— Não precisa se preocupar — falou por cima do ombro. — Eu me viro sozinha.

Baz percebeu que o bilhete de Romie continuava em seu bolso e que não conseguira resposta alguma.

O escritório da professora Selandyn ficava em uma sala minúscula no andar superior do Hall Decrescens e tinha uma única janela ampla, com vista para o antigo farol e o mar. A mulher idosa teimava que a vista lá de cima era melhor do que a do Hall Obscura, mas Baz sempre teve a impressão de que ela escolhera aquela sala pela proximidade com a biblioteca do Hall Decrescens. Era sua biblioteca favorita em Aldryn, assim como a dele. A professora passava a maior parte do tempo ali, e não na pequena sala de aula onde raramente lecionava, já que confiava em seus alunos para conduzir os estudos por conta própria, incentivando-os a praticar magia juntos na segurança do Hall Obscura.

Enquanto Selandyn servia uma xícara de chá fumegante para Baz, o garoto se perdia em devaneios, pensando no que aconteceria se contasse a ela sobre Emory. Ele não gostava da ideia de esconder algo assim da professora, e depois daquela conversa no pátio...

Se Emory não ia fazer a coisa sensata, ele mesmo faria. *É para o bem dela*, disse Baz a si mesmo.

Além disso, a professora nascida no eclipse poderia ajudar Emory de maneiras que ele jamais conseguiria. Apenas, é claro, se ela conseguisse convencer a reitora Fulton e os Reguladores a não marcar Emory com o Selo Profano, a dar a ela uma chance de aprender a controlar aquela magia recém-descoberta. Era possível que quisessem estudar aqueles poderes tão raros a fundo antes de banir o acesso da garota a eles.

Selandyn ajeitou o xale desgastado por cima do corpo frágil e alisou a trança grisalha que pendia sobre seu ombro. De repente, Baz se deu conta de que ela parecia exausta. A luz do sol iluminava sua pele escura, marcada por anos de riso e sabedoria, mas também havia uma tristeza profunda em seu semblante.

Baz pensou na própria mãe, que se tornara um poço de tristeza depois do Colapso do pai e novamente quando Romie se afogara.

— Está tudo bem? — perguntou Baz, cauteloso.

A professora Selandyn abriu um sorriso cansado.

— Um dia, quando você estiver sentado nesta cadeira se perguntando o que mais poderia ter feito por seus alunos, entenderá meu pesar.

O coração de Baz se apertou ao pensar em Kai. Talvez Selandyn sentisse que havia falhado com o garoto, apesar de seus ensinamentos tão cuidadosos. Era nisso que Baz queria se meter? Uma vida inteira de mágoas, perdas e culpa?

Ele olhou para a caixa com os pertences de Kai. Por cima de todas as coisas, estava o inseparável frasco prateado com suas iniciais gravadas em relevo. A lembrança veio sem convite: os dois estavam estudando em silêncio nos aposentos da Casa Eclipse no meio da madrugada. Na verdade, apenas Baz estava estudando. Ele tentava se preparar para uma prova de Selenografia enquanto Kai se esparramava em uma cadeira de frente para o colega, as pernas compridas penduradas no braço da cadeira. Baz estava sentado no chão com Penumbra, debruçado sobre a mesa de centro. O gato sempre aparecia nos aposentos da Casa Eclipse, até mesmo antes da morte de Romie. Como ele conseguia chegar lá embaixo era um mistério.

Baz se lembrava de ter cochilado e de, de repente, sentir uma bola de papel amassado atingir seu rosto.

Kai sorrira para ele, travesso, e tomara um longo gole do frasco antes de oferecê-lo a Baz.

"Quer um pouco de combustível para sua pesquisa?"

Baz tirara os óculos e esfregara os olhos cansados.

"Não é assim que se faz uma pesquisa."

"Fale por você."

"E o que você está pesquisando neste momento? Os efeitos do álcool no seu organismo?"

Ele sentira as bochechas queimarem pela ousadia da própria resposta. Esperava que Kai mostrasse o dedo do meio, mas os lábios do outro garoto haviam se curvado em um sorrisinho.

"Muito engraçado, Brysden. Para sua informação, isso aqui é medicinal, seu otário."

"Claro, claro."

"Estou falando sério. É um negócio experimental que não deixa você dormir. Eu subornei um moleque Sonhador para conseguir isso."

"Então você está tentando me drogar? Que ótimo."

"Estou oferecendo uma coisa para te ajudar a estudar."

Baz sentira o cheiro do frasco e torcera o nariz.

"E esse *negócio experimental* tem cheiro de gim?"

"Talvez eu tenha adicionado um pouquinho de gim. É só um toque extra."

Kai rosqueara a tampa e guardara o frasco de volta no bolso. Penumbra, um grande traíra, se afastara de Baz e saltara sobre a barriga de Kai, ronronando.

"Queria só ver se você conseguiria dormir se fosse puxado para os pesadelos das pessoas o tempo todo", dissera o Tecelão. "Você não aguentaria uma noite."

Baz sentira um calafrio. Às vezes, ele esquecia como as habilidades de Kai eram diferentes das de Romie. Até onde Baz sabia, o Tecelão de Pesadelos conseguia acessar a esfera do sono como os Sonhadores, mas a natureza sombria do seu poder tornava mais difícil navegar por ela e controlá-la. Era como se, no meio da noite, o medo o puxasse involuntariamente para os pesadelos mais terríveis, para os cantos escuros onde as umbras estavam à espreita.

Kai acrescentara, encarando Baz:

"Você teve aquele pesadelo de novo ontem."

Baz sabia exatamente do que ele estava falando. As imagens invadiram sua mente: seu pai no centro de uma explosão tão ofuscante quanto uma supernova, veios prateados percorrendo sua pele. Ao redor, um prédio em ruínas, sangue, gritos. E o tique-taque do relógio que Baz nunca conseguia fazer cessar.

O pesadelo se tornara recorrente desde o Colapso de seu pai. Era comum Baz gritar durante o sono. O medo primitivo que sentira naquele dia ainda o atormentava tantos anos depois, comprimindo seu peito e sufocando-o.

Na primeira vez em que aparecera no pesadelo, Kai conseguira amenizar o desespero de Baz.

Nada disso é real, Brysden, dissera Kai enquanto a explosão de poder destruía tudo em volta. Os dois eram imunes. *Nada disso é real.*

Mas eles nunca falavam sobre isso quando estavam acordados. Toda vez que Baz tinha o pesadelo, Kai conseguia encontrá-lo. Sua presença silenciosa agia como um bálsamo, tornando tudo um pouco menos doloroso.

"Mas uma coisa muito estranha aconteceu depois", continuara Kai com uma careta, fazendo carinho no queixo de Penumbra. "Acho que acabei indo parar no pesadelo de outro nascido no eclipse. Alguém que entrou em Colapso."

Baz estremecera, pensando no rosto do pai.

"E sabe o que eu percebi? Foi a primeira vez que estive na mente de alguém com a magia selada... e foi a coisa mais assustadora que já vi." Kai falava baixo e evitava os olhos de Baz, como se isso tornasse a conversa mais fácil. "O pesadelo não era cheio dos medos e fobias que estou acostumado a ver. Era um grande nada, uma escuridão infinita e vazia."

"Que bom que você tem seu frasco, então", dissera Baz, desconcertado.

Penumbra saltara para o chão e depois correra até a janela. Kai voltara a olhar para Baz e perguntara:

"Não é estranho? É como se a magia fosse cortada e a pessoa ficasse *sem alma*. Eu sei que Colapsos podem ser destrutivos e que as pessoas acham que nós nos tornamos monstros malignos sem coração, como a Sombra", comentara ele, em tom de desprezo. "Mas me recuso a acreditar que um deslize justifique essa condenação eterna."

Baz permanecera em silêncio. Não tinha uma opinião formada sobre o assunto. Por um lado, o que Kai descrevera era horrível, e doía pensar em seu pai preso a esse tipo de existência sem alma no Instituto. Mas, por outro, o Colapso de seu pai causara *várias mortes*. Se a magia dele não tivesse sido selada, o poder incontrolável em suas veias teria causado danos irreparáveis ainda maiores, tanto a ele quanto a outras pessoas.

Todos estavam cansados de ouvir as histórias contadas para alertar as crianças nascidas no eclipse sobre os perigos de usar magia em excesso. *Basta um deslize para mergulhar na escuridão. O mal está à espreita dos descuidados.* Eles sempre ouviram que as pessoas que entravam em Colapso se tornavam torpes, perversas, profanas. De maneira irreversível. Era como se a explosão de poder apagasse sua personalidade, restando apenas uma escuridão devoradora e destrutiva.

Kai achava isso um absurdo. Ele sempre dizia que no Arquipélago da Constelação as pessoas não demonizavam os nascidos no eclipse, embora soubessem que o Colapso era perigoso e devia ser evitado a todo custo. As tatuagens no peito de Kai eram consideradas uma forma de afastar esse mal.

"Durante o eclipse, a lua entra na frente do sol e deixa tudo escuro. Mas isso passa", explicara Kai. "O mundo volta ao normal. E se a mesma coisa acontecer com as pessoas que entram em Colapso? E se esse grande mal que toma conta delas for um tipo de eclipse, algo passageiro?"

"Então como você explica o que acontece com aqueles que não recebem o Selo?", argumentara Baz.

Pouquíssimas pessoas que entravam em Colapso conseguiam escapar das garras do Instituto. A explosão de poder era tão avassaladora e atraía tanta atenção que era impossível esconder o acontecido. E, embora a explosão em si se dissipasse depressa — permitindo que os Reguladores se aproximassem da pessoa em Colapso para levá-la ao Instituto, onde o Selo seria administrado —, o sangue delas permanecia prateado, um indicador inegável de que haviam entrado em Colapso.

O Selo Profano era a única salvação, a única coisa que mantinha o caos sob controle. Ao cortar laços com a magia, aquelas pessoas tinham alguma chance de levar uma vida normal.

"Pense como quiser, Brysden", retrucara Kai. "Mas continuo achando que só estão trocando uma maldição por outra. Talvez eu entre em Colapso só para provar minha teoria."

Baz olhara para o colega, atônito. Kai sabia que o Colapso do pai o assombrava e devia imaginar como aquele comentário o atingiria, ainda que feito em tom de brincadeira. A expressão de Kai se suavizara. Ele parecia ter percebido o erro.

"Relaxa, Brysden. Não sou idiota a esse ponto."

Baz acreditara nele, e os dois não voltaram a tocar no assunto. Algumas semanas depois, Romie se afogara, Baz viajara para o funeral e, ao voltar para Aldryn, encontrara as áreas comuns da Casa Eclipse completamente desertas.

"Kai está no Instituto", informara a professora Selandyn. "Ele foi submetido ao Selo."

Trocando uma maldição por outra.

Baz queria dizer à professora Selandyn que o Colapso de Kai não era culpa dela, que o colega era teimoso e teria feito o que fez de qualquer maneira. Que, na verdade, a culpa era de Baz, por não ter levado Kai a sério. *Me recuso a acreditar que um deslize justifique essa condenação eterna.* O garoto tinha ficado tão obcecado com a ideia que acabara encontrando justamente esse fim.

Mas Baz não conseguiu dizer nada disso à professora, pois ainda sentia uma lealdade distorcida a Kai. Não podia entregá-lo daquela maneira.

Selandyn ergueu sua xícara de chá e perguntou:

— Posso ajudar em mais alguma coisa, Basil?

Ele pigarreou e endireitou a postura na cadeira.

— Na verdade, sim.

Aquele teria sido o momento perfeito para contar a ela sobre Emory. *Há uma Invocadora de Marés entre nós, outra aluna que você precisa treinar. Outra aluna que você vai orientar, com quem vai se preocupar e por quem vai sofrer quando ela for levada para o Instituto.*

Baz não teve coragem de sobrecarregá-la ainda mais.

Em vez disso, apontou para *As Marés do Destino e a Sombra da Destruição*. O livro estava aberto na mesa entre eles.

— Eu estava pensando sobre seu novo tema de pesquisa e me surgiu uma dúvida. O que acha dos paralelos entre as divindades do mito e os deuses da história de Cornus Clover? — perguntou o garoto.

Selandyn riu, aquecendo o coração de Baz.

— Você e esse livro... — disse ela afetuosamente, dando uma palmadinha na mão dele e pousando a xícara no pires. — Não é segredo que o manuscrito de Clover se baseia no mito das Marés e da Sombra, embora eu não seja especialista no assunto. Você deveria conversar com Jae sobre isso. Elu acabou de chegar à cidade.

Baz se animou ao ouvir isso. Jae Ahn era ume velhe amigue de família e perite em *Canção dos deuses afogados*. Se houvesse mais informações sobre o epílogo perdido, elu saberia.

— Vou telefonar para elu — prometeu Baz, se perguntando com uma pontada de ressentimento por que Jae não tinha avisado que vinha para Cadence. — Mas eu também gostaria de saber o que você pensa sobre o assunto. Acha que vale a pena explorar isso na sua pesquisa?

Selandyn pareceu considerar a ideia.

— Talvez. Para mim é evidente que, se Clover tinha a intenção de escrever um tipo de releitura da queda das Marés, deve ter se inspirado na interpretação mais popular do mito. Mas pode ser interessante analisar se ele não foi influenciado por outras interpretações mais obscuras e menos conhecidas.

A professora se acomodou no divã, e Baz reconheceu sua expressão: a de uma contadora de histórias se preparando para fazer justamente isso.

— A maioria das interpretações começa da mesma forma. Bruma, Anima, Aestas e Quies governaram juntas por séculos, irmãs em todas as coisas, donas do destino. Como se sabe, cada uma reinava durante uma fase da lua diferente, mas as pessoas a quem elas concediam seus dons tinham acesso a todas as magias, desde que honrassem as Marés. Até o aparecimento da Sombra da Destruição, é claro.

Ela entrelaçou os dedos e prosseguiu:

— É aqui que as interpretações do mito divergem. Alguns acreditam que a Sombra era uma entidade monstruosa que surgiu das Profundezas no primeiro eclipse, outros acreditam que ela era o próprio sol, rival da lua que as Marés serviam. A crença mais comum, porém, é que a Sombra era um homem chamado Phoebus, nascido quando o primeiro eclipse escureceu o mundo. Chamavam-lhe de portador de mau agouro, porque coisas estranhas aconteciam quando ele estava presente. Por causa disso, ele foi rejeitado pela família e pela comunidade. As Marés ficaram com pena daquele homem devoto que jurava só querer fazer o bem e ser digno das Marés. Assim, elas o abençoaram com sua magia. Mas a magia se deturpou ao entrar em contato com ele, dando origem a uma versão sombria dos dons sagrados das Marés. Phoebus foi tomado por ganância e transformou seu poder em algo vil. Ele se vingou daqueles que haviam lhe dado as costas, roubando suas magias para adicioná-las ao próprio reservatório de poder. As Marés, apesar de toda a sua sabedoria, não tinham previsto isso. Elas não sabiam como consertar o erro cometido ao confiar sua magia a Phoebus.

A professora revirou os olhos e continuou:

— Volto a dizer que é apenas uma interpretação. Esta certamente não seria a versão do mito contada por alguém nascido no eclipse, já que foi justamente essa caracterização da Sombra que causou nossa má fama. De qualquer forma, quando o eclipse seguinte escureceu o mundo, nasceram outros com os mesmos poderes estranhos. A Sombra convocou todos eles e formou um exército para atacar as Máres e roubar sua magia divina. As Marés sabiam que precisavam detê-lo. E foi Quies, a anciã, que encontrou a solução: elas prenderiam a Sombra nas Profundezas, no Reino da Morte, que era regido por ela. Mas Quies não era forte o bastante para mantê-lo preso ali por conta própria, então pediu ajuda às irmãs. E foi assim que, juntas, as quatro Marés trancafiaram a Sombra nas Profundezas: elas fizeram uma prisão com o próprio sangue e os próprios ossos para garantir que ela nunca se libertasse.

A mente de Baz estava acelerada. Eram nítidas as semelhanças com *Canção dos deuses afogados*. Na história, sangue, ossos, coração e alma — os quatro heróis — se uniam para aprisionar a grande besta de sombras no centro do mar de cinzas, libertando assim os deuses afogados.

— O mito fala de Dovermere? — perguntou Baz, sem conseguir reprimir o calafrio que sentia toda vez que pensava naquela caverna que engolira nove almas e devolvera duas delas totalmente transformadas: um Curandeiro definhando até se transformar numa pilha de ossos e uma Curandeira renascida com o poder da Casa Eclipse em suas veias.

A professora Selandyn demorou para responder. Enfim, disse:

— Alguns acreditam que Dovermere foi o local onde as Marés nasceram, e também onde aprisionaram a Sombra. Mas eu não levaria essa teoria muito a sério. Todos os lugares costeiros importantes do mundo são considerados o possível local de origem do mito. É por isso que todas as melhores academias de magia estão perto do mar, porque os fundadores acreditavam que se beneficiariam da proximidade dessas fontes de poder, dos rastros que as Marés poderiam ter deixado para trás.

Ela observou Baz atentamente, como se pudesse ler seus pensamentos.

— Por que todas essas perguntas, Basil?

— Só por curiosidade.

— Posso dizer o que penso? Me parece que você está procurando uma explicação para o afogamento de sua irmã, buscando sentido onde provavelmente não há. Ela era uma força da natureza, e é inconcebível que tenha tido um fim como aquele.

Com um olhar bondoso, Selandyn se inclinou mais para perto do garoto e prosseguiu:

— Você sabe que as magias existentes em Dovermere estão além da nossa compreensão. Não podem ser domadas, vencidas ou desvendadas. Nem por você, nem por mim, nem por ninguém. É melhor não pensar mais nisso. Às vezes, a morte é apenas a morte. Não há explicações, e aceitá-la é o melhor que podemos fazer.

Baz tomou um longo gole de chá pensando no bilhete de Romie em seu bolso.

Uma batida repentina na porta o assustou.

— Ah, parece que chegaram — comentou a professora, se levantando com um sorriso.

Quando ela abriu a porta, Baz se deparou com dois rostos quase idênticos ao de Kai.

Selandyn cumprimentou os pais de Kai na língua materna deles e apresentou Baz. Foi devastador observar suas expressões pesarosas, trocar apertos de mão com eles e ouvi-los perguntar educadamente de onde os dois se conheciam e se Baz estivera com Kai no dia do Colapso.

Quem me dera, pensou Baz, com um nó na garganta. *Queria tê-lo convencido a não fazer o que fez.*

Parecia inconcebível magoá-los ainda mais contando tudo o que sabia. Quando sentiu que não aguentava mais continuar ali, Baz inventou a desculpa de que estava atrasado para a aula. Foi só quando saiu do escritório de Selandyn — deixando todos os pertences de Kai para trás com seus pais — que a ficha caiu.

Kai realmente tinha partido.

Havia uma pequena chance de ele ser liberado do Instituto, caso fosse considerado estável o suficiente, já que seu Colapso não machucara ninguém nem causara mortes. Mas o garoto que Baz conhecera não existia mais. Mesmo que saísse do Instituto, ele não seria o mesmo Kai de antes.

Não seria mais o Tecelão de Pesadelos, e sim apenas um resquício de quem costumava ser.

Pouco tempo depois, Baz se encontrava na areia úmida da Baía de Dovermere. A água cinzenta do Aldersea brilhava sob o sol da tarde. Ao longe, a entrada das cavernas parecia uma cicatriz parcialmente submersa na maré crescente.

Baz prestava atenção no som do vento que esvoaçava seus cabelos e no barulho das ondas quebrando contra o penhasco. Ele buscava uma melodia, o chamado dos deuses afogados ou a súplica do guardião. No entanto, só conseguia ouvir a vibração sombria de Dovermere, pulsando no ritmo de seus batimentos cardíacos.

Era a morte disfarçada de mistério, tentando atraí-lo para um fim submerso como o de sua irmã.

Talvez Romie, uma Sonhadora intrépida, não tivesse percebido a diferença. Talvez ela tivesse sido enganada por seus ideais e por seu anseio constante por *algo maior*.

E talvez Selandyn estivesse certa. A morte era apenas a morte, a caverna era apenas uma caverna, e Baz precisava aceitar que sua irmã nunca mais voltaria.

EMORY

Emory entrou atrasada na aula de Selenografia II. O professor já estava falando sobre graus de posicionamento lunar, cálculos e nodos, coisas que não entravam na cabeça dela. Aquela matéria — um aprofundamento na ciência que regia a magia — era obrigatória desde a escola preparatória e o cúmulo do tédio para a maioria das pessoas.

Ao entrar naquela sala de aula, a mesma do ano anterior, escura e escondida nos andares inferiores do Hall Noviluna, Emory sentiu uma pontada de tristeza. Seus olhos imediatamente foram parar na fileira de cima, onde ela e Romie se sentavam juntas, tentando não cochilar enquanto o professor explicava como a prata, a água e o sangue estavam relacionados à magia. No teto inclinado do cômodo, havia um painel majestoso, ondas pintadas em pigmentos que iam dos tons pastel da espuma marinha às cores escuras das profundezas. Lá de cima, pendiam correntes prateadas com delicados globos de luz mágica que pareciam gotas d'água cintilantes. Emory se apressou para a primeira cadeira vazia que encontrou enquanto as palavras de Baz martelavam sua mente.

Você sequer dá a mínima para o fato de ela estar morta?

Aquilo doera mais do que a insinuação de que Emory tinha culpa na morte de Romie. *É claro* que ela se importava. Tinha sido justamente por se importar que Emory seguira a amiga até Dovermere e que retornara à Aldryn após as férias. Também tinha sido por isso que não desistira da amizade das duas, mesmo quando Romie parecia determinada a afastá-la.

Emory se importava o suficiente para notar tudo o que acontecera: todas as noites que Romie passara só as Marés sabem onde, todas as festas das quais voltara com olhar vidrado, todas as aulas que perdera para ficar dormindo e a velocidade com que suas notas começaram a despencar, e suas plantas, a morrer. Emory também notara os alunos com quem Romie convivia, sempre reunidos em cantos escuros do campus, cercados por uma aura impenetrável de sigilo. Travers, Lia, Dania. Outros alunos que haviam se afogado nas cavernas. E Nisha Zenara, que parecia ter substituído Emory ao lado de Romie.

Emory continuara a se importar, por mais que se sentisse terrivelmente sozinha. Passara a maior parte do período anterior estudando na biblioteca do Hall Noviluna, já que entrar em Aldryn tinha sido apenas o primeiro passo e, para continuar na academia, precisava tirar notas altas. Romie, por sua vez, estava sempre atrás da próxima aventura, da próxima melhor amiga.

Aqui vamos poder nos reinventar, ser quem quisermos.

Emory só não esperava que a nova vida de Romie não fosse incluí-la.

Ela mal ouviu o professor Cezerna dispensar os alunos ao final da aula. De forma automática, guardou seus livros quando todos ao redor os guardaram também. Estava tão imersa nas lembranças de Romie que quase não ouviu seu nome ser chamado em meio ao burburinho.

Penelope West estava alguns degraus abaixo, olhando para Emory com olhos brilhantes e um sorriso amigável.

— Emory! Que bom que te encontrei! — exclamou a garota.

Emory segurou a alça da mochila com força enquanto descia em direção a Penelope, forçando-se a retribuir o sorriso.

— Oi, Penny.

— Tentei falar com você no auditório ontem, mas acho que você não me viu. Como estão as coisas? Você está bem?

Perguntas que Emory nunca mais queria ouvir na vida.

— Sim, acho que sim.

Penelope olhou em volta, parecendo tensa, antes de comentar:

— Ficou sabendo do que aconteceu ontem à noite? Estão dizendo que o corpo de Travers apareceu na praia. E que ele *estava vivo*. — Ela balançou a cabeça com uma expressão de incredulidade. — Com certeza é apenas um boato. Isso seria impossível. Ele se afogou.

Emory sentiu um nó na garganta e desviou o olhar.

— Não me diga que você *estava lá* — emendou Penelope, agarrando o braço de Emory. Diante do silêncio que se seguiu, ela arregalou os olhos. — Então é tudo verdade?

— Sim, é verdade — confirmou Emory, odiando as imagens que surgiram em sua mente.

— Mas é impossível — sussurrou Penelope. Ela franziu as sobrancelhas e apertou a mão de Emory. — Coitadinha. Nem imagino... Você deve ter revivido tanta coisa...

O semblante de pena da garota era tão insuportável que Emory sentiu vontade de sair correndo. Sabia que Penelope só estava sendo gentil e que deveria ser grata por ainda ter uma amiga que se importava com ela. Os outros alunos apenas cochichavam e apontavam. Mas Penelope era uma lembrança constante da amiga que Emory perdera. E Romie era insubstituível.

— Senhorita Ainsleif, tem um minuto, por gentileza? — perguntou o professor Cezerna.

Emory nunca se sentira tão feliz ao ouvir um professor chamando seu nome.

— Quer jantar comigo mais tarde? — convidou Penelope, enquanto as duas desciam até a mesa do professor.

— Claro. Pode ser.

Penelope tocou o braço de Emory novamente e prometeu:

— Estou aqui se você precisar de qualquer coisa, Em.

Sua ternura fez com que Emory se sentisse mal por ser tão fria. Afastando a culpa, ela se voltou para o professor Cezerna. Ele a observava com uma expressão séria, arqueando as sobrancelhas espessas.

— Vou permitir que você assista às aulas para que não fique tão atrasada — começou ele —, mas como perdeu a prova de Selenografia I na primavera passada, terá que refazê-la para continuar cursando Selenografia II.

Emory enfiou as unhas na palma da mão. Aquilo parecia muito insignificante em comparação com os acontecimentos recentes, mas Selenografia era uma disciplina obrigatória para todos os alunos. Ela precisaria daqueles créditos para concluir a graduação.

— Podemos escolher uma data para que você tenha tempo de revisar o conteúdo antigo antes da prova — ofereceu o professor Cezerna. — Acha que consegue fazer isso em duas semanas?

— Claro — respondeu Emory, com um sorriso educado.

Mas por dentro ela estava se perguntando como conseguiria estudar para essa prova, acompanhar as outras disciplinas e lidar com sua nova magia desconhecida. Tudo isso enquanto buscava respostas sobre Dovermere. Emory mal conseguira passar nas matérias no período anterior. As chances de ter êxito naquelas circunstâncias pareciam quase nulas. Mesmo sabendo que o cenário era desesperador, Emory se sentia desconectada daquilo, porque coisas mais importantes demandavam sua atenção.

— Muito obrigada, professor — agradeceu ela antes de sair da sala, sentindo-se sem energia.

Como tinha o resto da manhã livre, dedicou-se a procurar Keiran pelo campus, determinada a pressioná-lo, mas não conseguiu encontrar o garoto. Então, decidiu ir para a biblioteca. Quando passou pela Fonte do Destino, teve uma ideia.

As flores lunares sagradas flutuavam na superfície da água, uma para cada aluno que tinha se afogado na primavera anterior. Apesar do frio do início de setembro, estavam perfeitamente preservadas por magia. Diante da fonte, Emory analisou as placas de prata fixadas sob os pés de mármore das Marés. Ela leu os nomes adicionados à lista já bastante longa, todos acompanhados da mesma data:

QUINCE TRAVERS — LUA NOVA, CURANDEIRO
SERENA VELAN — LUA NOVA, PORTADORA DAS TREVAS
DANIA AZULA — LUA CRESCENTE, CRIADORA
LIA AZULA — LUA CRESCENTE, CRIADORA
DAPHNÉ DIORÉ — LUA CHEIA, PROTETORA
JORDYN BRIAR BURKE — LUA CHEIA, AURISTA
HARLOW KERR — LUA MINGUANTE, DESATADOR
ROSEMARIE BRYSDEN — LUA MINGUANTE, SONHADORA

Os nomes evocaram lembranças nauseantes enquanto seus olhos percorriam a lista. Houve uma única vítima de afogamento três primaveras antes, e mais duas alguns anos antes disso. A lista remontava à fundação de Aldryn, quase quatrocentos anos antes, e nunca ocorria mais do que uma ou duas mortes por ano, nada parecido com a carnificina do ano letivo anterior.

Então, Emory notou que quase todos os afogamentos tinham algo em comum: aconteciam em maio, nas últimas semanas de aula.

Podia ser coincidência. Todos aqueles nomes provavam que Dovermere sempre tinha sido um destino perigoso. Mas o coração de Emory estava acelerado, e ela vasculhou a mochila em busca de um papel. Ao encontrar, anotou alguns nomes e datas com pressa, tentando manter a mão firme.

Ela reviraria todos os arquivos do campus em busca de qualquer informação sobre os afogamentos, para tentar obter alguma pista sobre as circunstâncias que tinham levado Romie à Dovermere.

A garota sentiu vontade de gritar ao se lembrar da acusação de Baz. *Viu só?*, pensou. *É óbvio que eu me importo.*

A sala de arquivos ficava ao lado da biblioteca no Hall Noviluna, mas Emory não encontrou muita coisa por lá. Havia algumas matérias de jornal sobre vítimas de afogamento de duas décadas antes — a maioria calouros, ao que parecia — e entrevistas com ex-reitores tentando tranquilizar a população quanto aos perigos das cavernas. Ela encontrou uma matéria extensa sobre o afogamento anterior aos mais recentes, dois anos e meio antes, também em maio. Embora longo, o texto dizia apenas que Farran Caine havia sido um Ceifador de excelente desempenho acadêmico durante o curto período em que estivera em Aldryn e que todos sentiriam muito sua falta. Ele parecia elegante na fotografia desbotada do jornal, com cachos loiros e um maxilar definido, sorrindo alegremente para alguém que tinha sido cortado da foto. Era doloroso ver aquele sorriso. Emory só conseguia enxergar Romie e os outros sete que tiveram seus futuros roubados em Dovermere.

Ela então se lembrou do que Lizaveta dissera na fogueira: que os oito alunos afogados eram os melhores de suas respectivas turmas e em suas respectivas magias, assim como parecia ser o caso de Farran e algumas das outras vítimas mencionadas nos jornais. Mas isso não explicava por que todos tinham ido até Dovermere.

A garota foi tomada por uma onda de raiva. Se aquilo acontecia havia tantos anos, por que ninguém tinha tomado providências? Por que a entrada das cavernas não tinha sido barricada a fim de evitar que outros alunos morressem? Emory não podia permitir que mais ninguém encontrasse o próprio fim na Garganta da Besta.

Enquanto folheava o catálogo de microfilmes em busca de notícias antigas relevantes, Emory ouviu uma voz familiar. Ao levantar os olhos, se deparou com Keiran perto da porta do arquivo, casualmente apoiado em uma prateleira. Ele tinha trocado de roupa e usava um suéter azul--marinho por cima de uma camisa engomada, com as mangas enroladas até os cotovelos. Emory não conseguia enxergar a pessoa com quem ele conversava, mas não fazia diferença. Sentiu a determinação pulsando em suas veias. Ela fechou a gaveta de metal e marchou em direção a Keiran... mas parou quando viu que sua interlocutora era a reitora Fulton, que o escutava com uma expressão sombria.

Os ouvidos de Emory começaram a zumbir e sua visão ficou embaçada. Era como se todo o seu sangue tivesse subido repentinamente à cabeça. Será que ele teria coragem? Seria possível que Keiran estivesse dedurando Emory para a reitora depois de ter zombado, naquela manhã, da possibilidade de ela fazer o mesmo?

Não. Não podia ser. Keiran não tinha visto Emory usando magias fora de seu alinhamento de maré, e a garota nem sequer admitira ser capaz de tal coisa. *Ele* é que tinha sido pego no flagra.

Ela viu a reitora entregar um pequeno objeto para Keiran. Não conseguiu enxergar o que era, mas, pela forma como refletiu a luz, teve a impressão de se tratar de algo metálico. No instante seguinte, a reitora fez contato visual com Emory, que sentiu o sangue gelar, e então murmurou algumas palavras para Keiran antes de caminhar até a aluna.

Emory lembrou que outra pessoa sabia seu segredo, alguém que tinha medo de quebrar regras e que podia ter dado com a língua nos dentes. *Baz.*

— Olá, Emory — cumprimentou a reitora Fulton. Ela tinha cabelo grisalho e curto e vestia um terninho de *tweed*, impecável como sempre. — Estava procurando por você.

Acabou, pensou Emory. Ela seria mandada para o Instituto e interrogada pelos Reguladores, que eram encarregados de policiar o mundo mágico e fazer valer suas regras e punições. Ela receberia o Selo Profano, pois não conseguiria explicar a origem daquela magia. Afinal, quem acreditaria que tudo era culpa de Dovermere? Todos pensariam, assim como Baz, que ela tinha mentido sobre a data do próprio nascimento, escondido o que realmente era.

Invocadora de Marés. Ladra de Marés. Nascida no eclipse.

— Como você está? — perguntou Fulton.

— Tudo bem — respondeu Emory, tentando se preparar para o baque.

— Espero que esse tempinho longe de Aldryn tenha ajudado você a se recuperar de tudo o que aconteceu. Preciso admitir que cheguei a pensar que você não voltaria depois das férias de verão. Teria sido uma pena perder uma aluna tão esforçada. — A reitora a observou por cima dos óculos de armação grossa. — Eu soube que você tentou ajudar Quince Travers ontem à noite.

Emory sentiu vontade de vomitar. Fulton pousou a mão delicadamente em seu ombro e prosseguiu:

— Tentar curá-lo foi admirável de sua parte. Espero que saiba que a morte de Travers não foi sua culpa.

Emory demorou para assimilar a situação, mas por fim entendeu: Keiran e Baz não tinham dito nada. Ela não estava em perigo.

Sentiu uma onda de alívio, seguida por uma pontada de culpa ao lembrar que quase matara Travers com magia ceifadora. Engolindo em seco, Emory perguntou:

— Já sabem o que causou a morte dele?

— Os Mediadores do Além e os Desatadores do Instituto ainda estão investigando, mas tudo indica que teria sido impossível deter a magia desconhecida que se apossou dele. Você fez o máximo que um Curandeiro poderia fazer, Emory. Principalmente em uma situação como essa.

— Obrigada.

Emory estava aliviada demais para conseguir pensar em uma resposta mais elaborada. As palavras de Lizaveta ressoavam em sua cabeça: *Você é uma Curandeira decente, mas nada de especial.* Se ela tivesse se esforçado mais, se fosse uma Curandeira melhor, será que teria conseguido impedir a morte de Travers?

Fulton deu um sorriso triste.

— Se precisar de qualquer coisa, minha porta está sempre aberta.

Depois que a reitora foi embora, Emory se voltou para onde Keiran estivera, mas ele também já tinha partido. Então a garota retornou para a mesa, mas antes de se sentar notou que havia um rolo de microfilme em cima de sua pilha bagunçada de jornais.

Emory franziu a testa. Com cuidado, pegou o rolo e olhou em volta. Estava sozinha nos arquivos. Keiran provavelmente deixara aquilo na mesa enquanto ela falava com a reitora. Sem pensar muito, Emory foi até o leitor de microformas mais próximo, tentando entender como os botões e as alavancas funcionavam. Aqueles leitores eram uma invenção relativamente nova, produzida na Universidade de Trevel, a mais prestigiada escola não mágica do mundo. Emory ainda não tivera motivos para aprender a usá-los. Por fim, ela pegou o jeito da coisa e pressionou o botão para passar o microfilme.

Era uma edição antiga da *Gazeta de Cadence*, de mais de oitenta anos antes. Emory passou os olhos depressa pelas notícias sobre uma violenta tempestade de inverno, escassez de alimentos devido a um navio naufragado no litoral, uma nova loja aberta na rua principal (que ela tinha quase certeza de que ainda existia) e um evento organizado pela cidade para celebrar o Solstício. Ela estava começando a achar que não tinha nada de interessante ali quando viu uma coluna sobre clubes e organizações da Academia Aldryn... e sobre suas sociedades secretas.

Um nome chamou atenção por se encaixar perfeitamente com as iniciais O.S. que Emory vinha tentando desvendar.

A Ordem Selênica.

Seus batimentos aceleraram.

O trecho dizia:

Entre as sociedades mencionadas, a Ordem Selênica destaca-se por ser possivelmente a mais antiga e sem dúvidas a mais secreta. Pouco se sabe sobre a Ordem além do nome, sussurrado entre estudantes da Academia Aldryn, que acreditam tratar-se de uma seita macabra, ligada a ritos ancestrais e magias raras. Os afogamentos recentes dos estudantes Giles Caine e Hellie de Vruyes, ambos provenientes de famílias abastadas com longa tradição em Aldryn, parecem corroborar os boatos de que tinham sido recrutados pela Ordem Selênica. Alguns sugerem que as mortes resultaram de um ritual de sacrifício ou de uma iniciação que deu errado. O reitor da academia nega veementemente tais especulações, afirmando não ter conhecimento de nenhuma seita ou atividade ilegal nas organizações estudantis de Aldryn.

Um sentimento de certeza cresceu no peito de Emory. Sociedade secreta, magia rara e rituais? Aquilo devia estar por trás da morte de Romie e dos outros colegas. E aquele sobrenome... Giles Caine. O mesmo de Farran Caine. Emory se perguntou se alguns alunos eram convidados a participar da seita secreta por causa do sobrenome, e não por suas notas.

Acima de tudo, Emory se perguntou por que Keiran — cuja boca parecera um túmulo naquela manhã — tinha deixado aquele rolo de microfilme para ela.

Era uma ajuda ou uma armadilha?

Emory passou o resto do dia tentando não entreouvir as conversas sobre Travers no campus, mas a cena mórbida da noite anterior parecia ser o assunto do momento. Por mais que ninguém soubesse de seu segredo ou tivesse testemunhado sua magia proibida, graças a Baz, ela ainda se sentia terrivelmente apreensiva.

À noite, no refeitório, Emory estava brincando com a comida no prato enquanto mais e mais alunos chegavam, lançando olhares para ela. Penelope se aproximou com uma bandeja e perguntou:

— Posso me sentar aqui com você?

Emory fez um gesto para que a amiga ocupasse a cadeira livre, sentindo-se grata pela presença dela. Talvez as pessoas não a encarassem tanto se não estivesse sozinha. E, de fato, todos pareceram perder o interesse em Emory enquanto Penelope tagarelava sobre as férias que passara no litoral. Quando começaram a falar sobre as disciplinas, Penelope se ofereceu para emprestar suas anotações de Selenografia I e para ajudá-la a estudar para a prova. Emory ficou um pouco irritada e pensou que a pena de Penelope era ainda pior do que os cochichos e os olhares. Mesmo assim, sorriu e disse:

— Obrigada, Penny.

Penelope continuou a falar, mas Emory deixou de prestar atenção. Em vez disso, seus ouvidos captaram uma conversa próxima, em que alguém dizia:

— ... e ninguém está falando sobre aquele garoto da Casa Eclipse que entrou em Colapso durante as férias.

Os olhos de Emory percorreram o refeitório lotado e pararam em uma mesa não muito distante, onde quatro pessoas estavam sentadas: Lizaveta, com o cabelo cuidadosamente penteado, Virgil, com o braço apoiado no encosto da cadeira ocupada por Louis, o Curandeiro que tentara ajudar a salvar Travers, e Nisha, que parecia concentrada no livro que segurava em uma das mãos, a outra ocupada com um garfo com uma porção de salada intocada.

Louis se inclinou para perto de Virgil e sussurrou:

— Fiquei sabendo que ele foi parar no Instituto, que foi marcado e tudo.

Sua voz baixa fez os pelos dos braços de Emory se arrepiarem.

— Quem? — perguntou Virgil. — O Cronomago?

— Não — disse Nisha, sem tirar os olhos do livro. — Eu o vi na Cripta ontem.

Louis balançou a cabeça e explicou:

— Foi o outro. O cara esquisitão do pesadelo.

— O Tecelão de Pesadelos — corrigiu Lizaveta, distraída, olhando as unhas.

— Isso, esse aí.

Emory sentiu um aperto no peito. Se Baz tinha visto o colega da Casa Eclipse entrar em Colapso depois do que acontecera com o pai, e logo após a morte de Romie...

Não era de se admirar que ele estivesse tão reticente em ajudá-la.

Louis apoiou os cotovelos na mesa e comentou:

— Parece que aconteceu aqui mesmo, no campus. Bem ali no pátio.

— Você precisa parar de acreditar em tudo o que ouve, Louis — retrucou Lizaveta, revirando os olhos. — Foi na Baía de Dovermere.

— E como é que você sabe?

— Porque fui eu que encontrei ele.

— *Quê?!* — exclamou Louis.

— Eu estava na praia com Artem quando vimos o clarão. Por sorte, Artem tinha algemas nulificadoras. Assim que foi seguro, ele as colocou no garoto e o levou direto para o Instituto. — Lizaveta deu de ombros. — Uma das vantagens de se ter um irmão Regulador.

— Bom, sabem o que isso significa, não é? Agora que o cara do pesadelo se foi e mais ninguém da Casa Eclipse se matriculou, o Cronomago é o único que sobrou no campus.

— Imagina ser o único no Hall da própria casa? — indagou Virgil, rindo. — As festas devem ser um tédio.

— Eu não falei? A quantidade de nascidos no eclipse está diminuindo — disse Louis.

— Vai começar outra vez? — resmungou Nisha, voltando a prestar atenção no livro.

— *É sério.* Tem pesquisadores estudando isso. Há cada vez menos eclipses, então surgem menos pessoas com essa magia.

Emory não ouviu direito a resposta de Lizaveta, mas pareceu "Que bom".

— Pelas Marés, detesto esses quatro — murmurou Penelope, lançando um olhar furioso para o grupo. — Eles se acham melhores do que todo mundo. Ouvi dizer que dão festinhas secretas para usar magias proibidas.

Emory sentiu um calafrio. Festas secretas, magias proibidas. Parecia o tipo de coisa que uma certa sociedade secreta faria. Se Keiran era membro da Ordem Selênica, seus amigos também deviam ser. Emory sentiu um ímpeto de raiva e olhou feio para Nisha, que continuava lendo de forma inocente. Ela devia ter feito a ponte entre a seita e Romie, que, deslumbrada com a nova amizade, teria topado entrar no mesmo minuto.

— Que tipo de magia? — perguntou Emory.

— Não faço ideia. Só sei que Lia e Dania começaram a ficar estranhas depois que começaram a ir às festas deles. Você disse que o mesmo aconteceu com Romie, não foi?

Emory se voltou para Penelope, um pouco surpresa. Naquele momento, a garota se deu conta de que, assim como ela perdera uma amiga, Penelope perdera Lia e Dania, as gêmeas Criadoras. As três eram inseparáveis, assim como Emory e Romie, ao menos antes do envolvimento com a Ordem Selênica.

Então era por isso que Penelope estava tão decidida a se aproximar de Emory. Não por pena, mas por terem passado pela mesma coisa, por terem uma dor em comum.

Emory ficou envergonhada. Estava tão imersa no próprio sofrimento que não lembrara que outras pessoas também tinham perdido amigos na primavera anterior.

— Sim, foi a mesma coisa com Romie — respondeu ela.

Emory sentiu o estômago se revirar e afastou o prato. Ela nunca tinha visto Romie com ninguém daquele grupo além de Nisha, mas as peças se encaixavam.

— Posso perguntar uma coisa? — começou Penelope, mordendo o lábio. — Por que... por que vocês todos estavam nas cavernas naquela noite? Foi mesmo um desafio entre amigos bêbados?

Mentir deixava um sabor amargo em sua boca, mas Emory o fez mesmo assim.

— Sim. Acabei participando também, embora não devesse. Eu estava preocupada com Romie, e pensei que se eu fosse com ela...

Penelope segurou a mão de Emory.

— Eu sei. Eu não quis insinuar que... Emory, não foi sua culpa. Estou feliz por você estar bem.

A pouca comida que ela tinha conseguido engolir de repente se transformou em gelo no fundo de seu estômago. Ela não merecia a bondade de Penelope.

Depois de um apertão carinhoso na mão de Emory, a amiga se levantou e sugeriu:

— Que tal uma sessão de estudos para a prova de Selenografia? Vamos?

Emory não conseguiu escapar de Penelope, mas, no fim das contas, foi *agradável* fazer algo tão normal. Por uma hora, ela se sentiu bem, distraída dos horrores que pairavam sobre sua cabeça. Enquanto voltava para o próprio quarto, no andar abaixo do de Penelope, Emory se sentiu um pouco mais leve pela primeira vez em meses. No entanto, assim que abriu a porta, o buraco em seu peito ressurgiu.

Nada estava normal, nada nunca mais voltaria ao normal, porque Romie se fora.

Emory saiu correndo em direção ao único lugar que traria algum alívio para sua dor.

A biblioteca da Casa Lua Crescente ocupava os dois primeiros andares do Hall Crescens. Também havia algumas salas de aula no andar inferior. O lugar era iluminado e arejado, cheio de plantas e flores que brotavam entre os livros e do assoalho de madeira clara. Parecia mais um jardim interno do que uma biblioteca. As prateleiras estavam cobertas por vegetação e banhadas por uma luz âmbar, que entrava pelo teto de vidro abobadado e pelas inúmeras janelas.

Emory achava que o Hall Crescens era o menos engessado de todos. Os alunos se reuniam em longas mesas de madeira, conversando no espaço aberto com vista para o Aldersea, que resplandecia durante o pôr do sol. Como sempre, havia música tocando: notas e acordes delicados que vinham das plantas e mudavam de acordo com o clima, graças a um pouco de magia Criadora.

Romie amava tudo aquilo. Ela sempre tivera um fascínio inexplicável pela Casa Lua Crescente, que era o oposto de sua própria casa lunar em todos os sentidos. As magias da lua crescente estavam relacionadas a crescimento e amplificação, manifestação e influência, ao passo que as magias da lua minguante eram sombrias e misteriosas. Sonhos, lembranças, segredos e morte, o fim inevitável das coisas.

Emory pensou que, em outra vida, Romie poderia ter nascido na lua crescente. Uma Semeadora em vez de Sonhadora, já que ela gostava tanto de plantas. Ou talvez fosse apenas parte da natureza de Romie querer entender um pouco de tudo, se envolver em cada faceta da vida.

Emory saiu para o pátio atrás do Hall Crescens, seguindo o caminho ladeado por postes com luz mágica que levava até as estufas. O sol poente fazia com que as muitas janelas brilhassem como ouro. Ela passou pelos prédios de vidro bem cuidados e chegou até a pequena estufa caindo aos pedaços onde Romie costumava se esconder. Ao se deparar com a porta de madeira descascada, Emory descobriu que ainda se lembrava do truque para girar a maçaneta frágil. Quando a porta se abriu, ameaçando se soltar das dobradiças, o cheiro de terra quase a fez chorar.

A sensação durou pouco, porque logo veio o cheiro de podridão e decomposição. Parada à porta, Emory observou a cena triste. A estufa de Romie sempre esteve em uma situação precária: era apertada e velha, com janelas soltas e uma porta quebrada que não segurava a corrente de ar. Por essa razão, os Semeadores não ligavam muito para ela. Mas o lugar sempre foi cheio de vida graças aos cuidados de Romie.

Sem ela, havia morte por todos os cantos. Plantas e trepadeiras antes exuberantes se encontravam murchas, e vasos de barro estavam tombados.

Esquecidos em um canto, Emory reconheceu uma pilha de objetos intocados pela negligência que tomara o resto da estufa. Ali estava o suéter favorito de Romie, com o nome da Academia Aldryn, além de um cobertor e um travesseiro que ela tinha posto no chão e alguns livros que ela provavelmente pegara emprestado na biblioteca e nunca tivera a chance de devolver.

De repente, a porta rangeu. Emory se virou e viu Baz parado na soleira, parecendo tão surpreso quanto ela.

— Desculpa — murmurou ele. — Não achei que haveria alguém aqui.

Eles se entreolharam por um longo momento. Emory notou os óculos tortos e a aparência descuidada de Baz. Ele parecia exausto, como se os eventos da noite anterior e daquela manhã tivessem exaurido suas forças.

Baz coçou a nuca.

— Posso ir embora se você...

— Não, não tem problema — interrompeu Emory.

— Não, eu vou.

Ele hesitou, sem jeito, diante da porta. Assim como Emory, Baz parecia não saber o que dizer para quebrar o silêncio, para consertar o que tinha sido partido. A estufa parecia ao mesmo tempo grande e pequena demais para os dois. Precisavam de Romie ali. Não de seu fantasma, mas da Romie de verdade, com seu talento para fazer todos se sentirem à vontade. Eles precisavam da garota que, na Escola Preparatória de Threnody, havia conseguido convencê-los a matar aula para correr pelos campos de flores silvestres até a praia. Nenhum dos dois teria feito isso por conta própria, mas quem conseguia dizer não para Romie? Eles precisavam da garota que correra descalça pela areia, abrindo os braços para imitar as gaivotas.

Romie os fazia rir. Quando estavam com ela, Baz e Emory se sentiam livres.

— O que você veio fazer aqui? — perguntou o garoto.

Emory olhou para a coleção triste de plantas mortas.

— Não sei.

O que ela esperava encontrar lá? Romie se fora. Nem mesmo as coisas que ela deixara para trás poderiam trazê-la de volta.

— Acho que só queria olhar para esse lugar mais uma vez — ponderou Emory.

Baz correu o dedo pela pintura descascada de uma viga de madeira.

— Eu vim aqui meses atrás para buscar as coisas dela, mas não consegui. — Ele pigarreou e desviou o olhar do canto com os pertences da irmã. — Não voltei depois disso. Tinha muita coisa morta criando raiz.

Emory tocou uma planta seca e comentou:

— Eu daria tudo para ver essa estufa como era antes.

Olhando para a folha morta, ela se perguntou como seria ter a magia Semeadora fluindo por seus dedos, como acontecera na praia... como seria usá-la para devolver à planta o verde saudável e brilhante. Então a garota olhou para Baz, que parecia saber exatamente o que ela estava pensando.

Emory se afastou da planta.

Baz enfiou as mãos nos bolsos, então disse:

— Queria pedir desculpas pelo que falei mais cedo. Não foi justo.

Emory baixou a cabeça e se pôs a cutucar as unhas.

— Você tinha razão. O funeral... Eu quis ir. Eu tentei, de verdade, mas depois da homenagem que fizeram aqui... Eu achei que não ia conseguir passar por isso de novo.

— Eu entendo. — Baz parecia estar falando sério. — Desculpa por ter dito que você não se importava.

— Eu que deveria estar pedindo desculpas por ter pressionado você a me ajudar — retrucou Emory, pensando no que ouvira no refeitório sobre o Colapso do colega de Baz. — Eu entendo os riscos. Sei que esse tipo de magia é perigoso. E por mais que eu não queira machucar ninguém, também não quero que tirem minha magia. Então preciso aprender a controlá-la antes que uma dessas coisas aconteça.

Ela observou o rosto de Baz, que deixava nítido seu conflito interno: seguir as regras ou ajudar uma amiga de longa data? Naquele momento de hesitação, Emory enxergou o ponto fraco que Baz sempre teve por ela. A garota se perguntou se isso poderia fazer com que ele a ajudasse, se poderia usar aquilo a seu favor.

Emory precisava se certificar de que Baz não contaria nada para a reitora. Além disso, precisava de ajuda para controlar aquela magia sobre a qual não sabia nada, e ninguém da Casa Eclipse tinha tanto controle sobre o próprio poder quanto Baz. Se ele conseguia manipular o tempo sem chegar perto de entrar em Colapso, com certeza conseguiria ajudá-la a dominar os estranhos poderes causados pela marca. Mesmo que ela não fosse nascida no eclipse, como Baz acreditava, seria útil aprender todo o possível e ainda mantê-lo por perto, para garantir que seu segredo estaria em segurança.

Emory ignorou o aperto no peito, porque aquela relutância não era nada perto do seu desespero crescente. Ela precisava tocar no assunto com delicadeza para não estragar tudo.

— Eu sei que você não quer me ajudar — começou ela com um sorriso triste, tentando comovê-lo. — Mas você pode ao menos me dar um norte? Talvez me indicar um livro sobre a magia de invocação de marés, *qualquer coisa* que me ajude a entender...

Baz afundou as mãos nos bolsos, como se estivesse procurando algo lá dentro. Ele comprimiu os lábios e, no instante seguinte, uma pergunta apressada saiu de seus lábios:

— O que vocês foram fazer em Dovermere naquela noite?

Emory cerrou os punhos, pressionando as unhas nas palmas das mãos. *Tudo menos isso*, pensou ela. Mentir para Penelope era uma coisa, mas para Baz...

O garoto suspirou e fechou os olhos.

— Eu só quero saber a verdade — implorou ele.

Havia tanta angústia no semblante e na voz dele que Emory sentiu algo dentro de si desmoronar. Baz merecia a verdade, mas ela não suportava a ideia de contar o pouco de que se lembrava e ter que ver a expressão dele quando percebesse que tinha razão em temer aquela magia e que ela poderia muito bem ser a culpada por tudo o que aconteceu.

Emory desviou o olhar e enfim respondeu:

— Nós estávamos bêbados e achamos que seria legal ir até Dovermere. Achamos que conseguiríamos vencer a Garganta da Besta. Mas então a maré invadiu tudo e... eu não me lembro do que aconteceu depois disso. Eu acordei na praia com vários corpos na areia, e Romie tinha desaparecido.

Mentir para Baz, ainda que parcialmente, era dez vezes pior do que mentir para Penelope. Emory piscou com força para afastar as lágrimas, ciente de que ele a observava.

— Sinto muito — continuou ela. — Queria poder voltar no tempo e impedir tudo isso.

Era impossível Baz não perceber o quanto a morte de Romie doía em Emory. A garota se sentia como as plantas daquela estufa, definhando na ausência de Romie. E embora tudo tivesse começado a murchar quando chegaram à Aldryn e a amiga se afastou de forma tão inexplicável, Emory ainda acreditara que a relação delas podia ser salva.

Mas agora era tarde demais.

Era impossível salvar algo que não existia. Ainda assim, Emory queria ao menos encontrar uma explicação.

— Eu faria qualquer coisa para não ter que sentir falta dela desse jeito — sussurrou Emory.

Baz encarava os próprios pés em silêncio.

— Obrigado — disse ele depois de um tempo, tirando as mãos dos bolsos. — Por me contar a verdade.

Emory sentiu o peso da culpa nos ombros.

— É o mínimo que posso fazer — respondeu ela.

Baz deu um passo para trás, em direção à porta. Emory achou que aquele seria o fim da história, que não tinha conseguido convencê-lo. Mas então ele se deteve, respirou fundo e falou:

— Se você prometer levar isso a sério, eu concordo em ajudar você.

Emory ficou chocada.

— É sério?

— Você não vai poder usar sua magia até entendermos como ela funciona. E, se eu decidir que é muito perigoso ... se sua magia se tornar um risco para você, para mim ou para outras pessoas... você vai contar para a reitora.

— Tudo bem.

— Estou falando sério, Emory. Se eu mandar parar, nós paramos.

— Sim, nós paramos.

Baz a encarou. A luz fraca refletia nos óculos dele, de forma que era impossível enxergar seus olhos. Por fim, ele disse:

— Começamos amanhã, na biblioteca da Casa Lua Minguante. Sete da manhã em ponto.

— Prometo que não vou me atrasar dessa vez — respondeu Emory, tentando aliviar a tensão.

Baz empurrou a porta com o ombro.

— Por favor, não faça eu me arrepender.

Sozinha na estufa, Emory olhou para toda a morte ao redor, pensando que talvez não fosse tarde demais para consertar as coisas, afinal.

CANÇÃO DOS DEUSES AFOGADOS

PARTE II:
A FEITICEIRA NA FLORESTA

Num mundo não muito distante do nosso, a natureza cresce desenfreada e abundante.

O solo é fértil graças à decomposição de carne e ossos, combinada a uma magia peculiar. As árvores fincam suas raízes firmemente no submundo e estendem suas mãos rumo aos céus. Tudo é verde e marrom, e o aroma de terra e musgo toma conta do ar quando os céus chovem suas bênçãos, maravilhados com o despertar da terra, que estica seus membros, deleitando-se na própria exuberância.

No centro desse mundo fica Wychwood, a mais antiga e selvagem das florestas, fonte primordial de todo crescimento e vegetação. Suas veias irradiam magia e nutrientes para o solo e, protegendo tudo isso, há uma única feiticeira. Ela é a caixa torácica que protege o coração do mundo, garantindo que cada engrenagem da roda da vida gire conforme o esperado.

Mas esta história não é sobre ela, pelo menos não inteiramente. A feiticeira é parte essencial de um todo. Onde há carne e ossos, há também um coração que bate, sangue que flui e uma alma unindo todos eles. A feiticeira sabe disso e aguarda, isolada em sua fortaleza de raízes e decomposição, até que uma das outras partes essenciais a encontre.

Paciência, sussurram as árvores. *Tenha coragem.*

O primeiro a encontrá-la é o erudito vindo de nossas praias, o sábio que respira histórias; palavras são tão essenciais para sua existência quanto o próprio ar. (Talvez a metáfora mais adequada para ele pareça ser os pulmões, mas o erudito, na verdade, é como uma corrente sanguínea: a magia flui em suas veias assim como ele navega pelos mundos, tal qual rios correm para o mar e sangue pelas artérias). Ele acaba de perceber que, para retornar ao mar de cinzas, precisará antes explorar outras praias, outros mundos, em busca de histórias que o levem mais longe do que qualquer outro marinheiro.

E este é o primeiro mundo.

— Você veio em busca dos deuses afogados? — pergunta a feiticeira, pois ela também ouviu o chamado.

A lua, o sol e as estrelas suspiram em uníssono, pois sabem que este é apenas o início da jornada.

BAZ

— Primeira lição: tente não matar ninguém.

Emory o encarou, claramente sem achar graça daquela piada lamentável. Baz imaginou Kai rindo de sua bola fora. *Mandou bem, Brysden.*

Os dois estavam sentados em uma alcova entre as seções de Sonhadores e Memoristas da biblioteca do Hall Decrescens. A mesa entre eles estava abarrotada de livros abertos e a chuva batia contra o pequeno vitral de papoulas roxas, criando uma ilusão de orvalho sobre as pétalas. Emory ocupava as mãos com o copo descartável de seu café, quebrando a borda de plástico pedacinho por pedacinho.

— Sabia que os jornais estão dizendo que Travers morreu de causas naturais? — comentou ela. — Estão chamando de "um afogamento inexplicável em Dovermere".

Baz lera os jornais. Uma investigação sobre a morte de Travers tinha sido conduzida por Mediadores do Além, Curandeiros, Ceifadores e Desatadores, e fora concluído que a situação era inexplicável, mas uma morte natural mesmo assim, descartando qualquer tipo de crime.

— Como se houvesse algo natural em Dovermere — retrucou Baz, bufando.

Emory não respondeu. Em vez disso, tomou um gole de café, olhando para o copo intocado que trouxera para Baz. Um gesto amigável, ainda que sem sabor algum.

— Você não vai beber? — perguntou ela.

— Ah, não, hã, eu não tomo café.

Pelo menos, não o café tenebroso que era vendido pelo campus.

— Tem uma mancha de café na sua roupa — apontou Emory.

Baz olhou para a marca marrom em seu suéter creme favorito e coçou a nuca.

— É que... eu só gosto do café que eu faço.

Pelas Marés, será que aquilo tinha soado tão arrogante quanto ele imaginava?

Emory comprimiu os lábios e olhou para a biblioteca vazia, ainda despedaçando o copo plástico.

— Por que escolheu aqui e não o Hall Obscura? — perguntou ela.

— As pessoas iam comentar se vissem você indo e vindo do Hall Obscura o tempo todo. — Baz ruborizou quando Emory arqueou uma sobrancelha. Por que ele ficava tão nervoso perto dela? — Não... Eu quis dizer que talvez suspeitassem que você nasceu no eclipse... Esquece.

Ele teve a impressão de ver um sorriso minúsculo no rosto de Emory. Ela cruzou as pernas, parecendo confortável em sua calça casual e seu suéter de lã fina.

— Eu gosto daqui — comentou Emory.

Eu também, pensou Baz. A biblioteca do Hall Decrescens era a sua favorita entre as quatro de Aldryn. Era toda feita de uma madeira antiga que rangia ao menor toque, tinha corredores labirínticos e um salão de teto estrelado, repleto de mesas e cadeiras de diferentes cores. Escondidos pelos cantos, havia ornamentos dourados e relógios bonitos que pareciam parte de um tesouro saqueado, mas serviam apenas de decoração. O lugar todo era como um sonho, permeado pela excentricidade sombria presente em tudo relacionado à Casa Lua Minguante.

Mas, acima de tudo, Baz gostava de lá porque diziam que era a biblioteca que Cornus Clover mais frequentara quando estudava em Aldryn, possivelmente até mesmo onde escrevera seu livro.

Além disso, geralmente estava vazia o bastante para que Baz passasse despercebido e não fosse incomodado. Era um lugar menos discreto que as dependências da Casa Eclipse, mas teria que servir para aqueles encontros. Baz não estava disposto a permitir que Emory entrasse no único lugar que era só dele. Já era estranho o suficiente estar tão perto dela, respirando o mesmo ar, notando todos os seus trejeitos. Não parecia real, mas a sensação era boa, como se todos os anos de afastamento tivessem se dissipado e eles fossem apenas dois adolescentes outra vez conversando sobre magia, como faziam antes do Colapso do pai de Baz.

Perdido em pensamentos nostálgicos, Baz contemplava o brilho dos cabelos dourados de Emory e acompanhou com o olhar quando ela colocou uma mecha atrás da orelha. O garoto pigarreou e começou:

— Certo. Então, o Colapso.

Baz apontou para o livro na sua frente. Emory chegou mais perto.

— "O eclipse de si mesmo" — leu ela em voz alta.

Os dois observaram a ilustração horrível que acompanhava o título: um jovem gritando para os céus, com o rosto desfigurado pela dor, em meio a uma explosão de poder. As veias de seus braços, pescoço e têmporas estavam salientes e prateadas.

Baz tocou na ilustração.

— Isso é o que acontece quando os nascidos no eclipse não tomam cuidado. Nós nos transformamos em uma coisa instável e perigosa, entramos em um estado de poder tão avassalador que pode nos destruir completamente. Nossa magia causa um eclipse de si mesma, ardente e destrutiva, e nos consome de dentro para fora. Depois tudo se transforma em escuridão. Nós somos... corrompidos. Isso é conhecido como a maldição da Sombra. A única solução é o Selo Profano, aplicado pelos Reguladores, que adormece nossa magia.

— Foi o que aconteceu com seu pai? — perguntou Emory, suas palavras suaves e hesitantes.

Um aperto no peito. Veias prateadas reaparecendo em sua memória. Uma explosão ofuscante de poder.

O segredo é controlar a respiração.

— Sim — respondeu ele. — Foi.

Pela maneira como Emory o olhava, Baz soube que a garota também se lembrava daquela época. Do cuidado que ela teve em ficar por perto, pelo menos nos primeiros dias após o incidente, enquanto todos o evitavam. Depois ela também se afastara, sem dúvida percebendo que os outros alunos estavam certos: em manter distância, em temer a magia dele, o possível Colapso.

— Ouvi dizer que outro aluno da Casa Eclipse entrou em Colapso no verão — arriscou Emory, falando devagar. — Vocês eram amigos?

Baz engoliu em seco, tentando não pensar no sorriso penetrante de Kai e em sua voz de trovão. Eles tinham sido amigos? A relação poderia ser atribuída às circunstâncias: duas pessoas forçadas a ocupar o mesmo espaço e confrontar suas diferenças e semelhanças. Eles eram uma dissonância cognitiva, noite e dia. De uma perspectiva lógica, não deveriam ter se dado bem, mas se tornaram próximos o suficiente para que Baz sentisse saudade de Kai e notasse sua ausência toda vez que lia nos aposentos comuns, passava pela porta fechada do quarto do garoto ou fazia café demais antes de lembrar que só havia ele ali.

Os dois tinham sido próximos o suficiente para que Baz se sentisse furioso com Kai pelo que fizera, e para que sentisse uma culpa esmagadora por não tê-lo levado a sério, tentado impedi-lo.

Logo após o funeral de Romie, Kai aparecera nos sonhos de Baz pela última vez. Dormir em sua cama de infância tornara seu pesadelo recorrente mais aterrorizante do que o normal, até que o Tecelão surgira para dissipar as trevas. Ele permanecera ali até que o caos se acalmasse e Baz conseguisse respirar novamente.

Aldryn fica tão entediante sem mim que você resolveu entrar nos meus sonhos até aqui?, perguntara Baz.

É você que não consegue ficar longe de mim, rebatera Kai num tom brincalhão, mas seus olhos estavam sérios. *Você vai ficar bem?*

Vou. Tenho que ficar.

Tente se lembrar de respirar, Brysden. Não deixe o pesadelo controlar você.

É, eu sei.

Mas falar era fácil.

Kai se levantara, e as trevas do pesadelo de Baz se esvoaçaram atrás dele como um manto.

Já acabou. Kai havia sorrido, mas seus olhos carregavam uma tristeza incomum. *Boa noite, Brysden.*

Baz não percebera na época, mas aquela tinha sido a despedida de Kai, o último momento que compartilharam antes de o garoto entrar em Colapso.

— Sim, nós éramos amigos — respondeu Baz, por fim, embora "amigos" não desse conta de tudo que tinham sido.

Emory arqueou a sobrancelha ao notar o tom estranho em sua voz, mas o garoto voltou a atenção para o livro. Pigarreando, prosseguiu com a lição:

— Reconhecer nossos limites é muito importante. O controle é crucial, porque nossa magia não é como a das outras casas lunares. Não é algo que você conjura. *A magia* conjura *você*. Você precisa aprender a resistir e, ao mesmo tempo, a sucumbir a ela apenas o bastante para que a pressão seja suportável.

Ele passou para a página seguinte, onde havia uma mão pingando sangue.

— A sangria ajuda a aliviar um pouco da pressão. Para as outras casas lunares, a oferenda de sangue serve para usar magia fora da fase lunar de nascença. Porém, quando chega a fase lunar de nascença, a força da magia está reduzida, pois foi drenada pelos usos através da sangria. Mas para nós é diferente. A magia do eclipse não passa por esse ciclo de regeneração. É constante.

Este era um dos muitos motivos pelos quais as pessoas não gostavam dos nascidos no eclipse: detestavam ter que lidar com as limitações da própria magia — com sua natureza fásica e com o fato de que a sangria, embora prática, enfraquecesse os poderes posteriormente —, sabendo que os nascidos no eclipse não precisavam passar por isso.

— Quando fazemos a sangria — continuou Baz —, ela *diminui* a nossa conexão com a magia e alivia a pressão, pelo menos por um tempinho. Usar a magia em pequenas doses tem o mesmo efeito.

Emory franziu a testa e olhou para as palmas das mãos, como se conseguisse enxergar o poder crescendo em suas veias. Quando a cicatriz em seu punho reluziu, ela fechou as mãos depressa e as pousou sobre o colo.

Nuvens de tempestade se formaram em seus olhos azul-acinzentados.

— Você está falando "nós" e "nossa", mas ainda não estou convencida de que nasci no Eclipse — retrucou Emory, com firmeza. — Quer dizer... Durante as férias, eu senti essa pressão que você descreveu, e ela parecia diminuir com sangria ou quando eu usava minha magia de cura. Mas, durante todo o resto da minha vida, a sangria sempre funcionou do jeito comum, permitindo o uso da minha magia fora da lua nova.

— Então como você explica o que está acontecendo?

— Eu não sei. Talvez seja só uma coincidência estranha, talvez Dovermere tenha corrompido minha magia. Não viu o que aconteceu com Travers? Pode ter acontecido alguma coisa comigo também.

Baz se acomodou na cadeira, considerando a possibilidade. Os jornais podiam publicar o que bem entendessem, mas ele sabia que a morte de Travers não tinha sido natural. Já era estranho o garoto aparecer vivo depois de tanto tempo, por mais que isso pudesse ser atribuído a seu poder de cura. Mas a maneira como ele morrera, somada ao surgimento repentino da magia inexplicável de Emory...

Talvez Dovermere tivesse *mesmo* feito algo com eles.

Baz tocou o bilhete em seu bolso. O papel já estava completamente liso de tanto ser dobrado e desdobrado. Mais uma vez, ele pensou em mostrá-lo à Emory. Queria acreditar no que a garota tinha contado na estufa, sobre o motivo de terem ido para Dovermere e o que acontecera nas cavernas. Baz queria acreditar que, se Emory conseguisse decifrar o bilhete de Romie, explicaria tudo para ele.

Mas, depois de vê-la com Keiran no dia anterior, Baz tinha suas dúvidas. Talvez ela estivesse escondendo alguma coisa. Talvez ela, assim como Romie, fizesse parte de algo maior, fosse uma peça do quebra-cabeça que ele ainda não conseguia enxergar.

O garoto deixou o papel no bolso. Sentia-se protetor em relação ao bilhete, era o último pedaço de Romie que tinha. Além disso, Baz se encontraria com Jae Ahn, grande especialista no epílogo perdido, no dia seguinte. Se alguém poderia esclarecer aquela situação, era elu.

— Você tem certeza de que os Reguladores testaram seu sangue quando você era criança? — perguntou Baz.

Ele não conseguia entender como a magia de invocação de marés tinha ficado adormecida dentro de Emory até aquele momento. Até a ida a Dovermere.

— Posso mostrar o que você quiser: meu mapa natal, resultados de selenografia, qualquer coisa — respondeu Emory, ríspida. — Todos os meus documentos dizem que sou Lua Nova. Que sou uma Curandeira. Eu sei que parece impossível, mas estou tão confusa quanto você. Afinal, como você bem lembrou, a única pessoa que *talvez* pudesse explicar alguma coisa me abandonou na porta do meu pai quando eu era bebê e desapareceu.

Baz se lembrou do que Emory contara sobre a mãe, de como tinha sido difícil para ela. "Quero aprender a velejar", dissera a menina. "Assim talvez eu a encontre um dia, navegando pelos mares."

Ele não sabia o que dizer. Emory encarava o que restava de seu copo plástico com a testa franzida, como se aqueles fossem fragmentos despedaçados de seu sonho de infância.

Baz ajeitou os óculos no nariz. De repente, teve uma ideia.

— A gente precisa examinar o seu sangue.

— Como assim? — perguntou Emory, confusa.

— Só assim vamos saber com certeza se você nasceu no eclipse ou não. — Baz se levantou da cadeira, olhando ao redor. — Já vi um selenógrafo aqui em algum lugar...

A biblioteca do Hall Decrescens era cheia de coisas sem utilidade aparente, desde os estranhos relógios ornamentados até objetos comuns, como os selenógrafos — maquinetas de metal usadas pelos Reguladores para examinar a magia das crianças e confirmar a casa lunar e o alinhamento de maré que compunham seus mapas natais.

Baz gostava de imaginar que o erudito de *Canção dos deuses afogados* tinha frequentado aquela biblioteca e que aqueles eram os tesouros que ele trouxera de outros mundos: os bustos de mármore que ladeavam o arco na entrada da Cripta, o capacete de guerra de ouro com estampa de flores delicadas, as efígies de madeira representando deuses e deusas que aquele mundo desconhecia. É claro que o selenógrafo não era de outro mundo, mas Baz tinha certeza de que havia um por ali.

Finalmente o encontraram entre dois calhamaços cobertos de teias de aranha na seção Memorista, em uma prateleira tão alta que Baz teve que usar uma escada para pegá-lo. O garoto levou o selenógrafo de volta para a mesa, o pousou sobre a pilha de livros e soprou a camada de poeira que o cobria. Emory assistia, apreensiva. O aparelho parecia ser de um modelo mais antigo do que o que Baz se lembrava de ter usado quando era criança, com engrenagens, botões e agulhas. Acopladas ao topo, como uma coroa, havia três ampolas: uma cheia de prata líquida, outra de água salgada e a última vazia, a ser preenchida com o sangue da pessoa sendo testada. Acreditava-se que aqueles três elementos regiam a magia: a prata para a luz da lua, a água salgada para as marés e o sangue no qual ambas fluíam.

Baz pegou a seringa antiga e enferrujada do selenógrafo. Emory torceu o nariz.

— Me recuso a tocar nisso — avisou ela.

Após uma breve hesitação, Baz manipulou os fios do tempo, e de repente o selenógrafo e a seringa se tornaram novos em folha. A máquina ainda era um modelo antigo, praticamente uma relíquia, mas reluzia como se nunca tivesse sido usada.

— Pensei que você não gostasse de usar sua magia — comentou Emory.

— Uso moderado para aliviar a pressão, lembra? — respondeu Baz, estendendo a seringa para ela.

A garota balançou a cabeça, parecendo nauseada.

— Não gosto de agulhas, não vou conseguir tirar meu próprio sangue. Você vai ter que me ajudar.

Ao perceber o olhar incrédulo de Baz, Emory levou as mãos aos quadris.

— A ideia foi sua, não minha. É fácil, você vai ver. — Ela se sentou e arregaçou a manga esquerda até a altura do bíceps. — Eu te explico o passo a passo.

Baz puxou a cadeira para mais perto dela. De repente, ficou muito consciente do próprio corpo, dos seus membros desajeitados, dos batimentos cardíacos que pulsavam em seus ouvidos. Para ensiná-lo a encontrar a veia, Emory colocou a mão sobre a dele. Baz tentou se concentrar na explicação sobre como inserir a agulha e extrair o sangue, mas o toque dela o consumia.

Pelas Marés, quando tinha sido a última vez que Baz estivera tão perto de alguém? Ele conseguia enxergar todos os fios delicados do cabelo dourado de Emory, a forma como a franja bagunçada cobria sua testa e se curvava levemente nas têmporas.

Controle-se, Brysden.

Ele engoliu em seco e se concentrou em seguir as instruções. Emory estremeceu quando a agulha perfurou sua pele.

— O que foi? — perguntou Baz. — Fiz alguma coisa errada?

— Não. Está tudo bem. — Ela olhou para o teto. — Fale alguma coisa.

— Que coisa?

— Qualquer coisa. Por favor — pediu Emory, um pouco exasperada.

Estranhamente, a ansiedade dela fez com que ele se sentisse mais seguro. Quando o sangue começou a fluir devagar para dentro da seringa, Baz criou coragem para perguntar:

— Você se lembra de *Canção dos deuses afogados*?

A expressão de Emory se suavizou, e ela abriu um sorriso.

— Claro que sim. Você era obcecado, lia esse livro sem parar. Lembro até que você desenhava os personagens em um caderninho.

Baz sentiu o pescoço e as bochechas corarem e ficou aliviado por Emory estar olhando para o teto. Pelo menos ela não sabia que o garoto ainda era obcecado pelo livro e que ainda desenhava os personagens nos raros momentos livres.

— Romie falou algo sobre o livro para você? — indagou Baz.

— Tipo o quê?

— Não sei. — Sua mão quase tremeu de tanta vontade de pegar o bilhete no bolso. — Sabia que ela adorava esse livro tanto quanto eu quando éramos crianças? Nós encenávamos trechos e fingíamos partir em aventuras pelos mundos.

Baz se lembrava com carinho daqueles momentos. Ele fingia ser o erudito ou o guardião, e Romie, a feiticeira ou a guerreira.

— Ela acabou desencanando do livro, ao contrário de mim. Romie sempre me zoava por causa disso, mas descobri que ela estava lendo o livro na primavera passada, pouco antes de... — Ele não concluiu a frase. — Enfim. Só achei um pouco estranho.

Ele retirou a seringa cheia com o sangue de Emory. A garota pareceu aliviada e pressionou um dedo no local avermelhado onde a agulha estivera.

— Vai ver ela estava um pouco nostálgica — sugeriu Emory, distraída, de olhos fechados, ainda com o rosto virado para o teto.

Baz a observou com atenção, tentando encontrar qualquer indício de que Emory estivesse mentindo. Ele nunca tinha notado a pintinha em seu pescoço, a curva de sua boca, a maneira como seus lábios se partiam quando ela suspirava de alívio. O garoto ruborizou ao ouvir a voz de Kai em sua mente, rindo dele e dizendo que ele devia se recompor. Antes que Emory o flagrasse, Baz se voltou para o selenógrafo e depositou a amostra de sangue na ampola vazia.

Os três líquidos vitais — prata, água e sangue — pingaram lentamente em um quarto compartimento, um tubo de vidro horizontal. Lá dentro, todos se misturaram e formaram uma substância turva. Abaixo do tubo havia o que parecia ser um relógio dividido em nove setores: um para cada uma das oito fases da lua e o último para o eclipse. Cada setor era dividido em quatro alinhamentos de maré, exceto o do eclipse, que era dividido em dois: metade para o eclipse lunar e metade para o eclipse solar.

Baz sabia que pessoas da Lua Nova e da Lua Cheia eram mais raras, já que tais fases não duravam mais do que três dias, enquanto as fases da Lua Crescente e da Lua Minguante duravam três vezes mais e eram compostas por fases secundárias: quarto crescente e crescente gibosa, minguante gibosa e quarto minguante. Sem a sangria, os nascidos na lua crescente e na lua minguante só podiam usar magia durante a fase secundária específica em que tinham nascido, o que nivelava o período de acesso à magia entre as casas lunares.

Se antes o sangue de Emory fizera o ponteiro do relógio parar na Lua Nova, confirmando seu alinhamento de maré como Curandeira, isso ficara no passado. Dessa vez, o sangue se acumulou indiscutivelmente no setor do eclipse solar.

— Bom, é isso — anunciou Baz. — Eclipse.

Emory bufou, como se esperasse um resultado diferente. Mas o selenógrafo nunca mentia. Era inegável: ela não pertencia à Casa Lua Nova. Ela era nascida no eclipse, ou talvez *transformada* no Eclipse, caso seus poderes tivessem sido acessados em Dovermere em vez de se manifestarem na infância.

Os dois se entreolharam. Baz percebeu que ela estava pensando a mesma coisa que ele: se perguntando se o que quer que acontecera naquelas cavernas poderia tê-la *deixado* assim, alterado a composição de seu sangue.

Emory esfregou o punho e perguntou:

— Quais são as chances de outras pessoas terem esse tipo de magia?

— Acho que já teríamos ouvido falar de outros Invocadores de Marés se fosse algo comum. Além disso, os nascidos no eclipse são muito raros, então as chances de existirem outras pessoas com a mesma habilidade que você são quase nulas.

— Não é possível que eu seja a única.

— É possível, sim. Eventos eclípticos nunca são iguais, por isso as magias do eclipse são tão diferentes entre si. Não há um padrão, então é difícil identificar o que dita nossas habilidades. — Baz apontou para o setor do eclipse no relógio do selenógrafo, marcado por um girassol amarelo. — Por isso não temos alinhamentos de maré como as outras casas. Só a distinção entre eclipses lunares e solares.

A influência da maré nos eventos eclípticos e vice-versa era um fenômeno misterioso até mesmo para os maiores estudiosos do tema. A própria professora Selandyn abandonara sua pesquisa sobre o assunto anos antes, desanimada com a falta de lógica por trás do fenômeno. Era em grande parte por isso que a Casa Eclipse tinha sido tão mal compreendida ao longo da história. Havia uma explicação científica para as magias das outras casas lunares. Todas elas tinham quatro alinhamentos de maré, ditados pela posição da maré no momento do nascimento: duas marés baixas e duas marés altas por dia, cada uma gerando uma magia diferente de acordo com o ciclo da lua.

Mas não havia explicação para as várias magias do eclipse, além das diferenças encontradas por estudiosos entre eclipses lunares e solares. Os eclipses lunares, que ocorriam durante as luas cheias, traziam variações e desdobramentos de outras magias lunares: pesadelos em vez de sonhos, nulificação em vez de amplificação, adoecimento em vez de cura, maldições em vez de feitiços de proteção, e assim por diante.

Já os eclipses solares, que só ocorriam em luas novas, eram ainda mais enigmáticos. Havia algumas pistas, algumas habilidades repetidas catalogadas ao longo do tempo. A magia de ilusão era a mais comum. Parecia ser muito similar à magia criadora, e as diferenças sutis entre as duas eram um tema popular entre pesquisadores. As ilusões iam desde pequenos truques divertidos até truques elaborados, como os feitiços de proteção ao redor do Hall Obscura que cada hora se manifestavam como uma barreira diferente, uma mais absurda que a outra. (Os feitiços em si eram feitos por Protetores, mas as formas que assumiam para espantar os alunos das outras casas era o ápice da magia de ilusão.)

Havia também habilidades raras e inexplicáveis: os Cronomagos, como Baz; os Viperinos, que transformavam qualquer líquido em veneno; e os Reanimadores, que conseguiam trazer os mortos de volta à vida. E por mais que *essas* magias fossem incomuns, a invocação de marés era um mistério completo.

Emory se afundou na cadeira, parecendo abatida. Baz tentou não ficar ofendido com o evidente desgosto da garota pela possibilidade de ser nascida no eclipse. Mais uma vez, ele se lembrou da época em que Emory se interessava pela Casa Eclipse e admirava a magia dele... Ela achava que a habilidade de Baz o tornava especial, único. Ele se agarrara àquelas palavras, mesmo depois do Colapso do pai.

Claramente essa admiração tinha desaparecido agora que *ela* descobrira ter a magia do eclipse.

Emory soltou um suspiro frustrado e questionou:

— E então? Você vai me ensinar a usar esses poderes ou vai me obrigar a fazer oferendas do meu próprio sangue para não implodir?

Baz se remexeu, incomodado. Por que ele se metera naquilo se não sabia absolutamente nada sobre ensinar o uso de magia, muito menos magia de invocação de marés?

— Como você se sentiu quando usou esses poderes? — perguntou ele.

Emory refletiu por um momento.

— Como se eu estivesse espelhando as habilidades das pessoas que estavam em volta. — Ela franziu a testa. — Mas ainda sinto as magias dentro de mim. É como se eu tivesse absorvido a magia dos outros. Tenho a impressão de que, se eu quisesse, poderia conjurá-las agora mesmo, porque são minhas.

Baz ajeitou os óculos para observá-la melhor.

— E naquela noite na praia... Você sentiu mais facilidade em usar uma habilidade específica? Além da cura, digo.

— Por quê, "além da cura"?

— Bom, como você se especializou em cura, faria sentido que tivesse mais aptidão para magias da Lua Nova. Talvez tenham sido mais fáceis de usar, especialmente porque estamos na lua nova neste momento. Como foi quando você usou a magia das trevas? Foi mais fácil, por exemplo, do que usar a magia da luz?

Emory olhou para as próprias mãos como se tentasse visualizar os feixes de escuridão e luz que havia conjurado naquela noite.

— Não sei. Foi tudo muito rápido.

— Posso estar enganado, mas acho que, se você tentasse outra vez, perceberia que é mais fácil acessar a magia das trevas do que as outras magias lunares. E amanhã, quando a lua começar a minguar, passaria a ter mais afinidade com as magias minguantes. Está evidente que você consegue usar todas as magias independentemente da fase da lua, mas é uma teoria a se considerar.

Emory ergueu as mãos, encarando as palmas como se tivessem as respostas que ela procurava. A garota semicerrou os olhos, concentrada.

De repente, sombras surgiram ao redor dos dois.

Baz ficou assustado.

— O que está fazendo?

— Estou tentando conjurar a escuridão.

— Você ficou maluc... *Pare!*

Uma nuvem de trevas surgiu entre eles, bloqueando a janela. O brilho suave das papoulas no vitral fazia com que tons roxos dançassem na nebulosa sombria. Instintivamente, Baz acessou a própria magia. O tempo parou e, por um segundo, o barulho de chuva na janela cessou. Ele puxou o fio temporal que desfaria a nuvem de escuridão, retrocedendo o relógio até antes de seu surgimento. A nuvem foi sugada de volta para Emory, desaparecendo como se nunca tivesse existido.

— Onde estava com a cabeça? — questionou Baz, ríspido. — Alguém poderia ter visto isso. Ou, pior ainda, você poderia ter perdido o controle.

— Fala sério! Foi inofensivo.

— Nenhuma magia do eclipse é inofensiva. Você não prestou atenção em nada do que eu disse? — Baz suspirou, pressionando a ponte do nariz com o polegar e o indicador. — Você não pode sair usando esses poderes sem saber nada sobre eles! Primeiro precisa aprender a teoria.

Emory abaixou as mãos.

— Eu queria ver se ainda conseguia acessá-los, só para ter certeza de que aquela noite na praia não foi um caso isolado.

— Bom, você consegue. Não faça mais isso.

Os olhos dela se voltaram para o livro com a ilustração horrível do Colapso.

— Você tem razão — disse Emory. — Me desculpe.

Sem pensar, Baz tomou um gole do café que ela trouxera, tentando acalmar os nervos, mas estremeceu ao sentir o sabor de água suja.

— Eu nunca vi ninguém ter tanto controle sobre a própria magia como você — comentou Emory. — Parece tão fácil, como respirar.

— Pode acreditar, não é.

— Deixa de ser modesto, eu já vi o que você consegue fazer. É uma pena que mantenha sua magia reprimida o tempo todo. Você poderia realizar o que quisesse com tanto poder.

Romie falava o mesmo. Mas as críticas da irmã vinham sempre com certo desprezo — *ela* era ambiciosa e não suportava a ideia de que alguém não fosse. Já o comentário de Emory era diferente, lisonjeiro. Baz enxergou ali a mesma curiosidade e admiração que Emory tivera na Escola Preparatória de Threnody, quando o lembrava do potencial de sua magia caso ele se permitisse usá-la sem tanto receio.

No entanto, Baz não era mais o garoto ingênuo que tinha sido naquela época. Ele pensou na professora Selandyn, na dor que ela sentia por ter perdido um aluno. Nada de bom aconteceria caso se achasse invencível.

— Ter controle é mais importante do que ter poder — disse Baz.

Emory parecia querer contra-argumentar, mas, em vez disso, apenas perguntou:

— Por onde eu começo, então?

Baz deu uma olhada na pilha de livros sobre a mesa e pegou o título *Introdução aos alinhamentos.*

— Eu li esse livro ano passado — avisou Emory.

— Mas leu com os olhos de uma Curandeira. Não deve ter prestado muita atenção nas particularidades dos outros alinhamentos de maré. Se você vai usar a magia das trevas e da luz... ou, pior ainda, magia *ceifadora...* precisa entender como elas funcionam tanto quanto qualquer pessoa com esses alinhamentos.

Emory folheou o livro enorme, desanimada, e começou a dizer:

— Mas são quatro alinhamentos em cada casa. Isso dá...

— Dezesseis alinhamentos para você estudar — concluiu Baz.

— Vou demorar anos.

— Então é melhor começar logo.

Emory endireitou a coluna e, com um gesto dramático, abriu o livro na primeira página. Baz pegou um livro também, então percebeu que a garota estava encarando as próprias mãos outra vez.

Um sorrisinho brotou nos lábios dela.

— Mas você tem que admitir que aquela escuridão foi meio... bonita, não foi? — perguntou Emory.

Baz tinha receio demais da magia do eclipse para considerá-la bonita, mas sentiu um aperto no peito ao se lembrar da escuridão refletida nos olhos de Emory, nos seus lábios entreabertos em surpresa diante da pequena proeza.

— Preste atenção no livro — retrucou ele.

EMORY

Emory se dedicou à árdua tarefa de leitura que recebera de Baz. No dia seguinte, leu sobre Adivinhos a caminho da primeira aula e ficou maravilhada com a precisão de tais dons. Continuou lendo *durante* a aula, absorta nas complexidades da magia encantadora e no poder de manipulação que esse alinhamento conseguia exercer, influenciando decisões ou direcionando a vontade alheia. Nem se lembrou de estudar para Selenografia ou de se preocupar com a prova que estava por vir. Ela também leu entre uma garfada e outra na hora do almoço, concentrada no trecho sobre o controle de emoções exercido pelos Auristas, ignorando as conversas do refeitório. Pelo pouco que entreouviu, ainda giravam em torno da morte trágica de Travers.

À tarde, Emory foi ler em um banco ensolarado perto de uma das janelas do claustro, e ficou tão imersa em um capítulo sobre a magia memorista que acabou se esquecendo de ir para a aula. Durante a leitura, uma ideia passou por sua cabeça: se os Memoristas conseguiam acessar as lembranças das pessoas, será que conseguiriam trazer à tona as partes daquela noite em Dovermere das quais ela não se lembrava?

Seria arriscado demais pedir para algum aluno fazer isso, além de intrusivo demais ter alguém mexendo em sua mente. Mas se Emory fosse mesmo uma Invocadora de Marés, talvez conseguisse aprender a recuperar as memórias por conta própria.

A ideia era ao mesmo tempo empolgante e insuportável. Emory não parava de pensar no selenógrafo atestando que ela pertencia à Casa

Eclipse. Ela sentia que tinha sido *corrompida* por aquela magia. Ela queria arrancar a marca em espiral de sua pele e torcer para que os novos poderes sumissem junto.

No entanto, apesar de todos aqueles sentimentos negativos, Emory também sentia uma faísca de entusiasmo. A sensação tinha começado quando ela acessara a magia das trevas na biblioteca, um risco que decidira correr apenas porque Baz estava presente. A garota sabia que, se algo saísse do controle, ele rebobinaria o tempo como fizera nas fogueiras. Ela também se sentia cada vez mais confiante à medida que lia sobre cada alinhamento. Sua curiosidade crescia, bem como a vontade de experimentar tudo aquilo, de aprimorar as magias que estavam a seu alcance.

Emory só parou de ler quando foi se encontrar com Penelope no Hall Noviluna para uma sessão noturna de estudo de Selenografia. A biblioteca de lá era tão sombria quanto o céu da lua nova: dois andares repletos de prateleiras em madeira escura e polida com escadas estreitas, um teto abobadado ornamentado com filigranas prateadas e um piso reluzente de mármore preto.

Era bonita de um jeito austero que lembrava uma noite de inverno. E, de fato, sempre havia um vento frio na biblioteca, como se os mortos perambulassem por lá, invisíveis para todos exceto os Mediadores do Além, com quem talvez se comunicassem. As longas mesas dispostas no meio do ambiente estavam repletas de luminárias de vidro fosco de diversos formatos e tamanhos, cuja luz mágica difusa iluminava a sala com um brilho azulado. O lugar teria sido pouco frequentado pelos alunos se não fossem as peles grossas e suntuosas que cobriam os bancos e cadeiras, as cestas com cobertores de lã ao lado de cada mesa e, acima de tudo, o carrinho de café e chocolate quente na entrada que deixava a biblioteca inteira com um cheiro delicioso.

Emory conteve um bocejo enquanto estudava o livro de Selenografia. Seus olhos estavam pesados. Ela e Penelope eram algumas das últimas pessoas ali. A amiga estava distraída com um velho diário encadernado em couro de uma antiga Portadora das Trevas, contente em fazer companhia para Emory enquanto ela estudava para a prova. Penelope até respondera às perguntas de Emory sobre a magia das trevas sem questionar a súbita curiosidade da amiga. Era como se as duas tivessem retomado os hábitos do semestre anterior e voltado às velhas rotinas, e Emory se sentiu grata por aquele pequeno oásis de normalidade.

Apesar disso, já estava farta de estudar Selenografia. Não via a hora de voltar para o quarto e continuar lendo *Introdução aos alinhamentos* sozinha.

— Acho que vou parar por hoje — anunciou Emory.

— Quer que eu acompanhe você? — ofereceu Penelope.

— Não, não quero atrapalhar sua leitura.

— Está bem interessante, mesmo. Estou lendo sobre uma Portadora das Trevas que conseguia manipular a própria sombra para fazer o que ela quisesse e a usava para espionar pessoas a pedido da rainha. Consegue imaginar? — perguntou a garota, balançando a cabeça, admirada.

— Eu mal consigo me cobrir com escuridão.

Emory sabia que Penelope, assim como ela, se sentia medíocre em relação à própria magia. Os Portadores das Trevas tinham um alinhamento pouco prático — assim como os Purificadores, responsáveis pelo equilíbrio de energias —, que não era facilmente aplicável no mundo real. Havia uma hierarquia implícita nos alinhamentos: certas magias eram consideradas de elite e outras, não. Alunos cujas habilidades chamavam a atenção dos caçadores de talentos conseguiam bolsas de pós-graduação nas melhores universidades de magia e, depois, os melhores empregos mágicos disponíveis. Já os alunos com alinhamentos menos deslumbrantes acabavam indo para universidades comuns depois de Aldryn e seguiam carreiras não mágicas, assim como as pessoas que não tiveram magia suficiente para ingressar em estudos mágicos ainda crianças.

Com um suspiro melancólico, Penelope comentou:

— Acho que vou ficar aqui mais um pouco para terminar de ler. Nos vemos amanhã?

— Sim, nos vemos amanhã — concordou Emory, pegando a mochila. — Boa noite, Penny.

Ela saiu da biblioteca para um corredor igualmente escuro e vazio, iluminado apenas por algumas arandelas prateadas de luz mágica fraca. O som de seus passos era abafado pelo espesso tapete azul-marinho que cobria o corredor, por isso foi um choque ouvir um tilintar de chaves caindo no chão logo após a curva seguinte. Alguém xingou baixinho. A garota desacelerou o passo assim que virou o corredor.

Era impossível não reconhecê-lo, mesmo de costas. Emory tinha passado os últimos dias procurando Keiran, sem sucesso, para confrontá-lo sobre o microfilme deixado em sua mesa. Mas de repente lá estava ele, bem na porta da sala dos arquivos, que ficava trancada naquele horário.

Que estranho ele ter uma chave, pensou Emory.

Keiran a inseriu na antiga maçaneta e entrou na sala, sem olhar para trás.

Emory o seguiu, tomando cuidado para não fazer barulho. O garoto tinha acendido poucas luzes e se encaminhava para o fundo da sala, parecendo muito à vontade para alguém que não deveria estar ali. Ele vasculhou um armário, tirou uma pilha de caixas finas de madeira e as colocou com cuidado sobre a mesa mais próxima. Então se sentou, abriu a primeira caixa e se debruçou sobre o conteúdo com uma lupa.

— Agora você deu para me seguir, Ainsleif? — disse Keiran, de repente.

Emory congelou. O garoto olhou para ela por cima do ombro, parecendo achar graça da situação. Tentando manter a calma, Emory saiu das sombras, como se tivesse a intenção de ser vista o tempo todo.

— Queria ver que outros truques proibidos você ia realizar — disse ela. — Tem algum corvo ferido por aqui?

— Lamento informar que encerrei a temporada de cuidados com aves.

— Coitados dos pássaros.

Keiran abriu um sorriso travesso, e Emory teve dificuldade em lembrar por que estava ali. Ela se aproximou da mesa e espiou o que havia dentro da caixa de madeira. O interior era forrado com camurça e acomodava uma placa prateada. Parecia ser um espelho antigo, com uma superfície desgastada que lembrava um céu turvo e nublado.

— Você invadiu os arquivos a essa hora para ver um espelho sujo? — perguntou Emory, arqueando a sobrancelha.

— Não são espelhos, são fotografias. E não invadi a sala, eu tenho uma chave.

— Muito conveniente.

As covinhas nas bochechas de Keiran se aprofundaram.

— Talvez eu tenha convencido a reitora a me deixar entrar aqui à noite. Costumo trabalhar melhor quando não tem ninguém me incomodando — explicou ele, num tom de provocação.

— E no que você está trabalhando? — questionou Emory.

Keiran se recostou na cadeira e apontou para a fotografia.

— Tem uma foto debaixo dessa mancha. É uma das técnicas de fotografia mais antigas que existem: as imagens eram capturadas em folhas de cobre banhadas em prata e reveladas quando expostas a vapores de mercúrio. O processo é muito interessante, mas, como pode ver, não sobreviveu bem ao tempo. Restauradores vêm quebrando a cabeça para encontrar uma forma de recuperar as imagens, mas mesmo limpar a superfície com todo o cuidado danifica as partículas.

Ele deu um sorriso acanhado antes de continuar:

— Por isso, estou usando minhas habilidades de Guardião da Luz para tentar desenvolver um método de restauração por meio de exposição concentrada à luz.

Emory ficou impressionada. *Aquele* era o tipo de magia que recebia aplausos. Keiran parecia saber tanta coisa... Enquanto isso, ela estava se esforçando para aprender conceitos básicos de Selenografia.

Ele apoiou os cotovelos na mesa e se inclinou em direção à Emory.

— Como pode ver, nada de truques proibidos por aqui — concluiu.

As bochechas dela ficaram quentes ao perceber a proximidade de Keiran e a maneira como ele encarava sua boca. Emory tinha certeza de que era apenas uma tentativa de desestabilizá-la, para evitar perguntas indesejadas. Ela não ia cair nessa. Em um gesto lento e sugestivo, a garota passou a mão por uma das caixas de madeira. Ela sentiu o coração bater mais forte quando Keiran acompanhou o movimento com o olhar. Isso lhe deu coragem para dizer:

— A Ordem Selênica deve estar muito satisfeita de ter você como membro.

— Parece que você andou se informando — comentou Keiran, abrindo um sorriso preguiçoso.

Emory sentiu um frio na barriga ao ouvir o tom de aprovação dele. Ela se apoiou na mesa e retrucou:

— Eu tive ajuda. Alguém deixou um microfilme muito esclarecedor para mim.

Keiran arqueou uma sobrancelha.

— Ah, é mesmo?

— Achei estranho alguém tão reservado de repente começar a revelar informações.

— Talvez esse alguém só estivesse tentando ser gentil.

— Por quê? — questionou Emory, analisando o rosto de Keiran em busca de algo genuíno. — Você não me deve nada. E você claramente faz parte dessa sociedade secreta e não quer ou não pode me contar muita coisa, já que vive fugindo das minhas perguntas. Então por que resolveu me ajudar com o microfilme?

— Digamos que eu sei como é perder um amigo para Dovermere — respondeu Keiran, com um sorriso melancólico. — E como é quase destruir a si mesmo em busca de respostas.

Emory tentou disfarçar a surpresa. Naquele momento, ela reconheceu em Keiran o olhar soturno de alguém familiarizado com o luto. Uma compreensão visceral se instalou entre eles. Emory teve a súbita vontade de tocar a mão dele.

— Farran Caine — murmurou ela, lembrando-se da foto do garoto que vira no jornal. Havia uma pessoa ao lado de Farran, alguém que tinha sido recortado da imagem. Ali, olhando para Keiran, ficou óbvio que era ele. — Foi ele que você perdeu?

O queixo do garoto tremeu quase imperceptivelmente ao ouvir aquele nome, mas foi o suficiente para que Emory soubesse que estava certa.

— Ele era como um irmão para mim — murmurou Keiran. — Nós crescemos juntos em Trevel, estudamos na mesma escola preparatória e viemos para Aldryn pensando que alcançaríamos o sucesso juntos. Estávamos quase no final do nosso primeiro ano quando...

— Quando foram juntos para Dovermere, tentando entrar na Ordem Selênica? — sugeriu Emory. — E ele se afogou como os oito alunos na primavera passada.

Keiran não negou.

Emory sentiu raiva — da Ordem Selênica e de qualquer pessoa que achasse que valia a pena arriscar a própria vida para entrar em uma sociedade secreta. Ainda assim, ela se compadecia da dor de Keiran. Ambos tinham perdido alguém querido em Dovermere, ambos tinham sobrevivido ao que matara Romie e Farran. A diferença era que Keiran sabia *o motivo* de tudo aquilo, enquanto ela só tinha dúvidas, como por que alguém deixaria o mesmo ritual mortal acontecer ano após ano, aumentando a longa lista de nomes aos pés das Marés.

— Por que fazer isso? Por que arriscar a própria vida? — perguntou Emory, segurando o braço marcado e pressionando as unhas sobre aquela maldita espiral. — Todas essas magias correndo em nossas veias... Isso é errado.

Keiran a contemplou antes de responder:

— Algumas pessoas acreditam que temos o direito de conhecer mais do que apenas uma fração do poder da lua, a magia antes de ser dividida em casas lunares e alinhamentos de marés. Não era errado naquela época. Por que seria errado agora?

Emory se lembrou da magia das trevas que usara na biblioteca. Ela tinha que admitir que a sensação de ter todas as magias na ponta dos dedos era muito boa. Ainda assim, Emory abriria mão disso em um segundo se pudesse trazer Romie de volta. Mas talvez aceitar sua nova realidade fosse a única opção, a única maneira de obter as respostas de que precisava para entender em nome do que, exatamente, Romie e os outros tinham morrido... e por que ela própria tinha sido poupada.

E só conseguiria fazer isso do lado de dentro.

— Se é nisso que a Ordem Selênica acredita, eu quero participar — declarou Emory.

Keiran ergueu uma sobrancelha, mas a garota insistiu:

— Eu sobrevivi à iniciação doentia em Dovermere. Participei do ritual como os outros alunos e tenho a marca para provar isso. Não basta?

Ela pensou que Keiran negaria tudo ou inventaria alguma mentira para manter o segredo, mas ele pareceu considerar aquela possibilidade. Por fim, respondeu:

— Embora você tenha sido marcada, não foi convidada pela Ordem. Você não era uma candidata oficial, não deveria ter estado nas cavernas naquela noite, então não conta.

— É sério? Eles não vão me deixar entrar por um detalhe técnico? Eu estava lá e sobrevivi, isso deveria ser suficiente.

— Não para a Ordem. Os líderes são antiquados e seguem as normas à risca. As regras são sagradas para eles.

— Então de que outra forma posso provar que sou digna de entrar nessa sociedade tão, *tão* sagrada? Seja lá o que for, eu topo.

— Você não sabe o que está pedindo — disse Keiran, sério. — Não sabe no que está se metendo.

— Seja lá o que for, tenho certeza de que já sobrevivi a coisas muito piores. — Emory lançou um olhar de súplica para ele e argumentou: — Você disse que sabe como é perder alguém para Dovermere. Imagine como é buscar respostas e não encontrar nenhuma. Não saber o que aconteceu é terrível. Preciso saber por que eles morreram. Por favor. É a única coisa que poderia tornar essa dor suportável.

Mais uma vez, aquela compreensão silenciosa pairou entre os dois. Keiran se inclinou para trás com um suspiro.

— Ficou sabendo da chuva de meteoros que vai acontecer amanhã à noite? A Ordem está organizando uma festa exclusiva para a ocasião — revelou o garoto. — Eles vão te deixar entrar se mostrar a marca, e eu posso apresentá-la para as pessoas que você precisa convencer... mas o resto é por sua conta.

Keiran olhou para o punho marcado de Emory e pousou os dedos na cicatriz em espiral da garota. Ela ficou sem ar.

— Se você quer mesmo participar disso, vai ter que fazer por merecer — explicou Keiran. — Mostrar à Ordem o que você tem a oferecer.

Emory entendeu que teria que convencê-los com magia, demonstrar o poder que a marca tinha concedido a ela.

Keiran se aproximou ainda mais e avisou, o perigo implícito em suas palavras:

— Pense bem, Ainsleif. Se entrar, não vai mais conseguir sair.

Um arrepio subiu por seu corpo quando Emory entendeu a gravidade da situação. Pessoas tinham *morrido* para se juntar àquela Ordem, e ela estava considerando se envolver mesmo assim.

Ela engoliu em seco.

— Onde vai ser a festa? — perguntou, soando mais confiante do que se sentia.

Os olhos cor de avelã de Keiran brilharam.

— No farol desativado.

BAZ

A vida de Basil Brysden era dividida em duas partes: tudo o que veio antes do Colapso de seu pai e tudo o que veio depois. Na biblioteca de sua mente, as duas partes eram catalogadas em seções denominadas *Os anos de paz* e *O que restou*. Na primeira parte havia uma coleção de livros coloridos empilhados ao acaso entre lembranças felizes: suas estatuetas e obras de arte favoritas de *Canção dos deuses afogados*; o aroma delicioso dos bolos de sua mãe; um velho relógio de bolso com o qual ele e Romie brincavam durante horas quando eram crianças; o som da prensa tipográfica de seu pai; o cheiro de tinta; o calor do sol e a grama, a brisa e o canto das gaivotas unidos à risada de uma garotinha.

Os anos de paz eram dourados e alegres. Não havia medo nem mágoa.

O que restou era uma seção mais sombria, com todas as cicatrizes organizadas em tomos, cada um com um aspecto mais maçante do que o outro. O pai recebendo o Selo Profano. A depressão subsequente da mãe. O isolamento de Baz quando ele se deu conta do que significava ser nascido no eclipse. O afogamento de Romie e o Colapso de Kai.

Os momentos de alegria eram raros, e a maioria podia ser atribuída a um único livro. Havia um exemplar de *Canção dos deuses afogados* em cada prateleira, entre os outros volumes terríveis. A obra era a única constante na vida de Baz, o único consolo que tivera tanto durante *Os anos de paz* quanto nos que vieram depois.

Jae tinha sido sócie do pai de Baz e apresentara o livro de Cornus Clover ao garoto. Baz se lembrava vividamente de passar o tempo na gráfica

Brysden & Ahn quando o lugar ainda era uma empresa pequena. Seu pai vivia com manchas de tinta nas mãos e com as mangas arregaçadas até os cotovelos, enquanto Jae Ahn permanecia sentade, imperturbável como sempre, com os pés apoiados em uma máquina, cantarolando distraidamente enquanto verificava a qualidade do trabalho das prensas.

Baz era encantado por Jae, que sempre tinha uma história para contar sobre as viagens que fizera, sobre a casa nas Terras Remotas que deixara para trás muito tempo antes ou sobre as feras, dragões e heróis que povoavam os contos fantásticos que adorava. O garoto, que se apaixonara por histórias desde cedo e se deliciava com o talento de Jae para contá-las, achava elu a pessoa mais fascinante do mundo. Jae também havia sido a primeira pessoa adulta a não tratá-lo como criança e a incentivar seus interesses, além de ter mostrado a Baz como a gráfica funcionava, fazendo com que ele criasse apreço pelo trabalho envolvido na produção de um livro.

Quando Baz tinha visto Jae com um exemplar de *Canção dos deuses afogados* pela primeira vez, uma edição especial com belas ilustrações, ficara hipnotizado por uma arte do erudito encontrando a feiticeira na floresta. Embora o menino fosse tímido demais para pedir para ver o livro, Jae notara seu interesse e aparecera com um exemplar novinho em folha para ele no dia seguinte.

"Este é o melhor livro que você vai ler na vida. Sabe por quê?", perguntara Jae.

Baz balançara a cabeça, fascinado.

"Porque este livro é mágico. É como um portal. Ele permite que você entre em outros mundos e passe um tempo por lá."

"Que tipo de mundos?"

Jae dera uma piscadela.

"Você vai ter que ler para descobrir."

Baz obedecera e se apaixonara irrevogavelmente. O resto era história.

Ao entrar no salão de chás, fazendo soar o sino acima da porta, Baz avistou Jae imediatamente. Elu era a única pessoa ali, além da atendente atrás da vitrine cheia de doces extravagantes.

Aquela era uma lojinha peculiar, bem no meio de Cadence. Baz só a conhecia porque uma vez a professora Selandyn o mandara até lá para comprar algo: não chá, como seria de se esperar, mas uma amostra rara de água da chuva, que a loja era conhecida por coletar e vender para práticas de sangria. A luz tênue do sol entrava pelas janelas e banhava as prateleiras dos fundos, repletas de frascos e recipientes de água. Era uma coleção impressionante.

Antigamente, os praticantes de magia que desejavam usar suas habilidades fora da fase lunar que as regia recorriam à sangria — a prática de verter o próprio sangue como uma oferenda às Marés — em algum corpo d'água, como o mar, um lago ou um riacho. No entanto, recentemente, a maioria das pessoas mantinha várias amostras de água ao dispor. Afinal, acreditava-se que diferentes fontes produziam diferentes resultados. A professora Selandyn tinha muito interesse no estudo das propriedades da água usada na sangria. Ela queria desmascarar mitos infundados, como o que dizia que a água da chuva daquela loja fazia com que o poder da pessoa não diminuísse na fase da lua regente após a sangria — o que acabou se provando falso, como ela suspeitara.

Naquele dia, Baz só estava lá por causa do chá.

Olhos estreitos o observaram enquanto ele se encaminhava para a mesa no fundo do salão.

— Pela Sombra... A cada dia que passa, você se parece mais com o seu pai! — exclamou Jae.

Baz sorriu, tímido, ao ser puxado para um abraço de esmagar os ossos. Depois Jae o segurou à distância, analisando-o através dos pequenos óculos de meia-lua, como se quisesse catalogar todas as semelhanças que o garoto tinha com Theodore Brysden. Jae não mudara nada: tinha o corpo esguio, estatura baixa e cabelos pretos, ainda no mesmo estilo curto de que Baz se lembrava, porém com alguns fios brancos. Jae nunca se enquadrara em um gênero binário, por isso usava pronomes neutros. Elu tinha um estilo andrógino e, naquele dia, vestia uma camisa branca de mangas largas e um colete de tricô escuro, com várias correntes prateadas ao redor do pescoço.

Baz se sentou em uma das cadeiras estofadas e macias. Ao fundo, uma música alegre tocava em um gramofone.

— Obrigado por vir me encontrar — agradeceu o garoto. — Como vão as coisas?

Jae fez um gesto impaciente.

— Ah, o de sempre. Como você está, Basil?

Baz deu de ombros. Jae assoviou como se o gesto tivesse dito muita coisa e se inclinou mais para perto.

— Sinto muito pelo que aconteceu com Rosemarie — disse elu. — Sinto mais ainda por não ter conseguido ir ao funeral.

— Não tem problema — assegurou Baz.

Ao contrário de Emory, Jae tinha pelo menos avisado que não iria, já que estava conduzindo uma pesquisa no Arquipélago da Constelação e não conseguira voltar a tempo.

— Como vai sua mãe? — perguntou Jae. — Liguei para ela da última vez que passei por Threnody, mas acho que não estava em casa. Vou tentar novamente na próxima vez que estiver lá.

— Ela vai ficar feliz com isso, tenho certeza.

Jae respondeu com um sorriso triste. Tanto elu quanto Baz sabiam que a mãe provavelmente também não atenderia da próxima vez. Anise Brysden não andava bem fazia muito tempo. Ela começara a se retrair depois do Colapso do marido, distanciando-se da mulher amável e animada que sempre fora. Baz se sentia um pouco culpado por ter ido para Aldryn, deixando-a sozinha naquela casa grande e vazia. Sempre que o garoto perguntava se ela estava bem, a mãe jurava que sim. Ele não acreditava nisso, mas não sabia como ajudá-la, porque também sentia como se estivesse simplesmente sobrevivendo um dia de cada vez. Baz sabia que Jae tentava fazer com que a mãe voltasse a ser como era antes, convidando-a para visitar galerias ou tomar chá sempre que estava em Threnody a trabalho. Mas Anise recusava gentilmente, preferindo se esconder na segurança da própria casa. Sozinha com seus fantasmas.

Enquanto Jae servia uma xícara de chá fumegante, os olhos de Baz pousaram sobre o sigilo do eclipse na mão delu. Jae lidava com ilusões, a magia mais comum entre os nascidos no eclipse. A professora Selandyn ainda falava com carinho de Jae Ahn, alune ilustre e exemplar, ê melhor que ela tivera a sorte de ensinar durante sua carreira.

— Como estão as coisas em Aldryn? — perguntou Jae, erguendo a xícara de bordas douradas com as mãos adornadas de anéis.

Baz sabia que elu se referia especificamente aos alunos da Casa Eclipse. O garoto tomou um gole do chá. Era de jasmim com notas de baunilha e quase queimou o céu da sua boca.

— Eu sou o único que sobrou — revelou Baz.

Jae comprimiu os lábios.

— Ouvi falar do Colapso de Kai Salonga. Você sabia que ele entrou em contato comigo um pouco antes disso, fazendo perguntas sobre minha pesquisa?

— Não, eu não sabia — respondeu Baz, imóvel.

Uma vez, ele contara a Kai sobre o interesse de Jae na Casa Eclipse, mas nunca imaginara que o colega fosse entrar em contato com elu.

— Quando tentei responder, descobri que ele tinha entrado em Colapso. Na verdade, essa é uma das razões que me trouxeram para a cidade. Kai está no mesmo Instituto que seu pai, então pretendo vê-lo também. — Jae fitou Baz por cima dos óculos. — Quando foi a última vez que o visitou?

Não importava se elu estava falando de Theodore ou de Kai, pois a resposta era a mesma. Baz ocupou as mãos com a xícara de chá e comentou:

— Você sabe como o Instituto é rigoroso com os visitantes.

Aquele não era o verdadeiro motivo, embora os Reguladores de fato dificultassem a entrada de nascidos no eclipse. Mas Baz sentia vergonha demais e não conseguia admitir para Jae que a ideia de ver o pai ou Kai parecia insuportável. Que o Instituto ainda lhe causava pesadelos.

O Instituto tinha vários propósitos: havia o braço administrativo, onde as leis mágicas eram escritas e aplicadas, e o braço correcional e de reabilitação, onde magias perigosas eram contidas. Na ala do Colapso, os nascidos no eclipse que receberam o Selo Profano tentavam se ajustar à nova vida sem magia antes de saírem do Instituto. Na ala de Sonhadores, aqueles que tinham perdido suas mentes para as umbras na esfera dos sonhos, deixando para trás corpos em coma, eram cuidados por Curandeiros. E na ala da prisão ficavam aqueles que fizeram mau uso da magia, como Ceifadores que tiraram vidas, Encantadores que coagiram pessoas a fazer coisas indescritíveis ou nascidos no eclipse cujo Colapso causara mortes, como o do pai de Baz.

E, no comando de tudo isso, estavam os Reguladores. Eles respondiam somente à própria hierarquia e governavam toda a população mágica, criando e aplicando as leis que controlavam o uso de magia.

"Babacas interesseiros", resmungava Kai. Com razão, o garoto detestava o poder que exerciam.

Baz tinha visitado o pai no Instituto algumas poucas vezes, logo após o incidente, mas nunca se sentira bem entre aquelas paredes. Era sufocante. Sempre que a mãe pedia que ele a acompanhasse, Baz respondia: "Não consigo." Pelo menos Romie estivera lá para segurar a mão da mãe e ajudá-la a suportar a dor que as visitas causavam.

— Da última vez que fui ao Instituto, os Reguladores quase não me deixaram entrar. Tive que… *persuadi-los*, se é que me entende — murmurou Jae na xícara de chá, com uma piscadinha. — Uma dose inofensiva de ilusão para conseguir passar.

Baz sorriu.

— Seu pai adoraria ver você — acrescentou elu.

O garoto sentiu um nó na garganta e se lembrou do que Kai havia dito sobre os pesadelos daqueles que tinham entrado em Colapso: uma escuridão infinita e vazia. Se aquele era o estado dos sonhos de seu pai, Baz não queria imaginar a tortura que eram suas horas acordado.

Ele tentava esquecer que, na cidade de Threnody, a apenas duas horas de trem dali, a gráfica que seu pai e Jae tinham dado tanto duro para construir se resumia a uma pilha de escombros. Ninguém se dera ao trabalho de demolir o esqueleto do prédio, anos após o incidente que o destruíra. Baz cometera o erro de passar pela região certa vez, durante um feriado do Solstício. Uma parede solitária continuava de pé, tomada por vegetação, e o resto estava coberto por neve. Aquilo era tudo o que sobrara da destruição causada pelo Colapso de seu pai.

As memórias do dia do incidente eram esparsas. Baz não conseguia lembrar como o Colapso acontecera, apenas que resultara em *mortes* — não dos funcionários que trabalhavam para seu pai e Jae, mas de três clientes que estavam lá no momento errado e foram atingidos pela explosão incontrolável do poder de Theodore.

Inexplicavelmente, Jae e Baz tinham escapado. Era um milagre que ambos estivessem vivos, especialmente Baz, que se encontrava ao lado do pai no momento fatídico. Ele lembrava que Theodore jogara os braços ao redor de seu pequeno corpo de criança, protegendo-o do prédio que desmoronava e da explosão de poder.

Veias prateadas, luz, sangue e gritos.

— Você pode vir comigo, se quiser — sugeriu Jae, estudando o rosto de Baz com seus olhos escuros. — Se for difícil demais ir sozinho.

Baz tomou um gole de chá e respondeu:

— Talvez. Não sei.

Diante do silêncio prolongado, Jae colocou a xícara vazia no pires, apoiou um braço sobre o encosto da cadeira e comentou:

— Então... você me chamou aqui por causa de nosso amor pela obra-prima de Clover?

Baz ficou aliviado com a mudança de assunto.

— Sim. Queria perguntar o que você sabe sobre o epílogo desaparecido.

Jae escrevera muitos artigos sobre Cornus Clover ao longo dos anos e figurava na lista dos maiores especialistas em *Canção dos deuses afogados*. O foco de seus estudos era o epílogo, e todas as intrigas e teorias que o cercavam.

— Achei que você nunca fosse se interessar! — exclamou Jae, entusiasmade. — Você sempre pareceu tão contente com o final da história que nunca se perguntou qual seria o final pretendido por Clover no epílogo.

Baz deu de ombros.

— É um bom final. Um pouco amargo, sem dúvida, mas não consigo imaginar nada diferente.

— Sério? Eu só penso nisso.

— Kai também — contou Baz.

— Ele mencionou isso quando me escreveu. Fez várias perguntas sobre o epílogo.

— Que perguntas?

— Ah, as de sempre. Onde está? Foi perdido, roubado, destruído? O que eu acho que o epílogo dizia? Essas coisas.

Baz nunca sentira muita curiosidade sobre o assunto. Como era impossível saber com certeza o que Clover tinha em mente, ele se contentaria com o final que estava no livro. E, além disso, Baz *gostava* do desfecho. No último capítulo, os quatro heróis finalmente chegavam ao mar de cinzas para libertar os deuses afogados, mas acabavam ficando presos ali. Tinham sido atraídos pelos deuses — que eram uma analogia para as Marés — para que tomassem seu lugar e os libertassem daquele mundo sombrio. Uma vez livres, os deuses desapareciam, deixando os heróis presos sozinhos na escuridão. Então os heróis ouviam um estrondo no coração do mar de cinzas, vindos da fera — a Sombra, segundo alguns — liberta após a partida dos deuses. E assim a fera passava a ser responsabilidade deles, assim como o dever de mantê-la contida no mar de cinzas.

O erudito, a feiticeira, a guerreira e o guardião *se tornavam* os deuses afogados, unindo forças para enfrentar a escuridão no centro de todas as coisas, como os deuses antes deles tinham feito durante séculos. Uma vida em troca de outra vida. O ciclo recomeçava. O mar de cinzas precisava de guardiões para zelar a fera em seu interior. Sangue, ossos, coração e alma se uniam para impedir que o caos e a morte se espalhassem pelos outros mundos.

Baz olhou para Jae e perguntou:

— O que *você* acha que Clover escreveu naquele epílogo?

Jae tamborilou os dedos na lateral da xícara.

— As possibilidades são infinitas. A história que conhecemos é como uma fábula, ou uma advertência, por causa do final, mas o epílogo poderia torná-la algo muito diferente. Será que os heróis derrotam o monstro que dormia sob as cinzas? Será que encontram uma maneira de sair daquela prisão, como os deuses afogados antes deles, e voltar para seus respectivos mundos de origem? Ou será que com a presença uns dos outros o mar de cinzas se torna, de certa forma, um lar?

Muitos acreditavam que os heróis da história eram metáforas para as quatro casas lunares: o erudito era a Casa Lua Nova; a feiticeira, a Casa Lua Crescente; a guerreira, a Casa Lua Cheia; e o guardião, a Casa Lua Minguante. Nessa interpretação, o destino reservado aos heróis era a maneira que Clover encontrara para comparar as quatro casas lunares às divindades e mostrar que, mesmo sem as Marés, elas eram poderosas o suficiente para enfrentar qualquer desafio.

Jae não acreditava em tais teorias e argumentava que o final provava que Clover — um Curandeiro — era um crítico fervoroso do fanatismo religioso da sua época, quando o mito das Marés tinha muito peso e as suspeitas em relação aos nascidos no eclipse eram ainda mais profundas. Baz precisava admitir que isso fazia sentido, já que os heróis do livro — justamente os que acreditavam tanto na benevolência dos deuses afogados que viajaram de outros mundos para salvá-los — eram apunhalados pelas costas e encontravam um destino cruel.

Jae tomou um gole de chá e questionou:

— Por que a súbita curiosidade pelo epílogo?

— Por causa de Romie, na verdade — respondeu Baz, sentindo o calor da xícara esquentar suas mãos. — Ela chegou a falar com você sobre isso?

— *Romie?* Não, nunca. Nem sabia que ela se interessava pelo livro.

— Eu também não. Até pouquíssimo tempo atrás.

Baz contou a Jae sobre o manuscrito na Cripta, que tinha o bilhete de Romie dentro. Também compartilhou suas suspeitas sobre a Espiral Sagrada, que representava a partida do mundo físico para as Profundezas — ou, como diria Clover, a descida de um mundo para o próximo, até chegar ao mar de cinzas no coração de todas as coisas.

Jae arqueou uma sobrancelha.

— O que você quer saber, exatamente?

Baz se mexeu, desconfortável, ciente de como aquilo devia parecer absurdo.

— Queria saber se há alguns elementos reais na história de Clover. Se essas coisas podem estar ligadas a Dovermere e ao epílogo de alguma forma. — O garoto girou a própria xícara. — Tem alguma coisa estranha naqueles afogamentos, Jae.

Baz falou sobre Travers, explicou que não foi um cadáver que apareceu na praia, mas o colega vivo, antes de sofrer um fim horrível.

Jae ouviu tudo com atenção, esfregando o queixo.

— E você acha que o mesmo pode acontecer com Romie? — questionou elu. — Você acha talvez que ela não esteja... totalmente morta?

— Eu não sei mais o que pensar.

Jae o observou em silêncio. A música do gramofone e o apito estridente de uma chaleira fervendo eram os únicos sons no salão.

— Não me leve a mal — disse elu, por fim —, mas já pensou em falar com um Mediador do Além? Talvez valha a pena pedir que um deles procure a alma de Romie do outro lado do véu, se isso for te trazer uma sensação de encerramento.

Baz encarou a própria xícara, quase vazia. Ele tinha pensado nisso, mas lhe faltara coragem. Caso se permitisse ter esperanças de que a irmã estava *viva*, correria o risco de ser esmagado pelo peso do luto outra vez se ela não estivesse. A sugestão de Jae era parecida com a da professora Selandyn. Embora normalmente Baz não hesitasse em colocar um ponto-final em qualquer assunto para voltar à tranquilidade de sua rotina, ele não conseguia dar aquilo como encerrado.

Jae suspirou e anotou algo no verso de um guardanapo.

— Se está decidido a seguir por esse caminho, conheço pessoas que talvez tenham informações sobre o epílogo. — Jae estendeu o guardanapo para Baz, mas o puxou de volta antes que o garoto pudesse pegá-lo. Parecendo hesitante, elu alertou: — O epílogo perdido sempre foi uma fonte de fascínio entre os fãs de Clover e se tornou uma obsessão doentia para muita gente. Não deixe que isso consuma você também.

Elu enfim entregou a Baz o guardanapo em que anotara um nome e um endereço em Cadence.

— "O Atlas Secreto"? — leu Baz.

Jae revirou os olhos.

— É como o grupo se chama. Isso ou Irmãos de Clover, que, sinceramente, é ridículo.

— Quem são eles?

— É uma espécie de seita. Eles acham que tudo o que Clover escreveu em *Canção dos deuses afogados* é real e que o autor percorreu todos aqueles mundos — explicou Jae, rindo. — Especulações que beiram o fanatismo, na minha opinião. Não acredite fielmente no que eles dizem, tais afirmações não têm qualquer respaldo. Mas se isso ajudar você a ter uma sensação de encerramento... pergunte por Alya Kazan. Ela costuma ser muito reservada, mas se disser que me conhece, talvez esteja disposta a ajudar.

Jae encarou Baz com uma expressão séria e concluiu:

— Ela é uma Mediadora do Além, e muito boa, por sinal. Faça o que quiser com essa informação.

Baz dobrou o guardanapo e o colocou no bolso.

— Obrigado, Jae.

Elu estendeu o braço e deu batidinhas na mão de Baz.

— Você sabe que estou aqui para o que precisar. Eu e você somos uma família, estamos juntos até o fim.

O garoto ficou comovido. Ele sabia que as intenções de Jae eram boas, mas aquelas palavras evocaram o rosto de seu pai, o de Kai, e mais culpa do que Baz conseguia suportar.

EMORY

Emory sentiu um frio na barriga o dia todo pensando na reunião da Ordem Selênica que aconteceria à noite. Ela mal conseguira dormir depois da conversa com Keiran na sala dos arquivos. Em vez disso, passara a noite em claro, lendo *Introdução aos alinhamentos* para aprender o máximo possível no pouco tempo que tinha. Ela se recusava a chegar na festa despreparada. Ficaria um pouco mais tranquila se tivesse alguma noção de como usar seus novos poderes, mas, para isso, precisava praticá-los.

Então ela foi até a estufa de Romie antes mesmo de o sol nascer, na esperança de conseguir praticar magia antes da sessão de estudos com Baz. Emory sabia que seria arriscado sem o garoto por perto, pronto para parar o tempo caso fosse preciso, mas estava disposta a tentar. No entanto, nenhuma ajuda foi necessária, porque, por mais que tentasse, ela não conseguiu acessar a magia semeadora que usara na praia, apesar de estarem na lua crescente. E quando tentou usar a magia das trevas, lembrando-se da nuvem de escuridão conjurada na biblioteca, foi como se os raios do sol nascente entrando pelas vidraças sujas afugentassem qualquer princípio de sombras. Quando tentou acessar a magia de luz, sua cabeça já estava latejando, seus ouvidos zumbindo com a voz de Lizaveta repetindo *medíocre, medíocre*. E ela já estava atrasada para o encontro com Baz.

Emory saiu da estufa com um suspiro frustrado, sentindo-se um fracasso. Como na época da escola preparatória, quando ela tinha dez anos e estava tentando conjurar uma magia simples que todos os Curandeiros de sua sala já tinham dominado. Os colegas riram, disseram que ela jamais receberia o emblema da Casa Lua Nova. "É melhor voltar para sua cidadezinha minúscula e se acostumar com uma vidinha de zé-ninguém", zombara uma garota cruel chamada Mildred. Emory havia chegado perto de desistir, porque seus colegas tinham razão. Ela não se encaixava na Escola Preparatória de Threnody, onde a maioria das crianças ou era inteligentíssima ou vinha de uma família rica. Emory era uma garota sem mãe, filha do humilde zelador de um farol que não tivera magia suficiente para entrar na Academia Aldryn.

Seu pai economizara cada centavo para mandá-la para Threnody, pois sabia que Emory queria estudar em Aldryn e ter um futuro grandioso. "Meu lugar sempre foi este aqui", dissera o pai, "mas há muitos horizontes lá fora para você explorar, que nem a sua mãe."

Emory queria ser como Luce desesperadamente. A garota alimentara noções grandiosas sobre si mesma, mas todas foram reduzidas a pó quando chegara a Threnody e percebera que tanto ela quanto sua magia eram insignificantes em comparação aos demais. Se não fosse por Romie, ela teria deixado a escola aos prantos, voltado para a casa do pai e permanecido ali para sempre.

Emory ainda se lembrava da manhã em que todos no dormitório acordaram e viram que Mildred tinha feito xixi na cama. Romie olhara inocentemente para a menina, que estava chorando, envergonhada, e dissera: "Você não deveria beber tanta água antes de dormir, Mildred, se não pode acabar sonhando com riachos e cachoeiras a noite toda."

Mildred ficara furiosa ao entender o que tinha acontecido.

"Você é uma..."

"Uma Sonhadora", interrompera Romie, passando o braço pelo de Emory. "É bom se lembrar disso da próxima vez que pensar em atacar minha amiga."

As duas se tornaram inseparáveis a partir daquele momento. Emory estava encantada por Romie — que era ousada, cativante e indiferente à opinião dos outros — e tentava imitá-la em tudo. Graças à amiga, Emory acabara se adaptando à escola e, protegida de pessoas como Mildred, percebera que não era tão ruim em magia assim. Era até melhor do que alguns alunos. Nunca havia sido tão boa quanto *Romie*, é claro, mas isso não importava, porque Romie a achava talentosa, especial, engraçada e merecedora de sua amizade. Era isso que importava de verdade para Emory.

Mas ali, sem ela, Emory não conseguia enxergar as próprias qualidades.

A garota tinha o que sempre desejara, algo que a tornava única — a capacidade de acessar todos os alinhamentos, como Romie tanto quisera —, mas parecia condenada a ser uma Invocadora de Marés medíocre, assim como fora uma Curandeira medíocre.

Quando chegou à biblioteca do Hall Decrescens, Emory estava de mau humor e cheia de vontade de fazer mais do que ler. Ela se sentou de frente para Baz, largou o livro sobre a mesa e anunciou:

— Pronto.

Baz a encarou por cima dos óculos.

— Você leu tudo?

— Do começo ao fim. — Emory abriu um sorriso inocente e bateu os cílios. — Já podemos começar a praticar magia?

Baz sorriu como se achasse que ela estava brincando.

— Agora você pode começar a ler *Uma análise aprofundada sobre alinhamentos*. Acho que tem um exemplar nesta biblioteca, talvez na seção de magia sonhadora.

Emory rasgou a borda do copo de café que tinha comprado no caminho. Era o segundo daquela manhã.

— Até quando você vai me fazer ler todos esses livros? — perguntou ela. — Até que eu saiba todos os mínimos detalhes de cada alinhamento de maré?

— Se for preciso, sim.

Ela revirou os olhos.

— As pessoas não estudam nem o *próprio* alinhamento tão a fundo. Você não pode esperar que eu saiba tudo sobre cada um deles. É impossível.

— Alguns dias atrás eu teria dito que a existência de Invocadores de Marés era impossível — retrucou Baz, erguendo uma sobrancelha. — Mas aqui está você.

Seu tom instigante e a forma como o garoto a fitava deixaram Emory nervosa. Aquilo era uma tentativa de *flerte*? Ela tomou um gole do café escaldante, desviando o olhar. Sua perna balançava sob a mesa. Emory não sabia se era um efeito da cafeína, do olhar de Baz ou da pressão em suas veias, a mesma que a perturbara durante todo o verão.

— Acho que vou buscar meus instrumentos de sangria — disse ela.

Quando Baz pareceu confuso, Emory acrescentou:

— Já que não vou usar magia tão cedo, preciso recorrer à sangria, não é? Você disse que a pressão se tornaria insuportável e eu provavelmente entraria em Colapso, a menos que fizesse uma dessas duas coisas.

Ela não conseguia continuar sentada na biblioteca sem fazer nada.

— Vou ficar maluca, Baz — continuou Emory. — Toda essa leitura não vai adiantar de nada se eu não começar a praticar. E eu sei que você não gosta de usar sua própria magia, mas...

— *Shhh* — interrompeu Baz, pálido, encarando algo atrás de Emory com olhos arregalados.

A garota se virou. Havia um aluno em um corredor próximo, olhando diretamente para eles.

Droga.

Se ele tivesse ouvido a conversa...

Mas, conforme o garoto se aproximou, Emory percebeu seu olhar vidrado e distante. O arrastar lento e ritmado de seus pés. Ele passou pela mesa dos dois sem sequer olhar para o lado. Havia sangue pingando da palma de sua mão, e Emory respirou aliviada ao reconhecer o símbolo da Casa Lua Minguante em sua mão. Era apenas um Sonhador sonâmbulo, preso na esfera dos sonhos que acessou por meio da sangria.

A cor ainda não tinha voltado ao rosto de Baz quando ele murmurou:

— É melhor encontrarmos outro lugar para estudar.

— Ele não ouviu nada.

— *Mas poderia ter ouvido.*

— E você teria voltado o tempo para impedir isso — rebateu Emory com firmeza, tomando um gole do café. — Porque *você* tem permissão para usar magia.

Baz lançou um olhar irônico para a garota. Estava prestes a dizer algo quando ouviram alguém exclamar:

— Ah, Basil, aí está você!

Os dois quase pularam de susto. Outra pessoa se aproximou, escondida atrás de uma pilha de livros que parecia prestes a desmoronar, e pediu:

— Pode me ajudar com isso?

Baz relaxou e se levantou depressa para pegar os livros. Emory reconheceu a mulher imediatamente: era a professora da Casa Eclipse, a Omnilinguista. Quando seu olhar cruzou com o de Emory, foi como se a professora tivesse penetrado em sua alma e conseguido sentir a magia do eclipse em suas veias.

— Quem é sua amiga? — perguntou Selandyn a Baz, com uma familiaridade que fez Emory lembrar que a Casa Eclipse era pequena e seus membros eram muito unidos.

Ao pensar nisso, a garota sentiu um estranho aperto no peito.

— Emory Ainsleif — respondeu Baz, com as orelhas vermelhas. — Ela é... era amiga de Romie.

— Ah. — A professora olhou entre os dois e assentiu. — Bom. O fardo do luto é muito pesado para uma pessoa só.

Ela lançou um sorriso triste para Emory, depois deu uma palmadinha no braço de Baz e perguntou:

— Será que você pode me ajudar a levar isso para o escritório? Quero começar cedo hoje, estou me sentindo inspirada.

Então, com uma piscadela para Emory, a mulher foi embora.

Baz se mexeu para redistribuir o peso dos livros.

— Desculpe. Podemos nos encontrar na estufa de Romie hoje à noite? — sugeriu o garoto.

Emory quis discordar, pois a estufa cheia de plantas mortas era um lembrete de tudo que ainda não conseguia fazer. Mas estava determinada a tentar conjurar a magia semeadora outra vez antes de ir ao encontro da Ordem Selênica.

Olhando para Baz, ela teve uma ideia.

A professora da Casa Eclipse tinha razão: o luto era um fardo pesado e talvez Emory pudesse se aproveitar disso, usar aquela dor compartilhada para convencer Baz a ajudá-la a praticar sua nova magia.

— Tudo bem — concordou, sorrindo apesar da culpa imensa que sentia. — Vejo você hoje à noite.

Emory encontrou um papel sob a porta do seu quarto quando voltou da aula. O bilhete dizia apenas: *Coloque uma roupa bonita, Ains. — K.*

Em pânico, a garota correu até o armário e tirou todas as peças que tinha até que, finalmente, encontrou um vestido creme, de cetim, que havia comprado na cidade com Romie no início do primeiro semestre e nunca chegara a usar. Da cintura para baixo, um material translúcido cinza-azulado se sobrepunha ao cetim, dando ao vestido uma impressão degradê que lembrava a espuma do mar sobre a areia da praia.

"Você parece uma das Marés saindo da água", elogiara Romie na loja, em tom de inveja.

O vestido era mesmo muito lindo, o que ficou claro para Emory ao entrar na estufa. Baz já estava lá. O garoto tirou os olhos do livro em seu colo e os fixou no vestido, assim como alguns alunos tinham feito quando ela atravessou o campus. Mas Emory não tinha se sentido deslocada andando por Aldryn: com a chuva de meteoros a caminho, havia preparativos para festas bem adiantados por toda parte. O corpo estudantil estava animado e várias pessoas se encontravam bem-vestidas como ela. Mas ali, sozinha com Baz...

Ele não disse nada, mas quando seus olhos se voltaram rapidamente para o livro, Emory notou um leve rubor se espalhando por seu pescoço. A garota se perguntou se a quedinha que Baz tivera por ela tantos anos antes ainda existia, se os encontros para estudar a haviam reacendido.

Emory se lembrou daquela época e da paixão de infância que Baz nutrira. Tinha sido lisonjeira, fizera com que ela se sentisse vista, desejada e importante. Ele nunca confessara seus sentimentos, mas Emory sempre soube. E, por um breve momento, talvez os tivesse correspondido. Mas tudo mudara após o Colapso do pai dele. No início, ela não se importara com isso e curara os ferimentos de Baz, abalada com a crueldade dos alunos de Threnody.

"Que legal da sua parte apoiá-lo assim", dissera Romie ao ficar sabendo do ocorrido. "Sempre achei que vocês dois foram feitos um para o outro."

Em retrospectiva, Emory sentia vergonha de ter se incomodado tanto com aquele comentário. Ela não se achava nada parecida com Baz, então por que Romie estava insinuando que os dois eram feitos um para o outro? O garoto sempre fora quieto e reservado, mas depois do Colapso acabou virando um recluso. Era tudo o que Emory não queria se tornar: alguém que se contentava em viver à margem, em levar uma vida pacata como a de seu pai no farol.

Emory desejava ser como Romie e Luce, não apenas a garota irrelevante que havia sido quando chegara à Escola Preparatória de Threnody. Não queria que Romie pensasse que ela também era uma reclusa, então, depois disso, se afastara de Baz. Começara a tentar chamar a atenção de garotos mais populares, do tipo que Romie não tinha dificuldade para atrair. O primeiro beijo de Emory havia sido com um deles, um aluno mais velho que vivia se metendo em problemas com o diretor. "Acho que me enganei sobre o seu tipo", comentara Romie, rindo, e nunca mais falara de Baz para a amiga daquela forma.

Agora... Baz ainda era um recluso, mas Emory precisava dele.

Ela se sentou ao seu lado nos cobertores espalhados pelo chão.

— Tenho uma festa mais tarde, para ver a chuva de meteoros — explicou ela, alisando a saia do vestido. Era parcialmente verdade. — Parece que vai ser bem bonito. Você vai? — perguntou, olhando para Baz de soslaio.

O garoto riu.

— Para uma festa? Não. Além disso, posso ver tudo daqui.

Ele apontou para o teto. Alguns vidros da estufa estavam quebrados, revelando o céu acima.

Emory observou Baz por um instante. Estava acostumada a vê-lo tenso e ansioso, mas ali, entre as plantas em decomposição, ele parecia diferente, mais à vontade. Ela gostava dessa versão de Baz: lembrava o menino que existira antes do Colapso do pai, cuja amizade ela considerara uma extensão da que tinha com Romie.

A garota não sabia se isso tornaria mais fácil reverter a situação a seu favor ou se só a deixaria com mais peso na consciência. Ignorando a pontada de culpa, ela encostou a cabeça na parede de vidro e olhou para o céu.

— Parece que já começou — comentou Emory.

Um clarão cruzou o céu escuro, seguido de perto por outro. Em silêncio, os dois assistiram às estrelas cadentes que surgiam e desapareciam no instante seguinte. O silêncio era confortável, quase sagrado, e Emory pensou que Romie gostaria de ter visto os dois assim.

— Você se lembra daquela vez em que Romie arrancou a gente do dormitório no meio da madrugada para olhar as estrelas? — perguntou Emory.

Baz sorriu com a lembrança.

— Ela quase meteu a gente numa enrascada.

— Como sempre. Você não parecia se importar tanto em quebrar as regras antigamente.

— Claro que eu me importava. Mas eu queria...

Ele não terminou a frase, baixando a cabeça como se tivesse falado demais.

— Queria o quê? — pressionou Emory.

Baz coçou a nuca.

— Ficar de olho nela. Em vocês duas. Para que não fizessem nada *muito* imprudente.

Emory teve a impressão de que o garoto começara a dizer outra coisa, que estivera prestes a admitir que só topava as loucuras da irmã para estar com *ela*.

— Romie dizia que estrelas e sonhos eram a mesma coisa — murmurou Baz. — Que quando estava na esfera dos sonhos, ela se esticava para tocar uma estrela e assim ia parar no sonho de alguém.

Outro clarão branco atravessou a noite. De repente, Emory sentiu saudade do céu da Baía de Harebell, dos momentos em que ela e o pai observavam as constelações e a garota se perguntava se a mãe estaria navegando em algum lugar, se guiando pelas mesmas estrelas. Ou se aquelas estrelas um dia a levariam de volta a Harebell.

— Meu pai sempre dizia que estrelas são almas perdidas tentando encontrar o próprio caminho.

— Caminho para onde? — perguntou Baz.

Emory deu de ombros.

— Para casa, acho.

Baz a observou por um longo momento. Emory ficou sem reação, pega de surpresa outra vez com o efeito que parecia ter sobre o garoto. Quando ela encarou os lábios dele, Baz desviou o olhar depressa para o livro em seu colo. Emory abraçou os joelhos junto ao peito e esticou o braço para tocar a trepadeira morta a seus pés, correndo o dedo delicadamente por uma folha seca. Ficou triste quando a folha se despedaçou sob seu toque.

— Sabe, acho que eu conseguiria reviver essas plantas — comentou ela.

Baz suspirou e fechou o livro.

— Eu sabia que isso ia acontecer.

— Eu tenho que começar alguma hora, não tenho? Por que não agora, com as plantas? — Emory apontou para o céu através do teto quebrado. — Estamos na lua crescente, então, se a sua teoria estiver certa, deve ser fácil acessar a magia semeadora. E não tem mais ninguém aqui.

— Você ainda não está pronta.

— Como vou saber se não tentar? Quanto mais leio sobre a magia semeadora, mais vejo que é parecida com a magia de cura. Quando curo alguém, consigo perceber o que está errado, o que a pessoa precisa de mim. E aí eu só... conserto tudo. A magia semeadora é parecida. O objetivo é fazer seres vivos crescerem e florescerem. Curá-los, de certa forma. — Emory passou a mão pelos restos da folha despedaçada, sentindo a determinação pulsando em suas veias. — Então pensei que talvez eu pudesse restaurar esta estufa, fazer com que não pareça um túmulo.

Ela esperava que Baz inventasse mais uma desculpa, mas o garoto permaneceu em silêncio. Emory considerou isso um bom sinal.

— *Uma plantinha*, Baz — insistiu ela. — Só uma.

Ele olhou para cima, suspirou e resmungou baixinho algo parecido com "Pelas Marés, no que eu fui me meter?".

— Uma única folha — cedeu ele. — Vamos ver como você se sai.

Emory abriu um sorriso enorme.

— Uma única folha. Combinado.

Ela foi até a planta mais próxima, um filodendro que provavelmente tinha sido muito exuberante. Passou a mão sobre uma folha, hesitante, sem saber direito por onde começar. Então abriu os sentidos para a fina lua crescente. Emory se lembrou da sensação da magia semeadora correndo em suas veias naquela noite na praia e mentalizou a maneira como as algas presas no corpo de Travers tinham pulsado com vida. A magia continuava dentro dela, como se estivesse ali desde sempre. Timidamente, Emory tentou direcioná-la para a planta. Um vislumbre de verde-escuro surgiu na folha que ela segurava, mas logo desapareceu quando a garota perdeu o controle da magia.

— Viu só? Isso é o que acontece quando você não me deixa praticar — reclamou Emory, lançando um olhar ressentido para Baz. — Perdi o jeito.

— Foram só dez segundos. Tente de novo.

Ela tentou, sem sucesso.

— Só consigo enxergar uma planta morta. — Emory suspirou, frustrada. — Não faço ideia de como recuperá-la. É como se eu tivesse a magia dentro de mim, mas não conseguisse visualizar o que fazer. Não sei como direcionar meus poderes para a planta.

Baz se esticou para encostar no filodendro, e seu braço roçou o de Emory sem querer.

— O processo começa na raiz, não na folha — explicou ele.

Hipnotizada, Emory observou o garoto rebobinar o tempo. O solo do vaso de barro ganhou uma coloração marrom vibrante e, de repente, o cheiro de terra úmida atingiu os dois. O caule que emergia do solo fresco ficou verde, e a cor subiu até chegar à ponta da primeira folha. Depois, da segunda.

— Assim — concluiu Baz, se voltando para Emory.

Ele estava tão perto que a garota conseguia enxergar as sardas em seu nariz. De repente, os dois eram crianças de novo e ela voltara a ser a versão de si mesma fascinada por Baz e pela Casa Eclipse. Emory ainda se lembrava das vezes em que o enchera de perguntas, para a irritação de Romie, e das poucas ocasiões em que vira Baz usar a própria magia: parando uma pedra no ar antes que ela caísse no chão, ou restaurando uma moeda velha que acharam na grama a seu estado reluzente original. Eram pequenas coisas, mas que pareceram extraordinárias na época.

Mais uma vez Emory se perguntou se Baz tinha noção do próprio poder. Apesar do receio que sentia, a facilidade com que ele acessava a magia, o controle que exercia... era incrível.

Então a garota percebeu que estava olhando fixamente para ele. E que os dois estavam muito próximos. Baz engoliu em seco, e Emory sentiu o olhar dele em seus lábios. Emory ficou imóvel ao se dar conta de que estava certa: ainda havia algo entre os dois, pelo menos da parte de Baz, e ela estava se aproveitando disso para conseguir o que queria.

O garoto corou outra vez. Então pigarreou, sem jeito, e recuou.

— Eu... hã... Pegue — instruiu, estendendo a planta para ela e se afastando. — Tente de novo.

Emory engoliu o nó que se formara em sua garganta e tentou se concentrar no filodendro, ignorando a sensação provocada pela proximidade com Baz. Foram necessárias mais algumas tentativas até que a magia de crescimento e transformação fluísse por seus dedos. O filodendro ganhou vida: primeiro nas raízes, depois subindo o caule e seguindo até a ponta de cada uma das folhas em formato de coração. Emory riu, satisfeita.

— Agora sim — murmurou Baz. — Está voltando a ter a cara da estufa de Romie outra vez.

Emory sorriu ao ver o resultado de seus esforços, admirada com o aroma de terra da única planta viva. Mas então as folhas começaram a murchar, como se a magia tivesse sido apenas temporária. O sorriso dela murchou também. *Medíocre.*

— Não é o suficiente.

— É um começo — disse Baz suavemente.

Mais uma vez algo floresceu entre eles, porém, antes que Emory pudesse processar o frio na barriga, os dois ouviram passos e risadas vindos do lado de fora.

Baz se abaixou, xingando e puxando Emory pela manga do vestido.

— Se esconde — ordenou o garoto, em tom de urgência.

Emory se abaixou ao lado dele, sentindo o coração na garganta. Os dois se encostaram na parede, escondidos na escuridão debaixo da janela, bem no momento em que a maçaneta girou e a porta se abriu lentamente, rangendo nas dobradiças.

— Nisha, anda logo! — gritou uma voz abafada do lado de fora. — Vamos nos atrasar.

Houve uma pausa. O luar tênue entrava pela porta entreaberta. Após um momento de tensão, a porta se fechou com um clique. Passos se afastaram e, ao longe, uma luz se acendeu. Emory olhou pela janela. Quatro silhuetas se moviam na estufa ao lado, iluminadas por uma luz suave.

A garota voltou a se encostar na parede e notou que Baz segurava a própria mão.

— O que foi?

— Tinha cacos de vidro no chão — murmurou Baz, mostrando sua palma, que sangrava.

Emory segurou a mão dele para examinar o ferimento. Ela conseguiu tirar a maioria dos cacos pequenos com uma passada de mão, e depois começou a arrancar os maiores um por um. Enquanto fazia isso, soltou uma risada incrédula.

— Não acredito que quase fomos pegos na *única* vez em que você concordou em me deixar usar magia.

Baz olhou para ela, de cara fechada.

— Não tem graça nenhuma. Eles podiam ter visto.

— E daí? Olha só essa planta. Já está murcha, ninguém suspeitaria que usei magia nela.

— Mesmo assim, não deveríamos correr esse risco. — Baz estremeceu quando Emory puxou um caco comprido. — Da próxima vez, vamos nos encontrar no Hall Obscura.

— Da próxima vez? — ecoou Emory, arqueando a sobrancelha.

— Sim. Quer dizer... Você tem razão, é melhor começar a praticar, e nos aposentos da Casa Eclipse não corremos o risco de ser vistos.

Ela não soube o que responder. Ainda segurava a mão machucada de Baz, seus dedos ficando sujos com o sangue dele. A confiança que o garoto estava depositando nela... Emory sabia como era importante.

Ela não pediu permissão para usar sua magia de cura, e ele não a impediu. Os poderes que sempre foram seus continuavam lá, familiares, e fluíram com facilidade, apesar da lua crescente no céu. As feridas de Baz se fecharam, e Emory apertou sua mão afetuosamente.

— Obrigada — sussurrou ela, torcendo para que as palavras transmitissem tudo o que sentia.

Os óculos de Baz refletiam o luar. Quando Emory tentou se afastar, ele a segurou pelo cotovelo. Por um segundo, a garota pensou que ele fosse beijá-la. Emory tentou imaginar o que aconteceria se ela deixasse, só para ver como seria. Mas Baz encarou a marca em espiral no punho dela, que brilhava na luz fraca da noite.

— Que marca é essa? — questionou ele.

Emory puxou o braço e o segurou contra o peito. Forçando seu batimento a desacelerar, ela tentou dar um sorriso tímido.

— É só uma tatuagem boba.

A suspeita nos olhos de Baz deixou claro que ela não o convencera.

— Eu vi a mesma marca na mão de Travers — acusou ele, então xingou baixinho. — Romie tinha uma também?

— Eu...

Emory abriu e fechou a boca, travada naquela palavra enquanto tentava pensar no que responder. No fim, apenas desviou o olhar, sabendo que seu silêncio revelaria tudo.

— Você faz parte daquela seita? — questionou Baz.

Emory ficou tensa.

— Que seita?

— O Atlas Secreto, os Irmãos de Clover.

Ela relaxou um pouco. Baz não estava se referindo à Ordem Selênica.

— Não faço ideia do que seja isso.

— Os fanáticos de *Canção dos deuses afogados* — explicou Baz.

Confusa, Emory o estudou, preocupada com a possibilidade de ele ter perdido sangue demais e estar delirando.

— O que o livro tem a ver com a seita?

— A porcaria da canção da história! — exclamou Baz, irritado. — A razão pela qual... Quer saber? Veja você mesma.

Ele tirou um papel do bolso e o entregou a Emory com um gesto ríspido. Ela abriu o bilhete.

O chamado entre as estrelas = DOVERMERE?
ENCONTRAR EPÍLOGO

— Por isso que Romie foi até Dovermere, não é? — perguntou Baz.

Emory mal escutou as palavras do garoto, pois seu coração martelava em seus ouvidos. Ela estava concentrada naquela caligrafia que conhecia tão bem. Se Romie havia escrito aquilo, talvez o livro estivesse *mesmo* relacionado à Ordem Selênica. Emory se recusava a acreditar que Romie teria arriscado a própria vida em Dovermere por causa de um livro, a menos que houvesse algo maior por trás disso.

— Você era a melhor amiga dela — pressionou Baz. — Entrou nas cavernas com ela. É claro que sabe de alguma coisa.

— Não sei, não — retrucou Emory, devolvendo o papel. — Romie e eu não éramos mais tão próximas no semestre passado. Você também percebeu que ela começou a guardar segredos. Eu não sei por que eles foram para Dovermere. Só a segui quando descobri que ela estava indo para lá e...

Emory percebeu o erro tarde demais. Uma sombra dominou o semblante de Baz.

— Você me disse que todos os alunos foram juntos para Dovermere porque estavam bêbados — lembrou ele.

Merda.

Ela tentou consertar o deslize.

— Foi isso que eu quis dizer — emendou Emory, com raiva por ter falado besteira. Era nítido que Baz não acreditava em uma palavra sequer. — Eles estavam bêbados, e eu não queria deixar Romie ir sozinha, então os segui. E aí a maré veio. Mas nada disso importa, porque eles estão mortos e não há nada que possamos fazer. Esquece isso, Baz.

— *Esquecer?* Está falando sério? Minha irmã, *sua melhor amiga*, morreu. Os sonhos dela, suas aspirações, tudo isso morreu também.

Não é algo que eu possa simplesmente esquecer, Emory. Tudo o que resta de Romie é o pouco que ela deixou para trás, só que nada faz sentido. E você não está ajudando, então não me diga para esquecer.

Emory não tinha condições de conversar sobre Romie naquele momento. Ela se levantou, ajeitando o vestido, e disse:

— Se já terminamos aqui, estou atrasada para a festa.

O semblante de Baz foi tomado por um cansaço súbito, que o fez parecer muito mais velho e quebrou a ilusão de que os dois ainda eram as mesmas pessoas que haviam sido em Threnody, antes de tudo ir por água abaixo.

Ele não teve tempo de dizer mais nada antes de Emory sair pela porta.

Ela espiou a estufa ao lado. Daquele ângulo, a garota reconheceu imediatamente os quatro alunos lá dentro: Lizaveta, com seu cabelo perfeito e sorriso sarcástico; Virgil, com o mesmo olhar travesso de sempre; Nisha, que estava inclinada sobre o braço estendido de Lizaveta, segurando algo que Emory não conseguia ver... e Keiran, encostado em uma das vidraças da estufa. Ele usava um terno cinza elegante com uma gravata combinando, e seu cabelo estava penteado para trás de um jeito casual. Emory teve a impressão de avistar botões de rosa florescendo ao redor dele — ao redor de todos eles —, desabrochando e fechando-se novamente em um movimento ritmado.

Uma seita. Era isso mesmo? Parecia ser. Rituais em uma caverna. Alunos mortos. Magias proibidas. Pessoas se transformando em Invocadores de Marés.

Ela marchou naquela direção, as palavras de Baz ecoando em seus ouvidos como um grito de guerra.

A estufa maior não se parecia em nada com a de Romie. Emory foi envolvida por umidade, calor e cheiro de terra assim que abriu a porta. Virgil foi o primeiro a vê-la e seu olhar imediatamente ganhou um brilho de curiosidade. Ele usava uma camisa de cetim abotoada pela metade, exibindo a pele marrom de seu peitoral, e havia uma gravata índigo pendurada preguiçosamente sobre seu ombro.

— Vejam só quem chegou! É a Curandeira! — exclamou Virgil.

Era impressão de Emory ou o tom dele tinha mudado ao pronunciar a palavra "curandeira"?

Todos se voltaram para ela. Nisha, que usava um terninho decotado de veludo roxo, se sobressaltou e guardou depressa o objeto prateado que tinha nas mãos. Keiran endireitou a postura e estreitou os olhos, mas aqueles foram seus únicos sinais de surpresa. Lizaveta puxou o braço para longe de Nisha. Ela usava um vestido de cetim verde que caía como uma luva e contrastava com o cabelo ruivo.

— O que veio fazer aqui? — perguntou Lizaveta, hostil.

Emory forçou um sorriso e um tom descontraído ao responder:

— Keiran me convidou para ir ao farol. Peço desculpas por chegar um pouco mais cedo. Acho que todos nós tivemos a mesma ideia de passar aqui antes do evento principal.

O olhar gélido de Lizaveta passou de Emory para Keiran.

— Do que ela está falando?

— Ah, ele não contou para vocês? — continuou Emory, fingindo inocência. — Desculpa, pensei que soubessem...

— Eu disse para você me encontrar às dez — retrucou Keiran, sério.

Emory percebeu a garrafa de bebida cara na mão de Virgil.

— Mas parece que a festa já começou — comentou ela.

— Meu bem, a festa nunca para enquanto eu estiver por perto — disse Virgil, passando a garrafa para Emory com um sorriso ardiloso.

Ela tomou um longo gole, torcendo para que a bebida a ajudasse a entrar no personagem que precisaria interpretar, sem quebrar o contato visual com Keiran. Aquilo era medo na expressão dele? Ou irritação? De qualquer forma, Emory ficou satisfeita com aquela reação. Estava certa de que tinha conseguido uma vantagem por aparecer mais cedo, mesmo sem querer.

— Você pretende nos contar por que convidou ela? — perguntou Lizaveta, de braços cruzados.

Antes que Keiran pudesse responder, Emory ergueu o punho e anunciou:

— Parece que vou fazer parte da Ordem Selênica também.

Um silêncio carregado de tensão tomou conta da estufa. Todos contemplavam a marca em espiral de Emory e tentavam processar a implicação daquelas palavras. Virgil pegou a garrafa de volta com cuidado, murmurando que não estava bêbado o suficiente para lidar com aquilo.

Emory encarou Keiran com uma expressão desafiadora. Não sabia por que o garoto não tinha contado aos amigos sobre ela, mas desconfiava dele. Não deixaria que a passasse para trás, estava farta de ser enganada.

Sociedade secreta ou seita, pouco importava. Emory se esforçaria ao máximo para se infiltrar na Ordem Selênica e impediria que mais iniciações fossem realizadas em Dovermere. Ela faria justiça por Romie, Travers e todos os outros.

Não haveria mais mortes desnecessárias. Ponto-final.

O fato de Baz pensar que ela tinha simplesmente superado a morte de Romie a deixara furiosa. Emory se sentia como uma das estrelas cadentes rasgando o céu. Ninguém conseguiria pará-la, mesmo que ela estivesse fadada a se extinguir no final.

12

BAZ

As lembranças dos momentos bons na estufa — a vulnerabilidade de Emory, o rosto dela iluminado pelo luar enquanto observavam as estrelas cadentes — se misturavam ao sabor amargo de tudo o que acontecera depois.

Ela tinha a maldita marca, a mesma de Travers, do guardião de *Canção dos deuses afogados* e, provavelmente, de Romie também.

Baz sabia que Emory estava mentindo, que havia algo que a garota não queria que ele descobrisse. Mas parte do que ela disse era verdade: Romie escondera coisas de ambos. Ele sabia que a irmã se comportara de maneira estranha nos meses que antecederam sua morte. Romie se tornara distante, dispersa e reservada em relação a seus novos amigos, como Keiran Dunhall Thornby... de quem Emory também parecia ter se aproximado.

Quando saiu da estufa, Baz os viu de relance na estrutura ao lado. Emory estava com a cabeça baixa, escondendo um sorriso, enquanto Virgil Dade sussurrava em seu ouvido. Havia outras pessoas lá dentro: Lizaveta Orlov, Nisha Zenara — que Baz reconheceu como a recepcionista da Cripta — e Keiran. Sem dúvida, era o mesmo grupo com que Romie tinha se envolvido antes de morrer.

Baz se afastou antes que tivesse tempo de processar o aperto no peito.

Ele ouviu músicas, risadas e conversas por todo o campus e sentiu uma pontada de tristeza. Tanta leveza, tranquilidade e camaradagem lhe eram estranhas. Naquele instante Baz se deu conta de como era solitário:

compreendeu que todos tinham uma vida fora da sala de aula, acontecimentos para os quais contavam os dias, como a chuva de meteoros, e pessoas com quem fazer planos e compartilhar bons momentos. Era como se formassem um continente, todos conectados por uma infinidade de atividades e laços e pelo desejo de pertencer, de experimentar, de *viver*, por mais turbulento que fosse.

Enquanto isso, Baz era uma ilha.

Kai lhe fizera companhia por um tempo, mas, ainda assim, os dois permaneciam em extremidades opostas da costa. Era como se houvesse uma linha invisível que não ousavam cruzar, ou talvez nem soubessem como.

Mas esse problema havia sido causado pelo próprio Baz. Ele criara uma bolha perfeita de solidão, uma existência enxuta que cabia entre as prateleiras das bibliotecas, entre as paredes dos aposentos da Casa Eclipse e entre as páginas de um livro. Desde que se entendia por gente, só precisava de seus estudos como companhia, mas, de repente, a ideia de voltar para os aposentos vazios da Casa Eclipse pareceu insuportável.

Ele parou ao lado da Fonte do Destino. Tirou o bilhete de Romie do bolso e também o guardanapo com o endereço do Atlas Secreto. Talvez Selandyn e Jae tivessem razão ao dizer que ele estava procurando sentido onde não havia nenhum e que precisava aceitar a morte da irmã. Mas Baz sabia que, se os papéis se invertessem, Romie teria feito de tudo para encontrar respostas — tanto que provavelmente havia sido levada a Dovermere por uma estranha ideia da qual não conseguira se desvencilhar.

Romie, Kai e até mesmo Emory agiam sem medo. Baz os invejava. Por que não tentar ser como eles?

O garoto atravessou o gramado, seguindo na direção oposta do Hall Obscura e da solidão que o esperava ali. Por uma noite que fosse, ele agiria sem pensar nas consequências.

O Atlas Secreto era uma taverna escondida na região mais abastada de Cadence, com iluminação amarelada e mobília escura que davam ao lugar um ar lúgubre. Baz teria se sentido deslocado se não fossem os vários itens temáticos de *Canção dos deuses afogados* espalhados pelo espaço: uma estátua em tamanho real de um cavalo alado, um coração de ouro maciço atravessado por uma espada dourada, retratos em sépia de Cornus Clover sorrindo, uma máquina de escrever enferrujada que acreditavam ter pertencido a ele e inúmeras pinturas emolduradas na parede.

O garoto fora levado para uma sala ocupada por uma mesa comprida com pés em forma de garra, posta com talheres de prata e copos de cristal sofisticados. Os restos do banquete ainda não tinham sido retirados e, na cabeceira da mesa, sentava-se uma mulher elegante de meia-idade, envolta em tule e pérolas, com o cabelo loiro quase branco caindo em cachos perfeitos até a cintura.

— Não sabia que Jae havia retornado a Cadence — comentou Alya Kazan, comprimindo os lábios vermelho-vinho em uma expressão incomodada.

— Acho que foi só uma visita rápida — explicou Baz.

Alya fez uma careta e retrucou:

— É a cara delu. Sempre correndo atrás de algo maior e mais interessante.

Baz coçou a nuca. Quando mencionara o nome de Jae na entrada da taverna, Alya tinha gargalhado e quase batido a porta na cara dele, dizendo: "Se Jae acha que pode me pedir favores depois de ter ido embora sem nem se despedir da última vez..."

Mas uma garota entreouvira a conversa e convencera Alya a deixá-lo entrar. Baz seguira as duas até a sala privada no andar de cima, mortificado por Jae tê-lo mandado falar com alguém com quem tinha algo mal resolvido.

— Acho que nosso convidado não veio até aqui para conversar sobre seus relacionamentos que não deram certo, Alya — interveio a garota, que devia ter quase a mesma idade de Baz.

Ela era baixinha e gorda, com uma pele marrom-clara cheia de sardas, olhos verdes e cabelos escuros raspados bem curtos. Enquanto Alya mantinha uma postura elegante ao segurar seu martíni, a garota apoiava os pés na cadeira ao lado e beliscava queijo de uma bandeja. Vestia calças escuras, suspensórios cor de lavanda e uma blusa de botão com uma gravata-borboleta de estampa florida.

— A propósito, sou Vera — disse a garota, com um sotaque carregado, dando uma piscadela para Baz. — Vera Ingers.

— Desculpe a falta de educação da minha sobrinha — pediu Alya, girando o martíni com um palito com uma azeitona espetada. Baz notou o símbolo da Casa Lua Nova em sua mão. — Não sei o que ensinam na Universidade de Trevel, mas aparentemente não é a ter bons modos. E eles têm coragem de torcer o nariz para instituições como Aldryn.

Vera revirou os olhos. De repente, seu sotaque fez sentido para Baz, assim como a ausência de um símbolo lunar em sua mão. A Universidade de Trevel ficava no continente a leste da grande ilha de Elegy e era uma das melhores universidades não mágicas do mundo.

Baz sempre pensava em como seria sua vida se tivesse nascido sem magia. Ele se imaginava andando pelos grandes salões de arenito da Universidade de Trevel, livre para estudar arte, história ou idiomas; para deixar sua mente florescer sem os fardos, medos e limitações que vinham com o fato de ter nascido no eclipse. Ele invejava a liberdade de Vera para explorar os próprios interesses para além da magia com a qual nascera.

O garoto olhou entre as duas e perguntou:

— Vocês são da mesma família?

— Por parte de mãe — respondeu Vera, levando outro pedaço de queijo à boca. — Minha querida tia Alya e o resto dos Kazan juram que somos parentes de Cornus Clover.

Alya lançou um olhar hostil para a sobrinha.

— Sim, Clover — retomou a mulher. — O motivo de estarmos aqui. Então diga, Baz, o que quer saber sobre ele?

— Jae me disse que vocês acreditam que o que Clover escreveu é verdade, de certa forma. Eu queria saber... como isso seria possível.

Ele olhou para as pinturas com molduras douradas na parede. Uma delas retratava uma baía muito familiar com penhascos monumentais. No canto, a entrada de uma caverna era visível na maré baixa.

— E, mais especificamente, o que isso tem a ver com o epílogo perdido ou com Dovermere — acrescentou Baz.

— Que engraçado! Parece que todos os alunos de Aldryn se interessaram pelo livro de repente — comentou Vera. — Outro garoto da Casa Eclipse esteve aqui há pouco tempo, fazendo as mesmas perguntas. Antes dele, uma garota veio também.

Vera inclinou a cabeça, observando Baz com atenção. Então murmurou:

— Pensando bem, ela era meio parecida com você. — A jovem semicerrou os olhos, pensando. — Como era o nome dela mesmo? Romie?

Baz sentiu o sangue gelar.

— Romie era minha irmã — disse ele.

— Era?

— Ela se afogou em Dovermere na primavera passada.

Vera xingou e se recostou na cadeira.

— Meus pêsames — disse Alya, seu rosto se suavizando em uma expressão quase maternal. — Fiquei sabendo das mortes, mas não imaginei que ela fosse uma das vítimas. Todos aqueles jovens... Que tragédia.

— É por isso que estou aqui — explicou Baz. — Minha irmã... tinha ideias curiosas a respeito de *Canção dos deuses afogados* e de Dovermere. Estou tentando descobrir se foi por isso que ela foi até as cavernas.

Alya pousou a taça na mesa.

— Não sei qual a relação de Dovermere com tudo isso — começou ela —, mas, sim, nós acreditamos que há verdade no que Clover escreveu em *Canção dos deuses afogados*. Acreditamos que existem outros mundos e formas de se navegar entre eles. Ou, pelo menos, existiam.

— Existiam? — ecoou Baz.

Vera respondeu, cutucando um pedaço de queijo:

— Qualquer pessoa com meio neurônio consegue perceber que o erudito de Clover era ele mesmo. Um estudante universitário escrevendo histórias à beira-mar, assim como o próprio Clover, que estudava em Aldryn? É óbvio até demais. A partir daí, é fácil concluir que, assim como o erudito da história, Clover encontrou um portal para outros mundos. Pode ter sido um livro, um portal propriamente dito ou algo completamente diferente. Fica aberto à interpretação.

— Vocês acham *mesmo* que Clover esteve em todos aqueles mundos? — perguntou Baz, cético. — Wychwood, o Mundo Ermo, as montanhas nevadas onde fica o portal, o mar de cinzas... Vocês acham que tudo isso é real?

— Por que não? — retrucou Vera, dando de ombros. — Não vá me dizer que nunca se perguntou se tudo era verdade. Que nunca pronunciou em voz alta as palavras "há um mundo no coração de todas as coisas onde deuses afogados reinam sobre um mar de cinzas" quando estava sozinho, desejando com todas as forças que um portal aparecesse de repente.

Baz ficou arrepiado. É claro que já tinha feito aquilo. Já desejara que as palavras de Clover fossem reais com cada fibra de seu ser. Ainda era tomado por expectativa toda vez que pegava um livro antigo de aparência peculiar nas bibliotecas de Aldryn, imaginando se aquele seria o mesmo volume que o erudito encontrara ou até mesmo o livro que serviu de inspiração para *Canção dos deuses afogados*. Mas acreditar de verdade na existência daqueles mundos fictícios sem nenhuma prova era outra história.

— Então Clover esteve em outros mundos, voltou e descreveu tudo em *Canção dos deuses afogados*? — resumiu o garoto.

Alya inclinou sua taça de martíni em direção a Baz.

— Exatamente — respondeu ela. — Um atlas secreto para outros mundos escondido em um livro infantil. É genial.

Baz começou a entender por que Jae o alertara sobre aquelas pessoas e suas crenças.

— E essa é a importância do epílogo — acrescentou Vera, apoiando os cotovelos na mesa e se inclinando para a frente. — Com base nas descobertas de especialistas, pesquisadores e fanáticos, nossa teoria é de que a parte perdida do livro explicava como viajar entre os mundos. Que o epílogo poderia ser o próprio portal, a chave para desvendar tudo. O mapa para encontrar o mar de cinzas.

— Mas então por que Clover retirou o epílogo do manuscrito? — perguntou Baz.

Vera ergueu a sobrancelha.

— E quem disse que foi ele?

— O manuscrito de Clover foi publicado postumamente — explicou Alya. — Sua morte coincide com o desaparecimento do epílogo. Não seria absurdo deduzir que ele morreu pelas mãos da pessoa que arrancou as últimas páginas do manuscrito. Acreditamos que o epílogo tenha sido escondido por aqueles que desejam que os portais permaneçam fechados para sempre, que temem que o acesso a outros mundos possa despertar o mal no coração de todas as coisas.

Alya olhou para o girassol e a lua em eclipse gravados na mão de Baz.

— A Sombra da Destruição — murmurou o garoto.

Ela assentiu com um sorriso irônico, acrescentando:

— O monstro no mar de cinzas.

— Mas alguns dizem que o verdadeiro monstro sempre foram os deuses afogados — argumentou Baz, pousando a mão sobre o colo para tirá-la de vista.

Alya pareceu gostar de ouvir isso.

— Então você está familiarizado com a tese de Jae. Foi assim que nos conhecemos. Sempre admirei a visão delu sobre a pessoa que Clover teria sido, um detrator das Marés e defensor da Sombra, um aliado fervoroso dos nascidos no eclipse. — Ela deu uma risadinha. — Isso irritou muitos puristas do mundo literário.

— Enfim, acreditamos que o epílogo está em algum lugar — explicou Vera —, chamando por aqueles que são aptos a navegar entre os mundos, os que ouvem a canção entre as estrelas.

"É uma música que escuto nos meus sonhos às vezes", dissera Romie. "Dá vontade de segui-la, não dá?"

Baz não duvidava que Romie teria coragem de tentar algo tão arriscado quanto visitar as temidas cavernas por uma razão absurda como aquela — atender ao chamado de algo inexplicável e invisível, um eco ouvido em um sonho oriundo do espaço imaginário entre as estrelas. Assim como a canção que os personagens do livro seguiram até seu destino trágico.

Romie havia procurado o epílogo porque achava que aquelas páginas poderiam levá-la a outros mundos.

Baz observou o quadro atrás de Vera. Dovermere, sombria e misteriosa, exercia uma atração estranha sobre ele, mesmo em forma de pintura. Apesar da reticência de Alya e Vera, Baz sentia com muita convicção que as cavernas eram a chave para desvendar o enigma.

Oito alunos afogados pela maré. Quince Travers ressurgindo vivo na praia, depois padecendo de maneira tenebrosa. Emory, em posse de uma magia impossível. As marcas em espiral nos punhos de ambos. Tudo aquilo nascido nas profundezas de Dovermere.

ENCONTRAR EPÍLOGO, escrevera Romie.

Se ela tivesse sido convencida de que a resposta estaria na Garganta da Besta...

— O que disseram à minha irmã sobre o epílogo? — questionou Baz. — Deram a ela alguma pista de onde poderia estar?

Houve um breve silêncio, então Vera soltou uma gargalhada e replicou:

— Você acha que entregamos um mapa para sua irmã, como se fosse uma caça ao tesouro? Tipo, "o primeiro a encontrar o epílogo ganha um prêmio"?

Baz se remexeu na cadeira. *Bom, o nome da seita de vocês é Atlas Secreto*, pensou o garoto. Mas apenas ajeitou os óculos no nariz e insistiu:

— Vocês devem ter uma teoria.

— Dizem que o epílogo está desaparecido por um motivo — contou Alya, colocando a taça sobre a mesa com um gesto firme. — Ninguém sabe onde está, nem mesmo nós, que dedicamos nossas vidas a procurá-lo. Algumas pessoas já viraram o mundo do avesso tentando encontrá-lo, mas todas fracassaram. Agora é um mito tão grande quanto as próprias Marés.

Ao perceber a expressão desanimada de Baz, Vera acrescentou:

— Mas, anos atrás, surgiram boatos de que uma mulher de Trevel havia desvendado o mistério.

— Vera... — advertiu Alya, a voz grave.

A sobrinha a ignorou e prosseguiu:

— Ela viajou até aqui para encontrar o epílogo e nunca mais voltou para casa. Simplesmente desapareceu.

— Quem? — perguntou Baz.

As duas se entreolharam, e um silêncio incômodo caiu sobre a sala. Alya ergueu o queixo, apesar da tristeza em seus olhos, e revelou:

— Minha irmã.

Baz se voltou para Vera.

— Sua mãe?

— Minha tia — corrigiu a garota. — Adriana. Ela era a mais nova das quatro irmãs Kazan. Contei a mesma história para Romie, e ela pareceu determinada a tentar encontrar Adriana através dos sonhos.

— E ela conseguiu?

— Impossível — respondeu Alya, com um olhar distante e assombrado. — Minha irmã está morta.

— Não temos certeza disso — murmurou Vera.

Baz reparou outra vez no símbolo da lua nova na mão de Alya e lembrou que ela era uma Mediadora do Além, capaz de se comunicar com os mortos. O olhar enfático que ela lançou à sobrinha indicava que as duas já haviam tido aquela conversa antes.

— Eu não sinto o espírito dela do outro lado do véu — contou Alya. — Isso significa que ou ela ainda está viva... e, nesse caso, minha magia é inútil e nunca a encontraremos... ou que ela está morta e seu espírito já deixou este plano, e está muito distante do véu para que eu possa alcançá-lo.

Deixou este plano. Baz sentiu um formigamento na nuca.

— Como assim? — questionou o garoto.

— Espíritos que não estão presos a este plano às vezes partem rumo a horizontes que nem mesmo nós, Mediadores do Além, conseguimos alcançar. Os mortos seguem em frente, e nós também devemos seguir.

Percebendo que Baz olhava para sua mão, Alya acrescentou:

— Se sua irmã estava em busca do epílogo, ela não seria a primeira a perecer tentando encontrá-lo.

Baz mal conseguia respirar, mas encontrou forças para pedir:

— Será que você poderia... procurar por ela? Do outro lado do véu?

Ele imaginou que Alya recusaria, diria que Baz já tinha tomado tempo demais da sua noite, mas a mulher o encarou com inesperada ternura.

— Jae falava sobre você e sua irmã o tempo todo — murmurou ela. — Uma vez, elu me mostrou uma foto dos três juntos, de quando vocês ainda eram crianças e a gráfica ainda existia. Jae ama muito vocês. Nem consigo imaginar como deve ter sido difícil para elu quando sua irmã morreu.

Baz ficou comovido. Jae era parte da família, sempre havia sido muito mais do que apenas sócie do pai na gráfica. Elu permanecera com os Brysden por meses após o Colapso de Theodore, ajudando-os a lidar com a tragédia, e continuara cuidando de Anise quando Baz e Romie voltaram para Aldryn. Só tinha ido embora depois que tudo estava em ordem e os assuntos da gráfica destruída, resolvidos. Elu explicara para Baz e Romie que recebera uma oportunidade de trabalho nas Terras Remotas, uma vaga de pesquisador que não podia deixar passar. Mas elu havia prometido que voltaria para visitá-los com frequência e que eles sempre seriam uma família.

Uma pequena parte de Baz se ressentira com a partida de Jae, mesmo percebendo que elu estava triste em deixá-los. Mas Jae cumprira sua promessa e voltara para visitá-los em feriados, datas importantes e sempre que podia. Além disso, elu mantinha contato com Baz, perguntava sobre os estudos e sobre como o garoto estava se saindo com a magia do eclipse. Também fazia questão de enfatizar que, se algum dia Baz sentisse que as coisas estavam saindo de controle e que precisava de ajuda, Jae viria ao seu auxílio em um piscar de olhos.

Alya se levantou e caminhou até um grande armário. De lá, tirou instrumentos de sangria feitos de prata, decorados com belos entalhes, e os colocou sobre a mesa. Depois despejou água em uma tigela rasa e feriu a palma da mão com a faca. Baz observou com grande expectativa Alya submergir o corte na água, conjurando a magia adormecida em suas veias durante a lua que não era mais nova, e sim crescente.

Um silêncio sufocante tomou a sala. Ela cerrou as pálpebras, e seus olhos fechados começaram a fazer uma série de movimentos rápidos. Baz acompanhava tudo, imóvel. Quando começou a sentir dificuldade para respirar, tentou se lembrar do que seu pai lhe ensinara. Inspirar, expirar. Devagar e com atenção. Inspirar, expirar. No mesmo ritmo que o mar.

Por fim, os olhos de Alya se abriram. Ela piscou várias vezes, parecendo desorientada, como se estivesse se readaptando àquele plano de existência. Quando finalmente se voltou para Baz, seu semblante triste serviu de resposta.

— Assim como no caso da Adriana, acho que não há nada do outro lado do véu que possa ser encontrado — anunciou ela. — Se sua irmã se afogou em Dovermere, o espírito dela já deve ter partido.

Suas palavras atingiram Baz como um soco. Ele não sabia ao certo por que ficou surpreso. É claro que Romie estava morta, assim como estivera uma semana antes, um mês antes. Ela morrera na primavera anterior e continuava morta. Nada tinha mudado. Como Emory dissera, não havia nada que eles pudessem fazer.

— Sinto muito por não ter ajudado — desculpou-se Alya.

Baz também sentia muito. Embora ele *soubesse* que Romie estava morta, embora todos os sinais apontassem para aquela verdade terrível, uma parte minúscula dentro dele tinha começado a considerar a possibilidade de a irmã simplesmente ter sumido. Isso ia contra o bom senso e a lógica, mas ele passara a nutrir a esperança de que Romie tivesse seguido a canção não rumo à morte, mas a algum outro lugar.

No entanto, ao ver a expressão de assombro de Alya, ele entendeu por que a professora Selandyn, Jae e até mesmo Emory insistiam que ele deixasse o assunto para lá.

Os mortos seguem em frente, e nós também devemos seguir.

Por que ele não conseguia fazer isso?

Baz se demorou em frente ao Atlas Secreto. Sentindo-se completamente derrotado, o garoto encostou a cabeça na parede de pedra e deixou que o ar fresco da noite o envolvesse. Ao longe, o Aldersea parecia uma massa escura e impenetrável, e seu murmúrio suave era abafado pelos sons de risadas e música vindos de bares e restaurantes vizinhos.

Ele nunca se sentira tão sozinho.

De repente, Vera saiu de uma porta lateral, vestindo um casaco de tweed grande demais e com um cigarro pendurado na boca. Baz observou a garota dar um trago e inclinar a cabeça para o céu, hipnotizado pela nuvem de fumaça que saía de seus lábios. Ele achava que não tinha sido visto, mas de repente Vera se virou diretamente para ele.

— Aquele outro garoto da Casa Eclipse era seu amigo? — indagou ela, casualmente.

— Por que a pergunta?

Vera deu de ombros, batendo as cinzas.

— Imaginei que vocês deviam ser colegas, no mínimo. — Ela tragou o cigarro outra vez. — Ele ficou muito interessado no plano da sua irmã.

— Como assim?

— Na coisa toda do sonho. Quando contei que Romie pretendia encontrar Adriana, ele arregalou os olhos e se levantou de um jeito tão brusco que Alya até derramou o martíni. Minha tia ficou furiosa. — Vera jogou a bituca no chão e a esmagou com o sapato. — Ele saiu correndo daqui tão depressa que parecia estar possuído.

Se Kai sabia que Romie estava tentando encontrar Adriana e o epílogo na esfera dos sonhos, talvez tivesse tentado fazer o mesmo. Talvez tivesse encontrado algo que explicasse tudo.

De repente, Baz se lembrou de um momento entre os dois que jamais conseguira explicar. Ele e Kai haviam topado com Romie na saída do Hall Obscura, e ela ficara paralisada ao ver o garoto.

"Sonhadora", cumprimentara Kai com a voz grave, bloqueando a passagem de Romie. Uma palavra simples nunca soara tão carregada.

Romie havia estreitado os olhos e retrucado:

"Sai da frente, Tecelão de Pesadelos."

Baz se lembrava do sorriso intimidador de Kai e do olhar desafiador de Romie. Por fim, Kai a deixara passar, e a garota se afastara sem olhar para trás. Não tinha acontecido mais nada, mas a conversa foi tão estranha que Baz nunca se atreveu a perguntar ao colega o que foi aquilo.

Sempre com medo de verbalizar suas opiniões, de fazer perguntas que pudessem perturbar o delicado equilíbrio que tanto prezava.

Ele estava de saco cheio de ser assim.

Baz se afastou da parede e anunciou:

— Preciso falar com ele.

— Kai não entrou em Colapso durante as férias? — indagou Vera. Percebendo a surpresa de Baz, explicou: — Eu fico de olho em todo mundo que vem nos perguntar sobre o epílogo. Se ele estiver no Instituto, duvido que você consiga entrar agora. Já está tarde.

Baz também não sabia se encontraria um taxista disposto a levá-lo até o Instituto naquele horário. Ele xingou. Sentia uma urgência inexplicável, mas teria que esperar. Ao menos até a manhã seguinte, quando poderia se encontrar com Jae e aceitar o convite para irem juntos ao Instituto. Elu conseguiria fazer com que passassem pelos Reguladores.

— Acho que consigo ajudar você a entrar — ofereceu Vera. — Hoje mesmo, se quiser.

— Como?

Ela lançou um sorriso travesso e se dirigiu até uma moto desengonçada encostada na parede da taverna.

— Digamos que eu sei desarmar feitiços de proteção e armadilhas mágicas. — Ela deu uma piscadela ao subir na moto. — O pouco de magia desatadora que tenho não foi suficiente para ostentar o símbolo da minha casa lunar, mas sempre achei que me tornou um gênio da engenharia.

O motor ganhou vida, roncando tão alto que Baz pensou ter entendido errado as palavras seguintes de Vera:

— E também estudei as estruturas e plantas do Instituto na universidade. Posso te ajudar a entrar e sair sem que ninguém perceba.

Ela jogou um capacete para o garoto, que quase o deixou cair. Baz estava atônito, mal conseguia processar aqueles acontecimentos. Vera olhou para ele, exasperada.

— E aí? Quer ajuda ou não?

Pela primeira vez na vida, Baz não pensou muito.

Então subiu na moto.

EMORY

O farol desativado ficava no topo de um penhasco na beira do Aldersea. Os escombros da construção haviam sido tomados por vegetação, e luz dourada escapava pelas janelinhas sem vidro. Silhuetas se moviam ali dentro, mas o único som que Emory ouvia ao se aproximar era o barulho ensurdecedor das ondas lá embaixo, tão alto quanto as batidas do seu coração. Ela se sentia enjoada, o rosto quente apesar do ar gelado.

Estava arrependida de ter bebido o vinho na estufa.

Percebendo seu nervosismo, Virgil a cutucou gentilmente.

— Vai dar tudo certo.

Emory se sentia grata pela presença dele. O clima estava pesado desde o encontro na estufa. Lizaveta olhava para Keiran com tanta hostilidade que era um milagre não ter aberto um buraco no crânio dele com a força da mente. Nisha, por sua vez, passara todo o caminho lançando olhares furtivos para Emory. E Keiran... Bem, ele parecia ter se recuperado da surpresa e adotava a atitude indiferente de sempre, como se a presença dela não o perturbasse e tudo fizesse parte de seu plano — o que irritava Emory profundamente. Virgil era o único que parecia não se incomodar com a situação. Ele permaneceu ao lado de Emory, e os dois conversaram amenidades enquanto bebiam vinho da garrafa. Talvez aquilo fosse apenas uma distração para que Emory não ouvisse as conversas cochichadas do restante do grupo. Mesmo assim, ela se sentia grata.

— Como são essas festas? — perguntou Emory.

— Se for surpresa, vai ser mais divertido — retrucou Virgil, sorrindo.

Ela pensou que deviam ter opiniões bem diferentes sobre o que era "divertido".

Quando chegaram ao farol, todos se posicionaram de frente para a porta. No centro da superfície, havia luas gravadas no metal, formando um círculo. Com um rangido, a lua cheia na porta deslizou para cima e um olho verde os encarou através da abertura.

— Marcas — solicitou uma voz aveludada.

Todos levantaram os punhos para exibir as espirais, e Emory imitou o gesto. O olho piscou para eles, e a lua se fechou outra vez.

Um segundo depois, a porta se abriu, revelando uma mulher com um vestido sálvia esvoaçante. Seu rosto estava coberto por uma máscara de porcelana de Anima, a Maré da Lua Crescente. Cachos lustrosos e escuros caíam por suas costas, cravejados de pérolas que pareciam estrelas. Ela segurou a mão direita de cada um e passou o dedo ao longo da extremidade levemente elevada de suas marcas em espiral, para atestar que eram verdadeiras. Em seguida, sem dizer nada, entregou uma máscara de porcelana da Maré correspondente à casa lunar de cada pessoa: uma Bruma com rosto de querubim para Emory, um par de Animas de bochechas rosadas para Nisha e Lizaveta, uma Aestas de expressão terna e maternal para Keiran e a sábia e enrugada Quies para Virgil.

Não havia máscaras da Sombra, notou Emory com certo alívio. Todos ainda honravam suas casas lunares originais, apesar dos poderes do eclipse concedidos pela marca.

Assim que colocaram as máscaras, a mulher conduziu os jovens para dentro do farol e apontou para uma escada estreita. Nisha e Lizaveta subiram primeiro. Keiran olhou para Emory, que estava paralisada. Apesar da porcelana fria em sua pele, a garota começou a sentir muito calor.

Virgil apareceu ao seu lado, com um sorriso gentil nos lábios.

— Vamos? — convidou o garoto.

Emory aceitou o braço oferecido por Virgil, grata por ter algo sólido em que se apoiar. Teve a impressão de vislumbrar um lampejo de ciúme no rosto de Keiran, mas o garoto se virou e começou a subir a escada antes que ela tivesse certeza.

— Ainda bem que essas máscaras não cobrem nossas bocas — comentou Virgil. — Assim é mais fácil beber para acalmar os nervos.

Emory sorriu, e seu estômago desembrulhou um pouco.

Em todos os andares, havia música clássica sendo tocada por instrumentos encantados — sem dúvida enfeitiçados com magia criadora, como as plantas da biblioteca do Hall Crescens. Lençóis brancos cobriam o que restava das antigas salas de aula dos Guardiões da Luz. O farol tinha sido uma extensão do Hall Pleniluna antes de começar a se deteriorar, pedaços caindo no mar agitado lá embaixo. Desde então, a construção tinha sido cercada e fechada. Não estava mais em uso. Portanto, era o local perfeito para uma festa tão exclusiva.

— Eis a Ordem Selênica — anunciou Virgil teatralmente quando chegaram ao topo. — As mentes mais brilhantes da Academia Aldryn.

Havia cerca de trinta pessoas, todas vestidas com tanta elegância que destoavam completamente do ambiente decrépito. Mas os escombros esquecidos do farol tinham sido transformados em um cenário de opulência: as mesas rangiam sob o peso de garrafas de bebidas caras e travessas com pato assado e *foie gras*, queijos maturados e ostras, além de velas acesas que pingavam cera entre as comidas. Cortinas leves emolduravam os arcos das janelas sem vidro, dançando graciosamente ao sabor da brisa. Fios com pontinhos de luz perpétua haviam sido entrelaçados nas trepadeiras que invadiam a construção e cresciam pelas paredes e por partes do piso. No chão, grossos tapetes com estampas coloridas cobriam as tábuas barulhentas do assoalho. Eram permeados por pufes de couro e almofadas de veludo, onde as pessoas se sentavam como deuses antigos, abrindo sorrisos lânguidos e soltando gargalhadas sedutoras enquanto brindavam com taças de cristal. A fina lua crescente e sua corte de estrelas pairavam acima da festa como um grande lustre, visíveis por um buraco onde o teto havia desabado.

Emory foi imediatamente seduzida pelas roupas, pelas bebidas, pelo glamour e pelo mistério daquela cena.

— É o que você imaginava? — perguntou Virgil.

— Eu não sabia o que imaginar. Intelectuais em uma sala escura com uísque e charutos, talvez? Sacrifícios de animais como oferenda para a lua? Rituais que terminam em afogamento?

— Bom, ainda está cedo — comentou Virgil. Quando Emory se sobressaltou, ele acrescentou: — Calminha, estou brincando. Pelas Marés, Curandeira, é uma comemoração! Relaxe.

— O que estamos comemorando, afinal? — perguntou a garota.

Virgil pegou duas taças de espumante na mesa mais próxima e entregou uma a Emory.

— Normalmente, essa é a noite em que apresentamos nossos iniciados. Os oito calouros que demonstraram mais potencial. — Virgil se aproximou e acrescentou em um cochicho conspiratório: — Ou os que têm mais dinheiro, ou os que vêm de famílias com uma longa tradição na Ordem.

Romie provavelmente comparecera ao evento do ano anterior. Não era surpresa que ela tivesse sido notada pela Ordem pouco depois de ingressar em Aldryn. Emory se perguntou quantas festas como aquela Romie frequentara no primeiro semestre, lembrando-se de todas as noites em que a amiga saíra escondida do quarto das duas, de todas as mentiras que contara quando Emory perguntava onde ela estava. Tudo isso tinha sido por causa daquelas pessoas.

Emory sentiu inveja. Ela sempre sonhara em ter acesso a um mundo como aquele, no qual Romie se encaixaria sem grandes esforços. Na escola preparatória, Romie sempre garantia que Emory estivesse incluída em tudo o que ela fazia. "Compre um, leve dois", dizia Romie. "Aonde eu vou, ela vai." Ninguém recusava o acordo. E, ainda que Emory se sentisse feliz por ser incluída, também sabia que as pessoas só faziam isso para agradar Romie. Todos conversavam educadamente com ela por respeito ou por obrigação, mas Romie era elogiada. Romie os encantava. Emory era só um anexo que quase passava despercebido.

Bem, ela finalmente conseguira. Não tinha sido a primeira opção, mas estava ali por escolha própria, pelo menos.

— Então os novos candidatos estão aqui? — perguntou Emory, sentindo o sangue ferver ao pensar nas próximas vítimas de Dovermere.

Virgil tomou um longo gole de espumante antes de responder, num tom melancólico:

— Depois do fiasco nas cavernas, decidimos suspender as iniciações este ano. Deixar a poeira baixar.

Graças às Marés. Uma preocupação a menos para Emory naquela noite.

— E decidiram dar a festa mesmo assim?

— Os líderes da Ordem, que fazem parte do Conselho das Marés, estavam determinados a escolher novos candidatos, apesar do que aconteceu no semestre passado. Tradição e tal. Mas Keiran conseguiu convencê-los a não fazer isso e só dar a festa, como uma maneira de honrar os iniciados que morreram.

O Conselho das Marés deviam ser as pessoas que Emory precisaria impressionar. Como se lesse seus pensamentos, Virgil piscou para ela e garantiu:

— Eles vão adorar você. A novata surpresa.

— É melhor ter cuidado com suas palavras, Virgil — interveio Lizaveta, se aproximando com Keiran e Nisha. — Ela pode ter nossa marca, mas ainda não é uma de nós.

— Que bicho mordeu você hoje, Liza? — brincou Virgil, tomando de um gole o que restava de seu espumante. — Acho que está precisando de um desses.

Ele piscou para Emory, depois passou os braços por Lizaveta e Nisha e as conduziu até uma mesa com comidas e bebidas.

Sozinha com Keiran, Emory ficou nervosa outra vez. Era impossível ignorar o olhar penetrante dele, mas a garota não conseguia encará-lo, então decidiu observar as pessoas ao redor. O grupo tinha idades variadas. Pareciam mais velhos do que a maioria dos alunos, mas era difícil ter certeza com todos usando máscaras. Ex-alunos, sem dúvida. Membros da Ordem Selênica de anos e décadas passadas. Havia uma aura de importância e poder, como se aquelas pessoas fossem as próprias Marés.

Keiran chegou mais perto de Emory. Muito perto. Com a mesma mão que segurava um copo com líquido âmbar, ele apontou discretamente para um homem robusto usando a máscara de Bruma.

— Aquele ali é Raine Avis — sussurrou no ouvido dela —, o Adivinho mais procurado por políticos do mundo inteiro.

O homem ria com uma mulher de corpo esculpido, que usava uma máscara de Quies.

— E aquela é Vivianne Delaune — explicou Keiran, sua respiração tocando a pele de Emory e fazendo a nuca dela se arrepiar. — Uma Memorista ilustre que desenvolveu maneiras de captar lembranças a partir de objetos. Ela trabalha com Reguladores de alto escalão e com equipes de investigação criminal em Trevel.

Keiran pousou a mão no cotovelo de Emory e a conduziu gentilmente até o outro lado do farol, onde uma mulher mais velha estava sentada em um divã. Sua nuvem de cabelos brancos emoldurava perfeitamente uma máscara de Anima.

— Leonie Thornby — murmurou Keiran. — Uma artista Criadora do mais alto calibre.

— Thornby? — questionou Emory, se virando para o garoto, ainda nervosa com a proximidade dele.

Keiran sorriu.

— Minha tia-avó. Sou o que se pode chamar de "legado" dentro da Ordem. — Ele direcionou a atenção de Emory de volta para a mulher. — Eu sempre admirei Leonie. Ela tem uma obra primorosa. Já compôs canções que causaram tempestades e alterações nos ritmos dos rios, como se o universo fosse apenas uma orquestra a serviço dela. Aliás, a música tocando aqui é um feito de Leonie. Também foi ela quem teve a ideia de tocar música na biblioteca do Hall Crescens.

Emory fitou a mulher com novos olhos. Aquele era o tipo de magia com o qual ela sonhava. De repente, lembrou-se de Romie, que sempre se destacara, mesmo na Escola Preparatória de Threnody. Os Sonhadores de lá tinham a tradição de competir para ver quem conseguia chegar mais longe na esfera dos sonhos — que, segundo Romie, parecia ser infindável e se tornava mais difícil de explorar à medida que a pessoa avançava. Romie fora mais longe do que os Sonhadores veteranos e mais experientes quando tinha apenas treze anos. Aos dezesseis, descobrira que conseguia extrair coisas dos sonhos, ilusões tremeluzentes que se desintegravam no ar assim que ela acordava, mas, ainda assim, era uma conquista notável. Poucos Sonhadores conseguiam fazer isso.

Romie teria se encaixado aqui perfeitamente, pensou Emory. Não era de se admirar que ela tivesse sido escolhida.

A garota observou Virgil, Nisha e Lizaveta, reunidos ao redor de uma mesa. Havia uma garota com eles, usando a máscara de Bruma, que só podia ser Ife Nuru. Seu vestido era de um tecido preto cintilante com mangas longas, e suas tranças estavam arrumados no topo da cabeça em um penteado que parecia uma coroa.

— Todos vocês são legados? — perguntou Emory.

Keiran seguiu seu olhar.

— Lizaveta e Virgil, sim. Javier também, mas vocês ainda não se conheceram. Ele deve estar enfiado em algum lugar com Louis. Esses dois não conseguem se largar nem por um minuto.

Quando Keiran levou o copo aos lábios, sua mão roçou a de Emory, o que não passou despercebido pela garota. Sentindo o olhar atento dele, Emory lutou contra o rubor e perguntou:

— Louis Clairmont?

Keiran assentiu, então explicou:

— Ele, Ife e Nisha foram selecionados por mérito. Ife é uma Adivinha excepcional, Nisha é a Semeadora mais habilidosa que já vi, e garanto que Louis é um Curandeiro muito melhor do que demonstrou na fogueira aquela noite.

— E Farran? — perguntou Emory, observando Keiran de esguelha.

— Farran tinha tudo a seu favor — murmurou o garoto. — Estava aqui porque era um legado e também por ser uma força da natureza. Suas habilidades como Ceifador eram incomparáveis. Que nem Romie com a magia dos sonhos.

— Ela também era um legado?

— Não. Nem sei como ela descobriu a Ordem. — Um sorrisinho surgiu em seus lábios. — Eu nem sabia quem ela era até que apareceu em meus sonhos uma noite e praticamente me manteve refém até que eu concordasse em deixá-la participar da iniciação.

Emory riu. Aquilo era a cara de Romie. A amiga sempre dava um jeito de conseguir o que queria, mesmo que para isso precisasse importunar as pessoas nos próprios sonhos.

Os olhos castanhos de Keiran se voltaram para os lábios de Emory, como se ele estivesse tentando memorizar sua risada. A garota notou que os olhos dele acompanharam o movimento de uma mecha de cabelo dourado que se soltara do penteado e caíra sobre seu ombro nu, brilhando à luz das velas. A mão dele se contraiu, como se precisasse se conter para não tocá-la. Ela engoliu em seco.

— Fico feliz que você tenha decidido vir, Ains — disse Keiran.

Emory enrubesceu e ficou grata pela máscara que escondia seu rosto. Estava ali por um motivo. Não se deixaria seduzir por Keiran, com seu charme e seus apelidos carinhosos.

— Não pareceu feliz mais cedo — rebateu ela.

— Fui pego de surpresa. Eu ainda não tinha contado sobre você para meus amigos.

— Deu para perceber.

Emory flagrou Lizaveta encarando os dois. A ruiva prontamente se voltou para o grupo ao redor da mesa, esticando os lábios vermelhos em uma risada provocante em resposta a algo que algum deles dissera. Parecia uma rainha em meio à corte, como a própria Anima, com seu magnetismo e juventude.

— Acho que algumas pessoas não ficaram muito contentes com minha presença — observou Emory.

— Liza é muito seletiva.

— A companhia dela é reservada para membros da seita?

A música no farol se intensificou e se transformou em uma melodia familiar, que Romie cantarolava constantemente no quarto que as duas compartilhavam. Emory franziu a testa, pensando em Baz.

— Por acaso a Ordem Selênica tem alguma coisa a ver com *Canção dos deuses afogados*? — perguntou ela.

— O livro infantil? — Keiran arqueou a sobrancelha. — Como assim?

De repente aquela ideia pareceu boba. É claro que a morte de Romie não tinha nada a ver com o livro. Emory estava se deixando influenciar pela obsessão de Baz.

— Não sei o que pensar — disse ela. — Você me trouxe aqui com a promessa de que eu conseguiria respostas, lembra?

Keiran chegou ainda mais perto, fazendo com que ela sentisse um frio na barriga, e declarou:

— Mas eu também disse que você teria que fazer por merecer.

O hálito dele era quente e cheirava a uísque. Emory encarou os lábios de Keiran, que exibiam um sorriso desconcertante, exalando calma, confiança e sensualidade. O mundo se reduziu a eles dois.

De repente, uma voz alta os interrompeu.

— Keiran! Achei você.

Um homem ruivo com barba por fazer se aproximou e apertou o ombro do garoto. Não devia ser muito mais velho do que eles, mas tinha um ar de autoridade.

Keiran pareceu contente quando se abraçaram.

— Bom ver você, Artie — cumprimentou ele.

Artie se voltou para Emory. Ele usava uma máscara de Anima e a estudou com olhos azuis tão claros que pareciam quase brancos.

— E quem é essa bela dama? — perguntou Artie, num tom que fez Emory sentir um calafrio.

Keiran tocou no braço dela e os apresentou:

— Emory Ainsleif, este é Artem Orlov. Ele já estava aqui fazia alguns anos quando fui iniciado.

— Ensinei tudo o que ele sabe — disse Artem, com uma piscadela. — Você deve conhecer minha irmã mais nova, Lizaveta.

Claro. A semelhança era impressionante, mesmo com a máscara. Especialmente os olhos.

— Conheço, sim. Com certeza — respondeu Emory. *E ela me odeia sem motivo algum.*

Artem continuou com um sorriso estampado no rosto ao reparar na máscara de Bruma e no símbolo da Casa Lua Nova na mão dela.

— Emory Ainsleif, a garota que derrotou Dovermere, pelo que ouvi dizer. — Artem estendeu a mão. — É um prazer.

Quando Emory apertou a mão dele, o homem virou o braço dela para analisar a marca em espiral em seu punho. Então se voltou para Keiran, estreitando os olhos.

— Você pretende apresentá-la ao Conselho das Marés — concluiu Artem.

Keiran virou seu copo, sorvendo as últimas gotas de uísque, então explicou:

— Ela quer tentar entrar na Ordem.

Artem soltou a mão de Emory.

— Bem, parece que teremos um iniciado este ano, afinal — comentou o homem, mas não parecia gostar da ideia. — Acho que todos os membros do Conselho já chegaram. Vou avisar que você está aqui.

Ele apertou o ombro de Keiran novamente e acenou a cabeça para Emory com um toque de desdém. Ela só relaxou depois que Artem foi embora.

— *Ele* faz parte do Conselho das Marés que eu preciso impressionar? — perguntou a garota.

— Não — respondeu Keiran. — O Conselho é formado pelos quatro Selênicos mais velhos, um de cada casa lunar. O título só pode ser concedido àqueles que foram líderes de seus grupos quando estudaram em Aldryn. Artem estará no Conselho um dia, mas ainda não.

— Quem é o líder atual?

Keiran sorriu, e Emory arqueou uma sobrancelha.

— Você?

— Por que a surpresa?

— Por nada, eu só... não sabia.

Tudo se encaixava. Por isso Romie tinha entrado nos sonhos dele, e não nos de Nisha, de quem ela já era próxima e a quem tinha mais acesso. Por isso Keiran estava na Baía de Dovermere, esperando que os iniciados, os iniciados *dele*, saíssem das cavernas. Emory finalmente notou a maneira como as pessoas olhavam para ele, como se Keiran fosse tão querido quanto a própria Aestas, e se lembrou da noite em que ele a encontrara na praia e a tranquilizara como uma luz na escuridão. Talvez a garota entendesse o que viam nele.

Naquele instante, Virgil se aproximou, segurando uma bolsinha de veludo azul com o símbolo da Casa Lua Crescente bordado.

— Quem quer um presente?

Nisha vinha logo atrás, de braços cruzados, nariz empinado e encarando Virgil com um leve ar de desdém. Ele tirou da bolsa um floco prateado minúsculo e o colocou na língua. O floco se dissolveu imediatamente. Então Virgil ergueu o rosto para o teto destruído e entoou em uma voz teatral:

— Jovem Anima, conceda-me os poderes de suas marés!

Emory sentiu as mãos começarem a suar e perguntou:

— O que é isso?

Todos começaram a dar risada.

— *O que é isso.* Como é bom ser inocente... — retrucou Virgil.

Emory sentiu as bochechas arderem e sentiu vontade de desaparecer.

— É só uma coisinha para aproveitar mais a festa — disse Nisha.

— Uma coisinha cara e *ilícita* — acrescentou Virgil. — Então é melhor ficar de bico fechado, Curandeira.

Ela se lembrou do que Penelope dissera sobre festas exclusivas e magias proibidas.

— Para o que serve?

— É uma forma de experimentar outros alinhamentos, graças a uma brecha nas normas da magia — explicou Nisha. Ela apontou com o queixo para um grupo de Selênicos que degustavam o floco com tanta exaltação que pareciam estar tendo uma experiência religiosa. — Esse tem uma magia avivadora para aguçar os sentidos.

Emory franziu a testa, prestando atenção nas pessoas ao redor. A maioria tinha o mesmo ar de deslumbre, como se estivessem vendo o mundo em cores pela primeira vez. Aquela substância com certeza violava as regras da magia, mas seu efeito estava muito aquém do que ela conseguia fazer e do que vira Keiran fazer. Curar um pássaro, fazer rosas florescerem... esse tipo de magia era consciente, deliberada. *Aquilo* parecia ser só uma "coisinha" para se divertir em uma festa, exatamente como Nisha descrevera. Uma espécie de degustação para aqueles que não conseguiam acessar a magia verdadeira.

Keiran olhava fixamente para Emory. Mesmo com suas feições escondidas sob a máscara, seus olhos deixavam bem claro que aquela não era a mesma coisa que ela o vira fazer. E, se Virgil estava recorrendo a um atalho como aquele, talvez a magia semeadora que Emory notara na estufa tivesse sido um feito apenas de Keiran, sem ajuda de mais ninguém.

Será que só eles dois conseguiam acessar outras magias livremente?

Emory olhou para a bolsinha que continuava na mão de Virgil e perguntou:

— Tomando isso conseguimos acessar magia avivadora?

— Na verdade, você não acessa a magia de fato — respondeu Nisha. — É mais uma impressão da magia. Uma simulação sem poder de verdade.

— E o gostinho é glorioso, ainda que passageiro — disse Virgil, em tom de fascínio. — Não se parece em nada com a...

— O Conselho das Marés está reunido — interrompeu Lizaveta, aparecendo ao lado deles. Ela se dirigiu a Emory e Keiran com um olhar seco. — Estão esperando por vocês.

Hora de mostrar a que vim, pensou Emory. Keiran acenou com a cabeça e a conduziu pelo farol com a mão pairando próximo a suas costas. A garota se sentiu estranhamente protegida com o gesto.

Em frente a um grande arco, com o céu noturno servindo de pano de fundo, havia quadro cadeiras de espaldar alto, semelhante a tronos. Ali, quatro pessoas estavam sentadas majestosamente, cada uma usando uma coroa com as flores lunares de sua respectiva casa. Todas observavam Emory. Cortinas ondulantes emolduravam a cena e heras cobriam o chão, o que conferia ao grupo um aspecto de divindades antigas.

A primeira pessoa era um homem alto e magro, vestindo um terno esmeralda, com uma máscara de Bruma e uma coroa de narcisos pretos. A segunda pessoa era a tia-avó de Keiran, Leonie, com um arranjo de malvas-rosa azuis nos cabelos brancos. A terceira era um homem sorridente com a máscara de Aestas e uma coroa de orquídeas brancas, que contrastavam com seus cachos escuros. A quarta era Vivianne, a Memorista que Keiran mostrara para Emory, com um arranjo de papoulas roxas e pretas na cabeça. Ela era mais alta que os outros.

Keiran acompanhou Emory e a posicionou diante do Conselho. Como se sentissem que algo importante estava prestes a acontecer, os outros membros da Ordem se aproximaram, curiosos, formando um semicírculo ao redor deles. Os murmúrios eram inquietantes, e Emory agradeceu por estar de máscara quando viu cerca de trinta rostos de porcelana a encarando.

De repente, todos ficaram em silêncio.

— Aconteça o que acontecer, estou aqui — sussurrou Keiran.

Aquelas palavras foram mais reconfortantes do que Emory gostaria de admitir. Mesmo assim, era o momento mais intimidador de sua vida. Chegara a hora: seu destino seria decidido pelas próprias Marés ou, pelo menos, por suas imagens. Ela se sentia como uma onda que avançava em direção à praia, sem saber se iria quebrar contra uma parede de rocha ou se desfazer delicadamente sobre a areia macia.

Keiran cruzou as mãos às costas e entoou:

— Ilustre Conselho das Marés, apresento-lhes Emory Ainsleif, Curandeira da Casa Lua Nova.

Havia um tom de importância na voz de Keiran e uma expectativa no ambiente, como se até as paredes do farol estivessem esperando, afoitas, para ouvir o que seria dito a seguir.

— Há quatro ciclos lunares, ela enfrentou as profundezas de Dovermere com nossos iniciados e sobreviveu — continuou ele, dirigindo-se a todos os presentes. — O mar arrebatou oito de nossos alunos mais brilhantes naquela noite, oito dos candidatos mais excepcionais que as Marés tinham a oferecer, mas a poupou. Por acaso, uma nona alma estava presente, e o destino escolheu devolvê-la a nós, marcada com o símbolo de nossa Ordem. Marcada, portanto, como uma de nós.

Ele se virou para Emory e gentilmente levantou o braço dela para que o Conselho pudesse ver a marca em espiral.

— Agora, ela se apresenta perante vocês para solicitar que a aceitemos em nossa sociedade — concluiu Keiran.

Um silêncio opressor se seguiu, mais ensurdecedor do que as ondas lá fora. Emory achou que sussurros irromperiam com a revelação, mas a tensão e a hostilidade no ar eram palpáveis. Ela sabia que aquilo nunca tinha acontecido antes e que ia contra as preciosas regras da Ordem.

O homem com o rosto de Bruma falou primeiro:

— Está me dizendo que ela não foi selecionada para a iniciação, mas passou por nossos ritos mesmo assim?

— Correto — respondeu Keiran.

— Então ela é uma intrusa — acusou o homem com o rosto de Aestas. — Por que estava em Dovermere? Queria se infiltrar em nossa Ordem?

Emory permaneceu imóvel, sem saber o que fazer. Se fosse Romie em seu lugar, teria xingado todos eles e provado que merecia estar ali com uma demonstração impressionante da própria magia. Naquele momento, mais do que nunca, era importante agir como Romie.

Respirando fundo, Emory tirou a máscara e declarou, projetando a voz:

— Eu não sabia nada sobre a Ordem na época, senhor. Fui atrás de uma amiga com quem eu estava preocupada e acabei indo parar no lugar errado, na hora errada.

— E agora? — questionou Vivianne, a Memorista. — Você sabe sobre a Ordem, caso contrário não estaria aqui. — Ela se voltou para Keiran com um olhar desconfiado. — Ou talvez alguém tenha contado sobre a Ordem para você.

— Ela descobriu quase tudo por conta própria. Encontrou um convite para a iniciação nas coisas da colega de quarto — explicou Keiran, calmamente. — Romie Brysden, uma das iniciadas no ano passado. Foi só quando Emory me confrontou com essas informações que eu a convidei para se apresentar ao Conselho.

Emory ficou grata pela rápida intervenção. O Conselho das Marés se voltou para ela outra vez, e a garota aproveitou a chance.

— Eu passei pelo ritual, assim como os outros. Sobrevivi à maré que inundou a Garganta da Besta e escapei de Dovermere. Infelizmente, fui a única a escapar. Eu tenho a marca de vocês. Por que não o título também? — Ela sentiu um nó na garganta, pensando no rosto de Romie. — Por favor, me deixem fazer parte da Ordem para honrar aqueles que perdemos.

— Admiro sua coragem, senhorita Ainsleif — disse Leonie, com um sorriso gentil. — Mas, infelizmente, sobreviver a Dovermere não basta. Há tradições a serem seguidas, testes preliminares, etapas que os iniciados do ano passado completaram antes de serem considerados dignos de se tornarem Selênicos.

— Então permitam que eu passe pelos mesmos testes — implorou Emory. — Quero uma oportunidade de provar que mereço estar aqui.

— Não sei como dizer isso de forma gentil, garota — começou o homem com o rosto de Bruma, sua voz rouca —, mas a Ordem Selênica só aceita estudantes da mais alta qualidade, apenas os melhores e mais brilhantes. Se bem me lembro, seu nome nunca esteve em nossa lista de candidatos em potencial.

Emory ficou furiosa.

— Com todo o respeito, senhor, eu sobrevivi ao que oito de seus iniciados mais brilhantes não conseguiram sobreviver. Eu não sou de uma família nobre e não tenho as melhores notas, mas isso com certeza significa alguma coisa.

— Significa que você teve sorte — interveio Vivianne, olhando para os companheiros. Ela parecia entediada e um pouco irritada. — Proponho que apaguemos nossa existência da memória dela e encerremos este assunto.

O coração de Emory acelerou. Ela se recusava a deixar que apagassem suas memórias. Em um impulso de coragem, ela deu um passo à frente e estendeu o braço.

— Seus iniciados morreram por esta marca, por uma chance de usar todas as magias lunares livremente. Quando a marca me escolheu, ela *me* deu essa chance. Ela me transformou em algo mais do que uma Curandeira e me permitiu usar magias fora do meu próprio alinhamento de maré.

Ela mentalizou a magia semeadora primeiro, exatamente como fizera mais cedo. Tentou não pensar no fato de que, mesmo sob a orientação cuidadosa de Baz, ela só havia conseguido usar a magia por alguns segundos e o filodendro que tentara reviver continuava tão morto quanto antes.

Em vez disso, Emory pensou em Romie. Uma lembrança veio à tona. Era o aniversário de dezesseis anos de Emory, e a única vez que ganhara uma planta da amiga: uma trepadeira cujas folhas pareciam pequenos corações.

"É uma ceropegia", anunciara Romie, orgulhosa. "Eu mesma cultivei a partir de algumas mudas que encontrei por aí. Não é linda?"

A planta não havia durado uma semana. Romie morrera de rir e pegara no pé de Emory por não saber cuidar de plantas.

"Minha magia é de cura, Ro. Não semeadora!", retrucara a garota.

Romie assumira um ar sonhador ao perguntar:

"Você não gostaria de poder ser tudo ao mesmo tempo?"

Emory tinha o que a amiga desejara: acesso a todas as magias. Romie teria conseguido dominá-las com facilidade, mas Romie estava morta.

Ela se fora, e Emory continuava ali, e a única coisa que poderia fazer para honrar a amiga era entrar na sociedade e buscar justiça.

A garota cerrou os dentes, implorando à lua crescente que viesse a seu encontro, que compartilhasse seus segredos até que fossem tão acessíveis para ela quanto a magia de cura com a qual nascera.

E assim foi.

Ao seu comando, a hera aos pés do Conselho das Marés ganhou vida, farfalhando graças a uma brisa imaginária. Uma trepadeira avançou até Emory, subindo por seu vestido e se enrolando em seu braço. Ela ouviu o burburinho de admiração dos presentes, mas não se deixou distrair. Queria mais. A luz e a escuridão responderam ao seu chamado, como na noite das fogueiras, mas dessa vez ela tinha controle. Todas as velas tremularam dramaticamente e então se apagaram, mergulhando o farol na escuridão, a não ser pelas luzes perpétuas penduradas nas paredes. Emory as chamou em sua direção, e as luzes obedeceram, movendo-se lentamente como estrelas flutuantes, até irem parar em sua mão estendida, onde se aglomeraram em um único ponto brilhante.

Ela sorriu, orgulhosa. Estava exercendo uma magia inacreditável. Não era a ilusão de magia oferecida por Virgil, mas magia real, na ponta de seus dedos, obedecendo a ela.

Emory apagou as luzes em sua palma e permitiu que a trepadeira caísse a seus pés. Algumas luzes perpétuas permaneciam intactas nas paredes, e eram a única iluminação que restava.

Na semiescuridão, Emory ergueu o queixo e se dirigiu ao conselho:

— Estão vendo? Eu também tenho a marca e a magia de invocação de marés. Assim como Keiran, que consegue curar pássaros e fazer rosas florescerem. Não é o suficiente para eu merecer entrar na Ordem?

Algo estalou no ar, uma tensão que ela não conseguia compreender. Comentários carregados de desprezo permearam o espaço. *Ladra de Marés. Nascida no eclipse.*

Seu coração despencou.

Ela tinha cometido um erro terrível.

Emory se aproximou de Keiran, procurando respostas em seu semblante. A metade do rosto sob a máscara não revelava nada, mas os olhos... Os olhos de Keiran brilhavam com triunfo.

— Eu não sou um Invocador de Marés, Ainsleif — disse ele em voz baixa.

Aquelas palavras ricochetearam em sua mente, completamente incompreensíveis.

— Mas eu *vi* você...

— Você me viu usar magia sintética. Uma versão mais potente do que estamos consumindo hoje.

Então Emory tinha sido enganada. Keiran a fizera acreditar que eles eram iguais, que a marca em espiral dera a ambos poderes impossíveis. Ela fora ingênua o suficiente para cair na armadilha. Emory deveria ter ido mais fundo, pressionado Keiran para saber toda a verdade em vez de aceitar as explicações incompletas que ele ofereceu. Não havia escapatória. Ela havia confiado em Keiran e se exposto, declarado que era uma Invocadora de Marés diante de todas aquelas pessoas.

Ladra de Marés, sibilou alguém.

Falsa Curandeira.

Escória do eclipse.

Emory lançou um olhar furtivo para as escadas. Se conseguisse fugir...

— Cadê o Artem? — indagou uma voz feminina. — Ele é Regulador. Vai saber lidar com ela!

Outros Selênicos concordaram. Emory sentiu o sangue gelar. Sua respiração se tornou irregular e superficial. Ela recuou um passo, piscando depressa à medida que manchas pretas tomavam conta de sua visão periférica. Ela precisava sair dali, tinha que...

Os dedos de Keiran envolveram seu pulso.

— Espere. Confie em mim.

Artem abriu espaço entre a multidão, tirando a máscara de porcelana. Seu ar de autoridade deixava evidente que ali estava um *Regulador*, pronto para levá-la ao Instituto, onde ela seria marcada com o Selo Profano.

Emory se desvencilhou da mão de Keiran e disparou em direção às escadas. Ela não cometeria o erro de confiar nele outra vez.

— *Não se mexa* — ordenou Artem.

O comando dele foi tão convincente que Emory se deteve imediatamente. Ela se virou para ele, devagar. Naquele momento, ficou claro que ele fazia uso de magia encantadora, o poder de manipulação concedido pela lua crescente.

Ela não conseguiria lhe desobedecer.

— Artie, não vamos nos precipitar — interveio Keiran com firmeza.

— Regras são regras, Keiran — cuspiu Artem. — E mentir sobre o próprio alinhamento é um dos crimes mais graves que existem.

— Eu não menti — insistiu Emory, mas sua voz saiu frágil.

— Se ela entrar em Colapso, imagine o caos que isso causaria... — alertou Artem.

Emory repetiu, com mais força:

— Eu não menti.

Artem lançou um olhar fulminante para Emory, que ela retribuiu.

— Eu nasci com a magia de cura. Todos os meus documentos comprovam isso. Os outros poderes só começaram a se manifestar depois de Dovermere — explicou a garota, suplicante, olhando para o Conselho das Marés, depois para Keiran. — Vocês precisam acreditar em mim.

Artem deu um passo em direção a ela e comandou:

— *Diga a verdade.*

As palavras dele estavam carregadas de magia, submetendo as ações da garota à sua vontade. Emory era incapaz de mentir, mesmo que quisesse.

— Estou dizendo a verdade. Eu juro.

Artem se exaltou ainda mais e declarou:

— Não me importa quando seus poderes se manifestaram, Ladra de Marés. Você vai para o Instituto.

Ele avançou com um ódio febril, e Emory recuou, assustada. Keiran entrou na frente dela, estendendo a mão para Artem.

— Espere — pediu o garoto.

— Ela nasceu no eclipse, Keiran, e aposto que não recebeu treinamento algum.

— Eu sei.

— Se ela entrar em Colapso... — Artem xingou, as veias de seu pescoço saltando. — Não vou passar por isso de novo. Não posso.

Keiran segurou Artem pela nuca, tentando acalmá-lo, e disse:

— Eu sei. Mas estamos em segurança, Artie. Todos estão seguros. Só me ouça por um segundo. É tudo que peço.

Artem recuou com um grunhido frustrado. Keiran se virou para Emory e tirou a máscara.

— Você está bem? — perguntou o garoto, visivelmente preocupado.

Ela não sabia o que responder. Estava aterrorizada, e continuava imóvel no local onde Artem ordenara que ela parasse.

Keiran olhou em volta, atraindo a atenção dos Selênicos.

— Estamos em território desconhecido — declarou ele, projetando a voz. — O que decidirmos agora pode mudar o destino da nossa Ordem para sempre.

Ele se aproximou do Conselho das Marés e girou para se certificar de que todos estavam prestando atenção no que dizia.

— A Ordem Selênica acredita, faz muito tempo, que a magia não deve ser dividida em casas lunares ou fragmentada em alinhamentos de maré. Acreditamos que a magia deve ser conquistada, e não concedida no nascimento. Por isso, passamos séculos buscando alternativas sintéticas para obter um vislumbre do poder que as Marés concediam antigamente. Meus pais, que eram admirados por todos vocês, acreditavam na possibilidade de transcender essas limitações. Na possibilidade de conjurar todos os poderes da lua.

Keiran olhou para a tia-avó.

— Meu compromisso sempre foi proteger o legado dos meus pais e garantir que eles se orgulhassem de mim das Profundezas, onde suas almas repousam. Minha intenção esta noite era revelar a todos vocês que finalmente consegui algo com que eles sonhavam: descobri um meio de *usar* outras magias lunares, de fazer mais do que apenas vislumbrá-las.

Keiran acenou com a cabeça, e seis pessoas abriram caminho entre a multidão: Lizaveta, Virgil, Nisha, Ife e Louis, acompanhadas por um garoto de cabelos compridos com uma máscara de Aestas que só podia ser Javier. Cada um segurava uma flor murcha, e Keiran tirou uma igual do bolso do paletó. Os sete ergueram as flores mortas ao mesmo tempo e, assim como Emory fizera na estufa com Baz, as trouxeram de volta à vida. De repente, todos estavam segurando as flores exuberantes de suas respectivas casas lunares.

Murmúrios de admiração soaram pelo farol.

— Como? — indagou Leonie, se inclinando para mais perto.

Keiran tirou um pequeno frasco prateado do bolso e respondeu:

— É a mesma substância que sempre usamos, um pouco de prata, água salgada e sangue, só que mais potente. — Ele se voltou para Artem, que estava ao lado da irmã, ainda irritado. — Com a ajuda de Artem, desenvolvemos um novo sintético que é aplicado diretamente sobre a pele, bem em cima da Marca Selênica. Isso nos permite usar a magia da pessoa que forneceu o sangue, qualquer que seja. Esta noite, usamos o sangue de Nisha para acessar a magia semeadora. E os resultados, como acabaram de ver, são impressionantes, diferente de tudo já visto antes.

Ele se virou para Emory e explicou:

— Foi assim que usei as magias que você viu. Foi assim que curei o pássaro, que fiz as rosas florescerem. Não passou de uma fabricação, feita com prata, água e sangue. Este é o legado da Ordem Selênica: um sintético que permite acessar todas as magias. É um acesso falso, apenas uma sombra do que você é capaz de fazer enquanto Invocadora de Marés, mas é o mais próximo a que conseguimos chegar. Você, por outro lado... consegue usar livremente toda e qualquer magia. Isso desafia tudo que conhecemos — disse ele, fascinado.

Então Keiran se dirigiu ao conselho outra vez:

— As Marés guiaram Emory até nós com um propósito claro. Ela ostenta nossa marca, concluiu nosso ritual de iniciação e resistiu ao que os oito de nossos candidatos não resistiram. Considerando o avanço dos sintéticos que compartilhamos com vocês esta noite e os poderes de Emory, pensem em tudo que conseguiríamos realizar.

— Nem pensar! — vociferou Artem. — Você perdeu a cabeça? Eu não vou aceitar uma coisa dessas. Ela é *nascida no eclipse*, Keiran. Nunca permitimos que eles se misturassem a nós, por um motivo.

Atrás dele, Lizaveta e mais alguns Selênicos também pareciam enfurecidos.

Keiran estendeu a mão outra vez, tentando apaziguá-lo.

— Você sabe melhor do que ninguém o quanto me oponho à magia do eclipse não monitorada, mas o potencial diante de nós é inegável — argumentou o garoto. — A Ordem sempre se orgulhou de possuir talentos excepcionais. Temos aqui uma Invocadora de Marés, uma magia com a qual apenas sonhávamos. Uma raridade como nenhuma outra.

Emory entendeu que todos ali queriam um poder como o dela. Não a versão fabricada que colocavam na língua ou aplicavam na pele, mas a magia que fluía livremente em suas veias. Ela se perguntou como eles planejavam obtê-la e sentiu as pernas bambearem.

— Vamos com calma, vocês estão assustando a menina — interveio Virgil ao ver que Emory recuara um passo. Girando a papoula exuberante em sua mão, ele acrescentou: — Alguém pode avisar para ela que não queremos sacrificá-la para as Marés nem roubar seu sangue para ter acesso a seu poder?

Keiran revirou os olhos para o amigo, como quem diz "Não seja ridículo".

— Acredito que ela foi criada para ser uma de nós, para compartilhar conosco os segredos de sua magia — prosseguiu Keiran, se voltando para Emory. — Se ela assim quiser.

Emory entendeu a ameaça contida naquelas palavras. Se ela concordasse, sua magia seria mantida em segredo. Caso contrário... Artem a encarava, ávido para levá-la diretamente ao Instituto.

O Conselho das Marés considerou a ideia e trocou algumas palavras em voz baixa. Por fim, Vivianne se manifestou:

— Se alguém de fora da Ordem descobrir o que ela é, não poderemos protegê-la sem arruinar nossa reputação. Como líder do grupo atual, você concorda em assumir total responsabilidade pela senhorita Ainsleif e arcar com as consequências dessa decisão?

— Sim, concordo — aceitou Keiran, sem pestanejar.

Ele com certeza tem um motivo escuso para querer que eu me junte à Ordem, pensou Emory, *se está disposto a se arriscar dessa forma.*

— Então está decidido — declarou Leonie. — Keiran deve garantir que ela faça o juramento esta noite, como qualquer outro candidato, e também ficará responsável pela integração dela à Ordem. Você está de acordo, senhorita Ainsleif?

Era exatamente o que Emory queria, mas a garota foi tomada pela sensação de que estava se metendo em uma cilada. Ela tinha acabado de se dar conta de que tudo que achava que sabia sobre invocação de marés era mentira. Se não tinha nada a ver com a marca em espiral, então por que a magia do eclipse passara a correr em suas veias?

Nascida no eclipse, *transformada* no eclipse.

Qualquer que fosse o título, ela era única.

Keiran assentiu para Emory de maneira quase imperceptível, como se quisesse indicar que tudo ficaria bem.

Aconteça o que acontecer, estou aqui.

Emory não confiava mais nele depois de ter sido obrigada a revelar sua magia de forma tão caótica, mas não podia recusar a Ordem. Ela estava muito perto de entrar. Além disso, as únicas alternativas eram ter sua memória apagada ou ser levada para o Instituto.

Ela era capaz de fazer aquilo, era capaz de ser corajosa como Romie. Quando estivesse dentro da Ordem, finalmente poderia descobrir a verdade sobre os afogamentos e garantir que mais ninguém tivesse aquele fim.

Talvez até conseguisse respostas sobre a própria magia.

Emory ergueu o queixo e declarou:

— Sim. Estou de acordo.

BAZ

*E*u só posso ter perdido a cabeça.

Era tudo que Baz conseguia pensar na garupa da moto, o vento mordiscando seu rosto e fazendo seus olhos lacrimejarem. Enquanto se afastavam de Cadence a toda velocidade, Baz se agarrava a Vera com todas as forças e sentia o coração prestes a sair pela boca. A cada curva fechada ou descida um pouco mais íngreme, a sensação de morte iminente se intensificava. Ele, que passara a vida protegido em sua bolha e nunca fizera nada tão inconsequente, começou a se perguntar se aquela era a sensação de estar vivo de verdade, afinal.

Ainda não tinha decidido se era a melhor ou a pior coisa que já sentira.

Quando finalmente chegaram, suas pernas estavam trêmulas. A moto foi deixada na estrada para não levantar suspeitas, e os dois seguiram até o Instituto, uma construção escura de madeira e pedra. O lugar destoava dos chalés pitorescos com telhado de palha e das propriedades vastas nos arredores de Cadence. O brasão prateado dos Reguladores resplandecia logo acima de uma porta imponente, e Baz sentiu vontade de vomitar ao vê-lo.

Ele olhou para Vera e se repreendeu mentalmente por aquele arroubo de espontaneidade. Depositara sua confiança em alguém que mal conhecia e estava prestes a invadir o último lugar no mundo em que gostaria de estar.

Vera riu da expressão de Baz enquanto tentava abrir uma porta lateral com um grampo de cabelo.

— Quando você disse que era "um gênio da engenharia" na verdade quis dizer que *sabe arrombar fechaduras?* — sussurrou Baz.

— Saber arrombar fechaduras é só um bônus — respondeu Vera, lançando um sorriso sabichão para ele quando a porta se abriu. — Para isso *aqui* é que você vai precisar de um gênio da engenharia.

Lá dentro havia uma sala de máquinas, repleta de cabos e maquinários que emitiam um zumbido contínuo, um amontoado de botões e luzes. Baz se lembrou da gráfica do pai, embora estivesse diante de equipamentos muito mais modernos. Vera não perdeu tempo e começou a apertar botões e puxar alavancas aqui e ali.

Por fim, ela apontou com o queixo para a porta no fundo da sala e anunciou:

— Acho que deu certo. Vamos.

Baz não gostou de ouvir a palavra "acho", mas a seguiu mesmo assim.

Vera aparentemente desativara todo o sistema de segurança interno, mágico ou não, do prédio. Os dois passaram depressa pelos corredores vazios sem o menor contratempo.

Baz tinha esquecido como o Instituto era branco e asséptico.

Ele teria se perdido se estivesse sozinho, mas, com a ajuda de Vera, em pouco tempo se viu diante de uma porta com a indicação KAI SALONGA e uma pequena janela, pela qual passava uma luz fraca. A garota se pôs a destrancar a fechadura com o grampo de cabelo. Enquanto isso, Baz espiou lá dentro e enxergou a silhueta de Kai, deitado em uma cama estreita com o braço atrás da cabeça, girando o que parecia ser uma peça de xadrez entre os dedos.

O garoto ficou nervoso. Aquele era o ato mais imprudente de sua vida, mas já tinha chegado até ali, e estava a um passo da única pessoa que talvez soubesse todas as respostas. Ele olhou para sua comparsa, hesitante.

— Vai lá — disse Vera, com firmeza. — Eu fico de olho na porta.

Baz assentiu, agradecido, e entrou no quarto.

Foi recepcionado por olhos escuros e raivosos, que se suavizaram assim que o reconheceram. Kai se sentou devagar, cerrando o punho em torno da peça de xadrez — um peão branco — e observando o outro garoto como se tentasse entender se ele era real.

Baz também tentava assimilar o que via. Quase não reconheceu seu amigo naquele ambiente medonho, tão diferente dos aposentos aconchegantes da Casa Eclipse. Kai vestia uma regata branca que deixava à mostra as tatuagens geométricas em sua clavícula. Aparentemente, tinha recebido permissão para usar suas correntes de ouro, o que devia ser um pequeno alívio, já que nunca as tirava.

Baz coçou a nuca. Sua mente acelerada tentava encontrar algo para dizer, mas nenhuma palavra veio.

— Até que enfim você deu as caras, seu idiota — cumprimentou Kai, com um sorriso mordaz.

Sua voz era sombria como a noite. Como um bosque escuro de madrugada, o uivo estrondoso de uma fera. Tinha a quietude dos sonhos e a força dos pesadelos, era adorável e assustadora ao mesmo tempo.

Baz sentira muita saudade dele.

— Você sabe como os Reguladores implicam com visitantes da Casa Eclipse — argumentou Baz, de maneira pouco convincente.

Kai não se deixou enganar.

— Outro dia, quando recebi uma visita, estava torcendo para que fosse você. Mas eram meus pais, que vieram do outro lado do mundo, por sinal. Até Jae teve a decência de passar por aqui. — Sua voz tinha um tom de provocação, mas seus olhos eram impassíveis. — Já que você odeia tanto este lugar, me surpreende que esteja aqui agora.

Kai sabia melhor do que ninguém que Baz se recusava a visitar o próprio pai, tamanho era seu medo do Colapso. Aquele era o fardo de um Tecelão de Pesadelos: conhecer a fundo os medos e fobias de todos ao redor.

Mas isso ficara no passado.

Baz olhou para a mão esquerda de Kai. Havia uma cicatriz em forma de P cobrindo sua tatuagem da Casa Eclipse: o Selo Profano, que o impedia de acessar a magia em suas veias. O P carregava muitos significados — profano, proibido, perigoso —, mas, no fim das contas, queria dizer que ele era indigno de magia. Porém, o Selo também impedia que Kai se tornasse uma versão corrompida de si mesmo, algo distorcido, como acreditavam que a Sombra tinha sido.

Mesmo assim, Baz conseguia sentir resquícios do poder de Kai, uma fera prateada adormecida em suas veias.

— Você parece estar...

— Na merda? — completou Kai, com um riso irônico.

Baz não respondeu. A aparência dele de fato não estava boa: Kai tinha olheiras profundas, pele emaciada e seus cabelos antes tão exuberantes caíam, oleosos, sobre os ombros. Um homem atormentado em um lugar aterrorizante.

Era insuportável vê-lo assim, naquela prisão esquecida pelas Marés. Baz percebeu que toda a saudade que sentira nos últimos meses nem se comparava à dor de vê-lo encarcerado no Instituto. Ele desejou com todas as forças ter de volta as noites no Hall Obscura, Kai esparramado no sofá e ele na poltrona ao lado, sentindo a brisa do mar entrando pela janela. Ele percebeu o quanto sentia falta do silêncio agradável enquanto esperavam o café ficar pronto pela manhã, ou das longas conversas sobre o livro que ambos adoravam. Da camaradagem por serem os únicos alunos da Casa Eclipse. Baz sentia falta até das sessões de prática de magia, mesmo quando Kai transformava seus pesadelos em realidade de maneiras horripilantes.

O lugar de Kai não era ali, e sim no Hall Obscura junto com Baz.

De repente, o garoto foi invadido por uma raiva imensa.

— Por favor, diga que não fez aquilo de propósito — implorou Baz. — Diga que não entrou em Colapso só para ver o que aconteceria.

O semblante de Kai se tornou sombrio.

— Eu fiz o que tinha que fazer.

Um silêncio pairou entre os dois.

— Você me falou que não era idiota a ponto de fazer isso — lembrou Baz, sua respiração trêmula. — O que achou que conseguiria entrando em Colapso? — Estava tão nervoso que não pensou antes de falar: — Tem ideia de como foi voltar do funeral da minha irmã e descobrir que você tinha *desaparecido*?

Ele sabia que devia soar patético, mas havia tanto ressentimento guardado em seu peito que pouco se importou. Baz precisava da presença constante de Kai, a única pessoa capaz de impedi-lo de se afogar em um oceano de tristeza depois da morte de Romie. Ele queria que as pessoas ao seu redor *parassem de ir embora*. Seu pai entrara em Colapso, sua mãe se tornara emocionalmente distante, sua irmã se afogara, Jae nunca ficava no mesmo lugar por muito tempo e Kai decidira correr um risco estúpido sem considerar como isso afetaria Baz.

O garoto não conseguia dar nome à dor aguda e ao sentimento de abandono que sentira ao retornar para Aldryn e se deparar com os aposentos da Casa Eclipse vazios. Com o pai, tinha sido diferente: Baz testemunhara seu Colapso, vivera o momento junto com ele, então não ficou surpreso quando levaram Theodore para o Instituto. Parecia a conclusão lógica para os eventos que vira com os próprios olhos. Com Kai, ele tinha sido pego desprevenido. Foi como descer uma escada e tomar um susto ao pisar no chão, quando se esperava mais um degrau.

— Eu me sinto culpado o tempo todo porque *sabia* que você estava obcecado com essa ideia, mas não levei a sério — admitiu Baz, vomitando as palavras. — E aí você... esperou que eu viajasse para não te atrapalhar? Por que apareceu no meu pesadelo uma noite antes? Para se despedir? E *mesmo assim* eu não percebi que você ia fazer isso.

— Eu sabia que você tentaria me impedir se estivesse lá — explicou Kai. — Achei que seria mais fácil desse jeito.

Baz riu, irônico.

— Isso não é desculpa. Você foi tão egoísta ao...

— Você tem coragem de me chamar de egoísta? *Você?* O cara que não visita o próprio pai há quase uma década porque a ideia o deixa desconfortável? — debochou Kai, soltando uma gargalhada. — Eu sabia que você não ia entender. Olha só pra mim, Brysden. Poucos meses aqui e já estou definhando. O que você acha que acontece com quem está no Instituto há anos? Essas pessoas existem em corpo, mas não estão *aqui* de verdade.

Baz sentiu um calafrio ao pensar no pai, trancado em um quarto como aquele na ala correcional, sumindo aos poucos até se tornar vazio e oco.

— Você não tem ideia do que estou passando — disse Kai. — Então não ouse me chamar de egoísta quando sou o único tentando descobrir o que estão fazendo com a gente. Tem algo de muito errado acontecendo aqui, Brysden, e parece que só eu e Jae estamos levando isso a sério. Elu acredita em mim. Por que você não acredita?

Baz foi pego de surpresa.

— Como assim, "o que estão fazendo com a gente"?

Ainda exaltado, Kai se recostou na parede e esfregou o rosto.

— Estão realizando experimentos naqueles que entraram em Colapso — explicou, segurando o pingente de eclipse que trazia no pescoço. — Ainda não fizeram nada comigo, que eu saiba, mas às vezes ouço gritos à noite, e a energia oscila como se o mundo estivesse acabando. Não sei o que é, mas todo mundo vive apavorado. Ninguém me diz nada, mas o *medo* está estampado na cara deles. E os Reguladores não estão nem aí para nós.

Kai encarou a peça de xadrez na mesa de cabeceira e concluiu:

— Nós somos peões no jogo doentio deles.

De repente, Kai derrubou a peça, que saiu rolando pelo chão. Então se voltou para Baz.

— O que você veio fazer aqui afinal, Brysden? E *como diabos* conseguiu entrar?

— Uma pessoa me ajudou a desativar as proteções e a arrombar a fechadura da sua porta.

Houve uma pausa. Então Kai gargalhou, incrédulo.

— Deixo você sozinho por alguns meses e você se rebela? Onde estava escondendo toda essa ousadia?

— Eu estive no Atlas Secreto — revelou Baz, e Kai ficou sério na mesma hora. — Perguntei sobre o epílogo. Elas me contaram sobre Adriana e disseram que ela talvez soubesse onde encontrá-lo. Também me contaram que você e Romie já tinham ido até lá e feito as mesmas perguntas.

Sonhadora.

Sai da frente, Tecelão de Pesadelos.

— Vocês dois estavam tentando encontrar o epílogo, não estavam?

— Pensei que você não se importasse com o epílogo — comentou Kai, encarando-o com curiosidade.

— Eu me importo porque Romie se importava. — Baz tirou o bilhete do bolso e o entregou ao garoto. — Essa busca maluca pelo epílogo acabou levando minha irmã para Dovermere. Para a *morte*.

Kai encarou o bilhete em silêncio por um longo momento.

— Eu não sabia que ela estava indo para as cavernas, Brysden.

A angústia no rosto dele convenceu Baz de que suas palavras eram verdadeiras.

— Então o que aconteceu?

— Depois que visitei o Atlas Secreto, me encontrei com sua irmã na esfera dos sonhos e perguntei se ela tinha conseguido achar Adriana ou o epílogo. — Kai bufou. — Ela me mandou à merda e me disse para cuidar da minha vida. Aí acabou virando meio que uma competição para ver quem o encontraria primeiro. Até que percebemos que estávamos ouvindo a mesma melodia nos sonhos e decidimos ajudar um ao outro.

— O *quê?*

— Romie estava certa. Era Adriana nos guiando até o epílogo, ou pelo menos até uma pista para encontrá-lo. Toda noite nós tentávamos seguir a música e chegávamos cada vez mais longe na esfera dos sonhos. Eu nunca tinha me aprofundado tanto assim, a ponto de tudo ficar distorcido e pesado. Era difícil respirar. Sentíamos que estávamos chegando perto. Até que, uma noite, várias umbras apareceram. Tentei afastá-las, mas elas pareciam não reagir à minha magia. Eu estava prestes a entrar em Colapso. Romie poderia ter recuado ou seguido em frente sem mim, mas não fez isso. Ela me tirou de lá. E essa foi a última vez que nos vimos, tanto na esfera dos sonhos quanto no mundo real. Não sei o que motivou a ida de sua irmã para Dovermere, mas sei que ela queria encontrar o epílogo tanto quanto eu e estava disposta a fazer qualquer coisa. — Kai olhou para o bilhete outra vez, franzindo a testa. — Onde encontrou isso?

— Ela deixou dentro do manuscrito de Clover.

Kai arqueou uma sobrancelha.

— No *manuscrito*?

Baz assentiu solenemente. Sabia que Kai entenderia a importância daquilo: o manuscrito era mítico e lendário, e geralmente permanecia inacessível ao público.

— Não sei como Romie conseguiu entrar na Cripta — disse Baz. — Mas tenho a impressão de que ela estava com pressa quando escreveu isso.

Ele pensava sobre isso desde que encontrara o bilhete. Será que Romie pretendia ficar com o papel, mas foi pega no flagra e se viu obrigada a deixá-lo para trás? Ou será que realmente teve a intenção de deixá-lo ali para outra pessoa encontrar? Kai, talvez?

— Ela não era amiga da garota que trabalha lá?

— Quem? — indagou Baz, confuso.

— A Semeadora que fica na recepção — explicou Kai.

Nisha Zenara, que Baz tinha acabado de ver na companhia de Keiran e Emory. *Claro*. Se elas eram próximas, Nisha também devia fazer parte do que quer que Romie estivesse pretendendo.

— Como você...? — Baz não completou a pergunta.

Kai deu de ombros.

— Sua irmã e eu começamos a conversar durante o sono. — Ele comprimiu os lábios. — Você conhece o livro *Marés obscuras*?

— *Marés obscuras*?

— Da última vez que nos encontramos na esfera dos sonhos, Romie estava murmurando uma coisa sem parar: "Há marés que afogam e marés que atam." Não me lembro do resto, mas isso ficou na minha cabeça. Fui pesquisar a origem depois que ela se afogou, pensando que talvez tivesse a ver com o epílogo. Descobri que faz parte desse livro, *Marés obscuras*. Não consegui ler antes de... enfim... — Kai deu de ombros, como se o próprio Colapso fosse um mero aborrecimento. — Talvez valha a pena procurar.

Baz o observava atentamente.

— Como você entrou em Colapso, Kai?

O garoto soltou um suspiro frustrado, como se esperasse aquela pergunta.

— Da última vez que Romie e eu estivemos na esfera dos sonhos, eu quase entrei em Colapso. Não consigo descrever a sensação de paz, Brysden. Eu estava à beira do Colapso, havia uma escuridão me puxando como um ímã, e eu só conseguia pensar que não parecia tão ruim assim. Não parecia algo cruel, uma maldição. Era como se uma represa estivesse prestes a se romper e a me inundar com algo *bom*. Minha intuição dizia que deveria me deixar levar, que seria bom para mim. — Ele balançou a cabeça, olhando para a parede. — Depois que Romie se afogou... Eu sabia que entraria em Colapso se voltasse para a esfera dos sonhos sem ela, se seguisse a música e fosse mais longe do que tínhamos ido juntos. Eu pensei que, talvez, com todo aquele poder fluindo em mim, eu finalmente encontraria o epílogo.

Baz sentia como se suas entranhas estivessem pegando fogo.

— Eu tinha que tentar. Então fui dormir no Hall Obscura, pensando que, se eu entrasse em Colapso, ao menos as proteções da casa conteriam a explosão e ninguém se machucaria. Mas aí eu tive *sonambulismo* e, de repente, fui parar na praia de Dovermere. Era como se a música chamasse meu subconsciente para mergulhar mais fundo na esfera dos sonhos e, ao mesmo tempo, chamasse meu corpo para mais perto de Dovermere. Sei lá. Eu acordei quando as umbras me alcançaram. Acho que quase encontrei o epílogo. Mas aí entrei em Colapso. Foi a explosão que me acordou e me arrancou da esfera dos sonhos. E alguém deve ter visto tudo, porque, quando dei por mim, um Regulador estava colocando algemas nulificadoras no meu pulso e me trazendo para cá para receber a merda do selo.

— Kai...

A luz ofuscante no teto começou a piscar.

Kai xingou e avisou:

— Está acontecendo de novo.

— O quê?

— É assim que começa. O que quer que estejam fazendo com a gente.

Um grito distante e abafado rasgou o silêncio.

Baz pulou de susto quando Vera abriu a porta.

— Temos que ir — avisou a garota, em pânico. — Tem alguma coisa rolando no fim do corredor.

Baz se virou para Kai. Pensou que, como tinham entrado sem ser vistos, talvez Kai pudesse ir embora com eles. A mesma ideia pareceu ocorrer ao outro garoto. Os olhos de Kai brilharam como um cometa cortando o céu noturno e seu corpo se retesou, parecendo pronto para a ação. Era sua chance de voltar a ser livre. Ele poderia fugir com Baz e Vera.

Mas, para onde quer que fosse, o Selo Profano colocaria um alvo em suas costas. Kai flexionou a mão, aparentemente chegando à mesma conclusão.

Outro grito. Kai voltou a se recostar na cama e decretou, com uma determinação feroz:

— Pode ir. Não vou sair daqui até desvendar isso.

— Por favor — implorou Baz, sentindo o coração partir. — Podemos voltar para o Hall Obscura juntos...

As luzes oscilaram, mais rápido dessa vez.

— É melhor dar o fora, Brysden.

Baz pensou ter visto um lampejo prateado nas veias do pescoço de Kai. Seria aquela sua magia, viva e pulsante apesar do Selo? Baz franziu a testa, mas, antes que pudesse perguntar o que era aquilo, outro grito tenebroso ecoou pelos corredores e Vera o puxou pelo braço com urgência. Baz olhou para Kai uma última vez enquanto a porta do quarto se fechava entre eles.

— Vamos — instruiu Vera.

Eles saíram em disparada pelo corredor. Mais um grito, e um pico de energia elétrica fez as lâmpadas emitirem um clarão. Baz ficou paralisado ao ouvir alguém suplicar:

— Por favor, por favor, não faça isso!

Por um segundo, o garoto pensou que poderia ser seu pai, embora a voz não fosse nada parecida com a dele. Vera o puxou pela manga outra vez, porém passos se aproximaram mais à frente e um Regulador apareceu.

Um Regulador com um rosto muito familiar.

— *Jae?!* — exclamou Baz, aturdido.

Elu usava um uniforme preto de Regulador e parecia tão perplexe quanto o garoto.

— Basil? Pelas Marés, o que você... — Jae não terminou a frase.

Os gritos haviam cessado, mas vozes próximas vieram da mesma direção. Elu empalideceu, o rosto tomado por um pânico que Baz não via desde o Colapso do pai. Fragmentos de lembranças daquele dia invadiram sua mente, mas antes que Baz pudesse dizer uma palavra sequer, Jae empurrou a ele e a Vera.

— Precisamos sair daqui — sussurrou elu. — Agora!

Os três correram o mais silenciosamente possível.

— À esquerda — sibilou Vera quando chegaram a um corredor que Baz reconheceu.

A porta pela qual tinham entrado estava logo adiante.

— Ei! — gritou alguém ao avistá-los.

Dois Reguladores apareceram na outra extremidade do corredor e dispararam até eles. Desesperado, Baz cogitou pausá-los no tempo, como já tinha feito com objetos, mas nunca ousara tentar com *pessoas*. No entanto, não havia outra opção.

De repente, uma parede se materializou no corredor, bloqueando o caminho dos Reguladores.

— Que porra foi essa?! — exclamou Vera.

— Isso vai atrasá-los um pouquinho — respondeu Jae, com um sorriso presunçoso.

Elu sacudiu os braços e, de repente, não estava mais usando o uniforme escuro dos Reguladores, e sim suas vestes de sempre, uma camisa larga e um colete. Jae piscou para Baz e chamou:

— Vamos.

— Que porra foi essa? — repetiu Vera, boquiaberta.

— Magia de ilusão — explicou Baz, sem fôlego.

"Uma dose inofensiva de ilusão", dissera Jae ao explicar como entrava no Instituto. Mas por que elu estava ali no meio da madrugada?

Gritos furiosos vieram do outro lado da parede mágica, e Baz se apressou atrás de Jae e Vera, suando frio. Quando finalmente chegaram à saída, ele mal conseguia respirar. A tensão em seus ombros não diminuiu nem quando deixaram o prédio.

Inspire. Segure o ar. Expire.

Os três se esconderam na área arborizada ao redor do Instituto. Jae finalmente parou e se virou para Baz.

— Quando sugeri que visitasse seu pai, não era para invadir o Instituto no meio da noite! — exclamou elu, com a voz aflita. — Pelas Marés, Baz, o que você tem na cabeça?

— Eu é que te pergunto! — retrucou Baz, irritado. — Por que estava usando um uniforme de Regulador?

Jae apontou para a construção.

— Eu estava tentando descobrir o que era *aquilo*. É por isso que vim para Cadence, Basil. Tem algo muito estranho acontecendo no Instituto.

— Eu sei. Kai me contou. Foi ele quem vim visitar, não meu pai. — Baz olhou para o prédio. — Conseguiu descobrir alguma coisa?

— Não. Eu estava indo em direção aos gritos quando dei de cara com vocês. É melhor ficar bem longe daqui a partir de agora, entendeu? Não quero você nem perto do que quer que esteja acontecendo.

Baz concordava. Mas a ideia de deixar Kai para trás, indefeso, e seu pai também...

Como se tivesse lido sua mente, Jae pousou uma mão tranquilizadora no ombro do garoto.

— Eu não vou descansar até descobrir o que está acontecendo, Basil. Eu prometo. — Elu olhou para Vera. — Como chegaram até aqui?

A garota acenou com a cabeça em direção à estrada.

— De moto. E você?

— Projetei a ilusão de um táxi — respondeu Jae com uma piscadela, dando de ombros como se não fosse nada de mais.

Mas aquele tipo de magia exauria mesmo Ilusionistas tão talentoses quanto Jae. Baz olhou para elu, preocupado, imaginando o pior: veias prateadas, explosões, gritos agonizantes.

Jae percebeu o olhar dele, mas apenas instruiu:

— Deem no pé, vocês dois, antes que venham nos procurar.

— E você? — perguntou Baz.

— Não se preocupe comigo. Eu dou um jeito. — Percebendo a hesitação do garoto, elu acrescentou: — Podemos nos encontrar no Equinócio de Outono, que já está chegando, para conversar sobre tudo isso. Mas, até lá, evite problemas.

Os três levaram um susto quando um galho estalou ao longe.

— Vão logo — cochichou Jae, antes de desaparecer mata adentro.

Vera puxou a manga de Baz, e os dois correram em direção à moto.

Foi apenas quando avistou Cadence que Baz se permitiu chorar, o vento secando suas lágrimas antes que pudessem escorrer pelo rosto. Ele fechou os olhos com força, tentando ignorar a dor em seu peito, mas o rosto de Kai estava gravado em sua mente: a esperança em seu olhar durante o breve momento em que considerara fugir, a resignação terrível quando decidira ficar.

Uma parte de Baz se arrependia de ter visitado Kai. Se tivesse ficado nos aposentos da Casa Eclipse, com a cara enfiada nos livros, não estaria sentindo aquela dor insuportável no peito.

15

EMORY

A biblioteca do Hall Decrescens ficava muito diferente à noite. Não se parecia em nada com o porto seguro das sessões matinais com Baz, e sim uma caverna sinistra com coisas misteriosas à espreita nas sombras. Emory ouvia o próprio coração bater enquanto o grupo de Selênicos a conduziu pela coleção de livros raros sobre magia sonhadora e pelos corredores restritos sobre magia ceifadora, até o fundo da biblioteca, que estava vazio e escuro. Todos os Selênicos haviam tirado as máscaras, mas pareciam ainda mais enigmáticos do que antes.

Ninguém dissera uma palavra sequer desde o farol.

Keiran fez com que Emory parasse diante da escada estreita que levava à Cripta. Os outros desceram os degraus como em uma procissão macabra.

— Você sabia que eu era uma Invocadora de Marés — disse Emory, assim que ficaram sozinhos.

— Eu tinha minhas suspeitas — retrucou o garoto, sem demonstrar um pingo de remorso. — Comecei a pensar nisso quando você me viu curando o pássaro e achou que aquela magia veio da Marca Selênica.

— Você me deixou acreditar que éramos iguais. Por quê? Para que eu caísse na sua armadilha e revelasse minha magia esta noite? Para que eu me tornasse mais um item na coleção de raridades selênicas?

Keiran fez uma careta.

— Não era isso que eu queria.

— Você sabia que eu seria hostilizada me expondo daquela forma — insistiu Emory. — Por pouco, Artem não me arrastou para o Instituto...

— Eu não deixaria isso acontecer — declarou Keiran, seus olhos se iluminando com um brilho feroz. — Acredite em mim. Você não estava em perigo.

Emory bufou e cruzou os braços.

— Como se eu conseguisse acreditar em você agora.

Keiran se aproximou, hesitante, e explicou:

— Eu jamais teria colocado você nessa situação se não tivesse certeza de que conseguiria convencer o Conselho a aceitá-la. Eles precisavam ver sua magia com os próprios olhos para entender o que você tem a oferecer. *Eu* precisava ver. E você foi brilhante, Ainsleif.

— Caso contrário, você teria deixado me levarem para o Instituto?

— Claro que não.

Ela continuava desconfiada.

— Por que se arriscou por mim? — questionou a garota. — Artem estava com medo por um bom motivo. Eu não sei nada sobre esses poderes, só que surgiram em Dovermere. Inclusive, talvez eu tenha feito algo naquela noite que causou as... — Emory engoliu as palavras, balançando a cabeça. — Mesmo assim, você decidiu me deixar entrar na sociedade. Escolheu *confiar* em mim. Por quê?

Keiran chegou ainda mais perto.

— Porque acho que nós dois estávamos destinados a nos encontrarmos. Há uma razão para você ter ido parar nas cavernas naquela noite, para essa magia ter se manifestado em você, para nossos caminhos terem se cruzado desde então. Estou tentando descobrir como acessar todas as magias lunares há muito tempo, e de repente aqui está você, capaz de fazer justamente isso.

O olhar dele era tão intenso que a deixou sem fôlego.

— Esse tipo de poder... é extraordinário — sussurrou Keiran.

Emory balançou a cabeça.

— É errado.

Keiran afastou uma mecha de cabelo do rosto de Emory, que ficou atônita demais para se opor, então ergueu o queixo dela gentilmente.

— Pelo contrário — discordou ele. — Isso faz de você alguém *excepcional*, Ainsleif.

Emory se arrepiou. Aquela reação era tão diferente da que Baz tivera ao descobrir seus poderes... Não havia medo nem acusações no semblante de Keiran, apenas admiração.

Era reconfortante, assim como a mão dele envolvendo sua bochecha.

— Eu soube que você era especial desde o momento em que te vi na praia, mas nunca imaginei que pudesse ser capaz de algo assim — continuou Keiran, afastando a mão do rosto dela. — Eu já disse que sei bem como é perder alguém para Dovermere e querer respostas para o que aconteceu. Sua magia é a resposta que eu estava buscando.

— Como assim? — perguntou Emory, fascinada, apesar dos alertas soando em sua mente.

Keiran sorriu, entrelaçou seus dedos nos dela e declarou:

— Você vai ver.

Emory deixou que ele a conduzisse até a Cripta. Ela nunca tinha entrado lá antes e ficou maravilhada com as prateleiras altíssimas e com a enorme cascata. O local estava deserto; os outros alunos já tinham se dispersado. Keiran a levou até o corredor de letra S, onde uma escada de ferro se erguia em caracol até o teto. O metal era adornado por gravações de ondas e das flores das casas lunares e, em meio a elas, quase imperceptível, havia uma espiral idêntica à que os dois tinham na pele. Quando Keiran tocou a escada, o chão de pedra se dividiu lentamente. No vão que se abria, novos degraus serpenteavam para baixo, terminando em um lugar que parecia emanar uma luz azulada.

Durante a descida, o único som era o eco sinistro dos passos dos dois. A umidade do ar gelado penetrava no tecido de seu vestido, e os braços de Emory se arrepiaram. Ela se arrependeu de não ter trazido um casaco e de não ter exigido que Keiran explicasse exatamente no que ela estaria se metendo. O som de água foi ganhando força à medida que avançavam e ficou ensurdecedor quando os degraus por fim desembocaram em uma câmara ampla e circular, com paredes de pedra.

Uma caverna.

Por um segundo, Emory sentiu o sangue gelar. Ela estava de volta a Dovermere, à caverna com algas no chão que se transformaria em uma armadilha mortal quando a maré subisse, e aquele era o som do mar avançando, prestes a afogá-la...

Mas não. A água vinha de cima. Era uma continuação das águas sagradas da Fonte do Destino, que se derramavam na Cripta e desciam até aquela câmara. Lá, se acumulavam em uma grande piscina com laterais adornadas por esculturas desgastadas das fases da lua. Do fundo da piscina vinha uma luz suave, fazendo a água lançar reflexos turquesa nas paredes de pedra, onde havia dezesseis cadeiras esculpidas na rocha. Uma para cada alinhamento de maré. Os outros Selênicos as ocupavam, parecendo uma versão muito menos formal do Conselho das Marés.

Virgil estava esparramado preguiçosamente em sua cadeira, quase entediado, com as pernas sobre um dos braços e o rosto apoiado na mão. Ele deu uma piscadela para Emory.

— Bem-vinda ao Tesouro, o lugar mais importante da Ordem Selênica — anunciou Keiran.

A garota estremeceu ao ouvir aquelas palavras. A Ordem Selênica... à qual ela havia concordado em fazer um juramento, da qual faria parte, mesmo sem saber ao certo o que isso significava.

— Aqui foi a primeira sede da nossa Ordem — explicou Keiran. — Segundo nossos registros, a Academia Aldryn foi construída pela Ordem, que escolheu este local pela proximidade com Dovermere. Dizem que a água que flui na Fonte do Destino vem de lá. Os primeiros Selênicos acreditavam que Dovermere era o lugar de nascimento das próprias Marés.

Ele tocou a água brilhante da piscina.

— Foi com esta água que criaram a primeira magia sintética diluída, do tipo que estávamos usando hoje. E foi esta água que nos permitiu fazer experimentos mais potentes, como acessar outras magias independentemente do alinhamento de maré ou da fase da lua.

Emory observou a piscina, os tronos e os Selênicos ali sentados como se fossem reis e rainhas. Então perguntou:

— Por que as reuniões acontecem no farol, e não aqui?

— O Tesouro pertence ao grupo atual — respondeu Virgil. — Os velhotes já tiveram sua vez, enquanto estudavam em Aldryn. Agora é nosso momento de brilhar.

Louis e Javier riram.

— O Conselho das Marés cuida da Ordem Selênica como um todo, mas aqui em Aldryn nós damos as ordens — acrescentou Keiran. — A festa serve apenas para apresentar os candidatos aos ex-alunos. Nós cuidamos do resto. Conduzimos os juramentos inaugurais, organizamos as provas preliminares, preparamos todos os candidatos para a iniciação em Dovermere e, por fim, recebemos na Ordem os que sobreviverem.

Ele se posicionou de frente para Emory. O cheiro suave de seu perfume era inebriante, e seus olhos castanhos tinham um brilho azulado graças à proximidade da piscina.

— E, esta noite, damos as boas-vindas à primeira nascida no eclipse de nossa Ordem — declarou Keiran. — Nossa Invocadora de Marés.

Lizaveta fez uma careta.

— É melhor usar o nome correto, Keiran. Ela é uma Ladra de Marés — alfinetou Lizaveta, emanando um desprezo mais cortante do que o ar gelado da caverna. Então se dirigiu a Emory: — É o que você é, certo? Você rouba a magia das pessoas ao redor, magia que não lhe *pertence*. Assim como a Sombra roubou a magia das Marés.

Virgil soltou uma risadinha.

— Qual é a graça, Virgil? — retrucou Lizaveta no mesmo instante.

O garoto fez um gesto despreocupado no ar.

— E por acaso a magia dela é diferente da que criamos com os sintéticos? Nós usamos o sangue de Nisha para acessar a magia semeadora — comentou Virgil, esticando o pescoço para olhar para a garota. — Não estou vendo Nisha reclamar que roubamos a magia dela.

— Eu me sinto bem — revelou Nisha, um pouco reticente ao olhar para Lizaveta. — É exatamente como Louis descreveu quando usamos a magia de cura dele durante a lua nova. É diferente da sangria, não parece que minha magia foi reduzida. — Ela se voltou para Emory com ar de curiosidade. — Talvez seja a mesma coisa quando ela usa a magia de invocação. Talvez Emory invoque a magia de outra pessoas sem reduzi-la.

— Que seja. Isso não muda o fato de ela ter nascido no eclipse — reclamou Lizaveta, cruzando os braços e olhando para Keiran de forma acusatória. — Não acredito que *você* está de acordo com isso. Depois do que aconteceu com seus pais? Com o meu pai? — questionou ela, com um tremor na voz, mas se recompôs depressa. — Artem tinha razão. Deveríamos ter deixado que ele a levasse para o Instituto antes que o inevitável aconteça. Ela vai entrar em Colapso e causar a morte de alguém.

Emory ficou horrorizada. Então era *aquilo* que acontecera com os pais de Keiran? Com o pai de Artem e Lizaveta?

— Ninguém vai levá-la para o Instituto — sentenciou Keiran.

Emory se perguntou outra vez por que o garoto estava tão empenhado em ajudá-la a ingressar na Ordem, ainda mais se tinha sofrido uma perda tão grande por causa da magia do eclipse.

O olhar de Keiran recaiu sobre Emory, reluzindo com algo além do reflexo da piscina.

— Ela vai nos ajudar a trazer as Marés de volta — declarou ele —, e então, vamos pedir que elas nos abençoem com suas magias restauradas à antiga glória.

Emory quase deixou escapar uma risada, mas havia uma solenidade genuína na voz e na expressão de Keiran. Ele realmente acreditava que as Marés eram mais do que um mito, que poderiam ser trazidas de volta de alguma forma. Todos os demais também pareciam sérios.

— Como assim? — perguntou Emory.

Keiran deu um passo na direção dela e explicou:

— Esse é o objetivo do nosso grupo. O restante dos Selênicos... Eles se esqueceram do propósito original da nossa Ordem e se contentam com as pequenas magias fabricadas ao longo dos anos, sem nunca buscar algo além. — Keiran apontou para os amigos e concluiu: — *Nosso propósito é tornar as magias sintéticas cada vez mais potentes com o intuito de trazer as Marés de volta.*

— E como acha que vai trazê-las de volta? — indagou Emory.

— Ainda não sei. Mas você é uma Invocadora de Marés. Se o poder de todas as quatro Marés corre em suas veias... você pode ser a chave para despertá-las.

Sua magia é a resposta que eu estava buscando.

Então tinha sido por isso que ele a defendera no farol, por isso que estivera disposto a arriscar a própria reputação dentro da Ordem. Ele precisava de Emory, do poder dela. E se conseguissem despertar as Marés, restaurar a magia ao que era antes... seus poderes de invocação de marés não seriam mais vistos como uma aberração. Talvez ela fosse até enaltecida por seu papel em trazer as Marés de volta. Isso *se* tal feito fosse possível, por mais absurdo que parecesse.

Keiran sentiu a hesitação de Emory. Ele se aproximou ainda mais, fazendo o coração dela acelerar, e explicou:

— Se nós as despertarmos, se as trouxermos de volta às praias em que reinaram por tanto tempo, imagine o que as Marés poderiam fazer por nós, os favores que poderiam nos conceder. Elas detêm poder sobre tudo: vida, morte. Renascimento. — Havia um fervor nos olhos dele que a assustava e a seduzia. — As Marés poderiam trazer Romie de volta. Farran também. Todos que perdemos.

Emory demorou a processar aquelas palavras, como os pés se afundam aos poucos na areia molhada. Ela só queria respostas para a morte da amiga, mas aquilo era melhor do que ousara imaginar. Se houvesse a menor chance de ela ver Romie novamente...

— Nós somos Selênicos — bradou Keiran, se voltando para os outros. — Nossa Ordem tem ultrapassado os limites da magia há séculos, e agora é nosso dever tentar realizar esse feito grandioso. — Ele se dirigiu a Emory outra vez. — Mas somente se nossa Invocadora de Marés estiver disposta a fazer isso.

Um silêncio tomou conta da caverna. Lizaveta era a única que ainda olhava para Emory com desconfiança. O restante parecia curioso, até mesmo esperançoso. Não havia nenhum vestígio de medo, apenas fascínio pelo que ela conseguia fazer. Emory percebeu que olhavam para ela da mesma forma que as pessoas sempre tinham olhado para Romie. Ela se sentiu valorizada e *aceita* como nunca antes.

Um senso de propósito formigava na ponta de seus dedos, como se, no âmago de sua alma, as cordas de um instrumento antigo tivessem finalmente sido afinadas, fazendo com que a melodia ressoasse de forma límpida e precisa.

Emory sempre sentiu que era insignificante. Uma Curandeira medíocre, nem melhor nem pior do que qualquer outra, apenas mediana. Irrelevante. Mas seu novo poder trazia a promessa de grandeza, fazia dela uma pessoa digna de destaque. Ela poderia ser a chave para *tudo*: despertar as Marés, abrir as comportas da magia para todos e trazer os que haviam se afogado de volta à vida.

A garota levantou o queixo, ouvindo o sangue cantar, e perguntou:
— Por onde começamos?

Tudo começou com o juramento.

Keiran entregou a ela um pequeno floco prateado, como o que Virgil havia distribuído no farol.

— É um sintético desatador — explicou Keiran. — Vai garantir que você diga a verdade durante o juramento.

Uma pequena parte de Emory foi tomada por um pressentimento terrível ao se aproximar da piscina. Keiran a ajudou a entrar pela parte rasa, e os dois seguiram até o centro, chegando perto da cascata, onde a água batia na cintura. O restante dos Selênicos se reuniu ao redor deles, formando um círculo de acordo com a fase da lua à qual cada um pertencia. Emory pensou que aquela cena devia ser surreal vista de fora:

os dois vestindo trajes de festa no centro do círculo, completamente encharcados, iluminados pela luz azul.

— Aqui, diante de nós, você deve revelar três verdades — entoou Keiran. — Uma lembrança dolorosa, um grande sonho e um segredo que a atormenta. Que essas verdades sirvam como um lembrete dos segredos da Ordem que você guarda e dos seus segredos guardados por nós.

Emory entendeu que, se algum dia traísse a Ordem, seus segredos mais profundos e sombrios seriam usados contra ela.

Keiran e Virgil a ajudaram a se deitar na água, com o rosto voltado para o teto escuro. A água estava fria, e o gosto de sal em seus lábios era incômodo. Os outros Selênicos seguravam os membros de Emory, mantendo-a na superfície.

— Revele suas verdades — ordenou Keiran, sua voz abafada pela água que cobria os ouvidos de Emory.

— Uma lembrança dolorosa... é a da iniciação, quando acordei na praia ao lado dos corpos — contou a garota, lentamente. Ela sentiu um formigamento sutil e agradável na ponta dos dedos, como se a magia sintética aprovasse a verdade em suas palavras. Ela sabia que não conseguiria mentir, ainda que quisesse. — Às vezes, ainda tenho a sensação de que há um cadáver encostado em mim. Queria que o mar tivesse me levado também, para que eu não precisasse carregar essa culpa.

Ela engoliu em seco, concentrando-se na cascata. Não conseguia olhar para ninguém.

— Um grande sonho... — começou, pensando em Romie, no bilhete que Baz encontrara, nos sonhos estranhos que tinha com Dovermere. Tudo isso a lembrou de outra Sonhadora, e a verdade escapou de seus lábios antes que ela pudesse pensar duas vezes: — Encontrar minha mãe, que me abandonou pouco depois que nasci. Quero finalmente conhecê-la e descobrir todas as diferenças e semelhanças entre nós. Meu sonho é que ela volte para casa e que possamos ser uma família.

Suas bochechas coraram ao compartilhar pensamentos tão íntimos, coisas que nunca tinha conseguido admitir nem para si mesma, com pessoas que mal conhecia. Seu coração se acelerou ao perceber o que precisaria confessar em seguida.

— Um segredo que me atormenta...

Eles já sabiam que ela era uma Invocadora de Marés, e nenhum segredo a atormentava mais do que aquele. Exceto...

A resposta a atingiu em uma torrente, mas Emory se forçou a falar com calma, para não revelar mais do que deveria.

— Usei a magia de invocação pela primeira vez na noite em que Travers apareceu na praia. Pelo menos, foi a primeira vez de que me lembro. Eu estava tentando usar minha magia de cura, mas todas as outras vieram à tona com os poderes avivadores de Lizaveta. Não consegui impedir. — Os olhos de Emory encontraram os de Virgil. — Senti a magia ceifadora na ponta dos meus dedos. Foi tão avassaladora que achei que ela fosse matar Travers. Que *eu* fosse matar Travers.

Ela mordeu a bochecha, tentando encontrar as palavras certas para obedecer à magia desatadora sem revelar que Baz a ajudara.

— A magia parou antes de isso acontecer. Mas Travers morreu mesmo assim, e eu sempre vou me sentir responsável por isso.

A culpa é sua.

Emory respirou fundo, se sentindo mais leve por ter contado a verdade sobre aquela noite. Ela encontrou empatia genuína no olhar de Virgil.

— Vamos selar essas verdades na água — anunciou Keiran solenemente, então se inclinou para perto dela e murmurou: — Não tente resistir.

Aquele foi o único aviso antes de sua cabeça ser empurrada para debaixo d'água.

Emory se debateu contra os sete pares de mãos que a seguravam e soltou um grito submerso. Aquilo devia ser parte do ritual, mas seu instinto entrou em ação. Uma onda de terror ameaçou preencher seus pulmões e afogá-la. Visões de profundezas escuras e agitadas a receberam, e de repente ao seu redor havia corpos inertes de olhos vidrados. Emory sabia que aquilo não era real, sabia que era apenas sua mente manifestando seu pior medo, mas mesmo assim cravou as unhas no braço de uma das pessoas que a segurava, se debatendo e soltando gritos abafados pela água.

Então, em um piscar de olhos, acabou. Eles a puxaram para cima e Emory emergiu, arfando desesperadamente e se agarrando a Keiran, que a segurou e afastou os cabelos molhados de seu rosto. Havia algo de sombrio, adorável e poderoso em seus olhos.

— Bem-vinda à Ordem, filha do eclipse. Levante-se como uma Selênica.

Ela o fez. O sentimento era inigualável.

Alguém abriu uma garrafa de espumante, e uma taça foi entregue a Emory. Eles beberam sob a luz etérea da piscina. Emory não se importou com o vestido encharcado nem com o cabelo molhado, porque, com o paletó de Keiran sobre os ombros e rodeada pela curiosidade dos Selênicos a respeito de sua magia — uma admiração genuína, muito diferente da curiosidade acadêmica e aterrorizada de Baz —, ela se sentiu importante, valorizada.

Aos poucos, Emory foi descobrindo coisas sobre os outros membros: que Louis e Javier eram um casal e nunca se desgrudavam, que Ife era gentil e atenciosa, que Nisha tinha um magnetismo discreto que a fez compreender, a contragosto, o interesse de Romie. Apenas Lizaveta se manteve distante, conversando com Keiran em um clima tenso do outro lado da gruta, e Emory sentiu pesar por ela.

Não era de se admirar que a garota estivesse tão relutante em aceitá-la, já que tinha perdido alguém querido de forma violenta durante um Colapso.

Virgil se aproximou de Emory e encheu a taça dela.

— O que você disse sobre Travers... — começou ele, pegando a garota de surpresa. — Não se culpe por isso. Mesmo se você *tivesse* usado magia ceifadora, acho que teria sido um ato de piedade. Ninguém merece sofrer como ele sofreu.

Emory se lembrou do semblante de Virgil quando o corpo de Travers foi levado embora, da tristeza profunda em seu rosto.

— Você já...? — perguntou ela, prestando atenção no rosto do garoto.

Virgil ergueu a sobrancelha.

— Se eu já matei alguém? — Ele deu uma risada estrondosa. — Pelas Marés, claro que não. Você sabe que a maioria dos Ceifadores nunca fez isso e nunca vai fazer, não é? Nós temos muito respeito pela vida. A magia ceifadora não é só terror e tristeza. Na verdade, raramente se trata de morte, e sim de *encerramentos*. A paz de um ciclo que termina para que outro possa começar, ou não. Secar uma rosa para preservar sua beleza para sempre, por exemplo. Ajudar fazendeiros a remover resíduos das colheitas ou livrar os campos de pragas e doenças para que coisas novas possam criar raízes e crescer.

Ele sorriu, sereno, com um olhar tranquilo e distante, muito diferente da sua expressão travessa usual.

— Tem uma sala de aula no Hall Decrescens que é tão cheia de vida quanto as estufas dos Semeadores — contou Virgil. — Trepadeiras e flores por todos os cantos. E, bem no meio, há uma árvore enorme que nós, Ceifadores, usamos para praticar a mudança das estações. Fazemos as folhas passarem do verde para o amarelo, do vermelho para o marrom, até todas caírem. Temos nossos próprios outonos e invernos.

Virgil pareceu acordar dos próprios pensamentos, e seu sorriso sarcástico voltou. Ele deu um empurrãozinho em Emory com o ombro e comentou:

— Os Semeadores ficam loucos com a gente.

— Não fazia ideia que essa sala existia — disse Emory, fascinada.

— Pois é. Somos um grupo reservado no Hall Decrescens. Mas tenho certeza de que posso te ajudar a entrar lá escondida e te ensinar a usar a magia ceifadora do jeito certo.

— Eu adoraria.

Emory estava falando sério, estranhamente em paz com sua magia de invocação e com todas as possibilidades que ela trazia.

Uma comoção repentina chamou a atenção do grupo. Lizaveta estava indo embora do Tesouro, deixando Keiran para trás. Ele parecia exausto.

Nervosismo tomou conta de Emory novamente. Virgil seguiu o olhar dela.

— Não se preocupe com Lizaveta — disse Virgil. — Muita coisa aconteceu e... digamos que ela não confia muito nos nascidos no eclipse.

Eu entendo, pensou Emory.

— E os demais? — perguntou ela. — Como se sentem em ter uma nascida no eclipse sem treinamento na Ordem?

— Não posso falar pelos outros, mas nós, Ceifadores, entendemos o desafio que os nascidos no eclipse enfrentam e a desconfiança que nossos alinhamentos provocam nas pessoas. — Virgil continuava olhando na direção em que Lizaveta sumira. — Tenho certeza de que ela vai superar. Mas, enquanto isso, saiba que você tem pelo menos uma pessoa do seu lado. — Ele lançou uma piscadela para Emory. — Estou torcendo por você, Invocadora.

Emory conteve um sorriso. Então encontrou o olhar de Keiran do outro lado da caverna. Ele estava se aproximando, e nada mais importava. Virgil se levantou, dizendo que era melhor ir falar com Lizaveta e prometendo que ia falar bem de Emory. A garota se perguntou se havia algo entre os dois.

Ela torcia para que Virgil tivesse razão e para que a hostilidade de Lizaveta se dissipasse.

— Espero que a gente não tenha assustado você — disse Keiran ao alcançá-la.

Emory riu. O espumante e a tensão das últimas horas estavam subindo à cabeça.

— Ah, claro que não. Foi uma noite bem comum.

Keiran abriu um sorriso genuíno, que exibia suas covinhas. Era desconcertante.

— Mas talvez eu fique assustada amanhã, quando perceber que tudo isso não foi apenas um delírio — acrescentou ela.

— Posso acompanhar você até seu dormitório?

Havia tanta coisa que Emory ainda queria perguntar, mas sua mente ficou vazia ao perceber o olhar de Keiran. Ela só conseguiu baixar a cabeça para esconder o rosto corado.

— Claro.

Quando chegaram perto do quarto, Emory sentiu que estava à beira de um precipício, com o coração acelerado antecipando a queda. Os dois pararam diante da porta. No corredor silencioso, o rosto de Keiran estava parcialmente imerso nas sombras, iluminado por uma luz fraca. O olhar dele desceu lentamente até a boca de Emory, que sentiu um frio na barriga.

— Agora que já fez o juramento, posso mostrar como a Marca Selênica funciona, se você quiser — ofereceu Keiran, com a voz rouca, inclinando a cabeça para o quarto. — Podemos...?

Emory abriu a porta, sentindo a cabeça girar de tanto nervosismo, e Keiran entrou no cômodo. Ela se recostou na porta, sem saber o que dizer ou o que fazer naquela situação. O quarto parecia pequeno demais; Emory mal conseguia processar a presença de Keiran enquanto ele se dirigia à escrivaninha dela. O garoto pegou os instrumentos de sangria guardados ali: uma tigela rasa, um frasco de água salgada e uma faca. Coisas que todo adepto da magia mantinha por perto, mas das quais Emory não precisava mais, já que era nascida no eclipse.

Ela observou, ansiosa, Keiran despejar um pouco de água salgada na tigela e posicionar o braço com a marca sobre o recipiente. Cada movimento era preciso. Olhando fixamente para Emory, ele mergulhou a mão na água até a altura do punho. Algo mudou no ar do quarto e, quando ele levantou a mão, Emory viu que o símbolo em espiral de Keiran emitia um brilho prateado. Ela sentiu um formigamento no próprio braço, um eco da ardência que gerara a marca em sua pele... que estava brilhando exatamente como a dele.

— Isso é o que a marca faz — sussurrou Keiran no ouvido de Emory, fazendo com que ela sentisse um arrepio.

Emory respirou fundo. Parecia que ele estava muito perto, tão clara soara sua voz, a respiração atingindo a pele dela. Mas o garoto continuava do outro lado do quarto, encostado na escrivaninha.

— Como...?

Ela viu os lábios de Keiran se moverem, e a voz dele respondeu com outro sussurro em seu ouvido:

— Com a marca, você pode chamar qualquer outra pessoa que a tenha, não importa a distância.

Havia algo íntimo naquilo, especialmente com o olhar de Keiran fixo nela. Emory se sentia aliviada por estar distante, mas ao mesmo tempo desejava chegar mais perto.

Ela olhou para o próprio punho e pediu:

— Me ensine.

Keiran apontou para a tigela.

— A água salgada ativa a marca — explicou.

Emory se aproximou até ficar ao lado dele, com o coração acelerado, e colocou a mão sobre a água, hesitante.

— Concentre-se na sua intenção — disse ele no ouvido de Emory, tanto por meio da marca quanto pela proximidade. Ela respirou fundo. — Você precisa pensar em quem deseja chamar e permitir que a essência dessa pessoa tome conta de você. Concentre-se no chamado.

Emory conjurou o rosto de Keiran em sua mente. Não foi difícil, com a respiração dele em seu pescoço e o leve cheiro de loção pós-barba no ar. *Quero falar com Keiran Dunhall Thornby*, pensou ela. Emory percebeu algo em sua visão periférica, sentiu uma fisgada no punho. Quando tirou a mão da água, o símbolo prateado brilhava.

— Assim?

A voz dela soou normal aos próprios ouvidos, mas Emory a sentiu viajando até Keiran por meio de magia.

— Exatamente assim — respondeu ele, sua voz acariciando a nuca de Emory.

A garota se virou. Keiran estava a centímetros de distância, tão bonito que chegava a doer.

— Você realmente acredita que podemos trazer as Marés de volta? — perguntou Emory, atenta ao movimento da garganta de Keiran.

Ele encarava seus lábios. O garoto tocou na mão dela, as espirais gêmeas dos dois brilhando em pergunta e resposta.

— Acredito que há poder nas intenções — respondeu ele. — É o que ativa a magia da Marca Selênica, o que nos permite falar uns com os outros. Um dom para o qual não temos explicação, porque seu propósito original foi esquecido. Era através da intenção que os povos antigos conseguiam acessar todas as magias. Desde que honrassem as Marés, o poder fluía livremente em suas veias, a magia de todas as luas e de todas as marés. Como a sua.

Ele prosseguiu, seus olhos emoldurados por cílios volumosos observando Emory:

— Acho que, se nos dedicarmos de verdade, se tivermos intenções claras e usarmos sua magia para esse propósito grandioso... por que não conseguiríamos invocar uma força como a das próprias Marés?

Emory considerou aquela possibilidade. Até aquela noite, ela não sabia da existência de magia sintética. Até dias antes, não acreditava que sua própria magia seria possível. Ainda não conseguia acreditar que passara a vida inteira pensando ser uma Curandeira e, de repente, se tornara algo lendário, uma Invocadora de Marés, com o poder sombrio do eclipse em seu sangue. E, até poucos momentos antes, ela jamais se permitira sonhar em ver Romie outra vez.

Nada era impossível.

— Já está tarde — sussurrou Keiran, se afastando. — É melhor eu ir.

Emory escondeu a decepção.

O que ela esperava? Que ele ficasse e...? Pelas Marés, ela precisava colocar a cabeça no lugar.

Keiran hesitou perto da porta.

— Você entende agora por que eu estava tão determinado a apoiar você no farol? — perguntou ele. — Por que pedi que você confiasse em mim? Se isso funcionar... vai mudar tudo, Ains.

— E se não funcionar?

— Mas vai.

— Como pode ter tanta certeza?

Keiran abriu um sorrisinho travesso, mas seus olhos escureceram, fazendo as pernas de Emory bambearem.

— Você subestima minha determinação quando estou atrás de algo que quero.

※

Dovermere vem até ela durante o sono outra vez. Sonho, lembrança, lembrança de um sonho — é difícil distinguir uma coisa da outra.

À sua volta, as paredes da caverna gotejam estrelas minúsculas, que caem vagarosamente no chão, desaparecendo na escuridão crescente a seus pés. Romie está sozinha diante da grande ampulheta. Há flores murchas aprisionadas em seu interior, e a areia escura escorre. Romie encosta a mão na superfície de vidro, onde uma espiral prateada brilha.

Eu li que esse símbolo está em toda parte, escondido nos lugares mais profundos e escuros do mundo, diz Romie, e sua voz ecoa pela caverna.

O cabelo dela está emaranhado e úmido, a pele inchada e deformada.

Alguns dizem que as espirais foram criadas por náiades e sereias, como forma de entrarem em contato umas com as outras, prossegue Romie. *Uma ponte entre os vários corpos d'água do mundo.*

Seus olhos sem vida encontram os de Emory. A espiral se transforma em um girassol dourado que queima o vidro, as flores e a areia. As cinzas se dispersam de dentro para fora, mas de repente não são cinzas, e sim garras sombrias que deslizam sobre os braços e o pescoço de Romie.

A morte gelada deixa seus lábios azuis. Ela tenta falar, mas água escorre pelas laterais de sua boca. Nenhum som sai. Em vez disso, sua voz distorcida ecoa como um fantasma nos ouvidos de Emory:

A água guia a todos nós, mesmo quando nos leva.

Não estou entendendo, sussurra Emory.

Filetes de escuridão se infiltram nos olhos e na garganta de Romie. A voz dela parece vir de todos os lados e de lugar nenhum:

Há marés que afogam e marés que atam, marés com vozes que maltratam...

Romie enfim é sufocada. Ela aponta o dedo para algo atrás de Emory. Uma criatura monstruosa surge das sombras.

É escuridão
medo
pesadelo

em uma forma desalmada, pousando seus olhos famintos e insondáveis sobre Emory. A criatura torna o sonho maligno. Quando ela ataca, Emory sabe que será devorada e que seus ossos serão deixados para trás para alimentar a pedra ancestral de Dovermere.

Ela corre em direção a Romie, mas Romie não existe mais. Tornou-se poeira estelar, se transformou em cinzas que afundam sob o chão rumo a profundezas desconhecidas.

Uma voz soa no ouvido de Emory, aveludada como a noite:
Está indo em direção à loucura, Sonhadora.

※

Emory abriu os olhos, assustada, olhando em volta no escuro. O sonho já se dissipava, mas aquela voz...

Foi só um sonho, disse a si mesma antes de voltar a dormir.

16

BAZ

※

A gráfica assombra seus pesadelos mais uma vez.

Baz olha para o relógio de pêndulo no canto. Ele já sabe como a cena se desenrola, do primeiro ao último segundo, mas isso não diminui o horror da situação.

Começa com os braços do pai o segurando pela cintura, as veias prateadas visíveis sob a pele. Em dez segundos, o teto vai desabar. Vinte segundos depois, uma das impressoras vai explodir, arremessando fragmentos de metal pelos ares. Em trinta segundos, os gritos cessarão e a morte fará suas vítimas. Nesse momento do sonho, a tinta nas mãos de seu pai se transforma em sangue, e Baz percebe que é apenas um pesadelo.

Vai ficar tudo bem, diz o pai.

Mas não é a voz dele que Baz ouve.

O garoto olha para o lado e se depara com Kai.

Isso não é real, afirma o Tecelão de Pesadelos, mas parece estar tentando convencer mais a si mesmo que a Baz.

Um segundo depois, o mundo arde com um brilho prateado.

※

Baz acordou com um sobressalto, encarando o teto com os olhos turvos pelas lágrimas. Atordoado, percebeu que não estava no próprio quarto, e sim no de Kai. Não planejara dormir ali, só havia entrado no cômodo numa tentativa de apaziguar a culpa que sentia por ter deixado o amigo para trás. Não dera certo, mas ainda assim o garoto não queria ir embora.

As constelações que Kai pintara no teto brilhavam no escuro. *Não é real*, pensou Baz, e adormeceu.

CANÇÃO DOS DEUSES AFOGADOS

PARTE III:
A GUERREIRA DO MUNDO ERMO

Existe um mundo nem muito perto nem muito longe, onde a vida surge do nada.

Árvores robustas, protegidas por carapaças, brotam do solo infértil. Feras bárbaras eclodem de pedras delicadas. Espadas de ouro se erguem da rocha fundida. Guerreiros indômitos são esculpidos a partir de corações frágeis, e sentimentos como coragem e amor fulguram como chamas na escuridão.

Esse mundo é uma forja. Brutal, repleto de vapores escaldantes e de coisas lindamente esculpidas.

Uma guerreira surgiu nesse mundo, de maneira tão improvável quanto as flores que desabrocham no deserto. No começo, ela não era uma guerreira, mas algo do qual nem sequer se recorda. (Pois uma espada não se lembra do pedaço de metal que a originou; reconhece apenas a mão que a empunha, o sol que banha sua lâmina e a vida que sangra em seu corte.)

Agora, a guerreira dizima vidas, mas também as defende e as une, tecendo uma canção de vida e morte, chamas e aço. O metal vibra em suas mãos como nas de um ferreiro, e o campo de batalha é sua forja. Ela obtém vitórias impensáveis e conquista o amor de seu povo a cada fera assassinada. À sua volta, impérios se erguem e decaem, assim como o sol morre e renasce. Em meio a tudo isso, a guerreira permanece inalterada, porque ela é o coração pulsante de seu mundo, o núcleo que irradia luz e calor.

Então, como mariposas atraídas pela luz, chegam o sangue e os ossos, suplicantes para que ela se junte à sua missão. Para que atenda ao chamado vindo do espaço entre as estrelas, um chamado que a guerreira também ouvira.

É aqui que a história dela tem início, unida a de todos eles.

EMORY

Na manhã seguinte ao juramento, Emory acordou se sentindo uma nova pessoa em um novo mundo. Sua determinação era uma lâmina afiada. Ela queria se provar digna da missão da Ordem Selênica e da confiança que Keiran depositara em suas habilidades, assim poderia ver Romie novamente.

Despertar as Marés ainda parecia uma façanha impossível, mas quantas coisas impossíveis ela já tinha testemunhado e feito desde o início do semestre?

Emory precisava aprender a controlar a própria magia, e rápido. O problema era o estado frágil das coisas entre ela e Baz, o único capaz de ajudá-la a treinar seus poderes sem correr o risco de entrar em Colapso. Ele não apareceu na biblioteca do Hall Decrescens na hora em que costumavam se encontrar e, depois da discussão na estufa, ela temia que o garoto não quisesse mais vê-la. Emory entendia o lado dele, mas estava magoada mesmo assim.

No entanto, não tinha tempo para ficar remoendo isso. Desde que descobrira que a magia de invocação de marés não vinha da marca em espiral, Emory só conseguia pensar na mãe. A garota queria entender como e por que Luce tinha escondido a verdadeira natureza da magia da filha. Isso, ao menos, ela podia investigar por conta própria. Foi fácil encontrar os almanaques lunares armazenados na sala de arquivos. Emory pegou o do ano certo e encontrou sua data de nascimento: o segundo dia de uma lua nova no auge do inverno, no ponto mais baixo da maré enchente.

Depois consultou o dia anterior, o primeiro da lua nova.

Quando tinha acontecido um eclipse solar total.

Então sua mãe devia ter mentido sobre a data para esconder o fato de a filha ter nascido durante um eclipse. Isso ainda não explicava por que, durante a maior parte da vida, Emory só conseguira acessar a magia de cura, nem por que o selenógrafo a identificara como Curandeira quando era mais nova. E, embora isso só aumentasse o mistério de Luce Meraude, pelo menos era um pedacinho da verdade.

Emory tinha mesmo nascido no eclipse.

Sua identidade antiga caiu por terra, provocando um emaranhado de emoções. Como ela faria para se reconstruir?

Durante os primeiros anos na Escola Preparatória de Threnody, a garota fora fascinada por tudo relacionado à magia do eclipse, especialmente à de Baz. Emory pensava que isso o tornava singular, e gostaria de ter a mesma distinção. Naquela época, ela desejara pertencer à Casa Eclipse, até perceber que seus membros estavam fadados a ser excluídos.

Anos depois, parecia que seu desejo havia se realizado.

— Você fica linda com essa cara preocupada, Ainsleif — sussurrou uma voz em seu ouvido.

Emory sentiu um arrepio agradável percorrer seu corpo. Keiran se apoiou casualmente na mesa dela, sorrindo com as covinhas à mostra. Então ele reparou no almanaque.

— O que você está pesquisando tão cedo?

— Só quero entender tudo que está acontecendo — explicou Emory, então fez a pergunta que a atormentara durante a noite toda: — E se minha magia não for suficiente para trazer as Marés de volta?

— Não fale bobagem. Um poder como o seu está destinado a feitos grandiosos.

— E como eu faria para despertá-las?

Naquele instante, alguns alunos entraram conversando na sala de arquivos.

Keiran se afastou da mesa e disse:

— Vou te mostrar.

Bastou que ele erguesse as sobrancelhas de maneira sugestiva para que Emory o seguisse até o fundo da sala. Keiran desapareceu atrás de uma estante, e ela apertou o passo para alcançá-lo. Ao virar no corredor, a garota quase deu de cara com ele, mas freou depressa. Keiran estava vasculhando os títulos, e finalmente pegou um documento antigo. Passando o olho pelo texto, ele explicou:

— Os Selênicos deixaram registros de suas atividades escondidos em documentos comuns como este. Por conta disso, passaram despercebidos por nós durante anos, até Farran e eu começarmos a investigar. Ele sempre teve um talento para desvendar mistérios antigos.

Emory observou o garoto folhear os papéis.

— Vocês eram amigos de infância? — perguntou ela.

— Sim. Ele, eu, Lizaveta e Artem. Éramos praticamente uma família. Nossos pais faziam parte da Ordem e continuaram próximos depois que se formaram em Aldryn. Nós quatro queríamos muito seguir os passos deles. — Keiran abriu um sorriso triste. — Na verdade, foi Farran quem teve a ideia de despertar as Marés na época em que ainda estávamos na escola preparatória. Foi o jeito que ele encontrou para nos distrair do luto depois do que aconteceu com nossos pais. Seria uma forma de dar continuidade ao legado deles, garantir que suas mortes não tivessem sido em vão.

Mesmo suspeitando que já sabia a resposta, Emory questionou:

— O que aconteceu com seus pais?

Keiran encarou os documentos que tinha em mãos.

— Eles morreram por acidente durante um Colapso — revelou, com a voz tensa.

Emory ficou nervosa ao pensar que *ela mesma* poderia entrar em Colapso um dia. E mesmo assim ele escolhera confiar nela.

Antes que a garota pudesse responder, Keiran estendeu um papel para ela. Por cima de um formulário administrativo qualquer, havia o desenho de oito pessoas formando um círculo ao redor de uma fonte.

— O que é isso?

— Olhe bem — instruiu Keiran.

Emory percebeu que os traços do desenho eram formados por palavras, quase ilegíveis de tão minúsculas. Um segredo escondido debaixo do nariz de todos em Aldryn.

— O texto detalha os rituais arcaicos da época das Marés, quando as pessoas as invocavam para usar suas magias — explicou Keiran. — Esses rituais foram esquecidos com o passar do tempo, deixaram de ser úteis depois que a magia foi fragmentada, mas os primeiros Selênicos ainda os realizavam, acreditando que poderiam trazer as Marés de volta das Profundezas.

— Mas nunca conseguiram. — Emory analisou o desenho. — Por que você acha que vamos conseguir agora?

Keiran tinha um olhar tenaz.

— Aposto que nunca tiveram uma Invocadora de Marés entre eles. Com você participando e nos emprestando suas habilidades... nosso ritual será mais forte do que qualquer um que eles já tenham realizado.

Emory franziu a testa.

— Romie sabia de tudo isso?

Baz estava mais perto da verdade do que imaginava, com suas perguntas sobre cultos, canções e Dovermere. Se Romie soubesse que Keiran pretendia trazer as Marés de volta das Profundezas, talvez tivesse feito um paralelo com a história de *Canção dos deuses afogados*. Talvez o bilhete deixado por ela tenha sido uma forma de avisar para onde estava indo, caso não conseguisse voltar. Uma maneira de dizer: *Romie Brysden está prestes a fazer algo imprudente (mais uma vez), e este é o lugar onde você poderá encontrá-la.*

— Não — respondeu Keiran, invalidando a teoria de Emory. — Os iniciados sabiam sobre a magia sintética, mas não sobre isso. Nós contaríamos depois de Dovermere. Para os que recebessem a Marca Selênica.

Emory passou o polegar sobre o próprio punho, e Keiran acompanhou o movimento com o olhar.

— Fora o fato de que ela serve para nos comunicarmos, não sabemos quase nada sobre a marca — comentou o garoto. — Os primeiros Selênicos nitidamente entendiam mais sobre o poder de Dovermere, para terem criado o ritual de iniciação na Ampulheta. É o único ritual que mantivemos desde o início da Ordem. Todo ano é a mesma coisa: reunimos os oito calouros mais promissores, dois de cada casa lunar, e os submetemos a uma série de testes preliminares para ver quais têm aptidão para usar as magias sintéticas. Somente aqueles que passam são convidados para a iniciação final: sair vivo de Dovermere.

— E os que não passam nos testes preliminares?

— Memoristas como Vivianne os fazem esquecer o que aconteceu. Eles seguem a vida normalmente, sem saber nada sobre a Ordem Selênica.

Emory fez cálculos mentais rápidos e concluiu:

— Então ano passado todos os candidatos passaram nos testes, já que havia oito pessoas em Dovermere. E o resto do grupo? Vocês eram todos do mesmo ano?

— Todos nós, menos Virgil. Ele é um ano mais novo. — Keiran desviou o olhar, sua voz denunciando um sentimento amargo. — Só sete estiveram em Dovermere no meu primeiro ano. Louis, Ife, Nisha, Lizaveta, Javier, eu e Farran. O outro candidato da Casa Lua Minguante não passou nos testes preliminares, e Farran, como você sabe, se afogou em Dovermere.

O semblante de garoto estava sombrio, mas ele prosseguiu:

— Nós quatro... Farran, Liza, Artie e eu... crescemos vendo com os próprios olhos o prestígio de ser um Selênico. Sabíamos que, depois que entrássemos na sociedade, tudo o que quiséssemos seria nosso: os melhores programas de pós-graduação, os estágios mais disputados, os melhores empregos, acesso a magias sintéticas. Artem era o mais velho, então ele entrou na Ordem primeiro e nos convidou para a iniciação assim que ingressamos em Aldryn. Aquela foi a melhor época, nós nos sentíamos imbatíveis. Mas quando Farran morreu... No começo eu só conseguia sentir raiva. Uma perda tão dolorosa, a troco de quê? Um pouco de magia sintética. Não valia a pena arriscar nossas vidas em Dovermere por esse poder.

— Então por que você continuou na sociedade?

— Porque Farran havia nos mostrado o potencial dela para *muito mais*. Queríamos honrar a memória dele transformando a Ordem no que ela era antigamente. Ir além das festas chiques e da rede de contatos e fazer a única coisa que nenhum Selênico antes de nós tinha conseguido.

— Despertar as Marés — concluiu Emory.

— Que feito seria mais digno do que esse? Quando o grupo de Artem se formou na academia e eu tomei as rédeas, começamos a analisar o que Farran tinha descoberto, testando vários rituais e realizando experimentos com magias sintéticas na esperança de ficarmos poderosos o bastante para invocar as Marés. Durante meu primeiro ano de liderança, também decidi tornar os testes preliminares mais difíceis. Achei que isso reduziria as mortes. Virgil foi o único que chegou à etapa de iniciação. Ele sobreviveu a Dovermere sozinho.

Outro Ceifador para substituir Farran, pensou Emory, perguntando-se se havia sido mera coincidência.

— No ano seguinte — continuou Keiran —, todos os oito alunos selecionados para a iniciação conseguiram passar nos testes e chegar a Dovermere. Eles eram talentosos a esse ponto. — O garoto engoliu em seco. — Mas você sabe como isso terminou.

Oito nomes gravados em uma placa prateada aos pés das Marés: Quince Travers, Curandeiro. Serena Velan, Portadora das Trevas. As gêmeas Dania e Lia Azula, Criadoras. Daphné Dioré, Protetora. Jordyn Briar Burke, Aurista. Harlow Kerr, Desatador. E Romie, a destemida e brilhante Sonhadora.

— Era um grupo muito promissor — lamentou-se Keiran. — Os calouros mais poderosos que a Ordem tinha visto em anos. E com os avanços que estávamos fazendo no desenvolvimento de magias sintéticas mais potentes, achei que finalmente conseguiríamos despertar as Marés. — Ele balançou a cabeça, frustrado. — Ainda não consigo aceitar a morte deles.

Emory sentiu um aperto no peito ao perceber que Keiran também se sentia responsável pela morte dos calouros. Ela queria dizer que não era culpa dele, que ele não poderia ter feito nada para evitar os afogamentos, que a culpa era de Dovermere. Era a mentira que ela contava a si mesma quando acordava suando frio, assombrada por pesadelos e pelo sentimento de culpa.

— Pelo menos a morte deles não foi totalmente em vão — murmurou Keiran. — Tudo isso nos trouxe você.

Emory corou sob o olhar febril dele.

— Eu falei sério quando disse que tentaríamos trazer Romie de volta — reforçou ele. — Ela, Farran e todos os outros. E se as Marés não nos concederem esse desejo, prometo que nós mesmos os traremos de volta das Profundezas, custe o que custar.

Emory piscou várias vezes para conter a súbita ardência em seus olhos, voltando-se outra vez para o ritual desenhado na página.

— E isso vai despertá-las? — perguntou a garota.

— Não exatamente. Imagine que despertar as Marés é como tentar abrir uma porta trancada. As Marés só vão conseguir entrar em nosso mundo se nós destrancarmos a fechadura. — Ele balançou a página. — É isso que vamos tentar fazer. Um ritual de Equinócio de Outono. Era quando os primeiros Selênicos faziam oferendas de magia às Marés. Eles acreditavam que havia poder no Equinócio, porque ele marca o início do fim do ciclo, é uma ponte entre o verão e o inverno. Eles acreditavam que as Marés ouviriam seu chamado e estariam propensas a atendê-lo.

— O Equinócio de Outono é em menos de uma semana — replicou Emory.

Keiran assentiu, explicando:

— E como o festival vai acontecer ao mesmo tempo, todo mundo vai estar distraído. Acho que não há momento melhor para realizar o primeiro ritual com nossa Invocadora de Marés.

O festival do Equinócio de Outono era uma grande comemoração em Aldryn. Os alunos se reuniam às margens do rio Helene para assistir a quatro barcos, um de cada casa lunar, serem lançados ao mar. Era uma forma de pedir às Marés que os guiassem em segurança até o outono. Alguns alunos eram selecionados para estar nos barcos e realizar demonstrações de magia enquanto desciam o rio. Era um espetáculo incrível, e uma oportunidade valiosa para os alunos escolhidos exibirem seus talentos a representantes de instituições que poderiam recrutá-los.

Somente a Casa Eclipse ficava de fora, provavelmente por receio de que os alunos entrassem em Colapso durante a celebração.

Emory observou Keiran guardar o desenho no bolso e pensou outra vez na enorme diferença entre a reação dele e a de Baz à magia dela. Baz, que também era nascido no eclipse, parecia mais cauteloso do que Keiran, quando deveria ser o contrário.

— Por que você não tem medo de mim? — questionou Emory. — Eu nasci no eclipse, então...

Ela poderia entrar em Colapso a qualquer momento, mas Keiran não dava o menor indício de que se preocupava com isso.

— Você esperava que eu odiasse todos os nascidos no eclipse porque um deles matou meus pais? — questionou ele, rindo sem achar graça.

Suas palavras eram afiadas e cortaram feito lâmina.

— Cheguei a odiar, no passado — prosseguiu Keiran, franzindo o cenho. — Eu tinha quinze anos e queria colocar a culpa em alguém. Era fácil desprezar todos os nascidos no eclipse por terem destruído minha família. Mas isso já faz muito tempo, e não penso mais assim. Não tenho medo de você, Ainsleif.

— Por que não?

As covinhas dele reapareceram.

— Você preferiria que eu tivesse? — indagou Keiran.

— Claro que não. Mas faria muito mais sentido do que... *isso* — concluiu a garota, se referindo à estranha situação entre os dois.

Keiran parecia ter entendido, e Emory sentiu vontade de derreter sob o olhar caloroso dele.

Então o garoto pegou a mão de Emory, que não teve escolha a não ser segui-lo pela sala de arquivos. Ela não fazia ideia de que aquele lugar era tão grande. À medida que avançavam, as estantes ficavam mais velhas, e o cheiro de mofo impregnou seu nariz. Keiran a ajudou a subir por uma escada de ferro estreita até um sótão escuro feito breu.

O garoto soltou a mão dela para acender uma lanterna de luz perpétua e, de repente, dezenas de pontos brilhantes iluminaram o sótão. A luz da lanterna era refletida por uma quantidade imensa de espelhos, de vários formatos e tamanhos, alinhados com perfeição.

O espaço parecia mais um museu abandonado do que o sótão de uma sala de arquivos. Havia quadros encostados na parede, cômodas de carvalho, várias estantes acumulando poeira e, por todos os cantos, objetos inesperados: espadas, arcos e flechas, rolos de pergaminho tão antigos que já haviam começado a se desintegrar, relógios quebrados, vasos lascados, instrumentos de corda dourados e uma pintura inacabada de flores silvestres em um campo ensolarado.

— Farran apelidou este lugar de Refúgio Esquecido — disse Keiran. — Nós o encontramos durante nosso primeiro ano em Aldryn, enquanto vasculhávamos os arquivos em busca de informações sobre a Ordem. Muitas dessas coisas são lixo, mas...

— Essas são as fotografias que você está restaurando? — interrompeu Emory.

Ela pegou uma placa de prata, parecida com a que vira o garoto restaurar anteriormente. Estava exposta em uma cômoda com pés em forma de garra. A superfície da imagem não estava mais turva, e sim polida o suficiente para revelar a silhueta de três pessoas olhando para a câmera.

— Uma delas, sim — respondeu Keiran. — Essa ainda não está pronta. Acho que, se eu me dedicar um pouco mais, vou conseguir revelar os rostos.

— As coisas que você consegue fazer com sua magia são incríveis.

— Que bom que você acha. Antes eu não gostava de ser um Guardião da Luz — confessou ele, com um sorriso tímido. — Eu queria ser um Memorista, um Adivinho ou um Desatador. Achava que não conseguiria fazer muita coisa com a magia de luz, e eu queria realizar feitos grandiosos. Foi o que me atraiu para a Ordem. Nós somos ensinados que nascemos com uma magia específica e que só nos resta aprimorar essa única habilidade ao máximo. Mas eu sempre quis ultrapassar esses limites. Eu não queria ter limite algum.

Ele olhou para Emory como se ela fosse a resposta para aquele desejo, uma maneira de acessar todas as magias. A garota baixou o rosto, analisando a imagem na placa de prata. Era evidente que se tratava dos contornos de três homens vestidos com roupas antiquadas, sentados no que deveria ser uma taverna sofisticada. Apenas os rostos continuavam manchados.

— Meu pai é um Guardião da Luz — revelou Emory, baixinho. — Ele trabalha cuidando de um farol. Ele não tem magia suficiente para usar o sigilo da Casa Lua Cheia, mas adora o que faz. Foi onde eu cresci, em um pequeno farol na Baía de Harebell.

Ao pensar em sua casa, Emory sentiu vontade de voltar para lá.

— Sempre tive medo de acabar como ele. De não passar nos testes, não receber o sigilo da Lua Nova, não poder estudar aqui em Aldryn — confessou Emory, soltando uma risada amarga. — Eu sempre me senti insignificante como Curandeira, mas agora tenho essa magia inexplicável e estou com medo de estragar tudo.

Keiran segurou a mão dela, acariciando sua marca em espiral com o polegar.

— Você não vai estragar nada — garantiu ele, então conduziu a atenção dela para um grande quadro encostado na parede. — Era isso que eu queria te mostrar.

A pintura parecia estranhamente bonita banhada pela luz refletida nos espelhos. Pinceladas expressivas em tons escuros retratavam um jovem deitado em uma poça de água, sangue e espuma do mar, com as mãos dobradas sobre o peito. Ele sorria, mesmo com sangue escorrendo de um ferimento em sua barriga.

Que coisa estranha de se mostrar, pensou Emory.

— O que é? — perguntou ela.

Keiran contemplava a pintura com uma expressão de reverência. Por fim, respondeu:

— É um mistério. Não tem assinatura, ninguém sabe nada sobre a obra ou sobre o pintor. Não há nada na técnica que lembre o trabalho de outro artista. Não sei por que me sinto tão fascinado por esse quadro. É primoroso de uma forma mórbida. A escuridão, a ausência de feições do homem. A maneira como ele está sorrindo, mesmo no fim da vida. Acho que essa pintura me lembra que há beleza até na morte. Farran sempre acreditou nisso.

Emory se lembrou do que Virgil dissera sobre a magia ceifadora. Então observou a pintura novamente, tentando vê-la com outros olhos.

— Meus pais estavam em Threnody a trabalho quando morreram — disse Keiran baixinho, seu olhar ainda fixo na pintura. Talvez fosse mais fácil falar sobre isso sem encarar Emory. — Estavam buscando obras para a galeria deles. É por isso que gosto tanto deste lugar. Me faz lembrar os meus pais.

O garoto pigarreou e prosseguiu:

— Não sobrou nada deles para enterrar. A explosão foi forte a esse ponto. No funeral, eu me lembro de estar tomado por *ódio* da pessoa que fez isso. Para mim, não fazia diferença que tivesse sido um acidente. Eu precisava acreditar que a pessoa que tirou meus pais de mim era um monstro. Fiquei feliz quando ele foi mandado para o Instituto e recebeu o Selo Profano.

Uma suspeita terrível tomou conta de Emory. Com o sangue latejando nos ouvidos, ela perguntou:

— Quem foi o nascido no eclipse que matou seus pais?

Keiran olhou para ela com um sorriso desolado. A tristeza em seu semblante partiu o coração de Emory.

— Me conta — insistiu ela. — Por favor.

Ele engoliu em seco e sussurrou:

— Theodore Brysden.

O pai de Baz e Romie.

Emory balançou a cabeça, sem conseguir acreditar. Mas fazia sentido. A cronologia dos acontecimentos, a reação de Baz ao ver Keiran com ela no pátio. O desprezo que Lizaveta sentira por Emory desde o início, mesmo antes de saber que a garota era nascida no eclipse, provavelmente por ela ser amiga de Romie.

— Pelas Marés, Keiran. Sinto muito. A Romie sabia?

— Sim. Eu nunca a culpei por isso — acrescentou ele depressa — nem o irmão dela. Foi um acidente. E nós não somos nossos pais.

Emory não conseguia imaginar a dor de perder os pais daquela maneira, de estar dividida entre a sede de vingança e a aceitação, a raiva e o perdão, ao pensar na pessoa que os matou. Fazia ainda menos sentido que ele tivesse aceitado Emory e ainda por cima a defendido com tanto afinco. Ele estava depositando sua confiança em uma garota nascida no eclipse mesmo depois de ter vivido algo tão trágico.

Mas talvez, percebeu Emory, ele também tivesse a intenção de trazer os pais de volta.

Sua magia é a resposta que eu estava buscando.

Keiran comprimiu os lábios, olhando para o quadro outra vez.

— Eu não consegui continuar em Trevel depois da morte dos meus pais. As lembranças eram dolorosas demais. A reitora Fulton era uma grande amiga da minha família e se ofereceu para me acolher, então continuei estudando as matérias da escola preparatória aqui mesmo em Aldryn, sob a tutela dela. Quando cheguei, estava com muita raiva. Não conseguia entender por que os nascidos no eclipse eram aceitos nessas salas sagradas, por que instituições como Aldryn colocavam todos os outros alunos em risco dessa maneira. Então, no primeiro ano que passei com Fulton, um Ceifador matou outro estudante em um acidente terrível. Ele perdeu o controle da magia no calor do momento. Foi um erro. Mas isso me fez perceber que um Ceifador poderia causar tanta morte e destruição quanto um aluno da Casa Eclipse. Eu entendi que qualquer um de nós poderia cometer um deslize a qualquer momento. Só porque não entramos em Colapso não significa que estamos isentos de risco. Acidentes com magia podem acontecer com qualquer pessoa.

Depois de uma pausa, Keiran se voltou para Emory.

— Você me perguntou por que não tenho medo de você. A verdade é que eu tenho medo, mas só porque enxergo o seu potencial. Seu poder. — Ele se aproximou e colocou uma mecha de cabelo atrás da orelha de Emory. — Tenho medo de você da mesma forma que qualquer pessoa sente medo da morte e ainda assim é fascinado por ela, essa força inevitável e invencível à qual todos nós nos curvaremos no final.

No passado, uma força como aquela teria assustado Emory, mas, diante de Keiran, se sentindo tão encantada por ele quanto o garoto dizia estar pela magia dela, por *ela*... não sentia medo algum.

Naquela noite, a caminho da estufa, Emory finalmente encontrou Baz. Ele parecia ainda mais desalinhado do que de costume, com o cabelo bagunçado, os óculos tortos e apenas um lado da camisa enfiada na calça. Estava com os olhos fixos em um livro e não reparou quando a garota se aproximou.

— Oi — cumprimentou Emory.

Baz levantou a cabeça, pego de surpresa.

— Ah, oi — disse ele, colocando o livro debaixo do braço.

— Você não estava na biblioteca hoje de manhã — comentou ela com um sorriso tímido, torcendo para que a amizade deles não estivesse arruinada.

Baz desviou o olhar, mantendo o semblante sério.

— É. Desculpa. Foi uma noite longa.

A frieza dele a fez titubear. Baz estava diferente, tomado por um cansaço maior do que o normal. Emory queria dizer para o garoto que tudo ficaria bem, que ela traria Romie de volta e os dois a veriam e ouviriam sua risada outra vez... mas não podia, porque tinha acabado de fazer um juramento à Ordem. Seria perigoso envolver Baz em algo que ela mesma ainda não entendia direito, *principalmente* considerando o passado que ele e Keiran compartilhavam.

Se ela tivesse êxito, se conseguisse despertar as Marés e fazer com que trouxessem Romie de volta, Baz entenderia e perdoaria suas mentiras.

— Eu estava indo para a estufa — disse Emory —, mas se a oferta de me ajudar a praticar magia no Hall Obscura ainda estiver de pé...

A mandíbula de Baz ficou tensa. Ele a observou por cima da armação dos óculos, parecendo esperar que ela dissesse mais alguma coisa. Por fim, soltou um longo suspiro e retrucou:

— Não posso agora.

Foi como levar um soco.

— Ah.

— Sinto muito. Estou atrasado para encontrar a professora Selandyn.

— Claro, eu entendo.

Se Baz percebeu a decepção na voz de Emory, não deixou transparecer. O garoto se afastou com um semblante distraído.

Emory tentou não ficar triste por ter sido deixada de lado. Afinal, não podia exigir que Baz estivesse sempre à sua disposição. No fim das contas, ela estava se aproveitando dos sentimentos de Baz para conseguir o que queria. Talvez ele tivesse finalmente percebido isso.

Então por que Emory estava tão desapontada?

E, pelas Marés, como ela praticaria magia sozinha?

"Um poder como o seu está destinado a feitos grandiosos", dissera Keiran.

Talvez ela não precisasse de Baz. Se tinha usado sua magia sem incidentes na noite anterior, diante de toda a Ordem, sem dúvidas conseguiria fazer o mesmo na privacidade da estufa.

Mas já havia alguém lá dentro.

Nisha se parecia com Anima em pessoa, parada em meio a todas aquelas plantas mortas, o rosto voltado para o céu como se suplicasse à lua. Ela usava uma blusa creme de gola alta com um vestido vermelho por cima, sem batom e com os cabelos pretos soltos.

Seus olhos estavam marejados.

— Você está bem? — perguntou Emory.

Nisha esfregou as bochechas depressa para secar as lágrimas.

— Desculpe. Estou, sim. Eu estava voltando para o Hall Crescens quando finalmente criei coragem para entrar aqui — explicou Nisha, olhando em volta com uma expressão melancólica. — Eu sinto saudade da Romie. É estranho estar aqui sem ela, não é?

Um sentimento amargo cresceu dentro de Emory, e a garota sentiu uma raiva súbita de Nisha. Quem era ela para sentir saudade de Romie? Ela não a conhecera tão bem quanto Emory. Sua dor não se comparava à dela.

— Sabia que ela falava de você o tempo todo? — acrescentou Nisha, com um sorriso hesitante. — Sempre dizia que queria ser mais parecida com você.

— C-comigo? — gaguejou Emory, chocada.

Ela sempre quis ser mais parecida com Romie, tão segura de si e dos próprios sonhos, tão cativante e sociável.

— Romie vivia falando que gostaria de ser mais determinada e disciplinada, como você — explicou Nisha, com carinho na voz. — Você sabe como ela era distraída.

Era verdade. Romie queria viver tudo ao máximo, mas sempre se distraía com a próxima novidade. Nada a satisfazia, e seus objetivos mudavam o tempo todo. Quando perdia o interesse por uma coisa, não hesitava em deixá-la para trás. Por isso, a maioria de seus projetos ficava pela metade.

Emory era o oposto. Quando se propunha a fazer algo, ia até o fim.

— Uma vez, ela me disse que não se conhecia direito porque vivia mudando, sempre com novos sonhos e interesses — continuou Nisha. — Mas que, apesar disso, sempre podia contar com a sua constância. Ela achava você incrível. Uma pessoa que permanecia fiel a si mesma e aos amigos, não importava o que acontecesse. Romie amava isso em você.

Emory sentiu lágrimas brotarem em seus olhos. Por que Romie não dissera tudo isso a ela meses antes, em vez de se afastar para passar mais tempo com Nisha? Raiva e ciúme borbulhavam dentro dela.

— Ela não falava muito de você — comentou Emory, um pouco cruel. Para amenizar as próprias palavras, acrescentou: — Mas nós mal estávamos conversando na época em que tudo aconteceu.

— Nós também não — confessou Nisha.

— Pensei que vocês duas fossem próximas.

— Ela também se distanciou de mim. Não era só a Ordem, tinha outra coisa preocupando Romie, mas ela não se abria comigo sobre isso. — Nisha engoliu em seco, colocando o cabelo atrás da orelha. — Ela contou para você sobre a gente?

— Sobre a Ordem? Claro que não.

— Não. Sobre nós duas.

Emory franziu a testa, tentando entender. Então a ficha caiu.

— Ah.

Ah.

— Vou considerar isso um não — disse Nisha, com um sorriso triste. — Mas, sim, nós estávamos namorando.

As peças se encaixaram tão depressa que Emory sentiu vontade de gritar consigo mesma. Ela sabia que Romie gostava tanto de garotos quanto de garotas, mas nunca suspeitara que Nisha pudesse ser mais do que uma amiga. Ela sentira tanto ciúme da amizade das duas que não tinha enxergado o que estava bem debaixo de seu nariz.

— Nós nos encontrávamos aqui — revelou Nisha, correndo o dedo por uma folha morta. — A Ordem não gosta que membros se relacionem com iniciados por questões de favoritismo. E eu também conhecia um pouco do passado de Keiran e Lizaveta com o pai de Romie, mas eu não ligava para nada disso. Estava fascinada por ela. Romie era tão... atraente. Tão cheia de vida. É estranho que ela não tenha sido uma Encantadora.

A vulnerabilidade de Nisha pegou Emory de surpresa.

— Sim. Eu pensava o mesmo.

— Enfim. Ela não parava de falar sobre como queria usar outras magias, e eu sabia sobre a existência dos sintéticos, mas não podia contar.

Então dei uma dica e disse que, se ela quisesse entrar na Ordem, teria que convencer Keiran, porque já tínhamos dois candidatos da Casa Lua Minguante. Romie invadiu os sonhos dele e foi isso. Nós a escolhemos no lugar de outro Sonhador.

O sorriso de Nisha se esvaiu, dando lugar a um semblante pesaroso.

— Você me odeia? Por ter apresentado a Ordem para Romie?

Emory refletiu sobre a pergunta. Ela tinha odiado Nisha por ter feito com que Romie se afastasse, mas ela própria também foi responsável por isso. Ela e Nisha estavam lidando com a mesma culpa e tentando entender se poderiam ter feito algo diferente para salvar Romie de seu destino trágico.

— Acho que Romie teria encontrado uma maneira de fazer o que bem entendesse, como sempre — disse Emory, por fim.

— Ela era teimosa, não era?

As duas compartilharam um sorriso cúmplice. Aquela era a sensação de ser próxima de Romie, afinal: a de saber um segredo, a de conseguir desvendar o mistério que ela era para as outras pessoas.

— Bom, é melhor eu ir — disse Nisha, se preparando para sair.

Emory a deteve.

— Espera — pediu a garota em um sussurro, mexendo em um fio solto na manga de sua blusa. — Você acha... Você realmente acredita que podemos trazê-la de volta?

— Eu tenho que acreditar — respondeu Nisha, com um brilho resoluto no olhar. — Eu amo Romie demais para aceitar um mundo sem ela.

Ela encarou Emory, um vínculo se formando entre as duas.

— Tenho medo de não conseguir — admitiu Emory em voz baixa.

O rosto de Nisha se iluminou com um brilho travesso.

— Você sabe o que Romie diria.

— O medo de fracassar é um monstro ridículo que te impede de ter sucesso?

As duas riram, e toda a hostilidade se dissipou.

Pouco depois, Nisha voltou a ficar séria.

— Você não está sozinha, Emory — disse ela, com a voz suave. Então tocou uma planta morta, erguendo a sobrancelha. — Quer ajuda para praticar?

BAZ

Na manhã do Equinócio de Outono, Baz estava na Cripta novamente. A professora Selandyn tinha mexido uns pauzinhos para que a reitora Fulton autorizasse o acesso dele ao livro *Marés obscuras: Movimentos de maré raros ao longo das décadas*, embora não sem certa insistência de Baz. Selandyn parecera desconfiada ao ouvir o título e, quando o garoto mencionara o interesse de Romie no livro, esperando que isso fosse convencê-la a concordar, a professora ficara em silêncio por um momento.

"Isso tem a ver com a visita que você fez aos doidos de pedra que se autodenominam Atlas Secreto?", perguntara ela. Diante da expressão surpresa de Baz, Selandyn acrescentara: "Jae me contou. Espero que você não tenha levado a sério nada do que aqueles fanáticos disseram."

"Pensei que a senhora, mais do que ninguém, estaria aberta às ideias deles."

Selandyn soltara uma gargalhada.

"Meu caro rapaz, você já trabalhou comigo por tempo suficiente para saber que há uma diferença entre teorias improváveis e fantasias absurdas. O Atlas Secreto levou a história do epílogo longe demais. As pessoas perdem o juízo tentando encontrá-lo. Tornou-se um jogo perigoso, do qual apenas tolos participam."

"Até Jae?"

"O interesse de Jae é puramente acadêmico, elu não se interessa por essa caça ao tesouro. Tem que me prometer que não vai se meter nisso, Basil."

Ele ainda sentia o gosto amargo da promessa falsa quando pegou o exemplar de *Marés obscuras* da prateleira.

Era um livro de aparência inofensiva: encadernação simples em couro escuro, título prateado desgastado pelo tempo. Baz abriu na página com a epígrafe e reconheceu a rima mencionada por Kai:

Há marés que afogam e marés que atam,
marés com vozes que maltratam,
marés banhadas pela lua com olhos tenebrosos
e marés que dançam sob céus misteriosos.

As palavras pareciam apenas divagações poéticas, mas fizeram os pelos da nuca de Baz se arrepiarem. Alguém tinha desenhado com capricho as oito fases da lua acima dos versos e dois símbolos abaixo, representando os eclipses lunar e solar. Uma constelação espiralada também envolvia as palavras, formada por estrelas feitas com traços infantis em caneta azul. Eram iguaizinhas às estrelas que Romie desenhava quando ela e Baz tentavam copiar as ilustrações das Marés, especialmente de Quies, a Anciã Minguante, sempre retratada admirando um manto de estrelas.

Parece com os meus sonhos. Tem tantas estrelas!

Baz levou o livro de volta à recepção para que Nisha Zenara carimbasse o cartão de retirada. O nome de Romie não constava na lista de pessoas que pegaram o livro emprestado. Ele perguntara isso a Nisha ao chegar, notando o breve lampejo de reconhecimento no rosto da garota ao ouvir o título *Marés obscuras*. Mas ela fingira não saber de nada, checando o livro de registro e afirmando que Romie nunca fora à Cripta. Baz sabia que não era verdade. Se elas haviam sido tão próximas quanto Kai sugerira, Nisha provavelmente tinha deixado Romie entrar escondida.

Ansioso demais para esperar até chegar aos aposentos da Casa Eclipse, Baz começou a ler o livro enquanto subia a escada de pedra estreita que levava à biblioteca do Hall Decrescens, logo acima da Cripta. Ele tinha acabado de passar pelos dois bustos de mármore posicionados como sentinelas, usando coroas de louros folheadas a ouro, quando finalmente ergueu os olhos do texto.

E deixou o livro cair no chão.

Keiran Dunhall Thornby estava bem na sua frente.

— Brysden — disse ele, com uma voz estranhamente tranquila.

O tempo ficou suspenso enquanto os dois se encaravam, então retrocedeu na mente de Baz. Ele se lembrou de Keiran com quinze anos no tribunal, sozinho e com raiva por ter perdido os pais tão repentinamente, fuzilando Baz com um olhar de mágoa e ódio.

Por um acordo tácito, os dois mantinham distância em Aldryn, sabendo que entrariam em conflito caso se aproximassem demais. Era raro que se encontrassem sem ninguém para mediar a interação.

Quando Keiran abandonou a máscara perfeita de civilidade e indiferença que sempre usava, Baz percebeu com horror que estavam sozinhos pela primeira vez.

Ele deu um passo involuntário para trás quando Keiran avançou — não em Baz, mas em direção ao livro caído no chão. O garoto abriu um sorriso presunçoso ao ver que Baz recuara e leu o título. De repente, seu rosto foi tomado por uma expressão preocupada e seus ombros ficaram tensos. Devagar, Keiran ergueu os olhos e o encarou. Uma onda de violência parecia estar se formando dentro de Keiran, como uma tempestade prestes a desabar. Era como se ele reconhecesse o livro e soubesse as implicações de Baz tê-lo consigo.

Antes que pudessem dizer qualquer coisa, a reitora Fulton apareceu, exclamando:

— Ah! Eu estava mesmo procurando você.

Ela parecia estar se dirigindo a Keiran, em um tom casual que deixou Baz surpreso. A reitora hesitou quando o viu.

— Ah, sr. Brysden. Não vi você aí — acrescentou ela, olhando de um para o outro, sem dúvida percebendo a tensão. — Está tudo bem?

— Tudo ótimo — respondeu Keiran, com um sorriso afetado. — Não é mesmo, Brysden?

— Sim — concordou ele, entredentes.

Fulton olhou para Baz por um longo momento.

— Certo. É bom ver você, sr. Brysden. Espero que aproveite o Festival do Equinócio hoje à noite. Sr. Dunhall Thornby, na minha sala, por favor — ordenou a reitora, em um tom que não dava brecha para discussão.

Keiran devolveu o livro a Baz com uma expressão de desdém.

— Boa leitura.

— "Portas para as Profundezas" — leu Vera, analisando o livro enquanto se dirigiam ao Festival do Equinócio, e então o empurrando de volta para Baz sem cerimônia. — Já ouvi falar disso. São vórtices de água que drenam o mar para profundezas inimagináveis. Dizem que são causados por antigas cavernas marinhas que desmoronaram, não é?

— Isso.

Baz folheou as páginas de *Marés obscuras*. Havia uma atmosfera de empolgação enquanto os alunos se dirigiam para as margens do rio Helene. Lanternas de luz mágica pendiam de galhos altos e ladeavam o caminho que levava até o rio, passando pela floresta ao redor da colina onde se erguia a Academia Aldryn. As lanternas quase não eram necessárias naquela noite, pois a lua crescente gibosa brilhava no céu, iluminando toda a floresta.

Não havia sinal de Jae. Elu tinha mandado um recado a Baz na manhã seguinte ao encontro no Instituto, avisando que estava em segurança e confirmando que iria para o festival. Era só por isso que Baz decidira ir. O garoto nunca comparecia a eventos daquele tipo — havia gente demais, era um pesadelo do começo ao fim. Ao menos tinha Vera para lhe fazer companhia. Ela estava empolgada, disse que nunca tinha visto um festival daqueles, já que não existia nada parecido em Trevel. Baz desconfiava que ela também gostaria de rever Jae, pois ficara fascinada com a magia delu.

O garoto mal podia esperar para perguntar a opinião de Jae sobre o *Marés obscuras*. Era um livro muito curioso. Havia teorias estranhas sobre como movimentos raros das marés supostamente influenciavam a magia de formas ainda mais surpreendentes do que os eclipses. Correntes de retorno que traziam pragas mortais ou fortuna imensurável; marés que garantiam vida longa e outras que resultavam em transformações que só podiam ser fruto de lendas; contos de tritões e de homens que uivavam para a lua como lobos. E havia também os buracos d'água, que funcionavam como portais e levavam a portos e continentes distantes... ou até mesmo a outros mundos.

Era exatamente o tipo de leitura que a professora Selandyn apreciava. Magias impossíveis e teorias que não pareciam plausíveis, mas que ela investigava mesmo assim, para provar se estavam certas ou erradas. Baz havia pensado em falar com ela sobre esse livro, mas, depois do que a professora o fizera prometer, o garoto decidiu que seria melhor consultar outra pessoa.

— Mas você acha que podem ser portais *de verdade?* — perguntou Baz a Vera, entusiasmado. — Dê uma olhada...

Ele parou debaixo de uma das lanternas e abriu o livro em uma passagem que chamara sua atenção:

A água desaparece por esses buracos arrastando qualquer coisa ou pessoa que caia ali dentro. Dizem que as Marés viajaram por eles para levar a Sombra até as Profundezas, resultando assim na crença de que os buracos se tratam de portas para as Profundezas, portais para o inferno que existe no fundo do mar. Outros acreditam que essas marés deságuam em praias longínquas, embora ninguém tenha sobrevivido para contar a história.*

* Os autores desta obra recomendam que os leitores tomem cuidado com essas "portas" e se isentam de qualquer responsabilidade em caso de desaparecimento, ferimento ou morte.

Vera franziu a testa.

— Você acha que Dovermere é uma porta para as Profundezas? — questionou ela. — Um portal para outros mundos?

— Acho que, no mínimo, era nisso que minha irmã acreditava.

— Só que Dovermere ainda está intacta, não é uma caverna colapsada... e não é nada parecida com esses buracos d'água.

Baz resmungou e guardou o livro na mochila. Vera tinha razão. Talvez ele estivesse se esforçando para acreditar em algo que não fazia sentido. Mas ainda assim...

Um portal em um livro, uma porta para as Profundezas, uma música vinda do espaço entre as estrelas. Tudo levava a Dovermere.

Jae teria respostas. Baz tinha certeza disso.

O garoto enfiou as mãos nos bolsos do casaco, atento ao som das folhas sendo esmagadas sob seus sapatos. As árvores tinham acabado de começar a perder as folhas, criando um tapete dourado e laranja no caminho dos alunos até o festival. Eles andavam em grupos de dois e três, rindo e conversando alegremente sobre a noite que estava por vir e as várias festas planejadas pós-festival.

— Sabe, minha mãe sempre disse que, se existia alguém capaz de encontrar o epílogo, esse alguém era Adriana — comentou Vera de repente, chutando uma pinha. — Quando ela colocava uma coisa na cabeça, não sossegava até conseguir o que queria. Ela era muito jovem quando veio para cá. Navegou pelos mares sozinha, passou por todas as cidades portuárias e por todos os lugares importantes da costa onde imaginou que o epílogo pudesse estar escondido. Mas Aldryn era o destino principal, já que Clover estudou aqui.

O caminho diante deles se ramificava em duas direções: rio abaixo para a esquerda e rio acima para a direita. Os alunos selecionados para realizar as demonstrações de magia deveriam seguir para a direita, rumo ao cais de madeira de onde as embarcações sairiam. Baz e Vera viraram à esquerda e chegaram à margem do rio, onde os alunos se reuniam sentados em cobertores estendidos no chão.

Havia quiosques aqui e ali, vendendo bebidas e guloseimas para serem saboreadas durante a apresentação. Vera puxou Baz para comprar bolinhos fritos e chocolate quente.

— Você não tem a menor ideia do que aconteceu com ela? — perguntou o garoto, enquanto Vera entregava algumas moedas ao atendente do quiosque.

A garota tomou um longo gole de chocolate quente, fechando os olhos.

— Ela desapareceu — explicou Vera, por fim. — Pode ter sido porque seu navio virou, ou porque alguém chegou ao epílogo antes e a matou, ou porque ela encontrou uma porta para as Profundezas e foi parar em outro mundo. De qualquer forma, ela se foi. Fim da história.

Ela enfiou o saco de papel com os bolinhos bem perto do rosto de Baz, praticamente forçando-o a pegar um.

— Como você faz parte do Atlas Secreto, pensei que estivesse procurando o epílogo — contou o garoto.

Vera riu, lambendo açúcar dos dedos.

— Eu faço parte do Atlas Secreto porque nasci em uma família que acredita na magia de outros mundos. Eu também acredito, mas confie nesta garota quase sem magia: alguns poderes estão além da nossa compreensão e é melhor deixá-los quietos. — Vera enfiou o último bolinho na boca. — Pense bem antes que essa obsessão por Dovermere acabe matando você. Agora será que podemos encontrar um bom lugar? Não quero perder o espetáculo.

Quando a garota percebeu que Baz procurava por Jae, acrescentou:

— Tenho certeza de que elu vai aparecer. Mas não adianta ficar procurando por Jae no meio de tanta gente. Vamos sentar.

Baz sabia que ela tinha razão. Mesmo assim, a inquietação fazia seu estômago se revirar, e ele acabou se arrependendo de ter comido fritura — especialmente quando avistou Emory, sentada a menos de três metros de distância, ao lado de uma garota de cabelos escuros. Baz desconfiava que ela se chamava Penelope.

Assim que o avistou, Emory deu um sorriso contido a que Baz não soube como responder. Os dois não se viam desde o encontro no pátio. Embora o garoto se sentisse mal por ter adiado a sessão de treinamento que tinha prometido a ela, acreditava que era melhor assim. Ele já estava lidando com coisas demais... Porém, naquele momento, percebeu que sentia falta das manhãs tranquilas que passavam juntos na biblioteca. Que sentia falta *dela*.

— Ela é sua amiga? — perguntou Vera, cutucando o garoto. Quando Baz tentou desconversar, ela arqueou a sobrancelha e declarou: — Vamos lá falar oi.

— Não, Vera...

Mas a garota já estava se apresentando a Emory e Penelope, que a convidaram para se sentar com elas. Baz não teve escolha a não ser se juntar ao grupo também. Penelope estava sentada no meio, entre Vera e Emory, e aquele era o pior pesadelo de Baz. Em pânico, o garoto se acomodou ao lado de Vera, que lhe lançou um olhar de repreensão, como se dissesse: "Não aqui, seu idiota." Tarde demais. Baz cumprimentou Emory com um aceno de cabeça e então voltou a procurar por Jae na multidão, tentando não pensar em como Kai riria dele se estivesse ali.

Enquanto Vera conversava animadamente com Penelope, que tinha família em Trevel e conhecia alguns colegas de Vera na universidade, alguém se ajoelhou ao lado de Emory. O estômago de Baz se revirou. Keiran se inclinou para sussurrar algo no ouvido dela, e Baz percebeu a forma como Emory baixou a cabeça para esconder um sorriso.

Então era isso.

Algo dentro de Baz se apagou. Ele virou o rosto, mas não antes que o olhar de Keiran cruzasse com o dele, contendo apenas um indício da tempestade que Baz vira antes.

Boa leitura.

Será que Keiran sabia sobre os portais que levavam às Profundezas? Sobre o interesse de Romie no assunto?

Baz achou estranho que o garoto estivesse ali. Era de se esperar que fizesse parte da delegação de sua casa lunar, dadas suas notas altas. Por outro lado, Keiran provavelmente já tinha garantido um futuro de prestígio sem precisar recorrer às apresentações do festival.

De repente, os alunos mais à frente exclamaram alguma coisa. O burburinho das conversas diminuiu quando os barcos elegantes apareceram à distância, com a madeira escura dos cascos brilhando sob o luar. Cada um estava adornado com arranjos de flores das respectivas casas lunares, que enchiam o ar com um aroma doce de verão que destoava do frio do outono.

O espetáculo estava começando.

Vera cutucou Baz com o cotovelo e comentou:

— Eu não sabia que Reguladores frequentavam esse tipo de evento.

Ela apontou para uma árvore próxima, onde um Regulador uniformizado estava acompanhado de uma aluna ruiva muito bonita. Os dois pareciam concentrados em uma conversa muito séria. O Regulador lançou um olhar por cima do ombro, e Baz notou as semelhanças entre seu rosto e o da garota ruiva. Algo prateado passou das mãos dele para as dela.

— Tá, isso não foi nem um pouco suspeito — murmurou Vera, sarcástica.

A aluna guardou o objeto no bolso e se afastou. Havia algo de familiar nela, em ambos, mas os dois desapareceram na multidão antes que Baz pudesse entender o que era. Ele pensou ter visto Keiran olhando para os dois, mas então o barco da delegação da Casa Lua Nova deslizou no rio à frente deles, chamando a atenção de todos.

Os quatro alunos escolhidos para fazer as demonstrações de magia — um de cada alinhamento de maré — estavam na proa, vestindo trajes de veludo preto com golas de pele e mangas decoradas com o que pareciam minúsculos flocos neve. De repente, uma escuridão tomou conta de tudo, graças ao Portador das Trevas. As flores de narciso que decoravam as laterais do barco ganharam vida, brilhando como diamantes no breu. Uma brisa leve começou a soprar, conduzindo o barco pela água. Baz ouviu um suspiro dos alunos reunidos mais próximos ao rio e, quando a brisa chegou até ele, o garoto entendeu o porquê.

Havia magia de cura na carícia suave do vento em sua bochecha. Sua leve dor de cabeça diminuiu, e Baz passou a respirar com mais facilidade, se sentindo livre de qualquer dor ou incômodo. Ao seu lado, Vera olhou para as próprias mãos, espantada com o desaparecimento de algum corte ou machucado. Um suspiro de contentamento se espalhou pelos presentes.

Então, um grito de surpresa soou na noite. Baz percebeu o ar se deslocando à medida que murmúrios se elevavam em meio ao silêncio. O garoto sentiu um arrepio. Aquelas vozes não pertenciam aos vivos. Era a magia do Mediador do Além.

O Portador das Trevas ergueu os braços para o céu, manipulando a escuridão para que dançasse sobre eles. Quando outro aluno se aproximou e pousou a mão em seu braço, ele liberou a escuridão e a fez se espalhar pelas águas calmas. Naquele momento, o rio entrou em erupção e uma enorme onda se ergueu e quebrou, espirrando água nos alunos perto da margem. As gotas eram curiosas: nem líquidas, nem sólidas, nem gasosas. Quando chegaram até Baz, ele viu seu próprio rosto refletido nas múltiplas facetas de um prisma. Velho, jovem, de várias maneiras... Não era ele mesmo, mas versões de quem poderia ser. A magia de um Adivinho.

Esse tipo de magia demanda muito de quem a conjura, pensou Baz. Sem dúvida era uma façanha impressionante, ainda mais para os que precisaram usar sangria naquela noite — ou seja, todas as casas exceto a Lua Crescente. Baz não tinha dúvidas de que todos os alunos que se apresentassem receberiam ofertas de estágios e cargos cobiçados.

Ele se voltou para Emory, que tinha um olhar de êxtase, talvez até de inveja. Isso o fez lembrar que havia beleza nesse tipo de magia. Foi difícil tirar os olhos dela, de seus lábios entreabertos, do cabelo que emoldurava seu rosto, a franja caindo sobre as sobrancelhas e se curvando levemente nas têmporas. Sob o luar, ela parecia emanar um brilho prateado, como se tivesse uma aura etérea.

Tão linda.

Baz só desviou o olhar quando a delegação da Casa Lua Crescente apareceu. As quatro alunas usavam vestidos de gola alta, feitos com tecidos translúcidos que iam do azul-claro ao índigo, amarrados na cintura por um cordão prateado. Uma melodia soou de repente. Uma das alunas dedilhou as cordas de um violão e começou a cantar em um idioma que Baz não compreendia, com uma voz grave e suave. Outra aluna se juntou à canção com sua voz alegre e vibrante, e foi como se Baz pudesse ver as reverberações da música no ar, deslizando sobre o rio junto com o barco.

Tudo que as notas atingiam crescia e florescia, atendendo ao clamor da música: os peixes se ergueram da água em um nado sincronizado; algas subiram pelas laterais do barco, entrelaçando-se com as malvas-rosa que o adornavam, dançando ao ritmo do violão; pássaros notívagos, grilos e sapos emprestavam suas próprias vozes à música, e a noite se tornou uma orquestra, o rio um palco, com as duas cantoras como regentes.

A terceira aluna se juntou à cantoria, influenciando a multidão a dançar. Baz sentiu uma presença roçar em sua mente, um dedo encostando nas muralhas de seu íntimo. *Por que não dançar?*, pensou enquanto a música pulsava. Ele bateu o pé no ritmo e sentiu todos ao seu redor se agitarem. Vera soltou uma gargalhada quando se levantou e deu um rodopio animado, atendendo ao estímulo coercivo da magia encantadora.

Foi somente quando a música diminuiu em meio a aplausos ensurdecedores que uma parte distante de Baz pensou que aquele uso de magia não era correto. Mas havia sido algo tão inocente, e a música tinha alegrado seu coração de uma forma que ele não sentia fazia muito tempo, então o garoto simplesmente deixou aquela ideia passar, ansioso para ver o que estava por vir.

Os alunos da Casa Lua Cheia não decepcionaram. Havia um rapaz sem camisa e três garotas usando vestidos prateados translúcidos com decotes muito reveladores. Orquídeas brancas cobriam o interior do barco como um manto de nuvens. O garoto foi até a proa, e todas as lanternas penduradas nas árvores à margem do rio foram apagadas com um único gesto, a luz indo parar na mão estendida dele. Incontáveis luzinhas minúsculas se desprenderam do feixe em sua mão e pairaram no ar. Então dispararam em direção ao céu e explodiram como grandes fogos de artifício. Uma chuva de luz caiu sobre o rio, cintilante e hipnotizante. Quando as gotas tocaram Baz, ele se sentiu curado de todas as suas preocupações, como se o ar que entrava em seus pulmões fosse fresco e reconfortante. Sua alma se elevou, leve como uma pluma, graças à magia purificadora.

Um vento fraco espalhou as pétalas das orquídeas, que voaram pelo rio. Baz sorriu quando uma delas o tocou. Havia magia de proteção naquela leve carícia, uma sensação de segurança, fazendo com que toda a tensão deixasse seu corpo. Outras luzes explodiram no céu como fogos de artifício, e os alunos riram, maravilhados, extasiados com a felicidade forjada que chovia gentilmente sobre eles. O Guardião da Luz libertou a luz que restava em sua mão, fazendo com que percorresse o fundo do rio como uma fita colorida antes de devolvê-la às lanternas, iluminando a margem do rio outra vez.

Todos aplaudiram, e Baz não sabia se estava sorrindo com alegria genuína ou com a alegria artificial que ainda pulsava em suas veias.

O clima mudou quando as atenções se voltaram para o barco da Casa Lua Minguante. A luz alegre desapareceu, substituída por uma sensação pesada, um silêncio abafado, como se um grosso manto tivesse sido colocado sobre o mundo. A brisa se intensificou, gelada e obscura, e os olhos de Baz ficaram pesados de sono. Sua mente pareceu ficar quieta, em paz. Arcos de papoulas roxas adornavam o barco vistoso, e era como se as flores trouxessem a única cor na noite escura.

A superfície do rio foi tomada por gelo, que também avançou pela grama amarelada e pelas folhas em decomposição ao longo das margens, pelos salgueiros que roçavam a água e pelas papoulas no barco. Tudo isso congelou e murchou, um toque da morte aplicado com maestria. Havia beleza naquilo: era como se a geada estivesse purificando o mundo, expurgando-o de suas velhas feridas para refazê-lo do zero.

A respiração de Baz formou uma nuvem de vapor diante de seu rosto e, nessa nuvem, ele enxergou... *uma lembrança*. Ele e Romie, ainda crianças, lendo sob o salgueiro que ficava no quintal de casa. A névoa se dissipou e, enquanto Baz se perguntava se teria apenas imaginado a lembrança, ele olhou para o rio, onde imensos castelos de gelo cristalino se erguiam da água, feitos de luar, estrelas e sonhos lúcidos.

Então os castelos se desfizeram: eram tramas de sonhos que retornavam à esfera de onde tinham vindo. As lembranças que enevoavam a margem do rio também se dissolveram, revertidas pela magia desatadora, assim como a languidez do sono, que cessou. Os alunos da Lua Minguante fizeram uma reverência solene.

Baz se virou para Emory outra vez, pensando em Romie e no quanto a irmã teria gostado de ver aquilo. Ela sem dúvida estaria no barco da Lua Minguante, conquistando todos com sua magia.

Mas Emory não estava mais lá, nem Keiran. Baz não conseguiu dar nome ao sentimento desagradável que tomou conta de seu peito. Penelope parecia tão desapontada quanto ele.

De repente, uma mão pousou no ombro de Baz. O garoto tomou um susto e se virou, dando de cara com o rosto sorridente de Jae.

— Perdão pelo atraso.

Elu acenou para Vera e olhou de soslaio para Penelope, que guardava suas coisas com uma expressão melancólica.

— Será que devemos...? — começou a sugerir elu.

— Deixa comigo — disse Vera, passando seu braço pelo de Penelope e falando para a garota: — Vamos tomar um pouco de sidra, acabei de ver uma barraquinha logo aqui.

— Ah, não precisa... — replicou Penelope, surpresa.

— É por minha conta. Eu insisto. Assim podemos conversar mais sobre a sua família treveliana. Estou morrendo de saudade de casa.

Vera lançou um olhar incisivo por cima do ombro que dizia: *De nada*.

— Não vou me demorar por aqui — disse Jae, quando os dois ficaram a sós. — Combinei de tomar um drinque com Beatrix.

— Descobriu alguma coisa? — perguntou Baz.

Jae balançou a cabeça.

— Não consegui entrar lá outra vez. O Instituto ficou temporariamente fechado para visitantes depois da nossa aventura. — Elu deu uma piscadela para Baz. — Acho que ficaram assustados.

Baz engoliu em seco, então questionou:

— Você acha que eles sabem...?

— Não, não. Fique tranquilo.

— Que bom.

Tentando não pensar em Kai, o garoto tirou o exemplar de *Marés obscuras* da mochila e o entregou a Jae.

— Queria que você me explicasse o que é isso — pediu ele.

Jae leu o título, depois a epígrafe. Elu franziu a testa.

— Nunca ouvi falar de *Marés obscuras*, mas já vi isso aqui antes — disse elu, se referindo aos verso da epígrafe.

— Onde?

— No diário de Cornus Clover. Bem, "diário" talvez não seja a palavra certa. Alya me deixou dar uma olhada no texto uma vez. O Atlas Secreto tem o único exemplar. Clover escrevia de tudo ali, desde anotações das aulas até listas aleatórias de nomes, datas importantes e eventos. Tem até mesmo algumas passagens que parecem ser os rascunhos iniciais de *Canção dos deuses afogados*. Como esta. — Jae tocou as palavras da epígrafe e declarou: — Clover escreveu esses versos. Eu lembro que tinha um primeiro rascunho do livro, com trechos e palavras rabiscadas e reescritas por toda a página. Havia também um rascunho mais limpo, acompanhado de várias ideias de enredo, nomes de personagens, descrições dos outros mundos e coisas assim. Até mesmo alguns esboços rápidos.

Jae examinou a lombada do livro, procurando pelo nome do autor. Baz sabia que não havia nenhum. Outra peculiaridade de *Marés obscuras* era que havia sido publicado de maneira anônima.

— Quem escreveu isso deve ter tido acesso ao diário de Clover — concluiu Jae.

— Poderia ter sido o próprio Clover? Ou alguém do Atlas Secreto, talvez?

Vera não parecia ter reconhecido a epígrafe.

— Talvez — respondeu Jae, pensative, folheando o resto do livro. — Imagino que você o tenha encontrado na Cripta?

Baz assentiu e explicou:

— Kai me falou sobre esse livro. Disse que Romie estava murmurando essas palavras na esfera dos sonhos. Ele contou para você que os dois estavam procurando o epílogo juntos?

Jae ergueu as sobrancelhas, surprese.

— Não, não contou.

— Os dois foram até o Atlas Secreto e ficaram obcecados em encontrar o epílogo. Foi assim que Kai entrou em Colapso.

Jae xingou baixinho, então declarou:

— Por isso não gosto do Atlas Secreto. Eles colocam ideias malucas sobre o epílogo na cabeça das pessoas, *especialmente* alunos impressionáveis que não conseguem diferenciar interesse acadêmico de…

— Mas e se tudo em que acreditam for verdade? — interrompeu Baz. — Ou pelo menos algumas coisas? Veja.

Ele mostrou a Jae a passagem sobre as portas para as Profundezas, observando atentamente o rosto delu enquanto lia.

— Foi isso que fez Romie ir para Dovermere — concluiu Baz.

— Basil… — começou Jae, suspirando.

Elu apertou a ponte do nariz, depois ajeitou seus pequenos óculos de meia-lua. Pela primeira vez, Baz percebeu o quanto elu tinha envelhecido. Era mais do que apenas os fios brancos ou as rugas sutis ao redor dos olhos e da boca. A exaustão pesava sobre Jae, como se todos aqueles anos de pesquisa e viagens finalmente tivessem cobrado seu preço. Elu parecia cansade até os ossos.

Baz se perguntou como seu pai estaria, depois de tanto tempo definhando no Instituto.

— Eu prometi aos seus pais que cuidaria de você — disse Jae baixinho —, mas nunca precisei, porque você sempre foi inteligente, responsável e mais sagaz do que a maioria das pessoas que conheço. — Os olhos escuros delu eram suplicantes. — Por favor, por mim. Por sua mãe, por seu pai. Não siga esse caminho. Você já viu o que isso faz com as pessoas. Fique longe disso, Basil.

O Instituto, Dovermere, o epílogo: Baz sentia que era uma criança sendo alertada sobre coisas que eram perigosas para ela, mas completamente inofensivas para os adultos ao seu redor. Ele se irritou ao perceber o quanto tinha sido protegido durante toda a vida. Por Jae e pela professora Selandyn. Por Kai, que escondeu o que estava planejando em uma estranha tentativa de poupá-lo.

Pelas Marés, até mesmo seu pai, enquanto era retirado da cena desoladora de seu Colapso, parecera mais preocupado com Baz do que com seu próprio destino terrível.

Será que ele era realmente tão frágil?

Baz abriu a boca para dizer a Jae o que pensava, mas então a fechou, calado pela tristeza no semblante delu.

Uma memória da gráfica lhe veio à mente, uma imagem extraordinariamente nítida do dia em que tudo mudou: os três clientes que entraram e encurralaram Jae, as algemas nulificadoras que um deles sacara, ameaçando levar Jae para o Instituto caso não cooperasse.

Baz não lembrava o que havia sido dito durante a discussão acalorada que ocorrera logo antes de seu pai entrar em Colapso, nem do motivo que levara aquelas pessoas até a gráfica. Mas, de repente, o garoto se lembrou de como Jae parecera assustade, assim como estava naquele instante.

— As pessoas que foram à gráfica aquele dia... — começou Baz, falando lentamente. — Por acaso estavam atrás do epílogo?

Jae franziu o cenho. Antes que elu pudesse responder, Vera e Penelope retornaram, conversando sobre ir a uma festa. Era a última coisa que Baz queria fazer naquele momento.

— Acho que vou voltar para o campus com Jae — disse o garoto. — Estou meio cansado.

— Quem sai perdendo é você — brincou Vera, passando o braço pelo de Penelope e acenando para Baz. — Nos vemos depois.

Jae conhecia Baz, por isso não sugeriu que o garoto ficasse para aproveitar as festividades. Apenas sorriu para ele e, juntos, partiram em direção ao campus. Nenhum dos dois mencionou a gráfica.

Baz olhou em volta, procurando por Emory, pensando em como ela parecia encantada com as apresentações, em como ela estava linda. O garoto se agarrou àquela imagem, prometendo a si mesmo que procuraria por ela pela manhã e cumpriria a promessa de ajudá-la a praticar. Ele queria ver aquele deslumbre em seu rosto outra vez, o orgulho que a iluminava sempre que usava sua nova magia.

Pensar nisso o deixava assustado. *Emory* o deixava assustado, mas talvez fosse exatamente disso que ele precisava. Alguém que não o tratasse como uma criança, mas como um igual.

Alguém que acreditasse nele, por mais difícil que fosse acreditar em si mesmo.

EMORY

— Então, você e Brysden... — disse Keiran, com o cenho franzido, enquanto abriam caminho pela floresta. — Vocês dois são próximos?

Emory sentiu uma pontada de culpa. Estava esperando aquela pergunta desde que Keiran se sentara ao seu lado na margem do rio. A garota tinha ficado preocupada com a possibilidade de ele e Baz terem que interagir — a tensão que pairava entre os dois era como um animal à espreita, pronto para atacar. E ela se sentia responsável por ter sido o que levara os dois ao mesmo lugar.

— Até parece — retrucou Emory, bufando.

A mentira saiu com facilidade.

Era como se ela estivesse de volta à Escola Preparatória de Threnody, sentindo medo de ser vista como amiga de Baz, depois que todos se afastaram dele. A garota tentou convencer a si mesma de que estava fazendo isso pelo bem dele, mantendo-o o mais longe possível da Ordem, mas, na verdade, sentia *vergonha*. Não queria que ninguém da Ordem soubesse o que os dois estavam fazendo, especialmente Keiran, dado seu passado complicado com Baz.

O garoto olhou para Emory de soslaio, como se tivesse percebido a mentira.

— Bom, nós éramos amigos na época da escola — emendou ela. — Mas isso já faz tempo. Quase não nos falamos hoje em dia.

— Mas hoje à noite sim?

Aquilo na voz dele era ciúme ou apenas incômodo com a ideia de Emory ser amiga do filho do assassino de seus pais? Ela analisou o rosto de Keiran no escuro. Ele mantinha a expressão fechada; era uma máscara, como os rostos de porcelana das Marés. Emory não conseguia imaginar como devia ser se lembrar da morte dos pais sempre que via Baz. Sempre que via Romie, também.

— Ele sabe que você é uma Invocadora de Marés? — perguntou Keiran, diante do silêncio de Emory.

Por um instante, a garota cogitou contar a verdade sobre o que acontecera na praia com Travers — que Baz rebobinara o tempo e a salvara de seu próprio poder —, mas descartou a ideia depressa. Revelar aquilo seria uma traição. Baz tinha deixado claro que não queria mais se envolver com ela e sua magia; o mínimo que Emory poderia fazer era respeitar isso e não arrastá-lo para aquela confusão.

— Não. É claro que não — respondeu, por fim.

— Ótimo. É melhor que ninguém mais saiba. — Keiran se aproximou, tocando o cabelo de Emory. — Fica mais fácil guardar seu segredo assim.

Um calor a inundou.

— Não vou contar para ninguém — prometeu Emory.

Ela conseguia ouvir os próprios batimentos. Sua boca se entreabriu ao perceber que Keiran encarava seus lábios. O garoto chegou mais perto, mas então passou por ela e seguiu adiante.

— Já estamos chegando.

Pelas Marés. Ela precisava se controlar.

Emory apressou o passo e o alcançou. O rio apareceu à frente, refletindo o brilho prateado da lua crescente gibosa. Aquele era um ponto mais estreito do rio, mais calmo também. Os salgueiros farfalhavam ao roçar a superfície da água.

— Por que estamos fazendo isso aqui e não no Aldersea, ou mesmo em Dovermere? — perguntou a garota.

— Ninguém vai voltar para Dovermere até descobrirmos como despertar as Marés — declarou Keiran. — Não vou arriscar outras vidas. Além disso, as Marés não regem apenas o mar. O rio pode não ter o mesmo poder que o mar ou Dovermere, mas é onde os primeiros Selênicos realizavam os rituais de Equinócio de Outono. Já fizemos isso algumas vezes, mas sempre parecia que faltava alguma coisa. — Ele olhou para Emory. — É claro que, na época, não tínhamos uma Invocadora de Marés.

A garota desviou o olhar, ficando vermelha.

— Mesmo que o ritual de hoje não dê em nada, é a maneira perfeita de você testar seus poderes — acrescentou Keiran.

Emory torcia para atingir as expectativas dele.

O restante dos Selênicos já estava reunido às margens do rio. Nisha abriu um sorriso radiante para Emory, que retribuiu, contente por ter se acertado com ela.

De repente, um galho estalou ruidosamente atrás deles. Emory se virou e viu Lizaveta se aproximar, segurando uma caixa de metal.

— Trouxe os sintéticos — avisou Lizaveta.

A garota cobriu a Marca Selênica de todos com a substância, que estava imbuída com uma mistura das magias da lua crescente e da lua cheia. "Para honrar Anima e Aestas, que governavam o verão e o outono", explicara Keiran.

Nas versões mais antigas do mito, o ciclo das Marés começava na primavera, com Bruma plantando sementes, seguido por Anima fazendo as plantas crescerem no verão, Aestas protegendo a colheita abundante do outono e Quies serenando o mundo com os ventos gélidos do inverno, para que o ciclo pudesse recomeçar na primavera. Mas aquelas relações tinham sido modificadas para se adequarem a uma perspectiva mais atual: Bruma era associada à escuridão infértil do inverno, Anima, ao crescimento da primavera, Aestas, à exuberância vibrante do verão, e Quies, ao abrandamento do outono.

Como aquela noite era o equinócio que marcava a transição do verão para o outono, eles honrariam os velhos costumes e usariam magia pertencente tanto à lua crescente que os iluminava quanto à lua cheia que estava por vir. Eram magias apropriadas para um ritual como aquele. Com magia criadora, os Selênicos dariam voz a seus propósitos para que eles se realizassem; usariam a coerção da magia encantadora para que as Marés os ouvissem; emitiram luzes para guiá-las em segurança, como faróis, usando magia de luz.

Proteção, pureza, diligência, manifestação. Tudo aquilo tinha potencial para resultar em uma invocação eficaz.

Se despertar as Marés era como abrir uma porta, como Keiran dissera, aquela seria a primeira tentativa de destrancar a fechadura.

Por insistência dele, Emory também foi marcada com a magia sintética, porque talvez ajudasse a ampliar seus sentidos e facilitasse o acesso às outras magias.

Quando os oito formaram um círculo na ordem das fases da lua — Ife e Louis, da Casa Lua Nova, Lizaveta e Nisha, da Casa Lua Crescente, Keiran e Javier, da Casa Lua Cheia, Virgil, da Casa Lua Minguante, e Emory, entre Virgil e Ife, da Casa Eclipse, o elo entre a primeira e a última fase da lua —, a garota teve a impressão de que a magia sintética estava funcionando. Uma pulsação ressoava em seus ouvidos, a melodia de sete corações batendo no mesmo ritmo que o seu. Em sua visão periférica, ela percebeu borrões de cor ao redor de cada Selênico, oscilando e rodopiando de forma misteriosa.

O ar estava frio, e as respirações deles se transformavam em névoa de vapor condensado. Emory sentia a respiração dos demais contra suas bochechas coradas e seu pescoço exposto. Sua pele se arrepiou sob o casaco grosso. Havia uma expectativa no ar, como se a própria noite estivesse ansiosa para ser preenchida pela magia deles.

— Que as Marés nos protejam esta noite — disse Keiran, sua voz impondo poder. Ele olhou para os outros, um de cada vez. — Assim como o verão se derrama no outono, este rio se derrama no mar, levando consigo toda a sua força. Os primeiros Selênicos vertiam suas magias no rio Helene para que fossem levadas até o Aldersea como oferendas às Marés, como um apelo para que ouvissem seu fervor. Era uma maneira de dizerem: *Nós persistimos. Nós nos lembramos.* Esta noite, enviaremos um primeiro chamado para manifestar nosso propósito, para mostrar às Marés que ainda persistimos, que ainda nos lembramos dos costumes antigos e que pretendemos trazê-las de volta.

Keiran olhou para Emory por último. Ela sentiu um frio na barriga.

— Se não der certo, que esta noite sirva ao menos para testar a magia de nossa Invocadora de Marés.

O garoto inclinou a cabeça para Ife e Louis, que entoaram em uníssono:
— Para Bruma, que surgiu da escuridão.

Depois, Lizaveta e Nisha:
— Para Anima, cuja voz deu vida ao mundo.

Então Keiran e Javier:
— Para Aestas, cujo calor e luz protegem a todos nós.

E Virgil, por fim:

— A Quies e à escuridão adormecida que nos guia no fim de todas as coisas.

— Nós as conjuramos das Profundezas — disse Keiran. — Com este ritual, nossa palavra se torna um juramento a vocês. Derramemos nossas magias no rio para vê-las fluir.

Com os olhos fixos em Emory de novo, Keiran tirou o casaco e começou a desabotoar a camisa. Ela olhou para os outros, nervosa. Todos se despiam em silêncio sob o luar.

Virgil foi o primeiro a ficar só de cueca e a correr para o rio, seguido por Nisha, que usava uma lingerie delicada de renda. Quando os dois entraram na água, Emory estremeceu. Por mais absurdo que fosse, ela sentiu o choque da água gelada na própria pele. Virgil puxou Nisha para debaixo d'água, e Emory cambaleou quando novas sensações se apoderaram de seu corpo: o silêncio repentino, a pressão nos tímpanos, o peso do rio acima e abaixo e ao redor dela, como se estivesse submersa.

O som voltou assim que Virgil e Nisha emergiram, rindo e cuspindo água. Emory percebeu que conseguia *sentir* o que eles sentiam, cada sensação, cada suspiro, como se todos eles estivessem ligados por um fio invisível, almas e corpos unidos sob o olho brilhante da lua gibosa, graças à magia presente nos sintéticos.

Quando os outros entraram na água, a atenção de Emory se voltou para Keiran. Ele aguardava, observando-a intensamente. Devagar, Keiran tirou a camisa, e o luar iluminou seu peito nu. Em seguida, começou a desabotoar a calça e ergueu uma sobrancelha para Emory.

Um convite, um desafio.

Que ela estava disposta a aceitar, sem um pingo de medo.

Emory se despiu até ficar só de calcinha e sutiã. Seus batimentos estavam acelerados; sua respiração, ofegante. Ela tremeu com o vento frio enquanto Keiran analisava seu corpo de cima a baixo, prestando muita atenção. A garota enfim percebeu que a nuvem colorida ao redor de Keiran era sua *aura* — e que ela transmitia desejo. Emory sabia que a sua estava igual. Os dois se aproximaram, como corpos celestes atraídos pela gravidade, mas não se tocaram, permitindo que a brisa corresse delicadamente pelos centímetros entre eles.

Se aquela era a sensação provocada pela estranha magia quando nem sequer estavam em contato, Emory mal conseguia imaginar como seria quando enfim se tocassem. Ela não encontrou forças para censurar esses pensamentos nem para focar no ritual. Keiran sorriu com malícia e entrelaçou os dedos nos dela. Os nervos de Emory formigaram, ansiando por mais, querendo eliminar a distância entre eles, mas Keiran a puxou em direção ao rio. Juntos, os dois mergulharam em um mundo de silêncio e escuridão.

Emory prendeu a respiração, mas logo percebeu que conseguia respirar debaixo d'água.

Era a magia de proteção.

A sensação era diferente de quando ela usava a própria magia. Usar a invocação de marés era como abrir uma porta e ser atravessada pelos poderes do ciclo lunar, tão familiares e, de certa forma, parte dela. Já a sensação dos sintéticos era... estranha. Era íntima, como se ela estivesse extraindo poder de uma pessoa específica, como se pudesse *sentir* a essência dessa pessoa correndo em seu sangue. Era quase intrusivo, o que tornava os efeitos ainda mais instigantes.

Keiran estendeu a mão para a superfície, chamando a luz da lua que banhava o rio. O garoto começou a reluzir com um brilho fraco, como uma estrela incandescente, iluminando a água de modo que todos pudessem enxergar os peixes minúsculos que passavam entre eles, as algas ondulantes no fundo do rio e as pernas batendo para se manterem suspensos na água.

Keiran nadou até a pessoa mais próxima, Louis, e passou a mão pela nuca do garoto para trazê-lo para perto. Depois, colocou a outra mão sobre o peito do Curandeiro. Emory assistia à cena com curiosidade. Keiran encostou a própria testa na de Louis em um gesto que era ao mesmo tempo terno e sensual, como a própria Aestas. A luz pulsou das mãos de Keiran para Louis e, quando os dois se afastaram, o Curandeiro reluzia por conta própria. Feixes de luz emanavam de seu peito e de seus braços e serpenteavam ao redor das mãos, que ele levou à altura do rosto, maravilhado.

Emory conseguia *sentir* o deslumbre de Louis através do vínculo que os unia. A luz era poder, transformação, abundância, cura. Continha todo o espectro da lua, acalentando a alma de Louis assim como a dela. A aura dele foi imbuída de beleza e serenidade, assumindo tons dourados e prateados.

Keiran nadou até a pessoa seguinte e se deteve, olhando com expectativa para Emory por cima do ombro. Queria que ela o imitasse, que usasse a magia de luz também.

Por que não? Ela conseguia fazer isso, não conseguia? Só precisava colocar a chave na fechadura certa e abrir a porta.

Emory invocou sua própria magia de luz, permitindo que o poder da lua a envolvesse. Sua respiração se tornou ofegante ao sentir o calor reconfortante da luz... ao sentir tamanho *poder*, sensual, vasto e genuíno.

Ela olhou para Keiran outra vez, prestando atenção na maneira como ele se aproximava de Ife. Eles deram as mãos, e Ife sorriu quando Keiran transferiu a luz para ela.

Enquanto os observava, Emory entendeu quase que instintivamente o funcionamento da magia. Ela se voltou para Nisha, que estava a seu lado, com os longos cabelos escuros flutuando gentilmente ao seu redor. Emory levou a mão radiante à nuca de Nisha e passou o outro braço pela cintura dela. A Invocadora de Marés desejou que uma corrente de luz fosse transferida para Nisha, e então os lábios da garota se partiram em um riso silencioso quando as cores em volta das duas se transformaram em um dourado vibrante.

Emory se sentiu ainda mais poderosa e tão alegre quanto Nisha. Ao se afastar da garota, viu Keiran a alguns metros de distância, envolvendo Lizaveta em um abraço sensual. O cabelo vermelho dela flutuava como uma chama acesa debaixo d'água. Lizaveta puxou o rosto de Keiran para o seu pescoço e sorriu em êxtase quando a luz dele invadiu seu corpo.

Emory sentiu uma pontada de ciúme e se perguntou qual seria o nível de intimidade entre os dois, mas então a garota foi tomada pelo arrepio de prazer que Lizaveta sentiu, transmitido pelo vínculo entre elas.

Alguém tocou no braço de Emory. Virgil a puxou para perto, com uma súplica estampada em seu semblante. Ele ansiava pelo poder que todos compartilhavam. Emory pousou a mão no peito do garoto, fazendo a luz fluir em direção a ele. Ela queria *mais*. Mais daquela magia que a fazia se sentir soberana, invencível.

Um lampejo de malícia surgiu nos olhos de Virgil, como se ele pudesse ouvir os pensamentos de Emory. Ele apontou com o queixo para Lizaveta. A mensagem era clara: Emory poderia ter mais poder, se quisesse. Poderia amplificá-lo.

Sim, pensou Emory, invocando o poder de Lizaveta.

A magia avivadora invadiu seu peito. A garota não sentia que estava sugando o poder de Lizaveta, assim como não parecia estar sugando a magia de luz de Keiran. Emory se perguntou se precisava espelhar a magia de outra pessoa — se era necessário estar em contato com alguém do alinhamento específico que desejava acessar — ou se podia invocar qualquer magia que quisesse, como sugeria o nome Invocadora de Marés.

A luz ao redor dela e de Virgil resplandeceu intensamente com a onda da magia avivadora, como uma supernova. Emory a direcionou para os outros, amplificando suas luzes também. Fios dourados, prateados, azuis e roxos se entrelaçaram, tornando tangíveis os enlaces que uniam os oito Selênicos. As auras multicoloridas cintilavam, arrancando suspiros de todos ao observarem os próprios braços. Então, os fios de luz se reordenaram, lançando-se em direção à superfície em uma descarga de poder.

Emory sabia que havia uma marca gravada pelo luar na superfície do rio: uma espiral como a que ardia prateada no pulso de cada um deles. A Marca Selênica, sagrada e querida pelas Marés.

Por favor, ouçam-nos, mentalizou Emory, desejando que as divindades atendessem ao seu chamado, que absorvessem aquela magia e se elevassem das Profundezas para que pudessem trazer Romie de volta.

Vagamente, Emory se lembrou de Baz e de todos os seus avisos sobre a magia do eclipse, mas ela não sentia medo do poder que fluía em suas veias. Tampouco temia a fatalidade que poderia ocorrer caso ultrapassasse a linha tênue descrita por ele.

De que adiantava ter um poder como aquele se não pudesse usá-lo, se tivesse que reprimi-lo constantemente?

Emory era uma Selênica, a primeira nascida no eclipse a ter essa honra. Isso tinha que significar alguma coisa.

Ela encontrou o olhar de Keiran, cheio de admiração, assombro e algo mais que a garota não conseguia decifrar. Foi ali, dentro do rio, que finalmente acreditou que talvez sua magia pudesse mesmo trazer as Marés de volta.

Emory encontraria uma maneira, nem que fosse apenas para que Keiran continuasse olhando para ela daquele jeito.

Eles saíram da água tremendo de frio e foram correndo se vestir. As festividades do Equinócio de Outono pareciam estar a todo vapor: o som de música e de risadas distantes chegavam até o grupo. Mas os Selênicos continuaram à beira do rio, enrolados em cobertores ao redor de uma fogueira crepitante, com garrafas de vinho e cantis com destilados que Virgil trouxera.

Enquanto alguns deles dançavam ao som da música, que Lizaveta amplificara, Emory assistia a Keiran alimentar a fogueira. O garoto percebeu que estava sendo observado e abriu um sorriso torto que fez Emory se derreter. Keiran acenou com a cabeça, um convite silencioso. Emory o seguiu sem pestanejar.

Os dois se sentaram na grama, próximo ao rio. Keiran passou uma garrafa para ela e se recostou no chão, apoiando-se nos cotovelos e esticando as pernas. Emory tomou um gole, sentindo que ele a observava, então olhou para Keiran por cima do ombro e murmurou:

— Para de me encarar.

— Não consigo — retrucou Keiran, sorrindo. — Você foi incrível hoje, Ains.

Sua voz estava carregada de... desejo? Afeto? A expressão de Keiran era séria, como se ele também estivesse tentando entender o que sentia, como se tivesse sido pego de surpresa. Emory abaixou o rosto, acanhada, colocando o cabelo úmido e embaraçado atrás da orelha. Ela não sabia o que dizer. Quando estendeu o braço para devolver a garrafa, Keiran se ergueu e puxou Emory para perto.

Ele acariciou a bochecha dela e depois levou a mão até sua nuca. Emory estava tão nervosa que achou que fosse desmaiar quando os lábios de Keiran tocaram os dela em um beijo suave. Exatamente como seu coração traiçoeiro tanto desejara.

Emory sentiu um desejo ardente. Retribuiu o beijo, ávida por mais, e Keiran parecia sentir o mesmo. Ela mal conseguia respirar, mal conseguia acreditar que aquilo estava acontecendo. O efeito da magia sintética já passara, mas beijá-lo era eletrizante. Emory queria que o momento nunca terminasse.

Mas Keiran se afastou, segurando o queixo dela. Emory sentiu um arrepio prazeroso.

— Podemos voltar, se você estiver com frio — sugeriu Keiran, ainda observando os lábios de Emory.

Ela não estava com frio, mas pouco importava. Porque Keiran estava olhando para ela daquele jeito, e Emory entendeu que ele não estava sugerindo que voltassem para a fogueira, e sim para o campus. Onde ficariam a sós.

— Vamos — concordou Emory.

Os dois mal tinham chegado ao pátio quando ele a puxou para perto outra vez, fazendo-a parar sob os claustros. Ele percorreu o braço de Emory com uma carícia delicada e segurou o queixo dela gentilmente.

— Você não para de me surpreender — murmurou Keiran, afastando uma mecha do cabelo de Emory com doçura. Ele analisou o rosto dela de perto, franzindo o cenho. — É mais do que sua magia. É a paixão com que você a usa. Me faz lembrar por que fazemos tudo isso.

Keiran chegou ainda mais perto, e ela sentiu um frio na barriga. O garoto pegou a mão de Emory e a levou ao próprio pescoço, fechando os dedos dela em um aperto frouxo.

— Esse é o nível de controle que você tem sobre mim, Emory Ainsleif. Estou completamente rendido. E não me importo nem um pouco.

A respiração quente de Keiran acariciava o rosto dela. Sob a ponta dos dedos, Emory sentia que a pulsação dele estava tão acelerada quanto a sua.

Ela não sabia como interpretar o olhar de Keiran. Ele parecia enxergar tudo que ela era e tudo que poderia se tornar, como se a *desejasse*, cada pedacinho dela. Em seus dezenove anos de vida, a garota tivera pouca experiência com isso, muito menos vindo de alguém como ele.

Emory notou que Keiran olhava para ela da mesma forma que todos sempre olharam para Romie, como se ela fosse a pessoa mais magnética e importante do universo.

A garota pousou a mão no peito de Keiran, na altura do coração, onde ele a deixava entrar aos poucos, como se revelasse um segredo. Ela queria desvendá-lo cada vez mais.

— Eu também estou — sussurrou Emory.

Keiran hesitou, como se pedisse permissão. Emory assentiu, sem saber ao certo o que estava aceitando, mas não importava, porque a boca de Keiran encontrou a dela outra vez, e seu corpo se incendiou.

Ela passou as mãos pela nuca dele, se deliciando com a sensação do cabelo macio de Keiran entre seus dedos. Isso pareceu surtir efeito e, quando ele a beijou outra vez, foi com uma intensidade renovada, com uma avidez que ela retribuiu à altura. Os lábios deles se entreabriram e as línguas se tocaram. Keiran pressionou Emory contra o próprio corpo, prendendo-a entre ele e a coluna de pedra. Keiran tinha gosto de champanhe, era doce e inebriante.

No momento em que os lábios de Keiran tocaram o pescoço de Emory, arrancando um gemido abafado de sua garganta, o rangido alto de uma porta soou. Os dois se afastaram depressa. Da outra extremidade do claustro, vinha caminhando um aluno de olhos turvos, totalmente alheio aos arredores. Um Sonhador sonâmbulo.

Emory riu, mas Keiran já se aproximava outra vez com olhos famintos. Ela inclinou o rosto e ele tocou sua bochecha, passando o polegar por seu lábio inferior. Encarando fixamente a boca dele, Emory arqueou o corpo, ardendo em expectativa. Os lábios dos dois estavam a milímetros de distância, e Keiran levou a mão até o pescoço dela.

De repente, ele estremeceu, olhando para a própria mão com o cenho franzido. A espiral prateada brilhava em sua pele. Ele encarou um ponto distante enquanto prestava atenção no chamado transmitido pela marca, depois focou em Emory novamente.

— Artem quer saber como foi o ritual — explicou Keiran, parecendo aborrecido. — Ele está me esperando no portão. É melhor eu ir.

Emory tentou não deixar sua decepção transparecer. Mas Keiran não fez nenhum movimento para se afastar, nem tirou a mão do pescoço dela.

— Ou você pode ficar — sugeriu ela.

Emory pensou que ele aceitaria, que a puxaria para mais um beijo, mas Keiran só colocou uma mecha de seu cabelo atrás da orelha e disse, com os olhos sérios e cheios de desejo:

— Não se preocupe, Ainsleif, temos muito tempo pela frente. Ainda quero fazer muita coisa com você.

Ele pressionou os lábios na têmpora dela. Depois, deixou um beijo na testa de Emory que pareceu mais íntimo do que todos os outros e foi embora com um sorriso que parecia uma promessa.

※

Ela sonha com Dovermere novamente.

Flores e plantas crescem ao seu comando enquanto ela caminha por uma caverna repleta de musgo e algas. Girassóis enfeitam pequenas poças de água e longas trepadeiras de filodendros seguem seus passos. Tudo brilha em tons suaves de branco e azul, rosa e verde. Fios prateados cintilantes conectam tudo isso a ela e pulsam no mesmo ritmo de seu coração. Cada passo é cheio de vida e tudo ao redor tem voz, uma semente de consciência, até os crustáceos nas rochas e os minerais da água.

Ela os rege. Ela é todos eles. Eles são ela. Tudo está conectado, tudo tem seu lugar.

Ela chega à Garganta da Besta, embora agora se pareça mais com um útero. Em seu cerne está a imponente ampulheta prateada, cheia de areia escura que escorre lentamente. Ela coloca a mão no vidro frio e sente uma picada na palma da mão. Há uma única papoula sobre a areia, chamando por ela.

Emory, Emory.

Ela sente que a flor está sufocando dentro da prisão de vidro, e a falta de ar atinge seus próprios pulmões. Então ela quebra a ampulheta, que se estilhaça em mil pedaços, os cacos se fundindo com a fina areia preta em seu interior. Sangue prateado escorre de sua mão. Ela pega a papoula, mas a flor se desintegra, murchando até virar pó.

Emory, Emory.

A voz é música e vem de uma porta. A porta está localizada na base da ampulheta, uma abertura pela qual a areia começa a escorrer. Emory desvia dos cacos de vidro e pisa na areia, que afunda em um vórtice.

Ela

despenca

na escuridão

e descobre que é como um afago. Sente o coração pulsante do mar, mãos carinhosas a conduzindo de volta para casa. Seus pés caminham pelas águas rasas e gélidas desse grande nada. Mais vozes chamam seu nome, uma orquestra de sons. Uma melodia quase esquecida a conduz pelo breu. Emory quer muito segui-la. Ela conhece a música e conhece as vozes, sente que fazem parte dela de uma maneira inexplicável.

Só mais um passo para alcançá-las.

Mãos a seguram, e de repente Romie aparece no escuro. Estrelas formam uma coroa na imensidão acima de sua cabeça.

Emory. Sua voz soa clara e nítida. *Você está viva.*

É claro que estou viva, mas isso é um sonho, pensa a garota, confusa. No entanto, ela repara como o toque das mãos de Romie parece real, como os olhos da amiga brilham, como até o mar parece parar para testemunhar a intrusão, como se a presença dela ali fosse inesperada, não fizesse parte do sonho.

Onde você está?, pergunta Emory, porque de repente percebe que a amiga está em outro lugar.

Romie abre a boca, mas seus lábios vertem água em vez de palavras. O mar a envolve com mãos e garras sombrias, ávido para levá-la de volta ao fundo. A música se torna estridente, furiosa. Em desespero, Romie estende a mão para Emory. Uma espiral prateada arde em sua pele.

Pesadelos se materializam ao redor das duas: olhos sem vida e peles esticadas sobre almas vazias.

Um grito faz os tímpanos de Emory romperem e sangrarem.

Uma onda gigantesca e sangrenta puxa Romie para baixo. Ela grita o nome de Emory.

As sombras se voltam para Emory, afoitas por seu sangue, seu poder.

Outro par de mãos a agarra. Uma voz diferente, feita de veludo e de trevas e da morte fria de uma estrela, diz bem perto do seu ouvido:

Acorde.

Emory acordou ofegante. Ela podia jurar que havia constelações girando no teto, um céu imaginário que a seguira até o mundo real. Sua janela estava aberta, rangendo por causa de uma súbita rajada de vento. Lá fora, o céu se iluminava violentamente com uma tempestade passageira.

Água salgada e maresia. O cheiro do mar.

O sonho já estava se desvanecendo em sua memória... menos Romie e a pureza cristalina de sua voz. E a outra voz que a salvara daquelas sombras mortais, que a arrancara do próprio sonho...

Emory olhou para o pulso, onde a espiral emitia um leve brilho prateado. Poderia ser apenas uma ilusão de ótica sob o luar, mas a garota conhecia a sensação de receber a visita de um Sonhador durante o sono. Romie já tinha feito isso antes, e Emory sempre se lembrava desses sonhos ao acordar, de como Romie parecia real neles. Exatamente como naquele caso.

Ela pegou um suéter, sentindo o coração bater forte, convicto. O sonho era uma mensagem, uma revelação, e Emory sabia para onde deveria ir.

Mas não poderia ir sozinha.

BAZ

Baz não conseguia dormir. Ele tentou ler na sala de estar, perto da lareira, tentou se distrair brincando com Penumbra, mas nada amenizava a dor que sentia depois de ter visto Kai no Instituto. A ausência dele estava por toda parte e era quase insuportável.

O garoto parecia o céu lá fora, inquieto e à beira de uma tempestade.

Com um suspiro frustrado e seu exemplar de *Canção dos deuses afogados* debaixo do braço, ele decidiu ir para a biblioteca do Hall Decrescens em busca de algum consolo. Porém, quando a porta de metal do elevador do Hall Obscura rangeu e se abriu, Baz levou um susto tão grande que quase derrubou o livro.

Emory estava andando de um lado para o outro no corredor, parecendo fora de si com os cabelos despenteados, vestindo um suéter largo e calças de pijama listradas.

— Graças às Marés — disse ela, ofegante, visivelmente aliviada.

— O que você está fazendo aqui?

— Eu não sabia se as proteções me deixariam entrar — explicou Emory.

Seus olhos marejados preocuparam Baz. Então ela acrescentou, em tom de súplica:

— Eu vi Romie. Eu vi Romie em um sonho agora há pouco. Foi *real*, Baz.

O garoto franziu o cenho.

— Como assim?

— Eu sonhei com ela em Dovermere. Mas não parecia um sonho normal. Foi magia dos sonhos, tenho certeza. — Um soluço que poderia ter sido uma risada escapou dos lábios de Emory. — Romie está viva.

Baz estreitou os olhos. Comprimiu os lábios. Balançou a cabeça.

— Isso é impossível.

— Eu pensava o mesmo sobre Travers — insistiu Emory —, mas nós dois sabemos que ele não estava morto quando apareceu na praia.

— Não. Pedi para uma Mediadora do Além procurá-la do outro lado do véu. Romie morreu.

— E se isso não for verdade?

— Mas é. A Mediadora me disse...

Baz se calou. Alya não encontrara sinal de Romie do outro lado do véu. Dissera que, assim como Adriana, o espírito dela provavelmente tinha partido.

Espíritos que não estão presos a este plano às vezes partem rumo a horizontes que nem mesmo nós, Mediadores do Além, conseguimos alcançar.

Emory agarrou a manga do cardigã do garoto.

— Era Romie. Eu *senti* que ela estava viva, Baz. Não sei como, se foi por causa da minha magia, ou de Dovermere, ou... — Emory o soltou, levando o pulso com a marca em espiral ao peito. — Eu só sei que preciso ir para Dovermere, porque... E se Romie estiver lá? E se ela voltar como Travers voltou?

Baz esfregou o rosto. Mil e uma emoções borbulhavam em seu peito. Ele olhava para o corredor vazio, desesperado por algo que fizesse sentido. Atrás dele, a porta do elevador continuava aberta. Então o garoto se lembrou da passagem secreta nos aposentos da Casa Eclipse que levava a Dovermere. Se houvesse a menor chance de Emory ter razão...

Ele estava farto de obedecer a conselhos alheios.

Baz a encarou com determinação.

— Então vamos até lá.

EMORY

Emory não perdeu tempo quando chegaram à praia. Tirou os sapatos, entrou no mar e mergulhou a mão na água fria e escura que batia em suas canelas. Ela sentia o olhar de Baz em suas costas, emanando confusão e medo. Naquele momento, não se importou se ele veria a luz prateada de sua Marca Selênica. Apenas fechou os olhos e invocou Romie com cada fibra de seu ser.

"Concentre-se na sua intenção", dissera Keiran.

Emory pensou em Romie com todas as forças. Imaginou a amiga voltando para o dormitório depois de passar longas horas na estufa: os cachos castanho-avermelhados bagunçados, as mãos sujas de terra, o cheiro da vegetação grudado nas roupas. Com as sobrancelhas franzidas, concentrada — igualzinho a Baz quando estava lendo —, Romie tentava encontrar o local perfeito para colocar o vaso com uma muda recém-plantada.

Quero falar com Romie Brysden, pensou Emory, abrindo a mente para ela.

Seus dedos estavam ficando dormentes na água fria, mas a garota não sentiu nenhuma pontada no pulso, nenhum sinal de que a marca estivesse ativa. Ela chamou por Lia Azula e por Jordyn Briar Burke, as outras duas alunas cujos corpos não tinham sido recuperados, desesperada para que alguém atendesse ao chamado.

Por favor, implorou Emory ao mar, ao céu e a tudo que existia entre eles.

Não houve resposta.

Emory abriu os olhos. Furiosa, entrou mais fundo na água, sem se preocupar com os fragmentos de conchas que cortavam seus pés. O sonho se transformou em realidade, a realidade em sonho. Em cada sombra, ela via as criaturas de seu pesadelo, e pensou ter ouvido um eco da música que a chamava.

Quero falar com Romie Brysden.

Nuvens ameaçadoras devoravam as estrelas. Da areia, Baz gritou seu nome, mas Emory não se virou.

Romie, por favor, responda...

Havia sal em suas bochechas e em seus lábios. A garota não sabia se era por causa da água do mar ou das suas lágrimas. Uma onda ameaçou derrubá-la, mas naquele momento Emory sentiu dedos se cravando em seu braço para mantê-la firme. De repente, o rosto de Baz estava a centímetros do seu. Os olhos do garoto estavam arregalados e transtornados por trás dos óculos. Emory se deu conta de que estavam imersos até a cintura quando outra onda os atingiu, lançando-a na direção dele. O mar se agitou, como se a presença dos dois o incomodasse. Sem dizer nada, eles se arrastaram de volta para a praia. Baz soltou o braço dela apenas quando chegaram à parte rasa. Aos tropeços, os dois caíram de joelhos na areia molhada. Os cortes nos pés de Emory ardiam, mas era uma dor distante, e ela não se deu ao trabalho de curá-la.

— Por acaso você *enlouqueceu*? — repreendeu Baz, com a voz trêmula.

Emory abraçou os joelhos contra o peito, tremendo de frio. Baz permaneceu ao seu lado, com os ombros tensos, como se achasse que ela poderia sair correndo para o mar outra vez. Emory se aconchegou no casaco que Baz lhe emprestou. Estava quente, seco e tinha o cheiro dele.

— Eu sei que foi real — insistiu ela. — Eu estava sonhando com Dovermere. Eu ouvi uma melodia... alguém chamando meu nome... Eu segui a voz até o mar e encontrei Romie. A voz dela era cristalina, Baz. Então criaturas de pesadelo surgiram e a puxaram para dentro das ondas, e alguém me disse para acordar. Eu *soube* que precisava vir até aqui.

Os olhos de Emory se voltaram para a água, para os penhascos. Quando ela se virou para Baz outra vez, percebeu que ele estava imóvel, parecendo extremamente preocupado.

Ela encolheu os ombros.

— Você não acredita em mim.

Baz continuou encarando-a fixamente. Era como se o mundo inteiro dependesse do que ele diria a seguir. Emory notou um lampejo nos olhos dele. Não era bem reprovação, nem raiva, mas talvez fosse o mais próximo dessas emoções que Baz se permitia sentir. Porém, desapareceu tão rapidamente quanto tinha surgido. Quando o garoto finalmente respondeu, sua voz era tão suave que quase foi abafada pelas ondas:

— Você me disse que não se lembra de tudo que aconteceu naquela noite. Que algumas peças estão faltando. E depois de Travers... Não é fácil viver com esse tipo de trauma. Com tanta culpa. — Baz engoliu em seco. — Mas Romie morreu, Emory. Eu demorei para aceitar, mas ela morreu. Precisamos entender isso para conseguir seguir com nossas vidas.

Emory balançou a cabeça, enxugando as lágrimas, tentando negar o que ele dissera. Mas as palavras de Baz quebraram algo dentro dela, porque eram verdadeiras: a culpa a consumia. Culpa por não lembrar exatamente o que se passara em Dovermere. Culpa pelo que acontecera com Travers, com Romie, com todos os outros... e por que nunca saberia com certeza se havia sido culpa sua.

Poderia ter sido. O resultado de sua magia do eclipse sendo desbloqueada por Dovermere. E mesmo que a Ordem Selênica encontrasse uma maneira de trazer as Marés de volta e as divindades devolvessem aqueles que tinham sido levados pelo mar, Emory carregaria essa culpa para sempre.

Ela buscou uma resposta no olhar de Baz, um vislumbre da acusação que tanto temia, do ressentimento que ele certamente nutria por ela. Mas a maneira como Baz a olhava não tinha nada disso. Havia apenas compreensão e uma profunda tristeza.

Subitamente, o silêncio e a serenidade dele se tornaram insuportáveis.

— Você deveria me odiar — disse Emory, empurrando o garoto e deixando escapar um soluço de raiva. — Por que você não me odeia, Baz?

Quando ela tentou empurrá-lo outra vez, Baz a segurou, imobilizando seus pulsos com dedos gelados. Emory se debateu, sem forças, com lágrimas escorrendo pelo rosto.

— Emory...

Ela desmoronou, caindo sobre os braços de Baz. Ele a abraçou com força, como se conseguisse impedi-la de se estilhaçar. Ali, na escuridão, diante do mar revolto e da presença sombria de Dovermere, esmagada pela dor, pela culpa e por seus sonhos enlouquecedores, Baz era a única coisa que parecia real. A forma como dizia o nome dela, a segurança de seu abraço, seu cheiro de café e bergamota. Ele era reconfortante, firme e familiar.

Emory ergueu o rosto. Viu os lábios de Baz se entreabrirem, sua garganta engolir em seco.

Então viu outra coisa pelo canto do olho.

Um vulto emergindo da água.

Ela agarrou o braço de Baz. O garoto chegou mais perto, interpretando errado o gesto, até perceber que Emory estava pálida, encarando o mar com olhos arregalados. Baz se virou e, com o choque, se desequilibrou e caiu na areia, xingando.

— O que é *aquilo*? — perguntou ele.

Emory se pôs de pé ao reconhecer a figura que se aproximava, com o cabelo escuro preso em tranças. Era um reflexo de outra garota, cujo corpo tinha aparecido na praia meses antes. Mas enquanto a outra gêmea Azula aparecera estirada na areia, com os membros torcidos em ângulos estranhos, aquela estava viva.

Com a aparência de sempre.

Lia Azula saiu do mar como se voltasse de um mergulho noturno. Seus olhos encontraram os de Emory, e a noite pareceu ficar suspensa naquele olhar.

Até que Lia desabou na areia.

Emory saiu correndo sem dar ouvidos a Baz, que chamava seu nome. Ela segurou Lia, que a encarava com uma expressão de súplica. Sua boca se abriu, mas nenhuma palavra saiu, apenas um filete de água.

Assim como acontecera com Travers. Assim como acontecera com Romie no sonho.

Emory estava pronta para usar sua magia de cura caso o corpo de Lia começasse a se desintegrar, como o de Travers. Mas Lia começou a gritar, um uivo que rasgou a noite. Ela se desvencilhou de Emory e tentou se arrastar de volta para a água, segurando o próprio pescoço. Seus gritos se tornaram cada vez mais agonizantes, depois se reduziram a um gemido gorgolejante e, então, a silêncio. Emory tentou usar sua magia de cura, desesperada para cessar o que quer que afligisse a garota.

Mas Lia tombou sobre a areia molhada, seu corpo flácido e imóvel, os olhos vidrados encarando o céu noturno. A espiral no pulso dela estava preta. Emory tentou se aproximar de Lia, mas recuou ao ver sua boca aberta.

Baz se ajoelhou do outro lado de Lia, seus olhos arregalados refletindo o luar, tão horrorizado quanto Emory.

O interior da boca de Lia havia sido completamente carbonizado, dos lábios até a garganta.

E ela estava sem língua.

22

BAZ

Havia tipos diferentes de silêncio.

Havia aqueles que Baz adorava, como a calmaria da biblioteca do Hall Decrescens, com páginas virando e o tique-taque ritmado dos relógios, ou as primeiras horas da manhã nos aposentos da Casa Eclipse, antes que o restante do mundo despertasse.

Havia outros insuportáveis, como as pausas constrangedoras e os longos segundos que Baz sentia a necessidade de preencher com palavras, mas não sabia como.

Também havia o tipo de silêncio que parecia uma faca afiada, repleto de palavras não ditas, porém frágil demais para ser quebrado. O tipo de silêncio que significava que tudo estava prestes a mudar.

Era esse silêncio que pairava na sala de estar da Casa Eclipse, interrompido apenas pelo gotejar uniforme do café, pelo ressoar suave da respiração de Emory dormindo no sofá e pelo som das gaivotas voando durante o nascer do sol. Mas até esses sons eram tênues, hesitantes, como se temessem perturbar a quietude e trazer à tona a verdade cruel.

Baz temia que, se parasse para prestar atenção, ouviria o grito terrível de Lia dentro daquele silêncio.

O garoto não conseguia apagar da memória a forma como ela agarrara a própria garganta, a maneira como o som havia sido arrancado repentinamente de seus pulmões enquanto o interior de sua boca, a garganta e a língua se incendiavam. Ele pensava na marca preta no pulso de Lia, nos seus olhos sem vida voltados para o céu, para a lua crescente na qual nascera.

Viemos da lua e das marés, e para elas retornaremos.

Baz se lembrara daquele ditado quando ainda estavam na praia e, desde então, não conseguiu tirá-lo da cabeça. Nada daquilo parecia real.

Então Emory acordou e olhou para ele. A luz suave da manhã realçava o cabelo dourado dela, que secara em cachos bagunçados sobre o braço do sofá. Era estranho vê-la ali, no lugar favorito de Kai, usando uma camisa de flanela grande demais e uma calça que pegara emprestada de Baz na noite anterior, enquanto suas roupas secavam na janela.

O garoto tentou não ruborizar.

— Oi — cumprimentou ela.

Baz ficou grato por não ter precisado quebrar o silêncio.

Então, sem aviso algum, a realidade se abateu sobre eles. O peso do que tinham visto, do que tinham feito, era muito maior à luz do dia.

Emory se sentou, hesitante, olhando para a janela que dava vista para Dovermere.

— Ela ainda está...? — perguntou a garota.

Baz balançou a cabeça.

— Alguém deve ter encontrado a Lia.

Um pescador, um estudante, qualquer pessoa menos eles. Era o que haviam decidido quando deixaram o corpo de Lia na praia: que alguém o encontrasse ao amanhecer e presumisse que ela tinha simplesmente sido trazida pela maré.

Os dois tinham chegado a um acordo tácito, ajoelhados na areia, abalados com os acontecimentos daquela noite. Depois, Baz guiara Emory pelas escadas secretas até a sala de estar da Casa Eclipse. Lá, eles se despiram das roupas molhadas e dormiram nos sofás, cansados demais para falar sobre o assunto.

O café ficou pronto. Baz serviu duas canecas e entregou uma para Emory, sentando-se na poltrona diante dela.

Emory pegou a caneca fumegante com ambas as mãos, analisando a sala de estar com móveis gastos. Era como se ela estivesse vendo os aposentos pela primeira vez, depois de toda a urgência e todo o desespero da noite anterior.

— Você não se sente sozinho aqui? — questionou Emory.

— Às vezes.

Não agora, pensou Baz. Quando o olhar dos dois se cruzou, ele teve certeza de que Emory entendeu. Era bom tê-la ali. Parecia que isso estivera destinado a acontecer desde sempre, e Emory finalmente estava na casa certa. Com ele.

Emory tomou um gole de café, e Baz quis se afundar na poltrona ao ver a expressão de espanto que tomou conta do rosto dela.

— O que foi? — perguntou o garoto.

— Nada. É que... Pelas Marés... Agora entendi por que você nunca toma o café que levo para você — explicou Emory, tomando outro gole. — Está delicioso.

Baz soltou uma gargalhada. O som pareceu estranho em seus próprios ouvidos, mas ele sentiu um alívio no peito ao vê-la rir também. O peso da noite anterior ficaria mais leve se os dois o carregassem juntos, pensou ele. No entanto, quando Emory se virou para a janela outra vez e franziu o cenho, como se pudesse ver a cena se repetindo na areia, Baz decidiu que precisavam urgentemente de uma distração.

— Vamos lá — chamou ele, se levantando e deixando o café sobre a mesa. — Você acaba de ganhar um tour pelo Hall Obscura.

Ele poderia ter mostrado os livros empilhados de qualquer jeito nas prateleiras, as iniciais gravadas nas tapeçarias ou os quartos do andar de cima, mas a parte mais gloriosa da Casa Eclipse ficava do lado de fora. O garoto abriu uma porta, e o movimento dividiu as folhagens pendentes de um salgueiro. Baz passou por baixo das folhas, e Emory o seguiu, olhando duas vezes para assimilar a árvore imensa da qual tinham acabado de sair. A porta entalhada no tronco permanecia entreaberta.

Baz tentou enxergar a cena pelos olhos dela: o campo de grama alta balançando com a brisa, o caminho de terra batida delimitado por uma cerca de corda em meio aos arbustos e flores, a inclinação suave da colina que desembocava na faixa de areia branca da praia, o mar e o céu azul cheio de nuvens.

Emory tocou a grama. Baz pensou que ela devia estar impressionada com o quanto a ilusão era convincente, ou talvez estivesse se perguntando como era possível que isso existisse no subsolo de Aldryn. Com admiração estampada no rosto, ela observava o céu e o mar, respirava o cheiro de água salgada e da grama e aguçava os ouvidos para escutar o canto das gaivotas, o zumbido das abelhas e a melodia dos pássaros.

— Eu não acreditei quando vi isso na noite passada — murmurou ela. — Tive a impressão de estar sonhando. Mas agora... Como vocês fizeram isso?

— Magia de ilusão. Este caminho verdejante na verdade é um simples corredor, e o mar tecnicamente fica nessa direção, mas há uma parede nos separando dele. O mesmo vale para o salgueiro. A sala de estar ali dentro é real, mas o resto são só truques da mente.

Era um resquício da magia que os Ilusionistas tinham usado ao longo dos anos, embora a aparência da ilusão mudasse de acordo com os alunos que ocupavam o Hall Obscura. Ela obedecia à preferência do estudante mais velho, transformando-se em um cenário importante para ele. E como Baz era o único aluno que restava na Casa Eclipse...

— Parece com os gramados perto da nossa escola em Threnody — comentou Emory. — Vivíamos correndo por eles junto com Romie. Você lembra?

Baz sentiu as bochechas ficarem quentes. Claro que ele lembrava. Aquela era uma de suas memórias favoritas, seu ideal de felicidade. Uma época mais simples à qual ele desejava retornar com frequência.

Ele se lembrava de um dia em especial, durante uma semana cinzenta em que tempestades assolaram a cidade litorânea de Threnody. Quando o sol finalmente aparecera no céu, Romie havia convencido Baz e Emory a saírem escondidos da escola enquanto os demais estavam ocupados com um evento acadêmico.

As imagens permaneciam gravadas na alma de Baz. A forma como a luz incidira sobre o rosto de Emory, fazendo seu cabelo reluzir feito ouro. O som de sua risada, a maneira como ela sorria. O azul de seus olhos. Tudo parecia perfeito, mas dias depois sua vida seria destruída pelo Colapso de seu pai. Baz se lembrava da sensação de leveza ao correr pela grama alta e fina, do cheiro intenso de água salgada e da areia grossa sob o corpo quando os três se deitaram de barriga para cima na praia, para ver o céu.

"Veja como elas são livres", dissera Romie, observando as gaivotas.

Então, a irmã se levantara e saíra correndo na direção do mar, para perto das aves, abrindo os braços como se também estivesse prestes a alçar voo.

Ele se lembrava de ter olhado de soslaio para o rosto corado de Emory e pensado que gostaria de parar o tempo e ficar naquele momento para sempre. Ela havia sorrido para ele, e o garoto nunca se sentira tão feliz.

Baz se perguntou se aquele dia também havia sido importante para Emory. Provavelmente não. Mas isso o ajudara a superar os dias sombrios da adolescência. Ele se agarrara a essas lembranças após o Colapso do pai, era o lugar de sua mente onde se refugiava quando precisava descansar. Aquele dia plantara uma semente no coração de Baz, que florescera, regada pela esperança de que Emory pudesse retribuir seus sentimentos, apenas para murchar e morrer quando a garota se afastou dele como todos os outros.

Mas isso tinha sido tempos atrás. E agora... agora ele não fazia ideia. Baz não queria se permitir ter esperanças e correr o risco de se machucar outra vez.

Ainda assim, ele pensou no momento logo antes de Lia aparecer. De como os dois estavam próximos. Do brilho nos olhos de Emory, como se ela finalmente o enxergasse.

Baz pigarreou e cutucou a terra com o pé.

— Por falar em Romie... — começou ele, coçando a nuca. — Fiquei acordado a noite toda revendo a cena, tentando encontrar algum padrão entre os dois corpos que surgiram na praia.

Ambos tinham reaparecido à noite, durante a fase lunar que correspondia a suas respectivas casas, e sucumbido pouco tempo depois a magias inexplicáveis, que pareciam ser distorções de suas próprias magias. Travers, um Curandeiro, definhara até se tornar apenas um invólucro de ser humano. Lia, uma Criadora, perdera a capacidade de se expressar.

E Emory estivera no centro de tudo. Era como se a presença dela em Dovermere os atraísse de alguma forma, arrancando-os das profundezas e trazendo-os de volta à praia.

Sem tirar os olhos do mar ilusório, Emory comentou, parecendo ler os pensamentos de Baz:

— Talvez seja tudo culpa minha.

A angústia na voz dela fez com que o garoto sentisse vontade de abraçá-la, como na noite anterior.

Por que você não me odeia, Baz?

Em vez disso, ele enfiou as mãos nos bolsos, com medo de estragar a frágil relação dos dois.

— Não importa — disse Baz, em um tom gentil.

— Como pode dizer que isso não importa depois de tudo que aconteceu? — retrucou Emory.

— Encontrar um culpado não vai trazer Romie de volta. Nós precisamos descobrir como salvá-la.

Baz havia começado a aceitar a morte da irmã, começado a seguir em frente, como todos ao seu redor diziam que ele deveria fazer... mas isso foi antes de Lia aparecer sem língua. De repente, determinação latejava dentro dele, porque Baz tinha certeza de uma coisa:

Romie estava viva.

Viva.

Parecia impossível, mas só podia ser verdade.

Olhando para a espiral no pulso de Emory, o garoto comentou:

— Quando você colocou a mão na água ontem à noite, essa marca se iluminou.

O silêncio de Emory foi ensurdecedor.

— Me conta o que é isso — insistiu ele. — O que você estava tentando fazer?

Emory mordeu a bochecha e, por um instante, Baz pensou que ela mentiria de novo. Diria que não era nada.

Mas as palavras saíram hesitantes, como se Emory estivesse calculando exatamente o que dizer:

— Essa marca apareceu durante aquela noite em Dovermere. Não sei como, mas quando acordei na praia já estava em mim. Os outros... os que morreram... todos eles tinham a mesma marca, só que preta. Eu pensei que talvez essa marca pudesse nos conectar. Que, se Romie estivesse viva, talvez eu...

— Você pensou que conseguiria entrar em contato com ela?

Emory assentiu, então analisou o garoto. Com o cenho franzido, perguntou:

— Aquele bilhete de Romie... Você acha que ela foi para Dovermere por causa de *Canção dos deuses afogados*?

Baz hesitou por um segundo. Ainda não sabia se poderia confiar em Emory. Era evidente que ela estava escondendo alguma coisa. Contudo, *ela* parecia confiar *nele* o suficiente para procurá-lo depois de ver Romie em seus sonhos, ainda que o envolvimento dela naquilo tudo fosse suspeito. Emory queria respostas tanto quanto ele, disso o garoto tinha certeza. E, desde a noite anterior, eles compartilhavam o segredo de Lia e precisavam descobrir o que estava acontecendo antes que aquilo se repetisse.

Então Baz contou tudo: sobre o interesse de Romie pela conexão entre Dovermere e *Canção dos deuses afogados*, a busca pelo epílogo perdido e a crença na existência de outros mundos. Contou também sobre sua própria pesquisa a respeito dos paralelos entre as Marés e os deuses afogados, as Profundezas e o mar de cinzas. Sobre a canção vinda do espaço entre as estrelas, sobre as portas para as Profundezas e sobre a marca em espiral de Emory, um símbolo que parecia estar ligado a tudo isso, assim como ela.

A garota tocou a marca em seu pulso, pensativa.

— Os quatro alunos que desapareceram... Travers, Lia, Jordyn e Romie... — disse ela. — Todos eles atravessaram um portal dentro de Dovermere? Para atender ao chamado de deuses fictícios que talvez sejam as próprias Marés?

— Possivelmente — retrucou Baz.

A expressão de Emory não era tão cética quanto ele imaginou que seria, o que foi um alívio.

— O que mais explicaria o fato de que dois deles retornaram, vivos e aparentemente bem? — questionou o garoto. — Nenhum arranhão, com a pele intacta, sem indício de inanição ou qualquer coisa do tipo. Ninguém conseguiria sobreviver tanto tempo dentro daquelas cavernas. A menos que não estivessem *ali*. — A mente de Baz estava a todo vapor. — Você se lembra de ter visto algo parecido com uma porta ou um portal?

Ele quase se sentiu mal pela pergunta ao ver o olhar atormentado de Emory.

— Não — respondeu ela, suspirando. — Nada assim.

Baz imaginara que não seria fácil, mas não queria desistir.

— Você disse que ouviu uma melodia em seu sonho. E se for a mesma que Romie estava ouvindo?

Eles se entreolharam.

— Você acha que é a música de *Canção dos deuses afogados* — concluiu Emory.

— *Alguma coisa* está chamando você até Dovermere. Assim como chamou Romie.

E Kai também.

Baz insistiu, exasperado:

— Há quatro heróis em *Canção dos deuses afogados*, quatro pessoas que atravessam mundos para encontrar o mar de cinzas. E os corpos de quatro alunos sumiram em Dovermere.

Quatro alunos nascidos em fases da lua distintas, cada um com uma magia diferente: Curandeiro, Criadora, Aurista, Sonhadora.

Sangue, ossos, coração e alma.

— Mas e os outros quatro alunos que foram carregados até a praia junto comigo? — perguntou Emory.

Baz mal conseguia imaginar o completo pavor que Emory sentira ao acordar na praia cercada por todos aqueles corpos, por tanta morte.

Há marés que afogam e marés que atam...

— Talvez eles tenham simplesmente morrido afogados. Talvez a porta só deixe quatro pessoas passarem. Você também não entrou.

— Isso ainda não explica como Travers e Lia voltaram — argumentou Emory.

— Esse é o grande mistério. Se os quatro conseguiram passar pela porta que estavam procurando, seja para as Profundezas, para o mar de cinzas ou para algum outro mundo, por que voltaram? E, mais importante ainda, por que sofreram mortes tão trágicas depois que voltaram?

As imagens da boca chamuscada de Lia e do cadáver emaciado de Travers surgiram na mente dos dois.

Emory olhou para Baz com as sobrancelhas arqueadas.

— Você claramente tem uma teoria.

O garoto foi tomado por uma onda de entusiasmo e convicção.

— Se o epílogo perdido é a chave para viajar através dos mundos, acho que eles não conseguiram encontrá-lo. Devem ter tentado ir para outro mundo sem o epílogo, e agora estão presos.

— Presos onde?

... marés que dançam sob céus misteriosos.

Baz ajeitou os óculos antes de responder:

— Em outro mundo.

Ele sabia que parecia absurdo, mas talvez a história de Clover fosse verdadeira. Talvez o Atlas Secreto tivesse razão.

— De qualquer forma, Romie e Jordyn estão vivos *em algum lugar* — continuou Baz. — Precisamos descobrir como chegar até eles antes que tenham o mesmo destino que Travers e Lia.

EMORY

Uma carta esperava por Emory quando ela chegou ao quarto. Tinha sido passada por baixo da porta.

Ela voltara do Hall Obscura sentindo vontade de chorar, pronta para tirar as roupas emprestadas de Baz e organizar os pensamentos. Mas ver a caligrafia do pai no envelope foi a gota d'água, e a garota se debulhou em lágrimas.

Emory sentiu uma saudade enorme de casa ao abrir a carta. A imagem do pai surgiu com nitidez em sua mente: os cabelos loiro-avermelhados e desgrenhados na altura do ombro, o sorriso parcialmente escondido pela barba densa. Emory se imaginou afundando o rosto no suéter de lã de seu pai, lembrou-se do cheiro de pão fresco e sopa vindo da cozinha, pensou nas noites que passaram jogando baralho enquanto o fogo crepitava na lareira. Ela quase conseguiu ouvir a voz grave do pai enquanto lia suas palavras:

Querida Emory,

Espero que tenha conseguido resolver as questões com sua magia. Talvez você só estivesse nervosa?

Não consigo imaginar como Luce teria mentido sobre isso. Tentei me lembrar de algo estranho que ela pudesse ter dito ou feito, mas sua mãe era um mistério envolto em carisma, inteligência e sorrisos. Tudo nela era peculiar, da melhor forma possível, mas não me ocorre nada suspeito.

Mas eu encontrei uma coisa que era da sua mãe. Ela deve ter deixado aqui quando trouxe você, ou talvez antes disso, não sei bem. Na época, pensei que fosse inútil, então enfiei em uma gaveta e me esqueci completamente. Acho que está quebrado, mas, de qualquer forma, é seu. Pode fazer o que quiser com ele.

Espero que você esteja mais feliz do que na última vez em que nos vimos. Não se esqueça de que estou apenas a uma viagem de trem de distância.

Papai

Emory sentiu um aperto no peito ao ler a última frase. Depois dos acontecimentos em Dovermere, os meses de férias que ela passara em casa haviam sido difíceis para ambos. A garota estava inconsolável, sentindo-se completamente perdida, e seu pai tinha sido muito paciente, uma presença constante com a qual ela podia contar. E por mais que Emory soubesse que ele se preocupara ao vê-la partir de volta para Aldryn, também sabia que ficara um pouco aliviado. O pai não sabia como ajudá-la, e a magoava muito deixá-lo tão preocupado.

Ela pegou o objeto pesado no fundo do envelope e franziu a testa. Era um relógio de bolso ou uma bússola. Ambas as coisas, talvez. Tinha um design intrincado, cheio de ponteiros, engrenagens e rodas sem utilidade aparente, paralisadas dentro do vidro arranhado. Emory o virou e, gravadas na superfície dourada, havia iniciais tão desgastadas que ela mal conseguia decifrá-las: AS.

O nome de um navio, talvez. Ou um tesouro saqueado.

Emory jogou o objeto em uma gaveta. Era a única coisa de sua mãe que ela possuía, e era totalmente inútil.

Ela era um mistério envolto em carisma, inteligência e sorrisos, escrevera o pai. Na verdade, estava mais para um mistério envolto em mentiras e abandono.

A atenção de Emory se voltou para os frascos de água salgada e para a bacia de sangria em sua escrivaninha. Ela esfregou a marca em espiral, cogitando entrar em contato com Keiran para contar o que acontecera. *Se alguém pode explicar tudo aquilo*, pensou a garota, *é ele*.

Mas, para isso, ela teria que admitir que estivera com Baz. Teria que contar que o Cronomago sabia sobre seus poderes, que a ajudara a controlá-los. Emory havia mentido para Keiran, embora o garoto tivesse confiado nela. E agora Lia estava morta, provavelmente por culpa dela.

Emory não podia contar a verdade.

Seu livro de Selenografia estava debaixo da tina de sangria. Com um sobressalto, a garota lembrou que a prova de recuperação seria naquele mesmo dia... e que chegaria atrasada se não se apressasse.

Emory se dirigiu à sala de aula, tentando se lembrar do que tinha estudado. Sua mente deu um branco quando ela chegou e viu todos os alunos esperando do lado de fora da sala, cochichando por trás dos jornais matinais. Havia uma tensão no ar, uma comoção reprimida. Ela enxergou de relance a manchete na primeira página, e foi como um déjà-vu:

CORPO DE OUTRA VÍTIMA DE AFOGAMENTO É ENCONTRADO EM DOVERMERE.

Lia.

Emory pegou um jornal que alguém deixara para trás e leu a notícia depressa, em busca de algo incriminador. Mas tudo se desenrolara como ela e Baz esperavam: um pescador encontrara o corpo pela manhã e, como ninguém tinha testemunhado a morte macabra de Lia, presumiu-se que seu corpo tinha sido arrastado pela maré. O jornal informava que uma investigação e uma autópsia seriam realizadas, mas não havia qualquer menção à boca carbonizada ou à língua desaparecida.

Sem dúvida estavam mantendo aqueles detalhes horríveis em segredo.

Emory avistou Penelope com um jornal na mão, piscando com força para conter as lágrimas. Penelope olhou para ela como se estivesse em transe e perguntou:

— Será que os pais dela sabem? Acho que eu deveria ligar para eles, não deveria?

— Penny, sinto muito...

Até então, Emory não tinha parado para pensar como isso afetaria Penelope. A tristeza no rosto da garota era desoladora, e Emory desejou poder confortá-la. Pelo menos, disse a si mesma, Penelope não tinha testemunhado a cena. Pelo menos Lia poderia descansar ao lado de sua irmã gêmea, Dania.

— Tem algo que eu possa fazer para ajudar?

— Acho que não — disse Penelope, tentando forçar um sorriso. — Eu estou bem, sério. Só... só não vou conseguir assistir à aula. Você pode avisar o professor Cezerna por mim?

— Claro. Estou aqui, se você precisar de qualquer coisa — prometeu Emory, sentindo a culpa dilacerar seu coração.

No fim das contas, tudo aquilo era culpa dela.

∽∾∽

Por um milagre, Emory conseguiu se concentrar o suficiente para responder todas as questões e passou na prova de Selenografia. Ela se perguntou se o professor Cezerna tinha sido mais generoso com a nota dadas as circunstâncias.

De toda forma, era uma coisa a menos com a qual se preocupar.

Emory estava na fila para comprar um café quando Virgil se aproximou.

— Obrigado por guardar lugar para mim. — Ele deu uma piscadela para ela, ignorando os olhares de reprovação que recebeu por furar a fila. — Estou necessitado de cafeína. Você viu o jornal?

— Vi — respondeu Emory, acalmando a si mesma lembrando que Virgil não sabia o que tinha acontecido.

— É meio estranho que ela tenha aparecido bem no dia em que fizemos o ritual — comentou ele.

Emory não tinha pensado naquilo.

— Acha que teve alguma coisa a ver?

— Talvez seja um sinal de que as Marés nos ouviram — sugeriu Virgil, dando de ombros. — Pelo menos aquela merda toda que aconteceu com Travers não aconteceu com ela, né?

Emory se perguntou se Virgil conseguia enxergar a verdade. Se, de alguma forma, conseguia *sentir* que a morte de Lia estava ligada a ela.

Aquele pensamento angustiante a acompanhou pelo resto do dia. Com as notícias sobre o corpo de Lia se espalhando, os Selênicos certamente teriam perguntas. Keiran, também. Ela não poderia esconder a verdade para sempre.

Naquela mesma noite, ela chamou Keiran através da marca. Após um breve silêncio, a voz dele soou em seu ouvido, presente e distante ao mesmo tempo.

— Ainsleif?

— Precisamos conversar. É sobre Lia.

Uma pausa.

— Onde você está?

Minutos mais tarde, Keiran apareceu à sua porta. Por um segundo, Emory era apenas uma garota normal esperando pelo garoto que beijara na noite anterior e que queria muito beijar outra vez. Se as coisas não estivessem tão caóticas, ela teria feito isso. Mas, naquele momento, mal conseguia olhar para ele. Não queria que Keiran visse suas lágrimas constrangedoras nem o tremor de seus lábios, então Emory se virou para a janela quando a porta do quarto se abriu e se fechou com um baque suave. Keiran se aproximou e tocou no braço dela, virando-a delicadamente até ficar de frente para ele. Seus olhos castanhos analisaram os de Emory.

— Seja lá o que for, você pode se abrir comigo — prometeu ele.

Emory suspirou.

— Eu estava lá. A morte dela foi culpa minha.

Então contou tudo: que estava recebendo ajuda de Baz para aprimorar sua magia e que tinha ido à praia com ele na noite anterior, depois de encontrar Romie durante um sonho. Revelou também a teoria de Baz sobre os portais, sobre Dovermere e sobre a porcaria do livro que ele amava tanto, o que fez Emory sentir como se estivesse traindo a confiança do outro garoto.

Mas Keiran merecia saber a verdade. Ele tinha lutado por ela, guardado seu segredo, confiado nela apesar do passado conturbado envolvendo os nascidos no eclipse. E aquilo mudava tudo o que os Selênicos pretendiam fazer.

Por fim, Emory se sentou na cama, completamente exausta. Keiran a observava em silêncio, de pé próximo à janela.

— Acho que minha presença perto de Dovermere trouxe Travers e Lia de volta. Nas duas vezes, eu estava na praia, dentro da água — explicou Emory, traçando a Marca Selênica no pulso. — Tentei falar com Romie usando a marca ontem à noite. E se eu chamei Lia de volta por engano? E se o nosso ritual fez com que ela me ouvisse?

— Isso ainda não explica o que aconteceu com Travers — argumentou Keiran. — Não fizemos nenhum ritual daquela vez.

Emory grunhiu, escondendo o rosto nas mãos.

— Então talvez Baz esteja certo, talvez haja uma melodia absurda que nos chama para outros mundos em sonho, como em *Canção dos deuses afogados* — retrucou ela, com uma risada nervosa. — Eu não sei mais no que acreditar.

Keiran se sentou ao lado de Emory, acariciando a nuca da garota. Ela se derreteu sob o calor de sua mão.

— Se partirmos do pressuposto de que Romie e Jordyn ainda estão vivos, talvez Brysden tenha razão em acreditar que eles estão presos —

sugeriu Keiran. — Não em outro mundo, mas em algum tipo de meio-termo, um purgatório entre aqui e as Profundezas. Nem totalmente vivos nem totalmente mortos.

Diante do olhar atônito de Emory, ele acrescentou:

— Eu também andei pesquisando sobre Dovermere e sobre essas supostas portas para as Profundezas. Li tudo que consegui para me preparar para despertar as Marés. Sabemos com certeza que Dovermere tem um poder além da nossa compreensão. Aposto que você sentiu isso quando esteve lá, a atração sombria da Ampulheta. Como uma fera da qual você sabe que não deveria se aproximar, mas que quer tocar mesmo assim.

Em sua mente, Emory ouviu o eco de seu nome sussurrado enquanto as cavernas se enchiam de água.

— Se Dovermere é o lugar onde as Marés nasceram e onde desapareceram, faria sentido que fosse uma porta para as Profundezas — continuou Keiran. — E talvez ela tenha se aberto na primavera passada porque, pela primeira vez na história da Ordem, o círculo ao redor da Ampulheta estava completo, com magia das quatro casas lunares e também da Casa Eclipse.

Um arrepio percorreu o corpo de Emory. Se sua mera presença tinha aberto a porta para as Profundezas, então ela tinha condenado quatro colegas ao purgatório.

Daria no mesmo tê-los condenado à morte.

Percebendo a reação de Emory, Keiran propôs outra hipótese.

— E se, por ter escapado da morte naquela noite, você acabou formando um vínculo com aqueles que *ficaram* em Dovermere? Talvez tenha sido por isso que Romie conseguiu falar com você em seu sonho e por isso que Travers e Lia voltaram quando você estava próxima de Dovermere. A morte marcou todos vocês.

Emory balançou a cabeça.

— Mas se eu trouxe os dois de volta para o mundo dos vivos, por que eles morreram logo depois?

Isso pareceu deixá-lo sem resposta. O olhar de Keiran se perdeu por um instante.

— As Profundezas exigem algo em troca — disse ele, baixinho, voltando a se concentrar em Emory. — Pense bem. Ninguém passou por aquelas portas e sobreviveu para contar a história porque a travessia tem um preço, porque ninguém pode entrar nas Profundezas e voltar à vida sem dar algo em troca. Se Travers e Lia estiveram no submundo antes de voltar ao mundo dos vivos... talvez isso explique as mortes estranhas.

O coração de Emory acelerou.

— Foi como se o poder dos dois se invertesse — lembrou a garota. Um Curandeiro definhando, uma Criadora que perdeu a voz. Então perguntou: — Você acha que esse foi o preço pago às Profundezas?

Keiran assentiu, com um ar sombrio.

— A magia deles, a própria essência de uma pessoa, como pagamento pela jornada ao submundo. Talvez a teoria de Brysden sobre o epílogo perdido não esteja tão equivocada. A ideia de haver uma chave para atravessar mundos... faz sentido. Veja os Ceifadores e os Mediadores do Além, por exemplo. O véu para as Profundezas é mais transparente para eles do que para qualquer outra pessoa. Eles foram abençoados pelas Marés com dons que os colocam em contato com a morte, mas nem mesmo eles podem entrar nas Profundezas sem algum tipo de proteção.

— Tipo o epílogo?

— Talvez. Ou algo explicado no epílogo. Se Romie estava investigando essa possibilidade, talvez ela saiba como podemos passar por aquela porta e voltar inteiros das Profundezas. É a peça que falta para cumprirmos nossa missão.

— Romie é a chave para tudo isso — concluiu Emory.

— E ela encontrou uma maneira de entrar em contato com você em um sonho. — Os olhos de Keiran se iluminaram. — Com o seu poder, você também pode usar a magia dos sonhos. Procure por ela na esfera dos sonhos, descubra o que precisamos fazer para despertar as Marés. E para salvá-la também.

Emory recuou diante da expressão intensa de Keiran. O tipo de magia que ele sugeria estava muito além de seu alcance. Depois do ritual da noite anterior, ela nem sabia ao certo como sua magia de invocação funcionava. Ela precisava estar perto de um Sonhador para espelhar a magia dos sonhos ou poderia simplesmente invocá-la sozinha? Havia muito a se pensar.

— Ei. — Keiran encostou a testa na dela e entrelaçou os dedos nos cabelos de Emory. — Estamos tão perto, Ains. Eu sei que você consegue.

A confiança absoluta dele a comovia e a assustava em igual medida.

— Se der tudo errado, vai ser culpa sua — resmungou Emory, arriscando um sorriso.

— Agora sim — sussurrou Keiran. — Aí está esse sorriso.

Emory fechou os olhos quando ele beijou seus lábios suavemente. Sentiu as bochechas ficarem vermelhas quando os beijos dele desceram, acompanhando sua mandíbula. Keiran estava ali e nada mais importava... Até que a imagem da boca carbonizada de Lia invadiu sua mente.

Ela se afastou depressa, transtornada.

— O que foi?

— Desculpa. É que... com tudo o que aconteceu...

— Claro. Eu entendo — disse Keiran, beijando a testa dela. — Vou embora.

Contudo, quando o garoto fez menção de se levantar, Emory o segurou pelo braço.

— Espera.

Não era como se ela não quisesse ir mais adiante com Keiran. Pelas Marés, como ela queria. E Emory já tinha ido muito além de um beijo antes. Sua primeira vez fora uma experiência desajeitada com um garoto na escola preparatória; a segunda acontecera durante a primeira semana em Aldryn, em uma noite regada a álcool com outro aluno da Lua Nova. As duas experiências tinham sido decepcionantes e breves, impelidas por atração física e pela sensação de que ela não podia ficar para trás. Era tolice, mas Emory não conseguia evitar se comparar a Romie, tão arrojada e experiente, com suas curvas generosas e uma autoconfiança que chamava a atenção aonde quer que fosse. Enquanto isso, Emory sempre passava despercebida. Afinal, quem olharia para a garota tímida, retraída e sem graça, que vivia ofuscada pela amiga, que brilhava como um sol abrasador?

Mas com Keiran era diferente... De repente, *ela* era o sol. Keiran a olhava como se ela fosse tudo que ele sempre quis. Emory nunca tinha sentido aquilo antes, uma intimidade como a que crescia entre eles. A garota queria desesperadamente ver onde aquilo ia dar.

— Fica comigo? — pediu Emory, corando assim que as palavras deixaram sua boca.

Ela achava que não tinha direito de pedir algo assim, mas a ideia de ficar sozinha — de adormecer e sonhar com Romie novamente, ou pior, não sonhar com ela — era insuportável.

Keiran pareceu entender. Ele se recostou na cabeceira da cama e puxou Emory para um abraço. Os dois ficaram deitados assim por um tempo, em um silêncio confortável.

Pensando em Lia, Emory perguntou:

— Farran... Ele também não voltou de Dovermere ou...?

— Nós o enterramos — murmurou Keiran.

— Como ele era?

— Ele era a pessoa mais bondosa que já conheci. Só conseguia ver o lado bom das pessoas e do mundo. Era um romântico incorrigível — contou Keiran, acariciando o braço de Emory. — Ele não se conformava em ver alguém sofrendo. Na época da escola, ele estava namorando uma pessoa em segredo. Era um nascido no eclipse. Farran achava que nenhum de nós sabia, mas era óbvio o quanto ele estava apaixonado. Nós nunca tocamos no assunto, achando que ele contaria quando quisesse, mas depois do que aconteceu com nossos pais... Acho que Farran pensou que precisava escolher, que ficar com um nascido no eclipse seria uma afronta a nós e à memória de nossos pais. Ele se tornou diferente depois disso. Queria tanto aliviar nossa dor que mergulhou de cabeça nessa ideia de despertar as Marés. Parecia que nada mais importava.

Então Keiran acrescentou, tão baixinho que Emory mal conseguiu ouvir:

— Farran não precisava escolher. Eu me arrependo muito de não ter dito isso a ele.

Emory enfim entendeu por que Keiran tinha aceitado tão facilmente o fato de ela ser nascida no eclipse. Ele acreditava ter falhado com Farran ao deixá-lo acreditar que não poderia ficar com quem queria simplesmente por sua casa lunar.

Mas o erro de uma única pessoa não era culpa de todos os nascidos no eclipse.

Emory adormeceu, desejando de todo o coração ser levada até Romie. Mas seus sonhos pareciam vazios, e a amiga não estava em lugar algum.

24

BAZ

Bem cedo na manhã seguinte, Emory se encontrou com Baz na biblioteca do Hall Decrescens.

— O que você sabe sobre a esfera dos sonhos? — perguntou ela, sem rodeios.

— Por quê? — rebateu o garoto, desconfiado.

Ela colocou as mãos sobre a mesa.

— Quero tentar encontrar Romie em sonho. E antes que você venha dizer que desaprova a ideia, eu sei que é uma magia muito mais complexa do que qualquer outra que eu já tenha usado, e *sei* que você acha que sou irresponsável e que não estou pronta para começar a treinar ainda, mas a menos que você tenha um plano melhor, essa é a nossa única opção.

Pelas Marés. O café que ele tomara mal tivera tempo de fazer efeito.

Antes que Baz pudesse se opor, Emory se inclinou na direção dele e insistiu:

— Me deixe tentar. Por Romie.

A proximidade repentina de Emory e a suavidade em sua voz o fizeram prender a respiração. Seus olhos se fixaram nos lábios dela. As imagens da noite anterior continuavam vivas em sua memória: o modo como Emory se agarrou a ele enquanto as ondas quebravam ao redor dos dois, a distância mínima entre seus rostos antes de Lia surgir no mar.

Baz engoliu em seco, sem palavras. Tentou pensar em um argumento contra o plano de Emory, mas não conseguiu. Ela estava certa: aquela era a única opção.

— Está bem — concordou o garoto.

Ela recuou, quase sem acreditar.

— Sério?

— Sim, sério.

— Perfeito, então. — Emory se sentou na cadeira em frente à dele. — O problema é que eu não faço ideia de como acessar a esfera dos sonhos.

— Nem eu — replicou Baz, encarando o campo de papoulas roxas e pretas no vitral. Ele apertou a ponte do nariz. — Mas conheço alguém que sabe.

Emory arqueou uma sobrancelha.

— Ninguém sabe que eu sou uma Invocadora de Marés, Baz. Não podemos ir até um Sonhador e pedir para que ele me mostre como funciona.

— Um Sonhador, não — disse Baz, taciturno. — Um Tecelão de Pesadelos.

CANÇÃO DOS DEUSES AFOGADOS

PARTE IV:
O GUARDIÃO DO PORTÃO

Há um mundo muito distante onde as coisas crescem como uma canção que se aproxima do refrão.

Neste mundo, a música nunca cessa. Melodias que tanto geram quanto destroem a vida preenchem o estranho céu que dança, revolto. Sinfonias de raios, trovões e ventos uivantes. Acordes dissonantes dedilhados no espaço entre as estrelas, como ecos fracos de mundos além.

No topo do pico mais alto, encoberto pelas nuvens, se encontra um menino. Ele é a plateia dessa orquestra sagrada. Sentado junto aos portões frios que foi incumbido de proteger, o menino está solitário, mas nunca sozinho. A música e os cavalos alados lhe fazem companhia, e ele toca a lira quando sente falta de algo que se ajuste a seu estado de espírito.

Mas, sobretudo, ele escuta.

Poucas pessoas escutam de verdade, e por isso a Lua, o Sol e as estrelas contam seus segredos para o menino. Os astros cantam imagens que flutuam diante de seus olhos e entoam profecias que fazem sua pele formigar. Murmuram sobre correntes sanguíneas que também são pulmões e caixas torácicas que protegem corações e o vazio no centro de tudo, onde um mar outrora vasto se reduziu a cinzas e onde deuses antes poderosos foram deixados à deriva.

Ouça, sussurram eles. *Ouça o sangue, ouça os ossos e ouça o bater furioso do coração.*

A alma dele se enche de esperança, anseio e propósito. Não demora para que o menino esteja emocionado demais para continuar sentado, ouvindo.

Agora é sua vez de fazer música, de revelar todos os segredos que não consegue mais guardar para si.

Assim, ele pega a lira e começa a tocar.

Você consegue ouvi-lo? Consegue ouvir o menino que canta sobre prata, mármore e ouro? Os deuses falam através dele, e ele permite que o façam, julgando-se mais perspicaz. *Venham*, diz o menino, chamando pelo erudito, pela feiticeira e pela guerreira, cujas almas são um eco da sua. *Procurem por mim assim como procuro por vocês.*

Ele faz com que os acordes de sua lira tracem um mapa entre as estrelas. Os céus choram ao ouvir o som.

Paciência, sussurram eles. *Tenha coragem.*

Eles vão encontrá-lo entre as estrelas — o menino tem certeza disso.

E assim ele espera em seu portão, ainda solitário, mas não por muito tempo.

EMORY

Emory sentiu um calafrio ao avistar o Instituto. Quando saíram do táxi, ela se surpreendeu mais uma vez ao reparar no símbolo da Casa Lua Nova na mão direita de Baz. O garoto olhou para ela, pálido, e perguntou:
— Isso vai dar certo, não vai?
Emory cerrou os dentes.
— Espero que sim.
A ideia de mascarar o símbolo da Casa Eclipse para entrar no Instituto tinha sido de Baz — "uma dose inofensiva de ilusão", dissera ele —, mas a inspiração viera de Emory. Quando eles estavam no Hall Obscura, sob os tons crepusculares do céu imaginário, tentando descobrir como entrar no Instituto — que, segundo Baz, proibia visitas de nascidos no eclipse sem motivo algum —, Emory havia acessado a magia dele, querendo descobrir como seria submeter o tempo à sua vontade.

A sensação tinha sido parecida com a de mergulhar em águas terrivelmente geladas e, ofegante, senti-las invadindo seus pulmões. Emory não sabia para onde ir, tampouco como escapar daquela magia tão estranha, vasta, complexa e esmagadora. Finalmente, a garota havia voltado a si, com olhos arregalados e a mão no peito. Baz a segurava pelos ombros como se estivesse prestes a sacudi-la para sair do transe.

"Pelas Marés, o que foi isso?", questionara ele, com a voz trêmula.
Emory não sabia como descrever o medo que sentira. Ela tinha deduzido que aquela magia seria mais fácil de acessar, já que ela também era nascida no eclipse. Achava que sentiria alguma afinidade.

"Invocadores de Marés acessam as magias *das Marés*, não da Sombra", retrucara Baz, como se fosse a coisa mais óbvia do universo.

Mas Emory estava determinada a tentar. Após ter experimentado a sensação, queria testar os limites do próprio poder.

"E se eu tentar outra magia do eclipse?", havia sugerido ela.

De alguma forma, Emory conseguira convencê-lo e, pouco depois, acessara a magia de ilusão dos arredores. Não era tão arrebatadora quanto a magia de Baz, mas ainda assim parecia perigosa. Era como avançar por águas turvas sem saber se estava prestes a cair em um abismo. Emory tivera a sensação de que um passo em falso a levaria ao Colapso mais rápido do que Baz conseguiria usar sua magia para salvá-la.

Por fim, com dificuldade, ela fizera um único girassol florescer nos campos de grama ondulante. Era parecido com usar a magia semeadora, de certa forma, mas muito mais difícil, já que ela estava conjurando algo do mais absoluto nada.

Depois de praticar várias vezes para pegar o jeito, Emory havia usado a magia de ilusão para fazer desaparecer a lua escura e o girassol da tatuagem da Casa Eclipse de Baz, deixando a mão esquerda do garoto sem marcas, enquanto na direita surgira uma representação quase impecável do símbolo da Casa Lua Nova, com a lua escura e os narcisos. Igual à tatuagem dela.

Baz percebeu que Emory admirava o sigilo com um sorriso de orgulho e flexionou a mão, dizendo:

— Se ficar difícil demais manter a ilusão...

— Eu sei.

Ela já conseguia sentir a pressão que isso exercia sobre sua magia. O girassol tinha sido mais fácil: uma vez criado, ele tinha parado de drenar sua energia, embora a ilusão tivesse desaparecido lentamente. No caso da tatuagem de Baz, Emory precisaria sustentar a magia por tempo suficiente para que conseguissem entrar no Instituto, tudo isso *sem entrar em Colapso*.

Um Regulador com cara de poucos amigos os recebeu à porta.

— Qual o propósito da visita?

— Viemos visitar um paciente que entrou em Colapso — respondeu Baz, surpreendentemente sereno. — Kai Salonga.

O Regulador inspecionou a tatuagem da Casa Lua Nova na mão dos dois e solicitou:

— Identidades.

Emory sentiu Baz ficar tenso enquanto o Regulador examinava as identidades e depois seus rostos. Por um momento, ela pensou que não daria certo. Mas então o Regulador devolveu os documentos e, com um aceno entediado de cabeça, indicou que os dois passassem pela porta.

Baz soltou um longo suspiro e Emory forçou um sorriso. A magia já começava a exigir demais dela. *Só mais um pouco*, disse a si mesma enquanto um funcionário os conduzia pelo labirinto de corredores. Sua visão começou a ficar escura.

— Solte — sussurrou Baz a seu lado. — *Agora*.

Ele não precisou pedir duas vezes. Emory suspirou de alívio quando fez cessar a ilusão. Baz puxou as mangas para baixo, escondendo as mãos. Emory torceu para que fosse o suficiente.

Eles foram levados a um pequeno pátio interno, onde outro funcionário observava quatro pacientes: um homem idoso e uma mulher de meia-idade jogando xadrez, uma garota não muito mais velha do que Emory encolhida em um canto, desenhando em um caderno, e Kai, sentado de pernas cruzadas em um banco com um livro aberto sobre o colo.

Sem tirar os olhos do livro, o garoto prendeu o cabelo em um coque baixo.

As correntes delicadas que ele usava no pescoço brilhavam na luz do sol, complementando os tons quentes de sua pele. Emory teve a impressão de vislumbrar as bordas de uma tatuagem debaixo da gola da camisa de Kai.

Ele finalmente os avistou quando levantou o rosto. Seus olhos se voltaram para Baz. O ar entre os dois ficou tenso, de uma forma que Emory não compreendeu.

— Aqui de novo, Brysden? — indagou Kai.

Emory sentiu o sangue gelar. Aquela voz...

Kai a observou com curiosidade. A garota estava completamente hipnotizada.

— Esta é Emory Ainsleif — apresentou Baz, pigarreando. — Ela era amiga de Romie.

— Você apareceu no meu sonho algumas noites atrás — acusou Emory, intrigada.

Kai arqueou a sobrancelha, questionando:

— Ah, é?

A voz dele era inconfundível, como uma brisa à meia-noite.
Está indo em direção à loucura, Sonhadora.
Acorde.

— Você estava lá quando eu vi Romie — insistiu Emory. — Você me acordou.

— Caso não tenha notado a situação em que me encontro — retrucou Kai, com escárnio, erguendo a mão marcada pelo Selo Profano e com um pesado bracelete nulificador —, garanto que não estou em condições de visitar o sonho de ninguém.

Mas algo em seu tom e a expressão de reconhecimento que ele tentou esconder deixaram claro para Emory que Kai sabia *exatamente* do que ela estava falando.

— De que outra forma eu teria sonhado com você, se não nos conhecíamos? — argumentou Emory.

Ela já o vira pelo campus algumas vezes e já tinha ouvido falar dele, mas aquela situação ia muito além disso.

— Bom, você sabe o que dizem... — respondeu Kai, em um tom irônico que a fez se lembrar de Virgil. — Sonhos são manifestações dos desejos mais profundos do inconsciente.

Ele a olhou dos pés à cabeça, com claro desinteresse, antes de concluir:

— Fico lisonjeado, mas você não faz meu tipo.

Emory teve a impressão de ter visto Kai lançar um olhar sugestivo na direção de Baz, que parecia completamente alheio à insinuação.

— Acho que vi você também — comentou Baz. — Foi depois que vim te visitar. Eu tive aquele pesadelo de novo...

As palavras morreram em sua boca. Os dois trocaram um olhar intenso. Emory teve a sensação de estar atrapalhando algo muito íntimo.

— Eu pensei que tivesse só imaginado coisas — sussurrou Baz —, mas você realmente estava lá, não estava?

Kai observou Baz por um instante, então sua postura obstinada desapareceu, como se o fato de Baz admitir que também o vira tivesse mudado o rumo da conversa. Sua pose e seu sarcasmo caíram por terra.

— Eu disse que eles estavam fazendo coisas doentias com a gente — falou Kai, num tom sombrio.

— Espera. Que coisas doentias? — perguntou Emory, confusa.

— Na noite em que visitei Kai, os Reguladores fizeram algo com um dos nascidos no eclipse. Nós ouvimos gritos e vimos picos de energia muito esquisitos. Foi nessa noite que encontrei Kai no meu sonho — explicou Baz, a expressão soturna. Ele franziu a testa, observando o Selo Profano na mão de Kai. — Mas isso não faz sentido. Como você consegue acessar a esfera dos sonhos se sua magia está selada?

— Como é que eu vou saber? — resmungou Kai. — Na primeira vez que isso aconteceu, achei que estava ficando louco. Tentei outras vezes, mas nunca funcionava, a menos que os Reguladores estivessem fazendo alguém gritar. Quando isso acontece, eu sou arrastado para a esfera dos sonhos. É como se o que quer que eles estejam fazendo interferisse com o Selo, e aí minha magia volta. A última vez que isso aconteceu foi no Equinócio de Outono.

— Foi quando vi você — disse Emory. Era um pouco invasivo saber que ele tinha estado em sua mente, ainda que a tivesse despertado daquele sonho terrível. — Por que eu?

— Não faço ideia. Não tenho controle sobre isso. Normalmente sou chamado para os pesadelos das pessoas que estão mais próximas de mim, ou para os de outros Sonhadores. — Kai deu uma olhada no símbolo da Casa Lua Nova na mão de Emory. — Mas de Sonhadora você não tem nada.

Baz olhou de soslaio para Emory.

— Aí é que está — disse Baz, medindo as palavras. — Ela meio que é.

Diante do olhar desconfiado de Kai, Emory explicou:

— Sou Sonhadora, Curandeira, Guardiã da Luz, Semeadora, Ilusionista... e muito mais. Eu sou tudo isso, ou posso escolher ser, porque sou uma Invocadora de Marés.

Foi estranhamente libertador dizer aquilo em voz alta, até que Kai soltou um riso de desdém.

— Sim, claro que é. E eu sou a própria Sombra. — Ele se virou para Baz. — Não vai me dizer que você acredita nessa patacoada.

— Eu já a vi usar a magia com meus próprios olhos.

— E eu já vi pesadelos que fariam com que vocês dois quisessem arrancar os próprios olhos. Mesmo assim não eram reais.

— Você acabou de admitir que consegue usar sua magia apesar do Selo Profano — retrucou Emory. — Talvez queira repensar o que é real ou não.

— Acho que me garanto quando o assunto é discernir realidade de fantasia, muito obrigado.

O olhar de Kai atravessou a alma de Emory. Por um momento surreal, a garota foi tomada por um profundo sentimento de angústia e se perguntou se aquilo estava sendo causado pela magia de Kai, que continuava viva mesmo selada. Baz deu um passo à frente e chamou o nome de Kai em tom de aviso, como se também suspeitasse que o poder dele não estava tão adormecido quanto deveria.

A sensação diminuiu quando Kai se recostou no banco.

— Certo, vamos supor que você de fato seja uma Invocadora de Marés — disse ele, com um sorriso contrariado. — O que veio fazer aqui? Eu até te recepcionaria com uma festa de boas-vindas, mas como fui basicamente expulso da Casa Eclipse, o que isso tem a ver comigo?

— Preciso que você me ajude a entender como a esfera dos sonhos funciona. Como encontrar alguém nos sonhos.

Kai bufou.

— Explorar a esfera dos sonhos não é como caminhar na praia ao pôr do sol. Demora anos para aprender, e mesmo os melhores Sonhadores podem se perder, ficar presos ou ter um destino ainda pior — alertou ele, lançando uma expressão incrédula para Baz. — O que é tão importante a ponto de valer a pena correr esse risco?

— Romie está viva — respondeu Baz, sua voz quase inaudível.

Uma ternura surgiu nos olhos de Kai, mas se dissipou antes que Emory entendesse o que estava vendo.

— Achei que já tivéssemos encerrado esse assunto. Ela se foi, Brysden.

— Talvez não.

— Ela usou a magia dos sonhos para falar comigo — contou Emory. — Você *estava no sonho*. Por acaso não viu Romie?

Kai não disse nada. Sua expressão era indecifrável.

— Kai, por favor — implorou Baz. — Nós precisamos da sua ajuda.

Mais uma vez, algo silencioso se passou entre os dois, uma conversa sem palavras à qual Emory não teve acesso. Kai suspirou e apoiou um braço no encosto do banco.

— Está bem — cedeu o garoto. — Eu ensino você.

Emory se perguntou se Baz enxergava a devoção que o Tecelão de Pesadelos nutria por ele.

— Mas Brysden vai ter que fazer uma coisa por mim antes — continuou Kai, com um sorrisinho.

Baz aparentava querer fugir dali.

— O quê?

— Eu sei para qual sala os Reguladores nos levam quando fazem o que quer que estejam fazendo com a gente. Não consigo entrar lá sem ser visto, mas você consegue.

— Como sabe qual é a sala? — questionou Baz.

Kai hesitou por um instante, então revelou:

— Seu pai me contou.

Baz empalideceu.

— Você falou com ele?

— Ele geralmente fica em outra ala, mas foi transferido há pouco tempo. Ele me disse que os Reguladores o levaram até uma sala e fizeram algo com ele, mas seu pai não lembra o que foi. — Quando viu a expressão horrorizada de Baz, Kai assegurou: — Ele parecia bem, Brysden. Mas preciso saber o que acontece naquela sala. Jae ainda não voltou para o Instituto, que eu saiba. Então cabe a nós descobrir.

— Vou tentar — respondeu Baz, piscando com força para conter as lágrimas.

— Ótimo — sentenciou Kai, virando-se para Emory. — Então vamos lá, Invocadora de Marés. Bem-vinda à aula de Introdução à Esfera dos Sonhos.

— Qual é o lance entre você e Brysden? — perguntou Kai quando Emory se sentou ao lado dele no banco.

A garota retribuiu seu olhar penetrante com um arquear de sobrancelhas.

— Qual é *o seu* lance com ele?

Nenhum dos dois respondeu.

Emory achava a amizade deles estranha. Ela sempre havia considerado Baz uma pessoa fechada que se sentia mais à vontade com personagens fictícios do que com seres humanos de verdade, então sua proximidade com Kai a pegou de surpresa. Ela não conseguia imaginar o que poderiam ter em comum. Kai e sua rispidez, Baz e sua moderação; o senhor dos pesadelos e o garoto medroso. Pelo pouco que Emory conseguira entender da dinâmica entre os dois, Kai parecia gostar de atormentar Baz, provocando-o de uma forma que a garota imaginava que o assustaria, faria com que ele se retraísse ainda mais. Mas parecia ter o efeito oposto. Era como se Kai conseguisse tirá-lo um pouco da própria bolha.

Talvez ela não conhecesse Baz tão bem quanto pensava.

Emory se acomodou no banco e espiou o Selo na mão de Kai.

— Você sente falta da sua magia?

— Todos os dias. — Kai apontou com o queixo para o símbolo da Casa Lua Nova na mão dela. — Está com medo de perder a sua também? Talvez coloquem você em uma cela ao lado da minha. Aí vai poder me contar tudo sobre essa sua magia.

— Ninguém vai descobrir.

— Você está confiando demais em uma pessoa que literalmente não tem nada a perder.

Aquilo devia tê-la deixado nervosa, mas Emory tinha certeza de que seu segredo estava seguro com Kai.

— Você não vai contar para ninguém.

— Você também consegue prever o futuro? — questionou Kai, sarcástico.

— Eu sei que você não trairia a confiança de Baz. Ele está envolvido nisso. Com certeza não pegariam leve com ele por encobrir um segredo como esse.

Aparentemente, aquela foi a coisa errada a se dizer. Kai a fuzilou com o olhar, e Emory teve a sensação de que estava mergulhando em um lago de águas profundas e geladas.

— Se alguma coisa acontecer com ele, vou transformar sua vida em um pesadelo — ameaçou Kai, em um tom feroz.

— Não foi o que eu quis di...

— Tenho certeza de que você sabe como Brysden é íntegro quando o assunto é magia. Ajudar você vai contra todas as regras que ele tanto ama seguir, o que significa que ele confia em você. E sob toda aquela preocupação e ansiedade, a lealdade de Brysden, depois de conquistada, é inabalável. — Kai se inclinou para a frente, ficando ameaçadoramente próximo a Emory. — Não estrague isso.

Emory sentiu um nó na garganta e foi tomada por um constrangimento profundo. Ela vinha se aproveitando dos sentimentos de Baz, e se Kai tinha enxergado isso com tanta facilidade... Será que era tão óbvio assim?

A garota pensou naquele breve momento na praia, quando Baz se aproximara do rosto dela. Lembrou-se da emoção contida no rosto dele na manhã seguinte, do orgulho ao lhe mostrar o Hall Obscura. E houvera uma mudança sutil em Baz desde então, como se ele estivesse mais confiante perto dela, mais à vontade.

Talvez Emory já tivesse convencido Baz a ajudá-la por tempo suficiente e devesse parar por ali, ainda mais considerando o quão profundo estava se tornando o relacionamento entre ela e Keiran.

Baz depositava mais confiança em Emory do que ela merecia, e a garota estava dolorosamente ciente disso. Mas ela precisava dele. Eles precisavam um do outro.

Ainda assim, Emory não queria magoá-lo.

— Não vou estragar — respondeu ela, com sinceridade.

Era uma promessa tanto para Kai quanto para si mesma.

— Acho bom — retrucou o garoto, em um tom crítico que deixava óbvio que ele não confiava na palavra de Emory.

Isso deveria tê-la aborrecido, mas Emory só conseguia pensar que Baz tinha sorte por ter alguém como Kai. Talvez a amizade dos dois não fosse tão estranha, afinal. Kai era como um guardião dos medos de Baz, protegendo-o à sua maneira. Um amigo fiel... ou talvez algo mais. Algo que, ela suspeitava, Baz nem sequer notava.

Ao pensar nessa possibilidade, um sentimento estranho a invadiu. Mas então Kai despertou Emory dos próprios pensamentos. A ameaça de suas palavras anteriores evaporou quando ele perguntou:

— O que você quer saber sobre a esfera dos sonhos?

26

BAZ

Enquanto Kai e Emory conversavam no pátio, Baz escapuliu para explorar o Instituto. Sua cabeça estava a mil ao pensar na conversa de Kai com seu pai, nas coisas às quais Theodore estava sendo submetido pelos Reguladores, nos gritos que ouvira durante a visita anterior...

Eles precisavam descobrir o que estava acontecendo.

Por sorte, o garoto conseguiu encontrar o local que Kai tinha indicado sem esbarrar em ninguém no caminho. A sala não tinha janelas, e a porta estava trancada, mas Baz aprendera a arrombar fechaduras com Vera, pois achou que seria conveniente não precisar usar sua magia. Com cuidado, ele abriu a porta e se deparou com...

Nada.

Pelo menos, nada fora do comum. Parecia ser uma sala para atendimentos médicos, limpa e organizada, com instrumentos cirúrgicos trancados em estantes com portas de vidro. Baz sentiu um calafrio, porém, antes que pudesse investigar mais a fundo, ouviu o barulho de chaves no corredor.

Ele saiu da sala depressa, deixando a porta destrancada. Um funcionário o viu e franziu o cenho como se o reconhecesse, mas no instante seguinte se distraiu ao ouvir o próprio nome sendo chamado.

Baz correu e virou em outro corredor. Em uma das portas, havia uma placa com um nome conhecido: THEODORE BRYSDEN.

O garoto espiou pela janela estreita, sentindo o coração bater forte no peito. Pequenos detalhes tornavam o quarto quase acolhedor. Uma pilha de livros. Uma manta de tricô, sem dúvidas feita por sua mãe, jogada aos pés da cama. Sobre a escrivaninha, um porta-retratos exibia uma lembrança em tom sépia de outra vida, de uma época mais feliz: quatro figuras sorridentes que nunca mais seriam as mesmas.

Inspire. Segure o ar. Expire.

Baz repetia essas palavras sem parar desde que saltara do táxi, tentando manter a calma. Mas, assim que avistou o pai na cama, ele se esqueceu do mantra. Theodore estava quase irreconhecível devido à passagem do tempo e algo ainda mais cruel.

O garoto se esforçava para respirar, mas o ar não vinha. Ele se retraiu quando as lembranças daquele dia vieram à tona outra vez.

Baz tinha quinze anos e estava animado para passar a semana inteira de férias na gráfica, lendo no silêncio de um escritório vazio ou ouvindo as histórias de Jae com o som do maquinário ao fundo. O garoto se lembrava nitidamente dos três clientes que tinham entrado na gráfica perto do meio-dia, o sino da porta anunciando a chegada deles. Baz erguera o olhar de seu livro com desinteresse e só suspeitara que havia algo errado ao perceber que todos tinham erguido a voz e que seu pai havia se posicionado entre Jae e os clientes — dois homens e uma mulher — de braços abertos, como se estivesse tentando impedir uma briga.

Baz se lembrava bem do medo que sentira quando um dos homens avançara para cima de Jae, algemas nulificadoras em mãos. Jae reagira, atingindo-o com sua magia de ilusão. Theodore havia gritado para que todos parassem, para que todos parassem, *por favor.*

Em seguida, um clarão como se uma estrela estivesse explodindo. Gritos, veias prateadas. Os olhos úmidos e fulgurosos de Theodore quando os Reguladores chegaram para imobilizá-lo e levá-lo para ser marcado com o Selo Profano e se tornar *aquilo*, uma versão frágil e esquálida do homem que havia sido um dia.

"Você vai ficar bem", dissera Theodore antes de o filho ser arrancado de seus braços. "Vai ficar tudo bem, Basil."

Baz observou o pai virar a página do livro que estava lendo. Parecia surreal que, depois de tantos anos, houvesse apenas uma janela de vidro entre os dois. De repente, Theodore aprumou a postura e ergueu o rosto na direção da porta, como se conseguisse sentir a presença do filho.

Baz deu um passo para o lado, escapando do campo de visão do pai, e saiu correndo pelo corredor. Sentia os pulmões arderem; estava a um fio de desmoronar. Chegou ao pátio bem a tempo de ver os pacientes sendo levados embora por um funcionário. Emory disse que era o horário de almoço, mas Baz estava distraído demais para processar a informação.

Do outro lado do pátio, Kai o avistou e pareceu aflito com o que percebeu no rosto de Baz, mas não havia nada que ele pudesse dizer nem tempo para dizê-lo.

Assim que Kai sumiu de vista, os joelhos de Baz cederam. Ele se apoiou na parede e se concentrou para controlar a própria respiração. *Inspire, segure, expire.* De novo e de novo, até que o mundo voltasse a parecer um lugar seguro.

Emory o chamou de forma afetuosa, e Baz voltou a si. A garota se ajoelhou diante dele e perguntou:

— Você está bem?

— Eu vi meu pai — contou Baz, mantendo os olhos fechados com força. — Mesmo depois de tantos anos, não consegui falar com ele. Ele matou aquelas pessoas. Eu sei que foi um acidente, mas sempre me perguntei como aquilo foi acontecer.

Theodore era um *Nulificador*. Baz acreditava que aquela era a habilidade mais segura entre as magias do eclipse, e mesmo assim seu pai entrara em Colapso.

— Se eu tivesse conseguido impedir que...

— Ei — interrompeu Emory, segurando a mão dele.

Seu toque era quente e acolhedor. Quando Baz enfim ergueu o rosto, sentiu-se amparado ao olhar para ela.

— Você era uma criança — sussurrou Emory. — Não havia nada que você pudesse ter feito. Mas se precisar falar com ele hoje, se quiser voltar...

— Não consigo.

— Então vamos para casa.

"Casa" era uma palavra engraçada, pensou Baz. O garoto se sentira em casa na presença de Jae e seu pai, na gráfica. Quando isso fora arrancado dele, os livros e as histórias passaram a ser seu lar. Agora Baz pensava no Hall Obscura como seu lar, no aconchego dos aposentos comuns, um santuário protegido por feitiços. Mas, de repente, o garoto percebeu que a Casa Eclipse não era um lar sem a presença de Kai.

Baz precisava descobrir o que estava acontecendo no Instituto. Ele já estava farto de ver os nascidos no eclipse se escondendo nas sombras.

27

EMORY

— Ai! — resmungou Emory ao sentir a picada da agulha. — Você precisa colocar tanta força assim?

Não havia nada que Emory odiasse mais do que agulhas. Baz lançou um olhar carrancudo para ela ao puxar a seringa, injetando o sonífero em seus músculos.

— Você diz isso toda vez, e toda vez eu tento ser mais cuidadoso.

— Meu braço ainda está dolorido por causa de ontem e de anteontem — reclamou ela.

Uma gota de sangue surgiu entre os hematomas que floresciam em seu braço.

— E por que não se cura? — questionou Baz.

Emory se recostou no sofá, já sonolenta.

— Para ver se a dor me motiva a fazer tudo direito.

A substância injetada era uma magia do sono imbuída em água salgada, um tônico que alguns Sonhadores usavam durante o treinamento para adormecer e facilitar o acesso à esfera dos sonhos. Baz conseguira um pequeno estoque com um professor do Hall Decrescens.

Eles já estavam experimentando a técnica havia uma semana, ainda sem êxito.

Nas primeiras tentativas, Emory simplesmente caíra em um sono profundo e comum. Segundo Baz, chegara até a roncar um pouco, apagada feito pedra. Quando o efeito do sonífero começava a passar, ela acordava com o som dos passos ansiosos de Baz pela sala.

Depois das primeiras tentativas malsucedidas, Emory passou a conseguir se manter consciente enquanto dormia. Era como estar prestes a cair no sono profundo, mas sem mergulhar de vez. A fronteira entre pensamento e sonho se tornava tênue. Era nesse estado que ela deveria encontrar a esfera dos sonhos, algo muito mais fácil na teoria do que na prática.

"Basta seguir a escuridão", explicara Kai no Instituto. "Todo sono é escuro, de certa maneira, mas a escuridão da esfera dos sonhos é diferente. Você vai entender quando vir."

Emory pensou tê-la visto uma vez, uma escuridão tão impenetrável que parecia sólida, mas já tinha ficado tempo demais adormecida. Antes que pudesse alcançá-la, o efeito do sonífero passara e ela acordara outra vez.

A garota torcia para que dessa vez fosse diferente. Lá fora, o sol estava se pondo, iluminando a sala de estar da Casa Eclipse com uma luz dourada e quente. A última fatia da lua minguante já estava visível, mas, se os últimos dias servissem de referência, a fase da lua não tinha nenhuma influência sobre o poder de Emory e provavelmente não facilitaria o uso da magia dos sonhos.

Enquanto o sono a possuía, lenta e deliberadamente, Emory olhou para Baz, sentado em sua habitual poltrona cor de ferrugem. Era nítido que ele odiava vê-la ir para lugares onde não podia segui-la, acessar uma magia que ele não conseguia ver. Baz parecia exausto desde a ida ao Instituto. Os dois não tinham conversado sobre isso, mas Emory sabia que ele se incomodava com o fato de não saber o que estava acontecendo. Baz provavelmente imaginava que seu pai e Kai seriam submetidos a coisas terríveis, e seu medo era justificado. O Instituto era um lugar vil.

Emory tentou sorrir de maneira reconfortante para ele, mas isso só intensificou o olhar circunspecto de Baz.

Então ela adormeceu.

Sua mente lutava para pensar com clareza naquele estado desconhecido e flutuante. Emory aguçou os sentidos e buscou a magia dos sonhos, que ainda permanecia elusiva. Ela não conseguia ver nada, apenas a escuridão de um vazio absoluto.

Mas ali, no limite de tudo, havia uma mancha mais escura no horizonte.

Direcionando sua consciência para lá, Emory viu algo parecido com uma porta, reluzente como obsidiana escura.

A garota tentou tocá-la.

A porta se abriu.

Emory mergulhou em uma escuridão impossível e aveludada. Ela seguiu por um caminho repleto de estrelas etéreas, que pareciam estar perto e longe ao mesmo tempo, paradas e rodopiantes, acima, abaixo e dançando ao seu redor.

A esfera dos sonhos, finalmente.

Sua mente estava desperta outra vez, ao menos ali, naquele estranho mundo intermediário. O ambiente silencioso parecia estar vivo, e era ao mesmo tempo sereno e denso, como a sensação de estar debaixo d'água. Os movimentos de Emory eram pesados e vagarosos, como se tentasse se mover contra uma correnteza.

Ela se aproximou da margem do caminho que adentrava a escuridão, se curvando em todas as direções. Para além das estrelas, havia um grande e imensurável *nada*, e Emory teve a sensação peculiar de estar na beira de um penhasco. No entanto, aquele vazio a chamava, e a garota sentiu vontade de ir em direção a ele.

O que poderia machucá-la ali? Aquele era o reino dos sonhos, encantador e adorável, repleto de infinitas possibilidades.

De repente, a lembrança das palavras de Kai fez com que Emory se afastasse da margem.

"A primeira lição da esfera dos sonhos", dissera ele com sua voz de meia-noite, "é nunca se afastar do caminho principal."

"Para onde ele vai?"

"Ninguém sabe. Se você for longe demais em qualquer direção, vai começar a sentir uma pressão, parecida com mergulhar muito fundo na água. Chega um ponto em que tudo passa a ter um peso esmagador. São profundidades nas quais ninguém deveria existir. Lá, você corre o risco de se perder de si mesma, de perder a conexão com seu corpo. Você não precisa ir tão longe."

Emory olhou para as esferas brilhantes ao redor, estendendo os dedos em direção a uma estrela que piscava acima de sua cabeça.

"Cada estrela é um sonho", explicara Kai. "Os Sonhadores podem simplesmente pegar uma com as mãos e entrar naquele sonho. Mas, primeiro, você precisa encontrar a estrela que está procurando. Essa é a parte difícil. Mas, por sorte, os Sonhadores se reconhecem na esfera dos sonhos. Eles são como faróis, chamando uns aos outros, então encontrar Romie vai ser fácil. *Se* ela estiver lá."

"E a escuridão para além das estrelas?"

"Esse é o reino dos pesadelos", respondera Kai, com um sorriso ameaçador. "É onde habitam os monstros que chamamos de umbras. Sabe aquela sensação de quando um sonho muda e se torna um tormento do qual você não consegue escapar? São elas. As umbras devoram os sonhos, como buracos negros engolem qualquer estrela que se aproxime demais. Os Sonhadores são treinados para reconhecer os sinais. Assim que sentem a presença de uma umbra, precisam fugir. Precisam acordar. Se não fizerem isso... acabam sendo levados por elas."

Emory já tinha ouvido Romie comentar sobre as umbras, que eram ainda piores do que pesadelos.

"O corpo desses Sonhadores continua vivo no mundo real, pelo menos por um tempo", prosseguira Kai. "Mas, na esfera dos sonhos, a consciência deles é devorada. As umbras se fartam até que não reste mais nada e eles se tornem apenas mais um buraco negro vazio."

Kai apontara com o queixo para um funcionário que passava empurrando um homem de meia-idade em uma cadeira de rodas. O homem aparentava estar dormindo.

"Esse aí é um Sonhador que nunca mais acordou. A alma dele foi devorada pelas umbras. Aqui tem uma ala inteira só deles, a ala do sono eterno."

"Não há chance de acordarem?", perguntara Emory.

"Que eu saiba, não."

Emory observara o Sonhador, horrorizada.

"Por favor, me diga que as umbras não conseguem acessar o mundo real. É impossível elas escaparem dos pesadelos que assombram, não é?"

"Certa vez, achei que uma tinha me seguido quando tirei uma coisa de um pesadelo. Mas foi só uma impressão, a umbra ficou na esfera dos sonhos. Acho que não conseguiu me seguir para o mundo real. Até onde eu sei, elas só existem na esfera dos sonhos."

"E o que elas fazem com Tecelões de Pesadelos?"

"Elas costumam me deixar em paz."

Emory se perguntara se era porque sentiam que Kai tinha o poder de destruí-las ou se elas identificavam em Kai, na magia dele, um pouco da mesma escuridão de que eram feitas.

"Mas você é carne fresca, algo que as umbras nunca viram antes. Elas provavelmente serão atraídas por você como mariposas por uma luz acesa. Se sentir a presença delas, precisa acordar. Imediatamente."

Emory sentiu um calafrio ao olhar para a escuridão infindável. Por um breve momento, cogitou usar o poder de Kai em vez da magia dos Sonhadores. Talvez, ao usar a magia do Tecelão de Pesadelos, ela também fosse deixada em paz. Mas, considerando como tinha sido difícil acessar a magia de Baz, que parecia infinita e inacessível... Emory desconfiava que a magia de Kai seria parecida, vasta demais para ela entender.

A garota respirou fundo, procurando por algum sinal de Romie. Vagamente, ela conseguia perceber que o efeito do sonífero começava a se dissipar, mas estava tão perto, enfim tinha conseguido entrar na esfera dos sonhos...

Contudo, não tinha ideia de como encontrar a amiga.

Emory olhou para o próprio pulso, desejando ter um frasco de água salgada para ativar a Marca Selênica. Em vez disso, observou atentamente todas as estrelas ao redor, torcendo para que algo despertasse o reconhecimento que Kai mencionara. Ela gritou o nome de Romie, sua voz ecoando como um som abafado dentro d'água.

Não houve resposta. Não havia nada além de escuridão e silêncio sepulcral.

Até que de repente... um uivo horrendo, o eco distante de um grito estridente. Como unhas em um quadro-negro.

As umbras.

Droga.

Emory xingou, sentindo vontade de chorar.

Ela mal sabia como tinha conseguido entrar na esfera dos sonhos, e não tinha a menor ideia de como *sair* antes que o efeito do sonífero passasse. Kai dissera apenas que ela deveria encontrar o caminho de volta ao próprio corpo, e Emory tinha sido irresponsável ao não insistir para que ele explicasse melhor.

Outro grito atroz.

A escuridão pareceu se aproximar dela.

A garota olhou ao redor, desesperada, abraçando o próprio corpo. Não podia fazer nada além de esperar. Cautelosamente, Emory lançou seu poder para os dois lados do caminho. Sua magia se estendeu até não poder mais, até ficar dilatada demais e distante demais para que ela pudesse controlá-la.

Ainda assim, não encontrou nada.

Mãos com garras se ergueram em sua visão periférica. Talvez Emory tivesse gritado, mas então as trevas recuaram e seus olhos se arregalaram na luz crepuscular da sala de estar da Casa Eclipse.

Baz estava ajoelhado na frente dela, sacudindo seus ombros. Quando Emory acordou, ele desabou no chão, parecendo sem forças.

— O que aconteceu? — perguntou o garoto.

Emory cerrou os punhos.

— Eu consegui entrar, mas não senti a presença de Romie em lugar nenhum. E aí as umbras apareceram.

Baz xingou e tirou os óculos, esfregando o rosto.

— Eu ouvi você chamando por Romie. Depois você começou a tremer e...

— Quero tentar de novo.

— Emory...

— Agora.

— Não. Vamos tentar amanhã. Você parece prestes a desmaiar.

Ela desabou no sofá com um suspiro profundo. Baz tinha razão. Ela sentia como se tivesse acabado de percorrer a colina de Cadence a Aldryn de bicicleta dezenas de vezes.

— Parece que Romie está longe demais para ser alcançada — explicou Emory. — É como se algo estivesse bloqueando o acesso a ela.

Baz sentou-se ao seu lado, seu braço roçando o de Emory.

— Tentaremos de novo amanhã — repetiu ele, suavemente.

Emory se virou para o garoto. Baz ainda não tinha recolocado os óculos, e seus olhos estavam fechados, como se ele estivesse dormindo, então Emory aproveitou para observá-lo com atenção. Algo havia mudado entre eles naqueles últimos dias no Hall Obscura... ou talvez tivesse sido a ameaça de Kai, a proteção feroz que ele demonstrara em relação a Baz, que fez com que Emory o visse com outros olhos. De toda forma, as coisas com Baz eram simples, confortáveis de um jeito que Emory não esperava.

— Você fica diferente sem os óculos.

Baz abriu os olhos. De perto, ela conseguia enxergar as sardas no nariz dele e os tons castanhos de sua íris.

— Diferente como?

— Menos acadêmico, talvez. Menos sério.

Ele abriu um sorriso tímido.

— E se eu gostar de ser o tipo acadêmico sério?

— É por isso que quer ser professor? Para ler livros em paz com um estoque infinito de chá e café?

Tinha sido uma piada, mas Baz pareceu refletir sobre o assunto.

— Não sei. Acho que, mais do que qualquer coisa, quero ajudar outros nascidos no eclipse a encontrar equilíbrio. Ensiná-los tudo que sei sobre controlar as próprias habilidades, para reduzir ao máximo a chance de entrarem em Colapso. Sei que, no fim das contas, não há muito que eu possa fazer para prevenir isso. Mas, se eu conseguir transformar este lugar em algo parecido com... um santuário, um lugar seguro... isso já basta.

Ele coçou a nuca, parecendo constrangido, então acrescentou:

— Isso deve ter soado muito bobo.

— Não. Você é bom nisso, Baz.

Era verdade. Apesar de seu receio, Baz era ótimo em ajudar Emory a praticar magia. E ver aquele lado dele, ouvi-lo expressar suas motivações, fez com que a garota o compreendesse de uma forma que não tinha conseguido antes. Por muito tempo, ela o enxergara como um menino assustado que minimizava o próprio poder e queria apenas se esconder atrás dos livros e ser um espectador da própria vida. Mas talvez aquela fosse a maneira que Baz encontrou de lutar pelo que acreditava. Ele tinha um poder incrível correndo nas veias — Emory sabia bem disso depois de ter sentido como era vasto —, mas optava por não utilizá-lo. Em vez disso, queria ajudar outros nascidos no eclipse a se fortalecerem para que não tivessem o mesmo destino de seu pai e de Kai.

Talvez Emory tivesse errado anos atrás, ao julgá-lo retraído demais, quieto demais, sem graça demais. O objetivo de Baz era nobre, e havia um otimismo permanente nele que Emory achava cativante.

— Eu não teria chegado até aqui sem você — murmurou ela.

A garota não sabia explicar o que a levou a afastar o cabelo da testa dele e colocá-lo atrás da orelha. Baz se contraiu ao sentir o toque, então seus olhos castanhos se aqueceram. Eram tão vivos, acolhedores e suaves sem os óculos para escondê-los. Emory não podia negar que estava gostando daquilo, da atenção, da atração que Baz sentia por ela. Por um segundo, Emory imaginou como seria beijá-lo, nem que fosse só para descobrir se havia algo entre eles, se ela conseguiria retribuir os sentimentos que Baz nutrira por ela tanto tempo atrás, e talvez ainda nutrisse.

O garoto a encarou com expectativa, como se soubesse exatamente no que ela estava pensando.

Emory recuou.

Pelas Marés, onde estava com a cabeça?

— Preciso ir — anunciou ela, pegando a mochila e fingindo não notar o encolher dos ombros dele. — Nos vemos amanhã?

Ela estava passando tempo demais com Baz. Tirar proveito dos sentimentos dele estava distorcendo os limites entre o que era real e o que não era. Não havia nada entre os dois além de amizade. Nunca haveria chance para algo mais, porque não era o que ela queria. *Keiran* ocupava cada pedacinho de sua mente, *Keiran* a instigava e fazia com que ela se sentisse importante. Era Keiran que Emory desejava. Não Baz.

Então por que foi tão difícil deixá-lo?

Uma festa no Hall Decrescens seria o evento perfeito para expulsar Baz de sua mente.

Tecnicamente, era uma festa exclusiva para veteranos para a qual Emory não tinha sido convidada, mas Keiran havia sugerido que ela desse uma passada por lá após o treino com Baz. Os dois tinham estado ocupados na semana anterior: Emory com as sessões na esfera dos sonhos, Keiran com a restauração de fotografias, que pretendia apresentar em breve a museus e curadores de arte. Emory estava ansiosa para vê-lo, nem que fosse para que seus lábios apagassem os pensamentos persistentes sobre Baz — a sensação do cabelo macio dele em seus dedos, o frio na barriga quando percebeu o quanto os dois estavam próximos.

Ela precisava urgentemente de uma bebida.

Na varanda em frente aos dormitórios, Virgil ria alegremente com um grupo de alunos que Emory não conhecia. Ao notá-la, ele derramou um pouco de vinho da garrafa.

— Emory! — exclamou Virgil, pulando a grade da varanda e passando um braço sobre os ombros dela. — Que bom que você conseguiu aparecer. Venha, vou te mostrar a humilde residência da Casa Lua Minguante.

Não havia nada de humilde na sala escura e opulenta em que entraram, cheia de sofás de veludo e espreguiçadeiras, com cortinas que se agitavam ao sabor da brisa que entrava por uma janela em arco. Velas acesas tremeluziam em prateleiras cheias de grimórios antigos e instrumentos de prata. Um gramofone tocava música. Emory viu os outros Selênicos no meio da multidão: Javier e Louis riam juntos em um sofá, Nisha flertava com uma garota perto do carrinho de bebidas, Ife dançava e Lizaveta entregava discretamente uma bolsa de veludo para dois rapazes muito bonitos em troca do que parecia um maço de notas.

— Aquilo são...?

— Sintéticos — confirmou Virgil. — A versão leve. Às vezes nós trazemos para esse tipo de festa. É uma regra implícita entre os compradores não contar a ninguém sobre isso. Um dos segredos mais bem guardados de Aldryn, depois da própria Ordem e do seu alinhamento secreto, é claro. — Virgil piscou para ela, então acenou para alguém ao longe. — Lá vem nosso destemido líder.

Emory teve a impressão de que Keiran estava mais bonito do que nunca. Ele usava uma camisa de gola alta preta que delineava seu peitoral, e seu cabelo tinha sido arrumado com perfeição. O garoto sorriu assim que a avistou.

— Não pense que a gente não reparou — sussurrou Virgil no ouvido dela.

Com um floreio, o Ceifador pegou duas taças de espumante de uma bandeja e entregou uma a Emory, brindando com ela antes de virar o conteúdo da própria taça em um só gole.

— Divirta-se — disse Virgil, erguendo as sobrancelhas sugestivamente.

Então ele foi embora, bem no momento em que Keiran se aproximou.

— Vem cá — pediu Keiran, puxando gentilmente a barra do suéter de Emory.

O garoto a cumprimentou com um beijo.

O sangue de Emory ferveu. Esquecimento concluído com sucesso. Ela queria beijar Keiran para sempre e nunca mais pensar em nada.

No entanto, ela se afastou um pouquinho para revelar:

— Consegui entrar na esfera dos sonhos.

Os olhos de Keiran se iluminaram.

— E aí?

— Não consegui encontrar Romie, mas tenho uma ideia. Não sei se vai funcionar, mas... — Emory se calou ao perceber a decepção no rosto dele. — O que houve?

Keiran suspirou, passando a mão pelo cabelo.

— Não podemos prosseguir até sabermos o que existe além daquela porta. Até encontrarmos o epílogo. Tudo depende de você entrar em contato com Romie.

— Estou tentando, Keiran.

— Não o suficiente.

Emory recuou diante do tom ríspido. Ele percebeu.

— Desculpe — emendou Keiran, suavizando a voz. — Sei que você está tentando. É que as pessoas estão ficando impacientes e, com tudo que está acontecendo... tem sido difícil para mim.

— Eu vou dar um jeito — prometeu Emory.

Era insuportável vê-lo tão abatido.

Keiran apertou a mão dela e sorriu.

— Então me conte essa sua ideia.

— Eu estava pensando em tentar chamá-la usando a Marca Selênica quando estiver na esfera dos sonhos. Talvez a marca consiga atravessar a barreira que me impede de acessar Romie.

Keiran chegou à mesma conclusão que ela. Para isso, Emory teria que ativar a marca antes de entrar na esfera dos sonhos, ou então levar água salgada para ativar a marca quando estivesse lá dentro. Mas eles nunca tinham ouvido falar em *levar* coisas para a esfera dos sonhos, apenas em *tirar* coisas de lá.

De repente, Keiran a guiou para onde Lizaveta estava sentada com os dois garotos que compraram os sintéticos.

— William, tenho uma pergunta — anunciou Keiran. — Os Sonhadores conseguem levar coisas *para dentro* da esfera dos sonhos?

Um dos garotos, pálido e de cabelos castanhos, levantou o olhar levemente vidrado.

— Por quê?

Keiran deu de ombros.

— Interesse acadêmico.

— Acho que é possível, mas não consigo pensar numa razão para *levar* coisas. Em geral, o que interessa é o caminho contrário, *trazer* coisas dos sonhos para o mundo real. Só conheço uma Sonhadora que conseguia fazer isso. Rosemarie Brysden. Para ela, era tão fácil.

O garoto pronunciou o nome de Romie como se ela fosse uma lenda, e Emory se encheu de orgulho. Com um sobressalto, a garota percebeu que, no passado, um comentário desses teria lhe causado inveja, mas Emory estava começando a perceber que também tinha seu valor. Não conseguira reconhecer isso quando vivia à sombra de Romie, mas agora...

Emory era uma Invocadora de Marés, um alinhamento inédito e poderoso. Ela não era inferior, não era nem um pouco medíocre. Era tão admirável quanto Romie.

Quando o Sonhador se voltou para o amigo, em busca de uma conversa mais interessante, Keiran sorriu para Emory. Eles tinham conseguido a resposta que queriam. E, se havia a menor possibilidade de dar certo, Emory tentaria.

Mas eles estavam em uma festa, e ela queria se divertir.

— O jogo se chama Beije a Lua — explicou Lizaveta, com um sorrisinho malicioso. — Você tira uma carta e precisa beijar uma pessoa com o alinhamento da carta escolhida. Depois, é a vez da pessoa que foi beijada tirar uma carta.

Ela puxou uma carta do maço e a virou para que todos vissem. Havia luas minguantes desenhadas nas bordas e, bem no meio, a ilustração de uma silhueta encapuzada, segurando uma foice com mãos esqueléticas. O Ceifador.

Virgil se engasgou com a bebida, então se levantou tão depressa que quase caiu.

— Pode vir, gata! — gritou ele, indo até Lizaveta.

Ela revirou os olhos, mas seus lábios vermelhos se curvaram em um sorriso. Lizaveta o puxou para perto pela camisa desabotoada e o beijou ao som de aplausos e assovios.

Emory tomou um longo gole de vinho. Ela sentiria vergonha se fosse escolhida — e pior, se tivesse que escolher alguém para beijar na frente de todas aquelas pessoas. Mas a ideia também parecia estranhamente empolgante.

Virgil escolheu uma carta. Havia um farol brilhante no centro e luas cheias desenhadas nas bordas. O Guardião da Luz. Ele apontou para Keiran.

— Vem cá, bonitão!

Todos riram e gritaram quando Virgil agarrou o rosto de Keiran com as mãos e plantou um beijo firme em sua boca. Emory deixou escapar uma risada quando os dois garotos fizeram uma profunda reverência sob aplausos.

— Então é minha vez? — perguntou Keiran, tomando um gole de uísque antes de pegar uma carta do baralho.

O coração de Emory disparou quando ele revelou a carta da Casa Eclipse, com um girassol murcho ilustrado no centro e o sol e a lua em eclipse nas bordas.

Por um segundo, ela imaginou a cena: Keiran se aproximando para beijá-la, revelando seu segredo diante de todas aquelas pessoas. Mas a cena se dissolveu quando alguém gritou:

— Pegue outra!

— A menos que você queira que a gente vá buscar o Cronomago! — sugeriu outra voz.

Risadas ecoaram nos ouvidos de Emory, e uma sensação de mal-estar se instalou sob sua pele. Keiran descartou a carta. A garota não conseguiu enxergar a expressão dele ao se abaixar para escolher outra carta do baralho.

O Avivador.

Lizaveta não devia ser a única Avivadora presente, mas os olhos de Keiran imediatamente se voltaram para ela. O garoto ergueu uma sobrancelha, e Lizaveta respondeu com um sorrisinho sedutor.

— Vamos? — perguntou Lizaveta, recostando-se na cadeira. — Não é nada que a gente já não tenha feito antes.

Emory sentiu tudo girar. Já suspeitava que algo tivesse rolado entre os dois no passado devido a terem crescido juntos e à hostilidade de Lizaveta com ela, mas receber uma confirmação tão direta...

É apenas um jogo, disse Emory a si mesma enquanto assistia a Keiran segurar a cintura de Lizaveta. Ele inclinou o rosto, e Lizaveta se curvou na direção dele como uma planta em busca de luz. A alça delicada de seu vestido de seda escorregou pelo ombro, e seus lábios se abriram em antecipação.

Mas Keiran desviou da boca dela e lhe deu um beijo na testa. As palavras dele foram baixas, mas todos as ouviram muito bem.

— É melhor deixarmos o passado no passado, não acha?

Ele se afastou e largou a carta. Lizaveta manteve a postura impassível e o sorriso sarcástico, mas sua risada soou um pouco forçada ao retrucar:

— Quem sai perdendo é você.

Emory não sabia o que pensar. Keiran olhou para ela antes de desaparecer por uma porta. A garota o seguiu, abandonando o jogo, aborrecida com tudo aquilo. Assim que ela entrou no cômodo, mãos ávidas a puxaram para as sombras. Keiran abafou a risada surpresa de Emory com um beijo. Estava tudo bem outra vez.

— Esse é o beijo da Casa Eclipse que eu queria — sussurrou Keiran, bem perto dos lábios dela.

— Lizaveta não vai gostar de saber.

Ele a puxou mais para perto, encostando-se nas prateleiras.

— Não quero falar sobre isso agora.

Emory também não queria, mas perguntou mesmo assim:

— Vocês tiveram algo sério?

— Nós éramos jovens. Foi divertido. — Keiran acariciou o rosto de Emory. — É você que eu quero, Ains.

Então ele a beijou outra vez. Todos os pensamentos abandonaram a mente de Emory. Ela sentia apenas o desejo em sua alma, a necessidade de estar mais perto dele. Era isso que ela queria: alguém audacioso, carismático e passional, alguém que a fizesse se sentir importante, que despertasse cada parte dela.

Alguém que não seja Baz, pensou Emory.

Era como se eles fossem as únicas pessoas no mundo, até que um som fez com que se afastassem depressa. Uma garota bêbada entrou a passos trôpegos no quarto. Com um sobressalto, Emory a reconheceu.

— Penny? O que você está fazendo aqui?

Os olhos de Penelope demoraram a focar em Emory. Então, com movimentos vagarosos, ela levou uma garrafa à boca.

— Dã, estou tentando me divertir um pouco — soluçou Penelope.

Ela tomou um gole da bebida e tentou dar outro passo, mas acabou tropeçando. Keiran a segurou antes que ela caísse, lançando um olhar preocupado para Emory. A garota foi tomada por um mau pressentimento. Penelope não era assim. Ela nunca ia a festas. Sua ideia de uma noite de diversão consistia em ler livros na biblioteca.

— Penny, você está bem?

Penelope bufou.

— Agora você vai fingir que se importa?

— É claro que eu me importo. Você é minha amiga.

— Onde você estava, então? Eu te apoiei quando você estava triste, mas desde que o corpo de Lia apareceu você nem fez questão de saber como eu estava.

Com uma pontada de culpa, Emory percebeu que era verdade. Tinha ficado tão obcecada em explorar a esfera dos sonhos que acabou ignorando Penelope.

— Penny...

— Não — interrompeu Penelope, se desvencilhando de Keiran. — Quero me divertir.

Emory seguiu a amiga até a sala de estar, onde o jogo continuava.

William, o Sonhador, passou o braço pelos ombros de Penelope.

— Vem aqui, princesa. Está faltando uma Portadora das Trevas no nosso jogo.

— Ela está bêbada — interveio Keiran, colocando a mão no peito de William para afastá-lo.

— E daí? — insistiu o garoto, com um riso de desdém.

— Já chega — ordenou Keiran.

Foi como se ele tivesse usado magia encantadora, mesmo tendo outro alinhamento. William soltou Penelope, com uma expressão desinteressada.

Penelope se curvou e, no instante seguinte, começou a vomitar no chão.

Emory correu até ela.

— Só quero esquecer — choramingava Penelope. — Esse buraco no meu peito.

O coração de Emory se partiu.

— Eu sei.

— Ela estava sem língua. Não faz sentido.

Emory ficou tensa. Os detalhes da morte de Lia ainda não eram de conhecimento público, mas a família e os amigos próximos deviam ter sido informados após a autópsia. Emory olhou em volta, preocupada. Quase ninguém prestava atenção nelas; Keiran estava dando um sermão no Sonhador na entrada do dormitório. A única pessoa que se encontrava perto o suficiente para ouvir, a única que não consideraria aquilo apenas divagações sem sentido de uma garota embriagada, era Lizaveta.

Sem nenhum sinal da agressividade costumeira, Lizaveta sugeriu:

— Vamos levá-la de volta para o quarto dela.

— Não — retrucou Penelope, tentando empurrar as duas. — Não quero que minha colega de quarto me veja assim.

— Então vamos para o meu quarto — sugeriu Emory. — Vamos, Penny.

Penelope se deixou ser levada para o quarto de Emory, onde rapidamente adormeceu na antiga cama de Romie. Um pouco a contragosto, Emory agradeceu a Lizaveta pela ajuda.

— Esses caras sempre passam dos limites — reclamou Lizaveta, cruzando os braços. — Espero que aquele babaca leve um soco.

Emory concordou, surpresa ao ver a raiva dela direcionada a alguém que a merecia, para variar.

Lizaveta se demorou em frente à porta, então perguntou:

— Você vai voltar para a festa?

— Vou ficar cuidando dela. Pode avisar ao Keiran?

Emory não conseguiu identificar se a expressão da outra garota foi de ciúme. Após uma longa pausa, Lizaveta revelou:

— Ele nos contou que você está tentando encontrar Romie na esfera dos sonhos e que pediu ajuda para o Tecelão de Pesadelos. Keiran já contou para você que Farran namorava Kai?

Emory ficou atordoada. O nascido no eclipse que Farran tinha namorado era... *Kai*?

— Farran e eu sempre fomos muito próximos — continuou Lizaveta, sem esperar por uma resposta. — Eu fui a única pessoa em quem ele confiou o bastante para contar sobre o relacionamento. Você sabe por que Farran queria despertar as Marés? Ele queria provar para a gente, para todo mundo, que a Sombra nunca foi inimiga das Marés. Pretendia trazê-las de volta para que explicassem que tínhamos entendido tudo errado, que os nascidos no eclipse nunca foram manchados pelo pecado da Sombra. Ele acreditava, influenciado por Kai, que as Marés e a Sombra eram, na verdade, aliados. Amigos. Amantes. Que foram embora juntos por conta do amor que sentiam.

Lizaveta fez uma careta e continuou:

— Farran seguiu esse sonho até Dovermere e acabou morrendo. Por mais que eu ache esse idealismo ridículo, só quero que ele *volte*. — Lizaveta lançou um olhar cheio de desprezo para Emory. — Mas não estou disposta a deixar que outro nascido no eclipse machuque a mim e a meus amigos em troca de uma chance ínfima de vê-lo novamente. Então, se você sente que não é forte o suficiente para encontrar Romie na esfera dos sonhos ou para despertar as Marés, todos nós preferimos que você desista agora, em vez de continuar fingindo que consegue. Eu não gostaria de estar nas cavernas no momento em que você entrar em Colapso.

Os nascidos no eclipse já prejudicaram demais a minha felicidade e a felicidade das pessoas que eu amo.

— Eu não vou desistir — retrucou Emory, cerrando os dentes. — Eu vou conseguir despertar as Marés. Keiran acredita nisso, os outros também. Por que você não?

Lizaveta analisou o rosto de Emory antes de retrucar:

— Eu sei que é fácil cair no papo de Keiran. Todo mundo fica encantado com ele e com seus planos grandiosos. Ele sempre foi assim, capaz de fazer uma pessoa sentir que só ela tem a chave que ele procura. Mas não confunda a sede de poder de Keiran com o interesse que ele sente por você.

Lizaveta abriu a porta e foi embora, mas aquelas palavras permaneceram com Emory, somando-se ao comentário anterior de Keiran sobre ela não estar se esforçando o suficiente. Ela queria provar para os dois que daria um jeito, que conseguiria.

Quando teve certeza de que Penelope estava em um sono profundo, a garota pegou um frasco de água salgada e implorou para que o sono a envolvesse também. As palavras "Não o suficiente" a acompanharam até a esfera dos sonhos. Ela quase chorou de alívio quando viu que o frasco continuava em sua mão, dentro do sonho, mas a sensação de triunfo durou pouco. Emory ativou a marca, chamou por Romie com cada partícula de seu ser... e não teve resposta.

No meio da escuridão assustadora, a garota pensou ter vislumbrado uma ampulheta cintilante um pouco mais adiante no caminho estrelado. As palavras de Lizaveta ressoaram à sua volta: "Eu não gostaria de estar nas cavernas no momento em que você entrar em Colapso."

Emory sabia o que precisava fazer.

28

BAZ

O sol se levantou antes de Baz e, ao que parecia, Emory também.
Ele quase tropeçou ao descer os últimos degraus até a sala de estar da Casa Eclipse quando a viu andando de um lado para o outro. Emory se deteve quando o avistou, segurando a alça da mochila com força.

— Bom dia — murmurou Baz, sem jeito.

O garoto se arrastou em direção ao balcão com a cafeteira e se ocupou em encher o filtro, sentindo o coração bater desenfreado. Ele queria poder parar o tempo, voltar para a noite anterior e garantir que aquele momento no sofá nunca tivesse acontecido. Ou talvez reviver aquele momento para que o desfecho fosse diferente.

Pelas Marés. Ele estava perdendo a cabeça.

As palavras de Emory martelavam em seus ouvidos.

Você é bom nisso, Baz.

Eu não teria chegado até aqui sem você.

A convicção e a confiança naquelas palavras fizeram com que ele se sentisse capaz de enfrentar qualquer coisa. Baz nunca se permitira compartilhar os próprios objetivos com tanta sinceridade, mas não havia sido tão assustador quanto ele imaginara. Emory o deixava com vontade de abandonar seus medos, de esquecer toda a cautela. Embora a ideia fosse assustadora, também era empolgante.

Ele tinha se sentido desperto.

Vivo.

Pela primeira vez em muito tempo, Baz sentira que a ilha que ele havia se tornado não ficava tão distante do resto do mundo, tão distante *dela*. Com Emory, ele era o garoto invencível que via o mundo de forma inocente e otimista, antes do Colapso do pai; o garoto que via beleza na magia, que não via os próprios poderes como algo a ser temido e contido. Baz queria se deixar levar por aquele sentimento, se deleitar nele para sempre.

No entanto...

Ela recuara, e todos os medos de Baz voltaram à tona. Quem ele queria enganar? Devia estar imaginando coisas, isso sim. Além disso, havia Keiran Dunhall Thornby. Baz não via os dois juntos desde o equinócio, mas sabia que Emory ainda andava com Keiran e seus amigos. E quem era Baz comparado ao queridinho de Aldryn?

Não. O que quer que o garoto achasse que existia entre Emory e ele era apenas o resultado das muitas horas que passaram juntos, e nada mais.

Por outro lado, havia a lembrança dos dedos de Emory em sua pele, do olhar dela o encarando, daquele momento em que os dois prenderam a respiração.

Baz nunca se sentira tão confuso.

— Você chegou cedo — comentou Baz, desejando que o café ficasse pronto e ajudasse a banir aqueles pensamentos.

— Estou indo para Dovermere.

O garoto ficou tenso. Lentamente, ele se virou para Emory.

O rosto dela estava neutro, sem expressão.

— Acho que não consigo sentir Romie na esfera dos sonhos por causa das proteções em torno de Dovermere — explicou Emory, com a voz firme. — Se eu conseguir passar por elas, se eu estiver perto o suficiente da Ampulheta, acho que vou conseguir entrar em contato. — Ela ajeitou a postura. — Hoje é lua nova. O que significa que, se nossa teoria estiver certa, minha presença em Dovermere não será um risco para Jordyn nem para Romie. É a única solução em que consegui pensar, a única coisa que ainda não tentamos.

Tudo sempre volta para Emory e para Dovermere, pensou Baz, soturno. As cavernas eram como trevas em sua visão periférica, que cresciam até tomar conta de tudo. Assim como a maré assassina que invadia a Garganta da Besta.

Era loucura. Emory sabia disso.

Mas aqueles malditos olhos de tempestade o deixaram paralisado. O olhar de Emory parecia o mar sob uma chuva forte e evocou o momento que tinham compartilhado na noite anterior, quando o aroma de algo fresco e cítrico o fizera querer se aproximar e entrelaçar os dedos nos cabelos dela.

Baz viu um lampejo no olhar de Emory, como se ela também estivesse pensando naquele momento. Tinha sido tão breve, tão pequeno, mas havia mudado tudo para Baz. Era como se uma porta tivesse sido aberta entre eles. Os dois aguardavam, um de cada lado, esperando para ver quem a atravessaria primeiro.

Ou talvez ele estivesse se iludindo.

Mas...

Emory se aproximou. Seus olhos refletiam o nascer do sol, como a superfície da água. Ela baixou o rosto antes que Baz pudesse compreender o conflito interno que enxergara naquelas profundezas azuis. A mão dela repousava sobre o balcão, a um suspiro de distância da dele, e nada mais importava. Apenas a proximidade dos dois e o descompasso do coração dele, que batia desenfreado.

Baz queria pausar o tempo, fazer com que aquele momento durasse para sempre.

— Eu sei o que você vai dizer — começou Emory, baixinho. — É perigoso, eu sei. Mas isso não vai me impedir. É o que eu preciso fazer.

Baz percebeu que a garota esperava que ele discordasse, parecia tensa e pronta para uma discussão. Emory sabia que aquela era uma missão suicida. Para chegar a Romie, ela precisaria entrar na esfera dos sonhos e, para isso, precisava dormir. E se a maré invadisse a caverna enquanto ela estivesse dormindo?

Emory precisaria do tempo a seu favor.

Então ele finalmente entendeu.

— Você quer que eu vá com você. Para pausar o tempo.

Emory baixou a cabeça, e isso foi resposta suficiente.

— Você não precisa ir, se não quiser — sussurrou ela. — Eu posso me virar sozinha.

Emory deu de ombros, mas Baz percebeu que ela estava com medo.

— Eu tenho que tentar — prosseguiu a garota. — Se os papéis fossem invertidos, Romie faria o mesmo por nós em um piscar de olhos.

Pelo amor das Marés.

Baz se apoiou no balcão, porque aquilo era *loucura*. O garoto estava se desenredando enquanto Emory puxava o fio, mas ele não se importava nem um pouco.

Ele ia acabar *morrendo*, mas estava apaixonado demais para se opor.

— Tudo bem — sentenciou Baz. — Eu vou com você.

Lá fora, Dovermere pareceu suspirar, contente com aquele acordo macabro, as engrenagens do destino se encaixando com um som decisivo e inquietante.

— Há certa força em nós dois irmos até lá juntos, você não acha? — comentou Emory.

Aquelas palavras deixaram Baz arrepiado.

O sol do meio-dia a banhava com uma luz dourada quando eles se aproximaram da base do penhasco. A maré baixa deixava a entrada da caverna livre. Baz já tinha mudado de ideia uma dúzia de vezes desde que Emory o procurara pela manhã. Embora seu coração batesse num ritmo irregular, suas mãos estivessem suadas e uma voz em sua mente insinuasse que aquilo era muito, muito, muito errado e que eles deveriam sair dali imediatamente, antes que fosse tarde demais, a presença de Emory ao seu lado era reconfortante. Assim como a sensação de que eles estavam destinados a enfrentar Dovermere juntos.

— Vamos acabar logo com isso — falou Baz, lançando um olhar cauteloso por cima do ombro, sem conseguir afastar a sensação de que alguém os observava.

Os dois entraram na caverna, segurando as lanternas para iluminar a escuridão. Ninguém disse nada. Os únicos sons eram o gotejar da água, o barulho dos pés na rocha, o respingo de seus passos nas poças rasas.

Baz olhava constantemente para o mapa, tomando cuidado para não escorregar na rocha lisa. Ele caminhava logo atrás de Emory, já que a passagem era estreita demais para que ficassem lado a lado. Ela olhou para trás e arqueou a sobrancelha.

— De onde tirou isso? — perguntou ela.

— Do diário de um antigo cartógrafo. Achei que não faria mal trazer um mapa das cavernas.

Ele sabia que um mapa não seria capaz de salvá-los; apenas tempo, magia e muita sorte. Ainda assim, poder consultá-lo era reconfortante.

— Algum progresso com o epílogo perdido? — perguntou Emory.

Baz resmungou em resposta. Ele vinha procurando em todos os lugares possíveis, já havia pedido a Jae, Alya e Vera que o colocassem em contato com qualquer pessoa que pudesse ter mais informações, mas ainda não encontrara nada. Adriana Kazan era como um fantasma, e o epílogo estava mesmo desaparecido.

O garoto olhou para o mapa outra vez e tropeçou. Emory estendeu o braço para ajudá-lo a se equilibrar. No silêncio que se seguiu, o espaço ficou tomado por lembranças da última vez em que estiveram tão próximos, a última vez em que suas peles se tocaram. Baz engoliu em seco e se desvencilhou da mão de Emory.

A garota olhou para o próprio relógio e avisou:

— Precisamos ir logo.

Ela seguiu em frente. Sua determinação implacável deveria ter sido animadora, mas só fez o buraco no estômago de Baz aumentar. O tempo escorregou, deslizou, parou enquanto eles caminhavam em silêncio. Baz tinha uma consciência do tempo que não costumava ter, e isso lhe parecia muito perturbador e estranhamente familiar.

Aquele lugar era estranho.

Por fim, chegaram à Garganta da Besta. A caverna se abria como um útero ao redor deles, escura mesmo com a luz das lanternas. Os dentes irregulares da fera lançavam sombras em todas as direções e, bem no centro da gruta, empoleirada em uma plataforma natural, estava o que Emory chamara de Ampulheta: uma formação imponente composta por uma estalactite e uma estalagmite unidas por um mero fio, com filetes prateados nas laterais. Não era o que Baz esperava de uma possível porta para as Profundezas. As portas sobre as quais ele tinha lido eram descritas como buracos d'água perto da costa, restos de cavernas marinhas desmoronadas. Mas aquela caverna continuava intacta, assim como a Ampulheta.

Emory hesitou ao vê-la, mas Baz foi direto até a formação rochosa, maravilhando-se com a espiral gravada na estalagmite, que emitia um leve brilho prateado. A mesma espiral maldita que havia no pulso dela.

— Foi aqui que vocês receberam essas marcas, não foi? — perguntou ele.

Emory assentiu. Devagar, ela também subiu na plataforma. Sua mão pairou sobre a rocha estriada, e ela franziu a testa. Quando a garota estendeu a mão para o símbolo, Baz foi tomado por um pavor como nunca sentira antes e a afastou antes que pudesse tocar a espiral.

— Não faça isso.

Ela o encarou sem entender.

— Pense bem no que aconteceu da última vez em que você fez isso — argumentou Baz.

Quatro estudantes morreram e quatro desapareceram.

— Vamos só fazer o que viemos fazer sem tocar em nada, tudo bem? — sugeriu o garoto.

Emory pareceu acordar do efeito que a pedra exercia sobre ela e assentiu. Baz tirou a seringa e o sonífero da bolsa, então olhou para o relógio: faltavam quatro horas para a maré alta. Ele se virou para Emory, que já tinha levantado a manga da camisa.

Baz hesitou, então sugeriu:

— Talvez devêssemos...

— Baz, se você não fizer isso eu mesma faço!

Ele enfiou a agulha no braço de Emory, que tomou um susto com a picada.

— Pronto — disse Baz, sério, ao retirar a agulha.

Emory limpou com o polegar a gota de sangue que brotara em sua pele.

— Foi tão difícil assim? — questionou a garota.

Baz engoliu a resposta. Emory baixou a manga da camisa e se sentou encostada na plataforma rochosa, preparando-se para cair no sono.

— Você vai ficar de olho na hora?

— Claro — prometeu Baz, enquanto os olhos dela se fechavam.

Se ficasse muito tarde, ele pararia o tempo e esperaria que ela acordasse. Torcia para que fosse o suficiente.

Emory murmurou algo parecido com "obrigada" antes de ser tomada pelo sono e levada para a esfera dos sonhos.

Baz estava com vontade de vomitar.

Ele andava de um lado para o outro em frente à Ampulheta, com os olhos alternando entre seu relógio e o corpo adormecido de Emory. Os ponteiros prateados se moviam sem parar, rápido e devagar ao mesmo tempo. Naquele lugar inexplicável, um minuto durava uma hora e uma hora passava em um piscar de olhos. O tempo não fazia sentido, e o medo de Baz só crescia enquanto ele se perguntava se o tempo ali obedeceria a ele, ou se só obedecia à magia antiga que governava aquelas cavernas.

Essa mesma magia o chamava. Era um sussurro que brincava com seus sentidos, que o deixava extasiado com uma sensação familiar e convidativa.

Inspire.
Segure o ar.
Expire.

Baz tentou sentir raiva de Emory por tê-lo convencido a ir até Dovermere. Ele tinha passado a vida inteira em sua bolha de segurança, sem se atrever a sonhar fora dos limites de seus mundos imaginários e de sua existência restrita às bibliotecas e ao Hall Obscura.

O garoto ainda se arrepiava ao pensar na magia que usara na última lua nova, quando havia impedido que os poderes de Emory saíssem de controle na praia. E, embora uma parte dele se lembrasse de como tinha sido bom usá-la, e cada fibra de seu ser soubesse que ele não tinha acessado nem uma fração do poder que mantinha fortemente contido, Baz não queria nada disso. Nunca se *atrevera* a querer.

Mas, naquele momento, ele não tinha escolha. E por Emory — por Romie, também — Baz estava disposto a tentar. Talvez fizesse sentido finalmente ultrapassar aquele limite por elas.

Porém, nada disso ajudava a acalmar seus nervos.

Baz olhou para o relógio. Mais dez minutos, disse a si mesmo, e então tentaria acordar Emory, quer ela tivesse encontrado Romie, quer não. Eles estavam se arriscando demais, e ficar andando de um lado para o outro não ajudava em nada. Seus exercícios de respiração também não estavam adiantando. Ele precisava fazer alguma coisa.

A atração sombria da magia ao seu redor parecia concordar, tentando fazer com que Baz liberasse seu poder.

Venha brincar, sussurrava ela.

De maneira hesitante, Baz atendeu ao chamado.

Ele direcionou uma dose ínfima de seu poder à Ampulheta, inspecionando com cuidado quais eram os fios do tempo que o levariam para um momento em que a porta estivesse aberta.

Mas aquela fechadura não seria fácil de arrombar.

Havia incontáveis fios temporais. O emaranhado era tamanho que Baz nem sabia por onde começar, muito menos qual deles puxar. Era como um relógio complexo, e o funcionamento das engrenagens estava fora de seu escopo de conhecimento. Não era tão simples quanto manipular um objeto pequeno, ou até mesmo como tinha sido naquela noite na praia em que ele contivera a magia de Emory. Pausar a trama do tempo para um ser humano parecia ainda mais complicado do que Baz imaginava.

Mas, se ele se concentrasse, se manipulasse a parte que parecia maior do que as outras...

Emory resmungou em meio ao sono, e a concentração de Baz se dissipou, fazendo com que sua magia voltasse para suas veias. Ele se aproximou quando a garota murmurou o que parecia o nome de Romie.

Então a boca de Emory se escancarou em um grito.

O coração de Baz parecia prestes a explodir quando ele esticou o braço para tocá-la. Nesse momento, os olhos dela se arregalaram.

Emory arfou, debatendo-se como se lutasse contra demônios invisíveis. Baz segurou o rosto dela, e o olhar desesperado de Emory encontrou o dele.

Ela estava acordada. Viva. Tinha voltado da esfera dos sonhos...

E as trevas tinham seguido Emory até o mundo real, percebeu Baz, quando algo saído de um pesadelo irrompeu ao redor deles.

29

EMORY

Emory abriu a porta da esfera dos sonhos e avançou pelo caminho entre as estrelas infinitas. Ela colocou a mão no bolso e suspirou de alívio quando seus dedos se fecharam em torno do frasco de água salgada. Ela derramou a água na mão em concha e colocou o pulso marcado na pequena poça improvisada.

A Marca Selênica emitiu um brilho prateado ao ser ativada. Então, Emory começou a chamar por Romie.

Quero falar com Romie Brysden.

Ela invocou toda a sua magia naquele lugar de sonhos e pesadelos, tentando não pensar em Baz dentro da Garganta da Besta, nos minutos que escorriam como areia em uma ampulheta, cada grão os aproximando mais um pouco da maré alta.

Finalmente, alguém respondeu.

Emory, Emory.

A garota sentiu um formigamento na nuca. Ela se virou, examinando a escuridão.

E lá estava Romie, um pouco adiante no caminho estrelado.

Lentamente, a amiga se voltou para Emory. Sua aparência continuava igual à da noite da iniciação: cachos castanhos emolduravam o rosto sardento, e ela vestia uma camisa com gola simples e uma calça de veludo cotelê que delineava suas curvas generosas. Eram vestes mais práticas, muito diferentes das saias xadrez e das blusas com babados que Romie normalmente usava. Tudo nela permanecia igual ao que era na primavera passada, até as olheiras. Seus olhos se arregalaram quando viram Emory.

— Em? — perguntou Romie. — É você?

Um soluço escapou dos lábios de Emory. Ela correu até Romie e Romie correu até ela. Ali, no espaço entre a vigília e o sono, as duas se abraçaram.

— Encontrei você — disse Emory, emocionada.

Romie estava *ali*, na esfera dos sonhos. Ela era real, mas não real o suficiente, percebeu Emory. Era como se uma película de água as separasse. Elas podiam se tocar, mas era como uma ilusão prestes a se desfazer.

As duas se afastaram e, quando Romie falou, sua voz saiu distorcida e distante, como se estivesse debaixo d'água.

— Como chegou até aqui? — perguntou Romie. De repente, sua expressão ficou aflita e seus dedos apertaram dolorosamente os braços de Emory. — *Como chegou até aqui*, Em? Você passou pela porta?

— Não, Ro, estamos na esfera dos sonhos. Isso é só um sonho.

Romie afrouxou o aperto.

— Você não passou pela Ampulheta?

— Eu chamei você pela esfera dos sonhos, assim como você fez comigo.

Franzindo a testa, Romie examinou a escuridão que as cercava.

— Um Sonhador trouxe você até aqui?

— Mais ou menos. Eu... eu consigo usar a magia dos sonhos.

— Como?

— É uma longa história. Não sei quanto tempo temos.

Romie estreitou os olhos.

— Mas você está viva?

— Sim, estou viva. Achei que *você* estava morta.

Romie esfregou o rosto, enxugando as próprias lágrimas, então retrucou:

— Bom, não estou.

Ela puxou Emory para outro abraço, contendo o choro, e Emory não se importou com a sensação de que a amiga parecia não ter peso algum. O importante era que ela estava *ali*.

Então Romie se afastou e deu um empurrão em Emory.

— Ai! — choramingou Emory.

— Sua idiota. Por que você me seguiu aquela noite? O que você tinha na cabeça, entrando em Dovermere do nada?

— *Eu*? O que *você* tinha na cabeça? Por que arriscou sua vida para entrar na Ordem Selênica? Só para experimentar outras magias?

Romie fez um careta.

— Como você sabe?

— *Assim*. — Emory levantou o braço para mostrar a marca em espiral. — Eu faço parte da Ordem agora.

Romie imitou o gesto, mostrando a própria marca. Felizmente, era prateada, não preta.

— Não acredito que você não me contou — reclamou Emory, baixando a manga da blusa, sem conseguir esconder a irritação na voz. — Nós contávamos *tudo* uma para a outra, Ro.

As bochechas de Romie ficaram coradas, e ela cruzou os braços.

— Eu não podia te contar. É uma sociedade *secreta*.

— Bom, foi uma droga. Achei que você não queria mais ser minha amiga, que tinha enjoado de mim.

— Que ideia ridícula.

— Por que seria ridícula? É isso que você faz, Romie. Você enjoa das pessoas e as abandona para ir em busca de coisas mais interessantes.

— Eu jamais faria isso com você.

— Mas você *fez* — retrucou Emory, com a voz embargada. — Você fez. E olha só onde foi parar.

Emory ficou surpresa quando Romie simplesmente se calou, parecendo arrependida. Por fim, ela disse:

— Você tem razão. Desculpa, Em. Eu não queria que ninguém se machucasse, eu só... — Romie olhou em volta. — Os outros conseguiram sair? Serena, Dania, Harlow e Daphné?

Quatro corpos estirados na areia.

— Sinto muito. Eles morreram.

Romie assentiu, engolindo em seco, como se já esperasse aquela resposta.

— O que aconteceu com você, Ro? — questionou Emory.

A amiga respirou fundo.

— Quando a maré invadiu a caverna, eu continuei de olhos abertos. As ondas nos jogaram de um lado para o outro. Então a Ampulheta *se abriu*, Em, e antes que eu me desse conta, eu já tinha entrado.

— A porta para as Profundezas — sussurrou Emory.

Romie comprimiu os lábios.

— Eu vinha sonhando com isso. Eu sonhava com uma canção que me chamava para Dovermere, exatamente como em *Canção dos deuses afogados*. — Ela soltou uma risada áspera. — Fiquei obcecada com a ideia de encontrar o epílogo, porque *tinha certeza* de que era a chave para chegar a outros mundos. Eu pensei que ter acesso à magia da Ordem me ajudaria a encontrá-lo. Em vez disso, a porcaria do ritual me mandou direto para a esfera dos sonhos.

Emory franziu a testa.

— A esfera dos sonhos? Quer dizer que, durante esse tempo todo, você esteve dormindo?

— Não, por isso nada faz sentido. Eu estou *acordada*. — Romie olhou em volta outra vez, franzindo a testa também. — É como se eu estivesse na esfera dos sonhos e ao mesmo tempo não estivesse. Como se fosse... um limbo. Estou presa aqui tanto dormindo quanto acordada. Já tentei acessar outros sonhos, mas não deu certo. Só consegui com você e mesmo assim foi muito difícil, como tentar chamar alguém que está muito longe.

Emory conteve um calafrio.

— Nós achamos... que talvez você esteja em um lugar intermediário entre o nosso mundo e as Profundezas.

— Tipo um purgatório? — perguntou Romie, com uma risada incrédula. — Faz sentido.

— Jordyn está com você?

— Sim, está. — Havia hesitação em seu olhar e sua voz. — Ele foi atacado por uma das umbras. Estou cuidando dele, tentando fazer com que não sucumba ao chamado delas, mas Jordyn nunca mais foi o mesmo.

Romie abraçou o próprio corpo e continuou:

— Eu queria continuar procurando pelo epílogo porque *consigo senti-lo*, Em. Está aqui em algum lugar e é a chave para tudo isso. Eu ainda escuto a droga da canção, não consigo tirá-la da cabeça. Tentamos encontrar o epílogo juntos, nós quatro, mas os outros... Eles não se adaptaram como eu. Quanto mais avançávamos pelo caminho, pior ficavam. Eles começaram a sangrar pelo nariz, pela boca, tiveram dificuldade para respirar. Então tivemos que ficar aqui. Eu cuidei deles, me segurando para não seguir a canção, porque se eu não estivesse aqui... não sei o que aconteceria. Este lugar parece feito apenas para Sonhadores — disse ela, num tom receoso. — Não sei como você veio parar aqui, mas é melhor ter cuidado.

— Vai ficar tudo bem. Mas o que aconteceu com Travers e Lia? — perguntou Emory, torcendo para que Romie pudesse explicar por que eles apareceram na praia.

Talvez ela nem sequer estivesse ciente do fim trágico dos dois.

— Primeiro, foi Travers — contou Romie, soturna. — Ele começou a ouvir uma voz. Mas não era a mesma voz que eu ouço, ele disse que era uma voz o chamando de volta para casa. Eu pensei que fosse só o efeito da esfera dos sonhos, mas... um dia, ele estava aqui e, no seguinte, não estava mais. Ele desapareceu no que eu só consigo descrever como uma onda de trevas. Ninguém entendeu nada. E a mesma coisa aconteceu com Lia. Eu *vi* quando ela saiu correndo e chorando em direção à voz que a chamava de volta para casa, e aí ela desapareceu, que nem Travers, levada por uma maré inexplicável. Eu tentei seguir Lia, mas a maré não me levou. Só ela.

Romie continuou, com a voz embargada:

— Parte de mim estava torcendo para que eles tivessem mesmo voltado para casa, que finalmente tivessem deixado este purgatório estranho para trás.

— Eles voltaram — revelou Emory, arrasada. — Mas não... Romie, você não pode deixar Jordyn seguir essa voz. E também não pode segui-la.

— Por quê? O que aconteceu?

— Nós encontramos os dois, Travers e Lia.

— Vivos?

Emory balançou a cabeça. Os olhos castanhos de Romie foram tomados por uma tristeza profunda. Emory não conseguiu contar a ela os detalhes cruéis da morte dos dois, não queria dar à amiga uma esperança falsa ao revelar que estavam vivos quando chegaram à praia, mesmo que apenas por um momento. Eles precisavam entender o que estava acontecendo antes que Romie ou Jordyn tentassem seguir as vozes e tivessem o mesmo fim.

Mas os dois também não podiam ficar ali, isso estava claro. Precisavam encontrar uma saída que não terminasse em morte.

Romie estreitou os olhos, encarando um ponto além do ombro de Emory. Seu corpo se retesou.

— O que você está fazendo, Jordyn?

— Jordyn? — repetiu Emory, virando-se para acompanhar o olhar da amiga.

Ele era uma silhueta escura, avançando com movimentos lentos e descoordenados, como se estivesse bêbado. O garoto tinha uma expressão agonizante e, na lateral de seu rosto, havia três talhos pretos, compridos e profundos. Ele pareceu não ouvir o chamado de Romie nem enxergar Emory, inclinando-se perigosamente na beira do caminho em direção ao vazio. As estrelas recuaram, tomando distância dele e das sombras que vieram a seu encontro.

Foi quando uma mão com garras, feita de sombra, se materializou da escuridão. Devagar, ela se ergueu diante de Jordyn, que levantou a própria mão no ar, espelhando o gesto.

Romie saiu em disparada, gritando:

— Jordyn, *não!*

As garras monstruosas se cravaram na pele de Jordyn. Fios escuros subiram por seus braços e seu pescoço até invadirem sua boca aberta. No instante em que Romie o alcançou, a escuridão explodiu em torno dos dois.

Emory teve a impressão de ter gritado e de ter ouvido Romie gritando algo de volta para ela, mas não conseguiu entender nada em meio ao caos, ao frio e ao medo...

Com um sobressalto, Emory voltou ao mundo real.

Ela abriu os olhos em outro local tenebroso, onde outro Brysden gritava seu nome.

Emory estava acordada, mas o pesadelo também.

As trevas a seguiram, crescendo e se retorcendo até preencher a caverna. Um vento gélido soprou na Garganta da Besta, derrubando a lanterna que ela deixara no chão. Restava apenas a lanterna de Baz, um feixe de luz solitário no breu.

Então tudo ficou em silêncio. Nenhum dos dois ousava respirar ou se mover, atentos à presença que se aproximava.

Baz o viu primeiro, o vulto saído da escuridão que se esticava atrás de Emory. Era uma coisa esguia feita de ossos e sombras, humanoide, mas alongada demais e estreita demais, com olhos insondáveis e mãos com dedos escuros e curvados feito garras.

Uma umbra. A personificação dos pesadelos.

"Certa vez, achei que uma tinha me seguido", dissera Kai.

Mas aquilo era impossível. Kai havia dito que elas ficavam contidas à esfera dos sonhos. No entanto...

Um estrondo fez os ossos de Emory estremecerem, e esse foi o único aviso antes de a umbra atacá-la.

Baz a tirou do caminho bem a tempo.

— *Corra!* — gritou ele.

Os dois correram para a saída da caverna, escorregando na rocha molhada, sendo perseguidos pela criatura que soltava guinchos estridentes. Ao sentir o hálito frio da umbra em sua nuca, Emory tropeçou e caiu de joelhos, apoiando-se nas mãos.

— Baz!

As garras da umbra rasgaram a carne de seu tornozelo, e a dor foi lancinante. Emory tentou chutar a criatura, fazendo de tudo para se desvencilhar. Baz freou bruscamente, enfiando o pé em uma poça rasa, e se virou em direção ao grito de Emory. No mesmo instante, a umbra soltou um grito agonizante e se encolheu, como se tivesse sido cegada pelo feixe de luz da lanterna que ele segurava.

Emory se levantou depressa. Quando Baz estendeu o braço para ajudá-la, porém, a lanterna foi ao chão e se espatifou.

— *Não!* — gritou Emory.

A garota estendeu o braço... não para salvar a lanterna, mas para coletar o último resquício de luz antes que se apagasse completamente. A magia de luz respondeu ao seu chamado, e Emory ficou grata por tê-la praticado durante o Equinócio. A luz frágil rodopiava na sua mão estendida, segura entre seus dedos.

— Cuidado! — bradou Baz.

Emory olhou para trás e se deparou com a face de um pesadelo. Ela encarou olhos tão escuros que pareciam sugar toda a luz que existia em sua alma.

As umbras devoram os sonhos, como buracos negros engolem qualquer estrela que se aproxime demais.

Emory teve a impressão de vislumbrar algo humano na imensidão de trevas, mas então os poderes da umbra penetraram sua alma.

Emory gritou.

O medo a dilacerou como uma lâmina, ardente e feroz.

30

BAZ

O frio tomou conta da alma de Baz. Quando os olhos vazios da umbra se voltaram para ele, uma semente de medo desabrochou em seu peito, florescendo e transformando-se em algo que parecia prestes a sufocá-lo.

Lembranças terríveis tomaram conta de sua mente.

Uma explosão de poder. Sangue e escombros e veias com um brilho prateado. Seu pai dizendo a ele que tudo ficaria bem. O canto de sua mãe, que ele não ouvia há anos, e o sabor da comida de Romie, que ele nunca voltaria a experimentar. O nome da irmã em uma plaqueta de prata. Cavernas sedutoras e a garota de olhos de tempestade que se afastava dele de novo e de novo. A angústia em seu peito todas as vezes que era obrigado a vê-la mergulhando em um mundo ao qual não poderia acompanhá-la. A sala de estar do Hall Obscura vazia. A ausência terrível de Kai.

Tudo que Baz sempre temera, desejara, sonhara, foi trazido à tona. A magia da umbra tentava exauri-lo até deixá-lo oco.

Aquilo era muito pior do que a magia de pesadelo de Kai, porque Baz confiava no outro garoto para pará-la a tempo. Kai conseguia conter um pesadelo com um olhar, com um toque, com um simples sussurro de sua voz de meia-noite. Mas aquilo era diferente... Se pesadelos podiam ser considerados uma mísera gota de medo, *aquilo* era um oceano inteiro. Baz sentiu-se esvair, migrando de medo em medo, até que a umbra recuou, soltando um uivo agudo de dor.

Emory havia se posicionado em frente à criatura, com luzes irradiando de suas mãos, desafiando-a. O corte em seu tornozelo já cicatrizava. Ela encurralou a umbra, empurrando-a de volta às entranhas da caverna e criando uma barreira de luz para contê-la. Uma luz para afastar os pesadelos. Um alívio, ainda que temporário.

— O que diabos foi aquilo? — perguntou Baz, arfando. — Como foi que uma umbra seguiu você para fora da esfera dos sonhos?

Emory o ignorou, dando um passo temeroso em direção à criatura que se contorcia sob a luz. Baz tentou impedi-la, sem sucesso.

— Jordyn... — chamou Emory. A umbra pareceu se acalmar ao ouvir aquele nome. — Jordyn, se você ainda está aí...

De repente, Baz entendeu tudo. Se aquele era Jordyn, então Emory também encontrara Romie na esfera dos sonhos. Mas não havia nenhum resquício do garoto nos olhos da umbra: era apenas um predador esperando uma oportunidade para dar o bote. Quando Emory avançou mais um passo, a criatura atacou.

A umbra atacou a barreira de luz com suas garras. Emory vacilou com o impacto, contendo um grito, mas Baz a segurou.

— Ele não está mais aí, Emory. Esse não é mais Jordyn.

Os uivos da umbra se tornavam excruciantes à medida que ela tentava dispersar a luz, que diminuía aos poucos. Emory não conseguiria conter a criatura para sempre. Os dois precisavam se livrar dela, mas seria possível matar um pesadelo? Seria possível vencer o medo?

As paredes da caverna estremeceram, silenciando até mesmo a umbra. Um som parecido com um trovão ressoou.

A maré começou a invadir a caverna.

Baz olhou para seu relógio. Os minutos tinham se passado e eles não tinham mais tempo, estavam encurralados por pesadelos de ambos os lados. A umbra tentou avançar outra vez, aproveitando-se da distração. Emory cambaleou, apoiando-se contra o corpo de Baz, mas manteve as mãos erguidas, ainda que trêmulas, para que a luz não se apagasse.

Sem tempo, sem tempo, sem tempo...

Eles precisavam de mais tempo, ou então que o tempo parasse.

Baz tocou os fios do tempo, usando o poder com que estava tão familiarizado, ainda que apenas de forma teórica. Era um conhecimento que existia sem prática. O garoto tentou não pensar nisso, na sensação de inadequação que temia ter se tornado maior do que ele. Seus olhos voltaram a se concentrar nos ponteiros do relógio.

Por muitos anos, Baz mantivera sua magia sob controle, evitando a cronomagia e se esquivando do maldito limite que traçara entre magia simples e magia grandiosa.

E se, por fingir ser medíocre, ele tivesse *se tornado* medíocre?

E se ele não conseguisse usar sua magia no momento mais importante de todos?

Um fio de água apareceu na entrada da caverna. Baz pensou em Romie, em como todas as chances de salvar a irmã também se afogariam se ele não conseguisse salvá-los.

Pare, mentalizou Baz enquanto a água avançava, cada vez mais rápido. *Por favor*, implorou.

Era uma linguagem que ele não falava com frequência, mas que fluiu com facilidade mesmo assim. Familiar, agradável, desconhecida e inteiramente sua. O mundo inteiro pareceu pausar sob seu comando. O tempo prendeu a respiração. As poças no chão pararam de ondular, as gotas d'água pairavam no ar, flutuando. Ele e Emory continuavam em movimento, a umbra ainda se debatia contra a luz, mas o tempo, Baz sabia, tinha parado ao redor deles. *Para* eles.

Os ponteiros do relógio estavam imóveis, mas pareciam vibrar suavemente, como se ansiassem por continuar sua jornada, tentando lutar contra a magia de Baz.

Ande logo, sussurrou ela no ouvido do garoto, pois não duraria para sempre.

Mas Baz não precisava de "para sempre", apenas de tempo suficiente.

Ele puxou Emory, conduzindo-a em direção aos túneis enquanto a garota mantinha a umbra a distância.

A água rasa atingiu seus tornozelos e depois seus joelhos. Ao virarem no corredor estreito após a Garganta da Besta, os dois se depararam com uma onda gigantesca congelada no tempo, parecendo uma grande mão de água paralisada no meio do movimento para agarrá-los.

Baz deslizou os dedos pela borda da onda, observando com espanto o movimento vagaroso das partículas de água que, logo adiante, se erguiam em uma verdadeira parede entre eles e a curva seguinte pelo corredor.

A única forma de sair era atravessando a onda.

— Acha que umbras têm medo de água? — perguntou Emory, recostando-se em Baz.

Suas mãos ainda emanavam o feixe de luz, já esmaecido.

A criatura espreitava na escuridão.

— A umbra é a essência do medo — retrucou Baz. — Não acho que um pouco de água vai detê-la.

— Então o que você sugere?

O garoto pensou por um instante.

— Você consegue nadar enquanto mantém a barreira de luz?

Uma risada nervosa, quase histérica, escapou da boca de Emory.

— Acho que não tenho escolha, não é?

Então algo despontou no rosto dela, uma ideia tomando forma. Emory agarrou a mão de Baz.

— O que você está fazendo? — questionou o garoto.

— Assim que eu liberar a luz, nós fugimos.

— Espere, você não pode soltar a...

Baz ofegou quando um calor repentino o invadiu, começando na mão que Emory segurava. Era como se todo o seu corpo estivesse impregnado de luz, brilhando como uma segunda pele protetora. Atônito, ele olhou para Emory, que também brilhava. O feixe na outra mão dela se intensificara, formando um raio ofuscante que parecia crescer e pulsar.

— Agora! — gritou Emory.

Ela liberou o feixe de luz, que jorrou de sua mão e arremessou a umbra para trás. Emory empurrou Baz, gritando para que ele corresse enquanto a umbra soltava um urro ensurdecedor.

Os dois avançaram em direção à onda paralisada. Baz mal teve tempo de respirar fundo antes de mergulhar nas profundezas congelantes. Emory estava a seu lado e, juntos, eles nadaram pela água, como estrelas cadentes atravessando um céu escuro e sem gravidade, extremamente lentas e ao mesmo tempo impossivelmente velozes.

O coração de Baz batia rápido demais, como o ponteiro de um relógio desregulado, saltando de um minuto para outro em movimentos erráticos. Em pouco tempo, seus pulmões começaram a protestar e seu corpo pareceu se rebelar, desesperado por ar.

É isso, pensou Baz. Ele morreria dentro daquela onda parada no tempo. Então o tempo se aceleraria novamente, a maré avançaria com toda a força do mar e ele e Emory se afogariam. Tudo estava perdido.

Então sua cabeça emergiu.

Baz puxou o ar para os pulmões em um arfar agonizante, arrastando-se pelo chão molhado do túnel parcialmente submerso. Emory o arrastou consigo e, juntos, caíram de joelhos no chão, ainda reluzindo com a luz protetora. Os dois estavam em uma bolha de espaço sem água, criada pela curva da onda. Ali, ouvia-se o som de ondas quebrando ao longe, curiosamente abafado em meio ao silêncio. Por um momento aterrorizante, Baz pensou ter perdido o controle do tempo, mas os ponteiros de seu relógio continuavam parados, assim como a água ao redor deles.

— É o mar — disse Emory, ofegante. — Acho que estamos perto da saída.

O que eles ouviam eram as ondas se quebrando contra o penhasco; o mundo exterior não tinha sido afetado pela magia de Baz. Se conseguissem sair dali ilesos, aquelas ondas mortais sem dúvida acabariam com os dois em um piscar de olhos.

Você também pode parar o tempo lá fora, sussurrou a magia no ouvido dele. *Pode parar uma onda, pode parar o oceano, pode parar o mundo inteiro, se quiser. Nada está fora do seu alcance.*

Isso não serviu de muito consolo.

— A gente consegue — disse Emory. — Só temos que...

De repente, a umbra emergiu da onda paralisada atrás deles. A escuridão tomou conta do espaço. Emory gritou quando garras se fincaram na lateral de seu corpo, apesar da luz que ela ainda emanava.

A criatura a arrastou em direção às profundezas aquáticas.

— Não! — gritou Baz, tentando segurá-la, mas seus dedos estavam molhados e escorregadios. Os de Emory também.

Os olhos dela se arregalaram com um medo indescritível, e sua boca se abriu em um grito mudo.

A luz dela se apagou.

Emory desapareceu.

31

EMORY

A água paralisada abafou o grito de Emory. Bolhas ficaram suspensas ao seu redor enquanto ela se debatia, tentando se livrar da umbra. De Jordyn.

Seu corpo estremeceu de frio, ao mesmo tempo que seus pulmões ardiam em chamas. Uma maré de lembranças digna de pesadelos surgiu em sua mente: uma voz nas profundezas, quatro corpos inertes na praia, o rosto emaciado de Travers e o grito que dilacerou a garganta de Lia, enquanto sua boca era reduzida a cinzas.

Medos e pesadelos, sonhos destruídos e esperanças moribundas... A umbra se alimentava de tudo, deleitando-se com a dor de Emory. A tristeza que a garota sentira, ainda criança, toda vez que via um navio passar ao longe, ao perceber que não era sua mãe voltando para casa. A dor causada pelas palavras de Penelope, quando acusara Emory de não se importar com ela. O brilho nos olhos de Baz ao encará-la, cheio de um desejo terno que ela temia nunca conseguir retribuir... ou, pior, que talvez retribuísse, que talvez estivesse começando a retribuir... o que poderia acabar com a amizade recém-reatada dos dois, que havia se tornado tão importante para ela.

A umbra não sentia medo de Emory no escuro. A luz já se extinguira, e em breve a vida da garota seguiria pelo mesmo caminho. A água enchia seus pulmões.

Ela havia chegado tão perto. Por um momento perfeito, Romie e Jordyn estiveram ao seu alcance. Então a umbra surgira da escuridão e transformara Jordyn em uma delas. E o alívio no rosto do garoto... quase como se ele *quisesse* se tornar uma daquelas criaturas.

Era uma enxurrada de pensamentos terríveis, atraídos pelo poder da umbra. Quando Jordyn surgira em seu novo corpo, irreconhecível a não ser pelo lampejo de humanidade que restava em seus olhos macabros, Romie empurrara a amiga, gritando para que ela acordasse e saísse dali. Mas Emory permanecera paralisada, encarando o monstro feito de escuridão.

Uma pessoa que se tornara uma sombra. Um Aurista privado da própria alma.

A umbra não deveria ter conseguido segui-la até o mundo real.

A garota não sabia como aquilo acontecera. Havia sentido as mãos descarnadas apertarem seu pescoço e, logo depois, fora tomada pela sensação de despencar pelas estrelas, então pelo frio da caverna, as rochas sob seu corpo e o sabor acre do medo ao descobrir que tinha sido seguida pela criatura. Deveria ser impossível, já que não estavam na lua cheia. Emory se perguntou se não teria acessado a magia dos sonhos de Romie sem querer e a trazido para fora da esfera dos sonhos.

Mas não podia ser... Aquilo não era uma ilusão, do tipo que logo se transformaria em pó.

A escuridão que um dia fora Jordyn a puxava, prestes a devorá-la. A visão de Emory se tornou cada vez mais turva. O mar finalmente a afogaria, e todo o seu esforço teria sido em vão.

Emory, Emory.

O chamado da Besta a convidava para suas profundezas, onde a morte a esperava de braços abertos.

Emory tinha escapado da morte uma vez, mas, pelas Marés, não conseguia lembrar como.

Então, de repente, ela se lembrou. Aqueles poderes já tinham corrido por suas veias, já tinham respondido a seu chamado.

Ela não tinha a chave para acessar todas as magias?

A garota se concentrou na que sempre acessara com mais facilidade, que a moldara e a salvara incontáveis vezes. Então, a magia de cura a atravessou como uma corrente elétrica, emprestando força suficiente para que Emory conseguisse lutar contra as garras da umbra.

Cure, mentalizou Emory, e sua magia obedeceu no mesmo instante.

Mas ela não conseguia curar seus pulmões cheios de água, não conseguia respirar sem o ar de que precisava tão desesperadamente. Não havia luz para ser invocada ali, não havia salvação ou esperança. Apenas o pesar que a dominava.

Como os Selênicos tinham feito para respirar dentro do rio? Uma parte distante de Emory sabia a resposta: alguma magia de proteção, que ela não sabia invocar porque não era hábil o suficiente, porque era medíocre.

Emory desistiu de lutar.

Que essa criatura de pesadelo me arraste para as Profundezas, onde é o meu lugar, pensou ela.

Mas, então, algo a puxou na direção oposta. Parecia que a maré também queria arrastá-la.

No entanto, aquela maré tinha mãos. Um rosto. Então Emory foi puxada para fora d'água e recebeu uma segunda chance de continuar viva. Na verdade, uma terceira.

Ela caiu de costas no chão rochoso, arfando para encher os pulmões de ar. Baz se curvou sobre ela, encharcado, com os olhos arregalados e os óculos tortos. Emory se agarrou ao garoto, sem acreditar que ainda estava viva, que estava ao seu lado.

— Estou aqui — disse Baz, ofegante. Suas mãos tremiam ao afastar o cabelo molhado do rosto de Emory. — Estou aqui.

A garota queria chorar nos braços dele, mas o pesadelo ainda não tinha acabado. A umbra saiu da água outra vez, erguendo-se acima dos dois. Filetes de água escura pendiam de seus membros alongados. A criatura emitiu um uivo horripilante, que congelou a superfície da onda. Antes que Emory e Baz pudessem se mover, a umbra avançou na direção deles.

A criatura fechou seus dedos magros no pescoço de Baz, como se quisesse se vingar do garoto por ter ajudado Emory a escapar. Baz se debateu com todas as forças ao ser erguido do chão, tateando os arredores em busca de algo que pudesse segurar, algo que pudesse ajudá-lo a se desvencilhar.

Emory não conseguia ver os vultos invisíveis que o assolavam, mas ela os *sentia*, sentia a maneira como a umbra se alimentava dos medos de Baz e via as lágrimas que marejavam seus olhos. Quando o corpo do garoto se aquietou, exaurido, Emory soltou um grito inconsolável.

Naquele momento, ela se levantou, encharcada da cabeça aos pés, mas destemida. Emory ampliou os próprios sentidos. Buscou todos os vestígios de luz que conseguiu alcançar, buscou a escuridão, a morte, a vida e a proteção, a ilusão da esperança, dos sonhos e dos medos — todo o possível para se defender daquele pesadelo à sua frente, da criatura que tentava devorar Baz, extinguir sua luz e transformá-lo em uma sombra do que era.

Ela não permitiria que isso acontecesse. Emory não deixaria a umbra destruir o garoto que correra com ela no campo, o garoto com quem observara as estrelas, o garoto que a ajudara tantas vezes, apesar dos medos que o esmagavam.

Ele a salvara em um ato de coragem, e merecia o mesmo em troca.

Emory gritou ao sentir uma magia ardente atravessar seu corpo, deixando suas veias prateadas, fazendo seu sangue cantar, emitindo um zumbido grandioso em seus ouvidos como se quisesse se libertar.

Seus poderes eram como uma onda colossal. Embora soubesse que aquele poderia ser seu fim, Emory se deixou consumir pela própria magia.

32

BAZ

Baz suspeitava que o poder de Emory estava próximo de ultrapassar aquela linha tênue. Uma luz estranha tremulava na pele dela, como o luar refletido na água, suas veias prateadas pulsando cada vez mais intensamente. Uma estrela à beira da implosão.

O Colapso preparando seu golpe fatal.

Mesmo com as garras da umbra em volta de seu pescoço e com um medo que nunca sentira antes paralisando seu corpo, Baz só conseguia pensar nela.

Doía pensar que Emory acabaria como seu pai, como Kai, sua magia eclipsando tudo que ela havia sido. A garota que trouxera coisas mortas de volta à vida, que fizera girassóis florescerem em um campo de ilusões, que fizera com que ele tentasse enfrentar seus medos como nunca antes.

Baz tentou acessar a própria magia, acessar a voz que cantava para ele em meio ao terror gélido e apavorante que tentava a todo custo controlá-lo. Um feixe de luz ofuscante irrompeu do peito de Emory, disparando em direção à umbra. A criatura chiou e recuou, encolhendo-se de dor. As garras do medo libertaram Baz, que caiu no chão de pedra, vendo o mundo girar enquanto um brilho prateado tomava sua visão.

Emory deu um grito de agonia quando outro feixe de luz irrompeu de seu corpo. Houve um estalo, um som que abalou toda a caverna quando um bloco de rocha se soltou do teto.

De repente, Baz estava de volta à gráfica, envolto nos braços do pai enquanto máquinas caíam sobre eles e a explosão do Colapso devastava tudo ao redor.

Seu pior medo sendo revivido. Sua lembrança mais assustadora se repetindo.

Ele não permitiria que aquilo acontecesse outra vez. Não com ela.

Baz puxou todos os fios do tempo que conseguiu alcançar.

A rocha parou no ar. A umbra recuou e desapareceu na água paralisada. A luz prateada ao redor de Emory retrocedeu conforme Baz atrasava os ponteiros de um relógio imaginário, devolvendo-a para um momento em que seu Colapso ainda não começara. O Colapso era muito maior do que a magia ceifadora que Emory usara naquela noite de lua nova, que Baz também detivera. Ele estava muito além do limite que separava a magia simples da magia grandiosa. Mesmo assim, se aprofundou cada vez mais. Atento, observou o tom prateado nas veias de Emory se atenuar e se transformar em azul, vermelho e roxo.

Ela era uma estrela agonizante em sentido inverso, até que, finalmente, se tornou apenas Emory outra vez. Ela já não brilhava com uma luz etérea, mas tremia com o impacto do que havia acontecido e depois deixara de acontecer.

— Está tudo bem — prometeu Baz. — Vai ficar tudo bem.

Ele tinha conseguido. Ele a impedira de entrar em Colapso.

Emory desabou contra o corpo dele.

— Obrigada.

Baz passou o braço em volta dela, pressionando sua bochecha no cabelo molhado de Emory, e percebeu que faria tudo de novo, sem pestanejar.

O mar os devolveu à praia, exaustos. Eles tinham adentrado as cavernas no ponto mais baixo da maré do meio-dia e saído pouco antes do pico. Uma tarde havia se passado em um piscar de olhos, mas a sensação era de que tinha sido uma vida inteira.

Baz ainda escutava o eco de guinchos monstruosos e de pedras desmoronando, e ainda enxergava as veias prateadas de Emory, a explosão de poder que quase derrubara o penhasco sobre eles. O garoto observava o movimento da respiração acelerada de Emory, que estava deitada de costas, olhando para o horizonte. Suas veias estavam com uma cor normal.

Os dois tinham saído das cavernas em completo silêncio antes que a umbra pudesse retornar. A maré não tinha sido um grande obstáculo, afinal: eram apenas ondas fracas batendo contra o penhasco. A praia estava perto o suficiente para voltarem a nado. Quando Baz liberou sua magia, o tempo voltou ao normal. O penhasco inteiro pareceu estremecer quando as pedras despencaram. Conforme nadavam até a costa, Baz sentiu a estranha carícia de Dovermere em sua magia, suplicando: *Espere, não se vá.*

O garoto pegou um dos cobertores de lã que tinham deixado na praia e cobriu Emory. Os olhos abatidos dela se voltaram para Baz, que viu dentro deles coisas que pareciam grandes e impossíveis demais para serem ditas.

Baz a salvara do Colapso. Baz *revertera* o Colapso iminente de Emory, que em teoria deveria ser incontrolável, invencível. Deveria tê-la eclipsado por inteiro, deixando para trás apenas um poder bruto e destrutivo. Mas ali estava Emory. *Ainda era ela.* E estava a salvo.

Emory pegou a mão de Baz, inspecionando a pele dele em busca de tons prateados, então perguntou:

— Você...?

— Estou bem.

O garoto sentiu uma inquietação invadir seu peito. Ele estava *bem*. São e salvo. Sua magia parecia não ter fim, e nada indicava que ele tinha ultrapassado qualquer limite.

Tinha sido fácil demais. Usar uma magia como aquela não deveria ter sido tão simples. Ele deveria ter entrado em Colapso ao tentar impedir Emory de ter justamente esse destino.

A adrenalina o deixava tonto. Se Baz conseguia controlar a própria magia a ponto de impedir o Colapso de outras pessoas... isso poderia mudar *tudo*. Os alunos nascidos no eclipse poderiam encontrar um verdadeiro refúgio em Aldryn, com Baz lá para protegê-los. Era uma ideia absurda e impossível, com a qual o garoto nunca tinha se permitido *sonhar*. Parecia que o mundo inteiro se estendia diante dele, repleto de possibilidades.

Emory o encarava como se estivesse pensando a mesma coisa, como se visse tudo que ele poderia se tornar se enfim superasse seus medos. A sensação de ser admirado por ela era intoxicante. Enquanto se olhavam, a respiração ofegante dos dois enevoava o ar entre eles. As ondas quebravam contra o penhasco, servindo de lembrete do que tinham escapado por um triz.

Então, de repente, os dois começaram a rir até ficar sem ar, extravasando a tensão, o horror e a loucura de tudo que viveram. Emory se encostou em Baz, que não sabia se ela tremia de rir, se estava com frio ou em estado de choque. O garoto apoiou o rosto no cabelo molhado dela outra vez, seus dedos dormentes segurando o cobertor ao seu redor. Emory ergueu o rosto, chegando tão perto que eles respiravam um ao outro. Já não havia risadas, apenas a realidade nua e crua, apenas o calor que provava que continuavam vivos.

Nada está fora do seu alcance.

Pela primeira vez, Baz não pensou.

Ele segurou o rosto de Emory e a beijou.

Sua mente se esvaziou ao sentir o gosto salgado dos lábios dela. Emory hesitou por um breve e aterrorizante segundo antes de mover os lábios, macios, quentes e convidativos de uma forma que Baz não sabia de que precisava até aquele momento. Um grunhido abafado ressoou da garganta de Baz quando ela aprofundou o beijo, mas então Emory recuou, afastando-o com o braço.

Baz piscou, desnorteado. Emory estava de testa franzida, olhando para a espiral prateada que brilhava em seu pulso. Por um instante, Baz pensou que talvez ela tivesse entrado em Colapso, afinal. Ele tocou o braço de Emory, com medo.

— Emory...

A garota tinha um olhar distante, como se enxergasse algo que ele não conseguia ver.

— O que aconteceu? — sussurrou ela.

Baz sentiu como se estivesse despencando de um precipício.

— Desculpa, eu pensei que...

— Keiran, do que você está falando?

Keiran?

Baz olhou para a praia ao redor. Não havia ninguém ali além deles. Emory ainda tinha um olhar distante e seu rosto havia empalidecido. Ele a sacudiu delicadamente, com a mente fervilhando. Emory piscou, em silêncio, depois xingou baixinho. Finalmente, ela voltou a si. Seus olhos se desanuviaram e se concentraram nele.

— Você está bem? — perguntou Baz.

— Acabou — anunciou Emory, como se continuasse em transe.

— Emory, do que você...?

— A reitora descobriu que sou uma Invocadora de Marés.

Emory se desvencilhou bruscamente, enxugando o rosto com a palma da mão.

— Fulton sabe que você estava me ajudando a praticar — acrescentou ela, com o lábio inferior tremendo. — E está vindo para cá nos punir agora mesmo. Me desculpa, Baz.

O que estava acontecendo?

— Emory, calma — pediu Baz. — É impossível Fulton ter descoberto. Eu sou o único que sabe...

Então ele se interrompeu, olhando outra vez para a marca no pulso dela, agora não mais brilhante. Os ombros do garoto caíram quando ele entendeu tudo.

— Você estava falando com Keiran através da marca — concluiu Baz.

Assim como havia tentado falar com Romie na noite em que Lia reapareceu.

— Ele sabe que você nasceu no eclipse? — questionou o garoto.

— Baz...

O remorso nos olhos dela servia de resposta. Ao se dar conta de que não era o único merecedor da confiança de Emory, Baz sentiu que alguém o apunhalava e depois torcia a faca em suas entranhas. E o fato de ela ter compartilhado seu segredo justamente com Keiran Dunhall Thornby...

A descrença, a raiva e a mágoa formaram um nó em sua garganta.

— Ele está envolvido nisso tudo, não está? — acusou Baz.

Dovermere, os afogamentos, as marcas nos pulsos...

Baz soubera desde o início que Emory estava escondendo algo dele, mas ignorara os alertas por causa dos sentimentos que nutria por ela, com medo de colocar em risco o frágil vínculo que tinham acabado de recuperar.

No entanto, *aquilo* ele não podia ignorar.

— Romie morreu por culpa de Keiran?

— Claro que não. Keiran está tentando me ajudar a salvar Romie.

Baz soltou uma risada sarcástica.

— Você não pode confiar nele, Emory. O que quer que ele tenha dito, onde quer que você tenha se metido... Ele jamais ajudaria alguém nascido no eclipse, a menos que haja algum motivo oculto. Ele não está nem aí para Romie, e não está nem aí para você também, se teve coragem de dedurá-la para a reitora.

— Não foi ele! — exclamou Emory. — E você não conhece o Keiran de verdade.

— Os pais dele morreram durante um Colapso.

— Eu sei. Ele me contou tudo.

Baz recuou.

— Keiran também contou quem matou os pais dele?

Emory desviou o olhar. O silêncio se encarregou de responder à pergunta.

— Meu pai causou a morte da família dele — prosseguiu Baz. — Desde então, Keiran me persegue, persegue Romie, persegue a família Brysden inteira, assim como todos os nascidos no eclipse. Pelas Marés! Ele até deu um jeito de separar Kai do ex-namorado porque não suportava a ideia de ver um amigo apaixonado por uma pessoa tão indigna.

Aquilo pareceu pegá-la de surpresa, mas Emory se recompôs depressa.

— Não é isso. Ele não é assim. — Ela se levantou, com raiva, nitidamente na defensiva. — Ele enxerga o potencial dos meus poderes e nunca teve medo de mim, ao contrário de *você*.

— Então ele deve mentir muito bem, e você deve ser mais ingênua do que eu imaginava. E o pior é que isso tudo faz de *mim* um grande idiota, porque apesar de meus instintos gritarem que eu não deveria confiar em você, confiei mesmo assim. Eu me arrisquei e...

Baz engoliu as palavras, balançando a cabeça, sem conseguir entender aquela reviravolta. Um minuto antes eles estavam se beijando e parecia que nada nunca havia feito tanto sentido. Pela primeira vez, Baz se atrevera a expor seus sentimentos, a se deixar ser vulnerável e a ter esperanças de que Emory pudesse sentir o mesmo.

Como ele tinha se enganado.

— Você estava só me usando? — perguntou Baz, as palavras saindo tão despedaçadas quanto ele se sentia.

Emory abriu a boca, mas se deteve. Seus olhos se fixaram em algo atrás de Baz, que deu meia-volta e se deparou com a reitora Fulton vindo na direção deles. Ela tinha uma expressão severa e vestia um casaco longo que tremulava ao vento.

A reitora de Aldryn fez um gesto com a cabeça.

— Venham comigo. Os dois.

Então Fulton se virou, e Baz se pôs a segui-la. Emory tentou tocá-lo.

— Baz... — chamou ela, em tom suplicante.

Ele se desvencilhou da garota, seguindo Fulton obedientemente de volta ao campus, pronto para enfrentar o que quer que estivesse esperando por ele.

EMORY

O zumbido em seus ouvidos era a única coisa que Emory ouvia na recepção da sala da reitora Fulton. Ela aguardava sozinha, sentada em um banco estofado, encarando a tapeçaria na parede à sua frente com um olhar perdido. Pouco tempo antes, alguém tinha coletado uma amostra do seu sangue, e o furo da agulha deixara uma leve dor em seu braço. Suas roupas ainda estavam úmidas, mas tinham ao menos providenciado um cobertor áspero para mantê-la aquecida.

Baz entrara e saíra da sala da reitora sem nem sequer olhar para Emory. A ruptura entre os dois era insuportável, aumentando a cada passo que ele dava.

Aquele beijo permanecia na mente de Emory, em seus lábios.

O beijo a pegara de surpresa, embora não devesse. Era culpa dela, afinal. A garota sabia o que Baz sentia por ela e tinha usado isso a seu favor, sem se importar com a dor que poderia causar a ele.

Emory não queria que as coisas tivessem ido tão longe, que Baz a tivesse beijado.

No entanto...

Ela se lembrou da palpitação de seu coração, da resposta traiçoeira de seu corpo. Emory tinha *gostado* de beijá-lo. Ela se perguntou se uma parte de si tivera a intenção de que as coisas chegassem àquele ponto, se tudo o que ela sentia por Baz — pela versão destemida e heroica dele — era real.

A garota estremeceu quando a porta da sala se abriu, revelando a reitora Fulton com a aparência impecável de sempre. A tensão ao redor da boca e dos olhos dela era a única coisa que denunciava a gravidade da situação. A reitora fez um gesto silencioso para que Emory entrasse.

Ela já tinha estado ali antes, na última primavera, durante outra lua nova. Dessa vez, estava mais alerta, observando a madeira escura e reluzente, as decorações de prata e latão por todos os cantos, a coleção de frascos de água cuidadosamente etiquetados, os livros com capa de couro que pareciam tão antigos quanto a própria escola.

A reitora se sentou atrás de sua grande mesa e anunciou:

— Pode se sentar, senhorita Ainsleif.

O zumbido nos ouvidos de Emory aumentou sob o olhar atento da mulher. Fulton passou a mão pelos cabelos grisalhos curtinhos, recostando-se em sua cadeira. Um silêncio pesado preenchia a sala, interrompido apenas pelo tique-taque de um relógio, pelo leve arranhar metálico de um instrumento na mesa da reitora e pelo chiado das brasas na chaminé. A janela estava fechada, mas Emory pensou ter ouvido aquela voz novamente, chamando-a, zombando dela.

Emory, Emory.

— Eu testei seu sangue — revelou Fulton, apontando para o selenógrafo na mesa. Era um modelo muito mais moderno do que aquele que Emory e Baz tinham usado na biblioteca. — Ele indica que você nasceu no eclipse.

A reitora a encarava com um olhar implacável. Diante do silêncio de Emory, ela pressionou:

— Esta é a parte em que você se explica.

Emory olhou para as próprias mãos unidas sobre o colo, para o sigilo da Casa Lua Nova que ela tivera tanto orgulho de ostentar, a lua escura e os narcisos prateados para os quais não suportava mais olhar.

Ela contou à reitora o máximo da verdade que pôde. Que ela tinha descoberto seus novos poderes de Invocadora de Marés depois da ida a Dovermere; que, desde então, vinha treinando com Baz, com medo de revelar a verdade e receber o Selo Profano. Já não fazia sentido mentir. Se o que Keiran dissera por meio da Marca Selênica era verdade, *Penelope* já tinha contado tudo à reitora, inclusive sobre o envolvimento de Baz.

Emory não conseguia entender como Penelope tinha descoberto seu segredo, nem porque a teria dedurado. A garota tentou se lembrar de algum deslize, de ter sido vista por Penelope junto com Baz, de alguma ocasião em que a amiga tivesse ouvido suas conversas sobre magia. Quando

Emory saíra do quarto pela manhã, Penelope ainda estava dormindo, então a garota não tinha como saber que ela fora para Dovermere.

A reitora se recostou na cadeira outra vez, com um olhar calculista.

— Naturalmente, você precisará ser destituída de sua tatuagem da Casa Lua Nova e receber o sigilo da Casa Eclipse. No entanto, cabe aos Reguladores avaliar se você vai receber o Selo Profano por ocultar a verdadeira natureza de seus poderes. — Fulton balançou a cabeça, parecendo decepcionada. — Você deveria ter recorrido a eles assim que esses poderes começaram a se manifestar.

De repente, alguém bateu à porta. Então entrou logo em seguida, sem esperar por um convite.

— Reitora Fulton — cumprimentou Keiran, casual.

Ele estava elegante, vestido com um terno de tweed que o fazia parecer mais velho. Keiran se portava com tanta autoridade que Emory sentiu o nervosismo em sua barriga desaparecer. As últimas palavras que ele havia dito através da marca a inundaram com uma sensação de alívio.

Aguente firme, Ains. Não vou deixar nada acontecer com você.

— Keiran, você não pode entrar aqui quando bem entende — repreendeu a reitora, com um vestígio de irritação no olhar.

— Só preciso de um momento, se permitir — pediu Keiran, se aproximando de onde Emory estava sentada. — Estou aqui para defender Emory.

— Você não sabe do que está falando.

Ele pousou a mão sobre o encosto da cadeira de Emory. Era um pequeno conforto, como se dissesse: *Estou aqui, Ains.*

— Eu sei que ela é nascida no eclipse, Sybille. Já faz um tempo.

Embora a reitora não tenha estranhado o uso de seu nome — Emory lembrou que ela tinha acolhido Keiran após a morte dos pais dele —, a mulher pareceu ter sido pega de surpresa pela revelação.

— E você nunca pensou em compartilhar essa informação comigo?

— Emory está sob a proteção da Ordem.

A reitora riu.

— É mesmo?

Os batimentos de Emory se aceleraram. Keiran estava mentindo. A Ordem deixara muito claro que revogaria sua proteção caso ela fosse descoberta, que *Keiran* seria responsável por ela. Emory se perguntou o quanto a reitora sabia sobre a Ordem. A garota não achava que Fulton estivesse entre os membros, não se lembrava de tê-la visto no farol. Mas a reitora parecia saber o suficiente sobre a sociedade para considerar a ameaça contida nas palavras de Keiran.

Uma tormenta se formou em seu rosto franzido.

— Eu sempre fiz vista grossa para o que a sua Ordem faz neste campus, Keiran, mas você e a srta. Ainsleif colocaram toda a academia em risco ao esconder essa magia. Se alguma coisa tivesse acontecido...

— Mas nada aconteceu — argumentou Keiran. — Eu a vi usar a magia, posso atestar que ela tomou todas as medidas para garantir o controle do próprio poder.

A reitora o encarou com perplexidade.

— Seus pais devem estar se revirando no túmulo ao ver você defendendo um comportamento tão imprudente de *um deles*.

Emory tentou não estremecer diante da repulsa evidente nas palavras de Fulton. Como reitora, ela deveria ser imparcial, mas ali estava a verdade, finalmente. Seu discurso revelava o quanto ela desdenhava e desconfiava dos nascidos no eclipse.

Emory achou que Keiran talvez fosse concordar com a reitora. Afinal, ela estava certa. Se Keiran tivesse visto como ela chegara perto de entrar em Colapso nas cavernas, ainda a defenderia tão ardentemente, sabendo que Emory perdera o controle?

Mas Keiran não sabia. Por isso, apenas lançou um sorriso complacente para Fulton.

— Mais uma razão para confiar na minha palavra. — Ele fez uma pausa. — A Ordem está disposta a recompensar generosamente a academia se isso for mantido em segredo.

— De forma alguma. Isso deve ser levado aos Reguladores. A srta. Ainsleif será destituída de sua tatuagem da Lua Nova e marcada com o sigilo da Casa Eclipse. Haverá uma investigação...

— E o que acha que os responsáveis por esse inquérito dirão sobre o fato de uma Invocadora de Marés ter permanecido debaixo de seu nariz esse tempo todo? — interrompeu Keiran. — Eles dirão que a Academia Aldryn não fez a devida verificação antes da admissão dos alunos. Vão interrogar todos os professores que não perceberam a verdade sobre a magia de Emory. Vão investigar os afogamentos aos quais Emory está associada e chegar a conclusões que mancharão a reputação de Aldryn por anos, e a sua também. Vão virar Aldryn do avesso, Sybille, a menos que você mantenha esse segredo restrito a esta sala e deixe a Ordem lidar com a bagunça. Seu envolvimento permanecerá confidencial para sempre. Você tem minha palavra.

Uma batalha silenciosa foi travada entre os dois. Por fim, a reitora cedeu.

— Isso vai requerer o máximo de discrição. A srta. Ainsleif continuará se apresentando como aluna do Hall Noviluna, continuará frequentando suas aulas habituais como se nada tivesse mudado. Ninguém deve suspeitar. É claro que teremos que envolver a professora Selandyn, para começar a treiná-la corretamente e em segredo.

— De acordo — respondeu Keiran.

— E há a questão da garota, Penelope West. Ela está sendo trazida para cá neste momento. Ela faz parte da Ordem ou é outra coisa que teremos que conter?

— Temos uma Memorista que pode cuidar disso — disse Keiran friamente. — Vou chamá-la imediatamente.

Emory não gostou nem um pouco da ideia de alguém apagando as memórias de Penelope, mas parecia não haver outra opção.

O olhar da reitora encontrou o dela, então Fulton ameaçou:

— Um passo fora da linha e não me importa o que façam comigo ou com Aldryn, você será mandada diretamente para os Reguladores para receber o Selo Profano. Estamos entendidas?

— O que vai acontecer com Baz? — questionou Emory.

— Já avisei ao sr. Brysden que ele está suspenso até segunda ordem. Quanto ao resto...

Fulton olhou para Keiran com expectativa e, por um segundo, Emory temeu que ele sugerisse que a Memorista também apagasse as memórias de Baz.

Por favor, tudo menos isso.

Keiran disse apenas:

— Ele guardou o segredo de Emory até agora. Além disso, Brysden não é o assistente da professora Selandyn? Talvez possa ser útil. E, se houver suspeitas, a amizade dele com Emory é o disfarce perfeito.

— Então o segredo estará restrito apenas às pessoas desta sala, à Ordem e aos membros da Casa Eclipse. Você entendeu, srta. Ainsleif?

— Sim.

Fulton se voltou para Keiran e disse:

— Estou fazendo isso pelo amor que tinha por seus pais. Mas, para o seu bem, espero que saiba no que está se metendo.

Keiran baixou a cabeça em agradecimento, então conduziu Emory para fora da sala da reitora.

Penelope esperava na recepção, com os olhos arregalados e vermelhos. Seus lábios tremeram ao dizer:

— Em, eu sinto muito... Não sei o que deu em mim...

— Não importa, Penny — retrucou Emory. Então, ao se dar conta de que aquela poderia ser a última chance de saber a verdade antes que as lembranças de Penelope fossem apagadas, perguntou: — Como foi que você descobriu?

— Não sei. Juro que nunca faria isso com você.

Emory bufou.

— No entanto, cá estamos.

— Essa é a questão, não sei como viemos parar aqui. Só me lembro da festa de ontem à noite, e depois de estar no seu quarto, vendo você e Lizaveta Orlov conversarem... Depois tudo é um borrão, e...

A voz da reitora a interrompeu, chamando:

— Srta. West, por favor, entre.

Penelope lançou um último olhar de súplica à amiga antes de entrar na sala. Emory tentou afastar a imagem do rosto choroso da garota de sua mente, tentou não pensar no que aconteceria quando a Memorista chegasse.

Ela se sentia em transe enquanto Keiran a conduzia pelos corredores.

— Você não precisava fazer tudo isso por mim — disse Emory.

— Claro que precisava — retrucou Keiran, parando de andar e a puxando para um vão escondido nos claustros. — Pelas Marés, Ains. A Ordem está furiosa. Eles estavam prontos para descartar você se isso se espalhasse. Consegui convencê-los de que eu poderia comprar o silêncio de Fulton, que seria melhor para todos dessa forma. É menos arriscado manter o segredo com uma única pessoa sobre a qual a Ordem tem influência do que deixar que o mundo inteiro descubra.

As coisas que ele estava disposto a fazer por ela... Emory não achava que merecia tudo aquilo.

— Como você ficou sabendo, afinal? — perguntou a garota.

— Eu estava indo falar com Fulton quando Penelope saiu da sala dela se debulhando em lágrimas. Precisei fazer uso de certa persuasão, mas

Penelope me contou tudo: que viu você e Brysden indo para Dovermere, que sabia que você era uma Invocadora de Marés e que tinha contado para a reitora. — Ele pareceu tomado por emoção ao dizer: — Você me assustou, Ainsleif. Achei que tivesse perdido você para as cavernas dessa vez.

Emory ficou surpresa com a aflição na voz de Keiran.

— Está tudo bem, eu consegui sair.

Por um triz. Emory esfregou os braços, com os pensamentos perdidos em Penelope.

— Não sei como ela ficou sabendo. Eu nunca disse *nada* para Penelope, eu juro.

— Acha que talvez ela estivesse te espionando? — sugeriu Keiran.

Emory riu. A ideia era absurda. A não ser que...

A dor nos olhos de Penelope quando o corpo de Lia foi encontrado. A festa que não tinha nada a ver com ela. A rispidez de suas palavras ao criticar Emory por ser uma amiga negligente. E o livro pelo qual Penelope estava obcecada, sobre uma Portadora das Trevas que se camuflava nas sombras para espionar as pessoas...

Talvez não fosse uma ideia tão absurda assim. E talvez Emory merecesse tudo aquilo. Ela tinha sido uma péssima amiga para Penelope, havia focado toda a sua atenção na Ordem Selênica e esquecido praticamente tudo e todos.

— Não sei — respondeu Emory, por fim. — Talvez.

A preocupação no rosto de Keiran fez com que as palavras de Baz ecoassem nos ouvidos de Emory. Embora não quisesse dar ouvidos aos alertas que ele fizera na praia, decidiu perguntar:

— Por que você se aproximou de mim? Foi para se vingar de Baz e Romie pelo que aconteceu com seus pais? — A postura de Keiran se endureceu, mas ela continuou: — Foi por isso que você escolheu Romie para a iniciação? Você queria que ela morresse em Dovermere para que os Brysden sofressem o que você sofreu?

Olho por olho.

— Não acredito que você me vê assim — sussurrou Keiran.

Ele parecia tão magoado que Emory se arrependeu imediatamente.

— Eu me aproximei de você porque *enxergo quem você é de verdade*, Ains — explicou Keiran. — Vi você em seu momento mais vulnerável quando apareceu na praia. Eu entendo a dor e o pesar que você carrega, a resiliência necessária para encarar o mundo quando ele fica de ponta-cabeça. Eu enxergo como você é incrível. E *por isso* me aproximei de você.

Algo se partiu dentro de Emory com a resposta dele.

— Me desculpa — pediu ela, as palavras saindo em um soluço angustiado. — As coisas estão tão... É que eu...

— Está tudo bem.

Keiran a puxou para perto, agindo como a luz na escuridão que sempre fora. Emory se agarrou a ele enquanto tudo que tinha reprimido vinha à tona e saía de sua boca em uma enxurrada: tudo que acontecera em Dovermere, a esfera dos sonhos, Jordyn. A única parte que ela deixou de fora foi o fato de ter chegado perto de entrar em Colapso, assustada e envergonhada demais para admitir isso em voz alta.

E o beijo.

Quando ela terminou de falar, Keiran ergueu seu queixo, olhando no fundo de seus olhos. Ele enxugou as lágrimas de Emory, segurou as mãos dela e as levou ao peito.

— Você está segura. Isso é tudo que importa.

Segura. Mas a que custo? Penelope seria privada da própria memória. Baz estava suspenso e continuaria responsável pelo segredo dela, ainda seria penalizado se algo acontecesse no futuro. E ela teria que manter a farsa, fingir ser uma Curandeira pelo resto da vida.

Mas talvez fosse um pequeno preço a se pagar, pensou Emory, para manter sua magia e seu lugar na Ordem.

Por tanto tempo, ela temera ser descoberta e entregue aos Reguladores. Temera ver seu antigo eu ser eclipsado por quem ela tinha se tornado. Ficara horrorizada com a mera ideia de ostentar o girassol e a lua escura da Casa Eclipse. Mas naquele momento, olhando para a farsa que era sua tatuagem da Casa Lua Nova, a perspectiva de ter que continuar mentindo para sempre parecia mais assustadora ainda.

Emory descobrira o que significava possuir a magia do eclipse, começara a imaginar como seria estudar no Hall Obscura, pertencer àquela casa.

Ao menos ela ainda tinha a Ordem, pensou. Talvez aquele fosse seu lugar de verdade.

Naquela noite, Baz não estava em nenhum dos lugares em que Emory o procurou: no refeitório, na biblioteca, nem mesmo na estufa. Ela queria se desculpar, tentar salvar o que restava da amizade deles, se fosse possível. Quando estava voltando para o próprio quarto, depois de desistir da busca, Emory finalmente avistou o garoto entrando no Hall Obscura.

— Baz, espere!

Ela o seguiu porta adentro, chegando a tempo de interceptá-lo perto do elevador.

— A professora Selandyn me explicou tudo — contou Baz, friamente. — Você não deveria estar aqui.

— Baz, eu sinto muito.

Ele cerrou a mandíbula, e já não existia nenhuma ternura em seus olhos. Não havia nada ali que lembrasse o garoto que a beijara na praia, o amigo que a protegera inúmeras vezes no mês anterior.

— Você está bravo comigo.

Baz pressionou o botão para chamar o elevador.

— Estou bravo comigo mesmo — retrucou, sua voz quase inaudível, o que deixou tudo muito pior. — Eu não deveria ter concordado com nada disso. Ajudar você, guardar seu segredo. Eu fui irresponsável. Idiota. Desde que você reapareceu na minha vida, tudo se resumiu a catástrofes iminentes, mortes inexplicáveis. É demais para mim, Emory. Não quero mais isso.

A culpa rasgava o peito de Emory.

— Mas e Romie?

— Ainda estamos muito longe de descobrir como trazê-la de volta.

— Então você vai desistir?

— Estou dizendo que *você* deve desistir. Ir até Dovermere foi um erro.

O elevador barulhento chegou, e Baz entrou na cabine. Ele desviou do olhar de Emory ao dizer:

— Tudo que você toca vira pó.

Um oceano de palavras se formou na garganta de Emory, mas nenhuma foi dita. Ela só conseguia pensar que tinha feito exatamente o que Kai suspeitara que ela faria: traído a confiança e a lealdade de Baz. Ela tinha estragado tudo.

— Você contou para Keiran que quase entrou em Colapso? — questionou o garoto.

Ela não respondeu.

Baz assentiu com firmeza quando a porta do elevador começou a se fechar.

— Espero que saiba o que está fazendo, porque eu não vou estar lá para salvar você da próxima vez — alertou ele.

Depois que Baz desapareceu, Emory foi embora, tentando segurar as lágrimas. As palavras dele a atormentavam, preenchendo cada canto da sua mente. Baz tinha razão, era tudo culpa dela. Travers e Lia, mortos por sua proximidade com Dovermere. A alma de Jordyn devorada pelas umbras. Romie presa em um lugar que não a deixava ir embora. Penelope tomada por tanta tristeza e tanto ressentimento que a denunciara à reitora. E Baz, que não aguentava nem olhar para ela.

Tudo era culpa de Emory, a razão do sofrimento de todos.

Ela era sufocante, um mar tempestuoso que só trazia destruição.

Emory nunca deveria ter voltado para Aldryn. Deveria ter permanecido em casa depois das férias, escondida em segurança no farol do pai, sem nenhuma outra alma por perto, sem ninguém que pudesse prejudicar.

Se não tivesse seguido Romie até as cavernas, ainda seria uma Curandeira, ainda seria medíocre, mas nada daquilo teria acontecido, e Emory ainda teria a amiga ao seu lado.

A garota se atrevera a ansiar por mais, a desejar o que não era seu, tudo em nome de se encontrar, de se tornar digna.

E o que restara, afinal?

Seus passos a levaram até o quarto de Keiran. Quando ele abriu a porta, o rosto sonolento e o cabelo bagunçado deixaram evidente que o garoto estivera dormindo. Keiran estava sem camisa. O cheiro de sua loção pós-barba foi um bálsamo para a alma de Emory.

— Posso ficar aqui hoje? — pediu ela, lágrimas escorrendo pelo rosto.

Sem dizer nada, Keiran a puxou para si e, nos braços dele, aconchegada debaixo das cobertas quentes de sua cama, Emory encontrou segurança e conforto. Ela beijou o canto da boca de Keiran e segurou o rosto dele com a mão. Ele aconchegou a bochecha no calor da palma de Emory, que passou a outra mão pelo cabelo macio do garoto, descendo-a até sua nuca e depois pelos ombros.

Os olhos de Keiran se fecharam.

— O que você quer, Ains?

— Eu quero...

Querer. Justamente o que a colocara naquela confusão. Mas ali, no escuro, ela não podia ignorar a ânsia que sentia por ele, a necessidade de se sentir querida, desejada. A necessidade de saber que pelo menos alguém não a odiava. Uma luz fraca iluminava o rosto de Keiran, tão próximo ao dela. Seus olhos com cílios espessos a encaravam com a intensidade que sempre a inflamava.

Eu enxergo quem você é de verdade, Ains.

Tudo que ela sempre quis for ser vista, pelo que era e pelo que não era, e que isso fosse suficiente.

— Quero você — sussurrou Emory. — Quero isso.

A garota colocou a mão dele no próprio pescoço, como Keiran fizera com ela dias antes.

— Você também tem controle sobre mim — disse Emory. — Estou completamente rendida. E não me importo nem um pouco.

Com aquela simples confissão, Keiran aceitou o que ela oferecia e retribuiu. O prazer veio em ondas, subindo e descendo, até que os dois estivessem completamente esgotados, até que a luxúria deu lugar a outra coisa, algo íntimo, um tipo de estado frágil que parecia prestes a se desfazer assim que se separassem. E naquele abraço delicado, com a melodia da respiração ofegante e silenciosa dos dois, palavras surgiram na mente de Emory. Palavras imensas, impossíveis. Palavras que ela não conseguia pronunciar, presas em sua garganta por serem grandes demais. Ela se aconchegou mais no corpo de Keiran, pressionando os lábios na curva do pescoço do garoto enquanto suas lágrimas se acumulavam na pele dele. Emory esperava que aquilo fosse suficiente para transmitir o que ela ainda não ousava dizer.

Eles adormeceram nos braços um do outro, e talvez isso também tivesse sido suficiente.

※

Ela sonha com o mar.

Ondas majestosas envolvem todas as pessoas de sua vida, afundando-as uma a uma, até que Emory é a única que resta, sozinha e à deriva. De repente, ela percebe que é o mar, ou pelo menos é quem o comanda, afogando as pessoas ao seu redor.

De repente, Romie aparece, em um mar de outra natureza. Há estrelas girando em torno dela e também refletidas em seus olhos, formando uma coroa no topo da cabeça daquela que governa o reino dos sonhos.

Estou indo agora, Em, diz Romie, sua voz cristalina. *Não há mais ninguém aqui além de mim, então vou seguir a canção para onde quer que ela me leve.*

Não, por favor. E se ela levar você às Profundezas?

As estrelas iluminam Romie com uma luz soberana.

Só tem um jeito de descobrir.

Isso vai matar você, argumenta Emory. *O epílogo... Você precisa de uma chave.*

O epílogo não é como pensávamos. Não é uma chave, mas... É como no livro: os heróis não precisaram de uma chave. Eles eram a chave, cada um como parte de um todo. A canção deles me chama. A atração de Dovermere, de outros mundos. É meu grande propósito, acho. Atravessar a porta e encontrar os outros mundos.

Por favor, não me deixe outra vez. Eu vou encontrar um jeito de trazer você de volta.

Eu te amo, Em, mas preciso ir.

Não, implora Emory, suplicante. *Espere.*

Mas outra onda já está se formando, e se enrola em torno de Romie, levando-a para um tipo mais profundo de escuridão.

Diga a Kai que deixei uma coisa para ele encontrar.

Então Romie desaparece, e Emory está sozinha de vez.

※

Os olhos de Emory se abriram e, por um momento desesperador, ela não sabia onde estava, mas a visão do rosto de Keiran iluminado pela luz da manhã a tranquilizou. Emory se sentia dividida ao meio: seu corpo estava na cama dele, seus membros entrelaçados aos dele, mas sua mente continuava naquele sonho, embora o som das ondas ficasse cada vez mais fraco em seus ouvidos.

Keiran abriu um olho e sorriu para ela, sonolento.

— Bom dia, Ains.

Emory se sentou, o cabelo caindo sobre os ombros nus. Uma determinação amarga corria em seu sangue enquanto ela pegava as roupas do chão.

Keiran tentou segurá-la, passando o braço por seu corpo.

— Volte para a cama — pediu ele, beijando as costas de Emory.

Ela queria muito ficar e repetir o que tinham feito na noite anterior, mas só conseguia ver Romie sendo arrastada para o mar da mesma forma como tinha descrito o desaparecimento de Travers e Lia.

Eu te amo, Em, mas preciso ir.

Não importava que, no sonho, Emory tivesse implorado a Romie para que não fosse. Romie não ouviria. Ela faria o que sempre fazia, seguiria o que desse na telha sem pensar nas consequências ou em quem estaria magoando no processo.

Emory tinha que contar para Baz.

Ela vestiu o suéter, sentindo sua determinação diminuir. Será que ela deveria fazer com que ele passasse por tudo aquilo novamente? Esperanças e teorias mal pensadas, planos imprudentes que acabaram prejudicando todos ao redor de Emory, principalmente ele.

Tudo que você toca vira pó.

Não. Aquele fardo era só dela, algo que teria que corrigir por conta própria.

Emory se voltou para Keiran.

— Temos que ir para Dovermere. Agora mesmo.

Ele ficou paralisado, com a mão ainda na cintura dela.

— Não estamos prontos.

— Romie está tentando sair daquele espaço intermediário, e eu não posso deixar.

Ela contou sobre o sonho, então acrescentou:

— Se tudo de que precisamos para abrir a porta é um ritual com as cinco casas lunares, como fizemos na primavera passada, então podemos fazer isso novamente. Hoje. Não me importa que a gente não tenha o epílogo ou não saiba o que é necessário para sobreviver à travessia para as Profundezas. Se eu não impedir Romie, ela vai morrer, assim como Travers e Lia.

Keiran franziu a testa.

— O que Romie disse sobre a chave, exatamente?

— Algo sobre os personagens do livro não precisarem de uma chave para viajar pelos mundos, porque eles mesmos são a chave.

— É isso — murmurou Keiran, mais para si mesmo do que para ela. — Não precisamos do epílogo. Temos você.

— Eu?

— Pense bem. A porta exige pagamento tanto para entrar quanto para sair. O ritual em torno da Ampulheta, uma oferenda de sangue, da vida mortal de alguém, para entrar no mundo dos mortos. E para entrar novamente no mundo dos vivos, uma oferenda de magia. Um pedaço de sua alma.

Um Curandeiro que se reduziu a ossos, uma Criadora que perdeu a voz.

— Pelo que sabemos, a porta só pode se abrir de um lado — continuou Keiran. — Este lado. Ela não se abriu até você tocar a Ampulheta na primavera passada. E Travers e Lia só conseguiram escapar quando *você* estava perto de Dovermere. E se a porta estiver associada ao seu sangue? Talvez não seja necessário o sangue das cinco casas lunares para abri-la. Só o seu. Uma Invocadora de Marés que tem todas as fases da lua correndo nas veias.

— Não, eu...

— Você sangrou na Ampulheta durante o ritual de iniciação. Você se cortou ao andar pela praia na noite das fogueiras, logo antes de Travers aparecer, lembra? E você não me disse que também estava na água quando encontrou Lia?

Emory empalideceu. A lua nova para Travers, a lua crescente para Lia. Ela estava perto de Dovermere em ambas as noites, com os pés sangrando na água rasa do mar, caminhando em direção a uma porta que a chamava, e que ela chamava de volta.

Emory, Emory.

A canção deles me chama. A atração de Dovermere, de outros mundos.

A mesma atração que Emory sentia.

Sua mente corria a mil por hora, tentando entender. Romie dissera que não conseguira seguir Travers ou Lia quando eles ouviram a voz chamando-os para casa. A voz *dela*. Seu sangue de *Invocadora de Marés*. Se a fase da lua deles tinha algo a ver com o fato de poderem voltar ao mundo dos vivos, era lógico que Romie não pudesse segui-los, porque não era a hora dela. Não era *a maré dela*.

E Jordyn... Jordyn se tornara outra coisa quando fez a travessia. Algo *diferente*, nem vivo nem morto, que talvez não sofresse mais a influência da lua.

O sangue de Emory os tinha chamado de volta para casa e, ao fazer isso, condenado a todos, selado seus destinos.

— Com essa magia do eclipse rara em seu sangue, talvez você consiga viajar para as Profundezas e voltar ilesa — disse Keiran. — Isso vai proteger você. É exatamente o que Romie disse: a chave nunca foi o epílogo perdido ou qualquer objeto físico. É você, Ains. *Você* é a chave.

O coração de Emory estava prestes a sair pela boca. Se Romie tivesse mesmo encontrado uma maneira de sair do purgatório que havia descrito, se *ela* acreditasse que era a chave, capaz de viajar pelos mundos ilesa mesmo não sendo uma Invocadora de Marés, Emory temia que a amiga se perdesse para sempre.

— Precisamos fazer o ritual, Keiran. Não posso deixar que Romie tenha o mesmo destino que os outros.

Sentindo-se culpada, ela pensou na última vez em que tinha se precipitado demais, da iminência do Colapso sobre o qual ela ainda não tinha contado a Keiran. Mas aquela poderia ser sua última chance de salvar Romie. Emory não ia ficar esperando e arriscar a vida dela.

— Por favor, eu tenho que pelo menos tentar.

Ela se preparou para que ele reagisse da mesma forma que Baz, que dissesse o quanto aquilo era absurdo e perigoso. Mas Keiran se levantou e começou a se vestir.

— Chame os outros — disse ele. — Diga a eles para nos encontrarem no Tesouro.

— Para onde você vai?

— Vou arranjar sintéticos. Se vamos passar por essa porta, precisamos de toda a ajuda possível. — Ele a encarou com uma expressão que Emory não conseguiu decifrar. — Tem certeza de que quer fazer isso?

Ela se empertigou e respondeu com firmeza:

— Sim, tenho certeza.

— Então vamos para Dovermere ao meio-dia, quando a maré estiver baixa. — Um brilho ardente iluminou os olhos de Keiran. — E não acredito que isso vá interferir em nada, mas acho que o fato de hoje haver um eclipse solar parcial se encaixa perfeitamente com as circunstâncias.

As palavras tocaram Emory profundamente. Parecia um presságio auspicioso e, de repente, ela acreditou com todo o seu ser que tudo daria certo.

Emory tinha aberto a porta pela primeira vez como Curandeira, sob o céu da lua nova que ela acreditava que a governava. E agora... faria isso novamente como uma Invocadora de Marés, sob a lua apropriada.

Talvez Emory nunca usasse o sigilo da Casa Eclipse, mas aquela era sua casa mesmo assim.

34

BAZ

Baz estava no Instituto outra vez.

Ele havia encarado seus maiores medos naquela caverna maldita. Seus pesadelos ganharam forma, envoltos por memórias tão dolorosas que o garoto nem sequer se lembrava delas. Ainda assim, ele estava vivo e inteiro. Continuava respirando, apesar de tudo.

Baz não queria mais ter medo. Não daquilo.

Vera se mostrou uma cúmplice muito disposta. Ela o acompanhou até o Instituto mais uma vez, neutralizando as proteções para que ele entrasse sem ser notado. Depois, ficaria esperando do lado de fora, pronta para a fuga.

Baz chegou ao quarto de Theodore e abriu a porta.

Vazio, branco, estéril. Com poucos objetos reconfortantes: livros, um cobertor de tricô, os Brysden eternizados em uma fotografia sépia, uma lembrança preservada em âmbar.

Inspire. Segure. Expire.

Theodore se virou para a porta lentamente, com um sorriso neutro, sem dúvida esperando ver outra pessoa. O sorriso vacilou quando o homem se deu conta de quem era.

Inspire. Segure. Expire.

— Oi, pai — cumprimentou Baz.

Os olhos de Theodore se iluminaram ao reconhecê-lo.

— Basil? — chamou, com a voz rouca. — Baz, é mesmo você?

— Sim, sou eu.

O garoto continuou parado na porta. A última vez que ficara sozinho com o pai tinha sido pouco antes do dia fatídico na gráfica. Depois disso, Baz o visitara no Instituto uma única vez, com a mãe e a irmã.

Ele olhou para a mão esquerda de Theodore. O Selo Profano se sobrepunha ao símbolo da Casa Eclipse, nítido e levemente enrugado em sua pele. Um P simples. Proibido. Perigoso. Ver aquilo ainda era chocante, mesmo depois de tanto anos.

Theodore foi o primeiro a falar.

— Pensei ter visto você outro dia. Minha mente devia estar me pregando peças.

Baz se remexeu, sem jeito.

— Sinto muito por não ter visitado você antes. Eu não conseguia...

— Não tem problema, meu filho. Está tudo bem.

Você vai ficar bem. Vai ficar tudo bem.

Baz ajustou os óculos, sem saber o que dizer. Theodore olhou para a tatuagem da Casa Eclipse na mão do garoto e acenou com a cabeça, como se estivesse recuperando o fio da meada de uma conversa antiga.

— Ficou bem em você. Aldryn, não é?

Baz coçou a nuca, escondendo sua tatuagem intacta.

— Sim, estou na Academia Aldryn.

— Eles trouxeram um aluno de Aldryn para cá — comentou Theodore, comprimindo os lábios. — Eu o alertei sobre o que acontece aqui. Sobre como tiram tudo de nós para usar em si mesmos.

Aquelas palavras não faziam sentido. Theodore olhou de relance para a porta e, quando voltou a falar, foi em um sussurro.

— Você consegue controlá-la?

— O quê? — indagou Baz, franzindo a testa.

— Sua magia.

— É claro.

O pai assentiu.

— Que bom. Muito bom. Eles não podem saber.

Baz ficou ainda mais confuso.

— Saber o quê?

Theodore abriu um sorriso cúmplice.

— Exatamente. A verdade foi enterrada sob os escombros naquele dia. Ninguém vai descobrir. Só eu, você e Jae sabemos.

Um formigamento estranho começou na ponta dos dedos de Baz. Seu coração acelerou.

— Que verdade, pai?

Theodore lançou um olhar confuso para o filho, então espiou a porta outra vez. Baixando ainda mais o tom de voz, respondeu:

— Seu Colapso, é claro.

O coração de Baz se despedaçou. Então todos aqueles anos no Instituto tinham levado Theodore Brysden a delírios e à loucura.

— Eu não entrei em Colapso, pai — disse Baz, pensando: *Eu não matei aquelas pessoas.* — É por isso que você está aqui.

Os lábios de Theodore se curvaram para baixo. O homem balançou a cabeça, com olhos cheios de tristeza.

— Não, filho. Estou aqui para proteger você. É nosso segredo, lembra?

Veias prateadas, escombros e sangue. Era disso que Baz se lembrava, era o que atormentava seus pesadelos desde o dia em que o Colapso acontecera. A memória era muito vívida, especialmente depois de revivê-la através do toque frio da umbra.

Baz olhou de novo para a cicatriz em forma de P na mão do pai, maculando o girassol delicado. O garoto se lembrava de ter agarrado aquela mão quando os braços de seu pai o envolveram, protegendo-o do prédio em ruínas e da explosão de energia que o derrubava.

— Eu não entrei em Colapso, pai — insistiu Baz, com gentileza, esperando que Theodore compreendesse. — Meu sangue não é prateado, e eu...

— É claro que não ficou prateado para sempre — interrompeu o homem, um pouco exasperado. — O sangue fica prateado apenas por um dia ou dois após o Colapso, depois volta a ser vermelho. Por isso pensamos que conseguiríamos esconder a verdade, fazer parecer que fui eu quem entrou em Colapso. Assim você escaparia do Selo e poderia ter uma vida normal. Se Jae conseguiu fazer isso, você também conseguiria.

Baz sentiu como se um tapete tivesse sido puxado sob seus pés. Lentamente, tentava entender o que o pai estava insinuando.

— O que Jae conseguiu fazer?

— Esconder o próprio Colapso — retrucou Theodore, franzindo o cenho. — Jae nunca lhe contou isso? Elu entrou em Colapso muitos anos atrás.

Não podia ser verdade. Theodore com certeza estava confuso; aquele lugar afetara sua mente. Mas o homem parecia tão lúcido e seguro de si que Baz sentiu uma pontada de dúvida surgir em seu âmago. Seria por isso que aquelas pessoas apareceram na gráfica, ameaçando levar Jae para o Instituto? Haviam descoberto que elu tinha entrado em Colapso e, de alguma forma, escapado do Selo Profano?

— Jae me prometeu que ficaria de olho em você — continuou Theodore. — Que você seria capaz de se controlar, como elu sempre conseguiu.

Baz balançou a cabeça, sem conseguir acreditar em tudo aquilo.

— Por que a maldição não afetou Jae, então?

— *Use a cabeça*, Basil. A maldição da Sombra não é real, pelo menos não do jeito que querem que acreditemos. O Colapso não nos mergulha na escuridão eterna, é apenas um limiar que, quando cruzado, libera um poder bruto e inexplorado.

Pode parar uma onda, o oceano, o mundo inteiro, se quiser. Nada está fora do seu alcance.

Baz ficou desnorteado.

— Esse poder tem a capacidade de nos corromper, de nos tornar maus, sem dúvida. Mas nem sempre — continuou o pai. — Jae é a prova de que é possível usar esse poder para o bem. E você também.

— Eu não entrei em Colapso — insistiu Baz, cerrando os dentes, sentindo uma pontada de raiva. — É impossível. *Você* estava tentando impedir aquelas pessoas de machucarem Jae. Foi *a sua magia* que explodiu a gráfica.

— Eu estava tentando conter *o seu poder*, Basil. Nulificá-lo.

Baz imediatamente pensou no que tinha feito por Emory nas cavernas, em como a impedira de entrar em Colapso. O garoto olhou para a mão marcada de Theodore. Seu pai, um Nulificador. O mesmo tipo de magia usada para conter os poderes dos nascidos no eclipse através de braceletes, algemas e do próprio Selo Profano.

— Você parou o tempo tentando salvar Jae, e isso foi demais para você — explicou Theodore, franzindo a testa outra vez. Havia uma nota de desespero em sua voz ao perguntar: — Você não lembra?

Baz só se lembrava do pai gritando para que todos parassem, e então...

Com uma clareza repentina e dolorosa, o garoto se lembrou da sensação de urgência profunda ao ver aquelas pessoas ameaçando Jae. Do pressentimento terrível de que nunca mais veria Jae se elu fosse levada embora.

"Por favor, parem", implorara Baz. Quando ninguém lhe dera ouvidos, o tempo atendera ao seu pedido.

A explosão de luz prateada que se seguira...

Não tinha vindo de Theodore, percebeu Baz com um sobressalto. Tinha vindo *dele*.

Veias prateadas em suas mãos de criança. As mãos grandes de seu pai ilesas, seus braços apertados ao redor de Baz não para protegê-lo, mas para *contê-lo*.

Para tentar impedir que o filho entrasse em Colapso.

De repente, Baz se lembrou de tudo. Da explosão de luz que saíra dele. Do poder pulsando em seus dedos. Da sensação de um buraco em suas entranhas, um mergulho profundo no seu âmago, trazendo tudo à tona. Seu pai tentando desesperadamente salvar Baz de si mesmo, enquanto aquele poder o drenava. A visão do garoto havia escurecido. Quando Baz acordara, o poder tinha recuado para um lugar profundo onde ele poderia trancá-lo para sempre.

E então... seu pai ao seu lado, com veias prateadas, enquanto a pele de Baz permanecia como sempre fora.

Mas tinha sido uma ilusão. Apenas uma imitação da realidade.

Baz se lembrou de Jae atrás de Theodore, devastade e determinade ao mesmo tempo. Elu criara a ilusão, um segredo guardado em sangue prateado.

Está tudo bem. Vai ficar tudo bem.

Os Reguladores haviam levado Theodore sem suspeitar de nada. Julgaram-no acreditando que ele tinha entrado em Colapso, e Theodore confessara que a explosão de energia tinha vindo dele. O homem perdera o controle e matara aquelas pessoas nos destroços.

Ele assumira a culpa por tudo e Baz acreditara nele, acreditara na ilusão que Jae e seu pai tinham construído. Todos acreditaram. Ele acreditara que seu pai tinha entrado em Colapso e nunca questionara o poder que sentia nas próprias veias, nunca se aprofundara na vastidão da própria magia por medo de sofrer um Colapso, como seu pai.

Um medo inútil, no fim das contas. Tinha sido Baz quem entrara em Colapso naquele dia, não Theodore.

Aquelas mortes eram culpa *dele*, não do pai.

Baz olhou para o homem, incrédulo, com lágrimas de raiva.

— Por quê? Por que você levou a culpa?

Os Reguladores haviam tirado a magia de Theodore à toa. Só por ter tentado proteger o próprio filho.

— Para que você tivesse uma chance — respondeu o pai, com um sorriso triste, pegando a mão tatuada de Baz. — Não me arrependo nem por um segundo, Baz. Sua magia é um dom. Eu teria dado minha vida para impedir você de vir parar aqui.

Ele apertou as mãos do filho, então prosseguiu, sua voz soando urgente:

— Mas você precisa tomar cuidado. Eles querem nosso poder bruto. Para isso, precisam que mais pessoas entrem em Colapso. Precisam que estejamos aqui dentro. E se eles soubessem do poder que você e Jae têm... Não consigo imaginar o que fariam com vocês. Não somos nada além de peças em um jogo, filho.

— Não entendo...

De repente, eles ouviram um alvoroço no corredor, vozes altas e passos apressados.

— Não podem fazer isso comigo! — gritou uma voz aveludada e fria como o ar da madrugada. — Me larguem!

Somos peões no jogo doentio deles.

Baz foi invadido por uma onda de terror quando as peças começaram a se encaixar.

— Pai... o que eles fazem com a gente?

Theodore estava pálido.

— Eles extraem nossa magia até a última gota.

Baz sabia que ele não estava se referindo ao Selo Profano. Era algo muito pior. A razão pela qual os Colapsados tinham pesadelos tão vazios, a razão pela qual a energia oscilava de maneira tão estranha, a razão pela qual eles eram levados para uma sala de procedimentos médicos.

A mesma sala para onde estavam levando Kai.

Baz precisava resgatá-lo... depressa.

Theodore viu a determinação no rosto do filho. Baz fez menção de abrir a porta, mas hesitou.

— Vá — disse o pai, acenando com a cabeça. — Não há nada que eles possam fazer comigo que eu já não tenha aguentado.

— Eu volto para te buscar, pai — prometeu Baz, abrindo a porta.

Lá fora, ele teve um vislumbre do cabelo escuro de Kai enquanto dois Reguladores o arrastavam pelo corredor. A saída era na direção oposta, mas Baz seguiu o som dos gritos e palavrões de Kai, com o coração batendo tão forte que pensou que fosse desmaiar.

Uma porta se fechou com um clique, reduzindo a voz de Kai a grunhidos abafados. A energia de todo o prédio oscilava.

Baz abriu a porta de supetão. Kai estava amarrado a uma cadeira. Um Regulador tirava o sangue dele... sangue prateado, repleto de poder e magia. O garoto lançou um olhar suplicante para Baz. Ele viu a luz de Kai se apagando, seu poder se esvaindo, sua vida...

Baz tocou os fios do tempo.

— Você não deveria ter visto isso — disse alguém atrás dele.

Um golpe em sua cabeça. Estrelas invadiram a visão de Baz e, no instante seguinte, tudo mergulhou em escuridão.

CANÇÃO DOS DEUSES AFOGADOS

PARTE V:

OS CONDENADOS
NAS PROFUNDEZAS

Há um mundo no coração de todas as coisas onde nada cresce.

Cinzas chovem de céus incolores e cobrem o mundo com um manto igualmente sem cor. Nenhum vento sopra, e assim as cinzas se acumulam, uma mera ilusão de crescimento, pois somente o que é vivo pode crescer e as cinzas são o domínio da morte. Elas se acumulam em montes e colinas, montanhas que se esticam em direção aos céus (se é que existem), picos frágeis que ameaçam tombar perante o menor dos sopros, como ondas que se agigantam, imponentes, apenas para se dissolverem em espuma.

É um cemitério. Um submundo. Uma prisão delicada para almas brutas condenadas a uma existência fora do tempo, onde deuses e monstros e feras cruéis de toda sorte foram aprisionados no mar de cinzas, pó e vazio.

Já vimos este lugar antes pelos olhos de nosso erudito. Ele ainda não encontrou o caminho de volta, embora tenha atravessado muitos mundos em busca deste lugar e dos deuses que anseia libertar. Os céus aguardam, ansiando por seu êxito em expectativa e esperança, mas se entristecem também, dada a inevitabilidade do destino do erudito quando ele pronunciar as palavras exatas e abrir o portal certo.

Ele assim retornará, embora desta vez não mais solitário. Quatro deles surgirão nas cinzas, cada um como parte de um todo.

Sangue, ossos, coração e alma.

E aqui a história deles termina.

35

EMORY

A maré estava baixa quando a Ordem Selênica chegou à margem do Aldersea, azul-escuro sob um céu igualmente sombrio. O vento de uma tempestade iminente começava a soprar. O mar estaria implacável e, se o que estavam prestes a tentar não funcionasse, seriam rapidamente tragados pela água.

O sol se escondeu atrás das nuvens. O eclipse não era visível, mas Emory achou que conseguia senti-lo lhe dando forças.

Enquanto se aproximavam da boca da caverna, Emory não conseguia acreditar na rapidez com que ela e Keiran tinham conseguido convencer o restante da Ordem a aceitar aquele plano pouco racional, se é que poderia ser chamado de plano. Eles tentariam abrir a porta e despertar as Marés mais cedo do que o esperado, tudo para que ela pudesse salvar Romie.

Lizaveta tinha sido a única que se opusera.

"Isso é loucura!", exclamara ela, praticamente gritando. "Não estamos preparados, nem mesmo sabemos se o que estamos fazendo vai funcionar. E, acima de tudo, não podemos confiar nela. Já não colocamos em risco nossa posição com o resto da Ordem?"

Ela se virara para Keiran e insistira:

"Depois de tudo que aconteceu ontem, depois de tudo que você fez para garantir a segurança dela... Você está mesmo disposto a arriscar tudo?"

"Todo mundo topou, Liza", retrucara Keiran. "Você não quer ver Farran outra vez?"

O desejo dela de rever o amigo acabara vencendo, mas isso não a impediu de abordar Emory a caminho da praia para dizer:

— Você deveria ter desistido quando teve a chance, Ladra de Marés. O que quer que aconteça, vai ser culpa sua.

Emory tentou não se deixar abalar.

Todos estavam munidos da magia sintética que fora aplicada às pressas em suas Marcas Selênicas, exceto Emory. Ela achou melhor não alterar sua magia, com receio de que isso pudesse atrapalhar o ritual para abrir a porta.

O sintético estava impregnado com algumas magias diferentes — uma para cada casa lunar, segundo lhe foi dito —, a fim de amplificar os poderes dos outros, além de uma gota do sangue de Emory para servir de proteção. Um talismã para que pudessem entrar e sair das Profundezas incólumes.

Keiran a defendera mais uma vez. Ele era um pilar inabalável, uma presença sólida ao lado dela, e isso era tudo que importava. Ele estendeu a mão para Emory com um olhar determinado. Ela a segurou, sentindo que tudo era possível.

Pela terceira vez, Emory entrou em Dovermere.

A escuridão saudou os Selênicos como reis e rainhas, mestres da morte, como se a rocha ancestral que os rodeava reconhecesse a magia que possuíam, o poder que todos tinham exercido para sobreviver às misteriosas entranhas da caverna. Talvez tivesse sido por isso que a umbra se manteve distante, embora Emory nutrisse a certeza de que a criatura estava à espreita em algum lugar mais profundo, ávida para se banquetear com as almas deles.

Ou talvez estivesse morta, embora Emory duvidasse que ela morreria tão facilmente.

Eles avançaram juntos, iluminando o caminho com as lanternas que todos carregavam. Emory não sentia medo. A presença dos outros era tranquilizadora, e cada passo dado para longe da praia e em direção à caverna úmida e estranha só a deixava mais segura. O peso em seus ombros se dissipou, e tudo que ela sentia era aquela atração e as batidas regulares de seu coração enquanto avançava rumo ao coração de pedra e prata da caverna.

— Chegamos — anunciou Nisha, um pouco à frente.

A Garganta da Besta abria-se diante deles.

Emory notou, apreensiva, que a umbra não estava ali. Ela olhou furtivamente para o relógio: faltavam cinco horas para a maré alta, quando aquele lugar se tornaria a armadilha mortal à qual teriam que sobreviver mais uma vez.

Virgil assoviou ao se aproximar da Ampulheta.

— Nunca pensei que teria que ver esse pedregulho feioso de novo. — Ele ergueu uma sobrancelha para Emory. — Você tem certeza de que não se enganou? Isso aqui não se parece nem um pouco com uma porta.

— Romie disse que a Ampulheta se abriu para eles na noite da iniciação — disse Emory.

— Temos que acreditar que ela se abrirá novamente — acrescentou Keiran. — Nas circunstâncias certas.

Na presença de todas as cinco casas lunares e de Emory, a chave para tudo aquilo, como fora na primavera anterior. Emory percebeu o quanto as situações eram quase idênticas, embora da última vez o grupo contivesse nove pessoas e naquele momento eles estivessem em oito. Ainda assim, o que importava era que cada casa estava representada: Ife e Louis, da Lua Nova, Lizaveta e Nisha, da Lua Crescente, Keiran e Javier, da Lua Cheia, Virgil, da Lua Minguante, e Emory, da Casa Eclipse.

— Vamos começar logo, então — disse Lizaveta com rispidez, colocando a lanterna no chão. — Quanto mais rápido tentarmos isso, mais rápido vamos embora.

— Isso tudo é medo, Liza? — perguntou Virgil, com um sorrisinho provocador.

— Vai se foder, Virgil.

— Se você for comigo...

— Temos quatro horas e trinta e cinco minutos antes de a maré subir — interveio Ife. — Vamos ocupar nossos lugares e andar logo com isso.

Emory olhou novamente para o relógio. Ela tinha acabado de ver as horas; quase meia hora tinha desaparecido no que pareceram apenas alguns minutos. Mas assim era o tempo ali dentro, um lugar onde os minutos passavam rápido demais e sem que se percebesse.

Keiran pegou um canivete e o entregou a Emory.

— Faça as honras.

Ela cortou a palma da mão. Em seguida, a lâmina foi passada de pessoa para pessoa e, quando o sangue de todos escorria, eles subiram na plataforma onde estava a Ampulheta, formando um círculo na ordem de suas fases lunares. Emory ficou entre Virgil e Ife, entre a lua minguante e a lua nova.

Na frente dela, Keiran assentiu. Emory suspirou.

— Vamos lá.

Ao mesmo tempo, os oito encostaram as mãos ensanguentadas na Ampulheta, entoando o cântico sagrado.

Para Bruma, que emergiu da escuridão. Para Anima, cuja palavra deu origem ao mundo. Para Aestas, que nos protege com seu manto de calor e resplendor. Para Quies, que nos guia pela escuridão serena ao findar de todas as coisas.

Por um segundo — ou talvez um minuto ou uma hora, já que o tempo era traiçoeiro naquelas profundezas —, nada aconteceu.

E então tudo aconteceu como Emory se lembrava: a mudança tangível no ar, a fisgada em seu pulso. Gotas de prata se desprenderam da rocha, pairando ao redor dos Selênicos.

Um sussurro, uma corrente de ar, como o vento entrando por uma porta entreaberta.

Uma inspiração, uma expiração. O ritmo do mar.

Uma luz prateada inundou a Garganta da Besta, e as gotas se rearranjaram diante deles, aglomerando-se no meio da Ampulheta, concentradas naquele segmento estreito de rocha onde a estalagmite e a estalactite se encontravam, criando uma demarcação prateada entre a parte de cima e a parte de baixo, que Emory achou parecida com uma fechadura. Uma que poderia se abrir ao seu toque.

Era isso. A porta.

Então, de repente… trevas. Densos filetes escuros deslizaram ao redor da Ampulheta, apagando a luz prateada gota após gota. As sombras alcançaram as oito mãos ainda ligadas à rocha. Virgil xingou ao tentar se soltar, e Emory observou horrorizada quando uma corda de escuridão se enrolou no pulso do garoto e subiu por seu braço.

— O que está acontecendo? — gritou Nisha, também tentando puxar a mão da pedra.

A escuridão tinha prendido todos eles. O primeiro instinto de Emory foi procurar pela umbra, mas a criatura maligna não estava ali. Ela olhou para a própria mão, mas ela não estava marcada pelas sombras, e por um segundo Emory imaginou ser *ela* a responsável por aquilo, imaginou que sua magia estivesse agindo contra sua vontade. No entanto, seus poderes ainda estavam adormecidos em suas veias, aguardando pelo chamado.

Virgil xingou novamente, e, quando Emory voltou a olhá-lo, a escuridão tinha invadido sua boca e seus olhos, assim como a umbra fizera com Jordyn.

A mão dele finalmente se soltou da rocha quando os filetes escuros o envolveram em um casulo apertado. Virgil desabou no chão como um peso morto, assim como os outros ao seu redor.

Todos, exceto Emory e mais dois.

Lizaveta afastou a mão da Ampulheta. Sua outra mão agarrava o pulso de Keiran, avivando a magia dele. As mãos dele emanavam escuridão.

Escuridão, não luz.

Keiran afastou-se da Ampulheta e do toque avivador de Lizaveta. A escuridão que irrompia de sua mão cessou.

— O que acabou de acontecer? — indagou Emory, encarando os cinco corpos no chão da caverna com olhos arregalados.

Virgil, Ife, Nisha, Javier e Louis estavam mumificados por feixes inexplicáveis de escuridão. Ela olhou para Keiran e Lizaveta.

— O que vocês fizeram? — questionou Emory, atônita.

Lizaveta desviou o olhar, parecendo envergonhada.

— Eles estão bem, Ains — respondeu Keiran, sereno. — Só estão dormindo.

Emory olhou para a Ampulheta. A fechadura tinha desaparecido.

— Nós chegamos tão perto. A porta ia se abrir, eu estava sentindo...

— Ainda vai — disse Keiran. — Quando a maré chegar, a Ampulheta vai se abrir como da última vez.

— Não estou entendendo. — Emory apontou para os corpos no chão. — Por que você fez isso?

Lizaveta parecia tensa e ainda evitava o olhar de Emory, estranhamente calada.

— Keiran. — Emory analisava o rosto dele, tentando entender, tentando ignorar a apreensão paralisante que crescia em seu peito. — Diga o que está acontecendo.

— Se trouxermos as Marés de volta, outros precisarão ficar no lugar delas — explicou o garoto, com uma expressão de pesar. — Para conter a Sombra.

— Como assim?

— É como em *Canção dos deuses afogados*, Ains. Os deuses afogados precisavam de heróis que ficassem em seus lugares.

Emory entendeu, horrorizada. Keiran pretendia oferecer os corpos inconscientes como sacrifício às Profundezas, pretendia condená-los a uma eternidade como sentinelas da Sombra.

Ela pensou ter visto lágrimas marejando os olhos de Keiran, mas ele cerrava a mandíbula com determinação. Estava decidido.

Emory cambaleou para trás sem acreditar, sentindo seus membros dormentes. Ela olhou para Keiran e Lizaveta. Não era possível que eles estivessem dispostos a sacrificar a vida de seus *amigos*. Virgil com seu sorriso maroto e suas gargalhadas estrondosas. A bondade inabalável de Nisha e a presença segura de Ife. A maneira discreta de Louis e Javier gravitarem um em direção ao outro, roubando beijos quando achavam que ninguém estava olhando.

— Não — disse Emory. — Tem que haver outra forma.

— Não há. As Marés precisam de substitutos, e também de um receptáculo.

— Como assim, *um receptáculo*?

— As Marés precisam se reunir em um único eleito, um único receptáculo, para retornarem das Profundezas. Um corpo mortal para deixarem a imortalidade para trás, um canal que seja forte o suficiente para conter seus poderes ancestrais, para suportar todo o poder da lua.

Emory processou as palavras devagar.

— E você acha que o receptáculo *sou eu*?

— Sua magia está atrelada a cada uma das Marés. Você é a Sombra da Destruição reencarnada, a Invocadora de Marés de carne e osso. Você é o próprio símbolo que roubou os poderes das Marés, a razão pela qual elas desceram às Profundezas.

Sentindo o sangue pulsar em seus ouvidos, Emory finalmente entendeu o que Keiran pretendia fazer.

— Keiran...

— Desculpa, Ainsleif. — Havia uma ternura inesperada na voz dele. — A única maneira de libertar nossas magias lunares, de recuperar todos os poderes que já foram nossos, é fazer com que as Marés erradiquem a mácula da Sombra e todos aqueles que carregam uma parte de seu poder.

Nada do que acontecera tivera a ver com quem ela era. Keiran se aproximara dela, a seduzira, por causa da magia em seu sangue. Porque pretendia usá-la.

Você me perguntou por que não tenho medo de você. A verdade é que eu tenho medo, mas só porque enxergo o seu potencial. Seu poder.

Ela se virou para Lizaveta, cuja expressão parecia dizer: *Eu tentei avisar.* Era verdade. Lizaveta dissera a Emory para tomar cuidado e não confundir o interesse de Keiran por ela com a obsessão dele por poder, mas Emory tinha interpretado aquilo como uma mera cena de ciúme.

— Baz tinha razão — retrucou Emory, odiando a forma como sua voz tremia, como soava fraca. As lágrimas ardiam em seus olhos, mas ela se recusava a deixá-las cair. — Isso tem a ver com o que aconteceu com seus pais, não é? Você disse que não culpava os nascidos no eclipse pela morte deles, mas não é verdade. Tudo isso não passa de vingança.

— Vingança, não. *Justiça* — rebateu Lizaveta, embora sua voz não tivesse a convicção de sempre.

— Justiça e vingança são a mesma coisa quando você está disposto a sacrificar tantas vidas.

— É o preço que temos que pagar para ver Farran outra vez. Para rever nossos pais — disse Lizaveta, sua voz embargada.

Emory queria que Keiran negasse tudo aquilo. O garoto não conseguia olhar para ela quando disse:

— Você tem razão, começou como vingança. Depois da morte de nossos pais, a ideia de Farran de despertar as Marés... alimentou nossa sede de justiça. Nossos pais acreditavam que o mundo seria um lugar melhor com o retorno das Marés, com a aniquilação total da Sombra, e nós também acreditávamos nisso. Os nascidos no eclipse são uma perversão, Ains. Vocês não deviam ter essa magia. Vocês a roubaram das Marés, e é por isso que nenhum de vocês consegue controlá-la. É por isso que vocês acabam entrando em Colapso e *nos* matando no processo.

Ladra de Marés.

As palavras ecoaram no silêncio da caverna.

O olhar de Keiran se tornou feroz ao prosseguir:

— Mas você é diferente dos outros, Ains. Você tem a chave para livrar o mundo da maldição da Sombra. E, ao se tornar o receptáculo das

Marés, você vai se livrar da maldição também. A magia que corre em suas veias não será mais da Sombra, mas das Marés. Você será poupada da ira delas e transformada em algo novo, algo sagrado e *admirável*.

Keiran tentou se aproximar com um passo cauteloso.

— Então, sim, começou como uma vingança, mas agora é muito maior do que isso. Eu enxerguei seu poder, enxerguei sua bondade, e soube que você estava destinada a algo grandioso. Eu soube que você era digna de ser salva.

A dor em seu peito era tanta que Emory sentiu que poderia matá-la.

Ela cerrou os punhos para tentar se controlar e impedir seu coração de se despedaçar.

— Então, todo o resto... trazer Romie, Farran e os outros de volta das Profundezas... foi tudo uma mentira para que você pudesse me usar contra a minha própria Casa? E salvar minha alma no processo?

— Não era mentira — interveio Lizaveta. — É a única razão que me levou a participar disso. Não estou nem aí para a merda da sua alma, mas a pessoa que libertar as Marés terá a bênção delas e, com isso, nós traremos todos de volta. Foi o que nós quatro nos prometemos em Trevel.

— Vocês quatro? — repetiu Emory.

— Farran, Keiran, Artem e eu.

A expressão de Keiran pareceu vacilar.

— Isso se tornou muito maior do que o que nós quatro queríamos fazer, Liza. Restaurar o equilíbrio no mundo, livrá-lo da Sombra, esse é o favor que temos que pedir às Marés agora. A única coisa em que precisamos nos concentrar. Não podemos correr o risco de perder nossa única chance só para ver aqueles que amamos novamente. — Ele engoliu em seco. — Dovermere escolhe aqueles que são dignos dos segredos dos Selênicos, aqueles que têm o potencial para despertar as Marés. Farran não sobreviveu, nós, sim. Talvez seja melhor deixar os mortos nas Profundezas.

O silêncio se instalou entre os três enquanto o peso das palavras de Keiran se assentava.

— Nós dissemos que traríamos Farran de volta — argumentou Lizaveta, seu rosto tomado por mágoa e traição. — Eu só concordei com tudo isso... em *sacrificar todos os nossos amigos*... para trazê-lo de volta.

— Então por que tentou sabotar nosso plano? — acusou Keiran.

As bochechas de Lizaveta coraram, e sua compostura impassível se esvaiu.

— Não tente negar — advertiu Keiran, em um tom ameaçador. — Você ficou com medo e usou um sintético de magia encantadora para fazer com que Penelope West denunciasse Emory para a reitora, torcendo para que ela fosse enviada para o Instituto e recebesse o Selo Profano. Você queria que perdêssemos nosso receptáculo para não ter que fazer o que precisava ser feito.

Emory encarou Lizaveta. O que Penelope dissera sobre não agir por vontade própria... Pelas Marés, ela tinha sido manipulada, *forçada* a trair Emory com informações que ela nem mesmo sabia, informações que Lizaveta plantara em sua mente.

Penelope teve a memória *apagada* por algo que não era culpa dela.

— Como pôde fazer isso com ela? — exigiu saber Emory, ofegante.

Lizaveta lançou um olhar cheio de ódio para a garota.

— Eu fiz isso para o seu próprio bem, mas você não se tocou.

Você deveria ter desistido quando teve a chance, Ladra de Marés.

Lizaveta se aproximou de Keiran.

— Tudo que eu queria era trazer Farran de volta, mas dessa forma? Sacrificando nossos amigos? Isso faz de nós tão ruins quanto os nascidos no eclipse que mataram nossos pais, Keiran. Na verdade, somos ainda piores, porque o que estamos fazendo é *intencional*. — Ela aprumou a postura, contendo as lágrimas. — Eu estava disposta a seguir em frente mesmo assim, se isso fosse trazer Farran de volta. Esse era o sonho *dele*, a razão pela qual começamos tudo isso. O que você acha que ele diria se visse o que estamos sacrificando?

— Ele não entenderia porque era fraco, assim como você — disparou Keiran. — E é por isso que você não vai nos acompanhar pelo portal, Liza.

— É claro que vou — retrucou a garota.

Keiran apontou com o queixo para os Selênicos no chão.

— Se você se importa tanto com eles a ponto de tentar sabotar o nosso plano, salve mais alguém. Temos uma oferta a mais, já que tanto Ife quanto Louis são da Casa Lua Nova, e só precisamos de um para ficar no lugar de Bruma nas Profundezas.

Os sacrifícios. Havia cinco corpos no chão, mas ele só precisava de quatro. Um de cada casa lunar. Um para cada Maré. Virgil para Quies, Javier para Aestas, Nisha para Anima, Ife ou Louis para Bruma.

— Sinto muito, Liza — lamentou Keiran. — É assim que tem que ser. Então você pode escolher. Salve quem você quiser e vá embora antes que a maré chegue.

— Você é um imbecil egoísta.

Lizaveta deu um passo em direção a Keiran e percebeu que pisava em uma poça d'água.

Os três olharam para o chão da caverna. A água entrava na Garganta da Besta pelo caminho por onde eles tinham vindo, um indício da maré crescente, e se acumulava em torno da Ampulheta. No ponto onde encontrava a rocha estriada, a água se erguia do chão em um filete fino que contornava a Ampulheta, misturando-se com a prata que corria ao longo da rocha. O feixe de água prateada subia ao redor da estalagmite e se acumulava no meio da coluna, onde formava uma espiral idêntica ao símbolo na rocha.

A fechadura se formou no meio da Ampulheta outra vez. Os braços de Emory se arrepiaram quando ela ouviu uma melodia que a chamava.

Era a porta, pronta para se abrir com a maré.

— Não vou deixar vocês passarem por essa porta sem mim — anunciou Lizaveta. Havia urgência em sua voz. Medo.

Ela fechou o punho em torno de algo na lateral do corpo.

— Lamento — disse Keiran —, mas nós nos despedimos aqui, Liza.

Lizaveta avançou com um grito desesperado, empunhando uma faca e tentando atingir o pescoço de Emory. Keiran se colocou entre as duas, segurando o braço de Lizaveta na tentativa de arrancar a faca da mão dela.

— Você não vai conseguir despertar as Marés sem sua preciosa Invocadora — sibilou Lizaveta, seus dedos cedendo sob a força de Keiran.

— Se eu não posso ter Farran de volta, então você...

De repente, Lizaveta franziu as sobrancelhas em um semblante confuso. Seus lábios vermelhos se abriram, emitindo palavras sem som, enquanto sangue escorria de seu pescoço, do lugar onde Keiran afundara a faca.

36

BAZ

Baz despertou em um mundo de névoa e de estrelas.
Ele ouvia vozes abafadas que soavam ao mesmo tempo muito próximas e muito distantes e sentia uma dor vertiginosa latejando na parte de trás da cabeça. No entanto, quando tentou erguer o braço para tocá-la, sentiu que algo frio restringia seus movimentos.

Ele estava algemado.

O pânico o acordou de vez.

O ambiente à sua volta ganhou foco. Ele estava em uma pequena sala cujas paredes eram cobertas por painéis de madeira, encostado em uma estante ou em um armário que machucava suas costas. Luz fraca entrava por uma única janela na parede oposta, onde viam-se duas pessoas atrás de uma antiga escrivaninha de mogno. Uma delas era um homem vestindo um uniforme de Regulador; a outra, uma mulher. Os dois conversavam. Baz não os reconheceu, e nenhum deles percebeu que ele tinha acordado.

Ele tentou se concentrar no que estavam dizendo — algo sobre amostras de sangue e sobre ordem —, mas de repente ficou paralisado.

Havia um corpo a seus pés.

Baz mordeu a língua para conter um grito. O rosto de Kai estava pálido e seus olhos, fechados pelo sono ou pela morte. Baz queria tocá-lo, sacudi-lo e fazer com que ele não estivesse morto… mas lá estava. O peito de Kai subia e descia com a respiração fraca. Ele não estava morto. Pelo menos, ainda não.

Ele se lembrou de tudo de uma só vez: o Instituto, o segredo de seu pai. Os Reguladores extraindo o sangue prateado de Kai, tirando dele seu poder adormecido, sua força vital.

Você não deveria ter visto isso.

Baz conhecia aquela voz mansa, que transbordava condescendência e poder. Ele vira de relance o cabelo castanho antes de ser nocauteado, mas aquilo fora o suficiente para reconhecer Keiran Dunhall Thornby.

Seu olhar se voltou para o Regulador e para a mulher do outro lado da sala. Ele se perguntou como Keiran estaria envolvido naquele experimento cruel, qualquer que fosse, e para onde ele teria ido depois de apagá-lo.

— Poupe-me do sermão, Vivianne! — exclamou o Regulador. — Você vai me ajudar a consertar essa bagunça ou não?

— Apagar a memória deles seria muito mais fácil se estivéssemos na lua minguante — queixou-se a mulher. — Invocar tanto poder por meio da sangria vai me exaurir completamente.

— Em breve, isso não vai ser mais um problema.

Vivianne bufou.

— Porque Keiran vai despertar as Marés e restaurar nossa magia à antiga glória? Artem, por favor, não é possível que você seja tão ingênuo. Seu pai trilhou esse mesmo caminho, e veja como acabou.

Artem. Por que aquele nome soava tão familiar?

— Mas estamos com *ela*, Viv. Ela é a chave que meu pai e os pais de Keiran nunca encontraram, a resposta que eles nem sabiam que estavam procurando.

O olhar de Artem cruzou a sala, e Baz fechou os olhos depressa, fingindo estar inconsciente.

— As Marés vão emergir das profundezas de Dovermere e finalmente vão nos libertar da mácula dos nascidos no eclipse. Elas vão nos devolver o poder que os Ladrões de Marés roubaram de nós. — Baz ouviu um arrastar de pés atrás da escrivaninha e o tilintar de vidros. — Depois de hoje, não precisaremos mais nos contaminar com o sangue deles para conhecer toda a força do poder das Marés. Nossa magia será plena e legítima, como era antes.

O coração de Baz acelerou quando ele se lembrou do sangue prateado que tinham extraído de Kai.

"Eles querem nosso poder bruto", dissera Theodore. "Para isso, precisam que mais pessoas entrem em Colapso. Precisam que estejamos aqui dentro."

— O resto do Conselho não vai gostar de saber que vocês esconderam isso — disse Vivianne.

— Você está enganada. Seremos louvados pelo Conselho. O mundo inteiro vai...

O súbito toque de um alarme interrompeu as palavras de Artem. Gritos e passos ecoaram do outro lado da porta.

Ele xingou.

— Preciso ver o que está acontecendo.

— Não vou ficar aqui sozinha com dois nascidos no eclipse — disse Vivianne com desprezo, como se eles fossem a coisa mais repugnante do mundo.

— Então venha comigo, mas tente não atrapalhar.

— E quanto a eles?

— Eles não vão a lugar algum.

Os dois passaram por Baz. Uma porta se abriu, depois o garoto ouviu o barulho da porta se fechando e sendo trancada pelo lado de fora.

Tenso, Baz se atreveu a abrir os olhos. Seus dois algozes tinham saído.

Ele examinou as algemas em suas mãos e percebeu com alívio que não eram nulificadoras, apenas algemas simples, apertadas demais. Lutando contra a névoa em sua mente, Baz tentou invocar sua magia, mas ela parecia fraca e distante. Ele provavelmente tinha sido sedado.

O garoto se arrastou até Kai, sacudindo-o com as mãos imobilizadas.

— Kai.

Os olhos do amigo se agitavam sob as pálpebras, mas ele continuava inconsciente. Havia sangue prateado seco na dobra de seu braço, escorrendo de onde a agulha estivera. Era como se naquele sangue prateado Baz pudesse enxergar a magia adormecida dentro de Kai se esvaindo como uma brasa prestes a se apagar e se transformar em cinzas. Ele olhou em volta em busca de algo que pudesse ajudar, dominado pela terrível sensação de que, se deixasse que a brasa se extinguisse, Kai seguiria o mesmo destino. Erguendo o olhar para a escrivaninha, ele avistou um frasco de alguma coisa prateada, cintilando sob a luz fraca.

Sangue prateado. Magia em sua forma bruta.

Baz sentia que o frasco emanava um poder puro, absoluto. O tipo de poder que ele sentira adormecido nas veias de Kai quando o visitara pela primeira vez no Instituto, algo imenso sob sua pele que o Selo Profano mantinha reprimido, o mesmo selo que deveria manter a maldição da Sombra sob controle, impedir que os nascidos no eclipse se transformassem em algo sombrio e incontrolável.

Poder bruto... Era isso mesmo que acontecia quando alguém entrava em Colapso? Se algum nascido no eclipse conseguisse sobreviver a ele, como Baz e Jae aparentemente tinham conseguido, se conseguissem escapar do Selo...

Eles poderiam ser insuperáveis. Era um poder inigualável.

E se os Reguladores estavam colhendo o sangue deles, se sabiam o tipo de poder que um Colapso revelava, Baz mal conseguia imaginar o que estariam fazendo com isso.

O garoto conteve o choro, tentando pensar no que fazer. Lá fora, os alarmes e os gritos ainda soavam. Ele precisava agir depressa antes que Artem e Vivianne voltassem. Baz testou sua magia nas algemas novamente, puxando o fio que as abriria...

Um clique e, finalmente, elas libertaram seus pulsos.

Sua magia estava despertando, mas não rápido o suficiente.

Ele tinha que reverter o dano causado a Kai, puxar os fios do tempo como havia feito durante o Colapso de Emory. Mas aquele tipo de magia...

No passado, aquele tipo de magia tinha provocado seu próprio Colapso. Mas ele *já tinha* entrado em Colapso.

Durante todo aquele tempo, Baz tivera poder bruto correndo em suas veias sem nem mesmo saber. Seus dedos vibravam com a magnitude dessa revelação, o coração batendo como o tiquetaquear de um relógio.

Tome cuidado...

Mas Baz tinha tomado cuidado a vida toda, e de que adiantara?

Ele precisava se livrar de vez dos próprios medos. Baz devia isso a Kai, ao Tecelão de Pesadelos.

Ele suspirou. Os fios do tempo apresentaram-se ao seu redor. Baz agarrou o que estava ligado a Kai, o que devolveria o sangue ao lugar a que pertencia, em suas veias, e não nos frascos de um Regulador. O medo era algo distante, ainda presente, mas escondido no fundo do vasto poço de poder de Baz. Era impressionante a facilidade com que o tempo se desenrolava sob seu comando.

A vida floresceu outra vez sob a pele de Kai, e a brasa frágil se transformou em uma chama quando a magia voltou a pulsar em suas veias. Ela ainda estava contida pelo Selo Profano, mas continuava ali.

Kai abriu os olhos, inspirando com força.

Baz recuou com um suspiro de alívio.

— Até que enfim você acordou, seu idiota — disse o Cronomago.

A boca de Kai se curvou em um sorriso. Pela primeira vez, no entanto, ele parecia não ter uma resposta pronta na ponta da língua. Ele se levantou, um pouco desajeitado com as mãos ainda algemadas, e sentou-se com a cabeça apoiada na parede. Seus olhos se fecharam como se aquela pequena ação tivesse sugado toda a sua energia.

— Por um segundo, pensei que tinha batido as botas. — Ele olhou para Baz. — Pensei que *você* tinha batido as botas. Pelas Marés, Brysden. Quando você entrou na sala daquele jeito...

Sua voz ficou embargada, e ele engoliu o resto das palavras.

Baz estava com medo da pergunta que precisava fazer.

— Você se lembra do que fizeram com você?

— Tiraram meu sangue. A oscilação de energia começou no segundo em que me furaram. Eu sentia que estavam arrancando minha alma, extraindo toda a minha essência. — A expressão de Kai era sombria. — Você viu quem fez isso, não viu? Eu juro, se eu colocar as mãos naquele riquinho desgraçado, ele vai desejar nunca ter nascido. Ele e todos os Reguladores neste lugar abandonado pelas Marés.

Baz sentiu um calafrio. Sabia que Kai não estava blefando.

Então ele se deu conta, pela primeira vez, de que *ele* era o culpado pelo que acontecera com os pais de Keiran, não o pai. Ele tinha entrado em Colapso e feito a gráfica Brysden & Ahn desmoronar, não Theodore.

Seu pai não era um assassino. *Ele era.*

Keiran provavelmente não sabia. Se soubesse, Baz duvidava que ainda estaria vivo.

— Precisamos sair daqui — disse ele.

Com um gesto de Baz, as algemas de Kai se abriram.

— Onde é *aqui*, afinal? — perguntou o Tecelão, esfregando os pulsos.

— Não sei. Acho que o escritório de um dos Reguladores? Um deles estava aqui até os alarmes dispararem. Ele e uma mulher estavam falando sobre extrair o sangue dos nascidos no eclipse e usar para alguma coisa.

— Um ritual. É o que Keiran e o Regulador que veio me buscar disseram. Eles precisam de mais poder para o que estavam planejando.

As Marés vão emergir das profundezas de Dovermere e finalmente vão nos libertar da mácula dos nascidos no eclipse.

Baz sentiu um arrepio.

— Os outros, no Instituto... os que estão aqui há mais tempo... — começou Baz, lembrando que Kai dissera que seus sonhos eram vazios, que eles se pareciam com fantasmas. — E se eles são assim porque os Reguladores estão extraindo suas magias há anos? Esvaziando seus reservatórios? Tirando cada gota do seu sangue?

Kai xingou, furioso.

— Meu sangue...

— Já consertei isso — interveio Baz. — Seu sangue está em suas veias, onde deveria estar.

Kai olhou de relance para o frasco vazio na escrivaninha e depois encarou Baz com curiosidade.

— Como você...?

A porta foi destrancada e se abriu. Baz se levantou depressa e se posicionou na frente de Kai, pronto para parar o tempo, para impedir que Artem e Vivianne...

Mas se deparou com Jae Ahn.

— Jae... O que está fazendo aqui?

— Salvando vocês, é claro — respondeu Jae, ofegante.

Elu deu uma olhada para trás antes de fechar a porta, depois atravessou a sala até a escrivaninha. A visão de seu uniforme escuro era desconcertante, apesar de ser apenas uma ilusão.

— Pegue tudo que você puder, tudo que pudermos usar como prova do que eles estão fazendo. Rápido. Esse alarme vai nos ajudar a ganhar tempo, mas não muito.

— Como você sabia que estávamos aqui?

— Eu estava vindo visitar Kai quando encontrei Vera lá fora. Ela estava muito preocupada com você. Eu não disse para ficar longe daqui, Basil?

— Nós descobrimos o que eles estão fazendo. — Baz foi até a escrivaninha e ergueu o frasco vazio, observando a expressão de choque de Jae ao ver os resquícios prateados. — Eles extraíram o sangue de Kai. A *magia* dele.

Jae olhou de Baz para Kai.

— Você está...?

— Eu estou bem — garantiu Kai.

— Usei minha magia para reverter os danos — explicou Baz. — Minha magia *de Colapsado*.

Jae comprimiu os lábios, parecendo surpreso.

— Basil...

Elu tentou se aproximar, mas Baz balançou a cabeça com raiva.

— Como você pôde permitir que meu pai apodrecesse aqui enquanto eu continuava livre?

— Seu pai me implorou para fazer isso. Ele sabia que eu estava vivendo normalmente depois do meu Colapso e sabia que eu ficaria de olho em você, que eu o ajudaria o máximo possível. Nos primeiros meses, eu tive muito medo de que você pudesse ceder ao poder perverso sobre o qual sempre fomos alertados. Mas... isso nunca aconteceu. Mesmo tão jovem, você já tinha mais controle sobre sua magia bruta do que eu. Por isso achei melhor não dizer nada. Deixar você levar uma vida normal.

Baz sentiu Kai observá-los com os olhos semicerrados, juntando as peças.

— Como vocês dois não estão brilhando como sóis de prata? Como nas Profundezas vocês conseguiram escapar *disso*? — gritou ele, erguendo a mão marcada.

Baz estava se perguntando a mesma coisa. A resposta estava em algum lugar profundo de sua mente; ele conseguia senti-la. O Colapso deveria eclipsá-los até que não restasse nada além da escuridão infindável, o mal encarnado. Os Reguladores os marcavam com o Selo porque aquele poder absoluto seria uma ameaça a todos os demais. Mas se Baz e Jae conseguiam viver vidas normais com o poder bruto do Colapso correndo em suas veias, se Baz conseguia *controlá-lo*, algo que ele reprimia a vida inteira sem nem mesmo saber o que era — então, sem dúvida, outras pessoas também conseguiriam.

Kai conseguiria.

A única coisa que o impedia era a cicatriz do P gravada sobre a tatuagem da Casa Eclipse. O Selo Profano, a coisa que adormecia a magia em suas veias.

Uma ideia começou a tomar forma na mente de Baz enquanto Jae guardava o frasco vazio com os resquícios do sangue de Kai no bolso.

— Não há tempo para explicar — murmurou Jae, afoite. — Juro que explicarei quando sairmos daqui, mas agora precisamos de *provas*. Nunca vão parar de perseguir os nascidos no eclipse se não tivermos evidências para usar contra eles.

Jae tentou abrir uma das gavetas, mas estava trancada.

Um olhar rápido e incisivo para Baz. E, embora ele ainda tivesse um milhão de perguntas a fazer, deixou todas elas de lado para realizar aquela tarefa, puxando o fio do tempo que destrancou a gaveta.

Jae a vasculhou, jogando documentos, livros e papéis soltos sobre a mesa. Kai se aproximou e pegou um pequeno caderno de registro encadernado em couro preto.

A fúria tomou conta de seu rosto. Ele xingou, entregando o caderno a Baz.

— Veja só.

Estava aberto em uma página que continha o nome de Kai, a data em que sua amostra de sangue tinha sido coletada e a quantidade de sangue colhida. Um registro anterior chamou a atenção de Baz: *Theodore Brysden*. Mas o nome de seu pai estava riscado com uma nota escrita na margem que dizia: AMOSTRA FALHA — SINTÉTICO NÃO FUNCIONOU.

Baz franziu a testa com o termo. *Sintético*. Ele abriu o caderno na primeira página, onde o título estava escrito cuidadosamente no topo: MAGIA SINTÉTICA — O.S. Acima do título havia uma espiral como a que Emory tinha no pulso, como a da Ampulheta, e logo abaixo um texto com instruções:

Como produzir magia sintética:

Extraia 1 frasco de sangue de um nascido no eclipse pós-Colapso — é necessário que esteja em estado prateado; o Selo Profano mantém o sangue prateado permanentemente.

Combine com 1 frasco de sangue do usuário de magia com o alinhamento de maré desejado. Observação: para imbuir o sintético com mais de um alinhamento de maré, use o dobro da quantidade de sangue prateado do nascido no eclipse.

Injete a mistura de sangue na pele; para ativá-la, coloque em contato com água salgada.

O sintético dura aproximadamente 6 horas e funciona em qualquer fase da lua.

Baz sentiu uma onda de horror crescendo enquanto lia, que enfim desabou.

— A magia que eles adormecem depois de nosso Colapso... é usada para fabricar algum tipo de magia sintética — resumiu o garoto.

A amostra de seu pai provavelmente não funcionara porque ele não tinha entrado em Colapso. A magia dele ainda não tinha se transformado na coisa bruta e prateada que buscavam e, por isso, ela não servia para os experimentos.

Baz franziu a testa para Jae.

— Eles não notaram que o sangue de meu pai é vermelho?

— Pouco provável. A ilusão que criei faz com que pareça prateado, mesmo agora. Eu me certifiquei de que a ilusão durasse. Uma vantagem do Colapso é manter esse tipo de magia com pouco esforço.

— E por que o sangue *de vocês* não é prateado? — perguntou Kai.

— O sangue permanece prateado por um curto período após o Colapso — explicou Baz. — Depois, com o tempo, volta a ser vermelho. A menos, é claro, que seja bloqueado pelo Selo Profano. É por isso que aqueles de nós que entram em Colapso e conseguem escapar do Selo podem evitar a detecção. Nosso sangue é vermelho.

Baz folheou rapidamente os outros cadernos na mesa, repletos de anotações, teorias e listas que ele não conseguia entender. Seus olhos pausaram sobre o nome de Emory, a última anotação no final de uma das listas. A data de nascimento dela tinha sido riscada, e alguém anotara outra data por cima, um único dia antes. Os olhos de Baz percorreram a lista até o topo, onde lia-se o título *Possíveis Invocadores de Marés*. Ele sentiu um calafrio ao finalmente entender: aquelas eram pessoas nascidas ao longo dos séculos no mesmo evento eclíptico que Emory, uma variante rara de um eclipse solar total.

Ele precisou ler várias vezes o nome sublinhado que se encontrava um pouco acima.

Cornus Clover.

Não podia ser. Clover era um Curandeiro nascido em uma lua nova. A menos que fosse como Emory, nascido Curandeiro e mais tarde transformado em um Invocador de Marés.

Cornus Clover, autor de seu livro favorito, o homem que alguns diziam ter escrito um personagem baseado em si mesmo. O erudito que podia atravessar mundos.

... a magia flui em suas veias assim como ele navega pelos mundos, tal qual rios correm para o mar e sangue pelas artérias.

A mesma passagem estava escrita no diário, ao lado do nome de Clover. Abaixo dela, alguém rabiscara em letras garrafais: MAGIA DE AINSLEIF = CHAVE. USAR COMO RECEPTÁCULO.

Receptáculo.

Algo parecido com o que os deuses afogados precisaram para escapar da prisão em *Canção dos deuses afogados*. Uma chave para abrir a porta do mar de cinzas, quatro partes de um todo para ocupar seu lugar. Sangue, ossos, coração e alma.

Quatro partes como os quatro tipos de magia que Emory conseguia invocar. As quatro Marés, as quatro casas lunares, os quatro alinhamentos de cada casa. Tudo isso era parte dela, estava sob seu comando.

"Ela é a chave que meu pai e os pais de Keiran nunca encontraram", dissera Artem. "A resposta que eles nem sabiam que estavam procurando."

Baz xingou.

— Vão matá-la.

— Quem?

— Emory. Keiran e o Regulador que fez isso conosco... eles vão matá-la. Acham que ela é a chave para despertar as Marés, acham que ela é algum tipo de receptáculo.

O desejo de restaurar a magia à antiga glória... Artem realmente acreditava que as Marés poderiam ser trazidas de volta. Que as lendárias divindades eram reais. Era loucura, certamente impossível, mas depois de ver do que Keiran era capaz... já não importava se era plausível ou não. Se eles estavam dispostos a ir tão longe para fazer algo tão impensável, a única coisa que importava era que Emory estava em perigo.

— Tenho que impedi-la de voltar para Dovermere — disse Baz. — Precisamos buscar meu pai e sair daqui.

Com tudo que estava acontecendo, Baz não deixaria o pai ali nem por mais um segundo, ainda mais ao saber que ele nem sequer cometera o crime pelo qual tinha sido acusado.

Jae enfiou todos os cadernos e documentos em uma bolsa. Os três saíram pela porta, mas, ao virar o corredor, deram de cara com Artem.

Kai avançou contra ele com uma velocidade impressionante.

— *Pare* — ordenou Artem. — *Não mova um dedo sequer.*

Kai parou.

Todos pararam, graças à magia de Artem.

Magia encantadora, percebeu Baz, olhando para o símbolo da Lua Crescente na mão do Regulador. Sangue escorria por seus dedos — ele invocara a magia por meio da sangria.

Artem se aproximou com passos vagarosos e arrogantes. Seu olhar era de puro ódio e desprezo. Não havia mais ninguém no corredor; a ala tinha sido evacuada e os alarmes ainda soavam. Havia uma faca na mão de Artem. Vivianne não estava com ele, o que pareceu um mau sinal na mente de Baz.

Artem queria que Vivianne apagasse a memória deles, mas, se tinha voltado sem ela, talvez tivesse decidido impedir que eles revelassem o que viram de outra forma. Não havia ninguém por perto para detê-lo.

O sorriso cruel de Artem corroborava os receios de Baz e, quando ele ergueu a faca, ficou claro que não pretendia deixar que nenhum deles saísse vivo dali.

Foi quando houve um movimento repentino atrás de Artem e, com um rosnado, alguém o golpeou na cabeça.

O Regulador foi ao chão, inconsciente.

Atrás dele estava Theodore Brysden, segurando uma bandeja de metal.

— Alguém desativou as proteções — explicou ele com um sorriso satisfeito. — Podemos ir embora agora? Estou de saco cheio deste lugar.

Eles deixaram Artem no chão e saíram correndo do prédio. Vera estava esperando por eles na área arborizada onde escondera sua moto. Ela nem sequer titubeou ao ver as vestes do Instituto que Theodore e Kai ainda usavam.

— Para onde vamos? — perguntou ela.

— Aldryn? — sugeriu Baz. — Kai e meu pai podem se esconder no Hall Obscura enquanto resolvemos isso.

Kai lançou um olhar feroz para Baz.

— Não vou me esconder de jeito nenhum. Vou com você para Dovermere.

Diante do espanto de Baz, o garoto arqueou uma sobrancelha e perguntou:

— É para lá que você está indo, não é? Para impedir Keiran e salvar Emory.

— Sim, mas...

— Então eu vou com você.

— Você ainda está com o Selo. Sem acesso à magia, é muito perigoso.

Kai cerrou os punhos.

— Eu tenho meus punhos e estou doido para dar um soco na cara do Dunhall Thornby pelo que ele fez comigo. Vai ter que servir.

Baz olhou para a marca na mão de Kai. Uma ideia voltou a tomar forma em sua mente. Parecia impossível, mas...

— Podemos levar seu pai para o Atlas Secreto — sugeriu Vera. — Ninguém vai pensar em procurá-lo lá. E eu sei que Alya não vai se importar. — Ela deu uma piscadinha para Jae. — Não importa o quanto ela negue, sei que faria qualquer coisa por você.

— Então vamos — concordou Baz.

Vera entregou a motocicleta para Kai, que parecia muito entusiasmado. Ela iria com Theodore na ilusão de carro que Jae criara.

— Cuidado com ela! — gritou Vera enquanto Kai acelerava o motor.

Baz se agarrou ao amigo com força, lançando um último olhar para o pai e Jae antes de seguirem em direção a Dovermere.

O vento uivava quando chegaram à praia. A entrada da caverna ainda era visível do outro lado da baía. A maré tinha começado a subir devagar.

Uma tempestade se formava no horizonte.

— Eu devia ter percebido que você já tinha entrado em Colapso — comentou Kai.

— Como? Nem eu sabia.

— Sempre achei que havia algo estranho no seu pesadelo, uma verdade escondida que você não conseguia ver e eu não conseguia decifrar. — Kai balançou a cabeça. — E entrar em Colapso era seu maior medo.

Baz percebeu o ressentimento por trás do sorriso sombrio de Kai. Sua cabeça era um turbilhão de pensamentos.

— Acho que... talvez haja uma forma de você recuperar sua magia.

O vento soltou o cabelo de Kai do rabo de cavalo que ele tinha amarrado.

— Como assim, Brysden?

— Se Jae e eu conseguimos sobreviver ao Colapso... se conseguimos viver bem e ainda manter o controle, então talvez todos os outros possam fazer o mesmo. Você também.

Kai ergueu a mão marcada.

— É tarde demais para isso.

— E se eu reverter o Selo?

Tempo tempo tempo tempo tempo tempo tempo

A possibilidade crepitou entre eles. Kai ficou em silêncio, seu rosto impassível.

— Eu poderia voltar no tempo para antes do Selo — explicou Baz. — Acho até que conseguiria voltar ainda mais, para um momento anterior ao seu Colapso.

Kai balançou a cabeça.

— Não.

Baz não esperava aquela resposta. O mundo realmente só podia estar de cabeça para baixo para que *ele* estivesse sugerindo algo tão imprudente a ponto de Kai não aceitar.

— Você tem razão, é loucura.

— Não, só não quero que você reverta meu Colapso — explicou Kai. — Mas o Selo? Tire esse negócio de mim agora.

Baz fez um milhão de cálculos em sua mente. Ele olhou ao redor, para as escadas que levavam aos aposentos da Casa Eclipse. Seria melhor fazer isso lá, porque as paredes do Hall Obscura tinham feitiços de proteção capazes de preservar as estruturas da academia caso um aluno nascido no eclipse entrasse em Colapso. Mas ali, na praia deserta, com nada além de areia e rocha por quilômetros...

Quando a marca fosse removida da pele de Kai, sua magia despertaria e ele poderia usá-la outra vez. Mas o Selo servia também como proteção contra a força total de seu Colapso e, se Baz o eliminasse, essa energia bruta seria liberada, ininterrupta e irrestrita. Talvez a explosão não danificasse a escola ou a praia em que estavam, mas Baz, por outro lado...

— Anda logo — pediu Kai.

— Tem certeza?

Com um olhar desafiador, o Tecelão de Pesadelos respondeu:

— Como você mesmo disse, se você conseguiu sobreviver a isso, eu também consigo.

E Baz tinha o tempo a seu favor. Ele poderia usar o tempo para se proteger da explosão do Colapso de Kai, de forma a nunca ser atingido.

— Eu confio em você, Brysden.

Aquelas palavras pairaram entre os dois, um acordo firmado. Baz deu alguns passos para trás por precaução, e Kai se endireitou.

Era uma cena macabra: o Tecelão de Pesadelos com as roupas do Instituto, parado no meio da grama alta que balançava ao vento com o mar escuro às suas costas e nuvens carregadas acima de sua cabeça.

Baz suspirou, tentando se concentrar. Os fios do tempo o chamavam e, instintivamente, ele os tocou. Ele retrocedeu o tempo para a marca na mão de Kai; foi fácil, parecido com o que ele fizera ao impedir o Colapso de Emory e com o que fizera ao devolver a magia de Kai, impedi-la de se transformar em cinzas. O Selo Profano desapareceu, voltando para um momento em que ainda não existia. E, assim, em um piscar de olhos, o Tecelão de Pesadelos se viu livre de suas amarras.

Veias prateadas pulsavam sob sua pele.

Kai abriu um sorriso intimidador.

Então ele explodiu, seu Colapso avançando com a violência de águas rompendo uma barragem.

A luz prateada sugou toda a cor do mundo. Kai era uma estrela implodindo, um raio ardente que ofuscava tudo. Nessa chama reluzente, ele se desfez e foi refeito. Um grito escapou de sua garganta quando a força de seu Colapso o atravessou. No entanto, nada daquilo atingiu Baz. O espaço entre ele e Kai se manteve alheio ao tempo, protegido pela sua magia.

Vai ficar tudo bem, pensou Baz, as palavras do pai soando em seus ouvidos. Ele teve a impressão de tê-las gritado para Kai, mas não tinha certeza, já que mal conseguia ouvir a própria respiração dada a força da explosão.

O grito de Kai se transformou em uma risada, e ele caiu de joelhos, um vulto indistinto em meio à supernova. Quando Baz pensou que o Colapso poderia tê-lo vencido, toda a luz se extinguiu e retornou para Kai. As veias prateadas ainda pulsavam levemente sob sua pele e no branco de seus olhos, mas quando ele olhou para Baz, ainda estava vivo. Ainda era Kai.

Sorrindo, ele desabou sobre a terra chamuscada.

— *Kai!* — gritou Baz, chegando até ele em segundos.

Preocupado, o garoto encostou no corpo de Kai, que parecia estar convulsionando. De repente... ele percebeu que Kai *sorria*, que seu corpo estava tremendo *porque ele gargalhava*. E não era a risada cínica de sempre, mas um riso puro e tão contagiante que Baz não conseguiu segurar a gargalhada histérica que escapou dos próprios lábios.

Havia lágrimas nos olhos de Kai quando ele finalmente parou de arquejar. Ele olhou para cima, admirado com as nuvens escuras.

— Eu não disse, Brysden? Não há nenhuma maldição da Sombra. — Sua cabeça se inclinou para encarar Baz. — Eu me sinto... completo. Como se essa fosse a real sensação de ser um nascido no eclipse.

E ali, sob a promessa de tempestade nos céus, aquelas palavras ressoaram na alma de Baz.

Os nascidos no eclipse passavam a vida inteira com medo constante de perder o controle da própria magia, aquela força que não tinha limites a não ser o próprio Colapso. A natureza daquele poder o tornava inevitável, como a atração da lua sobre as marés ou a canção que chamara sua irmã para as Profundezas. Difícil de resistir, mais difícil ainda de controlar.

"Nós precisamos de magia como precisamos de ar", ensinara seu pai. "Se ficarmos sem por muito tempo, sufocamos. Se acumularmos demais em nossos pulmões, explodimos. A chave é respirar devagar e com cuidado."

Mas a verdade é que eles podiam, sim, encher os pulmões. Podiam inspirar a magia, deixar que os consumisse, porque ao expirá-la eles estariam completos.

A maldição da Sombra não existia. O Colapso não os eclipsava, não erradicava quem eles eram. Não era um limite, mas um limiar, uma maneira de derrubar as fronteiras que tinham criado em torno de si mesmos.

Todo o poder do eclipse corria no sangue dos dois. Luz e escuridão, fugazes, raras e magníficas.

Baz respirou fundo, sentindo o cheiro salgado do mar. Quando ele se pôs de pé, Kai o imitou.

— Vamos para Dovermere.

Keiran estava prestes a descobrir a magnitude do poder da Casa Eclipse.

37

EMORY

Lizaveta desabou no chão, tossindo sangue. Levou as mãos ao pescoço, onde a faca ainda estava alojada. Emory se aproximou, invocando sua magia de cura para arrancar a lâmina.

— Não — ordenou Keiran.

Uma única palavra carregada de magia encantadora, e Emory simplesmente se deteve.

A garota olhou para Keiran, esperando encontrar algo em seu rosto que fizesse com que tudo ficasse bem, que refutasse todas as coisas que ele dissera, que desfizesse os últimos minutos, as últimas horas, até que eles estivessem de volta ao quarto dele, apenas dois corpos abraçados à luz do sol da manhã.

No entanto, pensar nisso a deixou com vontade de vomitar.

— Como você teve coragem?

Ela odiou perceber que sua voz estava embargada.

— Eu fiz tudo isso por você, Ains. Como pode não entender? Ser o receptáculo das Marés... Pense em todo o poder que você terá. Pense no poder total das Marés em *suas* veias. Não existe nada mais sagrado.

Emory se afastou da mão que ele estendia. Houve um lampejo de mágoa nos olhos de Keiran. Ele brilhava nas luzes das lanternas, a personificação de seu alinhamento de maré, mesmo naquele momento. A luz na escuridão.

Só que, na verdade, Keiran era a escuridão.

Emory cerrou os punhos.

— Nada entre nós foi real?

— Claro que foi.

Havia tanto fervor naquelas palavras que era difícil duvidar de Keiran. No entanto, o corpo imóvel de Lizaveta estava a seus pés e todos os outros permaneciam em um sono doentio, estirados ao redor da Ampulheta. Era impossível ignorar aquilo, seria impossível que Keiran virasse a situação a seu favor.

— Quando eu disse que você tem controle sobre mim, eu estava falando sério, Ains. A atração entre nós... é inegável.

Emory recuou, balançando a cabeça. Um sentimento de repulsa revirou seu estômago, um amargor tomou conta de sua boca. Ela tinha caído na lábia de Keiran. O garoto sabia exatamente o que ela desejava e tirou vantagem disso. Da mesma forma que *ela* se aproveitara dos sentimentos de Baz, percebeu Emory com uma pontada de culpa. Ela queria ser notada e desejada por alguém como Keiran, alguém carismático e atraente que a fazia se sentir importante. Seu desejo era tamanho que Emory havia ignorado todos os sinais de alerta.

— Eu sabia que você era especial — insistiu Keiran. — E agora você pode ser muito mais.

Um receptáculo para as Marés.

— Mas meu poder não seria mais meu — refutou Emory. Nem sua mente, nem suas vontades. — Eu seria dominada pelas Marés.

Ela seria uma arma usada para destruir todos os nascidos no eclipse como vingança pelo que um único deles fizera com os pais de Keiran.

A mácula que restara da Sombra, era isso que Keiran pensava dela. Era a razão pela qual ela conseguia acessar todas as magias lunares de forma distorcida e corrompida. Ele acreditava que ela era a Sombra reencarnada, o grande olho que obscurecia o mundo, a força profana que as Marés tinham aprisionado nas Profundezas. *Ladra de Marés.*

No passado, Emory talvez tivesse pensado o mesmo sobre aquela magia: que era maligna, torpe. Ela odiara descobrir a própria magia. Era um fardo que a garota não conseguia entender, a coisa que tinha tirado Romie dela e que poderia muito bem ter matado Travers, Lia, Jordyn e os outros quatro que sucumbiram a Dovermere.

Então ela encontrara beleza em sua magia. Plantas mortas se tornavam verdejantes sob seu toque, girassóis floresciam em um campo de ilusão. O caminho repleto de estrelas.

E Baz estava no cerne de tudo, a admiração silenciosa que começara a substituir o medo com que ele a encarava, porque ele também enxergava o esplendor daquela magia. Baz podia renegar o próprio poder o quanto quisesse, temer a Casa Eclipse, o Colapso e a destruição que poderia facilmente causar, mas, no fundo, ele queria que a magia deles tivesse um lugar no mundo. Queria que não fosse considerada algo vil, profano, e sim magnífica e digna de pertencimento.

Através de Emory, as Marés erradicariam toda essa beleza, todos os nascidos sob os eclipses, e Emory não seria capaz de detê-las.

Ela ergueu o queixo.

— Não vou fazer isso.

O semblante de Keiran se transformou. Não havia nada do Guardião da Luz em suas feições, nem sinal de seu sorriso com covinhas e seu jeito afável.

— Vai, sim — retrucou Keiran, em tom grave. — Você vai abrir a porta para as Profundezas, e nós dois a atravessaremos juntos.

Por tanto tempo, ele a fizera se sentir importante, digna, algo que Emory sempre achou que não era. Ela queria tanto ser brilhante, ser mais do que apenas medíocre. Ser poderosa.

Mas não assim. Não se isso significasse perder-se de si mesma, ter sua identidade apagada em nome de um poder maior e tenebroso.

As palavras que ela pensara em dizer a ele na noite anterior ainda estavam em sua garganta, mantidas em segurança. Naquele momento, pareciam prestes a engasgá-la, e Emory ficou aliviada por tê-las reprimido. Aquela era a única parte dela que Keiran não recebera, e a garota preferia morrer sufocada a deixá-las escapar de sua boca.

— Não vou abrir nada para você.

Emory acessou sua magia, invocando para si a escuridão que existia no limite da luz das lanternas. A fúria tomou conta de Keiran. Ele deu um passo na direção dela, e Emory pôde sentir a iminência da magia encantadora em sua língua quando ele abriu a boca para comandá-la outra vez, submetê-la à sua vontade.

Mas o frio invadiu a Garganta da Besta antes que ele pudesse dizer uma palavra, em uma brisa escura que fez a nuca de Emory se arrepiar.

Era o frio das estrelas, da região abissal do oceano.

Era o frio do desespero.

A hostilidade do medo.

Keiran se virou no instante em que a umbra irrompeu da escuridão atrás dele, o pesadelo tomando forma. Ela o atacou com suas garras afiadas, mas Keiran foi mais rápido, protegendo-se atrás de uma bolha de luz cintilante sugada das lanternas. A umbra que um dia fora Jordyn emitiu um urro estridente que reverberou na caverna.

Emory não pensou duas vezes antes de agir. Ela arrancou a luz das mãos de Keiran e a envolveu em si mesma no momento em que a umbra se lançava sobre o garoto outra vez, dessa vez atingindo seu alvo.

Keiran gritou, caindo no chão. A umbra se debruçou sobre seu corpo encolhido, e Emory pensou que talvez ainda houvesse um pedaço de Jordyn naqueles olhos insondáveis, sedento para se vingar da pessoa que enchera seus ouvidos com promessas de grandeza e poder.

Jordyn, Lia, Travers, Romie e os Selênicos inertes na caverna... Lizaveta... Todos tinham sido peças no jogo de Keiran tanto quanto Emory, usados para abrir um portal para que ele pudesse tomar o que não lhe pertencia. Suas vidas seriam sacrificadas naquele altar de poder.

Em silêncio, ela assistiu enquanto a umbra se saciava com os medos de Keiran. Emory não conseguia se sentir culpada pela palidez do rosto dele, pelo terror em seus olhos. Keiran quis usá-la. Apagá-la. Destruir todos os que eram como ela. Tudo isso em uma intenção doentia e perversa de salvá-la da corrupção que ele enxergava em sua magia.

Keiran permaneceu caído no chão quando a umbra finalmente o deixou. Seus olhos abismais examinaram Lizaveta. Os cabelos ruivos da garota estavam empapados com sangue, e os olhos vidrados encaravam a Ampulheta. Lizaveta estava morta. Não havia nenhum medo ou pesadelo que pudesse atormentá-la. Mas, logo ao seu lado...

Com um grito cortante, a umbra se aproximou dos corpos adormecidos, como se antecipasse novos pesadelos dos quais poderia se alimentar.

Mas Emory não permitiria.

Ela disparou sua luz até os Selênicos adormecidos, mas o fino casulo que os envolvia era uma barreira frágil demais para conter a umbra. Ela atacou Virgil primeiro, flutuando sobre ele enquanto devorava os medos do Ceifador. Emory se lembrava muito bem da sensação de ter a umbra se alimentando de seus temores, de tentar usar toda a sua magia para derrotar a criatura e quase entrar em Colapso.

Daquela vez, Baz não estava ali para ajudá-la. Mas se luz, esperança e sonhos não conseguiam matar o pesadelo, talvez a resposta estivesse no próprio monstro. Talvez Emory precisasse de algo que fosse igualmente assustador.

O que poderia matar o medo senão o próprio medo?

O que poderia acabar com um pesadelo senão algo ainda mais assustador?

Uma parte distante de Emory hesitou. A umbra era uma pessoa que ela conhecia... mas Jordyn não estava mais ali. Certa vez, Virgil dissera que matar Travers teria sido um ato de piedade. Que a morte, quando concedida, poderia ser uma gentileza.

Ela não tinha escolha.

Seus medos estavam tão próximos da superfície que foi fácil conjurá-los. Romie passando por uma porta e iniciando uma jornada à qual não conseguiria sobreviver. Travers, Lia e Jordyn mortos por sua causa, quer ela quisesse ou não. Keiran tentando usá-la contra outros nascidos no eclipse e as Marés apagando tudo que Emory era e queria se tornar.

Nunca mais ver seu pai.

Antes mesmo de decidir o que fazer, Emory sentiu algo. Uma sensação gelada e inquietante se intensificou na caverna, exatamente como quando a umbra aparecera, exatamente como quando a criatura a arrastara para as profundezas da água paralisada no tempo. Mas, ao passo que a umbra apenas drenava lembranças e medos, degustando-os como se fosse o mais saboroso dos vinhos, Emory os tornou *reais*. Seus pesadelos emanavam dela como nuvens de fumaça escura, repletas de formas e fisionomias distorcidas, cenas das camadas mais sombrias de sua psique, imagens que ela desejava nunca mais ver.

As sombras saíam de Emory como uma aura maligna, retorcendo-se e crescendo até se aproximar da umbra curvada sobre Virgil, uma imagem espelhada criada a partir dos medos que ela guardava dentro de si.

Uma arma.

A umbra que ela mesma criara se ergueu, atraindo a atenção do monstro que um dia fora Jordyn.

Então atacou.

Sombras, dentes, água e garras se chocaram. As paredes da caverna estremeceram com o impacto dos dois monstros que se contorciam em uma dança terrível. O monstro de Emory se expandia e esticava, preenchendo o espaço da caverna até se tornar grande demais, uma coisa senciente e com vontade própria.

Naquele mesmo instante, um som retumbante soou ao longe.

A água a seus pés começou a subir à medida que a maré invadia a caverna, veloz e implacável.

Emory pensou que talvez fosse morrer ali, afinal. Pelas mãos da maré, da umbra ou de Keiran, não importava. Ela estava encurralada. De canto de olho, a garota viu Keiran se erguer sobre os cotovelos e lançar um olhar ameaçador para ela.

Emory deu um passo para trás e colidiu com uma rocha.

A Ampulheta. Uma saída. A porta para um lugar além.

Emory se virou e encostou a mão ainda ensanguentada na rocha, onde prata, água e sangue giravam juntos em uma grande espiral.

Seu sangue era a chave para aquela fechadura.

A Ampulheta se distorceu, e um borrão de escuridão surgiu em seu núcleo. A escuridão tomou a forma de uma porta, como uma fissura no centro da Ampulheta, um rasgo no tecido do mundo. Do outro lado, Emory enxergou um mar de estrelas.

Ela reconhecia aquela escuridão e aquelas luzes oscilantes. Atrás dela, os gritos das umbras e o rugido da maré eram ensurdecedores, mas não se comparavam à atração do que existia além daquela passagem. Aquilo chamava por Emory, como um milhão de mãos etéreas que a puxavam, milhares de suspiros que ecoavam e pareciam sussurrar: *Que bom que você chegou. Estávamos esperando por você.*

Sim, respondia seu coração.

Mas Emory ainda tinha receios e dúvidas.

Ela olhou para trás e viu Keiran se levantando com dificuldade. Os outros continuavam inertes no chão da caverna, deitados na água que subia aos poucos. Ela não podia abandoná-los à mercê das umbras e da maré que se aproximava.

Mas a porta para as Profundezas a chamava. E lá dentro estava Romie, a destemida Romie, prestes a ir para um lugar que Emory não conseguia acessar. Talvez a amiga já tivesse ido e tudo já estivesse perdido, mas Emory precisava descobrir.

A garota fez um gesto com a mão, e a luz tênue que envolvia os Selênicos se amplificou, protegendo-os das umbras. Ela conjurou todas as magias que conseguia imaginar — dos sonhos, desatadora, de cura — e mentalizou uma única palavra.

Acordem.

Emory viu o movimento das pálpebras de Virgil. Nisha se levantou devagar sobre os cotovelos. Ife levou a mão à cabeça, atordoada.

Todos eles já tinham conseguido escapar da Garganta da Besta uma vez, tinham vencido a maré para reivindicar um lugar na Ordem Selênica. Então poderiam fazer isso outra vez. Emory torcia para que fossem rápidos e escapassem antes de a maré chegar.

De repente, ela viu Keiran se aproximar.

— *Não se atreva* — ordenou ele.

Mas a magia encantadora dele já não surtia efeito sobre Emory, não era páreo para a atração da escuridão na fenda. Ela passou a ponta do pé pela porta. A escuridão veio até ela, convidando-a a seguir adiante. Nada mais existia, tudo desapareceu: a Garganta da Besta, o mar faminto, o calafrio gelado das umbras que ainda lutavam na caverna.

A impressão de que alguém gritava seu nome, uma voz que a pedia para *esperar*.

Tudo desapareceu. Restou apenas o murmúrio que acariciava sua magia.

Emory, Emory.

O abismo estrelado a conduzia para a frente.

Venha, sussurrava.

Procure por nós assim como procuramos por você.

Seu sangue estava pronto para atender ao chamado.

38

BAZ

Um grito estridente veio das profundezas de Dovermere, rasgando a escuridão silenciosa e ecoando pelos túneis da caverna.

Baz e Kai pararam de avançar e se entreolharam.

O brilho prateado em suas pupilas e em suas veias tinha diminuído, mas Baz ainda conseguia sentir a força vibrando dentro de Kai após o Colapso. Não era um eclipse de si mesmo, mas um despertar. Ele pensou nisso pela centésima vez, ainda sem acreditar no que estava acontecendo.

— Está sentido isso? — perguntou o Tecelão de Pesadelos.

Um frio e um pavor familiares se infiltraram em Baz.

Era a umbra contra a qual ele e Emory tinham lutado. Era Jordyn.

Baz saiu em disparada.

Ele reconheceu a entrada da caverna que se erguia à frente. Um misto de esperança e medo reviraram seu estômago quando ele avistou Emory na Garganta da Besta. Os pesadelos em forma de sombra ocupavam quase toda a caverna. Não havia apenas uma umbra, mas duas, enfrentando-se no que parecia uma dança macabra de garras e dentes fantasmagóricos. As pessoas ao redor da Ampulheta se levantavam devagar, como se saíssem de um transe, enquanto Emory adentrava a escuridão insondável que se abrira no centro da Ampulheta.

A porta para as Profundezas.

Baz gritou seu nome, uma súplica desesperada para que ela parasse. Pensou que ela tivesse ouvido seu apelo em meio ao caos. Emory pareceu hesitar, a cabeça se inclinando levemente na direção dele, como se reconhecesse sua voz.

Baz acessou sua magia, pedindo — implorando — para que o tempo parasse, implorando por mais um segundo, uma última chance de resolver as coisas entre os dois.

Por favor, espere, pensou ele. Uma prece à escuridão, à própria caverna.

A caverna o conhecia e conhecia a magia peculiar que corria em suas veias. Era um eco do mesmo poder que compunha o tecido de Dovermere.

O tempo em toda a sua estranheza.

E assim a caverna parou. Tudo que o poder de Baz tocava se tornava imóvel, como peças de dominó caindo uma atrás da outra. Os alunos que despertavam ficaram imóveis primeiro, assim como a maré às costas de Baz, que começava a se aproximar, alcançando seus calcanhares. A magia se estendeu ainda mais, tentando alcançar Emory e Keiran a seu lado, tentando chegar às umbras que se engalfinhavam... mas cessou antes que pudesse tocá-los quando uma força súbita derrubou Baz, atrapalhando sua concentração. Ele imaginou que fosse a maré escapando de sua magia, mas *aquela* maré era feita de filetes de luz e escuridão que o prendiam.

O tipo de magia que Emory já usara antes.

A garota chamou por Baz quando finalmente deu as costas para a Ampulheta, os olhos arregalados de terror. Mas Keiran se colocou entre eles, as feições distorcidas pela fúria. Luz e escuridão vertiam de suas mãos, transformando-se em outra coisa, uma magia que não era dele. As amarras ao redor de Baz se apertaram quando ele se deu conta de que eram comandadas por Keiran.

Com um rosnado, Kai avançou contra Keiran. O som chamou a atenção das umbras, como se os monstros do medo e das trevas fossem atraídos pelo Tecelão de Pesadelos, respondendo a ele depois de seu Colapso. Elas pararam de lutar quando Kai se chocou contra Keiran e os dois caíram na água rasa acumulada na base da Ampulheta. Os punhos de Kai socaram o rosto de Keiran repetidas vezes. As duas umbras pairavam às costas dele, debruçadas sobre seu ombro, quase como se estivessem se juntando a ele, emprestando a Kai a força fria e insondável da qual eram feitas.

O Tecelão de Pesadelos se atirou sobre Keiran, tomado por uma fúria sinistra.

— Kai! — gritou Emory, em prantos, descendo da plataforma e seguindo na direção deles. — *Kai, pare.*

O punho de Kai ficou suspenso no ar, como se as palavras de Emory o tivessem paralisado. E, dada a fúria no rosto dele, Baz se perguntou se ela tinha feito exatamente isso, manipulado-o com magia encantadora. Keiran estava inconsciente, com o rosto desfigurado e ensanguentado.

— Por favor — pediu Emory, ofegante.

Kai se levantou devagar. Ele se aproximou de Emory, e as umbras às suas costas espelharam o gesto, como se lhe obedecessem. Baz ficou tenso ao perceber o fulgor prateado nos olhos do Tecelão, cortante como uma lâmina.

O olhar de Kai se fixou às costas de Emory, na porta aberta. Ele deu um passo em direção a ela, como se a escuridão aveludada o chamasse, mas as garras das umbras seguraram seus ombros. Kai parou, piscando para afastar a névoa prateada em seus olhos.

O Tecelão se voltou para as umbras.

— *Durmam* — ordenou ele, com sua voz noturna e imponente de senhor dos pesadelos.

As criaturas se transformaram em meras sombras, dissolvendo-se na água rasa a seus pés.

E então restaram apenas os três na quietude, olhando um para o outro no coração da Besta. Três nascidos no eclipse parados diante de uma porta.

Mesmo ali, com a porta para as Profundezas escancarada e a vastidão além abrindo-se ao seu alcance, Baz não ouvia canção alguma, não sentia nenhuma atração, apenas a decepção avassaladora de não ser o escolhido, como todos os heróis em suas histórias.

Quando enfim olhou para Emory, ele respirou aliviado.

Ela continuava ali.

Por um momento assustador, havia pensado que nunca mais a veria.

Baz tinha muitas coisas para dizer, mas o mar às suas costas pressionava sua magia, lutando contra o bloqueio do tempo. E, embora estivesse menos temeroso do que antes depois de ficar sabendo sobre o próprio Colapso, Baz sabia também que ainda havia limites para seu poder e que a maré não se manteria parada para sempre.

Ele apontou para a forma inconsciente de Keiran.

— Ele queria usar você como receptáculo — disse Baz a Emory. — Sua magia, seu sangue...

— Eu sei — retrucou a garota, seu rosto uma máscara obscura ao observar Keiran. — Você tinha razão. Ele queria despertar as Marés e fazer com que elas eliminassem todos os nascidos no eclipse.

Assim como as Marés haviam feito ao mandar a Sombra para as Profundezas.

Baz ficou apreensivo. Ele não tinha a menor dúvida de que a motivação de Keiran estava relacionada à morte de seus pais, ao que Baz fizera com eles. O garoto sentiu o olhar de Kai, como se o Tecelão sentisse a confusão de sentimentos dentro dele.

— Ele realmente acredita nisso, então? — perguntou Baz. — Que as Marés são reais e podem restaurar a magia lunar ao que era antes?

Emory assentiu, tensa.

— Você também? — perguntou Baz.

Ela olhou para a porta.

— Eu tenho que ir, Baz. Se Romie ainda estiver lá, tenho que trazê-la de volta.

Os dois chegaram a um impasse. Emory precisava atender ao chamado — encontrar Romie, salvá-la, trazê-la para casa.

E Baz não poderia ir com ela. Ninguém poderia, não se seu sangue de Invocadora de Marés fosse a única coisa a protegê-la nas Profundezas, no mar de cinzas ou em qualquer que fosse o destino daquela porta. Além disso, Baz precisava ficar ali, segurar a maré, ajudar os alunos parados no tempo a retornar para a praia.

Seria insuportável dizer adeus. Emory tinha voltado para sua vida e conquistado um lugar ali apesar de todos os receios dele, e embora Baz duvidasse que algum dia seria corajoso como Kai ou Romie, ele sabia que Emory o fizera ser menos temeroso. A garota que rira em campos dourados, que fizera girassóis florescerem, que observara as estrelas com ele, pensando que eram almas perdidas tentando encontrar o caminho de casa.

Volte para casa. Era o que Baz sentia vontade de dizer para ela naquele momento, mas as palavras pareciam inadequadas.

Emory olhou os alunos paralisados na plataforma.

— Ajude todos a voltar para a praia — pediu ela. — Eles não faziam parte disso tudo. Foi culpa de Keiran. Ele estava disposto a sacrificá-los. E ele... ele matou Lizaveta.

Só então Baz notou a ruiva no chão. A faca cravada em seu pescoço. Emory esfregou o pulso manchado de sangue, onde Baz sabia que a espiral prateada estava gravada em sua pele. Ela engoliu em seco, transtornada.

— Me perdoe por ter arrastado você para isso, Baz — pediu Emory. — Se eu pudesse voltar atrás...

— Eu não voltaria. Nem por um segundo.

Apesar de tudo, ele não mudaria nada. Tudo o que acontecera reaproximara Emory e Baz. E ali estavam os dois, naquele momento, em uma caverna diante de uma porta feita de mitos e histórias. E isso parecia ser obra do destino, pensou Baz, ainda que fosse cruel ao separá-los no final.

Emory abriu um sorriso triste, e Baz teve a impressão de ter visto lágrimas em seus olhos de tempestade, mas ela se virou para Kai antes que ele pudesse ter certeza.

— Romie me pediu para te dar um recado quando apareceu em meu sonho. Ela disse: "Diga a Kai que deixei uma coisa para ele encontrar."

Kai e Emory se entreolharam em silêncio. Aquilo também pareceu importante de uma forma que Baz não conseguia explicar. Ali estavam os heróis daquela história, pensou Baz. A garota cujo sangue era a chave, o garoto dos pesadelos e a outra garota, em algum lugar além da porta, que tinha sonhado demais e ido mais longe do que deveria.

Por fim, Kai inclinou o queixo em direção à porta e à escuridão que rodopiava do outro lado. Com um sorrisinho, ele disse a Emory:

— Lembre-se de não sair do caminho, Sonhadora.

Quando os olhos de Emory encontraram os de Baz novamente, estavam cheios de uma esperança frágil, como se ela esperasse que o garoto trouxesse uma alternativa àquele plano insano, ou talvez apenas que ele dissesse adeus.

As palavras não vinham.

Ela assentiu como se compreendesse e se virou para a porta.

— Espere — disse Baz.

Fique, pensou ele.

Mas ele sabia que essa palavra não era uma opção, então a guardou dentro do peito. Sua determinação era frágil, mas resistiu. No entanto, a de Emory desmoronou. Em um piscar de olhos, a garota lançou os braços ao redor dele, a bochecha molhada de lágrimas se encaixando perfeitamente na curva do pescoço do Cronomago.

— Obrigada — murmurou ela contra a pele de Baz.

O garoto a abraçou. Ele respirou fundo, memorizando a sensação do corpo de Emory contra o seu. Queria dizer que se enganara, que não era verdade que tudo que ela tocava virava pó, que, em vez disso, ela limpava o pó, renovando tudo em seu caminho. Ele queria que ela soubesse, mas não sabia como dizer. De certa forma, era o que Emory tinha feito por ele. Durante muito tempo, Baz se agarrara à imagem que tinha da juventude dos dois, sem se dar conta de que nunca mais poderiam retornar e que ele também não gostaria que isso acontecesse. Ele tinha aprendido coisas demais, conhecido muito sobre o mundo, para voltar à ingenuidade de tempos passados. Baz finalmente se livrara de alguns de seus medos, e isso foi em grande parte por causa dela. Emory o incentivou a sair da zona de conforto, mostrou que ele poderia *tentar* algo novo sem pensar nos riscos.

Como aquele beijo.

Ele não voltaria atrás, não mudaria nada. Ele seguira o próprio instinto, se arriscara. E tudo tinha valido a pena por aquele momento assustador e inesquecível em que ela retribuiu seu beijo. O mundo parecia bom, seus sentimentos tinham sido comprovados. Era a prova de que ele não estivera louco ao pensar que havia algo entre os dois. O que acontecera depois do beijo não importava, porque pelo menos Baz tinha feito alguma coisa. Pela primeira vez, ele não tinha se reprimido.

Emory o fazia se sentir livre, como as gaivotas que eles costumavam perseguir até o mar. Graças a ela, Baz percebeu que só conseguiria voar se parasse de cortar as próprias asas.

Ele não se arrependia de nada. Os dois estavam prestes a ficar a um mundo inteiro de distância, mas talvez isso fosse bom, porque ao menos ele não teria que se perguntar o que poderia ter acontecido se ela ficasse. Ele poderia virar a página e ser grato pelo que tinham vivido juntos. E, se eles se reencontrassem — *quando* se reencontrassem, porque ela teria que voltar... Bem, seria como um epílogo a ser escrito e, independentemente do que os aguardasse, Baz estava contente por ter vivido aquela história com ela.

Emory se afastou e olhou para ele. As lágrimas que molhavam seu rosto lembravam Baz do gosto de sal nos lábios dela, e ele só queria beijá-la uma última vez, para fixar aquilo na memória para sempre. Mas ele não podia fazer isso. Se fizesse, não a deixaria ir embora. Em vez disso, Baz permitiu que o espaço entre os dois fosse preenchido com palavras não ditas que permaneceriam para sempre naquele lugar perdido no tempo. E talvez isso também fosse bom.

Emory deu um beijo na bochecha de Baz. Foi breve, um simples roçar de lábios, como se ela também não conseguisse suportar muito mais sem desistir de partir.

Pareceu um adeus.

Ao se afastar pela última vez, Emory se virou para Kai, que rapidamente desviou o olhar, reprimindo alguma emoção que Baz não conseguiu decifrar.

Então ela deu as costas para ambos, avançando um passo em direção ao vazio no centro da Ampulheta. O nome dela quase escapou da boca de Baz outra vez, um medo imenso ameaçando sufocá-lo. Mas ele se conteve, engoliu o medo. A cabeça de Emory se inclinou levemente na direção dele, como se ela tivesse ouvido de qualquer maneira e também tivesse sido tomada por um medo repentino, o mesmo pensamento doloroso de Baz, de que aquela seria a última vez em que eles se veriam.

Os pés de Emory atravessaram a porta antes que seus olhos pudessem se encontrar com os de Baz. A escuridão a abraçou, puxando-a para dentro, e ela desapareceu como uma estrela que se apaga.

Naquele momento, outra coisa passou correndo.

Era Keiran, longe de estar inconsciente no chão, correndo atrás de Emory porta adentro. Kai gritou, e Baz acessou sua magia, urgindo ao tempo que o detivesse, mas a escuridão foi mais rápida. Aquela magia mais peculiar do que a sua puxou Keiran pela porta.

EMORY

Emory despencou pela escuridão. Foi como uma queda livre para os braços da morte, infinita e abismal, até que de repente acabou e ela se viu em um caminho estrelado muito familiar.

O silêncio era palpável. Aquela era a esfera dos sonhos, mas não era. Era a mesma escuridão, as mesmas estrelas rodopiantes e o mesmo caminho curvo, mas tudo parecia… mais nítido, mais real do que quando ela se encontrara ali com Romie no dia anterior. Como se antes tivesse sido apenas uma ilusão, e aquela fosse a realidade. Ela sentia que pisava em terra firme, não parecia mais que estava debaixo d'água.

"Lembre-se de não sair do caminho, Sonhadora", advertira Kai, suas palavras ao mesmo tempo preocupantes e reconfortantes.

Emory deu um passo cuidadoso em direção à margem do caminho estrelado e franziu a testa ao sentir uma poça d'água sob os pés. A água se estendia ao longo do caminho, derramando-se pelas laterais direto no abismo. Ela olhou para a escuridão aveludada além das estrelas e notou que havia uma fenda na escuridão: era a porta que dava para as cavernas de onde ela acabara de sair, ainda aberta. A água vinha do outro lado, da Garganta da Besta, visível além da fenda. Emory enxergava apenas formas indistintas, como se tentasse discernir o que havia no fundo de uma bacia de água ondulante. Ela queria se aproximar, mas as palavras de Kai a impediram e a fizeram recuar.

Ela precisava permanecer no caminho e encontrar Romie, se é que a amiga continuava ali.

Emory olhou para o próprio pulso, para a espiral que brilhava em sua pele.

Romie, chamou ela através de sua marca, através da escuridão, através de cada vestígio de magia que existia dentro dela.

Sozinha, ela esperou por uma resposta, por algo que quebrasse o silêncio sufocante. Isso não aconteceu. Sentindo-se invadida por uma onda de tristeza, Emory percebeu que talvez Romie realmente tivesse partido.

Talvez realmente estivesse morta.

Então Emory ouviu algo às suas costas e girou a tempo de ver Keiran surgir. Ele estava ferido e ensanguentado, mas mantinha-se de pé, embora trôpego. Seus olhos arregalados observaram a escuridão ao redor. Uma risada ofegante passou por seus lábios machucados.

— Então este é o purgatório que leva às Profundezas — disse ele.

— É a esfera dos sonhos — corrigiu Emory.

Keiran pressionou a mão na lateral do corpo, estremecendo.

— Mas você disse que Romie não conseguiu sair deste lugar como normalmente conseguiria. Que não podia ser a esfera dos sonhos.

Mas tudo estava começando a fazer sentido para Emory. Por que ela tinha conseguido se comunicar com Romie. Por que Romie tinha sobrevivido naquele lugar por mais tempo do que Travers, Lia e Jordyn. Por ser uma Sonhadora, ela estava acostumada a habitar espaços liminares como aquele.

E o que era a esfera dos sonhos senão um lugar entre mundos? O espaço entre a vigília e o sonho, a vida e a morte, aquele mundo e o seguinte.

Qualquer que seja este purgatório...

Romie, Travers, Lia e Jordyn tinham ficado presos ali, perdidos entre as estrelas enquanto esperavam pelo próximo trem, por Emory, que destrancaria a porta e os tiraria de lá.

Aquela era *de fato* a esfera dos sonhos. Não era algo *parecido*, não era a recriação da esfera à qual os Sonhadores tinham acesso durante o sono, mas o lugar real. Um mundo próprio. Romie não tinha conseguido ir embora porque nunca tinha entrado ali daquela forma. Ela não estava acessando a esfera dos sonhos ao dormir. Daquela vez, seu corpo atravessara a porta e a levara até lá de verdade. Uma porta física para um mundo físico, ainda que feito de sonhos. E se tanto o corpo de Romie quanto seu subconsciente estavam presos ali, entre o mundo dos vivos e o dos mortos, é claro que ela não conseguiria acordar, não conseguiria escapar. Não havia para onde fugir, não havia corpo para onde seu subconsciente pudesse voltar. Ela não conseguiria sair daquele mundo sem pagar com magia e sangue como os outros fizeram.

Não sem uma chave.

Romie, chamou Emory outra vez, desesperada.

Keiran olhou para a Marca Selênica da garota.

— Você sente a presença dela? — perguntou ele. — Ela está aqui para responder ao seu chamado?

Ela olhou para baixo, sem dizer nada.

— Sinto muito, Ains. Muito mesmo. — Ele mancou em direção à Emory, estendendo a mão marcada para ela. — Venha comigo. Não há mais nada que possamos fazer agora além de procurar pelas Marés.

Emory olhou de novo para a fenda entre as estrelas. Parecia estar encolhendo, como se a porta estivesse se fechando atrás deles.

— Como você descobriu o que meu sangue conseguia fazer? — perguntou ela. — Você só se aproximou de mim para isso, para chegarmos até aqui?

Keiran olhou ao redor, desconfiado.

— Não há nada aqui além de nós dois e a escuridão — disse Emory. — O mínimo que você pode fazer é me contar a verdade, pelo menos uma vez.

Os hematomas causados pelos golpes de Kai começavam a ficar visíveis no rosto de Keiran.

— Eu comecei a suspeitar que você era diferente na primavera passada, quando vi o que aconteceu na Garganta da Besta. Eu estava lá, Ains. Não estava esperando pelos outros na praia. Estava nas cavernas também.

Isso era impossível. Só havia nove pessoas nas cavernas, Emory e os oito iniciados. Ela teria visto Keiran se ele estivesse lá.

Ele levou a mão tatuada ao rosto. O sangue seco manchava o símbolo da Lua Cheia.

— Eu já disse que nunca gostei de ser um Guardião da Luz. Sempre achei um alinhamento de maré completamente inútil, até que percebi o que a manipulação da luz poderia fazer.

Sua mão desapareceu no ar, tornando-se invisível.

— Com tantos iniciados no ano passado, eu tinha certeza de que algo iria acontecer. Eu sabia que se a porta para as Profundezas fosse se abrir, seria no momento em que o círculo estivesse completo. Segui os iniciados até as cavernas e fiquei invisível. Parecia que nada aconteceria... até que você apareceu.

Keiran fez uma pausa antes de continuar:

— De primeira, pensei que sua presença em Dovermere tivesse atrapalhado o ritual. Mas, na noite em que Travers voltou, eu segui você até a beira da água, invisível, e ouvi sua conversa com Brysden sobre você ser uma Invocadora de Marés. Então eu precisava que você confiasse em mim. Eu sabia que você se aproximaria de mim se acreditasse que eu tinha a mesma magia, sabia que aceitaria minha oferta para entrar para a Ordem, e assim nosso trabalho finalmente começaria. Por isso fiz questão de que você me visse usando a magia sintética.

O pássaro, as rosas. Ela se achara tão esperta por ter flagrado Keiran, mas tudo não passara de um truque.

Emory engoliu o nó em sua garganta.

— E meu sangue? Quando você soube que ele era a chave?

— Na verdade, foi Romie quem me deu a ideia. Ela estava obcecada por uma mulher chamada Adriana Kazan, membro do Atlas Secreto, que acreditava ter encontrado o epílogo perdido. Decidi investigar para ver se era verdade. Talvez você a conheça pelo pseudônimo que ela usava para navegar pelos mares: Luce Meraude.

Emory começou a ouvir um zumbido surdo. Ela nunca havia contado a Keiran sobre a mãe.

— Ela deixou um belo presente para você — disse Keiran, tirando do bolso a velha bússola inútil da mãe de Emory. — Admito que, quando a peguei em seu quarto, pensei que era a chave que estávamos procurando. Na verdade, não é nada importante, mas me levou ao Atlas Secreto e aos Kazan. A família alega ter uma descendência compartilhada com Cornus Clover. Foi assim que descobri que Clover também era um Invocador de Marés. Ele nasceu no mesmo eclipse auspicioso que você. Depois, pesquisei outras pessoas que manifestaram o mesmo dom incomum, e sabe o que descobri? Que, por alguma anomalia, uma peculiaridade nas marés, os nascidos sob esse eclipse solar raro sempre manifestam a magia de cura primeiro. A maioria de vocês passa a vida inteira achando que pertencem à Casa Lua Nova, porque somente aqueles que passam por experiências de quase morte despertam como Invocadores de Marés. Como se flertar com as Profundezas desbloqueasse sua verdadeira natureza.

Quase morte...

Emory quase morrera na primavera anterior, acordando na praia depois de quase se afogar e sem nenhuma lembrança de ter saído das cavernas a nado. Por toda a sua vida, sua magia de cura tinha sido seu único poder, até aquela noite fatídica em Dovermere.

Mas por que sua mãe mentiria sobre seu nascimento? Emory se perguntou se Luce, Adriana ou quem quer que ela fosse tivera conhecimento sobre o que suas habilidades latentes realmente significavam: que ela seria capaz de abrir a porta para as Profundezas, que ela poderia um dia ser usada como um receptáculo para as Marés. Emory também se perguntou se a mãe quisera protegê-la, afinal, e, ao mentir sobre seu nascimento, afirmando que ela nascera em uma lua nova em vez de naquele raro eclipse, ela tivera a intenção de que Emory nunca precisasse viver uma experiência de quase morte e pudesse ser uma Curandeira para sempre.

Talvez ela estivesse apenas preocupada com a filha.

Sua mãe navegava, seu pai guardava o farol e, em algum lugar entre os dois, Emory era o mar. Ambos cuidaram dela da maneira que acharam melhor, e talvez a única coisa que restasse a fazer fosse proteger a si mesma e a outros como ela. Talvez a única maneira de garantir que ninguém mais tentasse despertar as Marés fosse destruir a porta que levava a elas. Destruir aquele lugar para sempre.

— Ains, eu estava falando sério. Tudo isso pode ter começado como uma vingança, mas meus sentimentos por você são verdadeiros. Você transformou meu ódio em algo positivo, em um propósito, o de criar um mundo melhor, sem tantas limitações, sem essa maldição que assola não apenas os nascidos no eclipse, mas todos os que entram em contato com ela.

Keiran estendeu a mão para ela outra vez.

— Por favor. Quero provar para você que não estou mentindo.

Emory olhou para a fenda. Estava quase fechada, e o mundo lá fora era um eco distante.

— Eu também escondi uma coisa de você — revelou Emory.

Keiran arqueou uma sobrancelha.

— Não contei tudo que aconteceu ontem quando estive em Dovermere com Baz. Ele tinha me avisado que a linha que nos separa do Colapso era tênue, mas eu não tinha acreditado nele. Mas, em um segundo, eu tinha controle da minha magia e, no outro, *ela* tinha controle sobre *mim*. Quase fiz a caverna inteira desmoronar. Isso teria acontecido se Baz não tivesse me impedido de entrar em Colapso.

Lentamente, Keiran entendeu. Ele baixou a mão.

— Você não faria isso — disse o garoto. — E quanto a Romie?

— Eu já disse que não consigo senti-la. O que significa que ela já está morta e eu não tenho nada a perder.

No fundo, Emory se recusava a acreditar naquilo. Mesmo que seu chamado continuasse sem resposta, mesmo que Romie tivesse seguido a canção para algum lugar que ela não conseguiria acessar sem pagar um preço terrível, Emory se recusava a acreditar que a amiga estava perdida para sempre. Mas ela não estava mais ali, disso Emory tinha certeza. Então que Keiran acreditasse que ela teria coragem; que ela invocaria todas as magias a seu alcance e que seria capaz de permitir que a explosão de seu Colapso destruísse tudo. A porta, a esfera dos sonhos e eles dois.

— Se você destruir este lugar, nunca chegaremos às Marés — ameaçou Keiran. — Qualquer esperança que possa restar para Romie deixará de existir, esteja ela morta ou ainda aqui, em algum lugar.

— Se acordarmos as Marés, *eu* estarei condenada, assim como muitas outras pessoas. Pessoas que amo.

Keiran se aproximou com cautela, como se Emory fosse um animal esquivo prestes a fugir.

— Eu posso te prometer uma coisa — começou ele, com as mãos levantadas de forma inocente. — Se você vier comigo, vou implorar às Marés que tragam Romie de volta. Você tem minha palavra, Ainsleif.

Ele também dera a própria palavra a Lizaveta de que trariam Farran de volta.

Emory balançou a cabeça.

— Eu cometi o erro de acreditar em você, mas isso acaba agora.

Romie, chamou ela novamente, um último tiro no escuro. *Por favor, me responda*, implorou Emory, deixando sua magia percorrer o caminho repleto de estrelas.

Algo respondeu seu chamado.

Mas não era Romie.

Uma umbra surgiu da escuridão além das estrelas. Depois duas, seguidas por mais três. Outras se materializaram no caminho, e, dessa vez, Keiran não teve tempo de alcançar a luz, mas Emory, sim. Ela desviou da umbra mais próxima, envolvendo-se em uma película de luz estelar no exato instante em que um uivo saiu da garganta de Keiran. As umbras afundaram as garras em sua carne com um som úmido. Ele tentou se desvencilhar, mas havia muitas criaturas. O garoto estava cercado de sombras famintas prestes a devorar sua alma.

Aquele era o domínio delas, e Emory soube que as umbras eram mais perigosas ali, *mais reais*.

Ela assistiu, anestesiada, quando Keiran cedeu sob as garras das umbras, seu rosto pálido diante dos horrores que via. O sangue jorrava de sua barriga e sua camisa não passava de um trapo rasgado. Ele olhou para Emory por entre as sombras que o cercavam e chamou por ela, suplicando para que o salvasse.

Ela vacilou. Keiran não hesitara ao cravar a faca no pescoço de Lizaveta. Ele merecia aquele destino... então por que ela não conseguia suportar vê-lo morrer daquela forma? Lágrimas escorreram pelo rosto de Emory. Aquela cena despertava emoções que a garota não queria sentir.

Então ela desviou o olhar.

Emory não se moveu, nem quando Keiran chamou por ela novamente, nem quando a voz dele se tornou cada vez mais fraca até desaparecer. Quando voltou a olhar, Emory viu apenas as sombras o puxando para fora do caminho, e, por fim, sua última visão de Keiran foram suas mãos ensanguentadas entre as estrelas.

De repente, Emory começou a gritar.

Uma mão escura envolveu seu pescoço e fincou as garras em sua pele. Um medo que ela nunca sentira antes despontou em seu peito enquanto encarava os olhos abissais da umbra. Era muito pior do que da vez anterior, cada emoção e lembrança cruel corroendo sua alma.

Emory estava sendo destruída, condenada a se tornar apenas uma casca vazia e sem vida.

Talvez ela merecesse aquilo. Talvez ela não fosse melhor do que Keiran. Sem ela, nada daquilo teria acontecido. Ninguém teria morrido.

A garota não conseguia ver nada além das imagens angustiantes por trás dos olhos fechados com força, não conseguia sentir nada além da dor cega e do desespero sem fim.

Então...

Uma leve fisgada em seu pulso. Não dolorosa, mas reconfortante. Familiar.

Emory, Emory.

Seus olhos se abriram e se depararam com uma estrela vindo em sua direção, abrindo um caminho ofuscante na nuvem de trevas das umbras. A estrela chamava seu nome com uma voz que ela reconheceria em qualquer lugar, nítida, viva e verdadeira, com olhos cheios de luz e sardas que pareciam uma constelação.

Romie.

Romie estava viva e estava bem ali, avançando em sua direção como a força imparável que sempre fora.

Alívio, alegria, amor — todas as emoções invadiram Emory como uma onda imensa, iluminando todas as partes dela que a umbra tentava apagar. Uma luz se acendeu em volta dela mais uma vez, enquanto Emory lutava para recuperar o controle sobre si mesma e sobre sua magia. Sua luz ofuscou a umbra. A garota caiu de joelhos quando as sombras a soltaram, levando a mão aos cortes sangrentos em seu pescoço, ordenando mentalmente que eles se fechassem.

Mas a umbra ainda não tinha partido. Romie se tornou seu novo alvo, olhos escuros a encarando com uma fome ávida. Após se alimentar com os medos de Emory, a umbra parecia maior e ainda mais apavorante.

A criatura atacou, veloz como um raio, e Romie espelhou o gesto.

— Ro!

Romie emitiu um grunhido feroz, mas a umbra não a atingiu, cambaleando para trás para se esquivar da luz brilhante que saía do globo incandescente em sua mão.

Uma estrela tirada da escuridão, um sonho para afastar o pesadelo.

De repente, Romie deixou a estrela cair como se tivesse se queimado, segurando a mão contra o peito. Emory se levantou, cambaleou em direção a Romie enquanto mais umbras se aglomeravam ao redor, mas a amiga não precisava de ajuda e apanhou mais duas estrelas, uma em cada mão, estendendo-as em direção às umbras, mesmo gemendo de dor.

Romie olhou para Emory, depois para além dela, gritando algo sobre fechar uma porta.

A porta.

A fenda ainda estava aberta e as trevas estavam indo direto para ela, para as cavernas de Dovermere.

Emory estremeceu, lembrando-se de como a sombra em que Jordyn se transformara a seguira até o mundo dos vivos.

Ela não podia permitir que isso acontecesse de novo, não podia permitir que as sombras alcançassem Baz e Kai, mas elas avançavam destemidas em direção à porta, e como, em nome das Marés, ela poderia detê-las?

Mas Emory tinha sido responsável por destrancar a porta. Sua magia, seu sangue, tinha feito isso sem que ela sequer precisasse pensar.

E uma chave tinha dois propósitos: algo que fora destrancado poderia ser trancado outra vez.

Emory estendeu a mão em direção à fenda. A magia pulsava em suas veias. *Tranque. Tranque. Tranque.* A fenda começou a se fechar no momento em que as umbras chegaram até ela, uma horda de pesadelos ansiosos para escapar do mundo sombrio que os criara.

— Ande logo, *tranque* — ordenou Emory, cerrando os dentes.

A fenda começou a se fechar muito lentamente, permitindo que as sombras estridentes passassem para o outro lado. As que permaneceram se voltaram para Emory como se soubessem que fora ela quem fechara o acesso ao mundo dos vivos. Elas se precipitaram em sua direção, e Emory se encolheu, tropeçando para trás até bater contra algo sólido. Era Romie, chorando de dor com as estrelas ainda em mãos. Ela deixou uma delas cair com um gemido e, quando sua luz desapareceu, as duas ficaram de costas uma para a outra, cercadas pelas umbras, uma parede de escuridão impenetrável.

Emory teve certeza de que era assim que elas morreriam, sufocadas por uma maré de pesadelos. A mão livre e ferida de Romie agarrou a dela, sem dúvida pensando a mesma coisa.

A estrela que ela ainda segurava na outra mão parecia prestes a se apagar.

Se aquilo era a morte, pensou Emory, talvez fosse uma gentileza do universo o fato de estarem juntas no fim de tudo.

Mas aquele não podia ser o fim. Depois de tudo pelo que passaram, ela se recusava a perder a amiga ali, daquela forma, quando tinham acabado de se reencontrar.

Emory cuidadosamente pegou a estrela da mão de Romie, e a dor que sentiu foi maior do que qualquer outra. Emory mordeu o lábio, perguntando-se como Romie tinha aguentado tanto tempo.

— O que você está fazendo? — perguntou Romie, em pânico, quando Emory deu um passo à frente, brandindo a estrela como um escudo.

Emory não tinha uma resposta, apenas uma estranha certeza dentro de si. Ela olhou nos olhos das umbras e, de repente, não as temeu. Elas eram como Jordyn: também tinham sido pessoas um dia e agora eram pobres almas condenadas.

Ela pensou em Serena, Dania, Daphné e Harlow, que não tiveram chance contra a maré; em Travers, Lia e Jordyn, levados para um lugar onde não conseguiriam sobreviver.

Depois pensou em Kai, Baz, Romie, todos eles presos nos limites de seus próprios medos ou em prisões criadas por outras pessoas. *Criadas por ela.*

Eles mereciam ser libertados.

A estrela brilhou mais forte em sua mão. Emory enfrentou os pesadelos com um único pensamento.

Cure.

As umbras irromperam em uma luz ofuscante. A explosão era semelhante à de um Colapso, prateada e tão intensa que Emory caiu de joelhos, um grito escapando de sua garganta. Ela não compreendia a magia que estava usando; era uma sinfonia de todas as coisas que poderiam ajudar as umbras a se livrarem dos próprios medos, dores e feridas. Era uma magia de sonhos e pesadelos. De cura, de purificação, de luz e desatadora. A magia ceifadora, a magia de encerramento, como a que Virgil dissera ser usada para limpar plantações contaminadas para que novas plantas pudessem ser cultivadas.

Ela concedeu esse fim às umbras. E, ao desmanchá-las, a esfera dos sonhos ganhou uma nova constelação. Sonhadores e Tecelões de Pesadelos que se perderam na escuridão, naquele espaço entre os mundos, tornando-se sombras de si mesmos.

Não mais.

A porta finalmente se fechou, firmemente trancada, selada pela luz brilhante.

Emory liberou sua magia e caiu com Romie entre as estrelas recém-nascidas.

40

BAZ

Em meio ao silêncio, Baz sentia medo de respirar.

O sangue latejava em seus ouvidos enquanto ele olhava para o local por onde Keiran desaparecera. Ele queria atravessar a porta, pagar o preço que fosse necessário só para ver se Emory estava bem.

Ela se foi. Ela se foi ela se foi ela se foi ela se foi *ela se foi*.

O garoto pensou em fazer as engrenagens do tempo retrocederem apenas alguns minutos para impedir Keiran de escapar, mas, de alguma forma, ele sabia que nem mesmo sua magia poderia ir além da Ampulheta. Mas... se ele conseguisse apenas esticar o pescoço escuridão adentro, certificar-se de que Emory estava bem...

Sua mão pairou sobre a rocha, logo abaixo da fenda escura.

— Baz.

Ele afastou a mão. Kai estava atrás dele, tenso, como se disposto a arrancá-lo da porta caso Baz tentasse passar por ela.

— Ela vai ficar bem — garantiu Kai, com um ar melancólico, que logo foi substituído por determinação. — Mas nós estamos correndo contra o tempo.

Ele tinha razão. Emory tinha ido embora. Baz não podia segui-la, e eles precisavam sair dali. De olhos marejados, Baz olhou para seu relógio de pulso. Os ponteiros tremiam ligeiramente, ansiando por avançar. Ele sentiu a pressão sobre sua magia, a consciência pausada dos alunos, o peso da maré tentando se libertar, um oceano inteiro se chocando contra a onda congelada na entrada da caverna.

Com um suspiro, ele liberou o tempo para os outros alunos, tomando cuidado para manter a maré estagnada sob a influência de sua magia. Cinco veteranos entraram em movimento, olhando em volta, confusos. Baz os reconheceu. A sexta, uma garota de cabelos vermelhos como o sangue que se acumulava em torno de sua cabeça, não se levantou.

Alguém deu um grito que se transformou em um uivo agoniado. Virgil Dade avançou pela água rasa e se curvou sobre o corpo sem vida de Lizaveta Orlov.

— Que porra é essa? — perguntou ele, olhando de Baz para Kai com lágrimas escorrendo pelo rosto. — O que vocês fizeram, seus imundos da Casa Eclipse?

Kai lançou um olhar colérico para Virgil.

— Não fomos nós. Nós somos os imundos da Casa Eclipse que salvaram vocês.

— Então quem a matou?

— Keiran — respondeu Baz, soturno. Então acrescentou: — Emory disse que ele pretendia sacrificar todos vocês para as Marés.

Virgil parecia atordoado.

— Eles atravessaram a porta, não atravessaram? — perguntou Nisha Zenara, cujos olhos tristes encontraram os de Baz.

Ele assentiu.

Um músculo se tensionou na mandíbula de Nisha. "Ela era uma Sonhadora e tanto", dissera ela sobre Romie naquele dia na Cripta. Ele se perguntou se ela também estava sentindo aquela vontade de atravessar a porta, se esperava que Romie estivesse esperando do outro lado.

— Não temos tempo para conversa fiada — insistiu Kai. — Precisamos...

Baz ouviu o som antes que o arregalar dos olhos de Kai o anunciasse: um estrondo grave que ele achou se tratar da maré. Mas não vinha do mar, e sim da escuridão além da Ampulheta.

— *Cuidado!*

Kai derrubou Baz no chão no instante em que uma dor abrasadora queimou suas costas. Escuridão e luz explodiram porta afora quando uma nuvem de trevas passou pela soleira.

Baz perdeu o controle da própria magia, e o tempo retomou seu ritmo fatídico, libertando a maré que invadiu a caverna em toda a sua violência. Ele acessou sua magia novamente, apesar da dor, tentando desesperadamente parar a onda gigante que se formara.

Ao seu lado, Kai tentava fazer o mesmo com os pesadelos que se espalhavam pela caverna, vindos da porta aberta. Os gritos começaram a ecoar ao passo que as umbras encontravam vítimas amedrontadas a quem devorar. A Garganta da Besta tremeu com o impacto das duas forças opostas que tentavam ocupá-la; pedregulhos e poeira se desprendiam do teto, e um pedaço denteado de pedra caiu diretamente sobre a Ampulheta, criando uma rachadura que corria por toda a sua extensão. Então, ao som de ruptura que trovejou pela caverna, a porta desapareceu, a escuridão e os filetes prateados de água retrocederam, e restou ali apenas a frágil coluna de rocha, dividida ao meio.

— Não! — gritou Baz.

Ele sentiu a magia da porta oscilar. Sabia que, se a Ampulheta se quebrasse, ela seria irremediavelmente destruída e Emory e Romie se perderiam para sempre do outro lado. O mar pressionava sua magia, e as umbras sugavam as almas que estavam na caverna. Kai tentou ordenar que parassem como fizera antes, mas aquilo funcionara quando havia duas umbras, não um exército delas. Tudo era caos, e Baz conseguia apenas se agarrar aos fios do tempo que faziam a maré bater contra uma parede invisível, sentindo-se enfraquecer aos poucos.

Kai xingou e se posicionou, imponente. Ele era o Tecelão de Pesadelos outra vez, mais temível que o próprio medo. As umbras voltaram seus olhos de escuridão para Kai, disparando até ele como se o garoto fosse o príncipe das trevas que as comandava. Elas o cercaram de tal forma que Baz não conseguia mais vê-lo, apenas um manto de veludo preto cheio de garras.

Então aquele seria o fim de seu amigo. Não o Colapso, não a magia que os Reguladores tinham tentado arrancar dele, mas as umbras. Os demônios com os quais ele tinha caminhado durante toda a vida.

Os pesadelos fecharam o cerco, um abraço visceral em torno de seu tecelão. Mas eram os olhos de Kai que Baz conseguia discernir em meio a eles, era sua risada estrondosa que ele ouvia vibrando contra as paredes.

As sombras se infiltraram em Kai. Ele absorveu os pesadelos um a um, as sombras dançando sob sua pele. Kai abriu os olhos e respirou fundo. As sombras se dissiparam, sua pele e seus olhos voltaram à tonalidade normal e, na calmaria, o Tecelão de Pesadelos sorriu para Baz como se dissesse: *Isso é o que podemos fazer agora. O que eles tentaram tirar de nós.*

Um poder que parecia não ter limites.

A rachadura na Ampulheta quase partira a rocha ao meio, mas ela ainda se mantinha inteira.

Alguém tossiu. Baz olhou para baixo e viu Keiran no chão, em meio a uma poça de sangue e água. Estava com a mão sobre o peito, onde as umbras tinham aberto um buraco.

Baz se ajoelhou ao lado dele, agarrando sua camisa empapada de sangue.

— Onde está Emory? Ela está viva?

Keiran riu, os dentes brancos ensanguentados brilhando no escuro.

— Agora que a porta se fechou, é como se estivesse morta. — Ele tossia sangue, olhando ao redor até se focar em Baz. Ele falou com dificuldade: — Estou vendo que você saiu do Instituto com sua magia intacta.

— Por que você fez isso?

— Você sabe por quê. — Keiran riu novamente, o que provocou uma crise de tosse sangrenta. Suas mãos se agarraram ao braço de Baz. — Eu queria fazer justiça pelos meus pais. Foi tudo por eles.

Baz sabia. Ele não achava que devia nada a Keiran, não depois do que ele tinha feito com Kai e Emory, mas aquela era sua única chance de confessar. Ele ignorou o aperto no peito.

— O acidente na gráfica... Fui eu. Eu entrei em Colapso e matei os seus pais.

O aperto de Keiran no braço de Baz se afrouxou. O Guardião da Luz encarou o Cronomago com olhos marejados, o brilho neles prestes a se apagar.

— É quase poético que eu esteja prestes a morrer aqui com você também.

A culpa pesava nos ombros de Baz.

O sangue daquelas mortes estava em *suas* mãos, não nas de seu pai. A verdade se escondia nos escombros, nos recônditos mais profundos da mente de Baz, porque era horrível, inconcebível. Kai tivera razão ao dizer certa vez que as pessoas reprimem os próprios medos, lembranças e pesadelos de infância até não terem mais consciência deles.

As mentes mais silenciosas escondem as maiores violências.

Mas talvez a verdadeira violência não tenha vindo de Baz naquele dia. Aquilo fora um acidente, um deslize de sua magia ao tentar defender Jae para evitar que elu fosse feride pelas mesmas pessoas que morreram na explosão. Não havia desculpa para o que Baz fizera, mas ele agira por medo, tentando salvar alguém que amava com uma magia que mal começara a entender, quanto mais a controlar.

A verdadeira violência foi como seu pai teve que sacrificar sua magia, sua mente e sua vida para manter em segredo a verdade sobre o acidente para salvar Baz das consequências.

A verdadeira violência era o fato de que eles viviam em um mundo em que pessoas como Keiran e os Reguladores *desejavam* o Colapso dos nascidos no eclipse para que pudessem usar a magia bruta deles em benefício próprio.

A verdadeira violência, pensou Baz, era o fato de ele ter sido tão condicionado a temer a magia supostamente maligna em suas veias que nunca aprendera a viver sem o peso e o medo esmagador que sentia dela. Ele acreditara a vida toda que não tinha permissão para sonhar como a irmã sonhava, ele nunca se atrevera a querer mais do que tinha, a ultrapassar os limites cuidadosos que tinha imposto a si mesmo.

Mas aquele tinha sido um acidente. Era um peso que ele carregava até agora e que carregaria pelo resto da vida, mas se aprendesse a respirar apesar do medo, a fazer as pazes com o que acontecera... talvez o fardo não pesasse tanto sobre seus ombros.

Sangue e espuma se acumularam na água ao redor de Keiran. Ele parecia estranhamente jovem e inocente enquanto agonizava.

Por um momento, Baz pensou que poderia voltar no tempo e fazer com que nada daquilo tivesse acontecido. Ele jamais teria entrado em Colapso, os pais de Keiran ainda estariam vivos e Romie e Emory ainda estariam ali, porque Keiran jamais teria buscado vingança, jamais teria tido que conviver com aquela dor no peito, de onde Baz, sem querer, arrancara um pedaço de seu coração.

Mas Jae estaria definhando no Instituto. A verdade sobre os Colapsos nunca viria à tona. Os nascidos no eclipse continuariam a viver com medo do próprio poder, pois pessoas como Keiran e seus pais inevitavelmente encontrariam maneiras de tomar a magia para si.

Não. Esse era o único limite que Baz não cruzaria. Ele tinha expandido seus limites, mas certamente ainda havia algum. Não poderia alterar o tecido da vida daquela forma, não poderia usar sua magia para consertar tudo que já dera errado para todos no mundo, por mais que desejasse.

Ele causara tudo aquilo e precisava viver com as consequências.

— Sinto muito — sussurrou Baz.

Keiran soltou um último suspiro, então morreu.

EMORY

Os olhos de Emory se abriram. Ela ergueu as mãos — intactas e sem marcas apesar da estrela incandescente que ela segurara — e não identificou nenhuma veia prateada, nada que indicasse que tinha entrado em Colapso.

Isso *deveria* ter acontecido com o tipo de magia que ela usara, mas, embora estivesse atordoada, desorientada e muito exausta, Emory não sentia nada diferente.

Ela se ergueu sobre os cotovelos. Não havia umbras à vista e, no lugar da fenda, agora via-se uma porta prateada fechada.

— Ro? — chamou Emory.

Romie estava deitada ao lado dela, com o rosto pálido e coberto por uma camada fria de suor. Seus lábios tinham um tom azulado e, embora seus olhos estivessem abertos, estavam desfocados e vidrados.

O terror tomou conta de Emory.

— *Romie*.

Por fim, a garota piscou e disse, com a voz fraca:

— Não consigo sentir minhas mãos.

As mãos da Sonhadora estavam carbonizadas, queimadas até o osso. Não fazia sentido. Sonhadores estavam acostumados a tocar estrelas o tempo todo para entrar nos sonhos e, até onde Emory sabia, nunca se queimavam. Mas talvez a versão física da esfera dos sonhos não seguisse as mesmas regras, talvez as estrelas não fossem sonhos ali, mas algo maior.

— Não consigo sentir nada — avisou Romie, com a respiração fraca. Suas pálpebras se fecharam.

— Ro — chamou Emory, contendo um soluço. Ela chegou mais perto, tentando avaliar as queimaduras de Romie. — Fique aqui comigo, está bem?

Os olhos dela se voltaram para a porta prateada. Ela tinha que atravessá-la com Romie, levá-la a um Curandeiro. Sua magia estava quase esgotada. Emory sabia que, se tentasse usá-la, entraria em Colapso.

Além disso, aquele tipo de ferimento estava muito além de sua habilidade. Romie precisava de um Curandeiro habilidoso, alguém que fosse exímio naquela magia.

Quando Emory se levantou com dificuldade, Romie sussurrou uma súplica:

— Não me deixe aqui.

Emory sentiu o coração partir.

— Não vou. Estou com você. Vou ficar aqui do lado. — Ela deu um passo em direção à porta. — Continue falando, está bem? Conte por que você voltou, por que não passou pela porta que encontrou.

— Eu quase passei — murmurou Romie. — Eu queria ter passado. Eu tinha certeza de que era o meu destino. Depois pensei em tudo que fiz para chegar até aqui e não tive mais tanta certeza.

Os segredos, as mortes. Emory estava pensando a mesma coisa sobre suas próprias decisões ruins, mas ouvir Romie falar daquela maneira foi surpreendente. Romie *nunca* duvidava de si mesma.

— Sinto muito, Em. Tudo deu errado por minha causa, e agora vamos morrer aqui, não vamos?

— Não — respondeu Emory com firmeza. — Eu vou tirar a gente daqui, Ro.

Gotículas de água escorriam pela porta. Uma rachadura corria pelo meio, começando em uma extremidade e terminando no lugar onde deveria haver uma maçaneta.

Emory empurrou e puxou a porta, mas nada aconteceu.

A passagem de volta estava fechada.

O caminho iluminado pelas estrelas pareceu trêmulo sob seus pés. A porta de volta para Baz estava partida, talvez fechada para sempre, e o espaço à sua volta nunca parecera tão vasto e desconhecido.

Ela e Romie estavam sozinhas no espaço entre os mundos.

Um grito distante fez com que Emory sentisse um calafrio. Ela se lembrou do que Kai dissera sobre as umbras serem atraídas por novas magias como a que ela usara havia pouco para curar as umbras, para *desfazê-las*.

As duas não podiam ficar ali.

Emory voltou correndo para Romie, tentando não entrar em pânico.

— Romie...

A amiga estava convulsionando, revirando os olhos, as mãos destruídas em cima do peito.

— Romie!

Ela estava entrando em choque, o corpo lutando contra as queimaduras da pior maneira possível, órgãos com risco de entrar em falência. Romie precisava de um Curandeiro imediatamente.

Emory acessou o que restava de sua magia de cura, o poder do qual ela se ressentira a vida toda, que a fizera se sentir medíocre. Ela cerrou os dentes com o esforço. Tentar acessar as últimas gotas de sua magia era como tentar segurar cinzas ao vento.

A cura falhara com Travers e novamente com Lia, mas aquela era Romie, sua melhor amiga, a única pessoa que sempre enxergara o valor dela, mesmo quando a própria Emory não conseguia. Ela se recusou a falhar naquele momento, determinada a ir o mais longe possível.

Emory era uma Invocadora de Marés, tinha um poder excepcional, um poder que ela jamais ousara imaginar que correria em suas veias. Havia levado sua magia a níveis ainda desconhecidos, transformado umbras em estrelas, feito plantas florescerem outra vez, entrado em *sonhos*, mas abriria mão de tudo naquele momento pela menor gota de cura.

Por favor.

Lá estava. Era menos do que uma gota, uma mera partícula de magia vertendo dela. Emory foi ao chão, tão esgotada que pensou estar prestes a desmaiar.

— Ro?

As convulsões cessaram. A cor voltava ao rosto de Romie. Embora as mãos da amiga continuassem em estado grave, os tendões, tecidos e ossos tinham se regenerado o suficiente para que as queimaduras não parecessem mais tão horríveis, o suficiente para que ela desse um sorriso fraco para Emory e dissesse:

— Finalmente está usando suas habilidades de cura em algo vivo?

Emory riu em meio às lágrimas.

— Tudo isso será em vão se não conseguirmos encontrar uma maneira de sair daqui — disse ela.

— Eu confio em você, Em. Se alguém pode nos tirar dessa confusão, essa pessoa é você.

Aquelas palavras significavam mais para Emory do que qualquer outra coisa que ela já tinha ouvido. Invocadora de Marés, Curandeira... Ela percebeu naquele momento que isso nunca importara para Romie. A amiga a amava por quem ela era, não por sua magia. Emory deixara que a magia de invocação de marés determinasse seu valor e acabara se perdendo naquele poder.

Mas talvez ela sempre tivesse sido exatamente quem queria ser. Não alguém medíocre ou condenada a viver à sombra de Romie, mas uma pessoa inteira com seu próprio valor.

Era triste que tivesse sido preciso perder Romie para encontrar a si mesma, pensou Emory. Ainda assim, sentia-se grata, mesmo que aquilo tivesse terminado naquele lugar sem escapatória.

Os gritos das umbras ficaram mais próximos.

— Precisamos dar um jeito de sair daqui.

Mais adiante, no caminho curvo, as estrelas se reuniram e se alinharam, e vozes soaram a partir delas.

Paciência, pareciam sussurrar. *Tenham coragem*.

— Siga a canção — murmurou Romie.

Naquele momento, uma melodia tomou forma na escuridão. Emory a reconheceu; era algo que já ouvira antes em um sonho. Uma sensação inexplicável de certeza tomou conta dela, começando em seu sangue e penetrando seus ossos. Havia calma e propósito em seu coração. Determinação em sua alma.

A música era uma bússola que a guiava. Os acordes melancólicos de uma lira a chamavam pelo caminho estrelado, passando pelo ponto em que o caminho se curvava e desaparecia na escuridão.

Por que temeria uma escuridão que era igual à escuridão em que ela nascera? Lua nova, eclipse solar. Emory caminhara ao lado dela desde que conseguia se lembrar, assim como Romie, uma Sonhadora nascida na última lasca de uma lua minguante.

Emory poderia jurar ter ouvido os nomes das duas tecidos naquela melodia, chamando-as a seguir adiante como uma estrela-guia.

Emory, Emory.

Romie, Romie.

Emory e Romie, os dois nomes praticamente um anagrama.

O destino as uniu e as separou e deu a elas uma segunda chance naquele espaço liminar, na fronteira entre a vida e a morte.

Emory deu uma última olhada na porta prateada fechada. Pensou em Baz e em seus livros, em Romie e em seus sonhos, nos três correndo pelos campos dourados em direção ao mar, rindo e imitando as gaivotas que voavam no céu azul.

Viemos da lua e das marés, e para elas retornaremos.

Eles encontrariam o caminho de volta. De uma forma ou de outra, ela ouviria Baz rir outra vez e os três voltariam a estar juntos, custasse o que custasse. Mas, pelo menos por ora, tinham que seguir em frente.

Emory reuniu todas as forças que ainda tinha para levantar Romie, suportando seu peso, e juntas elas cambalearam em direção à música.

Seus pés se arrastavam na água que seguia na mesma direção, levando-as para cada vez mais longe. O coração de Emory disparou quando ela enxergou uma porta a distância, um rasgo nas estrelas rodopiantes, ainda fora de alcance, mas cada vez mais perto. O volume da música aumentava à medida que se aproximavam. A porta era de mármore escuro, com veios que lembravam as raízes de uma árvore e vinhas que se entrelaçavam formando uma maçaneta. Um cheiro adocicado de terra, musgo e umidade escapava pelas frestas, lembrando a estufa onde Romie sempre se sentira tão em casa.

A porta poderia levar às Profundezas ou a outro mundo completamente diferente, mas não importava, porque era para lá que elas deveriam ir. Emory tinha certeza disso, sentia isso em seus ossos, o eco de uma magia como nenhuma outra.

Uma ponte, uma porta, uma canção que guiava para algo mais.

A mão de Emory se fechou sobre os nós das vinhas, e a certeza cresceu em sua alma ao mesmo tempo em que a canção atingia seu ápice. Ela respirou fundo e abriu a porta.

Uma corredeira d'água transbordou pela soleira. Só então Emory hesitou, perguntando-se o que aconteceria com elas.

— Agora não há mais volta — disse Romie a seu lado, com a luz das estrelas dançando em seus olhos.

A canção das estrelas as seguiu para além da porta.

Para onde quer que ela as levasse, quaisquer que fossem as praias que estivessem esperando por elas, Emory e Romie as enfrentariam juntas.

BAZ

Baz desabou no chão.
 Uma estranha bússola caiu da mão sem vida de Keiran, e ele a apanhou sem prestar muita atenção, encarando a rachadura na Ampulheta que bloqueava a passagem, que trancava a porta.

— Brysden — chamou Kai. — Temos que ir.

Os outros estavam perto da onda paralisada, aflitos com o som da maré chocando-se contra a magia de Baz do outro lado.

Mais pedras desabaram do teto, poeira também. A rachadura na Ampulheta se aprofundava.

Baz guardou a bússola no bolso e deu um passo em direção à rocha. Ele não podia usar seu poder para corrigir todos os erros, mas podia usá-lo para consertar o que estava à sua frente. Se ele pudesse desembaraçar os fios complexos que conectavam a porta ao tempo...

Uma coisa sombria e familiar tocou sua magia.

Dovermere, a presença que o atraía e o repelia em igual medida. Ela sussurrava, amável, incentivando-o a usar seu poder.

Sua magia é nossa e nossa magia é sua e somos iguais porque o tempo corre em nossas veias tal qual rios correm para o mar e sangue pelas artérias.

Baz concordou. Então acessou a magia de Dovermere, não mais com medo daquele lugar agora que reconhecia seu poder, que era igual ao dele.

Tempo tempo tempo tempo tempo tempo tempo tempo tempo

Seus batimentos cardíacos ecoavam sincronizados, como o ritmo de relógios perfeitamente ajustados. Suas magias se uniram, e Baz fez o tempo retroceder, de modo que a Ampulheta nunca se quebrasse. A caverna em ruínas se recompôs, rochas voltando para o teto de onde haviam caído, e a Ampulheta se erguendo alta e intacta mais uma vez. Uma porta restaurada.

Baz continuou. Ele lutou contra a maré e a reverteu, fazendo-a voltar para o mar até que a saída estivesse livre, permitindo que todos escapassem ilesos de Dovermere.

Quando Baz enfim liberou sua magia, sentiu Dovermere suspirar em torno dele, contente com o fato de seu poder ter sido finalmente utilizado em todo o seu potencial, talvez pela primeira vez, por alguém que entendia o tempo da mesma forma que ele.

Obrigado, disseram um ao outro.

As ondas se quebravam ruidosamente ao redor de Baz, e ele sentia o gosto amargo do sal na boca ao se arrastar para fora da água.

Seus músculos pesavam de cansaço. Os outros estavam estirados ao lado dele, igualmente exaustos — mas vivos, todos eles. Kai estava mais perto, com o peito subindo e descendo no mesmo ritmo rápido que o coração de Baz.

Eles tinham trazido os dois corpos de volta para a praia, Keiran e Lizaveta. Virgil Dade os observava, com uma expressão soturna e olhos vazios.

Caído na areia, Baz ergueu o rosto para o céu. A tempestade passara, e o sol começava a se pôr no horizonte. Baz notou que ele tinha um formato de lua crescente, parcialmente coberto pela lua.

Um eclipse.

Ele riu. Então uma sombra bloqueou todo o céu: Kai estava de pé diante dele, oferecendo a mão para que Baz se levantasse.

Baz a aceitou.

Os dois permaneceram ofegantes na beira da água, olhando para Dovermere. A maré estava baixa, embora parecesse querer se rebelar contra a inversão de destinos que Baz forçara, avançando com determinação pela areia.

Emory fora para um lugar onde Baz não podia segui-la, para atender a um chamado que ele não podia ouvir, mas o Cronomago ainda tinha um papel a cumprir. Ela era o mar, entrando e saindo de sua vida, entre aquele mundo e o próximo. Mas o que seria do mar sem ter uma praia para onde pudesse voltar?

A porta para as Profundezas precisava ser protegida. Dovermere precisava de um guardião. E, se houvesse a menor chance de Emory voltar, Baz garantiria que a porta continuaria lá. Garantiria um retorno seguro para ela e para Romie.

Ele olhou para a escada escondida na encosta do penhasco. A luz brilhava da janela no topo e, se olhasse com atenção, conseguiria distinguir a silhueta de Penumbra, balançando a cauda à espera de Baz na sala de estar da Casa Eclipse. Seu coração ansiava por aquela sala, pelo campo de ilusão além dela. A seu lado, Kai olhava na mesma direção, com saudade do lugar que eles compartilhavam e que se tornara deles.

— Vamos para casa — disse Baz.

Para Aldryn, para o Hall Obscura. Para o mundo que ainda precisava deles, para as verdades que precisavam ser compartilhadas a fim de proteger os seus.

Aldryn sempre fora o mundo de Baz, mais real para ele do que qualquer outra coisa. Aquele era seu lar, o lugar que ele protegeria dali em diante.

Baz vislumbrara as estrelas de outros mundos e a escuridão que as abraçava.

Ele já não tinha medo de tocá-las.

EPÍLOGO

Pela manhã, Baz se encontrava sob a ilusão de um nascer do sol radiante.

A brisa suave balançava a grama alta, e por trás da folhagem do salgueiro, na sala de estar da Casa Eclipse que ele chamava de lar, Kai dormia. E sonhava. Dali a pouco eles teriam que ir até a cidade, onde se encontrariam com Jae, Theodore, Vera, Alya e a professora Selandyn para discutir tudo que acontecera e decidir o que fazer em seguida. Eles tinham evidências do que Keiran e Artem estavam fazendo, de que estavam se apoderando da magia dos nascidos no eclipse e de que pretendiam usar Emory para destruí-los. No entanto, expor tais injustiças exigiria tato e uma abordagem paciente. E havia ainda a questão do Colapso, uma verdade chocante para qual o mundo ainda não estava pronto.

O caminho à frente não seria fácil, mas ali o mundo era sereno e nada poderia arruinar aquele momento.

Baz não percebeu a presença de Kai até que o amigo apareceu a seu lado, o ombro roçando o seu. Ele olhou para Kai, e seu coração se alegrou em ver o Tecelão de Pesadelos de volta ao lugar a que sempre pertencera.

— Você conseguiu? — perguntou Baz.

Kai entregou a ele uma única página que, caso se encaixasse na lombada do manuscrito do qual fora arrancada, mudaria o desfecho de toda a história.

O epílogo perdido finalmente tinha sido encontrado.

Diga a Kai que deixei uma coisa para ele encontrar.

Baz se perguntou se tudo aquilo não era um sonho. Talvez ele ainda estivesse dormindo e aquela fosse uma peça pregada por Kai, como nos velhos tempos. Mas não havia enganação nos olhos de Kai, e o epílogo parecia real em suas mãos.

— Acho que Emory não é a única que consegue atravessar mundos e sair ilesa — disse Kai, por fim.

Baz leu as palavras uma, duas, três vezes e, quando finalmente se assentaram, ele olhou para Kai em meio às lágrimas, sem medo algum, pensando: *A história está apenas começando.*

CANÇÃO DOS DEUSES AFOGADOS

EPÍLOGO:

AQUELES QUE DORMEM
ENTRE AS ESTRELAS

Há um mundo entre todos os outros onde sonhos e pesadelos repousam.

Ali, envoltas na escuridão, as estrelas surgem e desaparecem. Elas recebem os cuidados de seus guardiões, ora uma jovem coroada com estrelas cintilantes feitas de sonhos e esperanças, ora um jovem que tece medos e pesadelos em um manto que traz consigo para que a menina não precise suportá-los.

Os dois também ouvem a canção que se propaga pelos céus.

Os deuses afogados os conheciam, no passado. Mas não convocaram a jovem das estrelas ou o garoto das trevas até o mar de cinzas; precisavam apenas dos outros quatro. O erudito, a feiticeira, a guerreira e o guardião. Quatro chaves destinadas a abrir uma porta, quatro vidas oferecidas como pagamento, quatro partes de um todo aprisionadas em um mundo longínquo.

Os céus se lembram do sangue, dos ossos, do coração e da alma, mas nunca dos fragmentos de sonhos contidos entre eles, pois não pertencem a nenhum mundo e, portanto, pertencem a todos. A quinta chave que dorme invisível entre as estrelas.

E quando os céus se silenciam com a ausência da canção, a jovem coloca sua coroa e o garoto, seu manto. Juntos, navegam pela escuridão rumo ao mar de cinzas, prontos para finalmente se unirem aos demais e salvá-los da prisão de poeira no coração de todas as coisas.

Conte-me uma história, pede a menina com ar sonhador enquanto os dois viajam através dos mundos e entre os mundos também.

O garoto encara o horizonte ao longe, seu manto de pesadelos flutuando ao sabor do vento.

Há um erudito nestas praias que respira histórias, começa ele.

É uma história que ambos conhecem, mas da qual ainda não participaram. E enquanto navegam pelos céus e pelos mares e por tudo que existe entre o céu e o mar, guiados pela lembrança de uma canção que serve como um mapa entre as estrelas, a história se transforma na história dos dois, com um desfecho que ainda está para ser escrito.

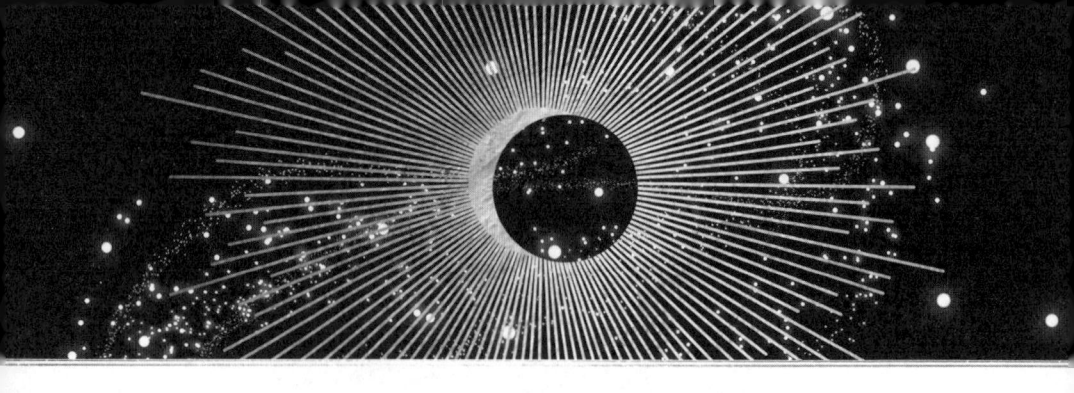

AGRADECIMENTOS

Este livro não foi o meu primeiro amor. Outros dois vieram antes: a história responsável por despertar minha paixão pela escrita e a que me assombrou por uma década depois disso. *Magia das marés* é a história que eu estava destinada a encontrar. A história que levou tempo. Há muito de mim nela: sonhos, arrependimentos, defeitos e esperanças. Eu a escrevi pensando nos meus vinte e poucos anos, uma época da vida que parece uma encruzilhada entre quem você é e quem você gostaria de ser. Eu me perdi de mim mesma nessa fase da vida, e escrever esta história foi como me reencontrar com meu antigo eu. Faz sentido que este seja meu livro de estreia.

Eu não conseguiria ter feito isso sem todos aqueles que apostaram em mim. Antes de mais nada, para minha agente espetacular, Victoria Marini: um obrigada não chega nem perto de expressar minha gratidão. Esta indústria pode parecer assustadora para quem está de fora, mas ter você ao meu lado fez com que não fosse tanto assim. Obrigada por ser a melhor e mais destemida defensora que eu poderia desejar — e por ser a fã número um de Kai.

Para a minha editora, Sarah McCabe: não tenho palavras para expressar a sorte que tenho de ter encontrado alguém com uma visão sobre *Magia das marés* tão compatível com a minha. Seus comentários de edição sempre me deixavam animada e cheia de ideias. Obrigada por me ajudar a trazer esta história ao mundo. E para Anum Shafqat: estou muito feliz por ter você na equipe junto com Sarah. Se duas cabeças são melhores do que uma, três só pode ser o número da vitória. Trabalhar com vocês duas foi incrível. Obrigada pelas sessões de brainstorming; estaria perdida sem elas.

Um imenso agradecimento a todos da McElderry Books/Simon & Schuster que trabalharam neste livro de alguma forma e ajudaram a realizar meus maiores sonhos: Justin Chanda, Karen Wojtyla, Anne Zafian, Bridget Madsen, Elizabeth Blake-Linn, Chrissy Noh, Caitlin Sweeny, Alissa Nigro, Bezi Yohannes, Perla Gil, Remi Moon, Amelia Johnson, Ashley Mitchell, Yasleen Trinidad, Saleena Nival, Emily Ritter, Amy Lavigne, Lisa Moraleda, Nicole Russo, Nicole Valdez, Christina Pecorale e sua equipe de vendas, Michelle Leo e sua equipe de educação/bibliotecas, a editora freelancer Jen Strada e, é claro, Ali Dougal e o restante da equipe do Reino Unido.

Também quero agradecer ao designer Greg Stadnyk e ao artista Signum Noir por criarem uma capa tão bonita para o livro; à Francesca Baerald por criar os mapas mais deslumbrantes que já vi; a J. T. Sisounthone e Cam Montgomery, cujas leituras sensíveis trouxeram uma perspectiva muito valiosa. Obrigada pelo trabalho de vocês.

Este livro não seria o que é sem as mentes brilhantes de Kat Dunn e Sarah Underwood, que me ajudaram a transformá-lo em uma história da qual tenho muito orgulho. Obrigada por terem me escolhido como pupila no *Pitch Wars*. Eu amo e admiro vocês duas. E a todos os meus colegas que participaram do *Pitch Wars* 2021: que honra ter feito parte da última turma com vocês. Mal posso esperar para ver todo mundo nas prateleiras um dia, e, quem sabe, sair para comemorar e comer waffles.

Sempre fui uma pessoa solitária e pensei que na escrita isso não seria diferente, mas eu não poderia estar mais enganada. Para minha primeira amiga escritora, Kapri Psych, obrigada pelas horas de conversa fiada pelo FaceTime e pelas longas mensagens de voz sobre nossas histórias, esperanças, sonhos e vidas como mães de pet. Um dia vamos parar de pedir desculpas por demorar para responder.

Para Adrian Graves, a melhor líder de torcida, obrigada por entrar em minha vida e me ouvir gritar ao longo do caminho. E por ter me feito assistir a *Ratatouille*.

Aos leitores beta que sofreram com os primeiros rascunhos de *Magia das marés* e me deram um feedback tão atencioso; a todos que leram o primeiro capítulo muito tempo atrás e o elogiaram quando eu mais precisava; a todos que importunei com minhas perguntas sobre publicação; a todos os amigos escritores maravilhosos que conheci ao longo do caminho e que tanto me incentivaram: obrigada, *obrigada*, OBRIGADA. Eu não conseguiria ter feito nada disso sem cada um de vocês. Para mencionar apenas alguns: Jen Carnelian, Kamilah Cole, Miriam Cortinovis, Lilian Lai, Chelsea Abdullah, Kiana Krystle, Bailey Knaub, Jenny Marie, Trang Thanh Tran, Emma Theriault pelos cafés, SJ Donders e Suzey Ingold por aquele aconchegante retiro de escrita (sou muito grata por Adrian ter nos apresentado).

E aos artistas que me ajudaram a dar vida aos personagens em minha mente quando eu ainda estava tendo dificuldade para visualizá-los: Amanda S. Dumky, Georgina Donnelly, @stellesappho, vocês são muito talentosas. E obrigada a Marcella (@mariamarcelw), que foi muito além.

Obrigada, é claro, às pessoas em minha vida que tiveram que me ouvir falar sobre este livro por um tempão e que nunca duvidaram que eu conseguiria chegar até aqui (até onde eu sei; caso contrário, obrigada por fingirem tão bem). A Crystal Lanois, pelas risadas em todos os nossos anos de amizade ("Hold On", de Wilson Phillips, tocando ao fundo). A Mylène Lavallée, por seu entusiasmo inabalável. Não se preocupe, você não precisa ler isso, seu apoio é mais do que suficiente. A Valérie Patry, por nossas muitas saídas em inglês e francês, idas ao cinema, ComicCon etc. Nossa amizade foi um verdadeiro combustível para minha criatividade e meu amor por histórias de formas que você nem imagina. A Gabriel Landry pelas conversas noturnas regadas a vinho sobre os livros e programas que amamos, e por me incentivar sempre que eu colocava a cabeça para fora do meu escritório/caverna de escrita.

E obrigada a Marie-Ève Landry: passamos a vida toda sendo chamadas de gêmeas e, embora nunca tenhamos conseguido enxergar isso, sempre pensei que havia um vestígio de verdade. Você é minha alma gêmea. Obrigada por trinta anos de amizade e por ser uma fã desde *Les Dix Royaumes*.

Mãe e pai, vocês acreditaram em mim quando eu era uma adolescente que sonhava alto, que nunca largava os livros, que monopolizava o computador da família para escrever e que imprimia páginas e páginas de informações sobre o mercado editorial, dizendo: "É isso que eu quero fazer da vida." Obrigada por acreditarem em mim até os dias de hoje, quando juntei os pedaços daquele sonho antigo e, acima de tudo, por me deixarem dormir em sua casa, por me alimentarem e manterem Roscoe entretido enquanto eu tentava cumprir os prazos. Isso fez toda a diferença do mundo. E Éric, obrigada por torcer por mim do outro lado do país. Amo todos vocês.

Um grande obrigada a todos os professores que tive e que incentivaram tanto a minha escrita. *Et surtout*, a Noëlla Lacelle: *J'ai écrit ce livre en anglais, mais sache que ce sont tes cours de français — et toi — qui ont inspiré en moi cette passion pour l'écriture, ce désir d'explorer des mondes nouveaux, ce rêve de devenir auteure. Merci.*

E, finalmente, agradeço a você, leitor: obrigada por ter escolhido este livro. Espero que ele possa ser para você um portal em uma página.

1ª edição	MAIO DE 2024
impressão	LIS GRÁFICA
papel de miolo	LUX CREAM 60 G/M²
papel de capa	CARTÃO SUPREMO ALTA ALVURA 250 G/M²
tipografia	SABON